ZHONGGUO XIAOSHUO
100 QIANG

中国小说100强（1978—2022）

我和上帝有个约

北 村 著

北京联合出版公司
Beijing United Publishing Co.,Ltd.

图书在版编目（CIP）数据

我和上帝有个约 / 北村著. -- 北京：北京联合出版公司，2023.9
（中国小说100强）
ISBN 978-7-5596-7106-6

Ⅰ.①我… Ⅱ.①北… Ⅲ.①长篇小说－中国－当代 Ⅳ.①I247.5

中国国家版本馆CIP数据核字(2023)第117949号

我和上帝有个约

作　　者：北　村
出 品 人：赵红仕
出版监制：张晓冬　范晓潮
责任编辑：徐　鹏
特约编辑：和庚方　郭　漫
封面设计：武　一

北京联合出版公司出版
（北京市西城区德外大街83号楼9层　100088）
北京兴星伟业印刷有限公司印刷　　新华书店经销
字数289千字　650毫米×920毫米　1/16　30.5印张
2023年9月第1版　2023年9月第1次印刷
ISBN 978-7-5596-7106-6
定价：88.00元

版权所有，侵权必究
未经书面许可，不得以任何方式转载、复制、翻印本书部分或全部内容。
本书若有质量问题，请与本公司图书销售中心联系调换。
电话：010-65868687

中国小说100强（1978—2022）丛书

编委会

丛书总策划

张　明　　著名出版人
张　英　　资深媒体人

编委主任

吴义勤　　中国作协副主席
　　　　　中国小说学会会长

编　委

吴义勤　　中国作协副主席、中国小说学会会长
宗仁发　　《作家》杂志主编
谢有顺　　中山大学教授、中国小说学会副会长
顾建平　　《小说选刊》副主编
张　英　　资深媒体人
文　欢　　作家、出版人

总　序

"中国小说100强"（1978—2022）是资深出版人张明先生和腾讯读书知名记者张英先生共同策划发起的一套大型文学丛书。他们邀请我和宗仁发、谢有顺、顾建平、文欢一起组成编委会，并特邀徐晨亮参与，经过认真研讨和多轮投票最终评定了100人的入选小说家目录。由于编委们大多都是长期在中国文学现场与中国文学一路同行的一线编辑、出版家、评论家和文学记者，可以说都是最专业的文学读者，因此，本套书对专业性的追求是理所当然的，编委们的个人趣味、审美爱好虽有不同，但对作家和文学本身的尊重、对小说艺术的尊重、对文学史和阅读史的尊重，决定了丛书编选的原则、方向和基本逻辑。

从文学史的角度来说，1978年以后开启的新时期文学是中国当代文学的黄金时代，不仅涌现了一批至今享誉世界的优秀作家，而且创造了许多脍炙人口的文学经典，并某种程度上改写了20世纪中国文学史的版图。而在中国新时期文学的经典家族中，小说和小说家无疑是艺术成就最高、影响力最大的部分。"中国小说100强"（1978—2022）就是试图将这个时期的具有经典性的小说家和中国小说的经典之作完整、系统地筛选和呈现出来，并以此构成对新时期文学史的某种回顾与重读、观察与评判。呈现在读者面前的这套丛书是对1978—2022年间中国当代小说发展历程的一次全面、系统的整体性回顾与检阅，是中国当代文学经典化的重要成果，从特定的角度集中展示了中国新时期文学在小说创作方面的巨大成就。需要说明的是，与1978—2022年新时期文学繁荣兴盛的局面相比，100位作家和100本书还远远不能涵盖中国当代小说的全貌，很多堪称经典的小说也许因为各种原因并未能进入。莫言、苏童、余华等作家本来都在编委投票评定的名单里，但因为他们已与某些出版社签下了专有出版合同，不允许其他出版社另出小说集，因而只能因不可抗原因而割爱，遗珠之憾实难避免，而且文学的审美本身也是多元的，我们的判断、评价、选择也许与有些读者的认知和判断是冲突的，但我们绝无把自己的标准强加于别人的意思。我们呈现的只是我们观察中国这个时期当代小说的一个角度、一种标准，我们坚持文学性、学术性、专业性、民间性，注重作家个体的生活体验、叙事能力和艺术功力，我们突破代际局限，老、中、青小说家都平等对待，王蒙、冯骥才、梁晓声、铁凝、阿来等名家名作蔚为大观，徐则臣、阿乙、弋舟、鲁敏、林森等新人新作也是目不暇接，我们特别关注文学的新生力量，尤其是近10年作品多次获国家大奖、市场人气爆棚的新生代小说家，我们禀持包容、开放、多元的审美立场，无论是专注用现实题材传达个人迥异驳杂人生经验、用心用情书写和表现时代精神的现实主义作家，还是执着于艺术探索和个体风格的实验性作家，在丛书里都是一视同仁。我们坚信我们是忠实于自己的艺术理想、艺术原则和艺术良心的，但我们并不认为自己的角度和标准是唯一的，我们期待并尊重各种各样的观察角度和文学判断。

当然，编选和出版"中国小说100强"（1978—2022）这套大型丛书，除了上述对文学史、小说史成就的整体呈现这一追求之外，我们还有更深远、更宏大的学术目标，那就是全力推进中国当代文学"经典化"的历程和"全民阅读·书香中国"建设。

从1949年发端的中国当代文学已经有了70多年的发展历程，但对这70多年文学的评价一直存在巨大的分歧，"极端的否定"与"极端的肯定"常常让我们看不到当代文学的真相。有人认为中国当代文学达到了前所未有的高度和水平。王蒙先生在法兰克福书展上就说：中国当代文学现在是有史以来最繁荣的时期。余秋雨、刘再复甚至认为中国当代文学的成就远远超过了现代文学。也有人极端否定中国当代文学，认为中国当代文学都是垃圾。他们认为现代文学要远远超过当代文学，中国当代文学连与现代文学比较的资格都没有。比如说，相对于鲁（迅）、郭（沫若）、茅（盾）、巴（金）、老（舍）、曹（禺）这样大师级的人物，中国当代作家都是渺小的侏儒，根本不能相提并论，两者比较就是对大师的亵渎。应该说，与对中国当代文学的肯定之声相比，对当代文学的否定和轻视显然更成气候、更为普遍也更有市场。尽管否定者各自的角度和出发点不同，但中国当代作家、作品与中外文学大师、文学经典之间不可比拟的巨大距离却是唱衰中国当代文学者的主要论据。这种判断通常沿着两个逻辑展开：一是对中外文学大师精神价值、道德价值和人格价值的夸大与拔高，对文学大师的不证自明的宗教化、神性化的崇拜。二是对文学经典的神秘化、神圣化、绝对化、空洞化的理解与阐释。在此，我们看到了一个非常有趣的悖论：当谈论经典作家和文学大师时我们总是仰视而崇拜，他们的局限我们要么视而不见要么宽容原谅，但当我们谈论身边作家和身边作品时，我们总是专注于其弱点和局限，反而对其优点视而不见。问题还不在于这种姿态本身的厚此薄彼与伦理偏见，而是这种姿态背后所蕴含的"当代虚无主义"。这种"虚无主义"的最大后果就是对当代作家作品"经典化"的阻滞，对当代文学经典化历程的阻隔与拖延。一方面，我们视当下作家作品为"无物",拒绝对其进行"经典化"的工作,另一方面又以早就完全"经典化"了的大师和经典来作为贬低当下泥沙俱下的文学现实的依据。这种不在同一个层面上的比较,不仅毫无意义,而且只能使得文学评价上的不公正以及各种偏激的怪论愈演愈烈。

其实,说中国当代文学如何不堪或如何优秀都没有说服力。关键是要进行"经典化"的工作,只有"经典化"的工作完成了才有可能比较客观地对当代的作家作品形成文学史的判断。对当代的"经典化"不是对过往经典、大师的否定,也不是对当代文学唱赞歌,而是要建立一个既立足文学史又与时俱进并与当代文学发展同步的认识评价体系和筛选体系。当然,我们也要承认,"经典化"问题是一个非常复杂的问题,并不是凭热情和冲动一下子就能完成的,但我们至少应该完成认识论上的"转变"并真正启动这样一个"过程"。

现在媒体上流行一些对于中国当代文学经典化冷嘲热讽的稀奇古怪的言论,其核心一是否定中国当代文学有经典、有大师,其二是否定批评界、学术界有关"经典化"的主张,认为在一个无经典的时代,"经典"是怎么"化"也"化"不出来的,"经典化"是一个实实在在的"伪命题"。其实,对于文学,每个人有不同的判断、不同的理解这很正常,每一种观点也都值得尊重。但是,在"经典"和"经典化"这个问题上,我却不能不说,上述观点存在对"经典"和"经典化"的双重误解,因而具有严重的误导性和危害性。

首先,就"经典"而言,否定中国当代文学早就不是什么新鲜事,对当代文学的虚无主义态度在很多人那里早已根深蒂固。我不想争论这背后的是与非,也不想分析这种观点背后的社会基础与人性基础。我只想指出,这种观点单从学理层面上看就已陷入了三个巨大误区:

第一个误区,是对经典的神圣化和神秘化的误区。很多人把经典想象为一个绝对的、神圣的、遥远的文学存在,觉得文学经典就是一个绝对的、乌托邦化的、十全十美的、所有人都喜欢的东西。这其实是为了阻隔当代文学和"经典"这个词发生关系。因为经典既然是绝对的、神圣的、乌托邦的、十全十美的，那我们今天哪一部作品会有这样的特性呢？如果回顾一下人类文学史，有这样特性的作品好像也没有。事实上，没有一部作品可以十全十美，也没有一部作品能让所有人喜欢。在这个问题上，我们应该明确的是，"经典"不是十全十美、无可挑剔的代名词，在人类文学史上似乎并不存在毫无缺点并能被任何人所认同的"经典"。因此，对每一个时代来说，"经典"并不是指那些高不可攀的神圣的、神秘的存在，只不过是那些比较优秀、能被比较多的人喜爱的作品而已。从这个意义上说，当今中国文坛谈论"经典"时那种神圣化、莫测高深的乌托邦姿态，不过是遮蔽和否定当代文学的一种不自觉的方式，他们假定了一种遥远、神秘、绝对、完美的"经典形象"，并以对此一本正经的信仰、崇拜和无限拔高，建立了一整套关于中国当代文学的伦理话语体系与道德话语体系，从而充满正义感地宣判着中国当代文学的死刑。

　　第二个误区，是经典会自动呈现的误区。很多人会说，是金子总是会发光的。但对文学来说，文学经典的产生有着特殊性，即，它不是一个"标签"，它一定是在阅读的意义上才会产生意义和价值的，也只有在阅读的意义上才能够实现价值，没有被阅读的作品没有被发现的作品就没有价值，就不会发光。而且经典的价值本身也不是固定不变的。如果一个作品的价值一开始就是固定不变的，那这个作品的价值就一定是有限的。经典一定会在不同的时代面对不同的读者呈现出完全不同的价值。这也是所谓文学永恒性的来源。也就是说，文学的永恒性不是指它的某一个意义、某一个价值的永恒，而是指它具有意义、价值的永恒再生性，它可以不断地延伸价值，可以不断地被创造、不断地被发现，这才是经典价值的根本。所以说，经典不但不会自动呈现，而且一定要在读者的阅读或者阐释、评价中才会呈现其价值。

第三个误区,是经典命名权的误区。很多人把经典的命名视为一种特殊权力。这有两个层面的问题:一,是现代人还是后代人具有命名权;二,是权威还是普通人具有命名权。说一个时代的作品是经典,是当代人说了算还是后代人说了算?从理论上来说当然是后代人说了算。我们宁愿把一切交给时间。但是,时间本身是不可信的,它不是客观的,是意识形态化的。某种意义上,时间确会消除文学的很多污染包括意识形态的污染,时间会让我们更清楚地看清模糊的、被掩盖的真相,但是时间同时也会使文学的现场感和鲜活性受到磨损与侵蚀,甚至时间本身也难逃意识形态的污染。此外,如果把一切交给时间,还有一个前提,那就是对后代的读者要有足够的信任,要相信他们能够完成对我们这个时代文学的经典化使命。但我们对后代的读者,其实是没有信心的。我们今天已经陷入了严重的阅读危机,我们怎么能寄希望后代人有更大的阅读热情呢?幻想后代的人用考古的方式对我们这个时代的文学进行经典命名,这现实吗?我不相信后人对我们身处时代"考古"式的阐释会比我们亲历的"经验"更可靠,也不相信,后人对我们身处时代文学的理解会比我们亲历者更准确。我觉得,一部被后代命名为"经典"的作品,在它所处的时代也一定会是被认可为"经典"的作品,我不相信,在当代默默无闻的作品在后代会被"考古"挖掘为"经典"。也许有人会举张爱玲、钱钟书、沈从文的例子,但我要说的是,他们的文学价值早在他们生活的时代就已被认可了,只不过很长时间由于意识形态的原因我们的文学史不谈及他们罢了。此外,在经典命名的问题上,我们还要回答的是当代作家究竟为谁写作的问题。当代作家是为同代人写作还是为后代人写作?幻想同代人不阅读、不接受的作品后代人会接受,这本身就是非常乌托邦的。更何况,当代作家所表现的经验以及对世界的认识,是当代人更能理解还是后代人更能理解?当然是当代人更能理解当代作家所表达的生活和经验,更能够产生共鸣。因此,从这个角度来说,当代人对一个时代经典的命名显然比后代人更重要。第二个层面，就是普通人、普通读者和权威的关系。理论上，我们都相信文学权威对一个时代文学经典命名的重要性，权威当然更有价值。但我们又不能够迷信文学权威。如果把一个时代文学经典的命名权仅仅交给几个权威，那也是非常危险的。这个危险表现在什么地方呢？就是几个人的错误会放大为整个时代的错误，几个人的偏见会放大为整个时代的偏见。我们有很多这样的文学史教训。在这个问题上，我们既要相信权威又不能迷信权威，我们要追求文学经典评价的民主化、民主性。对一个时代文学的判断应该是全体阅读者共同参与的民主化的过程，各种文学声音都应该能够有效地发出。这个时代的文学阅读，最理想的状态应该是一种互补性的阅读。为什么叫"互补性的阅读"？因为一个批评家再敬业，再劳动模范，一个人也读不过来所有的作品。举个例子：现在我们一年有5000部以上的长篇小说，一个批评家如果很敬业，每天在家读二十四小时，他能读多少部？一天读一部，一年也只能读三百部。但他一个人读不完，不等于我们整个时代的读者都读不完。这就需要互补性阅读。所有的读者互补性地读完所有作品。在所有作品都被阅读过的情况下，所有的声音都能发出来的情况下，各种声音的碰撞、妥协、对话，就会形成对这个时代文学比较客观、科学的判断。因此，文学的经典不是由某一个"权威"命名的，而是由一个时代所有的阅读者共同命名的，可以说，每一个阅读者都是一个命名者，他都有对经典进行命名的使命、责任和"权力"。而作为一个文学研究者或一个文学出版者，参与当代文学的进程，参与当代文学经典的筛选、淘洗和确立过程，更是一种义不容辞的责任和使命。说到底，"经典"是主观的，"经典"的确立是一个持续不断的"过程"，"经典"的价值是逐步呈现的，对于一部经典作品来说，它的当代认可、当代评价是不可或缺的。尽管这种认可和评价也许有偏颇，但是没有这种认可和评价，它就无法从浩如烟海的文本世界中突围而出，它就会永久地被埋没。从这个意义上说，在当代任何一部能够被阅读、谈论的文本都是幸运的，这是它变成"经典"的必要洗礼和必然路径。

总之，我们所提倡的"经典化"不是要简单地呈现一种结果，不是要简单地对一个时代的文学作品排座次，不是要武断地指出某部作品是"经典"，某部作品不是"经典"，不是要颁发一个"谁是经典"的荣誉证书，而是要进入一个发现文学价值、感受文学价值、呈现文学价值的过程。所谓"经典化"的"化"实际上就是文学价值影响人的精神生活的过程，就是通过文学阅读发现和呈现文学价值的过程。可以说，文学的经典化过程，既是一个历史化的过程，更是一个当代化的过程。文学的经典化时时刻刻都在进行着，它需要当代人的积极参与和实践。因此，哪怕你是一个对当代文学的虚无主义者，你可以不承认当代文学有经典，但只要你还承认有文学，你还需要和相信文学，还承认当代文学对人的精神生活具有影响力，你就不应该否定当代文学经典化的重要性。没有这个"经典化"，当代文学就不会进入和影响当代人的生活，就失去了存在的意义。每一个人，哪怕你是权威，你也不能以自己的好恶剥夺他人阅读文学和享受文学的权利。

从这个意义上说，当代文学的经典化当然是一个真命题而不是一个伪命题。在一个资讯泛滥的时代，给读者以经典的指引是文学界、出版界共同的责任，而这也是我们编辑出版这套书的意义所在。

最后，感谢张明和张英先生为本套书付出的辛劳，感谢北京立丰天文化传播有限公司、北京金圣典文化有限公司的资金支持，感谢全体编委和北京联合出版公司各位编辑，感谢所有对本套丛书的出版给予大力支持的作家和他们的家人。

是为序。

吴义勤

2022年冬于北京

害怕有一千种，恐惧只有一个
快乐有一千种，平安只有一个
罪行有一千种，罪性只有一个
妥协有一千种，赦免只有一个

——作者题记

目 录
Contents

第 一 章　樟坂杀人事件____1

第 二 章　火车上的回忆____11

第 三 章　被害人的儿子____21

第 四 章　神秘的吸引____32

第 五 章　市立精神病院____42

第 六 章　在床上想女人____52

第 七 章　巨大的悲痛____62

第 八 章　心思转变____71

第 九 章　悔改的代价____81

第 十 章　行走在刀锋上____90

第 十 一 章　我不是你丈夫____100

第 十 二 章　乞丐与情人____110

第 十 三 章　死者的重现____120

第 十 四 章　两个女人的忧愁____130

第 十 五 章　无法呼喊的语言____140

第 十 六 章　再度逃亡与浪子回家____150

第 十 七 章　恢复记忆的试验____160

第 十 八 章　我是否痊愈？____169

第 十 九 章　诱捕抑或诱惑____179

第 二 十 章　爆炸性的新闻____189

第二十一章　一分钟，妖魔变成了人？____198

第二十二章　苏云起和陈三木的比较____204

第二十三章　第一次法庭陈述____214

第二十四章　悔罪的辨认____223

第二十五章　神秘女人的神秘实验＿＿233

第二十六章　罪犯成了作家＿＿245

第二十七章　一个也不饶恕＿＿253

第二十八章　殴打＿＿262

第二十九章　失去了一切＿＿271

第 三 十 章　没有调查就没有真相＿＿280

第三十一章　案情的逆转＿＿290

第三十二章　精神病院的思想斗争＿＿300

第三十三章　说出他的一切＿＿309

第三十四章　两个市长一台戏＿＿320

第三十五章　一审判决＿＿331

第三十六章　重新爱上一个人＿＿340

第三十七章　演播厅的相见＿＿350

第三十八章　恐怖的日记本＿＿360

第三十九章　陈步森的四个女人____370

第 四 十 章　神魂颠倒的陈平____380

第四十一章　没有和解就没有未来____392

第四十二章　恐惧的宿命____403

第四十三章　终审____414

第四十四章　还有最后一个罪没认____424

第四十五章　骨中之骨，肉中之肉____436

第四十六章　软弱者更有力____446

第四十七章　复活的异象____458

第一章 樟坂杀人事件

　　故事发生在一个被称为樟坂的城市，这个城市的最大特点就是和这个国家的其他城市一个样。也许这会被指责为不负责任的说法，却是事实。抵达樟坂的时候正值初夏，从火车站走出来一眼见到这个城市的时候，竟有一种故地重游的感觉：和这个国家几乎所有的城市一样，你首先会看到大量由白色瓷砖粘贴外墙的建筑物，它们都是呈现一种盒子的形状，毫无章法地堆砌在一起，仿佛一个醉徒随手码放的积木。火车站外面无一例外是大量的三轮摩托车，这种被称为摩的的简易交通工具，蝗虫一样乱窜，发出隆隆的声音。使人很难想象周边的居民如何入眠。在樟坂个人隐私得不到尊重，但也不会引致太大的争议，因为这里有一种约定俗成的说法：即有关生存权大于其他一切权利的观点。严重的噪声理所当然地被划入生存权的合理代价的范围——这可能只是一个微不足道的问题，还有更重大的问题，比如在樟坂的成功广场是不允许人们长时间逗留的，据说这会影响其他人的逗留，如果发现同一个人在一天内三次进入广场，或者连续在广场滞留半天以上，则有可能视为可疑的人，被维持治安的警察劝离，这是被称为"柔性驱离"的作业。据说是为了行人的安全。这项规定虽然有诸多让人难以理解的地方，但它一直在樟坂实行着。是一种不成文的习惯。

有一个成功大学的客座教授，比利时人，叫麦尔斯，拍摄了一部樟坂的纪录片，名字叫《瓷砖》。影片描述了充斥这个城市的建筑外墙的瓷砖的印象。这似乎给人一种懒惰之城的感觉。影片理所当然地遭到谴责，纪录片作者被描述为一个对樟坂一无所知、望文生义的人。关于樟坂人懒惰和毫无想象力的评价遭到反驳，实际上瓷砖对于樟坂是一个好东西，一个县级市里居然挤着相当于大市的人口250万，这是一个可怕数字。这些人首要的权利是生存权。所以某些讲求效率的做法得到推崇，比如往建筑物上贴瓷砖，以便保持它的新颖度以及易于施工和清理。

本文要讲述的那个惊天大案就发生在这个城市里，无论该城的警察如何用心地维护社会治安，案子还是发生了。在樟坂住过一段时间的人会感觉到这座城市和其他城市不同的地方，就是它的警察的人数。在一些大型集会上，有时会出现令人奇怪的场面：到场的警察比集会者的人数还多，但这种做法并没有给人带来安全感，反而叫人心惊肉跳，因为这让人产生大难临头的感觉，仿佛有什么重大事件即将发生，这种预感是很折磨人的。在樟坂，市民居然害怕警察，这不能不说是市政的一个失败。

不过，习惯往往可以超越恐惧。在樟坂，人们掌握着一些能使自己免于恐惧和无聊的有效方法，这些方法可能是传统的一部分，所以根深蒂固。比如用铁笼子把建筑物框起来，虽然在视觉上有些不舒服，但是个一了百了的办法，这就是樟坂效率的含义：时间就是金钱——不会让所谓美感损害安全——这是本末倒置的做法。在樟坂，你看不到历史，这个有一千多年历史的城市的古城墙在三十年前拆除了，因为人口的激增，城建扩充到外城，古城墙由于通过性不足而被拆除。当时有过是否拆除城墙的争论，但保护历史的观念立刻被刷新，某种以为看到城墙就能看到历史的观念遭到嘲笑，这种僵化的认识论的遗毒，很快让位于新的历史观：历史其实存在于人的意识深处，樟坂人用习惯来记忆历史，比如下面举到的例子。

这个让人免于恐惧的办法源于一个笑话，这个笑话说，当你坐的飞机下降时，你如果听到哗哗的麻将声，你就知道自己已经到了樟坂。用麻将赌钱是习惯和传统，在几百年前的美国西部，从樟坂出去的华工每到傍晚时都会聚集在一起，这使得那些借酒浇愁的洋人很费解，他们听到华工们大喊"卡西诺"然后聚集在一起，玩一种用牛角做成的玩具。今天的国际赌场通用的名称"卡西诺"据查就是樟坂土话"开始了"的意思。

另外，信仰是一种遗忘的好办法，或者干脆说信仰就是遗忘。在这个城市要找到信仰的踪迹是困难的。这也许只是一些外乡人的想法。其实樟坂到处都供奉着神祇，往往在一桌麻将的旁边，你就会看到用砖砌成的小小庙宇，这些充斥樟坂的袖珍庙宇供奉着许多不同的叫不出名字的神祇，分别管理着樟坂人的财产、婚姻、健康、事业和生育。甚至有专门分管厨房事务的神明。这和樟坂市政的机构相类似，这个县级市一共有九个副市长，管理城市的各种事务。同时，还有九个副书记分别对应这九个副市长，从党务的角度介入城市管理。这种分工的细致也是一种习惯。

因此人们有理由蔑视外地人对于樟坂人懒惰的说法。这是不负责任的指责。樟坂人既不懒惰，也不吝啬，反而讲究排场。他们会在结婚时花上大笔金钱来荣耀自己。每到这种时候，街上出现长长的婚车车流，每辆车的门上都挂着红色气球，在空气中瑟瑟发抖。然后前往樟坂的著名酒楼饱餐一顿，樟坂人在吃的方面出手大方，在著名的红楼就有一桌吃掉十万元的纪录。他们觉得婚姻是一生中的大事，在这种时候如果吝啬，是连神明都不许可的事情。

对樟坂懒惰、缺乏想象力、创造力和同情心、生性冷漠的说法终于被证明是无稽之谈。甚至缺乏安全感也只是一种猜测。这个看上去没有活力的城市的内部，涌流着真正的激情。这会体现在它的报纸、电视和所有其他的媒体上：媒体使用的洋溢着激情的语汇是别的城市的人感到陌生的，樟坂人习惯于加上许多定语和表语来描述事情的程度和性质。这是城市历史的一部分，记忆在樟坂人的思想里。樟坂人习惯于记者的采访，只要有话筒一伸到他们嘴边，他们就会准确地用樟坂式的语汇来描述这个城市和自己的心情。这也是传统的一部分。

也许通过这样的描述，你会对樟坂产生印象，这是一个夸张的城市。实际上"夸张"和真正的激情之间是很难分辨的，正如理想和幻想很难分别一样。这些都是不很清楚的概念，需要人们通过习惯或者信仰来加以分别。不过也许有一个最好的办法，就是事实。以下描述的与其说是一个故事，不如说是一个事实。用现实来描述历史，或者用历史来描述现实，其实是一样的。它们都是事实。

土炮最先提出到李寂家换古董的时候，大家吓了一跳。换古董就是搞钱的意思。说白了就是杀人抢钱。不杀人只抢钱叫"买干货"，杀人抢钱叫"换古董"。李寂是谁？是市长。准确一点说，是樟坂市分管工业和安全的副市长。不过，也许是市长也说不定，在场的人对这个不感兴趣。可是，土炮突然说要抢市长，大家的确愣了一下。大马蹬说，古董多得是，干吗去惹这个麻烦。土炮说，有什么鸟麻烦？他只是一个县级市长，芝麻大的官。这时躲在角落里的陈步森闷声说，他已经下台了，他要回大学当老师，就辞职了。大马蹬回头问他，你怎么知道？陈步森拢着袖子说，我看报纸的。蛇子对陈步森说，老鸢儿真是个秀才。

　　这是一间两居室的套房。桌上散乱着麻将和烟盒，还有楼下餐馆送餐的碗碟狼藉着，空气中混合着烟卷味和汗的臭味。这是位于城南农贸市场的一处老旧的住宅区，从窗户向外望去，可以看到当年苏联援建的工厂的空旷厂房，它们已经废弃了。巨大的烟囱刺向天空，根部长满了杂草，就像一根硬起来的屌一样。这是蛇子说的，他总是喜欢洗完澡后光着身体在大家中间走来走去，他的屌就这样在大家面前晃荡着。眼下他就这样，站在陈步森面前，好像要喂他尿一样，手上点起了一支烟。大马蹬对蛇子说，你那东西要是敢硬起来，跟那烟囱一样，就切了它。

　　大家开了一阵玩笑，说得有点黄。绕了一会儿才说回换古董的事。土炮说他已经踩好点，他知道李寂家里有货。大马蹬问他怎么知道李寂家里有货，土炮不肯说。蛇子说，做了几年市长，家里能没有几样古董？陈步森突然说话了，我们只做干货行不行？土炮说，你是猪啊，大头只做干货行吗？蛇子听了生气，土炮入行不到一年，口气不小，他对土炮说，你骂老鸢儿干吗？你算老几啊，还让不让人说话。老鸢儿是陈步森的绰号。这时大马蹬摆手，说，你们都闭嘴，土炮说得对，不能做干货。大马蹬护着土炮，是因为最近他做了几单好生意，很给大马蹬挣足了面子。

　　土炮说抢贪官是最安全的，没有人敢吱声。大家听了都说是。

大马蹬问了土炮一些李寂家的情况，土炮说李寂白天到学校上课，晚上就和老婆孩子在家。李寂的老婆叫冷薇，是小学老师，儿子才五岁，还有一个是李的丈母娘。有时候他老婆会叫人来家打麻将。大马蹬说，这可不行。土炮说周一他们家是肯定不打麻将的。大马蹬说，那就周一吧。

一桩抢劫杀人的密谋就此结束。人们可能把这个过程想象得过于复杂，这是错误的。住在红星新村的这些人从来都是说干就干。他们干出的惊天动地的事情可能只是一瞬间突发奇想的产物。比如抢李寂的案子，日后这个震动樟坂甚至全省的惊天大案只是大马蹬午睡起来打了一个呵欠之后的想法，他对土炮说，哪天去弄个古董吧。事情就成了。凶残不是他们的标记，不计后果才是这些人的主要特征，就像此刻，事情谈完了，他们就忘了。大马蹬让陈步森唱了一首歌，他喜欢唱歌，是秀才。他不识谱，却能记住几百首歌。在这群人当中，他文化最高，据说读了几百本小说。他站起来唱了一首歌，好像是《小白杨》。

他们又打了几圈麻将。大马蹬一直输。

接着他们开始睡觉，一直睡到晚上……

夜里十一点，他们开始动手。一行人喝了几瓶燕京啤酒，来到了李寂位于黄河大学教工宿舍楼的家。操场上竟然还有几个人在昏黄的路灯下打球，他们在黑暗中扑腾。陈步森凝视了他们一会儿，转身跟大马蹬上了楼。这时，远远的山边上的天空，被黑暗倾压着的一些红的云，好像慢慢被榨出的血，逐渐渗透在天上。

进电梯的时候，他们戴上了口罩。谁也没有说话。李寂住在三十一层，电梯咣当咣当往上升，陈步森觉得时间显得非常漫长。到十二层的时候，有一个穿中式唐装的老人走进电梯，他奇怪地看着这几个戴口罩的人。大马蹬对他笑了一下，说，您老几楼？他说，25楼。大马蹬帮他按了电梯。那人还是看着他。

电梯终于停到了三十一层。陈步森松了一口气。他们走出了电梯，土炮敲了3101的房门。就像叩响了李寂的丧钟。

李寂和他老婆被控制在卧室，陈步森抱着小孩，小孩没哭，目不转睛盯着他们，因为陈步森对他说妈妈要和叔叔谈事儿。李寂的岳母被绑在她自己的房间里。他们的嘴都被缠上了胶带。土炮用膝盖压着李寂，大马蹬这才看清，前市长是一个这么矮的人，好约只有一米六，他的眼睛一直看着地面，出奇地镇静。他的老婆冷薇不停在挣扎，嘴里发出呼呼的声音。大马蹬到处翻箱倒柜，他在抽屉里找到了现金两万块，还有两张存折和三张卡，一共有三十多万元。大马蹬要求李寂说出转账的密码。李寂没有吱声。土炮开始用力地用脚踢他，直到把他踢倒。冷薇挣脱控制，冲到李寂面前，她的嘴里发出含糊不清的呼喊。蛇子扑过去扭住她的手，把她绑在床杆上。李寂报出了密码。

蛇子出了房门，去银行转账。在接下来的一段令人窒息的时间里，室内的空气好像慢慢聚集在一起，结成了冰。大家坐下来休息。大马蹬在茶几上看到了一包中华烟，里面还有大半包。他说，烟不错嘛。他抽出一支，点着了。空气中立即充满了高级烟草的味道。他问土炮要不要来一支？土炮神情严肃地摇头，他的双胯紧紧地夹住李寂，就像骑一匹马一样。冷薇看着默不作声的丈夫，她的眼睛里浸透着绝望。

这时李寂突然表示要说话。大马蹬不想揭开他嘴巴上的封条，让他用笔写。李寂在纸上写了几个字：麻烦不要伤害他们。大马蹬笑了笑。李寂又写了：你们能拿到钱。

这时，在厅里的陈步森手中的孩子开始不安起来。他挣扎着要找妈妈。陈步森说妈妈和叔叔还在说话呢。可孩子不干，双手开始乱抓，突然他的手抓开了陈步森的口罩，陈步森吓了一大跳。他连忙放开孩子，慌乱中把口罩重新戴上。可是这时孩子已经跳下他的膝盖，走到卧室门口了。陈步森吓得魂飞魄散，冲上去一把抓住孩子抱起来，走进了孩子的房间，把门紧紧关上。他不能肯定孩子是否在他口罩掉下来的时候看到了他的脸。

陈步森开始小声地安慰孩子，说这是卫生检查。他向孩子解释父母为什么要在卧室待那么长的时间。他问孩子叫什么名字？孩子说他叫淘淘。他问为什么你要戴口罩？陈步森说，SARS啊。孩子似乎懂了。

陈步森觉得时间过得非常慢。这可能只是一种感觉上的误差。他从来没有在"作业"的时候和一个小孩待在一起，这让他很不习惯。他发觉用逗的方法来控制小孩比别的方法有效，小孩子很闹，比大人更不容易控制。他们以前也用贴胶带的方法，就闷死了一个。陈步森不想这样做，所以他决定和这个小孩聊天，并且发觉这很有效。他终于让孩子相信，大人现在在另外一个房间谈重要的事情，是不能打扰的。

这可真是一种古怪的体验。隔壁正在酝酿杀机，这厢却有一个凶手在和孩子聊天。陈步森突然觉得有一种不真实的奇怪感觉，好像陷于梦中一样。淘淘问他还要多久可以找妈妈。陈步森说还得有一会儿。他说，我给你变一个魔术吧。陈步森真的在孩子面前变了一个藏手指的魔术，就是突然间让人发现他的其中几个手指不见了。魔术变得很成功，淘淘竟然乐得咯咯笑了起来。他要陈步森再变，陈步森不会变别的魔术，只好把这个藏手指的魔术变了再变，淘淘就一直笑。

大马蹬听到了笑声。他觉得很奇怪，慢慢地走到门前，打开了儿童房的门，他看到了令他诧异的一幕：陈步森正对着小孩变魔术，把孩子逗得笑个不停。大马蹬和陈步森对视了一下，他什么也没说，张着嘴，慢慢关上了门。

陈步森对小孩说，我变过魔术了，现在你变一个我看看。孩子说，我不会变魔术。我画一个画给你看。淘淘用桌上的蜡笔开始画画。这时，陈步森心中涌上一种很不舒服的感觉，他觉得自己在这种时候和这个孩子聊天，是不正常的，也是不应该的。他压根儿也没想到会发生这样一幕——那可能只是一个解决危机的办法——逗小孩在此刻似乎是不合法的，即使它可能是一个行之有效的控制小孩子的方法，否则就会把他弄死。现在，陈步森不想杀人。

淘淘把画好的画给他看。可是现在陈步森已经无心看画了。他不知道为什么外面会拖那么长的时间，他快受不了了。可是他又不能出这个门。这时，陈步森看到了孩子的画：他画了一个海，海里有一个人。天上有一个长胡子的人，用手摸他的脸。陈步森问，这个水里的人是谁啊？淘淘说，是你啊。陈步森一看是有点像他。陈步森又问长胡子的人是谁？淘淘说是我爸爸啊。他问天上的人为什么摸水里的人的脸。淘淘说，因为我爸爸爱你啊。他在画上又写下四个字：爸爸爱你。陈步森说，这水里的不是我，是你吧。说完他心里咯噔了一下。因为隔壁正在作业，这里却说爱不爱的，让陈步森很不舒服。他问孩子，谁教你画的？孩子说，外婆。这画送给你。说着孩子把画塞进了陈步森的口袋。孩子说，你把口罩摘下来嘛，让我看看你长了胡子没有。陈步森说，不行。

这时，外面传来杂乱的声音。陈步森感觉不对，他走出房间关上门，看到蛇子回来了。卧室的门已经打开，里面出现惊人的一幕：土炮用榔头拼命敲打李寂的头部，发出通通的声音，地上都是喷溅出来的血。李寂因太过痛苦挣脱了控制，像割了喉咙的鸡一样满地乱扑腾。大马蹬示意陈步森上去帮土炮，陈步森只好冲上去摁住李寂，使土炮得以用力击打李寂，锤子几乎敲碎了李寂的脑袋，陈步森的口罩上被喷得全是血。土炮发了疯似的大喊大叫，他的铁锤砸断了李寂的脊梁骨、胸椎和颈椎。有一锤砸在后脑壳上，白白的脑浆溅出来。连大马蹬都看呆了，骂道，土炮，你这是干吗？这时，陈步森感觉到李寂的身体完全软了，如同一条去了骨的鱼一样。他放弃了它。土炮也住了手。

李寂的老婆目睹了整个过程。她先是一动不动地看着，后来嘴里突然吐出一口东西来，从胸膛发出一声撕心裂肺的惨叫，紧紧贴在嘴上的胶带纸喷出来。大马蹬立即上前按住她的嘴。但她大汗淋漓，已经昏过去了。土炮上前也要敲她，被大马蹬制止住了。也许是李寂的死状把大马蹬也吓住了。他恐惧地看着李寂不成形的尸体。李寂的脊梁骨砸断了，头敲碎了，他的一颗眼珠子也挤出来了，挂在眼眶外面。

陈步森肠胃一阵翻滚，当场扶着椅子呕吐起来。

第二章　火车上的回忆

　　列车奔驰在田野上，仿若一条巨蛇在痉挛，发出有节奏的轰鸣。当它进入隧洞时，声响变得更为巨大。然而它即使如同雷鸣，也不及陈步森内心的心跳，他斜靠在窗户上，眼睛直直地盯着窗外，即使火车行经隧洞，眼前变得黑暗，他的眼睛仍然睁着，发出黑漆漆的亮光。

　　这是一列前往云南昆明的列车。是大马蹬指定的陈步森的逃亡方向。这是大马蹬的习惯，每卖一次古董，他们就要作这样一次鸟兽散，然后重新聚集。但对于陈步森来说，这是第一次真正杀人，他被李寂头上喷出的脑浆吓得魂不附体，直到他上了列车，还一直做这样的噩梦：李寂种植在地上，他的脑浆像井喷一样喷出白白的脑浆。陈步森自从上了列车，就没有像样地吃过饭，他吃不下。现在，他昏昏地靠在窗前，儿时的事情如同窗外划过的画面，过电影一样浮现眼前。

　　陈步森第一次独自坐火车远足，是他十四岁那年撬家出走，背着书包一个人扒火车到了新疆。他的父母突然把他抛弃了。也许这只是陈步森的说法，他的父母未必会同意这样的评价：陈步森被父母送到了孤居的外公家里。在此之前，陈步森父母的关系已经濒临破裂，他们在家里大打出手，完全不顾及陈步森还在一旁看着他们。

这对在抗生素厂工作的工人夫妇一年前突然被减员下岗，理由只有一个：年龄已经超过五十岁，理所当然地成了优先下岗的人选。陈步森永远记得那天的情景：两个人黑着脸回到家里，突然坐在矮凳上痛哭起来。陈步森第一次看到父亲像娘们一样哭，拖出长长的鼻涕，感觉上非常恐怖。

但更恐怖的还在后头。由于厂方把工厂的固定资产便宜出让给一个私营老板，所有被下岗的工人只领到极微薄的退休金，陈步森家的家庭收入立刻陷入困境，而原先的厂长却成了新厂的股东。

陈步森的父母加入了工厂的抗议队伍，在厂门口静坐，但领头的工人三天后被厂方收买，抗议群众作鸟兽散。陈步森的父母开始为生活的困境互相打斗。他们曾经是第一批下乡的知青，父亲在北大荒冻坏过脚，是个瘸子，好不容易回城找了个工厂的工作，在他四十岁上才结婚，生下陈步森，现在一无所有了。父亲和母亲无法承受这样突如其来的打击，变得极其沮丧和脆弱，动不动就发生激烈的冲突，大打出手。有一次陈步森看见：母亲抱怨自己到菜场捡人家丢下的菜帮子被熟人撞见，脸上无光，骂父亲无能。父亲突然就抡了根棍子出来要和母亲拼命，母亲不甘示弱，拿起案上的菜刀，两人打成一团，母亲的头被打裂了，父亲肩上的筋被砍断了一根，从此右手抬不起来了。他们完全不顾及陈步森在一旁看着他们。陈步森也没劝，只是冷冷地看着，就在那一刻，父母的地位在他的心目中完全崩塌了。

第二天，陈步森被扔掉了，因为父母分开了。谁也不愿要陈步森，把他扔给了外公，一个靠退休金过日子的中风老人。让陈步森诧异的是，自从他被送到外公家后，父母亲就没来看过他，好像他是一袋讨厌的长芽的土豆。

陈步森扒上了去往新疆的列车，他喜欢唱歌，喜欢听新疆维吾尔族的歌，所以想去那里看一看。陈步森一路靠吃别人剩下的盒饭坐车到了乌鲁木齐。在乌市他流浪了两个月，靠给羊肉串摊子生火混口饭吃。在一个夜里，他被一群维吾尔族流浪儿暴打了一顿，陈步森觉得无助极了，终于打通了表姐周玲的电话。周玲第二天就坐上了去新疆的列车，在一个菜市场边上的垃圾堆旁找到了陈步森，把他带回了樟坂。

从此，陈步森住在外公家，用的却是表姐的钱。但他的上学却三天打鱼两天晒网，经常逃学。父母亲像约好似的，都不来看他。父亲已经完全被生活打倒了，有人看见他站在河边，衣裳褴褛地自言自语。陈步森已经把他们忘记了。周玲看他实在不爱读书，爱唱歌，就出钱给他找了个老师，让他练歌参加歌唱比赛。陈步森来了兴趣，很是积极地练了几个月，居然过了复赛。他觉得自己要出人头地了。可是在决赛中，陈步森被甩在前三甲之后。前三名的家长有的花了近五万元才买到名次。这是一场彻头彻尾的黑箱作业。周玲气炸了，可是陈步森却出乎表姐意料地说出一句话来，他说，表姐，别生气，我注定跟我父亲一样，这一辈子没有希望。表姐说，你没有志气。陈步森说，没有钱，志气管屁用？他们不就是没有钱，连儿子都不要吗？

那天晚上，陈步森潜到外面，第一次偷东西。他偷了一家洗发店老板的手机。被抓住了。老板要他认错，陈步森不认。洗发店老板就把他的脖子用一根绳子圈住，像牵牛一样绑在洗发店门口，引来了无数人观看。洗发店老板把他的裤子扒下来，勒令他双手捧着一个牌子，上面写着：我是贼。牌子上还打了个红叉。如果他不干，就送陈步森坐牢。一群人笑着看他的下身，笑着议论他的毛是红的，很细。陈步森端着木牌，想，等他放了我，我就放火把洗发店烧了。

表姐叫来了警察，把陈步森救下来。表姐问他为什么不认错？陈步森说，把我爹妈赶出工厂的人为什么不认错？把我赶出家门的父母亲为什么不认错？表姐无言以对。

一年后，周玲终于给陈步森找了一条出路。她出钱让陈步森去学了开车。经过半年的培训，陈步森成了一个大货车司机。他开着长达十米的大货车在中国的大地上奔驰，挣着微薄的工钱。他终于逃离了地上的家，在车上安了家。没有一个司机像他那样永远不回家，而是在驾驶室后边的卧铺上安家。陈步森找不到父亲的家，外公死了，没有家了，表姐结婚了，那也不是他的家。他的家在车上。陈步森开着巨大无比的货车奔驰在公路上，像一个永远不知疲倦的精灵。

夏天，陈步森脱光衣服，光着身子在蒸笼一样的驾驶室开车，后视镜上系着的毛巾随风飞舞。冬天，货车开到内蒙，为了抵御寒冷，陈步森身体上卷着一床棉被，只露出两只手开车。他唯一的快乐就是能够在车上放开喉咙唱歌，他的歌声在草原上随风扩散，被大地吸得干干净净，没有任何回响。

这样的好日子很快就到头了。陈步森为了挣到更多的钱，伪造增驾大客驾驶证，当上了客车司机，跑从樟坂到龙口的长途客运。跑了一年，新增的进口大巴挤垮了脏兮兮的双层卧铺车，陈步森再度下岗。

失业半年后，陈步森租了一辆破得不能再破的农用中巴，跑短途线路，维持着岌岌可危的生计。陈步森只有不分白天黑夜地出车，才能在路上捡几个人家扔掉的旅客。有一次他在别人的路段载客，被当地司机雇用的打狗队堵在路上，拖到路边的厕所里毒打了一顿，有一棍打在他头上，他当场就被打昏了，起来后竟记不起自己是谁。陈步森爬回车上，摇摇晃晃地开着车回樟坂，在收车回站的时候，他莫名其妙地把一个路人挤到电线杆上，挤死了。当警察把他带到派出所时，陈步森竟然无法理解他挤死了一个人，他的脑袋好像被打坏了。

被挤死的人是个智障人。但陈步森却断送了他的司机生涯。他被查出伪造驾驶证，使用报废的危险车辆，以及肇事致人死亡。除了赔偿外，陈步森被判了一年劳动教养。

陈步森重新回到一无所有的境地。

陈步森在劳教所劳动了一年，几乎断送他的身体。他从早上五点半起床，到水池抢水洗脸，六点吃饭，然后开始干活，一直干到夜里十二点。中间吃饭的时间只有十五分钟。他们冲到饭厅排队等着吃饭，然后一声令下，就活脱脱像狗抢饭一样飞快吃完饭，到水池洗碗。每一次他洗完碗上到厂房都迟到，被罚多做十双鞋子。

有一次洗碗的时候，一个人凑上来对他说，傻瓜，你这样洗碗能不迟到吗？他疑惑地看那人。那人说，没有人像你这样洗碗能来得及的，这是劳教所，不是疗养院，看我怎么洗碗。只见那人只是把碗用开大的水猛冲一下，右手搓一圈了事。只能这样，明白吗？

陈步森记住了这个人。

这个人的名字叫大马蹬。大马蹬教给他许多赚钱的方法，他半信半疑。不过，大马蹬说的一句话，却让他记住了。大马蹬说，饿死胆小的，撑死胆大的，世上无公平，罪也不算罪。陈步森问他，你不害怕？大马蹬笑了，害怕？不，我干吗要害怕？我只是小偷，这世上大偷多得是，他们为什么不害怕？陈步森沉默了。大马蹬说，想通了，就什么也不怕了，你就自由自在了，明白了吗？

列车停在一个并不下旅客的小站，好像在等待交汇车，周围非常安静，可是在陈步森感觉来却有一种可怕的焦虑。乘警戴着红袖章急匆匆地在车厢间穿梭，似乎出了什么事情。陈步森迅速闪进厕所，谛听着外面的动静。直到脚步声消停下来，他才走出厕所。列车撞击了一下，又缓缓开动了。

原先的陈步森是不会如此恐惧的。自从父母亲把他抛弃后，他就变得天不怕地不怕。有一次想不开，他甚至把车冲向山崖，连死都不怕了。可是这回不同，不是他死，而是在他的面前，另一个人死了，脑浆射出来。陈步森的恐惧就如同这迸射的脑浆，扩散开来。他第一次体验到：杀死一个人真的跟杀死一只鸡不同。因为，人是有灵魂的。

陈步森的车把智障男人挤死也和这一次不同，那只是一次事故。陈步森即使为此坐了一年牢也不会产生这样大的恐惧。不过，他的饭碗算是丢了，出了劳教所，陈步森擦了几个月的车，挣一口饭吃。后来陈步森在擦车时认识了一个车主，是新乐家园的物业部主任。陈步森把他车上掉下来的两千块钱还给了他，主任很高兴，问他要不要到他那里去工作？陈步森说好啊，于是他第二天就到了那家新的社区当上了一名保安。

陈步森到新乐家园当保安不到一个月，由于一楼的住户家里接二连三地发生墙壁开裂和水管破裂的事情，业主和物业部发生了大纠纷，业主冲击物业部，陈步森和保安们被迫列成纵队当人墙，阻止业主的冲击。业主们气愤已极，向他们投掷酒瓶，陈步森头上被砸出血来。主任让陈步森把电闸拉掉，强行停电以示对闹事业主的惩罚。陈步森奉命拉掉了电闸。

当天晚上，陈步森被一群业主拖到化粪池边上狠狠地打了一顿，然后把他按到粪坑里，问他还敢不敢？陈步森说不是我要拉电闸，我是同情你们的。业主就把他拉上来，说，你同情我们？你怎么会同情我们？陈步森打着喷嚏说，真的，我知道你们冤枉，是物业部不对，我不想拉电闸，是主任要我拉的。业主说，好，我这就让你看看我家，看看淹成什么样儿。陈步森跟着到了他家，只见那人家的地上全是粪便，是从马桶倒流出来的。陈步森看到后十分震惊。

陈步森马上走回到配电房合上了电闸。

主任气冲冲地找到了陈步森，问他为什么合上电闸。陈步森说，主任，人家家里都成粪坑了，我们为什么还跟人对着干？主任说，你是谁啊？你有什么权力合电闸？你算老几？这些人跟咱讲条件，都一年不交物业费了，没钱怎么开你们的工资？你懂个屁，胳膊肘往哪儿拐？陈步森说，总是我们先错的嘛。主任对旁边的手下说，这小子糊涂了，让他清醒清醒。手下的人就上来把陈步森扭住，吊在篮球架上，他们像玩皮球一样，用脚踹陈步森，然后用警棍电他。主任对陈步森说，你知道我们的头是谁吗？凭你这个小脑袋想死也想不出来，我告诉你，我们的老板是中央首长的小儿子，知道了吗？他们闹，你闹吧，看看谁闹得过谁？今天先教训你，明天警察都要开进来，收拾这些闹事的，陈步森，算我看走了眼，你已经不是保安了，你是他们的人，明天连你一块抓，不，首先就抓你！操你妈的。

第二天警察果然开进来了，主任说得不错，警察拘捕了四十几个业主。陈步森躲在树后面，看到主任带着警察找他，叫，陈步森，出来！陈步森听到主任对警察说，这小子忒坏，有前科的，坐过牢，这回非整死他不可，不知好歹的。

警察快走到他面前时，陈步森很绝望，他突然开始攀爬一根电杆，这是一根沿街的电杆，上面是高压箱。陈步森一直爬到了最高的地方，喊，你们别过来！你们过来，我就往下跳。警察就停止了，好像在商量什么。街上的人越聚越多，陈步森高喊，你们没有权力抓我！你们是混蛋，你们让人家家里淹水，还抓人家，无法无天！业主们纷纷鼓掌。主任非常难堪，对警察说，赶快抓住他！警察说，别冲动，他现在很激动，如果跳下来弄出人命，不好办。主任说，那怎么办？街上人越来越多，影响多不好。警察说，死人了影响更不好，快，把他骗下来，人只要下来，还不好办？陈步森在上面喊：我没有错！他突然展开下来一个长长的标语：还我家园！

主任说，操，他被人利用了！

主任错了，陈步森在电杆上的时候，真的想死。他好几次想从上面跳下来。警察出动了好些人，在底下放了充气垫，好言好语劝他下来。双方僵持了三个小时。陈步森还是从电杆上跳下来了，他像鸟一样飞出去，然后落到垫子上。

陈步森被扭送公安局。本来要再判个劳教，可是业主们到公安局抗议，最后把陈步森治安拘留十五天处理。半个月后，陈步森从看守所出来时，太阳刺得他睁不开眼。他坐在路边，不知道自己要往哪里去。

他突然想到了大马蹬。

大马蹬让他有事可以找他。可是陈步森从来没拨过他的电话。但在今天，陈步森想拨他的电话了。他想起了大马蹬对他说的话，世上无公平，罪也不算罪。今天，陈步森算是领会大马蹬的话了。他觉得大马蹬虽然可恶，但有比他更可恶的，大马蹬虽然偷和抢，但有比他更大的小偷和强盗。自己被父母亲抛弃，没有自暴自弃，一直地靠卖力气活到现在，可是现在他却一无所有。陈步森住在一间破地下室里，手上只剩下一百块钱，他用这钱买了二十斤白米，居然就靠着这二十斤白米过了二十天，天天嚼着白饭，什么菜也没有，哪儿也没有去。陈步森吃完了就躺在破席子上发愣。到了二十斤白米吃完的时候，他真的一无所有了，就从破席子上起来，大喊了一声：我操你姥姥！

他拨通了大马蹬的电话。

大马蹬见到他时，立刻明白了他的来意，居然拥抱了他。当晚大马蹬就带他去做了一件事，在国棉厂的路上他们堵住了一辆小车，让陈步森当场上前抢劫。陈步森浑身颤抖。大马蹬踢了他，陈步森才上前把吓得发抖的车上的两个人身上摸了个遍。这一回他们摸到了一万多块钱、两只高级手表和一箱名酒。大马蹬对陈步森说，你是不是害怕了？陈步森说是。大马蹬说，你为什么害怕？因为你觉得你做错了，所以你害怕。我告诉你，你没做错。他们犯的是罪，是大偷，是强盗，你只是小偷，他们都不害怕，你怕什么？陈步森说，也许这两个是好人……大马蹬笑了，没有必要分得这么仔细，有钱人分钱给穷人，是天经地义的，为什么？因为我们是穷人，我是穷人，陈步森，明白吗？你也是穷人，我们是因为穷才去偷去抢的，可是他们已经很富了，还偷还抢，谁更有罪？我是穷人，你懂吗？我也是人，我的家在河南，可是人跟人不一样，我读到小学家里就没钱读下去了，是我不爱读书吗？不是，为什么我家就那么穷？连书都读不起？我长大了，还是没钱，娶不起媳妇，我在地里头苦干一年，还不如人家一个晚上喝酒喝掉的钱，这公平吗？我到城里来，想做工挣钱，人家嫌我没文化，可是我不是不想有文化，我是没钱读书所以没文化，能怪我吗？谁能理解我？谁肯帮助我？狗屎！没人肯帮我，没人会理我，我们这种人只能自生自灭，我在工厂做工，工钱拖欠我，这是哪门子道理？

陈步森，今天你刚进门，我就跟你多说点儿，没有人跟咱讲道理，没有人会理我们，可是，我们自己可以救自己，我们自己可以跟自己讲道理。他不给我们工钱，我们可以自己去取，懂了吗？就像今天晚上你把手伸进别人口袋，不要害怕，不要恐惧，没有错，哪来的恐惧？

要恐惧，这社会上，人人都得恐惧，人人都做偷鸡摸狗的事，人人都有错。不要害怕，你的心硬起来，像石头一样，像钢铁一样，当你把手伸进人家口袋里的时候，你要感觉好像是在掏自己的口袋，不是吗？是，就是你自己的口袋，老天爷把我们生在了这世上，绝对不会要我们饿死，我们之所以穷，是别人拿多了，你不过是把自己的那一份拿回来！

陈步森呆呆地听着，他好像全明白了。

大马蹬说，现在你把手伸到我口袋里来，把我的钱拿走。陈步森疑惑地看他，他把手伸进大马蹬的口袋，被大马蹬一把抓住，一拳打翻在地，说，你是个笨蛋，我让你拿，是对的，你要是能把我口袋里的钱拿走，这钱就是你的，可是你笨到这种程度，真的当我的面把手伸进来，我能让你拿吗？你得想办法，神不知鬼不觉，没有害怕，没有恐惧，只有专心致志，目标专一，想方设法弄到手，所以，只有能不能做到的事，没有敢不敢去做的事。

从这一天开始，陈步森迅速成了大马蹬的左右手。他很聪明，很多钱都是他搞到手的。但他从来没有杀过人，直到李寂的出现。

第三章　被害人的儿子

李寂死后的三个月，红星新村里的人躲到了外地。这是大马蹬的意思。也是他们的惯例。当然他们都分到了钱。陈步森得了五万块钱，这个钱数不算少，他已经很满意了。陈步森其实对钱并没有太大的欲望，他认为自己是个随性的人，走上这一行纯粹是命运的关系。至少他自己这么认为，如果父母不离婚，可能他现在已经成了歌星，在某地开演唱会。陈步森昨晚就做了开演唱会的梦，醒来发现自己躺在红星新村的床上。他睁开眼睛，看见了肮脏的驼红色窗帘。中午的阳光已经透过它漫射进来。

除了陈步森，没有人敢这么快回到红星新村，蛇子是后面跟进来的。在这个团伙里面，有两个胆大包天的人，一个是陈步森，另一个是土炮。前者成天像没睡醒一样，经常若有所思地注视着窗外的原野，或者原野上的巨型烟囱，大马蹬说陈步森脑袋里少长了一根筋，所以他什么也不怕；土炮的胆大表现在暴烈的脾气上，成天骂骂咧咧，好像跟谁有仇似的。他的人缘并不好，因为好发脾气，除了大马蹬，没人爱搭理他；但喜欢和陈步森说话的人不少，蛇子就是一个。蛇子总觉得沉默寡言的陈步森有学问，因为他不说话，所以让人拿不定他究竟在想什么。蛇子跟着陈步森在云南昆明躲了三个月，用的都是陈步森的钱，陈步森也没有不乐意。他觉得抢来的钱不算钱，应该就是这么个意思。

陈步森点着了一支烟，从床上支棱着身子，呆呆地看着窗外楼底下的市场，也许是非典刚过，提着篮子的人有的还戴着口罩。空气中飘浮着消毒水的味道。陈步森突然间感到非常无聊。他在云南待了三个月，本来想去西双版纳玩玩，这是他藏在心中好久的愿望。可是一到昆明他就哪儿也不想去了，这种愿望的消退是突如其来的，宛如风把烟突然吹散一样，陈步森再也提不起动身的欲望。过去他从来没有这种感觉。陈步森在昆明熬了三个月，心已经飞回了樟坂。他不知道自己怎么会那么渴望回樟坂，那里的危险并未消除。不管怎么说，他还是回来了。

蛇子也醒了。他总是像一只猪一样，必须睡够时间，否则就会像孩子一样耍赖。他也爬到窗前看，问陈步森想吃什么，他下去买早餐。陈步森说自己什么也不想吃，并开始穿衣服，今天他想出去走走，去看看他的表姐周玲，一个嫁给教授的公司白领，在巨塔公司担任财务。虽然陈步森对她的丈夫没有好感，但自从父母离异后，他被抛弃了，反而是表姐时常关心他。父亲癌症去世后，表姐更是拿他当亲弟弟看。陈步森爱唱歌也是受了表姐的影响。所以连母亲家也不去看望的陈步森，倒常常会去周玲家走动走动，用偷来的钱买一点礼物给她。

表姐的家在建设路和东风路的交界处，离建设路小学也就走十来分钟的路。陈步森经过水果店时停了下来，想买些水果给表姐。可是他站在水果摊前,手摸着兜里的钱,突然犹豫起来。他觉得用抢来的钱给表姐买东西是不是不好。过去他从来没有这样的想法。但今天他突然觉得不合适了。也许陈步森回忆起了那天的事情:李寂的死状太惨,陈步森还是第一次看见有人的脑浆被敲出来。这样的想象让陈步森很不舒服。他在水果摊面前呆呆地站了一会儿,还是打消了主意。他想,今天我就不买东西了吧。

表姐不在家。陈步森很失望。他好久没有见到她了。只有她的丈夫陈三木在家,陈步森认为陈三木一向不太看得起自己,至少他是这么感觉的。过去陈步森到表姐家玩,陈三木会一个晚上不跟他说一句话。但如果凑巧他闲着,兴趣来了有时也会跟陈步森聊会儿天,可是陈步森不喜欢跟他聊天,因为陈三木总想给他上课,教育他要重新做人。实际上陈步森除了被拘留过十五天,还没真正坐过牢呢。所以,陈三木教育他的话,打左耳进从右耳出。眼下陈三木正闲着,就和陈步森搭讪,说周玲去排练歌咏比赛了,他说了一阵子话,大约是教育陈步森尽快找个工作,他说像陈步森这样的人一辈子也找不到老婆。陈步森听不下去,说他有事,掉头就出了表姐家。陈步森就是不愿意听陈三木教育。虽然他跟大马蹬混,但有时他觉得大马蹬比陈三木还强。大马蹬至少还分钱给他,从来没短过他钱。可是有一次陈步森到表姐家,表姐要给他削苹果吃,陈三木说先给他吃白地瓜。因为白地瓜比苹果便宜。

陈步森把手插在裤袋里,一个人慢慢在路上走。他不知走了多久,来到成功广场。太阳渐渐爬上天空,把一盆热气倒下来。这时陈步森有些饿了,他对着一匹马的雕塑看了一会儿,想进旁边的麦当劳吃一个派。他喜欢透着清香的苹果派。突然旁边响起来一阵歌声,陈步森扭头一看,旁边是一个幼儿园,孩子们跑到了院子的草地上。他们搬着硕大的玩具字母，跌跌撞撞地跑着，有几个连人带玩具跌倒在草地上。陈步森看着，就乐了。他觉得五六岁的孩子的脸长得很奇怪，肥肥的，就像老干部一样。其实孩子和老人长得是很相像的，只是人没注意。

突然，陈步森看到了一个摔倒的儿童，陈步森被他狗啃泥的样子逗乐了。可是当他再次把目光转过去的时候，他的眼睛不动了。陈步森张着嘴巴望着那个孩子。那个孩子也回头看了他一眼。他觉得这个孩子面熟，就和他对视了一会儿——慢慢地，陈步森脸上的汗渗出来了，他吓得灵魂出窍：这个儿童就是他在李寂家看到的孩子。或者干脆说，他就是李寂的儿子淘淘。

……

陈步森一直跑到成功广场旁边的南湖公园。他用尽了力气奔跑，现在，他终于跑不动了，坐在公园的椅子上大汗淋漓，浑身都湿透了。陈步森的眼前晃动着孩子的影子，好像孩子是一只鬼。他怎么也没想到会在这里遇上那个孩子。而且他还回过头看了陈步森一眼。这一眼让陈步森非常难受。他想，这孩子一定认出自己了，因为在李寂家，他的口罩脱落过，所以陈步森觉得孩子是应该认得他的，否则就不会突然向他投来一瞥。他庆幸自己跑得快。想到这里，陈步森仍然觉得在公园里不安全。他站起来朝公园门口走去。他走出公园时，觉得自己可能犯了一个大错误：他后悔从云南跑回樟坂了。

陈步森心里七上八下，走着走着又停了下来。他不能肯定孩子一定认出了自己。虽然他的口罩确实脱落过，可那只是很短的时间，他马上又把口罩戴上了。当时孩子应该没有看清自己的脸。陈步森慢慢往家走，心好像在身体里晃荡着。他不想就这样带着疑惑回家，这样他也许会睡不着觉。如果那个孩子已经认出了他，他就无法在樟坂待下去，他又得跑到外地避风头，这是他很不愿意的。如果能证明刚才孩子并没有认出他，只是虚惊一场，那他就可以安安心心地在樟坂待一阵子了。但现在怎么知道孩子有没有认出他来呢？

陈步森在公园外的便道上慢慢逡巡，产生了一个大胆想法：重新回幼儿园的围墙外，他要试一试，弄清楚那个孩子到底认不认得出他是谁。这是一个冒险。但陈步森心里似乎有一点把握。他不相信口罩脱落的一瞬间孩子能记住他的脸，况且当时灯光昏暗；他也不相信刚才孩子的一瞥就认出了他，因为他没看见孩子有什么异常的反应。陈步森慢慢向幼儿园走，他的心还是在身体里滚来滚去。

他慢慢地重新接近幼儿园。孩子们还在草地上嬉戏。陈步森躲在围墙后面，用了好一会儿才找到那个孩子，他正抱着一个大熊。陈步森注视了他好久。可是他老是不回过头来。

等了大约有十分钟，孩子终于转过头来，陈步森迅速地把头从围墙往里探了一下。孩子看到了他，完全没反应。陈步森长长地出了一口气：他觉得自己捡回了一条命。

在接下来的半个小时内，陈步森故意在围墙外走来走去。一方面想进一步证实自己的判断是正确的；一方面他似乎也对这个孩子产生了兴趣。最后，孩子居然走到了围墙边，对他说，叔叔，你要找谁？你是伟志的爸爸吗？

回到红星新村，陈步森睡了一整天，从傍晚开始睡到第二天中午，蛇子叫他起来吃饭，他说他要睡觉。陈步森做了好几个和那个小孩有关的梦，但他认为这并不说明他害怕这件事情。因为小孩没有认出他来。但陈步森的脑袋里总拂之不去孩子的面容。他不想出门，连床都不想起，好像要在床上赖到明年的样子。他醒的时候想着那孩子，睡着了也梦着他。陈步森有些烦了，骂着自己。

下午的时候，蛇子回来了，把他叫醒，说，我靠，你都睡了一个对时了。他带回来一只烧鸡，是葡口的。陈步森起来刷了牙，吃了烧鸡。蛇子问他干吗无精打采像打蔫的稻子一样。陈步森说，你的烧鸡哪儿来的？蛇子说，打弹子赢的。他又说，我看见刘春红了。刘春红是陈步森过去的女朋友，在歌厅唱歌时认识的。陈步森问，她在哪里？蛇子说，在鲁湾酒吧，她现在不唱歌了，在酒吧做领班呢。陈步森说，她本来就不会唱歌。蛇子说，你不想见见她吗？

陈步森和蛇子来到了鲁湾酒吧。因为是下午，酒吧里没有多少人。春红果然在那里。她好像知道陈步森会来，见到他的时候没有露出惊讶表情，却表现出过度的热情，好像和过去一样。刘春红请陈步森坐在她身边，给他倒了日本清酒，她知道他爱喝清酒，给蛇子倒了伏特加。她说这两杯酒是请他们喝的。她今天穿得不错，至少陈步森这么认为，比起当年在歌厅唱歌的时候，她现在穿得有品味了。不过透过她的衣服，陈步森仍能够想象她身体的样子，她的胸部并不大，但总能挤出一条乳沟。陈步森不想去回忆过去的事情，就喝了一大口酒。他们寒暄了一阵。春红说，听说你最近发财了。陈步森听了这话有些难受，虽然他能肯定刘春红不知道他真正在干吗，但蛇子一定把他有钱的事告诉她了。他没有吱声。蛇子的话很多，他大讲陈步森在云南吃蚕蛹过敏的事，说他全身起了一公分的包。这是在瞎说。他就爱这样说话。陈步森突然觉得这种谈话很无聊。他本来还想见刘春红一面说几句话，现在心情全没了。又坐了一会儿，陈步森说他有事要先走，他要付酒钱的时候，刘春红有些难受地说，我就不能请你喝一杯酒吗？陈步森就不付了。

来到了大街上，陈步森的脚不由自主地往一个地方挪，就是那个孩子的地方：幼儿园。自从昨天看见他之后，陈步森就有些魂不守舍了。连他自己也搞不清楚为什么会这样，眼前老是甩不开那个孩子的影子。有人说，鬼都是长得像小孩那样的形状的。但那个孩子并没有死掉，他是不会变成鬼跟着陈步森的。难道只是害怕吗？陈步森不承认，他不是那种懦弱的人，自从他父母离异不管他之后，他就变得天不怕地不怕。他常跟着大马蹬去换古董，但他没亲手杀过人，他不想杀人，只是觉得那件事情恶心，不是因为害怕。陈步森在便道上的一张铁椅子上坐了好久，想着这件事情。他知道孩子昨天并没有认出他来。但他不知道孩子今天会不会认出他来。现在，陈步森产生了一种想法，很想再去试一试，看看孩子今天是不是会认出他来。

这几乎是一种奇怪而危险的荒谬念头。陈步森完全可以因为昨天的危险而溜之大吉。连他自己都无法理解为什么还要再跑一趟，仅仅为了试试今天他会不会被孩子认出来吗？但陈步森好像真的被自己的念头吸引了，他非常想再见一下这个孩子。他就从铁椅子上起身了，向幼儿园走去。

陈步森很快来到了那个幼儿园。现在他才看清楚，它叫春蕾艺术幼儿园。陈步森爱唱歌，知道什么叫艺术幼儿园。陈步森来到围墙外，草地上空无一人。他没见到那个孩子。陈步森有些失望。但他知道幼儿园还没放学，他决定等一等。陈步森走进旁边的麦当劳，一边吃着苹果派，一边盯着幼儿园看。苹果派吃完的时候，孩子们终于跑到草地上来了。

陈步森慢慢地走出来。他的眼睛在孩子群中寻找，很快找到了淘淘。他正在使劲儿地吹一个气球。淘淘吹完气球时，突然看见了陈步森。陈步森像被一枚飞镖击中一样，有一种方寸大乱的感觉。但淘淘好像认出他来了？是认出了昨天和他说话的那个人，不是那个夜里的人。他望着陈步森笑了。

陈步森的心摔回到了胸腔里。他对淘淘招了招手。淘淘跑到围墙边，说，你能帮我吹气球吗？我吹不了像他们那么大。陈步森心中有些不安，他看了看周围，并没有看到老师。他说，好啊，我帮你吹。陈步森吹了气球递给淘淘。淘淘说，谢谢您，叔叔，现在我的气球比他们的都大了。

吹完气球的陈步森已经大汗淋漓。他心里有恐惧划过。陈步森很快离开了幼儿园，打了一个的士回到了红星新村，一进门就冲进卫生间洗了一个冷水澡。出来的时候，蛇子突然出现在他面前，用一种奇怪的笑注视他，说，我知道你到哪里去了？嘿嘿。陈步森吓了一跳。蛇子晃着一把水果刀，说，你前脚离开，刘春红后脚就跟着走了，我以为你们在这儿办好事呢，我来个捉奸在床，告诉我，你们到哪个宾馆逍遥去了？陈步森松了一口气，说，操你姥姥，我跟她还犯得着上宾馆开房吗？轮得到你小子捉奸在床吗？蛇子点点头，倒是。你们是老夫老妻了。不过我告诉你，她还真的想破镜重圆呢。陈步森不理他，坐到窗口去抽烟。蛇子说，土炮打电话来，他和大马蹬在长沙，问我们想不想过去。

不。陈步森吐了一口烟。蛇子说，我们总不能坐吃山空吧。陈步森知道大马蹬是怕他们留在樟坂惹事儿。他对蛇子说，你想去你就去吧，反正我是不去，憋得慌。蛇子说，好吧，我也不去。陈步森有些心烦，说，我们别说这事儿了，打扑克吧。

他们打了扑克，玩的是花七。一直玩到夜里两点。陈步森输了两千多块钱，他不大打牌，但一旦打上很少输钱。今天输得很多。陈步森说，不打了，睡觉。

第二天陈步森睡到中午才起床。在床上他睁着眼望着天花板发愣。

这时，手机响了，表姐打电话来，说陈步森来那天她不在家，她有好一阵没见他了，要他晚上到家里来吃饭。陈步森说他不想去了，表姐骂他，要他一定来。陈步森说，好吧。

可是陈步森出了门，先去的不是表姐家，而是幼儿园。他的脑海里还是想着淘淘。真是被鬼跟了，这几天老是摆脱不了这小孩子的影子，好像跟他见面和说话，对陈步森来说是一件很有吸引力的事情。不是因为害怕。他对自己说，恰恰说明我不怕，只有我敢这样做。可是为什么要这样做呢？连陈步森自己也说不清楚。

到了幼儿园，淘淘正在草地上玩，他已经认出陈步森了，和陈步森隔着栏杆说起话来。他问，你是谁的爸爸呀？陈步森说，我不是谁的爸爸。淘淘问，你会做玩具吗？老师教我们做纸木马。陈步森想了想，说，我会做地瓜车。淘淘问，地瓜车是什么？陈步森说，就是用地瓜做的车。淘淘说，可以吃的吗？陈步森点点头，说，你要吃也可以，可是不好吃。淘淘说，你做一个给我好不好？陈步森想了想，说，行啊，不过你得回答我一些问题。淘淘点头。陈步森说，你妈会来接你放学吗？淘淘摇摇头，外婆来接我。陈步森问，你妈妈呢？淘淘不说话了……后来说了一句：她去医院了。陈步森听了心中震了一下：她干吗去医院？淘淘低声说，外婆说妈妈疯了。

陈步森皱着眉头，没有吱声。他不知道"疯了"是什么意思。淘淘说，明天你会再来吗？陈步森迟疑了一下，点点头。淘淘说，我要地瓜车。陈步森还是没有吱声。淘淘问他，你是伟志的爸爸吗？陈步森说，不是，我是刘叔叔。淘淘说，刘叔叔，我外婆来了。

陈步森回头一看，淘淘的外婆突然站在了他们旁边。她是来接淘淘的。陈步森吓得魂飞魄散，他认出了她，就是那天在现场的李寂的岳母，淘淘的外婆。他没想到她会突然如同闪电一样出现在他面前。

陈步森感到全身都在发抖了。他现在走也走不掉，也不知道她会不会认出自己。

外婆说，淘淘，你在跟谁说话啊？淘淘说，刘叔叔要给我做地瓜车。外婆回头看了陈步森一眼，笑着说，是吗？陈步森嗯了一声，什么话也说不出来。外婆说，你也来接孩子的吧……陈步森说，不，不是，我……在附近工作，总总在这餐厅吃饭，孩子很可爱，跟我说话……来着。他明显结巴了。淘淘说，刘叔叔，明天一定给我带地瓜车来。陈步森说，一定，一定。外婆说，这孩子，怎么随便跟叔叔要东西呢。陈步森点头说，没事，没事。外婆，你是个好人啊，刘先生，有耐心跟孩子说这些。陈步森说，我的工作不忙。外婆脸上阴下来，说，这孩子可怜，刘先生要是有空，就做个地瓜车给他吧，我可以付钱。陈步森说，不用不用，不花钱的，我明天就拿过来。你忙，我先走了。

陈步森迅速地离开了幼儿园。胸膛里心脏通通地跳。他简直无法相信他刚才和被害人的家属面对面说了话。他不敢回红星新村，径直来到了表姐家。陈三木还没回家。表姐周玲握着他的手一直说话，骂着他死去的父亲，替他妈妈求情，说他妈妈想见他。可是陈步森一句也听不进去，脑袋里老是转悠着淘淘和他外婆的画面。他知道老人没有认出他是谁。可是刚才危险的一幕几乎让他丧胆。陈步森有一种重新活过来的感觉。

不过，现在陈步森几乎可以肯定：那天的行动中他的伪装是成功的：淘淘和他的外婆都没有认出他来。而李寂已经死了。他的老婆，那个叫冷薇的女人是否能认出自己来，陈步森却无法保证。她目睹了丈夫惨死的过程。当时，陈步森就在现场帮凶，他摁住了李寂，使土炮能用他的锤子敲碎李寂。也许，目睹心爱之人的死去，能让人获得一种令人心碎的透视力,以看清真相。死人会出示第六感给他爱的人。如果这样,陈步森的内心的平安就很短暂,他好像看见那个伤心的女人在远处的一棵树下注视着他,不安很快又笼罩陈步森的心了。

不过,她已经疯了。陈步森想,这是她儿子说的,应该不会错。但陈步森仍然弄不清楚,这"疯了"到底是什么意思。

第四章　神秘的吸引

　　上午，陈步森上菜市场买了几个大地瓜，开始雕刻地瓜车。这是陈步森小时候的拿手戏。那时候没有什么可以玩的玩具，陈步森的玩具都是自己做的。制作地瓜车的步骤是这样的：先把一个大地瓜削皮，然后用小刀雕出一台汽车的轮廓，轮子是用医院里的注射液的盖子做的，在轮子上扎洞，然后把一根棉签插过地瓜车连接两个轮子。陈步森还会用纸板剪一个国民党军官，插到驾驶座上，两手扶着方向盘，车头再用回形针系上线，一台精美的地瓜车就诞生了。

　　蛇子一边喝着啤酒，一边看他做地瓜车。他从来没有看见陈步森做这玩艺儿。他问，你这是什么啊？陈步森说，地瓜车。蛇子很奇怪：你做这个干吗？是无聊了吧？陈步森没吱声。你要是无聊了，我带你出去玩。蛇子说，好玩的地方多得是，窝在这里做什么地瓜车。他蹲下来仔细看着逐渐成形的地瓜车，说，你该不会是想做地瓜车卖吧？现在有谁玩这种东西啊，电动玩具都玩得不爱玩了，再者说了，这东西要是卖不掉，两天就蔫了。陈步森听了他的话，还发了一下呆，后来他起身说，你怎么那么多话？我有说拿去卖吗？蛇子问他，今天去搓一把如何？刘春红说有一处好地方，警察挖开地也找不到的地方。陈步森说，不去。蛇子低着头说，别以为刘春红是你老婆，你不去我就不敢去。老蔫儿啊，你最近是越来越蔫，越来越奇怪了，成天不知道干什么，神神秘秘的。

陈步森做好了地瓜车，马上就出门往幼儿园去。走到一半的时候，他突然想起蛇子的话，有些紧张起来。他不知道经过这两天，有没有可怕的事情酝酿发生，也就是说，他不能断定淘淘和他的外婆是不是又想起来他是谁了。他犹豫起来，在公园边上的铁椅上坐了一会儿。可是陈步森觉得内心有很奇怪的冲动，需要去见淘淘，把地瓜车给他。陈步森知道这不是因为他觉得自己对不起淘淘，所以要做一辆车送给他，他还没到这种地步。陈步森心不软，自从离开父母一个人流浪后，他知道自己从此将心硬如钢。有一次他奉大马蹬之命剁一个弟兄的手指，刀太钝切了半天都切不开，在场的人都瘆了，连大马蹬都不想看。可是陈步森很认真地用那把钝刀锯，在那人的惨叫声中把手指切下来。从此，大家对陈步森刮目相看。所以，说陈步森是因为恐惧而不自觉地讨好被害人，是没有道理的。但不知道为什么，现在陈步森很想去找淘淘，把地瓜车给他，他有一种想和被害人儿子交朋友的欲望。虽然这欲望何其荒唐。但陈步森真的明确无误地朝幼儿园走去了。

他很准确地来到幼儿园门口的围墙外，陈步森对幼儿园的作息已经熟悉了。他一到，淘淘就出来了。隔着栏杆，淘淘拿到了地瓜车。他很高兴。陈步森教他如何使地瓜车在地上跑起来。淘淘就一遍一遍玩。陈步森问他，好玩吗？淘淘说，好玩，可我想吃了它。陈步森连忙说，不行，这是拿来玩的。淘淘不依，不嘛，你不是说可以吃的嘛。

陈步森说，是可以吃，但要先玩，玩腻了再说。淘淘说，玩腻了就可以一口把它吃掉吗？陈步森摆手，玩腻了也不要吃。淘淘把车一扔，你说谎，你说地瓜车可以吃的，现在又说不能吃。陈步森不知怎么说才好，他搓着双手，说，本来是可以吃的，可是你玩脏了，脏东西是不能吃的，因为吃了会……会怎么样？淘淘说，会生病。陈步森高兴地说，对，会生病，你看淘淘多聪明。淘淘高兴了，说，那我就只玩它好了。

陈步森看着淘淘，突然想到一个问题，他说出了自己隐藏好几天的疑问：你真的认识我是谁吗？淘淘。淘淘看了他一会儿，说，你是刘叔叔。陈步森说，我是问你，以前你见过刘叔叔没有？淘淘摇摇头，说，没有，可是我认识伟志的爸爸。陈步森又突然问，你爸爸呢？淘淘沉着脸不说话了。陈步森问了这话后心慌起来，起身说，淘淘，我走了。淘淘可能还在想爸爸的事，没有吱声。只是用一种奇怪的眼神看着陈步森。

陈步森走在回家的路上。淘淘的眼神老是在他眼前晃动。他想，淘淘也许是认识他的，只是不说。因为在传说中，儿童是神秘的。鬼都是小孩子的样子。反过来说，小孩子也有鬼的样子。陈步森觉得他在和淘淘的眼神对视时，是一种较量。那时候的淘淘已经不是淘淘本人，也许是他的母亲看着丈夫死的眼神，也许它就是李寂临死前的眼神。陈步森正在心里胡思乱想的时候，突然听见好像有人叫他，接着就是一声惨叫，他定睛一看，前面五六米远有一个老太太摔进一个开了盖的下水道洞里，半个身体卡在那里。陈步森走过去一看，竟然是淘淘的外婆，是来接淘淘的。陈步森转身想离开，不料外婆已经看见他了，她连声叫着刘先生刘先生。陈步森只好走过去，发现外婆的一只脚和一只手已经卡在井里。这时有几个人围上来了。陈步森有些慌，他迅速地把外婆扛上来，说，我们快上医院。因为陈步森怕在人多围观的地方，想尽快离开这里。他背着老太太截了一辆的士。外婆痛苦地哼哼着。陈步森问你怎么会摔进井里去呢？老太太说我看见您，就叫了一声，没在意脚下有个井盖。陈步森想，好了，这还是为了我摔的。一会儿，他们就到了就近的铁路医院。

　　医生检查了一下，说要拍个片。陈步森走不了了，只好背着老太太去拍片。二十分钟后拍片结果出来了，是韧带拉伤加上轻微骨裂，医生对陈步森说，你妈的情况算相当不错了，没有骨折是很庆幸的，一般这把年纪的老人这样摔倒，大部分是要骨折的，不过呢，她必须在家休息一个月以上。医生把老太太说成他妈，陈步森觉得好笑，他已经二十年无父无母了。外婆没带那么多的钱拿药，陈步森只好代为垫上。他们拿好了药，陈步森知道可能还走不了。果然，老太太说，刘先生，你现在再帮我个忙，雇辆的士把淘淘一起接回家。我把钱还给你。

　　陈步森头大了。这意味着他要跟着老太太和淘淘回到那个让他心惊肉跳的地方。陈步森告诉自己：那个地方是绝对不能去的。但现在马上强行溜掉更让人可疑。他决定先到幼儿园，走一步看一步，找个机会溜掉。

　　陈步森叫了一辆车，到幼儿园接淘淘。淘淘一看就说，外婆，你是不是跟人打架了？幼儿园的老师也出来了，说，你这样明天就不能送淘淘来上学了吧？外婆苦笑地摇头。老师说，你住那地儿还真没有我们的孩子，要不我们可以一起去接。外婆说，不用不用，我回家再想办法。陈步森想，该不会叫我来送吧？这可怎么是好。这时恰好老师转头问他，您是……？陈步森无言以对，淘淘说，他是刘叔叔。外婆说，刘先生在附近工作，今天多亏了他。老师看着他，说，我认识您，我看您总站在围墙外跟淘淘玩儿，都好几天了。外婆说，他是个好人。

陈步森硬着头皮把淘淘和外婆送到家，一路上他内心翻江倒海，一会儿他就要到他犯案的地方了。在那里他曾经杀死了淘淘的父亲。他觉得那是个绝对不能去的地方，是个忌讳之地。直到此刻，陈步森才发现自己这一周来完全是昏了头，他在做一件极度危险又匪夷所思的事情，不仅毫无价值而且最终会让他命丧黄泉。陈步森好像清醒过来了，在想着如何脱身，可是在老太太最需要帮助时贸然脱身反而可疑，但他又实在不想见到那幢楼。陈步森就这么在脑袋里疯狂想着对策，直到的士开到了楼下，他也没能够想出脱身的办法。但他告诉自己：绝对不能上楼。可是，在老太太摔伤了腿的情况下，不背她上楼是不合情理的。

他付着车钱，终于想出了一个办法。他对司机说，师傅，我因为有急事儿，就不上楼了，能不能麻烦你背她上楼一下，我付给你十块钱，你只要扶着她就成，因为有电梯。司机一听这么好赚钱，就说，行啊。不料外婆摆手说，刘先生，怎么能叫您再花钱呢？有电梯你扶着我走就行，就几分钟时间你这么着急走吗？你非得上楼不可，我得把医院里的钱还你。陈步森说，那钱就算了。老太太对司机摆手让他走。司机说，这钱我不好意思赚，得，你扶老太太上去，我走了。

陈步森没辙，只好扶着老太太进了电梯。这时候，在陈步森心中涌起了一种他从来没有体验过的感觉，不像是害怕，也不像是烦躁，倒更像是一种忧伤，如风一样很轻微地从他的心上面吹过，使他突然显得无力。因为他想起了那一天在电梯里，他戴着一个大口罩。

既然已经上了楼，陈步森突然反而不害怕了。最危险的地方也许是最安全的地方。这一切不像是一个阴谋。陈步森对自己说，没什么了不起。他反而陡然产生一种想进去重新看看这间屋子的愿望。

门开了。他们进了屋。屋里的陈设没有太大变化。但李寂夫妇的卧室紧紧闭着。冷薇果然不在。陈步森在椅子上坐下的时候,还是产生了一种窒息感。他觉得那扇门随时会打开:李寂出现在那里。但他很快把这种想象转换成更现实的危险:大门打开,警察出现,自己束手就擒。陈步森闭上眼睛,想,就这样结束也好。

淘淘开始满地玩地瓜车。老太太给陈步森泡了热茶,陈步森接过茶的时候,心里有一种羞愧感。老太太一瘸一拐进房间拿了钱要还给陈步森,陈步森不要。他觉得在这家抢的钱用在她身上,现在她却要还他钱,这是很好笑的,所以他坚决不要。老太太就流下泪来。她说,刘先生,你是好人,我们家是遇上坏人也遇上好人,淘淘的父亲不在了,让人杀了。他母亲也疯了,进了精神病院了。说罢她禁不住哭起来。陈步森心中一紧,竟坐在那里不会动了。

老太太抹了眼泪,说了那件事,一边说一边哭。陈步森坐着不动,只是看着她。他说不上有什么内疚,但他觉得这种气氛是怪诞的:被害人对着杀人者哭诉,让陈步森觉得很不舒服。陈步森始终认为,自己虽然在做法律上犯罪的事,但这世界上犯罪的人多得很,他父母把他扔了不算犯罪吗?所以,他偷东西杀人都不认为有什么大了不起。但此刻陈步森很不舒服,因为他觉得他这几天和淘淘一来一往产生了很不错的感觉,可是老太太一上楼就说起那事,实在很煞风景,把他的心情搞得一团糟。他对老太太敷衍了一句:你别难过。

说完就起身想走了。他对老太太说,我有点急事儿,我先走了。可是老太太还没把那件事情讲完,有点错愕的样子。淘淘问他,你走了我能把地瓜车吃了吗?陈步森说,不能,过两天它就蔫了,不能吃了。淘淘说,那你就再给我做一个。陈步森对淘淘说了声好,就匆匆出门下了电梯,迅速离开了那幢让他心惊肉跳的楼房。

　　陈步森昏睡了一整夜。做了无数的梦,都是有关他被捕的梦。他在梦中拼命地逃,可总是被抓住。然后他又逃脱,又被捕。这样反反复复,不知道重复了多少次,让他精疲力竭。接着他梦见老太太端上一杯又一杯的热茶,陈步森只好不断地说谢谢谢谢,说得一直停不下来,就醒了。醒来得很早,七点都不到。蛇子还在沉沉地睡着。陈步森点了一支烟,呆呆地看着窗外。外边的高压电杆上停了几只鸟。陈步森不知道为什么它们停在电线上也不会被电到。

　　他抽着烟,用了一点时间来整理自己的心情。陈步森觉得自己的确在冒险。虽然他们每次作业都很谨慎,尽量不留下痕迹,但他现在这样接近被害人家属,终有一天会有好果子吃。至于为什么要这样做,连他自己也不明白。作为一个凶手,如今能堂而皇之地坐到被害人家里的椅子上,喝上被害人家属端上来的热茶,陈步森心里竟划过一种幸福感。好像那件事一笔勾销了,现在,自己已经是这家人的朋友了。当然,这是不可能的。陈步森下了床,往窗底下看,菜市场人头攒动。陈步森想,这老太太躺在床上,她怎么送淘淘上学呢。最有可能的是老太太请一个保姆,既照顾她自己,也能送淘淘上学。陈步森想去偷偷看一看,她请了什么样的保姆。

　　陈步森穿好衣服,很快地摸到淘淘的楼下,躲在树后面。他看了表,才七点二十分。几分钟后,他看到惊人的一幕:老太太竟然自己撑着拐棍带淘淘下了楼。过去她是骑小三轮,现在她似乎准备搭摩的前往幼儿园。陈步森不明白她为什么要这样做。正当他想转身离去的时候,淘淘叫起来了:刘叔叔!刘叔叔!陈步森只好从树后面走出来。老太太看到他时很吃惊,说,刘先生您在这里干什么?这时,鬼使神差的事发生了，陈步森的嘴一张，竟然说，我离得近，是来送淘淘上学的。

很长时间后陈步森都无法理解当时为什么自己要这样说，可以说是连想都没想脱口而出。因为没想，所以他不认为自己当时真想这样做。也许是情急之下不好意思，也许是要解释自己突然出现在楼下的理由，也许只是因为恐惧？反正陈步森当时是严厉劝说老太太回了房间，他对老太太说，你怎么能下楼呢？因为医生警告如果她不好好休息等待骨头长好，就要真瘸了。陈步森一副早已准备好来接送淘淘的样子，他说，我早就想好了，我会帮您接送淘淘一段时间，直到你腿长好，你摔得这么惨，还是为了我摔的，我怎么能不管呢。所以我今天很早起床，就是要来接淘淘的。没想到你已经下楼了。

老太太说，真的？刘先生，可……你让我怎么谢您呢？你是好人，这我知道，可是你也对我们太好了，我真的不好意思，上次的钱你不收，我就过意不去。陈步森说，这是我应该做的。而且我上班下班每天要走这条路，刚好接送淘淘。

老太太说，要不这样好了，你上次不收我的钱，这不成，如果你帮我接送淘淘，我还是算钱给你。陈步森说，再说吧，再说吧，我先送淘淘上学吧。

……这天，陈步森送一个被自己杀害的人的儿子上了学。这是发生在樟坂的事。听上去像是天方夜谭，但这是真的。不相信奇迹的人不会相信世界上有这样的事，但相信奇迹的人就会知道，奇迹是用来相信的，相信是内心的故事，相信的人只要一听就相信了。我们去分析一件事是否可能，那件事就绝对不是奇迹。连陈步森自己都是靠相信做下这件事的，用他后来自己的话说：傻瓜才会干这样的事。不错，当时的陈步森可能已经入了迷魂阵，他没有分析这件事的利害，只是接受了这件事本身。好像被什么引导，渐渐进入了另一个世界。

在老太太一个月的疗伤过程中，陈步森一共接送淘淘上下学二十天时间。他做了十几只地瓜车。有卡车、小轿车和军车。随着他进出李寂家的次数越来越多，陈步森的胆子也越来越大。他觉得最危险的地方真的就是最安全的地方，事实证明就是这样，这一个月他非常安全，没有警察找上门，也没有警察登过李寂家的门。那件事好像永远过去了一样。

星期五那天，老太太觉得自己的腿好了，她对陈步森说，小刘，我的腿好了，从明天开始，我接淘淘放学。淘淘不肯，我要刘叔叔。陈步森说，反正我也没事儿。老太太说，那不行。她突然拿出一叠钱塞给陈步森，陈步森不要，双方一直推。最后老太太推不过陈步森，说，小刘，后天是星期天，我要去精神病院看淘淘他妈，我想你跟我一起去一趟，我想让他妈亲自谢谢您。陈步森听了吓了一跳，支支吾吾地说，我不知道……有没有空。老太太说，你不是刚说后天有空嘛。陈步森低着头说，我……看看再说吧。老太太叹了一口气，说，最可怜的是我女儿，她只认得淘淘，连我都认不出来了。医生说她的脑子完全坏了。陈步森说，是吗？……

陈步森回到红星新村，有好一阵像丢了魂一样。他曾经捕捉到的某种隐秘的幸福感：明明是加害者，却能和被害人如此亲密来往的奇怪的幸福感，现在有可能失去。陈步森一步一步陷入这个家庭，完全是被这种幸福感迷惑了：好像他无须任何过程，在瞬间就丢掉了凶手的身份，他和淘淘跟老太太再也不是仇人，那次的杀戮只是一个梦，或者是一个幻觉，或许根本就没有发生过。这种便宜的脱罪感的确有致命的吸引力，把陈步森迷住了。在接送淘淘的一个月里，陈步森夜里的确不再做被捕的梦，反而做一些让他高兴的梦。

但现在老太太让他见一个人,这个人叫冷薇,这个女人就在两米远的地方看他如何帮土炮把丈夫的脑袋砸碎。陈步森好像看到她现在正站在他意识的十米深处看着他,对他说,你得了吧。

陈步森不能很好地解释"你得了吧"这句话是什么意思,但他能体会到这句话让他非常难受。因为有一次他父亲在抛弃他五年后来看他,要给他买一个冰激凌,他也是这样对父亲说,你得了吧。

现在,我就停止了吧。陈步森对自己说,不是冷薇疯了,而是我疯了,让这场闹剧结束吧。

第五章　市立精神病院

　　周六。陈步森很早就醒了，他昨晚睡得很浅。早上不到七点，他就醒来了，靠在床上发愣。蛇子睡得像死猪一样。从昨晚开始，陈步森就下过决心，要远离淘淘一家。他想今天出去转转，去找个什么事情做做。陈步森想了一圈，也没想出自己到底要做什么事情，倒是冷薇的形象老在他眼前晃动，好像在对他说：我认得你，我认得你。想到这里，陈步森就没有心情安排自己的事情了，他明白，只要一天不证实冷薇是否认得自己，他就一天不得安宁。他决定自己先跑一趟，到精神病院踩点，看看那个女人现在到底怎么样了。

　　市立精神病院在西郊凤凰岭。陈步森从一个小区摸了一辆摩托车，准备当交通工具用，他到修理店谎称丢了钥匙，换了一把锁。有了摩托车，遇上危险会方便些。陈步森刚骑上摩托车的时候，窜上一种不舒服的感觉，他想，如果淘淘和他的外婆看见他偷车，会很吃惊的。可是，偷车对于陈步森来说是常事儿，会偷车的陈步森才是真的陈步森，背着老太太上医院的是假的陈步森。陈步森一边胡思乱想，一边驾驶着摩托车到了凤凰岭，远远地看见了精神病院的牌子。

刚好是病人的活动时间。陈步森看见一百多个病人在操场上移动，动作迟缓像在做梦一样。陈步森想，这下我就可以看见她了，就像在幼儿园看见她儿子一样。可是陈步森在围墙外待了二十分钟，也没有看见冷薇。陈步森决定翻墙进去。可是翻墙进去是要冒一定风险的。如果冷薇发现并认出了他，他就很难跑掉。陈步森犹豫着，正想掉头回去时，突然看见一个很像冷薇的女人坐在树那边的椅子上。陈步森再仔细地观察，确定就是那个女人。她呆呆地看着一个地方，可是那个地方什么也没有。但她就是老不回头。陈步森没办法，丢了一块石头进去，冷薇回过头来，和陈步森打了个照面，她没有任何反应。陈步森想，她好像真的不记得我了。她连她母亲都不认得，怎么会认得我是谁呢？陈步森在摁住李寂的时候，土炮使劲儿挥舞锤子，把他的口罩拉下来了。陈步森明明看到冷薇看见了他的脸。可是现在，她却像注视陌生人一样看着他。也许在口罩掉落的短暂时间里，过度惊恐的冷薇什么也没有看清。陈步森心中涌起一阵轻松：最近他在做一连串从未体验过的试验，他试验过淘淘，试验过他的外婆，现在，他又试验了冷薇。事实证明，他在那次作案中非常成功地隐蔽了自己。

陈步森胆子大起来了，嗖地翻墙进了操场，慢慢地来到冷薇旁边。他先是从她身边走过，她没有反应。后来他又在她身边走了几遍，她还是没有反应。最后，陈步森竟然在离她几米远的正面停下来，看着她。冷薇也看着他。陈步森问她，你吃饭了吗？她回答：吃了。陈步森又说，你好。她也说，你好。陈步森正想说什么，她说，你电疗了吗？陈步森问，什么？冷薇说，你吃药了吗？陈步森明白了，说，没有，我不是病人，我不吃药。这时哨声响了，冷薇起身向大楼走去。

陈步森立刻翻墙出了操场。

陈步森看着冷薇慢慢进了大楼。他骑车往回走的时候，内心涌起一种彻底的放松感。一路上陈步森开始放声高歌，唱了他能想起来的他会唱的歌。他知道他是安全的。谁也没有认出陈步森是谁，换句话说，没有人知道他是罪犯。这不是自己可以避免落入法网的喜悦，而是另一种舒畅。事实上陈步森不怕坐牢，他倒很想尝试一回坐牢的滋味儿，但他到现在都没有尝过。自从他离开父母后，他就不怕坐牢了。记得刚离家的那个星期，陈步森饿得发昏，饿到看东西都看不清楚的时候，就想到牢里去，因为那里管饭吃。当然，他现在不会那么想了。他今天很高兴，因为他竟然见了那个女人，居然还没被发觉。陈步森重获了那种不是罪犯的感觉：至少他可以坦然地回到淘淘家里。因为现在这家人没有一个人认出他是谁。陈步森决定现在就去找淘淘，今天是星期六，他想带他出去玩。

陈步森提出要带淘淘去玩，老太太答应了，她已经把陈步森看成熟人，对他没有什么不放心的，淘淘更是高兴得欢呼。陈步森心里犯嘀咕：她为什么就那么信任我呢？为什么骗一个人那么容易呢？其实我就是杀害她女婿的人，她竟然一点怀疑也没有。只要稍微伪装一下，她就上当了。陈步森想，如果我狠，我现在就能把他们再骗一次，把他们的钱骗光。可是，这个念头快冒出来，他就像被人打了一拳。觉得自己真是坏透了。他对自己说，我是随便想的，我不会这样做的。这是不可能的。我在胡思乱想。我和淘淘认识了，说是叔叔也可以，我不会害他的。我靠，我这是想到哪儿去了。

陈步森把淘淘放上摩托车，坐在油箱上，淘淘很高兴。他先带淘淘去吃了麦当劳。淘淘要了冰激凌，鸡翅，一杯可乐，两个吉士汉堡。陈步森最不喜欢的就是干瘪的吉士汉堡，可是淘淘却要吃两个。陈步森问，淘淘，你能吃那么多吗？淘淘说，我还能再吃下这么多。陈步森摇头，你在骗人。淘淘说，我真的能吃得下。陈步森说，你吃给我看看。淘淘把食物在盘子里码好，说，我要先喝可乐，然后吃鸡翅，我最爱吃吉士汉堡，要放到最后吃。

陈步森有些疑惑，你很少来吃麦当劳是吗？淘淘。淘淘点了点头，说，爸爸老不带我来。陈步森心里纳闷：李寂不见得连带儿子吃麦当劳的钱也没有吧？他可是市长啊。淘淘说，爸爸说，我表现好才带我来，我在家表现很好，从来不在饭碗上留下饭粒的。陈步森听了笑，心想，当官的都是在做戏，还做戏给孩子看。

不过，陈步森对淘淘没有恶感。他喜欢和这孩子聊天。吃完麦当劳，陈步森带他去坐云霄飞车。淘淘哇哇大叫。陈步森看着淘淘叫，很有成就感。他可以面不改色地坐完整个飞车。坐完飞车，陈步森又带他坐了几圈碰碰车。然后淘淘说，我累了，叔叔，我不玩了。陈步森说，就玩最后一回，他带淘淘坐上了高高的摩天轮。当摩天轮升到最高的时候，淘淘又叫起来，朝下面挥手。陈步森望着地面，产生了一个怪念头：他外婆为什么就这么信任我呢？我是凶手。我现在大可以开门，把淘淘扔下去。她为什么敢把外孙交给我？陈步森被自己的念头吓着了，我怎么会这么想呢？陈步森对自己解释，谁都有可能产生这种想法的，谁都可能对自己旁边的人下手，不必非得是一个凶手，不同的是，普通人只有想法却不会下手，而凶手却下手了。我现在可以下手，但我肯定不会下手。为什么呢？陈步森想了想，想不到别的理由：因为我认识他，他叫淘淘。可是他并不认识我。我是陈步森，他却以为我是刘叔叔。

陈步森问淘淘，你妈是什么时候病的？淘淘说，我爸死了，她就病了。陈步森又问，她怎么病的？淘淘说，她会大喊大叫，然后就病了。陈步森说,你家来过警察吗?淘淘看了他一眼:来过很多,后来就不来了。陈步森不问了,有好一阵子不说话。后来他又问,你外婆有说起过刘叔叔吗?淘淘说,她说看见刘叔叔就想起了爸爸。陈步森心中一震:她为什么这么说?淘淘说,外婆说你是个好人,要我向你学习,长大和你一样。陈步森听了有些难为情。他好像又看到冷薇在看着他说,你得了吧。陈步森不吱声了。直到下摩天轮,陈步森都没有说话,心里多少有些难受。

陈步森把淘淘送回家,老太太问他明天能不能一起去精神病院看她女儿。陈步森支吾着,说自己可能有事。然后他匆匆走了。

陈步森回到红星新村,蛇子已经出去了。陈步森把柜子搬开,在一个墙洞里抱出一大包钱来。他抽着烟,看着这包钱发呆。他好像有了主意,把钱装入一个挎包,骑上车来到了荒郊野外。这里看上去是一个垃圾场。陈步森把包里的钱取出看了一眼,又塞回去,然后狠狠地把包扔了出去。然后他骑上车往回走。

可是,他刚骑出不多远,又停了下来。陈步森点了一支烟,吸了两口,折回头重新来到垃圾场,到处找刚才扔掉的钱。终于找着了,挎上往回走。

这回他来到了老太太的黄河大学宿舍楼下,把自行车架好,好像在等待什么人。他把包里的钱拿出了一叠,用报纸包好。等了大约二十分钟,老太太出来了,提着个菜篮子。陈步森就悄悄地跟着她。老太太去附近的菜市场买了菜,慢慢往回走。陈步森在她要经过的地方,在地上扔下了那包用报纸包的钱,然后躲在不远处观察。看样子陈步森是想还钱。他看见老太太走过来了,看见了地上的东西,就捡了起来,打开看时吃了一惊。老太太看看周围,然后拿着钱一瘸一拐地回家了。

陈步森看着老太太上了楼，出了一口长气，骑车才离开。陈步森决定分批把这些钱还给老太太。陈步森回到红星新村又把钱放回到墙洞里。刚放好的时候蛇子回来了，把他吓了一跳。蛇子说你在干吗？鬼鬼祟祟的。陈步森支吾了一声。蛇子说，我今天又看见刘春红了。陈步森说你爱看见谁就看见谁吧。蛇子捅捅他的胳肢窝，轻声说，你真的不想弄她了？陈步森问，你这些天都干些什么去了？蛇子开了一瓶啤酒灌了几口：老在春红的酒吧混呗。春红老惦记着你，对我不正眼瞧一眼儿，看你多有魅力。晚上我们去瞧瞧她？陈步森说，不去。蛇子笑了一声，好，你不去，我去。我知道你想去哪儿？老鸹儿，今天我看见你了。

陈步森吓得不轻，心猛跳了一下，说，你看见我什么了？蛇子凑近说，你自己知道。陈步森慢慢从床上爬起来，看着蛇子。蛇子说，这样看我干什么？你自己都不知道自己去过哪儿吗？陈步森说，蛇子，你是诳我的吧？他正要重新躺下时，蛇子突然说，你小子故地重游了吧?！陈步森一震，立刻又坐了起来，看着蛇子……蛇子说，我看见你和那孩子在一起。

沉默……陈步森什么也没说。蛇子说，我还看见你送他回家。陈步森还是不说话。他从烟盒拔了一支烟，蛇子打着了火机点上，眼睛却看着他。陈步森吐了一口烟。蛇子说，你真的去了，可是，你去那儿干吗呢？陈步森不吱声，只抽烟。蛇子说，你怎么会跟他们认识呢？瞧你们挺熟的，去了不少回吧。

陈步森闷声说了句：你会说出去吗？蛇子。

蛇子突然笑起来：我会说出去？不会，不会，我俩什么关系？啊。不过呢，我确实闹不明白，你怎么可能找上他们家呢？我就是打破了脑袋也想不明白，我怕不是看走眼了吧？

陈步森说，你没看走眼，我去了他们家，对，我还跟他们混熟了。

可是。蛇子说，你吃了豹子胆吗？难不成你把我们都举报了，是不是？

陈步森说，别瞎扯。

蛇子说，那你为什么要这样做？你得了什么好处？

陈步森说，我经过他儿子的幼儿园，看见他儿子了，我怕他认出我，就试了试，结果就认识了。

蛇子问，可是，他认出你了吗？

陈步森说，没有。

蛇子双手一摊：这不结了？就算你说的是事实，这事儿就完了嘛，你怎么还带他上公园吃麦当劳呢？

陈步森说不出话来。蛇子望着他慢慢地笑了：你是良心发现了吧？做掉了人家的爹，过意不去是不是？老鹩儿，大马蹬说得不错，你还真是我们当中最有情有义的一个。不过，你这样会要我们的命的，你知道吗？大马蹬知道了，还不把你给剁了。

陈步森抬头看蛇子：蛇子，你会往出说吗？

蛇子笑笑，摇头：可是，你还会再去吗？

我不会再去了。陈步森说，我是有些可怜那孩子。蛇子，你是我哥们，这事别让大马蹬知道。陈步森从兜里掏出一叠钱给蛇子。蛇子推辞，你这是干什么？这不成心说我敲诈吗？老鹩儿。陈步森把钱硬塞进他口袋，说，是我感谢你的。蛇子叹了口气，说，好，就算我借你的。他把钱揣好，说，老鹩儿，其实我挺欣赏你这人的，够义气，只不过我还得劝你，这事儿真别干了，够悬乎的。

……第二天一早，陈步森没有兑现诺言，他决定跟老太太去精神病院一趟。他对自己说，我这是最后去一次，然后一切就算了结。

陈步森到老太太家的时候，老太太正在准备东西。她看见陈步森来了很高兴，说，我以为你不来了，小刘，你能来我很高兴。陈步森说，我要调到外地工作了，今天是最后一次来看你，所以我想还是跟你们去一趟。老太太听了很失望，小刘啊，你要调到哪儿啊？以后就见不着你了吧？陈步森不知道说什么好，老太太叹了口气，说，小刘，你是个好人哪，告诉你小刘，我昨天去买菜的时候，在地上捡到了一包钱，有一万多块钱呢，当时我挺高兴的，这不是天上掉下来的钱吗？我女儿正住院，挺需要钱的，可是你猜我怎么着，后来我想了想，全交给警察了。我琢磨吧，在我家有难的时候，人家小刘义务帮我干这干那的，白白地干活，没要一分钱，我怎么能白白地捡别人的钱不还呢？陈步森听了吃了一惊，怎么？你把钱交给警察了？老太太说，对啊，怎么啦？小刘，我就是想到你才这样做的啊，觉得这钱我不该要，你要是捡了，一定会交给警察的，不是吗？我要是昧了这钱，以后见你心里会打鼓呢？陈步森无言以对。

　　三个人坐在一辆摩托车上，来到了凤凰岭的精神病院。在三楼的一间四人间里，他们见到了冷薇。冷薇觉得他有些面熟，但没认出他来。但她认出了儿子，抱着儿子不停地哭，不住地吻，泪水流到淘淘的脸上。那种哭声扎着陈步森的心。老太太说，每次都搂着儿子哭，可是我是谁她愣不知道，白养了她三十多年。陈步森起身走到窗前，因为心里有些难过，也许是想起了自己的母亲吧。他不知道自己为什么会难过，他知道自己的心很硬，可是自从那天在幼儿园和淘淘不期而遇之后，他的心开始变得柔软，时常会感动。以前他和大马蹬一起窝着看电视剧时，只会哈哈大笑，现在他看韩国剧就会流眼泪。现在，他看着冷薇抱着儿子那样不停地哭，心里真的有些难受，他觉得是他把她丈夫杀了，才造成这样的场面。他们过去无论做干货湿货，都是干了就溜之大吉,从来没有这样亲眼看到事情的后果。今天他却看见了,这后果真是有些可怕的。陈步森想。

老太太对女儿说,小刘也看你来了。这是小刘。冷薇转过头看着他,好像认出他来的样子,但没吱声。老太太说,小刘一直在照顾淘淘,我摔坏了腿,都是他接送淘淘上学。一说到淘淘,冷薇的眼中就放出光芒,她出乎意料地向陈步森下跪,连连磕头,说,谢谢您,谢谢您!陈步森被这突如其来的阵势吓坏了,一直往后退。可是冷薇哭声都出来了:我的脑子坏了,我照顾不了淘淘了,谢谢您照顾淘淘,医生说我的脑子坏了,我不能照顾淘淘了,谢谢您照顾淘淘。陈步森不知所措。老太太把女儿从地上拉起来,说,她的脑子真的坏了。

陈步森一声不敢吭。老太太说,小刘,你别害怕,她不会伤人。冷薇恢复了平静,或如说恢复了冷漠。更准确地说,她现在的脸上有一种淡漠的神情,只是手不松,把儿子紧紧地抱在怀里。

第一次的探视就这样结束了。

他们正在离开时,麻烦又发生了。冷薇的手死死地抠在儿子身上,怎么也掰不开。老太太让陈步森来帮忙,他哆嗦着,惊异于这个女人抱着儿子的手竟如此有劲儿,像铸铁一样紧紧地抠在儿子身上,淘淘大声喊疼,但陈步森不敢使劲儿。冷薇的举动震撼了他。他放弃了。医生和护士过来帮忙,才好不容易把冷薇的手扒下来。冷薇喘着粗气,突然对陈步森说,我相信你是好人了,你跟他们不一样,你不是帮凶,你疼淘淘,我谢谢你。下周你要再来看我。我等着你。可是,你要小心这个女人。她指着自己的母亲,说,她抢走我的儿子。

当淘淘走出门时,冷薇发出撕心裂肺的号叫,披头散发在地上翻滚,不停地叫着淘淘的名字。老太太一边流泪一边拉着淘淘快跑。陈步森也跟着走出医院的病房大楼。

从精神病院回来的一整个下午，陈步森的心情都很糟。他跟蛇子到刘春红的酒吧混了一整夜，喝酒和跳舞。刘春红对他没有上一次那样热情，但陪他跳了好几支舞。他喝了好多酒，醒来时发现自己躺在刘春红床上。他不知道自己昨天晚上干了什么事儿。不过看样子和刘春红睡了一觉，因为这娘们现在就光着身子躺在他身边。陈步森突然觉得说不出的厌恶。

　　冷薇抱着儿子号叫的画面老出现在陈步森眼前，让陈步森产生了一种深达心底的难过。这种难过竟然让他油然而生一种对那个叫冷薇的女人深切的爱怜感。陈步森知道这种感觉是很奇怪的。但现在它很真实地涌上来，以至于让他觉得和刘春红做了一次爱，竟有点对不起冷薇的感觉。他踹了一脚熟睡着的刘春红，下床穿了衣服，飞快地离开了酒吧。

　　陈步森戴着墨镜坐在大街的防护栏上，看着来来往往的车流。现在，我要到哪里去？他第一次好像完全失去了方向。就从某个瞬间开始，陈步森对过去熟悉的一切慢慢失去了兴趣：喝酒，泡吧，女人……包括钱。现在，他连歌都唱不出来。陈步森大口大口吞咽着大街上污浊的空气，觉得喧嚣声越来越大，但越来越混乱，最后变成一种奇怪的天地间的大合唱，从天上倾压下来，彻底湮没了他。

第六章　在床上想女人

陈步森被周玲的电话吵醒。周玲约他一起去养老院看他母亲，陈步森说没时间。周玲在电话里沉默了一刻，什么话也没说，把电话挂上了。

她是不是生气了？陈步森歪着脑袋想，她更像是母亲的女儿，至少她比陈步森更理解那个老太婆。陈步森点着了一支烟，想着母亲的事。他记得在他离开母亲后，直到他被理发店的人当小偷羞辱，母亲才第一次出现。当时，陈步森被警察救出来之后，被带到了派出所，需要监护人来保他出去，于是母亲来了。母亲一进门就一把抱住了他，不停地落泪。陈步森当时感到很疑惑，他不明白这个女人为什么把他抛弃后现在又假惺惺地落泪？母亲的手抖抖索索地摸着他身上的伤痕，不停地向他解释：把他送到外公家是迫不得已的，让陈步森不要怪她。

母亲拿出一包药来，要给陈步森涂伤口，陈步森一把推开了她，周玲制止了他的行为。母亲用颤抖的手给他的伤口抹药,她一边抹陈步森一边想,她这是在干什么?她抹完了这药要干什么?她会带我回家吗?在那一刻,陈步森被自己的想象摧毁了,他突然很想喊一声"妈妈!"就在母亲给他涂伤口的那一刻,他决定原谅她做过的一切,他发现自己仍然爱着母亲,无论有多少的埋怨和仇恨,在爱的冲击下,立刻消失无踪。陈步森的眼泪就要夺眶而出,他想,等母亲涂完药,只要她叫他一句:孩子,回家吧。他就会立即跟她走,把一切都忘记掉。陈步森想到这里,心好像要窜出胸膛。

可是,让他痛苦一生的画面出现了:母亲涂完药后,并没有牵着他的手让他跟她走。她只是紧紧地抱着儿子,让他原谅她,理解她。她说,孩子,你不要怪我,答应我,不要骂我,你一骂我,我就吓得不行。陈步森感觉到了母亲的身体在颤抖,抖得非常厉害,如同秋风中的败叶一样。陈步森不明白:做坏事的人也会害怕吗?那她为什么还在做呢?人为什么一定要去做那种他知道会让他恐惧的事呢?眼下母亲就是这样,她既不想带他走,又让他不要恨她,这不是很奇怪吗?这就像偷了人家的东西还要人家谢谢他。

让双方永生难忘的画面出现了:陈步森突然抬起脚,有力地朝母亲的胸口踹了一脚,这一脚踹得那么有力,以至于发出了很响的"通"的一声,母亲就向后飞了出去,倒在石板路上。周玲大叫一声"陈步森!",她上前就给了陈步森一个耳光。

现在陈步森斜靠在床上想着这个画面,心中涌上一种酸楚的感觉:无论如何,儿子朝母亲胸口用力地踹上一脚,这种行为所引发的痛苦和难过是注定要跟他一辈子的,因为在这一脚里,藏着多么大的仇恨,而这仇恨竟然是儿子对母亲的。这仇恨不但让母亲痛苦一生,更让儿子的心裂成两半。陈步森经常会梦到他这一脚,然后他在梦里就不停地流泪，不知道这泪到底是为母亲流，还是为自己流。

　　过了几年陈步森长大后，开车挣了钱，他想出了一种更可怕的折磨母亲的方法：给她钱。这说是养活母亲，毋宁说是向母亲示威，让她知道没有她，自己也能活得好好的。而母亲则活得一塌糊涂：其实陈步森不知道，在那次母亲给他抹药时，她已经活得不成样子了，她再也没能找到工作，穷困潦倒到了极点，成天想靠赌博挣生活费，结果连房子也输掉了，寄居在菜市场旁边的一个工地的工棚里，靠拾破烂为生。周玲要接她到自己家里，她就是不肯，因为周玲已经结婚了，陈三木实在无法接受这样一个拾破烂的女赌徒。周玲只好给她一些钱，可是这些钱一到手，第二天就赌光了。周玲只好仅给她东西，比如一袋米什么的。

　　有一回陈步森突然找到周玲，说他挣钱了，要给母亲钱，周玲听了眼泪流下来，说陈步森不记恨母亲。她带陈步森来到工棚，看见母亲正在淘米，一见到长大后的儿子突然出现在眼前，她吓了一跳，米撒了一地，她就跪下来拾米，一粒一粒地捡。陈步森心中刀割一样。不过，他照样实施他的羞辱计划，他把一叠钱往母亲面前用力一扔，说，我有钱了！给你买棺材吧！听着，我做人决不会像你那样！

　　事后周玲狠狠地骂了他一顿，她说母亲因为小时候扔下他的事，一生都在受谴责。陈步森说，那她为什么不把我接回去？她如果当时愿意把我接回去，我就跟她走了。周玲叹了口气说，母亲也是要面子的，你都看到了，她垮了，她活得不成样子了，她绝对不会再要你回去了，她觉得她已经失去做一个母亲的资格了。陈步森说，不，问题不在这里，她如果真的爱我，就是狗窝，我也愿意回去。现在说这些都晚了。

那是一个失去希望的母亲。从此以后，她只有终日与恐惧相伴：那是一种万劫不复的被儿子抛弃的恐惧。无论她如何解释，恨已经种下了。母亲最惧怕的是陈步森每回送钱来的时候，当那一叠钱摔到她面前，就像抽她一记响亮的耳光。直到她老年痴呆症发作，她的恐惧才渐渐淡漠。

　　陈步森抽完了第一支烟，又点上了一支。现在他开始想第二个女人。在他的生命中，除了母亲，第二个重要的女人（至少原先是这样）是刘春红。这是他第一个货真价实的女人，因为他把自己的第一次给了她。当刘春红第一次认识他的时候，陈步森正高高地盘踞在高压电杆的顶端，演出一场轰动的自杀秀。刘春红当时正租住在那个闹事的小区。她听围观的人说，这个小伙子是一条汉子！好人！

　　刘春红从来不对男人动心，无论这个男人多么英俊潇洒，甚至多么有钱，刘春红自打认识了自己的父亲是个什么角色，她基本上相信，世上的男人跟父亲一个样。但在刘春红心中，始终没有泯灭对男人可以依靠的想象，因为父亲的缺失，反而更加变本加厉起来。她不是不爱男人，而是她没找到一个让她觉得可靠的男人，就是说，这个男人既是她的男人，也必须是她的父亲。

　　那一天，刘春红正在电杆下面往上看，突然，她好像看到了一个英雄。以前的英雄都在书里，此刻，这个英雄就在眼前。这个小伙子竟然为了别人的利益付出代价，在她眼前被警察带走。

　　就在那一刻起，刘春红记住了他。

　　然后，是她主动找到陈步森，和他交往。

　　不久，他们就发生了性关系。让陈步森感到吃惊的是，她一见到他，就立刻拉下了裙子，明摆着让他上的样子。他不知道，这就是刘春红的方式：奉献。

此刻的陈步森完全不会想到后来即将发生的事。他把头藏在刘春红的怀里，一直不停地朝里钻，刘春红说，你要钻到哪里啊？你要钻到我心里吗？这句话让陈步森的眼泪喷薄而出。陈步森闻到了刘春红那种只有女性才有的体香，小时候在母亲怀里吃奶的时候，陈步森闻过这种气味儿，现在，久违的气息让陈步森着迷。他产生一种幻觉：母亲变年轻了，而自己则变小了，陈步森成功地回到了过去。

但陈步森的如意算盘破碎。他想在刘春红怀里装孩子，殊不知刘春红在这方面的愿望远远甚于陈步森。也许他们两个就是因为要互相把对方当成父母才找上对方的。刘春红叫陈步森爸爸，陈步森问她，你为什么老叫我爸爸？刘春红说，因为你像爸爸啊。陈步森觉得很滑稽，他觉得自己一点儿也不像爸爸。

接下来刘春红的表现开始让陈步森感到恐惧。她一刻不停地要求陈步森做爱，刚开始陈步森把她当作一个纯粹的女人，因为她长得比较丰满，脸也不错，所以和她做爱是很舒服的。对于陈步森来说，她就是性。但后来陈步森感觉出恐惧，他不停地做爱，有时一夜多达五次，陈步森觉得自己像个机器那样，已经没有感觉了，但下面还是硬的，而且越来越硬，最后一次终于一直硬下去，永远也射不出精来。

我不行了。陈步森说，你干吗要这样？

刘春红说，你一离开，我就觉得找不到你了。

陈步森说，你怎么会这么想呢？现在你把我搞死了，我做不完了，永远也做不完了。

刘春红说，这正好，永远这样，做不完，多好！你把它留在我里面。

陈步森说，你要干吗？

刘春红说，没有干吗，我只是要你留在我体内。她让陈步森把那还僵硬的东西重新插进她体内，然后她说，好了，不要动了，就这样，一动也不要动，抱着我。陈步森只好抱着她。他心中涌起一种古怪的想象：他们终于长在一起了。

这是一个标志。从这次之后，刘春红常常玩这样的把戏，让陈步森把他的东西放到她体内，然后一动不动地抱住她。陈步森被刘春红折磨得不行，因为他无法忍耐交而不合的痛苦，因为他不能抽动，这意味着性交过程不久就要终结，然后他就会萎缩，就无法保持在她体内了。所以她抱住陈步森不动，只让他放在她体内，这对陈步森是个痛苦的煎熬。陈步森说，我受不了。刘春红说，你受不了，那你就使劲儿地做，一夜做个四五回，到第五回你就永远地硬了。

一个月下来，陈步森几乎虚脱。

陈步森问她，你为什么要这么做？

刘春红说，这样，我觉得你一直在爱我，没有离开我。

陈步森说，你有点儿变态呢。

刘春红说，你也变态，吃我奶。

接下来发生更严重的事。刘春红开始不相信陈步森说的话。陈步森说他要去上班，她不相信。陈步森说他去外面买包烟，她怀疑他去找女人。陈步森气得把烟一摔，说，我就去买一包烟，有时间找女人吗？刘春红说，我跟你讲一个故事，有一个女人和她男人扛一只猪去集市卖，她老公说要去撒泡尿，就把他那一截扁担尖插入墙洞，另一头让他老婆继续扛着，就这工夫，她老公就和厕所旁住的姘头打了一炮，回来继续扛起猪走，他老婆却一无所知。所以，什么事都可能发生。

陈步森听了简直气炸了。他开始躲刘春红。

刘春红就开始跟踪。其实，陈步森除了自己和大马蹬接触的事没有对刘春红说实话，别的他真的没瞒刘春红。刘春红跟了他一个月，没有发现他找女人。但大马蹬发现了，他对陈步森说，那是什么女人啊，好像警察似的？你他妈的怎么找这样的女人。

陈步森回去对刘春红说，你以后不要这样跟着我好不好？刘春红说，我是怕你出事。陈步森问，出事？你看见什么啦？其实刘春红已经隐约觉得陈步森在干什么不寻常的事，但她说，我没看见什么，我只要你别离开我。陈步森说，你真以为我是你父亲啊？你有病啊。这时，刘春红就哭了，说，爸爸，你就是我爸爸，别离开我，好不好？你一走我就害怕，我只要见不着你，心里就不踏实，好像大难临头一样。她紧紧地抱住陈步森说，步森，我们结婚吧。陈步森说，结婚？不，不结。刘春红说，我们结婚，今天晚上就结婚，下午就去登记，马上结婚。陈步森说，你真是有病了。刘春红问，你果然不想和我结婚。陈步森说，我不是不想和你结婚，我是不想和任何人结婚。他说话间，眼前突然浮现父亲和母亲殊死相搏的可怕画面，觉得有一种反胃的生理感觉。

关于结婚与否的争执开始折磨他们。

俩人一见面就吵。刘春红好像发疯了，会扯住陈步森的衣角死不放手，或者把他的所有衣服藏起来，让他哪儿也去不了。她不会了解陈步森为什么不想结婚，陈步森也不会了解她为什么一定要结婚。两人开始搏斗。有一次刘春红竟然把陈步森完全锁在房间里，逼他答应结婚。陈步森在屋子里像狼一样嚎叫起来。

他求刘春红放他出来。刘春红要他答应结婚。他答应了。陈步森一出屋子扭头就走，刘春红抓住他，说他说话不算话。陈步森对着她的脸说，我从来没有见过你这样的疯子，变态！你为什么一定要结婚？结婚有什么好？那张破纸顶屁用！

刘春红却紧紧抱住他，说，连你都不爱我了吗？连你都讨厌我了吗？你要不答应我，我今天晚上一定死在你面前。

陈步森害怕了。他一个人站在河边想了好久。他弄不明白刘春红怎么会是这样一个怪人，比自己还怪。她的眼睛总是睁得大大的，充满着惊慌和恐惧，好像不相信任何人。她到底在害怕什么？她到底要什么？陈步森真没想到，在他遇到的两个女人中，一个是母亲，一个是刘春红，一个要扔掉他，一个却死死地抓着他。无论是扔掉他，还是抓着他，陈步森都觉到了难以言状的痛苦。

陈步森想摆脱刘春红了。他想了一个办法，对刘春红说，你如果跟我结婚，你就会后悔一辈子，因为我做的事会让你害怕。他居然透露自己是犯罪团伙的人。刘春红说，好人不一定就是好人，坏人不一定就是坏人。我父亲是老师，可他坏透了。你快娶我吧。

陈步森有一种被人勒住脖子的感觉。他用很短的时间想了一下结婚和单身两种生活的未来：如果没有婚姻，只有性，多么自由自在！可是会晚景凄凉，在死的那一天感觉是最悲惨的；如果结婚，晚年可以两个人牵着手散步，病的时候有人照顾，可几十年如一日要面对一个女人，只干一个女人，就像一个无期徒刑，所有人间美色再与你无缘，也许你还得面对像自己父母那样可怕的战争。结婚和不结婚，哪一种是自由？

想到这里，他对刘春红说，我不能和你结婚。或者说，我不结婚，不管跟谁。

当天晚上，刘春红用了一根电线上吊，她扑腾的声音惊醒了陈步森。陈步森冲上去把刘春红救下来，她的脖子已经渗出血来，脸色苍白，绝望地说，别救我，与其被吓死，不如自己死。

陈步森问，吓死？谁吓你了？

刘春红说，你。我父亲。所有的男人。

陈步森说，你太没用了，我就什么也不怕。

刘春红说，陈步森，你话别说得太早，谁都有怕的东西，谁都有怕的时候。我怕的是……没有爱。

有了这次的自杀，陈步森就老实地待在刘春红身边了，但他已经被这个女人吓到了，心里想方设法离开她。但他却在晚上不停地和她做爱。让刘春红以为一切又恢复了平静。

……现在，陈步森躺在床上，望着窗外，刘春红的事飘浮在他面前。如果说母亲是他的第一个女人，那么这个女人是失败的，那不是一个好母亲，她身上没有女性的美德，倒像一只惊恐万状的老鸟，不停地恐惧地颤抖翅膀，周玲告诉陈步森，他母亲成天自言自语，念叨儿子的名字，她害怕儿子有一天回来和她算账。陈步森觉得好笑，人为什么要这样，事先不照良心办事，却总是事后备受良心折磨，在恐惧中渡过余生。可见人多没本事，做不到自己想做的，却要面对自己不想要的。

可是这第二个女人刘春红也差不多，她像疯子一样缠着陈步森，究竟是为了什么？如果说母亲是害人虫，所以恐惧。那么刘春红应该是个被害者，怎么也浑身颤抖，像个可怜虫一样？陈步森想，那我自己呢？我过去不知道什么是恐惧，因为我总觉得自己是被害者，所以我理直气壮地愤世嫉俗，无法无天。可是现在，自从那个人的脑浆迸射出来的一刻起，陈步森的自信完全崩溃了。仅仅一分钟，命丧黄泉。陈步森恍然大悟：自己原来比父亲、母亲、刘春红都更残忍，自己的恐惧也比他们任何一个人都大。它像一阵突如其来的大风猛然吹临，乍起的恐惧竟然如此轻易地战胜了十几年来累积的骄傲和委屈。

而这一切的开始，都源自于第三个女人的出现，她就是冷薇。

第七章 巨大的悲痛

　　上午陈步森睡到九点，被表姐的电话吵醒。她说有急事，要他马上到她的单位来一趟。陈步森问她有什么事，她不肯说，只是让他马上过来。陈步森只好起床穿衣。周玲的性格很急，无论做什么事都像冲锋似的，这一点上很像陈步森的母亲。在他小时候，因为一点小事情母亲会突然躺在地上撒野，甚至有一次把滚烫的汤泼在陈步森身上。陈步森弄不明白她跟父亲吵架关他什么事？他可是她的独子啊。周玲虽然性格也急，但为人热情，经常照顾陈步森的生活。陈步森出外流浪后，还常常得到她的接济。所以陈步森认她作亲姐姐，但不肯和她一起住。他不愿意给任何人增加负担。

　　在小学门口陈步森见到了表姐周玲。她说今天是他母亲的生日，见他没有反应，又说她身体不行了，要赶快去看她。陈步森问她的意思是不是那个人快死了？周玲很不高兴地说，是不是她死了你才去看？陈步森说，她要是死了，我去收拾。周玲说，那我就告诉你，她快死了。说完一个人径直往前走。

陈步森犹豫了一下，就跟着往前走了。周玲叫了一辆车，陈步森也跟着上了车。一路上周玲没有说话。周玲的母亲很早就因为高血压，有一次在浴室洗澡，突然就摔倒在地再也没起来。所以，她把陈步森的母亲当成亲妈。陈步森的母亲说不上对她有什么好，但周玲就是常常去关心她，也许这是由于她心肠柔软的缘故吧。

在角尾的老人院，陈步森见到了母亲。她正在跟几个老人打一种窄长的红纸牌，嘴里嚼着橄榄，发现儿子突然出现在眼前，就立刻变化了表情，抱住陈步森恸哭起来。有许多老人在一旁看，陈步森觉得很不自在，挣脱了母亲的手。周玲说进房间吧。他们就进了母亲住的房间。母亲并不算太老，但走路已经是老态龙钟的样子，这是报应吧。陈步森边想边走进房间，这是一间很简陋的房间，除了一张单人床、一张桌子和两把椅子，连个放衣服的柜子也没有，是放在箱子里的。桌上放着几个碗，碗里面甚至还有没洗干净的饭痂。陈步森想：母亲仍然没有改变她的习性，她是个不会生活的女人，也是一个不会照顾人的甚至不会爱的女人。陈步森虽然在黑道上混，但他觉得自己很会照顾自己，他的碗洗得比母亲的碗干净。

周玲拿出一包东西递给母亲，说这是陈步森买给她的。母亲又哭了，重新抱着儿子哭泣。陈步森很不高兴，已经显露在表情上了。他觉得表姐已经骗了他了，母亲并没有病，结实得像一头牛呢，这也算了，怎么又撒谎说他给母亲买东西呢。陈步森很不以为然。但他没有当场否认，免得大家难堪。但他一句话也不想说，母亲说了很多话，还抓住他的手。陈步森眼睛望着窗外，慢慢地把手挣脱出来。窗外好像有一个老头一直偷偷往这里窥。陈步森觉得好笑。他判断这个老头可能是母亲的姘夫。她到哪里也不会闲着。陈步森想。

周玲要陈步森说些什么，故意引些他的话题，可是陈步森只是哼哼了两声。周玲只好自己滔滔不绝地对母亲讲些有的没的，和跟陈步森讲的一回事，无非是家庭真好之类。可是母亲的眼神是涣散的，一会儿看窗外，一会儿又端详手中的纸包，就是没有再看儿子，也没有在听周玲讲什么。

陈步森很庆幸时间到了，他可以走了。走出门的时候，周玲脸上出现愤怒的表情，她对陈步森说，你怎么可以这样对待母亲？陈步森无言以对。周玲说她至少养活了你。陈步森想，这话不正确，她只养他到了十二岁。周玲让他进去道歉，陈步森很为难。后来陈步森走进屋，从兜里掏出一大叠钱放在桌上，但什么话也没说。母亲兴奋异常，抓住钱数起来，根本没有要送儿子的样子。陈步森走出来对周玲说，你看，她到底爱的谁。周玲沉着脸没有说话。两人一直沉默到上出租车。

出租车一直往城东方向去。陈步森问表姐要把他带到什么地方去。周玲说，我不会害你，去一个对你有好处的地方。陈步森觉得表姐生气了，就不再搭话。车子停在一间并不显眼的建筑物前，外面挂着一个牌子：樟坂市心灵辅导站。

有一个中年人正在给一堆人讲课。周玲告诉陈步森，这是苏云起老师。说完她让陈步森坐下听课，自己就到一旁忙碌了。

苏老师今天讲的是关于罪恶和错误的内容。说普天下的人都犯错误，都有罪。苏说。我要看看这地上有没有一个完全没罪的人？有吗？他问在场的人，你们当中有没有？有就举手，我奖你五百万。结果没一个敢举手。苏又问，那有好人没有？还是没人敢举手。苏笑了，说，看来你们开窍了，什么叫好人？不是稍好的好人、有一点好的好人，那标准太低，今天我们要找出一个全然好的、圣洁没有瑕疵的人，可是这地上有吗？有，他就可以管我们，教我们，没有，我们就都是一样的人，在这个意义上，完全是平等的。我再问大家，有没有？大家齐喊，没有。苏说，没有，连一个也没有。苏还弯着身子满地找好人，结果好人没找着，却把眼镜掉到地上去了，满地找一直找不着。陈步森哈哈大笑起来，引起众人侧目。陈步森不是故意笑的，他真的是觉得很好笑。

下午，陈步森一个人来到了凤凰岭的精神病院。他用在云南做的名叫刘勇的假身份证进了医院，门卫认出他是上一次来看过冷薇的人，以为他就是亲属，就放了他进来看她。

冷薇见到陈步森的时候，脸上露出兴奋的表情。她居然记得他叫小刘，让陈步森惊异不已，同时心中也不免惊慌，她怎么会记得我叫小刘呢？她不是失去记忆了吗？她是不是会认出我呢？陈步森心中开始打鼓。

冷薇现在看上去像正常人一样，只是脸色疲惫。她说，小刘，你守信用，记得来看我。她又问她的儿子淘淘为什么没来。陈步森说他要上课所以没来。冷薇连连点头说，是的是的，我的好儿子，他要上课，他是全幼儿园最好的孩子。陈步森把买来送她的两瓶蜂王浆放在桌子上。冷薇说，小刘，你对我真好，给我买这些东西，我要谢谢你。陈步森心里想，我是用在你家抢的钱给你买的，要谢就谢你自己吧。

陈步森突然问冷薇，你不认得我是谁吗？这一句因为问得突然，冷薇就愣了一下，直直地看着陈步森，看得他心里发毛。后来冷薇说，你是个好人。陈步森叹了口气，说，我不是。冷薇说，你来看我，你是个好人。陈步森进一步试探说，你记得你是因为什么进医院来的吗？冷薇想了好久，突然用手按住太阳穴，好像很痛的样子。陈步森想，她是要记起什么来了吗？冷薇抬起头来对他说，我病了，什么也想不起来了。

　　陈步森说，你家里还有什么人？冷薇说，儿子。陈步森说，你的丈夫呢？冷薇疑惑地看他：丈夫？陈步森点点头，问，你有丈夫的，你没有丈夫怎么会有儿子？陈步森问完这句话时有些后悔，他意识到自己正在往一个可能的深渊里跳，他知道自己其实从来就没有忘记对那件事情的恐惧，实际上他是在用各种办法求证：自己到底有没有被当事人认出。这是一个大胆而荒谬的试验，危险本身就像一块磁石，吸引着想冒险的人。陈步森落入了一个怪圈：要证明自己真的完全脱离危险，或者干脆说他要证明自己跟此事无关，即使这只是一种想象，也算是个美好的感觉。实际上这一切是不可能实现的，无论是淘淘还是老太太，无论是冷薇还是陈步森自己，即使他们一遍又一遍地说，陈步森，我不认识你，你放心好了。陈步森也不可能彻底放心，因为事实俱在。那么陈步森是在干什么呢？他一次又一次地去接近被害人到底是要达到什么目的？难道他想要被害人对他说，我不认识你，你不是凶手，你不要难过？要被害人对加害者说，你不是杀手，这何其荒唐。可是如果不这样联想，就无法解释陈步森的反常，他一次又一次接近冷薇和她一家的行为，或者只能说疯的不是冷薇，而是陈步森，他的确完全疯了。

　　就像眼下，双方在接近刀锋，陈步森问冷薇有没有丈夫，冷薇抱着头想了好久，她大概意识到了，她应该是有丈夫的，因为没有丈夫就没有儿子。她大约费力地要解释这个矛盾的问题……最后她抬起头来对陈步森说出了一句让他无言以对的话：我有丈夫，离婚了。

　　陈步森张着嘴说不出话来。后来他问，你丈夫叫什么名字？冷薇又抱着头，这回她没再抬头，说，你别再问我了，我头痛了，我头痛了。

这时,旁边有一个病人开始砸核桃吃。冷薇的眼睛开始直直地看着她砸,突然她双手捂着耳朵,眼睛恐怖地放大,嘴里发出长长的撕心裂肺的惨叫。陈步森吓坏了,他弄不清楚冷薇为什么会突然惨叫起来,他吓得几步就闪到门外去。陈步森想,完了,她是不是认出我来了?因为李寂死的时候,她也是这样惨叫。陈步森对自己的试验后悔不迭。他准备迅速离开精神病院。

医生和护士冲进病房,把冷薇控制住了。一个男护士骂刚才砸核桃的病人:让你不要在她面前砸东西,你怎么就记不住呢?一个护士向陈步森解释:没事儿,她受了刺激,听不得砸东西的声音,看见人一砸东西她就抓狂。你不要害怕。陈步森惊魂未定,冷薇一定是把核桃当成李寂的头了。医生给冷薇注射了一针,她稍微安静下来了。陈步森站在门口没动,护士说,把你吓坏了吧?没事儿的,她常常这样,不会伤人的。你去安慰安慰她吧。

陈步森慢慢走上前去,重新坐回到冷薇身边。冷薇出了一身大汗,但她什么也记不起来的样子。陈步森轻声问,你为什么害怕?冷薇看着陈步森,似乎在凝视他,说,你不要走,我害怕。陈步森低下头,你怕砸东西吗?冷薇一把抓住他的手,陈步森感觉到了她的手可怕的力量,难怪淘淘会觉得疼,她的手像铁箍一样死死地握住陈步森的手,让他心惊肉跳。陈步森体会到了一种身陷险境的快感,在危险和得救之间摇摆的奇怪幸福。

冷薇突然哭了,把头靠在他的肩膀上,说,小刘,除了淘淘,没有别人来看过我,你是第一个。我很感谢你。陈步森感到一股热热的眼泪流到他的肩膀上,浸入他的衣服,达到肉里。这时陈步森才知道,眼泪原本是这样热的,几乎发烫。冷薇的表情十分悲伤,她热泪盈眶地看着陈步森，嘴唇颤抖着，心中聚集着巨大的痛苦，但她却一个字也说不出来，因为她把它忘了。一个人胸中藏着巨大的悲痛，却不知道自己为什么悲痛，这才是更大的可悲。

　　探视时间到了。医生把陈步森叫到办公室，医生姓钱，他向陈步森说明了冷薇最近的病情。他显然把陈步森当亲属了。钱医生说，冷薇患有轻度的精神分裂症，但最严重的是失忆症。陈步森问，是不是她过去的事情都记不起来了。钱医生说，是的，她是由于受到强烈刺激导致发病的心因性失忆症。陈步森关心的是另一个问题：她把事情全都忘记了吗？钱医生解释：她的情形是逆向失忆，就是说在那个导致发病的事件之前的事，她都忘记了，但从此以后的事她都记得。陈步森这才明白她为什么会记得他叫小刘。陈步森又问医生，是不是她的病不会好了，就是说她永远也记不起那件事情？陈步森希望如此，这样他就可以一直和冷薇以及淘淘来往又永远不会被发现。但医生说，没有治不好的失忆症，只有很难治的失忆症。陈步森听了竟有些失望，他问冷薇的病严重吗？钱医生说，从症状上看比较严重。我今天叫你过来是有件事和你商量，你是她的什么人？陈步森支吾道……远房亲戚。钱医生笑道：难得您这么关心她，她家就剩一老一小，没有你还真不行。陈步森笑了一下。钱医生说，现在她处于发作期，听到敲击声就会受刺激，我们病房有单间，如果她能换到单间，对她目前的病情控制很有好处，就是房间的费用会贵一些，不过也贵不到哪里去。陈步森立即说，你把她换到单间吧。钱我来付。他想，她换到了单间，对自己也会安全些。钱医生说，好，那就这样吧。

　　冷薇没什么行李，所以房间很快就换完了。陈步森帮冷薇整理完房间，她竟不让他走。陈步森很为难。男护士们要强拉她，陈步森阻止了，他让护士先出去。护士出去以后，他对冷薇说，我还会回来看你，但我现在要走了。冷薇说，这个房间真好。她的手紧紧攥着陈步森的手不放。陈步森说，要不，我给你唱首歌，你就让我走。冷薇说，你会唱歌？陈步森说，我会唱很多歌。冷薇问，你会唱什么歌？陈步森说，我什么歌都会唱，你点什么我唱什么。冷薇就说，我想听辛晓琪的《味道》。陈步森说，这是女人唱的。冷薇说，我就想听这首歌。陈步森说，好，我唱给你听。

陈步森轻声地唱了一遍。他唱得很轻，但很准，陈步森想不到他还能记住这首歌的歌词。这时，陈步森感到肩膀热得发烫，知道她又流泪了。陈步森起身要走，他想，他要是再不走，就有可能走不脱了。陈步森说，我唱了歌，你说了我唱歌，你就放我走。他起身的时候，冷薇没拦他，只是直直地望着他。

……回到城里，一连好几天，陈步森都忘不了冷薇的眼神，那是一种奇怪的他从未看到过的眼神：眼中饱含着热泪，心中装满了巨大的悲伤，但她却忘记了自己为什么悲伤，所以她的表情更令人心碎，仿佛一个聋哑人心中装满了不能呼喊的语言。冷薇的表情让陈步森难过，如果说在此之前陈步森只是出于恐惧或好奇，冒险和这一家人接触；那么从这一刻开始，陈步森真的为自己给冷薇带来的痛苦难过了，因为他亲眼见到了她不能呼喊的痛苦，因为她不能认出他，所以无法责备他，这就使陈步森更难受。陈步森觉得不能抛下这家人不管，虽然他知道这样做很危险，但陈步森想，至少要等到冷薇病好出院才离开他们。虽然有危险，但也未必一定会被抓住。陈步森有办法使自己在她病好前安全脱身，他脱身后，就再也无法看到他们了。从愿望上说，陈步森愿意冷薇的病永远不好，但陈步森知道，这对冷薇是很痛苦和不公平的，他觉得自己的想法有些操蛋。

不过，谁知道以后会怎么样呢。陈步森不再去想它。但从这天从精神病院回来，陈步森真的和冷薇一家成了朋友。他几乎隔两三天就去看冷薇，给她买各种各样的东西。陈步森也经常带淘淘出去玩，每周肯德基、麦当劳或者必胜客轮着吃。陈步森拼了命地想把那笔赃款花完，好像在被害人身上花完这笔钱，他的担子就会轻省些。

不过有一件事情是让陈步森感到奇怪的：他和冷薇一家交往这么久，没有遇上任何危险。没有警察找到她家，也没有警察上过红星新村。陈步森不知道为什么警方会那么快就放弃对李寂案真凶的追缉，好像整个侦察过程突然莫名其妙地停止了。一个平民百姓的命也不会像李寂的命那样不值钱。陈步森想不明白，却越来越胆大，以至于他有时会产生幻觉：那个杀人案从来就没有发生过。

第八章　心思转变

　　今天是星期六。陈步森想去看看淘淘。他从墙洞里取了些钱，他每次在取这些钱的时候，心就揪一下，好像在淘淘身上剥一块皮一样。

　　陈步森走在马路上。他觉得后面好像有人跟，可是当他回头的时候，什么也没看见。陈步森很疑惑，还是慢慢地往前走。他是老手，知道怎么来甩掉盯梢的，但他不知道为什么会有人跟他。陈步森心中涌起一种很不祥的感觉，是不是自己的大胆试验现在终于败露，到了自食其果的时候。想到这里，陈步森的心好像掉在了地上，恐惧抓住了他。他迅速地冲上了一辆公共汽车，这是甩掉尾巴的好办法。可是他从公车上下来，又看见后面有一个穿黑衣服的人戴着口罩在远远地跟着。陈步森买了一张票闪进了电影院，这是甩尾的第二招。陈步森在电影院里看了一会儿电影，这是一部叫《边境追踪》的电影，极其乏味，陈步森坐在那里昏昏欲睡，忍到散场，陈步森混在人群里出去。

在大门口的右侧，陈步森吃惊地发现，跟踪者还在那里，只是一个人。陈步森心中有数了，他知道这不是警察。于是他堂而皇之地溜进了厕所。跟踪者也跟了进来。陈步森迅速地反身把他制服，扒下他的口罩。这时，他惊奇地发现：跟踪者竟是蛇子。

蛇子看着陈步森，说不出话来。陈步森摁住他的头往水池里压，拧开水龙头浇透了水。陈步森问他为什么跟我？蛇子喘着气说，老鸢儿，我们换个地方说，你要把我呛死了。陈步森就放开了他。两人来到一间没有什么人的咖啡馆的角落里。蛇子不停地打着喷嚏。陈步森扯了纸巾给他。蛇子说，老鸢儿，我都看见了。

陈步森问，你看见了什么？

蛇子说，你自己知道。你还那样。你不但还去她家，你连精神病院都去了。

我操你妈！陈步森起身要给他一巴掌，让蛇子的手拦住了。别价，我是关心你，我操，你还要打我吗？蛇子变了脸色，说，你不知道自己在找死吗？陈步森说，我找死怎么啦？我找自己的死，你管什么球！蛇子说，老鸢儿，你从什么时候开始昏的头？给我说说，你这只是在找你自己的死吗？你是在替我们这些兄弟找死！陈步森不说话了。蛇子看着他，你要找死就自己跳河得了，别拉上我们当垫背的。

陈步森问他，你要多少钱？

蛇子笑了：你看着给吧。我给你保密，是在拿自己的命开玩笑，我是用命换这钱，我没有讹你，老鸢儿。

陈步森从兜里掏出一叠钱甩在桌上，说，蛇子，你要是再跟我，我就一屁股坐死你。

蛇子收起钱，说，说不定你还没有把我坐死，你自己先死了。好自为之，兄弟。

蛇子起身走了。陈步森愣愣地坐了一会儿,跟了出去。他跟着蛇子,看他往什么地方去。结果他跟到了顺义街,看蛇子拐进了一条小巷,进了一个门。陈步森从门缝里看进去,里面有一大堆人在赌博。蛇子兴奋地坐下,喜滋滋地从兜里掏出刚从陈步森那里弄来的钱下注。陈步森飞起脚想踢门,可是他犹豫了,转身走了。

陈步森回家骑上摩托车,来到了精神病院。他走进冷薇的房间,房间里没人。他就去问护士,护士说她今天情况特别不好,一直叫着陈步森的名字。后来就抓狂了,把一个病人的脸抓伤了,现在正在电疗呢。陈步森听了很吃惊,他随护士走进电疗室,看见冷薇像一只猪一样被厚厚的皮带绑在钢床上,身上插了许多电极,每电一下,她就全身颤抖,身体弹跳起来,嘴里发出悲惨的叫声。陈步森看了心里十分难过,说,为什么要这样?护士说,电击可以抑制她的神经过度兴奋,使她镇静下来,自从上次你走后她就不乐意了,药也不肯吃,还到处闹事儿。这时,冷薇看见了陈步森,她哭喊着他的名字。陈步森说,你就把她放了吧。医生说,马上就好了。

皮带一松,冷薇就扑过来紧紧抱住了陈步森。陈步森也抱住她。冷薇恐惧地瞟着医生,想往外跑。医生说,你把她扶回房间吧。陈步森就扶她走,可是她恐惧得浑身乱颤无力,腿一直发软,陈步森只好把她抱起来,进了她的房间。

冷薇的手一直像铁箍一样抱着陈步森,不想放开。她不停地说,他们要杀我。陈步森说,他们没想杀你,他们是在治病。冷薇摇头,说,不,你不知道,你一走,他们就有恃无恐了,玩出很多花样,想着法子弄死我。陈步森说,他们是医生,怎么会要弄死你呢。冷薇做出一种神秘表情,说,他们怕你,可是你一走,他们就对我下手,用药想毒死我。陈步森不知道说什么好。他意识到冷薇的精神分裂的毛病比上一次厉害多了。这样看来，她似乎永远都不会认出我了。他想。

这时，护士来送药。可是冷薇不肯吃。陈步森说，你得吃药，病才会好。冷薇小声地对着他耳朵说，就是这种药，我认得，别想骗过我，千万不能吃。陈步森拿起药说，你不相信我吗？我说这药可以吃。冷薇呆呆地看着他，又看着药，表情茫然。护士说，你老公的话你还不相信吗？陈步森说我不是她老公。护士笑着说，她老说你是她老公，都说了一个月了，你不知道吗？陈步森说，吃吧，这是我拿给你吃的。冷薇犹豫不决地把药送到嘴边，可是她的手颤抖个不停，都快把药洒了。

陈步森说，你说我是你老公吗？冷薇看着他，说，你反悔了吗？你不是常常唱那首《味道》给我听吗？陈步森突然意识到，可能这首歌李寂唱过。他张了张嘴，没说出什么。冷薇说，我们离婚了，但你来看我，我就原谅你，你唱歌给我听，想和我重归于好，你是爱我的，是不是？现在你后悔了吗？冷薇的脸色又不对了。陈步森连忙说，我没有后悔，你把药吃了吧。我唱歌给你听，这就唱。但你要把药吃了。冷薇点头说，好。她真的把药吃了下去。陈步森重新唱了一遍《味道》。冷薇听了眼泪扑簌簌地落下来。她抓着陈步森的胳膊，说，你带我到院子里散步好吗？我想出去走走。

经过大厅的时候，许多病人在散步或下棋。有几个病人起哄说，冷薇，你男人来了。陈步森很不自在。冷薇把头依偎在他的身上，说，不要理他们。陈步森看那些病人的眼神都有些瘆人。他敢杀人，但面对这些病人还是心里有些毛。因为他们一下子全围上来，有人问他，你是哪一科的？有一个人则对他喋喋不休地讲从反右一直到现在他的革命历史，据说这病人在这里住了几十年了。有一个大汉对陈步森说，没有天理王法啊，就在光天化日之下，在报栏那边，活活地把我抓走，周围全是我的朋友同事，一点面子也不给我。护士却看着他笑，对陈步森说，他们可以跟你讲上好几天。这时有一个病人上前神秘地对陈步森说，他们都不相信你是她老公，但我相信。你知道是谁告诉我的吗？陈步森问，谁？那病人说，我师傅。陈步森说，你师傅？病人说，你们都看不见他。只有我能看见他。这时，另一个被绑在床上的病人高声喊，老四，别跟他说，别说太多，我们的事，他们不知道。天机不可泄露。陈步森听了心里一阵发毛，他迅速摆脱病人，把冷薇带到草坪上。

　　陈步森和冷薇在草坪上散步。从这一天开始，陈步森养成了一个习惯，每次来看冷薇，都会带她到草坪上散步，这能给自己带来一种奇怪的满足感，有些时候连陈步森自己都糊涂了，好像自己和冷薇真是一对恋人，这种想象无论有多荒唐，但真的出现过。在陈步森的眼中，精神病院就像一个世外桃源一样，警察永远也不会找上来，过去的事都被忘记了，包括自己杀死李寂的事，甚至儿时被父母抛弃的事，全部被遗忘了。这也许就是陈步森喜欢到精神病院来的原因。

　　陈步森从墙洞里把那笔钱拿出来，一叠一叠地整理，他看着钱发愣。不料这时蛇子突然回来了，他看着陈步森手中的这么多钱，眼珠子就不动了。陈步森看见了他，也没说话。蛇子脸上露出笑了，慢慢地坐在陈步森对面，说，我操，我现在才知道，大马蹬给你这么多钱。陈步森说，你想干吗？蛇子说，我现在手头又紧了，你是不是我哥们儿？你能见死不救吗？陈步森说，可能从今天开始，我不能帮助你了。蛇子把钱拿起一叠，又哗哗地落下，说，你心就那么狠，老蔫儿？陈步森说，你想别的办法吧。蛇子的脸色慢慢变了，咬着牙说，好，你心硬，就不要怪我狠。陈步森问你要干吗？蛇子说，我用自己的命在为你保密，你却守着这一大堆钱一毛不拔，我告诉你，你在干什么我全知道，你是不是为了立功赎罪，想把哥们儿全卖了？你真狠，老鸢儿。陈步森说，我没这么做。蛇子说，你现在是成天往医院跑，还跟那女人在草坪上散步，你以为我不知道，我全知道。陈步森看着他，你还在跟踪我？蛇子笑着说，怎么啦？你担心是不是？担心就拿钱来。他的手要碰钱，被陈步森一掌拍开。蛇子叫起来，嘀嘀嘀，你还真给梯子上墙了？这钱也有我的一份。他又要拿钱，陈步森扑过去，两人在屋里扭打起来。钞票飞得满屋都是。打了几分钟，陈步森占了上风，他把蛇子压倒，狠揍了几拳，蛇子的鼻血出来了。陈步森用力扼住他的脖子，大喊：你这狗娘养的，我花这钱还没有你花得多，我知道你都干什么去了，你赌博把钱都赌光了，是不是？你想敲诈我到什么时候？嗯！我掐死你。蛇子脖子被掐得一直咳嗽，身体不停地挣扎。

蛇子终于猛一翻身挣脱了，跪在地上不停地咳嗽，竟咳出一块血痰来。陈步森喘着粗气坐在那里发呆。两人都没说话。满地的钱，但谁也没有捡……过了一会儿，陈步森眼睛看着那个墙洞，说，告诉你蛇子，你都看见了，你看见的我都做了，我为什么要这样做，我也不知道，但我就是看了她一家人可怜，我承认我良心发现了，我花了这包钱心里就难受，我很后悔花掉了一些钱，现在，我一块钱也不想花了，可你却拿这钱去赌博。我现在要把这钱补上，我要补足这五万块钱，一分也不差，然后还给她。

蛇子突然笑起来，你怎么补？去偷别人的钱补上吗？

我可以做工。陈步森说，我不想跟大马蹬混了，我不想干了，你也不要干了，你可以跟我去做工。

蛇子从鼻孔里哼了一声，用卫生纸擦了擦鼻子上的血，出门走了。

陈步森坐在那里愣了一会儿，慢慢伏在地上一张一张地捡钱，他把所有钱都捡起来，就抱着那堆钱发呆。

陈步森在劳务市场蹓跶。这里人很多，到处是人头和声音。他看见有几个拿着抹灰勾缝儿工具的人坐在路边，就挨着他们坐了下来，问他们怎么找工作？其中一个长胡子的人瞟了他一眼，问，你会干点儿啥呀？他说，我不知道。那些人就笑了，你不知道自己能干什么还能有人找你啊？做梦。他没吱声。那人又问，我们这儿是做土工的，小工一天四十，大工一天六十，自己管饭。陈步森说，土工就是贴瓷砖吧？那人说，差不离儿，你会贴瓷砖吗？陈步森说，不会。那人又问，会勾缝儿吗？陈步森说，不会。那人又问，会砌砖吗？陈步森说，不会。那人问，和泥总会吧？陈步森说，没干过。大家哄堂大笑。那人说，你丫的什么也不会，来这儿蹭饭吃怎么着？旁边一个人问，你从小总学过什么吧？陈步森说，我会的现在都用不着了。那人就讥讽道，他会上天吧。胡子笑着说，这丫的是耍东家的！大家又哄堂大笑。

陈步森离开了劳务市场。他回到红星新村时已经是晚上了，刚进家门就看见蛇子正在撬那个墙洞。陈步森扑过去，两人又扭打了一阵。蛇子说，钱给我一半，这事儿就过去。陈步森说，这钱不能动。蛇子说，这钱有我的一半。陈步森说，不，这是别人的钱。蛇子仔细地看着陈步森的脸，老鸢儿，你是真疯了呢，还是给人灌了迷魂药了？什么时候变成别人的钱了？陈步森死死护住那钱，说，这钱一个子儿也不能动了。蛇子点了点头，说，好，好，好。陈步森问，你想干吗？我知道你想干吗。你会报案吗？说我去精神病院？然后让警察来抓我？如果这样做，你也跑不了。蛇子哈哈大笑起来，我会那么傻吗？我不会告诉警察，但我会告诉大马蹬和土炮，他们快回来了，他们可不乐意，看怎么收拾你。陈步森说，你不能跟他们说。蛇子说，那要看我乐意不乐意。陈步森说，你有什么条件？蛇子想了想，说，得，你不想动这钱，我就不跟你讲钱，我讲另一件事儿，你得帮个忙。陈步森问，什么事？蛇子说，我跟刘春红好上了。

陈步森愣了半天，说，跟我有什么关系？蛇子说，她还想着你，她说，你要是真不想跟她好了，她才跟我。陈步森说，我早就没跟她一块了。蛇子说，她不相信，说你前不久还跟她睡呢。要你写个条子，写明你不想跟她好了才行。陈步森起身说，无聊，我不写。蛇子说，那可不行，你不写，她不乐意。陈步森说她跟我有什么关系？你们爱怎么混就怎么混吧。蛇子脸放下来，说，我们怎么混了？你以为你怎么了？你以为你往人家被害人家属身上一凑，身上的大粪味儿就干净了？你以为你现在什么事儿也没有了吗？你以为你没杀过人吗？你是在做梦吧？这几个月你一直在做梦吧？我告诉你老蔫儿，别以为你会唱几支破歌就觉得自己跟我们不一样，你就是杀人犯，杀死人家老公的杀人犯，你现在往人家身上贴贴贴，等人家病一好，就认出你来，你能逃过那一枪吗？你以为你是谁？小偷、强盗、杀人犯，你还能是谁？屎壳郎安上翅膀就能飞吗？我告诉你，别昏头了，你以为帮人家做点好事儿你就没有罪了吗？照样让你挨枪子儿。你别自我感觉良好，像没事儿的人一样，还正经八百地去看望人家受害者，哟哟哟，我告诉你，你就是做上一辈子好事儿，你还是罪犯、凶手。这事儿没得改！

陈步森抱着脸低头，一句也不吭。蛇子凑近他小声说，就算警察不来抓你，我也要告诉大马蹬……陈步森抬起头来，说，好，我写给你。蛇子扯过一张纸来，陈步森写下一行字：我不爱刘春红，陈步森。

蛇子说，好，你肯写，我也不会告诉大马蹬你的事。但我劝你一句，千万住手，别再去找那家人了，你真是疯了，记住，你除了罪犯，什么也不是。

　　陈步森真的记住了这句话：你除了罪犯，什么也不是。他来到了街上，天下起了大雨。陈步森在刘春红的酒吧前站着，就是不想进去。他被浇得透湿，但他还是茫然地在街上慢慢走着。他手里拿了个酒瓶，显然喝醉了，走路摇摇晃晃的。后来他摔倒在地上，爬了半天没爬起来。

　　他醒来的时候，已经躺在床上了。刘春红坐在旁边，说，你喝醉了。陈步森说，我怎么到你这里来了？刘春红说，你给蛇子写了条子是吗？陈步森脑袋没有完全清醒，说，他要我写的。刘春红流了眼泪，说，你真的要把我让给他？陈步森笑了一声，你不是已经跟他勾搭在一起了嘛。刘春红说，你要是真把我让人，我就跟他。陈步森说，随你。

　　说着他挣扎着要从床上起来，刘春红突然扑上去吻他。他随她弄。刘春红说，我知道你是瞎写的，是不是？我也是瞎说的，没让你真写，你是流氓混蛋我都跟你。陈步森重复一句：流氓混蛋？……说得对，我是流氓混蛋，我还是小偷杀人犯。刘春红说，你是杀人犯我也跟你。陈步森说，好，好，我是杀人犯，我是小偷，这是真的，我哪会是好人？真是笑话。来，我们来。陈步森突然翻身上了刘春红的身体，说，让杀人犯跟你干一干，好吧？他疯狂地扒刘春红的衣服，然后很快进入了她的身体。他们干了好久，刘春红痛死了，但还是装模作样地大叫舒服。

　　从刘春红家出来，陈步森浑身发软地走在大街上。面对温暖的阳光，他不禁流下些眼泪来。他很后悔又和刘春红干了一次。现在他怎么也不敢去见冷薇。并不是他跟冷薇有什么关系,他知道自己是谁,可是每当他和刘春红干完,就不好意思见她。他觉得自己在糟蹋这一个月来的好感觉。但蛇子的话没错:自己是杀人犯,这是怎么也无法改变的。

第九章　悔改的代价

今天，陈步森打算陪淘淘和他外婆一起上精神病院看冷薇。陈步森用摩托车载他们到了医院。陈步森上了楼，刚走到冷薇的房间门口，就看见她大喊大叫，几个护士正在对她作制服的动作，而她在拼命挣扎。淘淘吓哭了，外婆也非常害怕。陈步森上前拦阻，护士对他解释说，冷薇必须做电击治疗。陈步森说，她不是不需要作这种治疗了吗？这时医生过来解释说，冷薇的情形并没有明显好转，只要陈步森一离开，她所有的症状都恢复了。陈步森说，可是现在我在这里。医生想了想，说，那你先陪她一会儿，让她情绪稳定我们再看，她已经打碎好几个病人的碗了，主要是情绪极不稳定。

医生和护士暂时撤走。陈步森把门关起来。老太太一直在抹眼泪哭。淘淘叫了一声妈妈，冷薇就抱起儿子一个劲儿地亲，却一声不吭。淘淘不哭了，有些恐惧地缩着。冷薇这时对儿子说，叫爸爸，你爸爸回来了。她指着的是陈步森，陈步森吓了一跳。老太太叹了口气，说，还是老样子。陈步森说，我……不是……淘淘说，妈妈，他是小刘叔叔。冷薇说，别瞎说，没有礼貌。陈步森不知道说什么好。他想到了李寂，心中像被人捅了一刀。老太太对陈步森说，你就认吧，反正你不认她也这样说，认了她能安定些。不认我这当娘的不要紧，只要能让她好受点，认谁都行。

这时医生打开门看了看，对陈步森说，看来她听你的，你可以多和她说说话。陈步森没说什么。医生关上门走了。陈步森对冷薇说，你需要什么，我给你买进来。冷薇说，你给我唱歌吧。

陈步森今天没有心情唱歌，从早上开始，他就开始莫名其妙地心情不好，也找不到原因，但总是觉得心里堵得慌，做什么都没劲儿，走在地上也有一种漂浮的感觉。他去淘淘家接老太太，当他站在那幢楼楼下时，突然产生一种极度荒唐的感觉：自己正处于一个梦中，却无法控制这个梦前进的方向。陈步森有时一想到自己正在做的事，会慢慢地流出一脊背的汗。他不明白自己为什么会进入这样一个梦中，明明是加害者，却和被害人一家混得这样熟，而且居然成功了。他是在滑行，没有办法停下来。就像上了瘾一样，不自觉地一直在这场戏中演下去，什么时候结束也不知道，也不想知道。

因为陈步森被一种感觉吸引住了：自己是凶手，却再也没有人责备他，问他的罪，他不必担惊受怕。陈步森实在不愿意从这种好感觉中退出。现在，他居然还获得了这家人的信任，这是他有生以来从未获得过的快感，就像现在，自己甚至有能力让冷薇安静下来。

以前，陈步森从来不去问被他害过的人是什么感觉？可是自从他铆上这家人以后，陈步森才发现，对方的痛苦有多么可怕，自己的罪也有多么可怕。这种负疚感越加增，陈步森就越想为他们做点事，来减轻自己的这种感觉。现在，只要他愿意相信，就可以假乱真，让自己相信自己根本没有犯罪，因为罪人不可能和他们处得像一家人。不过，这种好感觉是需要小心呵护的。弄不好就会猛醒过来，一切随之消失。陈步森今天就有些好像醒过来的样子，感觉有一种扑面而来的空虚和黑暗，一种对死亡的恐惧，但比这更难受的是：如果冷薇有一天突然对他说，你到底是谁呢？不过你的戏该收场了。陈步森就会全身黑暗，重新被扔回垃圾堆里。所以，现在陈步森的心情没办法唱歌。他的心情在黑暗和光明之间摇摆着。他对冷薇说，我今天嗓子不好，不想唱歌。

冷薇看着他，说，你对我有意见了吗？陈步森说不是。冷薇说，我等了一个星期了，就等你给我唱那首歌。陈步森知道她说的是什么歌。可是，现在他已经不想唱那首歌了，它让她以为他是老公，陈步森觉得很不是滋味儿，所以那首叫《味道》的歌他唱不出来。老太太说，她要你唱什么你就唱吧。陈步森说，我唱一首新的给你。

他唱了那首《奇异恩典》。陈步森刚唱出第一句，不知道为什么，眼泪一下子就要闯出眼眶。他忍住了。但老太太看见了，她叹了口气，说，小刘，难为你了。在听完整首歌的过程中，冷薇都低着头没说话。歌唱完了，她说，你回来了，你唱的歌也变了。

我要吃药了。她说，我要快点把我的病治好。我好了以后，你天天给我唱这首新歌，过去的事情我们就算了，我现在已经忘了你为什么要和我离婚。但过去的事，就让它过去吧。

陈步森一听"过去的事就让它过去"这句话，心中强烈地颤抖了一下，心挣脱胸膛飞出去，好像就在那一刻自由了！好像那件事真的过去了。

这还是她第一次承认自己有病。老太太说。

陈步森把老太太和淘淘送回家,当他骑着车来到红星新村小巷拐角处准备上楼的时候,有一辆桑塔纳轿车驶到他旁边停下,门开了,一个袋子套到他头上,接着他的头中了一拳,脑袋嗡的一声。两个人迅速把他塞进车里。车子开到另一个地方停下,陈步森被除去头套,发现这是一座废弃的工厂。他的身边站着四五个人,他看见了大马蹬和土炮。

大马蹬说,知道为什么带你到这里来吗?这句话是从警察那里学来的,警察总是用这第一句话问他们。陈步森说,不知道。大马蹬说,当面说瞎话。这时,另外三个陈步森并没有见过的人上来,轮番用脚狠狠地踢他,陈步森抱着头在地上翻滚。他不说话了,只是保护自己的头。大马蹬说,现在怎么不说不知道了?那三个人开始用拳头,陈步森从来没有挨过这么重的拳头,他觉得像被大树撞了一样,呼吸猛然被中止,全身的血全涌到头上了。陈步森头一低,吐出一大口血。

大马蹬让他们停下来。他拿了一条椅子给陈步森坐。陈步森哆哆嗦嗦地爬起来,可是他在椅子上坐不住,觉得自己的腰断了。大马蹬看着他,说,要不是亲眼看见,打死我也不相信。陈步森不停地咳嗽,往地上吐一口又一口的血泡沫。大马蹬说,以你的为人,我不相信你这样做是为了检举我们。可是我真的要当面问明白,你干吗这样做?

……陈步森的嘴唇颤抖着,可是一句话也说不出来。土炮抄着手站在旁边一言不发。大马蹬说,你得说出一个好理由,我就让你从这里出去,你要是说不圆,我放你就等于找死。

陈步森说,我没想害你们。这事儿跟你们无关。大马蹬说,我待你不薄,你拿了多少钱你自己知道。可是你现在说你不想害我们。陈步森说,那天我撞见他儿子,我害怕,想看看他有没有认出我来。大马蹬说,可是他没有认出你来。陈步森说,我不相信,所以后来我又试了几次。大马蹬说，你不相信什么？你不是不相信他不认出你，你是不相信自己有罪吧？

陈步森愣住了。他不知道大马蹬说这话什么意思。他呆了一会儿，说，我见了他们，心里难受，大哥，她让我们害得不轻，我是有罪的。大马蹬笑了，这就奇怪了，老蔫儿是最不怕死的，也是见血腿不软的，你这样说让我怎么相信你？陈步森说，他们很可怜。大马蹬说，你就得了吧？我操你姥姥，你连大马蹬也骗吗？你根本就不是为他们，你是为你自己。土炮说，他要将功赎罪。陈步森说，不是。大马蹬问，那你究竟为了什么？听说你都快成了他们家亲戚了，我他妈的一辈子也不相信，你是不是疯了？你都他妈的进精神病院了。你真的疯了！陈步森不吱声。

大马蹬说，你今天总得告诉我一个理由，让我相信，我就放你，你要是说不清楚，今天你就自己想个办法回老家，啥事儿都得有个原因有个交代，这事儿总得让大伙儿整明白。我带的队伍从来没有出过这种事儿。陈步森说，我自己也说不清楚。大马蹬问，你是不是以为你永远不会被抓住？陈步森摇头说不知道。大马蹬又问，如果你被抓住了，你以为你做的这些好事能让你被宽大处理吗？你是为这个才这样做的吗？陈步森说，我没想这些。大马蹬笑了，说，这就奇怪了，这么说，你是良心发现了？就是说你可怜他们，要做些事来补偿他们？陈步森想了想，说，我也没想这些。土炮说，老大，他在跟你逗着玩呢。大马蹬说，我操你姥姥，这就奇怪了，你这也不为那也不为，不就是发神经了吗？

……陈步森突然说，也许是吧。我想，可能是为了我自己吧。

大马蹬走到陈步森面前，蹲下来，端详着他，你说什么？为你自己？你这样做能得什么好处？陈步森没有吱声。大马蹬说，往好里说，你他妈的真的良心发现了,可你又不承认,往坏里说,你这是在找死,你就是发神经了,老鸢儿,你真的是在逗我玩吗?陈步森脸上露出极度疲惫的神色,他说,老大,你别问我了。大马蹬说,你烦我了吗?

土炮示意。那几个人把陈步森拖到墙角,那里有一个大便桶。陈步森的头一下子被那些人摁进粪便桶里,足足有两分钟才放开。陈步森不停地打喷嚏。那一刻陈步森觉得他的肺一片一片裂开了。

他哭了。陈步森跪在大马蹬面前哭。大马蹬说,操你姥姥,操你姥姥,你就不说为什么?陈步森哭泣着说,我喜欢跟他们在一起……

大马蹬不说话了。他们面面相觑。土炮说,老大,这小子还在逗你呢。大马蹬说,老鸢儿,是吗?你为什么要逗我呢?我对你那么好,你逗我干吗?你是在逗自己吧?

陈步森突然崩溃了,从地上抓起一块砖朝自己的额上猛拍,血立即喷出来。他们吃惊地看着他,陈步森好像真的疯狂了,不停地拍自己的额头。大马蹬扑上去,夺下他的砖来。另几个人冲上去制服他,可是陈步森在地上乱滚,大叫,让我死吧,让我死吧。大马蹬喃喃说,他的脑子真的坏了。

等到陈步森重新安静下来,大马蹬说,好,今天我就当你脑子坏了,放你一条生路,从今天开始,你停止和他们的任何来往,我不管你过去是为什么要这样做,从现在开始,你搬出红星新村。

陈步森躺在地上哭泣。

大马蹬朝地上啐了一口,操,你的脑子坏了。

陈步森带着一身的伤,在樟坂城转了几圈。他站在深水河边,望着流动的河水,悲痛划过心头。他觉得他挨这场打是值得的。每打一拳他就觉得有一次解脱。现在他浑身是伤,身上却轻松了。打在他身上的每一拳,他都希望冷薇在冥冥之中能看见。

陈步森重新回到红星新村时已是黄昏,他的摩托还停在那里。陈步森把它扶到楼下的停车棚,上了楼。他打开门时,看见了蛇子。蛇子注视他的眼神都不对了。陈步森上前就摁住他猛揍。陈步森全身是伤,没有力气,但奇怪的是蛇子没有反抗。

你他妈的为什么这样做?陈步森问他。

蛇子不吱声。

陈步森放弃了,在椅子上坐下来,又说,我不打你了。

蛇子说,你说话不算话,写了条子,又跑去跟刘春红睡。

陈步森愣在那里,看了蛇子好一会儿,转身坐到了自己的床,躺下的时候,身体针扎似的疼,就像把一堆碎骨头放在床上似的。

大家都说你疯了。蛇子说,可是我不相信。我知道你是被那娘儿们迷住了。

……陈步森道,继续说。

蛇子说,总有一天,你要把她操了。

陈步森说,你出卖我,我今天快被打死了,可是,我不怪你,我原谅你了。

蛇子说,我走了。

他刚走到门口,陈步森说,你告诉刘春红,我不会跟她睡了,永远也不会了。

蛇子走了。陈步森躲在被子里流了一些眼泪。他觉得自己流的是莫名其妙的眼泪,既不是因为受伤,也不是因为委屈,更不是因为恐惧。他只是很想见冷薇。

陈步森迷迷糊糊睡着了……他做了一个梦:梦见他衣裳褴褛地见到了冷薇,冷薇问他为什么全身是伤?他的眼泪就喷出来,一直不停地流,最后流成一条河那样长。陈步森说不出自己有多委屈,但他知道,所有的痛苦和委屈都在这条河里了,所以泪水特别多,多到成一条河了,可他还是止不住。而看他流泪的不是别人,就是冷薇。后来有一个人在拽他,他慢慢从梦中醒过来,才发现这全是一场梦,冷薇根本没有在看他流泪,他和她不是亲人,是仇人。陈步森从天上掉回到地上。他极力地睁开沉重的眼皮,竟发现有一个人站在他面前,是土炮。

陈步森清醒过来,他坐起来。土炮坐在椅子上抽烟。他说,你睡得很死啊?让你搬走,为什么不搬?陈步森说,我不想搬。土炮没生气,倒拔了一支烟给他,陈步森不想抽。

大马蹬不明白你为什么这样做,但我清楚。土炮说。他的表情神秘。

你知道什么?陈步森说,你知道个屁。

你是想洗手不干了,是不是?土炮说。可是你没有机会了,知道吗?因为我们犯了大罪,我们会被枪毙。我承认,你在我们这伙人当中是最有良心的,我早就看出来了。可是这有什么用?想知道为什么我这么了解你吗?因为我跟你一样,我比你更有良心,只是你们不知道。陈步森说,你要说什么就快说。土炮说,我知道你这次做出这荒唐事儿,并不想害我们,大马蹬他不懂,可是我懂。

你是自己在做梦,做白日梦。梦做上瘾了,做久了就以为自己真的是清白的了,甚至可以成为那家人的亲戚了,这不是梦是什么?老蔫儿,你越做这梦,就离死越近了,你快死了,做做梦也无妨。但梦总归是梦,总是要醒的。再说,我不会让你一直做下去。陈步森问,你到底要说什么?土炮说,我今天要告诉你一个秘密,你听完我这个秘密,你就不会再做梦了。

这话什么意思？陈步森问。

土炮说，连大马蹬也不知道，我加入这个团伙，跟他混，是专门有一个任务，要来杀李寂的。

陈步森盯住土炮的脸，看看他到底是不是在撒谎。土炮说，我这一年所有的准备，就是为了杀掉李寂，所以，你别跟我捣乱，你要再搅事儿，就是大马蹬放过你，我也不会放过你。

你为什么要杀李寂？陈步森问。

因为我和他有仇。土炮说，我是在报仇。你不要再问了，我的事你不懂，你也不要管，你只要记住，我今天跟你说的话，李寂死了，这事儿就算完了，你别再搅出事儿来。

陈步森没吱声。他发现土炮注视他的目光硬得像一根铁条。

第十章　行走在刀锋上

　　早上起来，陈步森的心情维持昨天的情形，闷闷不乐。他知道一切的起因就在于那天突然看见了淘淘。后来就发生了一连串的事。现在终于出现了后果，陈步森知道这种后果一定会发生：不是警察把他抓住就是被大马蹬发现。但陈步森并不后悔。最近几个月是他过得最惊心动魄又最幸福的日子，因为它让陈步森忘记了自己是罪犯。

　　陈步森走到楼下，注视着那辆摩托车发呆。他想，现在，大马蹬离开他了，土炮离开他了，蛇子也离开他了。他现在只有这辆灰色摩托车作伴了。陈步森对它说，现在，我只有你一个朋友了，我给你取个名字吧，你是灰的，就叫灰狗吧。

　　陈步森今天有一种见冷薇的强烈愿望。他意识到大马蹬和土炮不会轻易放过他，所以，虽然他不可能去对冷薇讲出这一切，但即使就只是坐在她旁边，陈步森都会觉得舒服些。这真是很奇怪的：一个杀人犯被同伙威胁，却要去找被害人寻求安慰？这到底算什么事儿啊。

陈步森对自己说。

　　陈步森骑上那辆灰狗往精神病院去。他快接近凤凰岭的时候，意识到有什么不对，从后视镜里陈步森看到有两个人骑着摩托车在追他。陈步森掉头往水库方向骑，那两个人也掉头追上来。陈步森猜测可能是大马蹬和土炮。他围着水库的路绕来绕去，那辆车也跟着绕来绕去，双方进到一片树林，一度比较接近时，陈步森发现骑车的是蛇子，后面坐着的看上去就是土炮。陈步森正准备掉头往城里骑的时候，突然一声枪响。陈步森没想到他们会开枪，知道想取他的命了，陈步森加大油门，走绕桩的路线开着灰狗，避开子弹。接着又有几声枪响，树叶都震落下来。陈步森开始害怕了。他索性加大油门，往精神病院的后门疾驰。

　　接着又响了几枪，没有打到他。陈步森听出是钢制玩具手枪改制的没有膛线的手枪，这种枪可以打死人，但不一定很准确。陈步森来到精神病院后门时，枪声没了。陈步森骑着车径直冲进后门，守卫看有人闯门，哇哇大叫。

　　下了车，陈步森才觉得安全了。他身上的汗湿透了衣服。现在，陈步森站在病房楼下，产生一种委屈和沮丧，被警察追捕三个月，也没有现在让土炮打黑枪那样难受，他是一个不受欢迎的人，连他的同伙也不欢迎他。他只好来找冷薇，可自己是凶手，凶手找被害人究竟要干什么呢？他们像水和火一样不可相容，陈步森似乎看清楚了，目前的一切真的是假象。

　　可是，陈步森宁愿向假象走过去。

　　他上了楼，在房间里见到了冷薇。冷薇看见他来了，竟然上前抱住了他，让陈步森哆嗦不已。冷薇说，她想见他都快想疯了。冷薇的亲密动作并没有让陈步森感到难堪，因为他刚刚从恐惧中出来，所以，冷薇的拥抱竟让陈步森很受用。在那一瞬间他从恐惧中拔出来了，好像冷薇真的可以让他抵挡来自那枪声的恐惧。

他对冷薇说，我也很想进来看你。

这种对话是奇怪的。仿如一对真正的朋友在说话。陈步森就这样相信这一切。如果说冷薇被骗是被动的，是陈步森强加的；陈步森的被骗就是咎由自取，是自己制造出来的幻象。随着时间的推移，陈步森越来越容易自己相信自己，只要一踏进这个房间，他就相信自己是冷薇的朋友。这种情形和陈步森父亲死前的状况很像：这个老家伙非常容易也非常愿意被骗，纵然有大量无可辩驳的证据证明他患了癌症，但只要别人一说他只是患了肝肿大，他就轻易相信了。现在他的儿子也是这样：很容易相信自己真的和冷薇建立了友谊。

冷薇望着他的脸，说，你的脸色不好，是不是哪里不舒服？陈步森已经很少听到有人问他是不是不舒服了。当冷薇的手轻轻地在他脸上摸了一下的时候，陈步森心中一恸，忍不住要落下泪来。他连忙转过身去，把泪水弄掉。可是冷薇却把他的脸扳过来，她看见了他脖子上的伤痕，问，你受伤了？你这是怎么啦？陈步森说没什么。冷薇说，不对，一定发生了什么事？冷薇说话的样子，根本不像个精神病人，好像在瞬间突然痊愈了。她扒下他的衣领，说，天哪，你怎么被弄成这样？快告诉我，是怎么回事儿。这时，陈步森的泪水再也止不住，猛地就冲出来。陈步森不想让她看见，就一把将冷薇抱在怀里，另一只手赶紧腾出来擦掉眼泪。冷薇也抱住他。

陈步森不知道自己到底凭什么能得到冷薇的安慰？是凭自己残忍地杀死了她的丈夫吗？但无论如何，现在的陈步森变得非常软弱，他简直是扑到冷薇怀里，全身微微发抖。他知道自己在偷窃冷薇的安慰，但他不想还给她。就算下一秒钟一切会真相大白，陈步森也想在里面多待一会儿。

冷薇还是发现陈步森流泪了,她问,你怎么哭了?

冷薇找来纸巾,给他擦去眼泪。她说,你被人打了吗?陈步森说不是。冷薇说,你连我都不相信吗?陈步森说,冷薇,我是被蛇咬了。冷薇说,你在骗我。陈步森低下头,过了好久才说,冷薇,谢谢你对我好。我会好好找个工作。冷薇不解,你没有工作吗?陈步森说,过去我的工作不好,现在我要找个好工作。

冷薇说,我学会你上次教给我的那首歌了,要不要我唱给你听。陈步森点点头。冷薇就开始对着那张歌纸唱那首《奇异恩典》。她唱得并不好,因为她的声音不好,但她唱得很准。陈步森看着冷薇唱歌时的认真和陶醉的样子,想,她真的没有痊愈,她仍然沉浸在假象之中,她连我是谁都不知道,但她现在的样子多幸福啊。陈步森想,就让她永远这样不要醒来多好,也许我真的没做错事,因为她现在是快乐的。

冷薇突然对陈步森说,我有一件事情想跟你商量。陈步森问她是什么事?冷薇低下头有些不好意思,支吾了好久才开口,我们复婚吧。陈步森听了就愣在那里,不知道该怎么回答她。冷薇说,你不愿意吗?你不是回来了吗?她的眼睛红了,好像要流泪的样子。陈步森只好说,不是,我愿意……可是,等我找到一个好工作再说吧。冷薇听到这话,就说,我在医院也没有闲着,你看,我写了很多东西。她从箱子里拿出一个活页笔记本来,说,我学着写了点东西,你看,我把我和你的事都写在这里了。陈步森看了一眼,笔记本第一页画着一个他的头像,还挺像他的。里面写了很多文字。冷薇拆下几页给他,你帮我看看,提点意见。

陈步森带着那几页纸回了家。他看了冷薇写的东西,她是这样写的:他回来了,我很高兴。本来我以为我们这个家没有希望了。我那么爱他，他也那么爱我，可是为什么会没有幸福？可是现在他终于回来了，他变得和以前不像了，但我相信他还是他。他只是变了一个样子，为了让我高兴，让我相信他才变的。我想，天上的月光都会变化形象，何况人呢？除了淘淘，他是我最亲爱的人，他几乎隔几天就来看我，给我买很多我喜欢的东西，可是我只要他人来就可以了。他是真正爱我的人，这个我真的知道。我很想他，以前是他不来我想他，现在是他一走出这个门我就开始想他，我想要他一刻不停地留在我身边。现在，他真正属于我了，他也解脱痛苦了。这是我的病换来的。我愿意为了他病上一辈子。他是个好人。

　　陈步森的泪水滴在纸上。虽然有些话他看不明白，但他知道自己在偷窃冷薇的东西：明明不是她的爱人却让她以为是。看完冷薇写的东西，陈步森反而快乐不起来了，心中痛苦。一个杀人犯在听受害者说，你是个好人。这应该是一件羞耻的事情，可是陈步森却接受了，还紧紧抓着不肯放弃。陈步森觉得自己还在偷窃，是另一种偷，在偷更贵重的东西。大马蹬和土炮是对的：凶手就是凶手，凶手不会因为心里难过，就突然变成受害者。从凶手到受害人，好比天离地一样远……在这个黄昏，陈步森看完冷薇写的东西，因为过度的感动反而产生了一种离弃的想法：我要醒来了，我不能一偷再偷。他觉得自己快被羞愧压垮了。

　　陈步森决定去找大马蹬，答应他再也不会找冷薇了，此事真的到此为止。陈步森打通了大马蹬的电话，大马蹬约他到湖湾一处住宅楼见面。陈步森找到了那间屋，进去的时候，看见里面有好多人在，都在等他的样子。蛇子也站在角落里。大马蹬让陈步森在一张椅子上坐下。问他有什么话快说。陈步森说，我觉得你说的话是对的，凶手就是凶手。大马蹬问，你来就想对我说这个？陈步森说，我决定不找冷薇了。大马蹬问，我怎么相信你？陈步森说，我是在做梦，现在我醒过来了。大马蹬笑了一声，说，你还在给我编故事吗？陈步森说，信不信由你。

大马蹬说，太便宜的东西你记不住。说着转身进了房间。几个人把陈步森的手系上，蒙了黑布，吊在梁上。接着陈步森感到阴茎一阵剧痛，棍棒从四面八方抡过来。陈步森连大声喊痛的力气也没了，因为打在后背的棍子让他几乎窒息，嘴张着但喊不出话来。他不一会儿就昏过去了。

……等他慢慢醒来的时候，发现自己仍然被吊在上面，眼睛上的蒙布掉了。陈步森不知道过了多少时辰。蛇子坐在一张椅子上，好像在看他的样子，只有他一个人。他不敢抬头看陈步森，说，你别看我，我没有打你……陈步森虚弱地问，为什么不放我？他们快打死我了。蛇子低声说，你自己想办法吧。陈步森问他怎么啦？蛇子含糊地说，你得逃命。陈步森明白了，说，我知道了，蛇子。

就在那一刹那，陈步森想象了如何被大马蹬弄死的画面。他熟悉那几种死法：沉到湖底，或者海里；埋进地里；甚至有打死了抛在野地里让狗吃掉的例子。总之是死了，死像睡一样吗？如果死就是睡，陈步森现在的确是想睡一觉了。但他不能肯定死就是睡，他是一个杀人犯，现在心中痛苦得像一块烧红的烙铁，对他来说死怎么可能像睡呢？因为他根本无法向冷薇交代，他就这样死了，他是带着谎言死去的，可是他却多么不想死，如果换在认识冷薇之前，他还不会如此求生，但现在陈步森知道活着（特别是跟冷薇一家人相处）是多么幸福的事情。自从离开父母流浪后，陈步森从来没有对死产生过如此地畏惧，可是今天，他一想到死，他就想象成和冷薇一家的分离、和几个月来的好日子分离，陈步森体验到了一种难以忘怀的痛苦和不舍的感觉。陈步森伸出舌头，开始舔到了一丝美好生活的滋味了。

陈步森实在太疲劳了。他又睡了过去。醒来时发现蛇子不见了，好像他们是吃饭去了。换了另一个他不认识的人在看他。陈步森说我要小便，那人没理他。陈步森说我要喷出来了。那人还是不理他。陈步森就把小便拉下来，滴到地毯上。那人叫，操你妈，别这样，我放你下来。那人刚把陈步森放下来，脖子就被扼住了。陈步森用桌上的台灯把他敲昏，取了他的枪，然后把卫生间的窗户拆了，从窗洞翻了出去。

陈步森的摩托竟然还停在下面。陈步森骑上车迅速逃离了那个地方。他以最快的速度回到红星新村，收拾了东西，可是他刚走出大楼，看见刘春红站在那里。

陈步森的头一下子就大了。他说，是蛇子让你来的吧？刘春红说，你要去哪里？陈步森说，你不是要带人抓我的吧？刘春红说，蛇子他们正在找你，我是来帮你的。陈步森看了她一下，转身发动了摩托。刘春红大声在后面喊，你要找死吗？我是来帮你的，你不相信你是不是？操你妈的陈步森！她转身要走。陈步森想了想，说，你上来吧。

刘春红上了车。她说，我有个好地方，是我买的新房子，刚装修好，我还没住呢，没人会知道。陈步森就随着她的指引来到了凤山公寓。刘春红把他的车放进楼下的贮藏间，然后带陈步森进了房间。

陈步森问刘春红，你为什么要帮我？刘春红烧了开水，她说，你的事蛇子全给我说了。陈步森不再吱声。刘春红说，其实我早就知道你们在做偷鸡摸狗的事情，但我真的不相信你会做那件事。陈步森问，哪件事？杀人吗？刘春红端着茶到他面前，说，你和那个女人好上的事。

杀了人家的男人，和他女人好上了。刘春红说，多像土匪啊。这不就是杀人命夺人妻吗？陈步森问，你到底是帮我还是骂我？刘春红说，我爱你那么一场，你还是喜欢上别的女人了，还不让我骂几句吗？陈步森说，我没爱上她，胡扯。刘春红说，我想也不能，否则就是真的活见鬼了。那你是良心发现了吗？陈步森皱着眉。刘春红说，陈步森，我了解你，你不坏，否则我不会爱上你，你跟大马蹬那些人不同，所以，我倒相信你是做得出这样的事情来。就是因为这个，我才愿意帮你。可是，话得说回来，你这是在玩命。从今天开始，你不能再见那个女人，你如果还想活命，你就赶快停止，别发神经了，就在我家住着，哪儿也不要去，我一下班就会过来看你，菜我会买过来，你犯的那个案子，我们慢慢再想办法。

陈步森没有说话。

刘春红看着他的眼睛，说，你可千万不能死……你知道不知道，我到今天为止，只爱过一个男人，就是你。

刘春红说，我去给你买点药涂涂。她走出门的时候，陈步森说，谢谢你啊。刘春红说，你听我的比谢我什么都强。

刘春红走后，陈步森觉得全身疼得要命。他躺在床上，闻着新装修的油漆味儿。他相信刘春红，但他已经不爱她了。可是现在，陈步森又觉得需要她。他太疲倦了。

陈步森去洗澡。躺在温暖的浴缸里，全身见水的地方很痛，可他却差点儿要睡着了。这时有人敲门，他突然惊醒，不敢动，后来敲门声就没了。陈步森想：这里真的安全吗？我在这里能待到几时呢？

刘春红买药回来了，还买了很多熟菜。她给陈步森上药的时候，眼泪都掉下来了，说，那些人真狠。陈步森说，这算什么，杀人才狠呢。刘春红说，我相信你能改好的，我们现在要逃过这一劫，千万不能让人知道你和市长的案子有牵连。可是你却自己往人家那里凑，看来你在樟坂待不下去了。你如果真爱我，我可以为你把这房子卖了，我们逃到远远的地方去生活。

她真是爱我的。陈步森想，可是她想的是如何逃走，我想的却是怎么去接近冷薇一家。我不相信在这新房里能好好地过日子，我和她能逃到哪里去呢？根本没有出路。总有一天会被抓住，不但我白逃了一场，还要搭上刘春红，这我不干。更重要的是，谁也不会记得我，不会知道我还跟冷薇一家相处过一场，他们不会知道我在跟他们相处时，根本不像凶手的样子。大家只看到一个杀人犯被抓住了，然后被枪毙了。就这么回事。

想到这里，陈步森的喜乐全无，前途一片黑暗。他觉得一个可悲的结局在等待着他。

刘春红不放心他，晚上留下来陪他。可是睡到半夜，她突然听到了异响，是从浴室发出来的。刘春红冲到浴室，发现陈步森上吊了，他用一条浴巾把自己吊起来，现在正在挣扎。刘春红放声大哭，用剪刀剪断了浴巾，陈步森掉进浴缸里。她一个嘴巴一个嘴巴地扇陈步森，大骂，你不得好死，我这样对你，你却在我的新房里闹自杀！陈步森一声不吭，不停地咳嗽。刘春红端来水给他喝。

春红，我不想活了。陈步森说。

你不想活也不要在我新房里寻死啊，我得罪你什么啦？我帮你还碍你事儿啊？刘春红说。陈步森说，对不起。过了一会儿，刘春红问，你为什么这样做，你一定要给我说清楚。陈步森说，我突然觉得自己没有出路。刘春红说，你他妈的就是不为自己不为我，为那个女人一家你也不能这样啊？是不是？陈步森喘着气说，是，我现在不想死了，如果现在死了，那个秘密就没有人知道，我骗了冷薇，也骗了淘淘，我根本就是杀人犯，不是什么好人。要死就死个明白，也让他们明白我是谁，这样，我和他们就谁也不欠谁了。春红，我要去自首。

刘春红压低声音说，你疯了？你去自首就是死，为什么一定要死？我们可以想办法啊。陈步森问，我也怕死，可是没办法。刘春红哭了，有的，有的，我们一起想办法。陈步森看着她，刘春红，你真的这样爱我吗？刘春红说，你要去找死，我就不爱你。我不爱死人。我不准你到任何地方去，我上班就把门锁起来，你别想出去。

次日早上刘春红上班，真的把门锁上了。这种锁从外面锁死，里面没有钥匙就打不开。陈步森在屋里待了一天，内心翻江倒海，发疯似的想冷薇。他既不爱她，也不是她的亲人，难道仅仅因为他杀了她的丈夫，所以他就想这个人吗？陈步森现在觉得自己住也不是，逃也不是，连死都不行，他真的快疯了。

傍晚刘春红回来，陈步森说，我待不下去。刘春红说，你如果真的想好了，我可以和你一起逃到外地。这时，陈步森提出了一个在刘春红看来极度荒唐的念头，他说：我可以到外地，可是，我想在走之前见她一面。刘春红知道他要找谁，她拎起陈步森的耳朵，说，你是不是真的脑子有病了？这么危险的时候你还要回去找她？她是你什么人？知道吗？会让你死的人！你竟然对她念念不忘。我简直没法相信。

陈步森说，春红，我说一句话，你别生气，我觉得我活不了，你别费劲儿了。刘春红听了神情哀伤。陈步森说，既然免不了一死，我就在意她怎么看我。因为是我害了她。我不能就这样死，我要告诉她，我没有骗他们，这几个月我接近他们，不是要骗他们。刘春红大声问，你是不是还要告诉他们，你就是杀人犯？神经病！陈步森说，我不是存心骗她的。

刘春红说，我听不懂你的话，你已经神志不清了，我不管你的事了。

第十一章　我不是你丈夫

陈步森觉得待在刘春红家里让他不舒服,不是他对刘春红有所怀疑,只是和她住在一起时,陈步森会想起冷薇。这种滋味并不好受。他不可能和冷薇有什么关系,但他仍然觉得和刘春红同床共枕,对冷薇就是一种背叛。这是很奇怪的一种感觉。

陈步森瞅了一个空,趁刘春红洗澡的时候溜出了她家。他在大街上无处可去,手中捏着那笔钱,但是他已定意一个子儿也不动它。但现在陈步森需要钱,如果他想逃到外地,就需要一笔钱作路费。他想到了表姐周玲。

陈步森朝表姐家走去,准备向她借点儿钱。

正好周玲和她丈夫陈三木都在家。陈三木很奇怪地比过去显得热情,给陈步森泡了茶。陈步森看出他们好像在闹别扭,陈三木是没人说话,所以找他说话以避免尴尬。他说,步森啊,你表姐老跟我闹别扭,总拿我和你作比较,今天你来了,你说句良心话,我们能一样吗?

步森你从小到大，等于无父无母，所以难免干些不好的事，为什么呢？归根结底就是没有教育嘛，知识缺乏，不明白这个社会的规范在哪里。我是懂得规范的，就不同了，周玲你老把我和步森相提并论，我这样说没有贬低陈步森的意思，但这种区别也是显而易见的嘛，我怎么说也是一个大学教授，你就是叫步森自己说，他敢说我和他一样吗？可是你呢？还是我老婆，从来不给我应有的尊严。我告诉你，我是受过高等教育的，精研儒学，涉猎佛道诸论，对基督教也接触不少，可是你每每把我当无知小儿，怎么能取信于我呢？其实我对你做社会辅导工作没有恶感，不然我怎么会叫步森去找你呢？他改了就放下屠刀了。这时周玲说，你别这样说步森，他可没杀过人啊。陈三木说，今天不出事明天就出事。他受了教育就能改变行为不犯罪。可是我呢？我犯过什么罪？我从小到大没有偷过人一针一钱，跟你结婚后我主动骂过你吗？我动过你一个手指头吗？没有。说我有罪是不公平的。因为我是个文化学者，我有自己的一套道德法则，可以约束自己。步森啊，你说呢？

　　当然，姐夫怎么会跟我一样呢。陈步森说，我是无业游民，姐夫是著名的教授……可是我今天来，是有事找你们的。陈三木说，你有什么事尽管说。陈步森说，我准备好好找个工作，所以我想到深圳去，需要借些钱垫巴垫巴。周玲兴奋地说，你说的是真的吗？我太高兴了。陈步森说，我想去找个工作，不想玩儿了。周玲握着他的手，说，你要多少钱你说。陈步森说，几千块钱吧。陈三木一听皱眉头了，他说，慢慢慢，步森啊，你说的是真话吗？陈步森不吭声了，他知道陈三木一说话，借钱的事可能就泡汤了。周玲突然火起，冲陈三木说，你又不是不知道，步森虽说没个正经工作，但他是有志气的人，他向我们借过几次钱？没有嘛。他刚开口你就这样不相信人家。陈三木说，我是怕他又把不住自己，这是为他好嘛。陈步森站起来说，你们有难处，我就不借了。陈三木站起来拦住他，说，不是这个意思，步森你不要误会，我是为你好，要不这样好了，你先拿一千块去，不够我们再寄给你。陈步森没说话。周玲说，就两千吧。跟我来。

　　她把陈步森带进房间，却塞了四千块给他，说，步森，你可要好好花这钱，我知道你不爱借钱，你既然开口，我相信你是想改了，但你可要争气，别让你姐夫笑话。陈步森推辞，我还是拿两千好了，可能是我花钱太大手大脚，习惯了，所以要多了，我真的从现在开始，手头得紧点儿。说着他塞了两千回表姐手里，周玲拿着钱，突然间想流泪，说，步森，你真的变了。陈三木推开门，说，两千，差不多。要好好花这钱啊，步森。

　　拿了钱，陈步森忽然问了一句，表姐，我有一个问题想问你。陈三木说，你问我好了，她不懂。陈步森说，我想弄明白，什么事是可以做的，什么事是可做可不做的，什么事是绝对不可以做的？周玲说你问的什么意思？陈步森说，我以前不清楚什么事可做什么事不可以做，想到哪儿干到哪儿，现在我想了解一下。陈三木说，第一，要有独立思维，相信自己，不要信任何怪力乱神的东西，不要拜偶像；我这个人从来不相信泥巴做的东西。只要心中有良知就好。其次呢，要有国家和民族自豪感，此谓忠。第三，要孝敬父母，此谓孝；这一条我实行得最好，我年年往父母家寄钱，还给他们装了空调。第四，不可触犯法律，比如杀人；我相信步森，你应该没杀过人吧？这里说不要杀人，其实并没什么约束力，不敢杀人不是因为你有什么良知能约束你，是因为你杀人法律就要把你枪毙，这可不是闹着玩的，除非你躲藏上一辈子，有可能吗？所以，你要懂法。第五，要有私德；就是不能搞女人之类，这我不知道步森你干过没有，关于这一点要区别对待，婚外恋不能一棍子打死，原来的婚姻如果没有爱情，难道不允许人家追求真正的爱情吗？第六，不可偷盗；这一点步森啊，你就栽在这里。自从你十二岁那年在我和你表姐的婚礼上偷了一个钱包，我就想，这孩子完了。第七，不可陷害人；你有吗？就是不能骗人。

周玲说，你就胡乱说吧。

陈步森一边听一边想，我杀人了，我也偷盗了，我也犯了奸淫，因为我不爱刘春红，可是又和她睡觉了，我也没孝敬过父母，他们不爱我，我也贪恋别人的妻子，因为我老去找冷薇，可她是李寂的妻子，最要命的是，我作假见证了，我骗了冷薇，我其实是个杀害她丈夫的凶手，可是现在我却让他们全家觉得我是恩人。陈步森想到这里，低下了头，心里产生一种虚脱感。周玲说，你别听你姐夫瞎扯，他说的他都做不到。

陈步森从表姐家走出来，阳光刺得人睁不开眼睛。有一刻他仰面看着太阳，可是太强烈的光反而让他眼前产生一片黑暗，什么也看不清楚。他的手机响了，是刘春红打来的。她冷冷地问他为什么突然间消失了？陈步森想，我还是要跟她说清楚的好，她对我那么好，我不能让她生气，要不她可能坏我的事。于是他对刘春红说，我没有消失，只是出来走走，我有话跟你说，现在就回去。

回到刘春红家，陈步森把自己要去找工作的事情说了一遍。刘春红沉默了好久，说，你这不是要找死吗？我们又不缺钱，你不想用我的钱吗？陈步森说，春红，其实我有钱，是赃款。刘春红不作声了。陈步森说，就是李寂家的钱。那天，我看到了他们家的样子，心情很不好，我再也不想花他家一块钱，可是我已经花掉了一些。刘春红问，你难不成要把钱还他们？陈步森点点头，差不多吧，我是想还他们钱，这样，我心里会舒服些。刘春红看着陈步森，说，步森，你不像一个小偷嘛，你这样的人怎么会犯罪呢？你这么好。陈步森摇头，说，我不好，你别讽刺我，我十条诫命犯了六条。刘春红问什么诫命？陈步森说，我是坏人，我知道自己不是好人。刘春红说，过去你可不这样，我们说你是坏人，你就跟我们急，拗也要拗过来，你说你就是哪天杀了人，也不算坏人，现在你果然杀人了，我也果然发现，你不是坏人，坏人怎么会杀了人还想着还钱呢？步森，你这么好，一定会得到宽大处理的，要有信心。陈步森说，我想去外地挣钱。刘春红说，我可以帮你还钱啊，我还有一些底子。可是陈步森不干，我想自己挣，我不想再花别人的钱了。刘春红叹气，你把我当成别人吗？我就认定你本质上不是坏人，才愿意藏你的，可是你却不相信我，为什么不让我跟你一起走呢？陈步森说，太危险，我到了外地，挣够了钱还是要回来的，我会和你保持联络。

陈步森和刘春红交代完，就往精神病院跑。他想，我作了假见证，在我离开樟坂前的最后一件事，就是向冷薇说明清楚，我是什么人。可是陈步森走到医院门口时却停下来了：我要对她说什么呢？说我是凶手吗？这样，我还能走得了吗？陈步森为难了。她已经疯了。他想，我说了她也不相信，但我就算说过了。陈步森想着，觉得自己在糊弄冷薇。她不会相信我说的，我说了也是白说。陈步森站在那里，脑袋空白。

这时门卫看见了他，说，刘先生，你来了？你看谁在那里。陈步森顺着他手指的方向一看，冷薇正在草地上散步，眼神是涣散的。她可想死你了。门卫说，我看她每次到草地上来的时候，一直往大门口看呢，我就知道她想见的是你。快去吧。陈步森嗯了一声，慢慢地走了过去。当冷薇看见他的时候，竟飞快地跑过来，一把抱住了他。

冷薇的手紧紧地抠在他身上，陈步森竟产生了一种被逮捕的感觉，说，对不起，冷薇，我来是要告诉你，可能我有一阵子不能来看你了。冷薇立即变了脸色，问，你要去哪里？陈步森说，我要去外地工作。冷薇脸色就暗了……陈步森看着她的表情，说，我会回来的。冷薇说，你是找借口要离开我。陈步森说不是，我去外地是为了工作。冷薇说，你看见我有病，所以你又要走是不是？陈步森不知道说什么好。他慢慢地握起冷薇的手，她的手很白，也很细嫩，它曾无数次地被她的丈夫握在手里，可是现在，握这手的人已经不存在了。这只手现在握在他手里。陈步森觉得非常难为情。他环顾四周，全身产生一种凉意：好像在草地上散步的所有人都突然间变成了警察，慢慢地朝自己围拢过来。总有一天这个场面会出现。想到这里，陈步森软弱了，他根本无法把自己是谁的真相讲出口。他很奇怪自己会产生要自报身份的荒唐想法。

陈步森扶着冷薇回到了病房，他给她带来了一个便当，是炖的乌鸡。他要她马上吃下去，冷薇就开始吃乌鸡。陈步森看着她吃的时候，一绺头发从她额上滑了下来，像一个被人抛弃的女人，他心里划过一丝悲伤。现在这个场面，已经产生了一种陈步森和冷薇是一家人的假象。陈步森知道，如果他说出自己的真实身份，这一切就会立即化为乌有。

冷薇吃完了，说，好吃。陈步森说，我去洗碗。冷薇说，你不要离开我，我想天天吃你送的东西。陈步森没吱声，端着碗来到水槽洗碗。路过医生办公室的时候，钱医生把他叫了进去，说，我正想找你。陈步森走进办公室坐下。钱医生说，冷薇的情形比上一段好些了，这都得益于你的照顾。现在她至少承认自己在生病，这对精神病人来说是很重要的一步。陈步森问，她是不是很快会好了？钱医生摆摆手，说，这不一定，取决于治疗的效果。不过有一点，你可以做一件事，你不是她丈夫，可是现在她总是以为她丈夫回来了，如果我们能让她知道你只是她的一个亲戚，而且慢慢相信你只是亲戚，这对她是有帮助的，但需要你配合。陈步森听了低下头，想，我正想这样说，可是我没勇气，不过，我或者可以只说我不是她丈夫，不再说别的。钱医生看他不吱声，问，你觉得怎么样？她相信你说的话。陈步森说……我试试吧，钱医生，其实我也不是她亲戚，一直没告诉您，我只是她妈妈的朋友，代她来照顾冷薇的。钱医生看着他，是吗？那更不容易了，冷薇很可怜，没有什么人来看她的，听说她丈夫是跟市政府的上司有矛盾所以才辞职回学校当老师的，得罪当官的了，还能有好吗？所以没人理他了，案子也就不了了之了。陈步森不想谈案子，说，我这就回去跟她说清楚。

陈步森回到病房，琢磨着如何向冷薇开口。冷薇已经学会那首《奇异恩典》，她唱了一遍给他听，问他唱得怎么样？陈步森说，冷薇，有一件事我想跟你说。冷薇说，你要说啥。陈步森说，我告诉你，我为什么要去外地……因为，因为我不是你的丈夫。冷薇就不吱声了，看着他的脸。陈步森说，你病了，你患的是失忆症，所以你忘记了，你丈夫不是我，我只是你妈的一个朋友，有一天我遇上了淘淘，后来我认识了你。我叫刘勇，我只是你的朋友。

冷薇盯着他的脸不放……她突然问，刘勇？……你是刘勇……那我丈夫是谁？陈步森心中一阵颤抖，摇摇头，说，不知道，我不知道。冷薇问他，他上哪儿去了？陈步森浑身都哆嗦了，说，我……我不知道，我什么都不知道。你别问了。

他站起来想走了，突然冷薇叫住了他。他只好走回去，可是陈步森分明能体会到自己微微发抖的心。冷薇凝视着他的脸，说，我知道我有病，把你看成他了，对不起，小刘……陈步森说，没事儿。冷薇说，他走了，我早就和他离了。可是这跟我们俩没关系……冷薇用颤抖的手指轻轻划过陈步森的脸，他感到了她微颤的指头，这一刻陈步森差点儿要流下眼泪了。他不知道自己为什么突然想流眼泪，可是当他的脸一碰到冷薇的手时他就抑制不住。陈步森记得他从父母家被赶出来后，表姐第一次收留他时，也是这样用手指轻轻抚过他脸颊，当时他的泪水立即滚了下来。

小刘。冷薇说，他走了，我和他没关系了，我现在明白了，我不敢向你表白，是因为我没有完全把他放下，现在，我放下了，我要说，我爱的是你。说完扑到陈步森怀里，紧紧地抱住他。陈步森全身立刻僵硬了。

你哪儿也不要去。她说，我不准你去，一刻也不要离开我，否则我对你不客气。现在，我知道我爱的是谁了。

向冷薇说明自己不是她丈夫，反而惹出她认为自己爱上了陈步森。这是陈步森怎么也想不到的。本来他以为这种说明会招致危险，可是危险没有来，却让冷薇确定了他们的关系。陈步森知道冷薇爱的是谁，她爱的不是陈步森，是那个叫小刘的人。是另一个人。是陈步森表演出来的人。所以陈步森根本喜乐不起来。他知道自己是谁：是一个凶手。就是这样。

不过，陈步森总算有所解脱。至少他不再担当那个丈夫的角色，不然有多难堪啊。一个把人家丈夫杀死的人，却让人家以为他是丈夫。现在，我至少完成一条诫命了吧。可是，我还有五条诫命需要完成。陈步森感到被五座大山压着一样难受。他想，过去警察对我们说，你们要改过自新重新做人，现在我知道为什么没几个人能做到了，因为要做到它，比把几座大山挪到别处还要困难。

现在，冷薇终于知道他不是李寂了，但她却不准他离开樟坂。这让陈步森很为难，他意识到夜长梦多，不如快快离开到外地去，这样既能躲避危险，又能把钱赚够补上还李家的钱，把身上的大山挪开。陈步森决定去找淘淘的外婆，向她说出自己的决定。既算告别，也向老太太作个交代。以后她会向冷薇说明一切的。

外婆得知陈步森要离开樟坂，当着他的面落了一些眼泪。陈步森告诉她，自己已经对冷薇说清楚自己是小刘了。老太太点头，说，还是让她知道的好，她不能一直糊里糊涂地做梦。这时淘淘问他：刘叔叔，你什么时候再回来？陈步森说，我很快就会回来……其实陈步森自己都不知道他几时能回来。

他突然想起了一个问题，就对老太太说，李寂为什么当着官突然要辞职呢？老太太说，没当官的命呗。陈步森又问，我听人议论说，他是个清官，也有人说不是，说他是因为贪钱才辞职的，到底是怎么回事？老太太听了低下头抹泪了。她说，小刘，不把你当外人了，我就告诉你，说我女婿是贪官的人，他是丧尽了天良，如果连他都不是清官，这天下就没有清官了。我女婿是因为看不惯官场，才辞职做老百姓的。

陈步森想，土炮是在胡说。他们为了让我离开这家人，竟然编了这种故事。老太太对陈步森说，是不是连你也相信这些谣言？觉得你对我们家做的这些好事白做了。陈步森连忙说不是不是的。陈步森对老太太说，明白了，我不问了。老太太说，我知道你不是这样想的。可是，你为什么要离开我们呢？

陈步森连忙解释：我不是因为这个想离开你们，我是真的要到外地工作。老太太说，这就好，只要你不是因为这些谣言离开我们就好，我们可以受穷，也可以挺过灾难，但不想让别人指指戳戳，李寂真是可怜，死了也没落个好。小刘，你到外地发展，我支持你，年轻人嘛，只是很不舍得你啊。你为了我们家，肯定耽误了不少事儿。我们也没什么东西送给你，我想，还是钱对你好用，大妈就给你包个红包吧。

说着拿出一个大红包来。陈步森的眼泪一下子就忍不住涌出来。他想不到老太太会包红包出来，他知道自己就是那个在这间屋子抢劫的人，现在却从被害人手中得到了红包。他拼命地拒绝。老太太说，其实我早就准备好了要给你，你走不走我都要给你，是一点心意。陈步森大声说，不，我一定不要。

他把红包塞回到老太太手中，大声说，我不要红包，大妈，我也不走了，我就留在樟坂。

第十二章　乞丐与情人

陈三木和周玲在陈步森离开后,开始了长达一天的冷战。其实,这样的冷战从今年开始越来越频繁,双方都已经习惯了这样的节目:不知道从哪一刻开始,两人就不说话了,然后僵持一天到数天,最长纪录是三天,最后总是陈三木妥协,先开口说话,但他强调他这样做并不是因为他错了,他是严格地按照他的人性和道德标准行事为人的,他妥协只是因为男子汉气度。而冷战常常是由周玲开始的。她只要看到陈三木的某种表现,比如昨天借钱给陈步森时陈三木的表现就令周玲大为光火——当然陈三木能找到一千个理由解释他为什么这样做——至少借太多钱给一个有学坏嫌疑的青年是不合适的。但周玲却看穿了陈三木的心:这是一个自私的男人,无论他的身份如何显赫,如何顶着他那顶道德学教授的帽子,周玲从来都是用直觉来判断一个人的人品。

其实这样的道德审视事件已经发生过一回了。大约在三年前的一个傍晚，陈三木和周玲上商场买衣服。他们买完衣服走出来经过天桥边上时，看见一个衣裳褴褛的孩子，右手严重畸形，细得像一根棍子。他蜷缩在地上乞讨。地上有一张纸，写满了字。他们经过的时候，孩子畸形的手一把抓住了陈三木的裤腿，说，行行好，救救我！叔叔，给我点钱，救救我……

周玲听见陈三木嘴里发出"嗨"的一声，轻轻地踹了一脚，把孩子的手踹开了，他拉着周玲要离开。可是周玲的钱已经掏出来了，她掏出的是十块钱，她一向大方。陈三木一把抓住她的手，往里按。周玲问，你干什么呢？

陈三木说，这钱不能给。

周玲说，为什么呢？

陈三木推她走，我回去跟你说，走吧走吧。

周玲脸上已经出现厌倦，说，别拦我！陈三木吃惊地望着她，不知道她为什么突然僵硬了，实际上周玲已经看到了陈三木对孩子踹的那一脚，这个动作让周玲非常痛苦。你可以不给钱，可为什么要踹这一脚呢？虽然陈三木这一脚是轻轻的隐藏的，但周玲还是看见了。

周玲当着陈三木的面把那十块钱放在孩子面前，还摸了他的脸一下。

一路上陈三木的脸铁青着……他在酝酿愤怒。当周玲把那十块钱放到孩子跟前之后，他就像被人打了一巴掌一样，成了一个没有爱心的人，虽然周玲没这样说，但陈三木自己很难受，他绝对不会承认自己是一个对乞丐缺乏同情心的人，恰恰相反，他认为自己是一个有着深切爱心和道德感的人，他怎么会吝啬十块钱呢？他的每一个选择都是能找到很好的道德学解释的，比如现在他为什么不给那个孩子钱，是有充分的理由的。可是周玲从来不用脑袋思想（这是陈三木对她的评价），她总是想到什么做什么，像一只无头苍蝇。现在，周玲的给钱就仿佛给了陈三木一个耳光，陈三木受不了了。

一进家门，陈三木就拉着周玲的手说，你现在什么也别做，过来我们谈一谈。这是陈三木的方式，解决夫妻问题就像研究一个课题。周玲说，我要洗菜，你想干什么？我没说你什么呀。陈三木说，你用你的眼睛已经说了，我们就说个清楚，为什么我不给那孩子钱？我是那种自私的人吗？我是舍不得十块钱的人吗？笑话！可为什么我不给他？因为这孩子是工具！明白吗？是大人的挣钱机器！给他钱不是助长这样的风气吗？不是助纣为虐吗？这是常识，你不懂吗？

周玲说，我知道，但我忍不住给了，给了也不会死啊。

陈三木摆手，说，不不不，这可严重了，你给了他钱，就向那个后面的大人暗示，这个游戏可以继续下去，这个孩子就永远无法回到学校，无法接受治疗……

周玲看着陈三木：刚才你有想这么多吗？

陈三木说，我不用想，我就知道应该怎么做。你以为我没同情心，我告诉你，你这样的同情心是在害人！

周玲说，我知道你是道德学教授，你当然不会做错任何一件事，你说我给钱给错了——

陈三木打断她，你先说，你是不是给错了？你说，你说。

周玲说，你喜欢听什么？

陈三木说，你面对孩子后面的大人，你说你给钱给对了吗？

……周玲说，好，错了，我错了，你满意了吗？满意了我要做饭去了。

陈三木用力拉住她，你不能走，这样重大的问题不讲清楚，还吃什么饭？人类不是靠饭生存的，是靠道德和人格存在的。他把老婆拉回来，说，你根本没有真正认错，你还是以为我是错的。

周玲没办法，说，好，你说我给钱错了，那我问你，你可以不给钱，但你会怎么做？

有很多方法。陈三木思考，我想到解决办法了，不能给钱，给钱就被大人弄走了，可以给孩子一个面包啊，一个三明治，这样能吃到孩子肚子里，比你给钱智慧多了，这才是爱心。

周玲瞪着陈三木的眼睛问：那，你给了吗？

陈三木就呆在那里。

你给那孩子买了面包还是三明治？周玲站起来，说，没有，你只做了一件事，给了那孩子一脚。我做饭去了。

陈三木坐在椅子上，半天没有动静。可以相信他面对这样的老婆，有多么深刻的挫败感。他本以为自己可以大获全胜的，但现在看来，这个结局很悲惨。陈三木在和周玲结婚之初，以为她是个对他言听计从的人，因为她很善良，让陈三木误把善良当成头脑简单。后来他才渐渐发现，周玲的脑袋太厉害，而且这种厉害不是刻意的，她总是凭着良知感觉行事为人，这让陈三木想在妻子面前高谈阔论的机会彻底地不复存在，她和她辅导站的朋友们都是行动派，很少讲论高言大志。就像今天的事件，她就是丢下去十块钱，而陈三木却为此口沫四溅了一个小时，最后仍然感觉是失败的。陈三木望着那个在灶台边上忙碌的背影，有时会产生这样的幻觉：这到底是个什么人？为什么她既能从灶台做出一手好菜，又能在巨塔公司当上成功的白领，还能在刚才的道德论战中赢他——一个年轻有为的教授？这是个精灵吗？陈三木看着周玲的背影，一种嫌恶感油然而生。

男人不会喜欢强于自己的女人，看来这是个真理。其实陈三木在几年前就对这个女人爱意渐失，不是周玲有什么过错，完全是由一种关系和感觉导致。陈三木越来越少在妻子面前谈论生活以外的事情，因为他知道这样谈的结果并不好。作为丈夫，陈三木的信心失去了。

　　让他重拾信心是在半年之后，他在另一个女人身上点燃了作为男人和一个成功教授的自信。

　　他第一次遇见她是在研究生考试之前的见面会上。在一共十名准备报考他的研究生的学生当中，他可以录取两名。当最后一名女学生走进教室时，陈三木的视线就被钉死在那里：他活到现在的年纪，从来没有看见过长得如此美丽的女生，或者换句话说，以前看到的美女只是画上的，非现实的，但一旦真正有这样长得几乎无可挑剔的美女活生生地站在陈三木面前时，他所有的思想和标准就面临重新洗牌，这样说一点儿也不过分。整个预约谈话的过程陈三木不知道自己在说什么，他全部的心思都在那个叫周千叶的女生身上。其他的男生虽然都在干柴烈火的年纪，却不向那女生投去一瞥。好像习以为常。我这是怎么啦？陈三木问自己，难道我这个已婚男人比他们存有更多欲望？

　　见面会之后，陈三木满脑子转着千叶的影子。他甚至想象过，如果她不能考取他的研究生，不是千叶的损失，而是他的损失。她就会消失在茫茫人海中，他再也不能找到她，这种想象几乎要了陈三木的命。这样看来，倒是很像爱情一样不可分离。可是说他这么快就爱上了这个女学生，连陈三木自己也说不过去。他很清楚自己只是强烈地喜欢上了她的罕见的美貌和丰满得恰到好处的身体：那种很年轻的但又丰满得具有强烈女性柔和感的身体，自从见到她后，陈三木无数次想象过和她在床上会发生的情形，实际上从此开始，陈三木就几乎中止了和周玲的性生活。他常常在周玲不在家的时候，一个人躺在床上，一边想着千叶的身体，一边手淫。这像个恶性循环，一旦手淫上瘾，就更不想和周玲做爱。陈三木被自己折磨得奄奄一息。他想，我如果不能和那个美女同床共枕，今生就是亏了老本。

如果相信人有灵魂，陈三木知道自己并不爱那个女生。她说话显示她见识浅薄，在见面会上她居然说最好的男演员是周星驰，最喜欢的诗是"假如生活欺骗了你"，让陈三木大倒胃口。他无法想象她能成为他的合格学生。但陈三木开始冒险了，他终于采取了很多方法，包括泄露考题，让周千叶成功地当上了他陈三木的研究生。

虽然陈三木知道自己在道德上已经犯下了一个严重错误，但他现在还不打算承认，他在思索中……然后行动却在继续，他以庆贺千叶考上研究生为名，请她吃了一顿饭。这真是奇怪，应该她请导师吃饭才合常理，但他等不及了。

他们来到了江边的一家西餐厅，这是一家情人餐厅，陈三木点的是情人餐，千叶心知肚明。其实她早就明白这半年来发生了什么：她常常找陈三木辅导考试，这是她能考上的关键。现在，他们在庆贺。这是一个什么节日呢？

这次晚宴像是一种行动开始的信号。

随后陈三木和千叶建立了一个属于他们的秘密：每隔两周，他和他的女学生都要单独出去吃饭。陈三木的其他学生以及周玲都蒙在鼓里。但在此之前陈三木和千叶并没有发生实质性关系。陈三木心中一直有一个隐痛，这个道德学教授无法找到一个自圆其说的理由来说服自己：为什么要背叛找不到理由背叛的妻子，去爱一个他并不爱的美女。仅仅爱她的身体也能算爱情吗？陈三木的道德学著作里能找到许多著名论点反驳这个观点。甚至他早先还认为：一个人不可能同时拥有两份爱情，这违背人的本性。可是他现在对自己的观点疑惑了，陈三木开始重新思考：为什么他会对这个突然闯入的女学生念念不忘？难道只是因为摧毁性的美色？这种想象让陈三木觉得辱没他的教授尊严。半年过去了，陈三木的思想终于有了结果。

在这个重要的餐叙中，陈三木把他对爱情和婚姻的新论点和他的女学生进行了交流。其实他已经陆陆续续和她聊过，但今晚是个重要的宣示，他对千叶说：

几乎找不到一个人一生中只和一个异性发生过关系，情关系或性关系。也就是说一个人不可能一生只爱过一个人，除非他（她）不结婚，或一方在婚前亡故。千叶问，为什么呢？陈三木说，因为人是有很深刻的局限性的，而婚姻就是暴露这个局限性的最佳容器。几乎没有人在婚后对爱人不失望的，只是程度不同。千叶笑了，问，你也这样？陈三木一惊，说，我们现在谈理论问题，这是我最近研究的最新进展，我发现，一个人无论从人性上还是从实践上，一定会和两个异性发生联系。千叶看着导师的眼睛，问，同时还是先后？

陈三木犹豫了一下，说，同时。

千叶就笑了。陈三木说，你不要笑，你以为我是在开玩笑吗？不，这是科学。人文就是科学。我发现，基于人类可以通过与异性的结合，像镜子一样发现自己和对方的深刻缺陷（不结婚就永远不会暴露），如果就此失望而离婚，你无法保证下一个不会再次出现同样的问题，就只能不断重复错误。

那怎么办？千叶问陈三木。

婚外恋合理化。陈三木终于说出了他重要的研究成果，我为什么说婚外恋是合理的而不是非道德的呢？因为，既然人一进入婚姻就会失望于人性是一个宿命，也就是说，在婚姻中无可避免一定会出现不满和缺陷，又不能离一个再结一个，就只能采取补充的方法。

你是说同时性吧。千叶说，你是说同时拥有两个女人是正确的？

陈三木纠正道：不是拥有两个女人，是拥有两份爱情。一个是婚姻的，一个是非婚姻的，前者满足安定的要求，后者满足人类理想不灭的幻想要求，两翼共举，就飞起来了，而且飞得很稳。但这里有一个最重要的前提：他对婚外恋也必须是专一的，一生只能有一个，妻子是专一的一个，情人也是专一的一个，否则就是不道德的，是流氓。

这时，千叶低下头了。

陈三木说，我送你回家吧。

外面下起了雨。陈三木开车送千叶回她租的房子。车上，两人一言不发，充满了奇怪的气氛。车子开到她楼下，他也不吱声，她也不说话，也不下车……后来，她说，那我下去了。这时，陈三木不顾一切地抱住她，在黑暗中女学生喘息不已，陈三木抱住她，手插进了她的衣服，他的手立刻摸到了她略显冰凉而滑润的乳房。她说，老师，我能成为你专一的第二个吗？陈三木喘息道，就是你，就是你！她说，如果我要你娶我怎么办？陈三木说，不会的，不会的，我们刚刚研究过，你不会要我娶你。她说，老师，你的手真暖和。

他们在千叶的房里做爱做了一夜。这样说不过分，因为陈三木真正看到了能称得上美女的胴体。有很多女人看着养眼，除去衣服赤裸后并不能达到让男性兴奋的美感：她们不是太瘦，就是太胖，或者身体比例在裸身后暴露出问题，再或因为满足了性感丰腴的要求却略显臃肿，只有千叶在丰满和矫健之间找到了平衡。而且她异常白皙。

陈三木破天荒地不停地做爱，一次又一次，一直到天亮。他把脸埋进千叶的乳房中间，说，你真好，真好！千叶说，我知道这一天一定会来。陈三木说，你是我的另一个专一。千叶笑道，你不就是要这个吗？用得着等到现在吗？害得我听你讲大道理听了半年。陈三木一跃而起,你怎么能说我这只是道理?如果是大道理,说明我们没爱情,只是个搞男女关系的借口,你要是这么认为,我立即走人。千叶就安慰他说,人家是开玩笑的嘛,开玩笑的,不生气了好不好?陈三木说,我再严肃地对你说,我们是有爱的,否则不可能发生这样的事。

陈三木和他的美丽女生开始了另一种生活。每周约会两次。以陈三木教授教育女学生为开端、以和她上床为结局的过程结束了。接下来他和千叶的约会形式和一般的情人没什么两样。每一个人都用自己的方式来搞女人,但陈三木教授不承认自己在搞女人,他在床上和千叶做完爱之后,赤身裸体地批驳"搞"这个肮脏的字眼。他认为这是不把女人当人,应该是爱女人,不是搞女人。虽然千叶并不太领会陈三木教授的两种专一理论,她只是接受了导师作为自己的情人,因为他不坏,还有些天真,自己和他朝夕相处,自己的考研也是他一手促成,很多因素结合使她委身于陈三木,并不是因为陈三木的理论,不如说陈三木的理论是在说服他自己,而半年来她只是在等待他那一下拥抱。千叶始终认为抢人家老公总是不对的。但随着陈三木不断重复两种专一的理论,她听多了竟然也慢慢相信,觉得自己和陈三木在进行一种伟大的另类爱情。陈三木说,与其不断离婚,或在婚外乱搞,两害取其轻,不如找一个专一的情人,是合乎人性和新道德规范的。而且能有效保护家庭的稳定。

但奇怪的是,在他们两个人之间可以说得圆的理论,陈三木始终不敢对第三个人说。对他和千叶的事更是讳莫如深。他产生了两个恐惧:一是怕周玲知道,如果周玲发现,他是无法拿那套"两个专一"理论来对周玲讲的;其次,他恐惧于自己的学术对这个新观点的兼容,现在陈三木要把这个观点纳入他的学术框架,他简直无法想象需要作多少逻辑补充。

然而千叶却没有这些恐惧，她开始把这套理论给朋友说。当这套一个人可以和必须同时拥有妻子和情人的理论，从陈三木的其他学生口中传回陈三木耳朵的时候，他感到大难临头。

第十三章　死者的重现

陈步森想到了一个既可以藏身又能和冷薇见面的最佳去处：精神病院。大马蹬他们是不可能进入精神病院的，因为这里的检查非常严格，他们也不可能想得到陈步森会长期住进这个地方。但陈步森必须在医院内找到一个工作，让他以一个职工的身份住在医院里面，他的目的就达成了。

陈步森开始实施他的计划。他先找到了钱医生，向他说明了自己的情况：为了更好地照顾冷薇，他觉得自己应该住在医院里。钱医生说医院允许住单间的病人的亲属陪住，也有这样的先例。陈步森说我不是亲属，不能和冷薇住在一起。钱医生说当然，不过我们也许有别的办法。陈步森说他愿意在医院里找个什么工作做。钱医生有些为难了，他问陈步森懂医吗？陈步森说不懂。钱医生说你就算是个医生也不行，精神病院要受过精神科专业训练的医生来任职。陈步森说我只是个做工的，我的意思是希望钱医生帮我找一个普通的工作就可以了。

比如说干杂活，甚至到厨房洗菜都行。钱医生笑着看他，你不像是干这种活的，是为了你爱的人，付代价是不是？陈步森说我必须有个工作才行，因为我不能成天陪着她，这样对她也不好，我会经常上楼看她，但我不想她知道我在医院工作。我只希望医院有张床让我住。

钱医生摸着下巴想了想，要住的话只有一个工作了，就是洗衣房，洗病人的衣服，兼烧锅炉，原先烧炉子的人想走，正找人呢。他是要住在医院里的，因为炉子不能停，那里倒是有一张床。陈步森马上就说行。钱医生问，你就不想问问有多少工资吗？陈步森摇头说，无所谓。钱医生笑道，告诉你工资倒不少，就是累个贼死，你瞧，又洗衣服又烧炉子，忙得很。陈步森说，我来不就是想工作挣钱的嘛。

陈步森不知洗衣房的厉害，他刚走进洗衣房的时候，被堆积如山的病人的衣服吓坏了。他从没看过这么多的衣服堆着，就像制衣厂一样，衣服发出熏人的臭气。科长把他带到一个五十多岁的人面前对他说，你就跟着王师傅学。说完就走了。王师傅领着他看了洗衣服的全过程。洗衣服倒是简单，把一筐一筐衣服倒进一个巨大无比的老式洗衣机，这台洗衣机据说是苏联进口的，用了几十年了还不坏，响起来的动静像一台混凝土搅拌机，挺吓人的。陈步森先把衣服送进洗衣机洗好，光是抬筐子就把他的手臂弄酸了。等到洗好衣服，王师傅让他把洗好的衣服又放进巨大的消毒柜去进行蒸气消毒，说白了就是把衣服放进锅里蒸一遍。陈步森累得头昏眼花。他从小到大没这么干过活，现在他才知道为什么有那么多的人好逸恶劳，想些偷鸡摸狗的事情。他练夹钱包也受了不少罪，但比这活强多了，一忍就过去了，可是陈步森在洗衣房干了一整天，腰好像要断了，手臂酸到抬不起来了。王师傅看着他说，你行吗？陈步森说行。王师傅说，我看你以前没干过什么活吧？陈步森说我干过的，只是和这个不一样。

当天晚上陈步森躺在床上睡不着了，腰疼得他叫出声来，仰躺侧卧都觉得不对，总觉得腰下边的空隙太大，就把枕头塞在腰下，折腾到天亮才睡着。可是这时王师傅又来叫他了。

第二天王师傅带他学习烧锅炉，陈步森一看到快跟一个房间那样大的锅炉时吓得双腿都打颤了。王师傅教他看回水温度表，降到多少温度加多少煤。陈步森这倒记得挺快，可是当他用铁锹铲煤时，发现自己的手真的抬不起来了。王师傅说，我们刚来的时候都这样。他用活络油帮他擦揉了一会儿，陈步森的手可以抬起来了。他说我行，要不我一个人试试，您在这儿我紧张。

陈步森一个人的时候还是挥不动铁锹。他沮丧地坐在那里，想，这活我怕是干不成了，我要干不成这活，就没法在这医院待着，这样我就在樟坂藏不住，也看不到冷薇了。这可不行。陈步森挣扎着要把煤铲进去，但他挥了几锹，就再也抢不动了。在锅炉烧的不是做好的煤饼子，而是直接从煤矿挖出来的大煤块，叫大通块，一个足有一个篮球那么大。陈步森就用双手抱着扔进炉口。这一招还挺管用，陈步森多用了一些时间，还是添上了煤。他挺高兴，觉得自己赢了。

可是他实在困倦，昨晚一夜没睡，现在他坐着就靠墙睡着了。一睡睡了三个钟头，醒来时才发觉闯祸了：他忘了加煤，炉子熄了，洗衣房的消毒蒸锅没法给衣服消毒，而病房又等着要衣服。他重新给炉子起火，可是折腾了半个钟头还是没生上火，煤块明明烧着了，就是旺不起来，观察孔里看不到火苗，烟囱里全是黑烟。后来把王师傅叫来了。王师傅说，小刘你可闯祸了，病房要不到衣服，这可是大事儿。果然科长和钱医生都来了，科长把陈步森狠狠骂了一顿，要开除他。陈步森全身发软，不知是他太累的缘故，还是一听要开除他，陈步森竟然立即软成一摊泥，脸色惨白，就这样倒在地上。钱医生说，不好，他好像休克了。他蹲下来给陈步森作了一些处理，陈步森慢慢睁开了眼睛。科长瞪着眼说，你这是干什么嘛，吓人怎么着？这不是给我添麻烦嘛。陈步森无力地说，我昨天晚上太累，所以……把我留下吧，我能学会的。钱医生说，就让他留下吧，我看他挺机灵的。王师傅也说，人人进来都有这一遭，昨天他是累着了，不过他还挺肯学，这么着吧，我多看着点儿，就让他留下吧。科长想了想，说，你给我好好干。说完就走了。

陈步森在洗衣房和锅炉房干了一个星期，基本上上手了。过了一个月，就有些熟练了。不过他仍然觉得很累。可是当他一想到自己能在这儿藏好，一想到能和冷薇见面，陈步森身上的劲儿就滋滋地长。但他在这一个月里没有去找她，因为他不知道自己究竟能不能在医院里待下来。现在，他知道自己真的待下来了。

今天上午，王师傅让他去财务科领工资，陈步森很高兴，早早地到了财务科。当他领到他有生以来第一份货真价实的工资时，陈步森突然忍不住眼泪掉下来。他来到树下，从信封里抽出钱来，一共是一千五百块。仅仅一千五百块而已。对于见过大票子的陈步森来说，这不够他以前吃一顿夜宵的钱。但今天他面对这一千多块钱，眼泪忍不住掉下来。他计算了一下，偷人家一万五千块钱，足足要人家干上十个月这样的活。而现在这一千五百块钱是自己挣来的。

陈步森瞅空上了一趟街，他想用第一份工资给冷薇买一个礼物。可是他不知道买什么好。在商店里转了半天，他买了一个小音响，花了八百块钱。这个音响很小，但音质很好，听上去跟大音响一样。陈步森想用它录一些他唱的歌给冷薇听。

回到医院，陈步森来到住院部。他先找的是钱医生。他感谢钱医生给他保住了工作，钱医生说，知道为什么我会保你吗？因为我相信你一定能干好，你只是冷薇家的一个朋友，却能为她辞掉原来的工作到医院来，还有什么做不好的？陈步森笑笑说，我以前干的不是这样的工作。钱医生说，光凭你的精神，我就学不了，要我为一个朋友这样舍弃自己原来的工作，我就做不到，所以我要向您学习。陈步森想，你向我学什么呢？偷吗？我是她家的凶手，我就是把命给她也不过分。

钱医生说，经过上一次你向病人说明你自己不是她丈夫，她的情况有很大好转，我们要帮助她慢慢恢复记忆。这比药物更管用。在某种程度上说，目前并无真正有用的药物能扭转病人失忆的趋势，药物只能起镇静作用，所以我想你如果再配合一下，比如帮助她回忆她的家人，特别是她的丈夫。根据以往经验，你来说效果比较好，你看呢？陈步森听了心里一阵发紧，他知道这样做很危险。如果他向冷薇回忆李寂，就有可能给自己带来后果。现在，陈步森似乎不想这样做，他不想让眼前的一切美好感觉消失，比如他和冷薇现在的"好关系"，虽然陈步森知道这是偷来的假的"好关系"，他也希望它能维持得久一些。比如他现在买好了礼物要送给冷薇，这样的感觉多好啊，好像他们根本不是仇敌，而是朋友。陈步森只想让这个梦拖得久一些。所以他没有回答钱医生的话。

陈步森不置可否地离开了钱医生，向冷薇的房间走去。他走到一半，靠着墙角慢慢地蹲下来。陈步森感到特别难受：另一个自己在胸腔里面对他说，陈步森，你不想救冷薇吗，你关心她是假的，你明明知道那样对她好，但你怕自己出事，所以不想干，你爱的是自己。陈步森低着头蹲在那里，离冷薇的房间只有十几米远，可是他站不起来。如果我对她说得更多，我就可能被抓住。陈步森想，我不想坐牢，也不想让她说我是凶手和骗子。可是我如果不按钱医生的话做，她的病就不会好。陈步森心里翻江倒海，脑袋快要想炸了，他不愿再想下去。

但他知道自己不会跟冷薇说李寂的事,他没有这么大的勇气。这个决定一下,本来他很高兴要把第一个月的工资买礼物送给冷薇,现在他觉得连自己送的这个礼物也是假惺惺的,那么重要的治疗机会都不给她,送这个小东西有什么意思呢?陈步森握着小音响,快乐就在那一刻飞走了。

冷薇却浑然不觉,陈步森送她这个礼物她非常高兴。她说,你为什么那么久不来看我。陈步森没有吱声。冷薇说,你是不是在意他?陈步森问谁?冷薇说,我丈夫。陈步森的头皮就紧起来。冷薇说,我虽然想不起来他叫什么,但我知道他已经离开我了,我真的跟他离婚了。现在我是自由人,你为什么害怕?陈步森说,我没有害怕。冷薇说,你有,你一个月都不来看我。陈步森缩着身子,说,我这不来看你了吗?而且我不走了,我以后可以天天来看你。冷薇说,真的吗?你是不是又在骗我?这一个月我以为你走了,到很远很远的地方去了,你知道吗?我哭了几天几夜。冷薇说着就哭了,紧紧地抱住陈步森,陈步森心中一阵难过,觉得胸膛的衣服湿了,滚烫的感觉,他知道,那是冷薇的眼泪。陈步森觉得痛苦,他不配有这样滚烫的眼泪,他觉得自己一直在偷,连眼泪也偷。现在,她把原本应该流给李寂的眼泪流到他这个刽子手身上。陈步森浑身哆嗦了一下,坐都坐不住了,仿佛看到李寂站在屋子里,用一种鄙视的目光看着他。陈步森低下头,他受不了了。

陈步森忘记了刚才蹲在墙角的决定,他几乎脱口而出一句话,与此同时双手用力一推,把冷薇推出去。他说的那句话就是:你的丈夫是李寂。

冷薇被他用力一推,倒在床上。她听到"李寂"两个字时震了一下,愣愣地看着陈步森。陈步森又重复了一次:你的丈夫是李寂。这句话医生和她母亲无数次地对她说过,她都没有反应,但它从陈步森口中说出来,冷薇的反应就不一样。她注视着陈步森,说,我的丈夫……李寂?陈步森说出这话后,恐惧已经攫住了他,他再也不敢往下说李寂已经死了。他想,她是不是要认出我来了?可是冷薇却对他说,你告诉我,为什么是李寂?陈步森说,他姓李,叫李寂。他是老师。冷薇皱着眉头,想了好久,说,我想起来了,他叫李寂。陈步森说,我只是你的朋友,你爱的是他。冷薇呆呆地坐在床上,眼神是散的。陈步森说,你爱我真的是误会了,你们才是夫妻,没闹过别扭,也没离过婚……冷薇的眼睛慢慢湿润了,两颗眼泪叭嗒掉在床上,她突然往床上一躺,拉起被子蒙住身体和头。陈步森想,我是不是要立即逃走呢?但是他还是没有离开,静静地等着冷薇。

……后来,被子动了。冷薇重新坐起来,这时的她已经是泪流满面。你告诉我,小刘,他为什么离开我?她问。陈步森说我不知道。冷薇说,李寂他……到底怎么啦?陈步森还是摇头。冷薇又问,你是谁?陈步森说,我是淘淘和他外婆的朋友,也是你的朋友。冷薇看了他半天,说出一句话,那么,我让你误会了,不好意思。

陈步森成功地把礼物送给了冷薇,又向她说出了李寂的名字,陈步森身上解脱了一个重担。虽然他绝对不会说出那个案子,但他已经清楚地让冷薇知道,她爱的不是他,她早已经爱上了一个叫李寂的男人,所以陈步森轻松多了。但他又不能肯定,冷薇因为想起了李寂,会不会突然在哪一天想起那个案子来,这样他就无路可逃。这种想象让陈步森忧心忡忡,迫使陈步森天天都到冷薇的病房去看看,观察一下她的反应。十几天过去了,冷薇并没有想起什么,她只是越来越清楚自己爱的不是陈步森,而是丈夫李寂。但她不能想起自己为什么和李寂分离。有一天她对陈步森说，我认为我们还是离婚了。陈步森不吱声，他不想否定。但有一点越来越明显，冷薇看她的目光从过去如火如炽的爱，变成感激。有一次她看着陈步森说，你是朋友，所以我更感激你，可是，你为什么对我们那么好？陈步森说不出话来。冷薇说，你知道吗？我和李寂已经好久没有朋友了，没有人来看我们。你只是偶然认识我们的朋友，可是我从来没见过像你这么好的人。这句话让陈步森又兴奋又难过：兴奋的是他这半年来受到的赞扬是他过去所有年月从来没有过的，过去陈步森总是被人骂为社会渣滓，可是这几个月来陈步森觉得自己像个人那样活着，而且是个好人；他难过的是，自己并不是真的好人，也许这个真相世界上只有三个人知道，一个是他自己，一个是李寂，另一个算是上帝吧。陈步森觉得自己是在偷这种感觉，他只是个假货。

　　后来，这种感觉终于被证实了：那天下午陈步森封好锅炉，回到小屋子录自己唱的歌，就是那首《奇异恩典》。小屋子回音不好，陈步森就到医院的公共厕所录音，果然效果很好。录完的时候，钱医生从厕所里走出来，把他吓了一跳。钱医生吃惊地说，你唱的歌那么好听，我从来没听过这种歌，是什么歌啊？陈步森不好意思地说，我是唱着玩的。钱医生说，你可以多唱给她听，能让她放松。

　　陈步森兴冲冲地把录好的歌送到冷薇的房间，当他打开房间门时，吓了一跳：刘春红坐在那里。

　　陈步森呆呆地看着她，说不出话来，冷薇看样子正在和她谈话。陈步森问，你怎么进来的？刘春红说，我对你了如指掌，能进不来吗？怎么，你不高兴？她指着冷薇，主人都没有不欢迎我，你不欢迎我？陈步森说，你出来一下。

　　他们出到门外。刘春红说，我不来能知道你缩在这里吗？你还有良心没有？骗我到了外地，我等了你一个多月，连一个电话也没有，手机关机，我那么为着你，能为你跟着去逃亡，可你当我不存在？陈步森问，你对她说什么啦？刘春红眼泪就滚出来，说，你就知道她她她，你就不会为我想一想？我猜你肯定到这里来了，能猜得出你在这里的人有几个？就是我了，陈步森！我对你那么好，你却不把我当人！我把命都给你了，你却背着我来找这个女人，你不要命了，你对得起我吗？！她说话太大声了，冷薇突然走到门口，扶着门框看着他们。陈步森说，你看，她看见了，我们到操场去吧。刘春红说，就让她看见吧，反正你不想活了，我也不想活了。陈步森立即把她强拉到操场。

在操场上刘春红哭泣得更大声了，有些人从窗户探出头来看。陈步森让她别这样，她扯下衣服，露出青一块紫一块的伤痕：陈步森，我为你这臭人仁至义尽了。陈步森问，大马蹬找你了？刘春红就哭，我不来找你，他们把我打死了你也不会知道。陈步森心里很难过，说，春红，我……对不起你。刘春红说，对不起个屁。陈步森说，我不想去外地，我想，这里藏身好，最危险的地方可能反而最安全。刘春红不吱声了。她擦了眼泪，说，哼，你等着瞧。说着就走了，把陈步森一个人甩在操场上。

陈步森慢慢地向病房走。刘春红走了，陈步森的心也被拎走了一块。他开始感到恐惧，他不知道自己是不是真的把刘春红激怒了。这个女人很义气，对她好的人她可以以命相许，可要是惹恼了她，什么事都做得出来。有一次她把一根筷子捅进了一个调戏她的流氓的耳朵，造成了那人终生残疾，为此她蹲了十五天拘留。

陈步森上到病房，进了冷薇房间。冷薇一个人低着头坐在那里不说话。陈步森在她面前坐下，问，她对你……说什么了？冷薇不说话，陈步森心里更忐忑不安：她没说什么吧？……冷薇抬起头看着他，说，她是你女朋友吧？陈步森说，以前的，现在……冷薇说，你为了我，才这样的吧？陈步森说不是。冷薇说，她叫我不要和你来往。陈步森松了一口气。冷薇说，本来，你告诉我了我丈夫是谁，我也想起他来了，可是我想不起他对我做过什么，我只想起了他叫李寂，我对自己说，我没有爱上你，我是有丈夫的，可是这个丈夫为什么一次都不来看我？

陈步森无法回答。冷薇说，我能想起来的都是你，都是你这几个月为我做的。我对自己说，我爱你是不可以的，因为我有丈夫，可是他没来。我生了那么大的病，他为什么不来呢？陈步森说，他……冷薇问，他怎么啦？他为什么一次都不来看我？小刘，你不要瞒着我。陈步森说，我真的不知道，我只是你家的朋友。我是你住院后才认识你的。冷薇沉默了，说，我明白了。

你不说我也猜得出。冷薇说，虽然我失去记忆，但我没有傻，我知道他为什么不来，他的女人病成这样他都不来，为什么？因为他不爱我了。所以，我知道我跟他早就结束了。跟李寂结束了。

陈步森想不到她会这样解释这件事。

虽然我不敢爱你，一直觉得太让你费心了，是我在误会，冷薇对陈步森说，但刚才那个女人来了之后，我反而改变了主意，小刘，我告诉你，我妒忌了，我妒忌她了。

第十四章　两个女人的忧愁

刘春红到精神病院找陈步森的女人，这种行为不止一次了，其实在上一次分手之前，刘春红曾疯狂地跟踪陈步森，当然她一无所获。因为当时的陈步森并没有别的女人。陈步森的确是爱过刘春红的，但在刘春红如此可怕的要求和索取之下，陈步森产生了极大恐惧。他不明白这个女人为什么会这样一刻不停地要求他陪在他的身边，如同水蛭一样吸在他身上。对于刘春红来说，她唯一的安全感是这个男人不仅要当她的丈夫，也要做她的父亲。而对于陈步森来说恰恰相反，他恐惧婚姻，父母的分离使得陈步森对一切爱情和山盟海誓缺乏起码的信任，所以，当刘春红一直要求他结婚时，他的办法就是搪塞。

两个在河边大吵。刘春红骂陈步森无情，陈步森说刘春红神经病，以至于最后大打出手，陈步森被刘春红推到水里。陈步森索性游到对岸，成功脱离刘春红的辖制，从此开始了躲避她的生活。

刘春红为什么会揪住陈步森一个人不放？对于很多人的理解力来

说是个谜，至少是令人疑惑的问题。陈步森是个不错的青年，但也不是杰出到会让一个人以死相随。但刘春红一旦和陈步森恋爱上，就再也没有动过别的心思。难道她对陈步森真的爱到如此专一？连刘春红自己也说不清楚，她从小就用警惕的眼光打量父亲，对一切男人缺乏信任。按理说她是很不容易爱上男人的，不错，她的确在陈步森之前，没有对任何男人动心过，但这并不说明她没有在寻找爱的庇护，只是没有那么大的爱能撬动她心中冷漠的石头，直到陈步森以传奇的方式高踞在电杆上面时，她的心才突然訇然被打开。

刘春红的心一旦被打开，她就把她完全交给了陈步森。她无法忍受被抛弃或者维持一场没有结果的爱情。但陈步森不愿意结婚的决定击碎了她的梦。刘春红为了挽回她和陈步森的感情，竟然想出了一个离奇的方式。

她决定为陈步森生一个孩子，用这个孩子强迫陈步森和她结婚。当然，这个计划的独特之处在于，刘春红是在陈步森不知情的情况下怀孕的。她给陈步森打电话，要求见面，她说她想通了，不会再要求陈步森结婚，只要能在一起就好了。陈步森丧失警惕，和她过了几夜，这几天是刘春红算好的精确的排卵期，就在那几个夜晚的狂乱做爱中，刘春红怀孕了。

刘春红计划的可怕之处在于，她不会急着把这个消息告诉陈步森，她要躲避他十个月，直到这个孩子降生，然后她会出其不意地捧着一个嗷嗷乱叫的孩子出现在陈步森面前，让他吃不了兜着走。这就是刘春红的性格。她从医院检查出来之后，真的开始实施这个惊心动魄的计划。她把陈步森约出来，说，我要回老家一段时间，可能得半年。陈步森说，你回去那么久干吗？其实他听了心中暗喜，觉得可以摆脱刘春红了。刘春红说，我妈病了，癌症，我得去照顾她。这是一个谎言,但陈步森信了。

可是,刘春红忍不住说了,我怀了你的孩子,陈步森。

陈步森就呆了,看了她好一会儿,笑了,你胡说八道吧。

刘春红问,要是我真的怀了你的孩子,你会和我结婚吗?

陈步森松了一口气,你干吗一定要结婚呢?我爹和我妈结婚了,结果怎么样?无聊。

刘春红说,你这个人怎么那么狠呢?

陈步森说,狠个屁!结婚的人才狠呢,就像我爹妈一样。

你会变的。刘春红说,我看上的人,不会那么狠。

……刘春红果然开始躲避陈步森,她没有回老家,只是换了一个工作,后来就不工作了,专心在家怀孩子。她想象着突然把孩子亮在陈步森面前的时候会是怎么样的一种情景。她想,她和陈步森会爱这个孩子,决不会像她父亲对她那样,她会让孩子安安心心地长大,没有一点恐惧和害怕。

不到九个月,刘春红早产。孩子生下来了,是活的,脸红扑扑的,哭声居然很响亮。护士说,恭喜你,九个月大的孩子比十月怀胎的还强壮。刘春红抱着孩子,眼泪流了下来。她想,陈步森看到这个孩子会怎么样?他还会说,我不想结婚吗?不会的。

刘春红不到三天,就急着出医院,医生不肯,她就抱着孩子偷偷下了床,去找陈步森。她打了电话,陈步森在那一头说话很冷,问她是不是消失了,因为她已经九个月不跟他联系了。刘春红说,我不但没有消失,还会给你带来惊喜。陈步森似乎不太想见面的意思,他说,你这么久不理我,我都不知道对你说什么好了。还是不要见面了吧。刘春红说不行,这个面一定得见。

刘春红想,如果陈步森答应结婚,我就饶了他,如果他不答应,我就杀了他。她还真的准备了一根绳子和一把刀。

他们在麦当劳见面。陈步森看刘春红抱了一个孩子,就愣愣地看了很久,说,你结婚了?刘春红说,没有,不是还等着你吗?陈步森就说,你当保姆啦?刘春红摇摇头,说,没有,这是我的孩子。

陈步森看着她的脸,慢慢笑了,说,我知道了,你没结婚,但是跟人生了孩子?

是。刘春红说,可见我多么爱这个人。

陈步森说,那你还来找我干吗?

刘春红说,我问过你一句话,如果我怀了你的孩子,你会跟我结婚吗?

陈步森的眉毛就拧起来了,他直直地看刘春红,又看孩子,说,你在说什么鬼话?你在威胁我吗?

陈步森,这就是你的孩子。刘春红说。

……陈步森皱着眉待了好久,没吱声。刘春红说,真的是你的。

陈步森说话了,不可能,你是在威胁我,你太无耻了。

刘春红说,就是你的,是我离开你时怀上的。

陈步森突然大笑起来,说,你真会开玩笑,刘春红,你这个玩笑开大发了,弄了个别人的孩子来威胁我?你躲了一年就搞出这么个名堂?

刘春红说,我再说一遍,他真的是你的孩子,我偷偷怀了你的孩子,为了要你和我结婚。

陈步森不笑了,他的脸开始转青……他对刘春红说,你这个骗子!刘春红说,你太无情,所以只能这样。陈步森说,就算你偷偷生了,我也不会跟你结婚,永远不会!刘春红的眼泪爬满了脸,问,为什么?我爱一个人,要跟他结婚,为他生孩子,错了吗?犯了大罪吗?陈步森说，是，我现在恨你。刘春红问，你也恨这个孩子吗？陈步森一听到孩子，就想到自己的少年岁月，他神经质地双手发抖，说，对，我恨，我谁都不爱，这不是我的孩子，这是你的。

刘春红说，好，陈步森，我现在告诉你，他还真的不是你的孩子，刚才我都是在和你开玩笑。你放心，他不是你的孩子。

陈步森说，肯定不是嘛，否则你也太无耻了。我走了，以后别来找我，我讨厌你！

说完陈步森转身走了。刘春红抱着她和陈步森的孩子，一个人独自来到了河边。她抱着孩子坐在草地上，坐了一下午。她没有流一滴泪。

这个孩子活在世上会幸福吗？她问自己。

她把孩子放在摇篮里，然后放进了河里。摇篮从河面上开始漂，向下游荡去。当摇篮没入水波时，刘春红突然猛醒，大喊大叫起来，冲入河里要救孩子，但湍急的河水已经吞没了孩子和他的摇篮。

刘春红就这样亲手杀死了她和陈步森的孩子。

她不是故意的，但孩子死了。

孩子连名字都没有。只有乳名。

在接下来的一年中，刘春红几乎疯了。她想着法子折磨自己，饿自己，有时长达三天不吃饭，把自己弄得蓬头垢面，一直叫着孩子的乳名，不停地给陈步森打电话，说他的孩子死了。她要报复他。可是陈步森不相信她说的话，刘春红颠三倒四的语言让人不可能相信她说的是真的。后来陈步森断绝一切能让刘春红找到他的线索，两人的联系终于中断了。

又过了一年，刘春红开始重新活过来，她好像把陈步森和他的孩子都忘了，天天和陌生的男人睡，谁都可以和她睡，但必须付出代价。

她认识了很多男人。后来，她成了这个城市出色的夜总会经理。

要不是和陈步森不期的重逢，刘春红真的把这个人忘了。可是一见到陈步森，刘春红所有的血管立即重新灌满了血。她固执的个性让她觉得：自己今生只可能爱这一个男人，她如果爱上别人，就是人生的失败。她亲手放弃孩子的事，令她对陈步森产生一种由恐惧和愧疚交织的心情，她不想告诉他真相，因为自己心中无比地恐惧，也因为对陈步森不认孩子的极度愤怒。她想，我一定会告诉他一切，但现在没到时候。现在，刘春红只想重新找回陈步森，因为没有他的人生是可恶的。她认定：一个会为别人的利益站在电杆上自杀的人，一定是一个有爱的人，一个好人，他不可能杀人，她要用尽一切力量帮助他脱离现在的困境。

除了母亲，刘春红和周玲算是陈步森生命中的另外两个女人。前者是恋人，后者是姐姐。刘春红认识周玲，但不是很熟。为了找到陈步森，刘春红曾找到周玲，但她在周玲面前终于忍住没说出陈步森是杀人犯，因为这牵涉到人命关天的事。周玲从刘春红的表情中看出，这个表弟可能仍在某种麻烦中，但因为陈步森从小到大麻烦不断，所以周玲习以为常。

周玲自己也深陷烦恼。她在一家叫巨塔的大型广告公司做财务。今天，她忙了一天。税务局来查账，公司老总和周玲坐镇办公室，接连忙了七天七夜，才在税务局到来前把账做平。

税务局查了一天的账，一无所获。

老总要请周玲吃饭，弹冠相庆一番，周玲没有胃口，婉言谢绝。可是老总不由分说地把她推上车，来到了一家高级的海鲜楼，点了鱼翅和鲍鱼。周玲说，你是在请我呢，还是庆祝偷漏税成功？老总给她倒酒,说,还是那脾气啊,没办法,你就是骂我我也得听骂,这樟坂找不出第二个能把账做那么平的好财务,就叫我朱某人找着了,是我三生有幸啊,你骂我,我也听,来,我敬你一杯。

周玲不吱声。

老总说,聪明人就是脾气不好,这是个规律。小周,我知道你要说什么,我也知道你在想什么,你看不惯偷漏税,可我就看得惯吗?你心地善良,我就心地败坏吗?你看不惯可以辞职,我能吗?我养着这几百号人,说走就走吗?

周玲说,我没有骂你。

老总说,这就是骂我,骂得对,可是你知道吗?我比你更讨厌这偷鸡摸狗,迎来送往,虚情假意,偷税漏税,讨厌一百倍!你别忘了我是留学德国的,我在德国待了十年,在德国,我给房东老头交房租,他愣说这属于他妻子职权范围,不能交给他,这就是规范,我多希望我们国家也这样,可是行得通吗?你不偷税你怎么活?大家都偷,你不偷,你还会有竞争力吗?

周玲低着头说,朱总,我理解你,可是,我今天很难过,心跟针扎似的。老总看着她说,小周,现在像你这样的人太少了,人家是想着法子偷,你却心里难过,这就是我一直不放你走的真正原因,不是你会做账,而是你可靠、正直。我知道你也不容易,一直在还房子的贷款,这是所有白领的负担,我答应你,不出半年,我让你当上集团的财务总监。我说话算话。

周玲说,谢谢您。

从酒楼出来,周玲来到了城北的孤儿院,苏云起在等着她,今天晚上,她负责教十几个智障儿童学习如何做花,这是她长年义工工作的一部分。自从加入苏云起负责的社会公益辅导站以来,周玲的心情的确能得到调适，工作压力也疏解了。到这个辅导站的人都明白这样一条道理：爱他人就是爱自己。他们通过帮助别人，使自己从长年在激烈竞争中形成的工作压力和尔虞我诈的人事关系中释放出来。在这里，人人对别人都赤露敞开，非常放松。很多人只来了一次，就爱上了这里的义工工作，就像上了瘾一样，一周不来就闷得慌。苏云起最初办这个辅导站的时候，并不是以公益方式招集这些人到来的，反而是以都市消费方式来吸引人，就是说到这里来做义工的人，是体验双休日帮助别人的快感，不但拿不着工钱，还得交钱才能加入，跟登山协会的模式一样。最初有人怀疑，要人倒交钱去当义工，绝不会有人愿意来，不料开营不到半年，会员已达数百人。也就是说，有这么多人愿意在节假日或平时抽空来这里做义工，帮助别人。他们先到辅导站，等待分配任务，有的去孤儿院，有的去上街，有的去辅导山村孩子学习，忙完了一天，走时大都会自己掏出钱来奉献。这些"傻子"的唯一收获，就是在爱中度过了一天。周玲是辅导站的骨干。

　　周玲到了孤儿院。苏云起看她脸色不好，问她怎么啦。周玲说，我做了一天的假账，然后又来到这里做义工，你说我心情会好吗？苏云起笑了，说，要是我，心情就会好。周玲说，我好像上一时在做贼，下一时就当圣人，明摆着干完了坏事，又到这里来贿赂良心嘛。

　　苏云起说，这要看怎么说了。人要是像你说的那么简单就好了，人就是这样，矛盾。你看我过去做过多少良心过不去的事？如果说做坏事不可避免，那么，做好事就更是必须，这不算贿赂良心。

　　周玲说，你不是说我们的良心要敏锐吗？我这样想说明我良心还算敏锐。

　　苏云起笑，对，可是，良心敏锐不是良心脆弱，看你现在脸臭臭的，待会儿怎么招呼孩子呢？你这不是脆弱是什么？

周玲就笑了，说，你有本事，还真说通了我。

他们一起走进教室，孤儿院的智障儿都集中到了一起，周玲开始教他们做花。现在，她的心情确实好多了。

做了一个晚上的花，周玲的心情变得好多了。她看着孩子们做的花，虽然不是很好看，但周玲看去，心中的喜悦不言而喻。她终于明白为什么会有越来越多的人来做义工。

苏云起开车送她回家。在车上周玲想到明天的工作，眉头又锁起来。苏云起说，你是不是又想到明天要做假账的事了？周玲叹了一口气：如果不是因为有义工，我都不知道什么是幸福了。苏云起问，此话从何说起？周玲说，我因为供着房子，每月几千块钱按揭，也不知道为什么中国的房子那么贵，为了还房贷，我就得像牛马一样工作，不管我愿不愿意，高不高兴，每天就像蒙了眼罩拉磨的驴，累得不想说话。苏云起说，陈三木也能减轻你一些负担吧。周玲说，他当初非得买这么大的房子，现在又付不起，一个穷教授，还不得我这个下海到民营公司的白领来想办法。我真的在一天的工作中找不到幸福感，每天眼一睁人还昏着，就迷迷糊糊往嘴里塞块面包，赶班车上班，工作一上午，中午就在办公室眯一下，下午一直上班到六点，搭车到家做完饭已经七点半，吃完饭八点，洗洗完九点半，看一会儿电视，那手按几下遥控器眼皮就合上了，明天起来一切照旧。我都半年多没见过太阳和月亮了。你说，这样的生活幸福感在哪里呢？对了，还要做假账，成天担惊受怕被抓坐牢。唉，只有两个字：累，还有恐惧。

苏云起说，要不，像我一样？来个一不做二不休？周玲笑了，你是已经走到头了，我呢，房子都没买下。我要辞职，谁来付按揭？

苏云起说，是啊。

周玲说，最近我老在想一件事儿，如果人这一生就是为了一幢房子在拼命，想想挺绝望的。人生就这点儿目的？还得整天吓得如惊弓之鸟？

苏云起说，你做了那么久义工，还不知道人生的目的？

周玲说，我不是不知道，我疑惑的是，我明明知道了人生的目的，怎么还是这么烦恼呢？怎么还跟那不做义工的人一个样？他们做奴隶，我也做奴隶。

慢慢来吧，现在你至少一周有一两天是自由、快乐的。苏云起说，不过我也一直纳闷，这天上飞的鸟，它不种地，也不收割，怎么都活得好好的，还自由自在在天上飞呢？

周玲叹息说，这么说，人还不如一只鸟啊。

第十五章　无法呼喊的语言

　　刘春红的突然到来又离开，使陈步森变得十分焦虑。他不能肯定刘春红会不会在绝望中说出这件事。因为刘春红手机关机了。上午，陈步森请了参加工作以后的第一次假，来到刘春红的酒吧找她，她不在。陈步森又在她的新房等了一整天，仍然不见她踪影。他的焦虑开始转为恐惧，从那个时间开始，他觉得街上的所有人都在看他，都是追捕他的人。这几个月陈步森经历了大喜和大悲。所谓大喜就是从未尝过的能和冷薇一家友好相处的幸福；所谓大悲就是他始终未能摆脱恐惧和追杀。

　　一整天陈步森都在找刘春红，到了晚上八点钟，整天滴水未进的陈步森尽管饥肠辘辘，仍没有任何心思进食，也不想回精神病院。他觉得有两根铁链子拉着他，几乎把他拉碎了。

　　陈步森想到了那首歌《奇异恩典》。这一段时间来他烦恼时就哼这首歌，所以现在他想到了一个地方：辅导站。他想找苏云起好好聊一聊。他有时候想起来，觉得苏云起这个人很奇怪，没事就成天陪人聊天。

陈步森想好了，就来到辅导站。今天里面没有听课，只有包括苏云起在内的几个人在一起开小会。苏云起看见他走进来就过来和他打招呼，陈步森说，我有事找你。苏云起说他的会马上开完了，他拿了一本叫《让心灵得自由》的小册子给他看，让他稍等一下。陈步森就看着书在那里等。他看不太懂那书，但有一句话让他心动了一下，那句话说：真理的存在，从来无须证明，它只宣告；就像生命一样，证明与否它都存在，而它才是生命的源头。陈步森觉得这句话很怪，但有道理。

苏云起开完会，把他叫到一间小屋子，问他有什么事要说。陈步森犹豫了半天，说，有一个人，因为得罪了另一个人，他就为这个人做了很多事。苏云起说，这很好啊。陈步森说，他也不做坏事了。苏云起说，这也很好啊。陈步森说，可是他还是有很多麻烦。苏云起问他是什么麻烦？陈步森不讲，只说，总之他很烦恼，虽然他对别人做了好事，而且按照你说的那些标准做的，但做了还是麻烦很多，心情也不好。苏云起说，你的信心不够。你为什么不加入我们？陈步森说，我现在在被一些事缠着，没有心情来好好听课，你讲得很好，所以我不能随随便便不尊重它，我要做得好一些后才来跟你们在一起，免得我这个老鼠屎坏了你们这锅汤。苏云起笑了，你是老鼠屎吗？那我就告诉你，我连老鼠屎也不如。

这句话让陈步森很惊讶，以为他在开玩笑。苏云起解释道，我们是什么人？我今天来告诉你，辅导站做义工的人不是英雄，不是道德好的人，也不是改造好的人，恰恰是知道自己连老鼠屎也不如的人，所以我们放弃自己改造自己，因为我们看见了自己的罪，这罪到一个地步，无可救药。陈步森说，这不完蛋了吗？苏云起说，不，如果人真的能这样认为，就有办法了，这就是所谓人类的尽头真理的起头，人要能认识到这点，是很不容易的。陈步森说，人很坏，这我是知道的。他想起了他和大马蹬他们干过的事，也想了父母。苏云起说，所以你不要依靠自己啊。陈步森说，我太糟了，怎么能和你一样，不可能的，我表姐夫说，我跟他就是不一样，我至少要做到他一半才行。苏云起说，就是用上一万年也不行，我不是讲过吗？好人，是完全没有错误的没有罪的，谁能做到？因为你做不到，不但你做不到，你姐夫也做不到，你姐夫和我的观点不一样，我们老在报纸上写文章对着干，因为我说他也是罪人，他就不高兴。谁认为自己是好人，谁就骄傲，谁知道自己不是好人，谁就谦卑。

我姐夫是挺横的，我就不服他。陈步森说。

既然这样，你为什么不能来加入我们？我们谁也不比谁强，所以，人认了这个罪，心里就舒服了，好比流浪的孩子，就回家了，因为你本来就是这家里的儿子，只是现在流浪在外边，谁见过回家跟父亲和好的浪子，要做一大堆好事给父亲看，或者要验一下父亲的基因，才叫一声爸爸的？陈步森似乎有些理解了，说，没有。苏云起说，所以，你要放下包袱。陈步森问，这么说小偷强盗杀人犯都能白白地变好了？苏云起点头，当然，真正的好人原来都是这样的人。陈步森不吱声了，他好像今天才听明白一些，当他来到辅导站的时候，心情的确变好了。接着，苏云起给了他一盘《奇异恩典》的磁带。

离开辅导站后，陈步森理解了一个问题：无论他犯下了多大的罪，都是有希望变好的，因为本来人就没有谁比谁好，只是有人做了坏事，有人想了坏事，没做。那么，做了坏事的人，也是可以改回来的。但人如果一直想着坏事，他就随时有可能做坏事。苏云起教的是，让人想都不要去想坏事。

　　回到医院，陈步森准备把磁带放给冷薇听，经过钱医生办公室的时候，钱医生叫住他，对他说，听说你为了冷薇，把女朋友给得罪了。陈步森说，她现在不是了。钱医生说，你为冷薇付出了很多啊。陈步森没吱声。钱医生说，你是不是真的爱上她了？陈步森说，我……钱医生说，你可要清醒，你们的文化有差别，经历有差别，她又是病人。陈步森说，你不要误会，钱医生，我没爱上她。钱医生说，是啊，可是我们谁都看见了，你对她那么好，她也对你好，今天你一天不在，你猜怎么着？她一个人看着窗外，看了一天，还抹了眼泪。陈步森说，可是我已经跟她说清楚了，她也相信我只是她朋友，她也知道她丈夫叫李寂。钱医生摇摇头：没那么快，她患的是逆向失忆，是因为受了强刺激导致的选择性针对性失忆，病人没有失去日常生活经验的记忆和知识，忘记的是亲属的名字以及和那件事有关的东西，病人不想回忆起那件事，所以要恢复健康很难，但冷薇的脑部没有受损，是心因性失忆症产生的记忆障碍，如果有人能对她描述导致她受刺激的那个事件的细节，病人的记忆有可能很快恢复。我让她母亲对她回忆过，可是她母亲当时被歹徒绑在另一个房间，没有看到整个真相，而且她一说就哭，话都说不全，所以效果不理想。

　　陈步森听了心想，医生讲这话什么意思呢？难道钱医生知道我是谁了吗？钱医生说，这是唯一的办法了，要治好她，就要让她想起那天晚上的所有细节，越详细越好。陈步森说，哦。钱医生问他能不能找到这样的人？陈步森说，我不知道，我只是后来认识他们的，这事跟我没有关系。钱医生叹了一口气，实在没办法，我只有请办案的警察再来配合，虽然警察不是目击者，但也聊胜于无啊。

和钱医生的谈话让陈步森重新陷于恐惧中。他心里清楚钱医生并不知道他的身份,他只是在治病救人。如果自己能配合医生对冷薇回忆那天晚上的情景,她就能痊愈,这是肯定的,自己也将因此暴露身份被捕,这也是肯定的。陈步森在走廊上徘徊,他想,我不想蹲监狱,不想被枪毙。以前他不怕死,因为被父母抛弃,觉得活着跟死去一个样;现在他倒怕死了,觉得过日子是美好的,因为冷薇一家,陈步森反而尝到了生活的美好滋味儿。可是,他如果拒绝对冷薇回忆那晚的情景,等于见死不救。

陈步森在过道尽头蹲了下来,旁边就是一个垃圾桶,发出阵阵臭味。远处传来病人奇怪的号叫,听了让人颤栗不已。陈步森想,冷薇是不是要在这种地方待上一辈子?然后也变成这样的号叫的人。陈步森觉得自己真是害人不浅。现在,他不敢进冷薇的房间,他的头快要爆炸了。突然,他站起来,不想了,陈步森对自己说,我想也没用,因为我根本做不到。或许等不及我想,刘春红已经带人进来抓我了吧,好吧,快来,把我抓了去,就一了百了,什么都清楚了。

陈步森当晚又进了城,继续找刘春红。结果她家的灯亮着。陈步森立即上了楼,敲开了她的门。刘春红开门看见他的时候,露出了惊异的表情。

陈步森问她为什么没有报警?刘春红说,我才不想为你这样的人坐牢,我是窝藏犯,便宜不了我。陈步森走进房间,刘春红把门关上了。

刘春红说,现在轮到你告诉我,为什么要住在医院里?你如果没有疯,就告诉我为什么?陈步森说,春红,我真的没有爱上她,你要相信我,我只是觉得自己害人不浅,看到他们一家的样子,我就觉得我像个畜生。说着低下头哭泣了,双手掩住脸。刘春红几乎从来没见过陈步森当着她的面哭，很吃惊地看着他。陈步森的肩膀耸动，真的很难过的样子。刘春红的心一下子软了。陈步森说，我只要看见她，看见她因为我做的事高兴，我就好像在天堂一样，你明白吗？陈步森的手被泪水打湿了。我是坏人，春红，坏到头了，不值得你爱。陈步森说，我真的连一颗老鼠屎也不如。

刘春红的眼睛里闪着泪光，她的手轻轻地抚上陈步森的头，摸他的头发。她印象中的陈步森是一个非常聪明的人，他是目光警惕、神情冷漠、性情高傲、沉默寡言、意志坚定的那种人，可是现在他变得让她不敢相认。她不明白是什么东西让他变得这样？刘春红扯了纸巾给他。陈步森擦干了眼泪，显得很难为情，说，你不要笑我。刘春红说，我没笑你，我也哭了。陈步森说，其实你早就知道我是什么样的人，是不是？刘春红说是。陈步森问她既然知道为什么还爱他？刘春红说，你聪明，更重要的是你虽然做那些事，但你跟大马蹬不一样，你很有义气，你是因为父母把你扔了你才变这样的，你是好人，你跟他们不一样，我早就看出来了。我以为我能改变你，所以我不怕和你交往，我想过，你要是和我结婚，就会变成一个比普通人更好的人，只要你肯娶我。可是我没想到，我对你一点吸引力也没有。陈步森说，春红，你错了，我跟大马蹬没什么两样。刘春红惊异地注视他，这是他第一次把自己和大马蹬相提并论，以前他并看不起大马蹬。陈步森说，今天我来，是有一件事要和你说。

陈步森把钱医生讲的话重复了一遍，就是帮助冷薇恢复记忆的事。刘春红听明白了，说，你这不是找死吗？陈步森低头说，我不想找死，所以我一直拖，自从我看见她儿子第一眼起，就在拖了。我本来可以立即消失，但我没有。我知道这样下去总有一天我会完蛋，我是在玩火自焚，但我就是离不开，春红，随你怎么说吧，说我疯了也好，傻了也好，其实我早就知道，如果我把那天晚上的事跟冷薇说一遍，她马上就能想起所有的事，不用医生提醒，可是我没有说，也没有离开。刘春红说，你不就是神经病了吗？还说个屁。陈步森说，不，我只是在拖，拖一天，是一天，拖一天，快乐一天。

两人沉默了。刘春红说，你找我到底想干什么？你不是已经想好了吗？还假惺惺地来跟我商量什么？你爱找死就去找啊，跟我有什么关系？陈步森摇头，你错了，春红，我真的是跟你来商量的。刘春红哭了，你什么时候看重过我？我这么爱你，你对我呢？你叫我怎么办？我是你的谁？如果你今天说我跟你有关系，我就搭上性命，也不让你做这自投罗网的傻事儿！这事又不是你一人干的，为什么要你一人承担？如果你不把我当一回事儿，随你他妈的便，爱找死就快死好了，省得我操心。

陈步森抱着脑袋不说话了。有一刻他好像睡着了一样。他真的不知道应该怎么办。刘春红真的很爱他，但她说的话总是让他不舒服。他用很短的时间想象了一下，他如果和刘春红卷款潜逃，未来生活会是什么样子？可能会在某个遥远的地方过着滋润的日子，刘春红很有本事，能赚钱，他也不再偷了，两个人过着平淡的日子，直到老死。可是陈步森立刻打破了这个幻想，因为在遥远的另一端，有另一个女人的眼睛在看着他。

春红，你帮我想想，有没有既可以帮助她恢复记忆，又不会对我造成危险的办法。陈步森问。

刘春红说，有啊，在地狱里。陈步森就沉默了。

刘春红说，步森，你就那么想帮她吗？你就是想帮她也没有办法了，你明白不明白？你没有这个能力你知道吗？因为你就是凶手，你听过有凶手帮助受害者的吗？步森，我们走吧，走得远远的，在别的地方重新做人不行吗？

陈步森说，这事没完，没法重新做人。

刘春红哭了，跪下来求他，步森，你回去好好想想，我给你时间，想好了我们就走，我求求你，千万不要去做那件事，那个女人什么时候病好，什么时候就是你的死期，答应我，别做傻事。

陈步森说，好吧，我想想。

陈步森回到医院，沉默不语地干了一天的活，把自己累得快散架了。傍晚，就在他小屋旁边的太平间推进来一个死人。是一个长期的病患。精神病院是很少死人的。但这个人因为长期用药，全身都是病，他患的是严重的精神分裂症，会攻击人，今天下午在用大剂量胰岛素强制休克时，突然低血糖死了。

陈步森一个晚上都睡不着。他负责和家属轮番守灵。陈步森瞪着那具尸体，想，这就是死。一动也不动了。他到哪里去了呢？如果有人证明死后什么也没有，死倒是没什么可怕的。可是听说这个病人死前大喊苦啊苦啊。可见死后未必见得很安宁。陈步森走近尸体，轻轻掀开他脸上的布：赫然发现死者的两只眼角分别挂着两滴眼泪。

这是他死时流的，还是死后才感到悲伤？陈步森不知道。

第二天上午，陈步森轮休。他带着那盒磁带来到了冷薇的房间。他用小音响放了带子里的歌，都是些很安宁的歌。冷薇说，这些歌好，我爱听。陈步森说，我们到草地上散步吧。

在草地上，陈步森说，那天来的不是我的女朋友。冷薇说，李寂也不是我的丈夫。陈步森说，是，他是你的丈夫。冷薇问，那为什么他不来？陈步森就噤了声。

陈步森的脑袋在快速转动。那句话好像就要脱口而出：他死了。

有一刻他想，我就说了吧，我就说了吧，我要把所有真相全部说出来，然后我就舒服了，然后我就自由了。我要脱掉一切的捆绑，我要脱掉一切的缠累，然后我就死吧，如果死了什么也没有。可是陈步森想起了死尸眼角的两滴眼泪，他忍住了。

你为什么不说话？冷薇问他，你对我说了我的丈夫是谁，可为什么你不告诉我他在哪里？陈步森说我不知道。冷薇说，他到底是谁？他在哪里？我现在只知道他是李寂，我只知道这一个名字，别的我什么也想不起来了，我什么也想不起来了！陈步森看到冷薇的情绪慢慢激动起来，脸上现出痛苦的表情。他说，我真的不知道……

这时，冷薇突然停住了脚步，她望着天，两滴眼泪从她的眼睛滚出来，跟从死尸眼角滚出来的泪一样。陈步森心中震了一下，问，你怎么啦？冷薇像委屈的孩子一样哭了：他到底是谁？……她张开口，大口大口地呼吸，脸上呈现极度悲伤的表情。陈步森想，她想起来了，她一定想起来了，否则她不会出现这样的表情。现在，她不但有悲伤的表情，连恐惧的表情也出现了，陈步森在那一刹那看到了冷薇脸上和那天晚上注视丈夫脑袋被敲碎时同样的表情。他的心一下子跳到喉咙里：她想起来了！我完了。

可是冷薇的表情就定在那里，慢慢地，恐惧的神态消失，但更严重的是她张着嘴，说不出一句话，显然她意识到李寂这个词跟某个灾难有关，跟她的所有痛苦有关，但她不知道到底发生了什么事？她的眼泪就这样滚下来，说不出一句话，眼睛直直地望着前方。

你想起什么了？陈步森问她。冷薇一直摇头，却一直流泪。她一遍又一遍地喊李寂的名字，喊一次就涌出一滴泪。

陈步森看着快受不了。眼前这个女人，心中的悲伤快把她的胸膛胀破了，但她却像一个哑巴一样，不知道自己为什么悲伤，所有痛苦和悲哀都被一个铁匠打进了密封的铁柜里，再也没有人听得见里面的声音。这才是最悲哀的：一个悲伤到极点的人却不明白自己为什么悲伤，这就是无名的悲伤，或所谓痛苦中的痛苦吧。

　　陈步森回到小屋子里。尸体已经被移走了。陈步森对着空旷的太平间，对着尸体移走后的那张桌子，流了整整一夜的眼泪。他不断产生这样的幻觉，好像那桌子上躺着的是冷薇。他为冷薇哭，因为她脸上那么悲伤却不知道为什么悲伤；他为李寂哭，因为他死得那么惨；他甚至为死去的父亲哭，因为他很可怜，一个人孤零零地死去，竟然没有儿子为他送终；他也为母亲哭，她虽然还活着，可是对于陈步森来说，像已经死去了一样，他一点儿也不爱她；陈步森还为自己哭，因为他真的觉得自己是个彻彻底底的罪人。今天晚上，陈步森觉得人是可怜的，所有人都是可怜的。全部的悲痛今天晚上都加在了陈步森心上，像汹涌的江河一样。

第十六章　再度逃亡与浪子回家

陈步森在小屋子里辗转了一夜，几乎整夜未眠。冷薇极度悲伤而又不知自己为何悲伤的表情镌刻在他的脑海中。他知道自己如果不把那天晚上的事和她一一说来，她就很难恢复记忆，那他就是见死不救。如果自己见死不救，那么过去几个月所做的一切都是假的，陈步森因此曾体验过的快乐也是他的想象而已；但如果陈步森真的和医生配合，向冷薇描述当天晚上的所有细节，那么冷薇清醒之日，便是陈步森的死亡之时。

真的会那么严重吗？陈步森想，也许事情会出现另一种局面：他让冷薇恢复了记忆，但她那天晚上并没有记住自己的容貌，她会以为他仅是出于爱心自己假扮了罪犯。陈步森这么想的动机不是出于理智，显然是出于感情。他是多么希望事情的结局是朝着好的方向发展：冷薇恢复健康，自己也没有失去安全。退一步说，即使冷薇慢慢想起了他是谁？出于对这几个月来陈步森为她所做的一切，她放弃了对他的惩罚的要求，她放过他了。陈步森把对自己有利的情形都想了一遍，而把对自己不利的方向忽略不计：比如杀人罪是提起公诉的，跟冷薇无关。陈步森把好的方向都想了一遍，好像看到最后的结局：他仍然和他们一家是朋友。想完了，陈步森觉得自己也许可以一试，就是在冷薇面前试着讲一些那天晚上的事，看看她的反应怎么样。

陈步森没有通知钱医生，一个人来到了冷薇的房间。他对冷薇说，我今天有一个重要的事情要对你说。冷薇问他是什么事情？陈步森说，钱医生说了，只要你能想起让你受刺激失去记忆的那件事情，你的病就有可能好。冷薇不记得发生过什么大事情。陈步森说，我知道这件事情，我可以对你说。冷薇摸着他的脸说，你是要帮我吗？你能知道什么呢？陈步森说我试试吧。冷薇却抱住他，说，算了，我知道你爱我，什么法子都想得出来。自从那天你叫我回忆李寂的事之后，我就想清楚了，想不起李寂我真的很痛苦，但现在我不去想他了，既然我不知道他为什么离开我，他也不来看我，我就当没有这个人，不然我会难过死的。

陈步森突然说，也许他来不了了呢？他死了。说完这话他自己打了个哆嗦。冷薇听了摇头，我母亲和警察都跟我说过，可是我不相信，他为什么会死？他是一个好人，也很健康，他为什么会死？你们都是为了安慰我，才这么说的。陈步森把手从冷薇的掌握中挣脱出来，说，不，冷薇，我告诉你，李寂真的死了。

冷薇盯着陈步森，你怎么知道？你是不爱我了吗？才这样说。陈步森慢慢低下头，不敢看她的眼睛，说，他是被人杀了。冷薇看着他不动，杀了？陈步森说，是，他被人杀了，在你家里。冷薇就不说话了。陈步森心中渐渐觉得虚脱，他站起来，把门打开，他觉得自己应该从这门出去了。可是冷薇一把将他的手抓住，让他心中一紧。你胡说什么？冷薇说，你用这样的玩笑来吓我。陈步森说，他真的死了，在你家里。冷薇说，你别看着门口，把脸转回来，你告诉我，他为什么会被人杀？他又没有犯错误？陈步森说，现在你想起他没犯错误了是吗？冷薇的眼神就散了，说，嗯，我想起来他是我丈夫，李寂，个子不高，不爱说话……别的想不起来了。

陈步森知道他的话起作用了，因为她想起李寂了。如果在这之前李寂对于她仅仅是一个丈夫的符号，现在她真正想起丈夫这个人了。陈步森判断出他的话能对冷薇奏效。也就是说，如果他再说下去，冷薇有可能全部回忆起来。冷薇转脸看他，说，你认识他吗？陈步森无法回答，竟然就没有回答。冷薇看着他，说，你到过我家吗？这句话让陈步森魂飞魄散，陈步森仿佛看到自己的结局：被捕。一双铮亮的手铐套到他手上。他的手都发抖了，说，冷薇，我……我说的都是开玩笑，逗你玩的。说完，陈步森竟然没有告别，说我有急事，就从门口蹿出去了。

陈步森迅速地跟行政科请假，说自己的母亲病危。回到小屋，他只拿了藏在煤堆里的那包钱，连衣服都没拿，出门跨上灰狗一溜烟蹿出了精神病院。他以最快的速度往城里疾驰，摩托冒着黑烟，跑得快散架了。他想到了刘春红，现在的陈步森完全被恐惧充满，他知道刘春红说的话是对的，自己并没有这么大的勇气，还是她看得准，她也是真爱他。陈步森骑到刘春红的酒吧，他要向她告别，然后去很远的地方。

刘春红出来了，她一看他的脸色就什么都明白了。你终于做了，是不是？她说。陈步森说，是。刘春红的眼泪就一下子冒出来，说，那你还来找我干吗，你要死了，找我干吗？昨天我还能救你，现在我救不了你了。陈步森说，我没全说，我只说了半句，她好像猜到了，但不全明白。春红，你是对的，我现在后悔了。我很害怕。我听你的了。刘春红抹着眼泪，你现在死了，是要我替你收尸吗？陈步森说我还没有死嘛。那好吧，我不是来求你的，我是来向你告别的，我走了。说完转身要走。这时刘春红一把抱住他，说，你等我一分钟，我马上出来。

刘春红决定跟陈步森一起逃亡，陈步森不肯，但刘春红把他锁在新房里，说她有办法让他们一起跑得远远的。刘春红把银行里的钱取光，然后向朋友借了一辆破桑塔纳轿车，她对陈步森说，你赶紧把这辆摩托处理掉，然后开着这辆车走。陈步森问这是谁的车？刘春红说是她朋友放在车库里不用的车，借多久都没关系，没车跑不远，也不方便。陈步森就把摩托推进了对面的半月湖里，和刘春红开着那辆桑塔纳车上路了。直到出了高速公路收费口，陈步森才松了一口气，他问刘春红，你为什么要这样帮我？刘春红说，你这辈子要是敢做对不起我的事，我让你死。陈步森说，谢谢你救我。刘春红说，我想开了，不让你这样冒一次险，你就不知道厉害，你以为自己真的跟那女人是一家人了。陈步森说，你别提她。刘春红说，不过我真的看出你是好人，我看准了，没人会像你这样做的，你要么是疯了，要么就是个大好人，我心里镜子似的，救你也值，你跟大马蹬不一样。我们走得远远的，重新做人好不好？

陈步森和刘春红第一站逃到了稽州。前三天他们只在车里过夜，也不敢上馆子吃饭，让刘春红买了东西进到车里吃。后来他们又到了会川和临远，在好几个地方打转。第三天夜里，陈步森在车里和刘春红发生了关系。他把所有的恐惧都喷射进刘春红的体内了，好像她是一个能让他安宁的庇护所。刘春红则在车里又哭又笑，看上去很幸福，又很悲哀。陈步森也哭了,他的哭和刘春红不一样,他想起了第一次和刘春红性交的情景,刘春红也是这样又笑又哭,当时她是处女。陈步森觉得自己兜了一圈,又回到了原点,跟冷薇一家交往的美好的事,只是一场梦,现在完全破灭了,空气一样消失了。只有恐惧是真实的。

刘春红带陈步森来到了吴州市,她有一个朋友在这里的日本公司上班。她给陈步森买了几套好衣服换上,用自己的身份证租了一套公寓,准备和陈步森安顿下来,作长期隐藏的打算。陈步森亲眼见到了刘春红的工作能力。只一个上午,她就找到了吴州最大的夜总会场地经理的工作,工作一年加上奖金,可以拿到三十多万元的薪水。刘春红做了一张叫董加金的假身份证给陈步森,对他说,步森,你都看见了,我为你什么都做了,现在你就当自己死了,当陈步森死了,从今以后没有陈步森,只有董加金,你帮那女人做了事,也算赎罪了,你今年一年内什么事情也不要做,哪儿也不要去,就在家里当我的老公,明年再说,然后找一份踏实的工作,熬过追诉期,我们就可以白头到老了。

陈步森说,春红,你没有必要为我作这么大的牺牲。刘春红笑笑,一物降一物,一人治一人,我这人最大的优点就是懂得什么是爱,不懂得什么是钱。

……接下来的十五天,陈步森过上了一种怪异的生活,他无所事事,成天就是煮菜做饭,等刘春红下班。但刘春红是晚出晚归,下午上班,深夜四点才回家。陈步森煮的饭只有自己吃。开始几天他真的以为自己过上了另一种生活,过去的一切都像梦一样不真实。可是他一到街上,就觉得所有人都在看他。以前他逃亡在外是家常便饭,可是这一回他心中的恐惧总是驱之不散。到了第十五天,陈步森再也忍不住了,他想探一探精神病院的情况到底怎么样了。陈步森背着刘春红，用自己在樟坂的手机卡试着拨了一次医院行政科的电话，科长听到他的声音就说，你为什么不回来啊？都超假两天了。陈步森说，母亲死了，处理后事呢。科长听了口气就软了，说，这样啊，不好意思，那多给你三天吧，最迟一周内回来，不然炉子没人烧呢。陈步森猜测自己的逃亡并没有引起精神病院的注意，换句话说，冷薇没有认出自己，也没有想起那天晚上的事。

这种结果让陈步森对自己逃亡在外的决定开始显得烦躁。他慢慢觉得自己可能太过恐惧而判断失误了，并没有发生任何事情。如果这些信息只是让陈步森感到烦躁的话，接下来他和冷薇的通话则让陈步森作出了一个重大决定。

次日，陈步森冒险给冷薇打了一个电话。当冷薇听到他的声音时，电话那头出现了哭声。陈步森不敢吱声，也不挂电话，后来冷薇不哭了，说，是不是我那天说错了话，惹你不高兴了？你这么久不来看我？陈步森不知道说什么。冷薇说，你突然就从门口走出去，让我莫名其妙。你要是不想谈李寂的事我们可以不谈。陈步森说，李寂是谁？冷薇说，你还在为他的事生气吗？李寂对我来说是过去的事了，就让他过去好不好？陈步森没说话……冷薇说，快来看我吧，快来，我学会了磁带里的歌，要唱给你听。你为什么不回来？陈步森说，对不起，我母亲死了。

陈步森自从听到冷薇的声音后，就一刻也在吴州待不下去了。他清楚地知道，那件事并没有过去。无论如何他必须回去。可是他知道回去意味着什么：即使他回去什么也不干，总有一天他会告诉冷薇一切。陈步森知道自己离不开那个女人了，除非到了他把一切和盘托出的那天。她仿佛有一股致命的吸引力，把他拖回去。可是如果他回去，就意味着死，早死迟死而已。陈步森难以抉择，痛苦到一个地步，突然跪倒在床上。

　　……有那么一刻钟的时间，陈步森好像死了一样，或者说睡了一样，反正什么都感觉不到了。他想：就这样没有这些事多好。我是刚从母亲肚子里生出来，没有做过好事，也没有做过坏事，不好也不坏，无功也无罪，然后从头开始。可是现在来不及了，一切已经发生。

　　他一夜没睡。半夜四点刘春红回来，问他为什么不睡，他没说，刘春红马上就明白了，她问，你是不是又想歪了？陈步森低头不吱声。刘春红点头，抽上了一支烟，说，你一撅屁股我就知道你拉什么屎，你是不是想回去了？陈步森还是不说话。刘春红突然大叫：滚吧滚吧。她扔掉烟头，开始发狂似的扯被单。陈步森扑上去压住她，说，我什么也没想，好吧？刘春红挣扎，说，去死吧，死吧。陈步森顿了一下，说，春红，想听我说真话吗？刘春红气喘吁吁。陈步森说，为什么我一直心里害怕，只要不跟她说清楚，我就会一辈子害怕下去，一直到死的。现在我知道为什么了，因为我在偷。刘春红说，你不是不偷了吗？你不是还在干活要还她钱吗？陈步森说，那只是钱，以前偷的只是钱，可是现在我还在偷，偷的不是钱了，偷的是更重要的东西，每次看到她对我好，看到她以为我是她大恩人，我就觉得自己偷了世界上最贵的东西，我不是恩人，我是凶手。

　　刘春红说，得，现在你走了，不偷了，行不行？陈步森说，我得把东西还给她，就是对她承认说，我不是恩人，我是那天晚上的凶手，我想告诉她那天晚上的事情。刘春红说，好，就算这样，你电话里跟她最后一次说清楚，然后把电话一扔，从此世界上再没有陈步森这个人和他做的事，行不行？陈步森说，不行，我必须跟医生一起对她说过去的事，否则她的病就不会好。刘春红叹气，步森，你真的变了，我不认识你了。陈步森说，春红，你不是爱我吗？你为什么不劝我自首？也许我不一定会枪毙的，我也怕死，但我想了好久，有把握的，如果我老藏着，被发现只有死路一条；我如果帮助她痊愈，难道不算悔改表现吗？我能保住命的，最多判我个死缓，接着是无期，十五年后我出来，还不到五十岁。刘春红说，我不干，我不想当活寡妇，我要的是你。陈步森说，那你很自私呢，我也很自私，因为我只想着自己和冷薇来往的好感觉，那种感觉真好，春红，我没有爱上她，我只是爱上了那种感觉，为了保留那感觉，我却不愿意配合医生把她的病治好。刘春红说，你说错了，不是保留好感觉，是保命，我告诉你，从今天开始，你也不要上街了，我出去买菜，你给我好好在家待着，别胡思乱想。

两天后的一个下午，陈步森再也待不下去了。他给刘春红留下了一个纸条：春红，我想了半天，还是回去，知道你不会答应，所以不辞而别，你为我如此，恩深似海，来生报答，我这一去，未必不能再见，祝福我吧，也对不起你。步森。写完纸条，陈步森伏在桌上流了眼泪。

他找那包钱，却怎么也找不到，他知道是被刘春红藏起来了。陈步森也不找了，就把抽屉里的钱搜到口袋里，离开了吴州，坐上了前往樟坂的长途汽车。

……抵达樟坂的时候已经是凌晨四点。陈步森在早点摊上吃了油条，搭了一辆摩的来到了精神病院。可是陈步森一看到医院的大门，腿就软了，他没有勇气走进去。病人起床了，下到操场散步。陈步森一直等着冷薇的出现，过了十分钟，她慢慢走下来，在操场上散步的时候，陈步森终于看到了她。他痛苦地凝视着那个女人……直到病人回去吃早饭，她的身影在楼梯上消失了，陈步森才往城里的方向走去。

一个上午陈步森魂不守舍，在樟坂的各处逛荡。他回到了樟坂，可是没有勇气回精神病院。因为他知道回去要做什么。现在他不知道自己究竟该去哪里。陈步森来到了江边,从吊索桥上往下看,是湍急的江水。陈步森想,我现在什么都没有了,父母亲从来就没要过他,大马蹬也不要他了,刘春红也不要他了,如果他不说出真相,冷薇也不会要他,我现在空空如也。

陈步森一个人对着江面突然流出了泪水,眼泪飘到江水里,形成很奇怪的景象,像雾一样。这时,他耳边传来轻微的歌声。陈步森循声望去,才发现辅导站就在吊桥东边。陈步森想,我去辅导站也没有用,因为我没有勇气把事情告诉苏云起。

但陈步森还是慢慢走到了辅导站门口。里面有一群人在练习唱歌。陈步森找到了苏云起的办公室,他见到陈步森,吃惊地说,你的脸色为什么这样不好?陈步森脱口而出说,我出事了。苏云起关切地问,出什么事了?陈步森马上就不想说了,但眼泪涌出眼眶。苏云起感到事态严重,说,你别着急,有话慢慢说。陈步森见到苏云起,不知道为什么,眼泪就管不住了。苏云起问,发生了什么事,能对我说吗?陈步森犹豫了……我母亲死了。他说了谎。苏云起哦了一声,说,我很遗憾。这时陈步森突然说,我想跟你们在一起,可以吗?苏云起说,可以呀,只要你有信心,口里承认自己的罪。

一定要把那些罪一样一样说吗?陈步森问。

苏云起说,关键是你自己是不是真的在对你过去犯的罪懊悔?你是不是真正认为自己是有罪的?

是,是……陈步森眼睛闪着泪光了。

他感到自己从心到身体都虚弱到了极点,他说,我好像不想活了,苏老师。苏云起说,你压力很大吗?陈步森说,我现在不知道该怎么做,我什么也不想做,我觉得自己活不下去了。苏云起说,这不是压力，是罪，所有人都把缠累人的罪当成是压力，其实是罪。是罪让人不自由。只要你认罪，你就会放下重担，得到自由，以后就不再犯了。陈步森说，可是我怎么也相信不了自己能改好。我该怎么办？

苏云起说，你不需要做任何事来讨好谁，一个人成为好人不是因为他做了事情，好比一个人恢复和父亲的关系不是因为他为父亲做了一顿饭，这和恢复关系是两件事。一个人承认自己是有这个好人的生命的人，就是和父亲关系的恢复，一种原本就存在的关系的恢复，没有人去检验父亲的DNA才相信他，只是依靠信，除了相信还是相信。你现在可以相信吗？陈步森喘着气，感到兴奋又紧张。苏云起问，你能变好的，你现在相信了吗？陈步森说，是……可是。苏云起说，你不需要把世界上的苹果都吃光，才相信世界上有苹果，是不是？陈步森突然有心中透亮的感觉，说，是的。苏云起又说，只要你认罪，你就自由了。陈步森问，不需要坐牢，我的罪就真的没有了？苏云起说，是的，坐牢只能限制你做坏事，不能除掉你心中的罪，只要你从内心认罪，你的罪就被赦免了。

陈步森心中的堤坝终于溃决了，一下子哭出来：我愿意认罪，我太坏了，苏老师，我犯了大罪！

苏云起轻轻地拍他的肩，说，你说了就好了。

陈步森说，我犯的是……是……

苏云起说，你可以不说出那件事，只要你真的知道自己是罪人，这就是一个大胜利。只要你真心悔改，你就会重新恢复清洁，获得自由，你就有信心去做你想做的事。

第十七章　恢复记忆的试验

　　陈步森在最困难的时候得到苏云起的帮助，使他的个人生命发生了奇异的变化。他突然就变得什么也不惧怕了。当天晚上他甚至回到红星新村住了一夜。所有过去的缠累、恐惧和苦恼在一瞬间消失了。陈步森身上的重担就这样神奇地被移开。陈步森无法理解或正确描述发生在他身上的事，但他感受到了这是事实。就像他咬了一口从来没见过的果实，但他知道它是甜的。现在他不怕任何东西，包括大马蹬和土炮的出现，警察拘捕，甚至不怕面对冷薇。他很清楚地相信，他的罪已经被原谅了，因为他已经认了自己的罪。

　　今天清晨，陈步森醒来，看到阳光透进房间，他想，发生的一切应该不是做梦吧？他很仔细地回忆了整个过程，确定不是梦。可是昨天晚上他还是做了一整个晚上的梦：他在一条铁路上不停地奔跑，后来扑进了他多年未见的母亲的怀里，陈步森不停地哭啊哭啊，一直哭到凌晨。醒来的时候，他发现了枕巾上的泪迹。醒来后，陈步森身上的担子真的不翼而飞了。这种感觉是很奇怪的：事情明明还存在，但他感觉已经过去了，事情明明还没解决，他却感觉已经解决。这是一种幻觉吗？不是。陈步森不知道为什么会产生这种感觉，在法庭宣判他有罪之前，他好像已经走完了这个过程。他想，现在就是把我拖出去枪毙，我也不会太难过，因为我知道我为什么活了，死了不会遗憾。这究竟是一种什么体验？陈步森是无法说清楚的，他的文化水平使他无法用很恰当的语言来描述此刻的感受，但并不影响他享受它，就像儿童可以不必知道苹果的养分构成，却可以一口把它吃掉一样。这是生命的秘密。

他想到了冷薇。他对自己说，现在，我去跟她说，说那天晚上的事。现在，陈步森真的忘记了惧怕，或者说惧怕的感觉变得很迟钝，在喜乐的感觉中，惧怕是微不足道的。

所谓恢复冷薇对受刺激事件的同景同时回忆的实验，被安排在她的房间进行，据钱医生说这是为了隐藏医疗的印象，使冷薇的心理减压。所以现场除了冷薇和陈步森，只有钱医生一个人。淘淘和外婆都只能站在门外。钱医生交代陈步森要尽可能细致地回忆当时的每一个细节，他对陈步森说，我知道你不在场，但你可以表演嘛，一切为了治疗。

陈步森开始了。他说的第一句话就是：你记得那个晚上吗？有人敲你们家的门，3101房间。冷薇听到3101房间就低下头，陷入回忆。陈步森说，你们家有四个人，你，你的丈夫李寂，你的母亲和你的儿子淘淘。有人进了你家的门，就是我们，我也在那里。冷薇疑惑地问，你也在那里？陈步森点头说是的，我们进了门，是你开的门，我们告诉你说，我们是修电话的。

随着陈步森对那天晚上的每一个细节的回忆，冷薇的头越来越低，好像掉进了一个深渊。陈步森讲得很细，连坐在哪一张椅子上都说清楚了。冷薇似乎慢慢想起来了：你们来了，你们来干什么？……钱医生对陈步森说，不要马上说结果，要一点一点往下说。

陈步森就开始描述如何把四个人控制在各个房间的每一个步骤。此刻陈步森却开始体验到了一种微微发虚的颤抖感，是的，他的声音都有些发抖了。应该不是害怕，从昨天开始，陈步森就觉得自己不再惧怕，但这是什么呢？是对自己所犯罪行的震惊吗？当陈步森描述到他和土炮用铁锤猛砸李寂的脑袋时，他突然停止了说话。

他好像看到了白色的脑浆迸溅出来……陈步森弯下腰，什么也说不出来了。钱医生让他不要停。可是陈步森却双手掩面。她想起来了吗？陈步森抬头看她，冷薇疑惑的脸正对着他，她的眼睛直直地盯着他，让陈步森一阵哆嗦。陈步森说，有人敲他的脑袋，你看见了，他在地上挣扎，你被绑在那里，离他只有几米远，他的脑袋破了，你大声喊叫，你的眼睛很可怕……冷薇听着陈步森描述，脸色开始转为苍白，表情渐趋僵硬。这时，陈步森清楚地从冷薇注视他的目光中看到了一种陌生，那种目光除了他刚认识她的时候看到过，后来他就没有再见到冷薇这样注视他，里面没有仇恨，也没有热情，没有警惕，也没有光彩。完全是陌生加上疑惑的表情。陈步森知道：过去那个让他感到熟悉的冷薇渐渐消失了。

这时，钱医生不断开始插话，他插得很短，像催眠一样重复一些词汇，比如：脑袋……李寂……杀人……丈夫……锤子……存折……脑浆……淘淘……你在大喊……四个人……陈步森说，冷薇，李寂死了。他就躺在你脚边，你的丈夫李寂死了。冷薇的眼睛里慢慢发亮，那好像是泪光，但显现得很迟缓，似乎走了一年才显现出来。最后陈步森说，他被人砸死了，你疯了。你什么也不记得了。钱医生说，但现在你什么都记起来了，冷薇，那天晚上发生了大事，你家来了人，把你丈夫杀了。陈步森说，把钱抢走了，把李寂杀了。他说完这话时，身体发抖了。他不由得在心里喊了一声：主啊。

冷薇的眼睛里的泪水已经噙满眼眶，但迟迟不落。她一直死死盯着陈步森。她说，你是谁？陈步森说，我……她问，你怎么知道？陈步森就流下泪来，抑积多时的话从胸膛里冲出来：我不叫刘勇，我叫陈步森，我对不起你，我是凶手。冷薇疑惑地看着他：凶手？陈步森就突然跪在她面前：是我抓住李寂的，我摁住他，然后土炮用锤子砸死了李寂。

冷薇看他，却不说话。陈步森问，你认出我来了吗？我杀了他，我杀了他。冷薇还是盯着他不吱声。陈步森说，想起来吗？我就站在你几米远，认出来了吗？见过我，是不是？冷薇颤抖地点了点头，我认出你了！

陈步森就瘫了。

冷薇的眼泪在那一刹那突然收了回去。她的眼睛盯着陈步森，目光在变化，由一种疑惑转为怪异，在她的想象中，眼前这个男人是无法和那天晚上的人混为一谈的，可是，她分明是慢慢想起了他，慢慢回忆起了那个施暴者，那个摁住她丈夫的人。冷薇的表情渐渐从怪异转为淡漠，突然，她头用力一转，好像不想再看陈步森，头转到一边，眼睛注视窗外了。

钱医生示意告一段落。可是陈步森却跪在地上爬不起来了，他的双腿发软。钱医生扶他站起来，把他带出门外，说，谢谢你，你真是关心她的，那么用心地演。陈步森的泪水已经挂在脸上。钱医生说，今天很成功，她开始恢复记忆了。从她的问话我可以肯定，她恢复了。

淘淘和老太太看到陈步森出来，就迎上去。老太太看到陈步森的脸色苍白，关切地说，孩子，遭罪了吧？快休息去吧。

从病房到锅炉房的短短一百米的路，陈步森走得摇摇晃晃。他想，一切结束了。

可是，当他回到小屋子时，却涌起了巨大的恐惧。他仿佛看到在一百米之外，那张淡漠的脸突然露出凶相，从远处飞奔过来，像一个巴掌一样打在他脸上。陈步森知道，现在冷薇还在慢慢回忆，过不了多久，她就会把一切想起来，她会明白，跟她相处了半年的这个男人，就是杀害她亲爱的丈夫的凶手。然后，结果只有一个：警察出现在他面前，给他带上一副铮亮的手铐。

陈步森迅速地收拾了东西，背上包立刻离开了精神病院。他走出好远，才回头望了一眼医院的围墙，心里说，再见了。

接下来的一周，陈步森完全恢复了原样，恐惧时时都攥住他。他不敢回红星新村居住，又不敢租房子住。街上的巡警开着车呼啸而过，陈步森都以为是要来抓他的。他决定先到表姐家过一夜。

表姐周玲好久没有看到他，见到陈步森时非常兴奋。她正到处找他，可是打他的手机都是关机。陈三木说，我是支持你改好的，很好，以后呢好好找个工作，相信前途是光明的。周玲问他为什么会从深圳突然跑回来？陈步森含含糊糊地说了一个什么理由。周玲开始喋喋不休地讲改好的前途。可是陈步森不像上一次听苏云起讲的那样甘甜了。他现在的心中，有两种不同的感觉在拉扯，一边是让他感动的甜蜜，另一边是隐隐到来的危机。

周玲把他安排到客房睡，叫他好好睡一觉，明天跟她上辅导站听课。陈步森心中翻腾着，他试着爬起来，又流出眼泪来。他想，我的重担终于卸下来了，可是为什么我还是不安呢？陈步森明白了，因为他还不知道冷薇恢复记忆后会对他怎么样？难道自己还看重她对自己的感觉如何吗？我是一个凶手，有什么资格知道她的感觉如何？她恨我也好，不恨我也好，我都没有任何资格要求。

陈步森不想跟表姐上辅导站。自从今天的事发生，他却怕上那儿了。因为从明天开始，他的事就有可能会在樟坂传开，也许他还会上报纸，到时候谁都知道他是罪犯，表姐会知道，苏云起也会知道。想到这里，陈步森在表姐家待不下去了。

半夜，翻来覆去睡不着的陈步森给表姐留下一张字条就悄悄离开了。字条是这样写的：

　　表姐，我走了，因为一件很不好的事情，你们可能很快会知道，但我要说的是，我不是过去的步森了，相信我。我没去深圳，没赚到钱，借你们的钱一定会还你。

弟

陈步森在大街上逛荡了好久，想着自己应该去哪里住。他想了一个办法，试探刘春红的新房她究竟有没有回来。在确知刘春红并没有回到樟坂后，陈步森撬开了她的家，偷居在那里。

接下来大约有十天时间，陈步森一直隐藏在刘春红的新居里，心中却不胜恐惧。他的心已经飞出去，停在精神病院的围墙上，想知道冷薇认出他之后的情况。但他绝对不敢去凤凰岭了，他知道从现在开始，自己已经完全暴露了，这是他自食其果。陈步森每天买好几份报纸看，要从中搜索有关自己的消息。让他惊异的是，报纸上没有关于他的任何只言片语。换句话说，一切和过去一样，并没有人发现他是凶手。陈步森不相信,他明明听见冷薇说,我认出你了。

陈步森憋不住了。他把自己化了化装,脸围得严严实实,偷偷来到了精神病院。陈步森爬上了一棵树,用望远镜望到了冷薇的房间的窗户,居然看到了冷薇:她完全恢复了正常人的神态,穿得整整齐齐,正在对着镜子梳妆。还回头跟护士说话。瞧她说话的样子,跟正常人没有什么两样。陈步森明白了,她真的痊愈了。

又过了一周,仍然没有任何动静。

陈步森无法理解了。这件事情从那一天的治疗之后,突然中断在那里,没有结果,也没有原因。整个事情好像就这样不明不白地结束了,陈步森不相信会是这样的结果。冷薇如果真正恢复了记忆,就会想起这个人,就会肯定这个人就是杀害李寂的凶手,那么她会怎么做呢?她会报警,告诉警察这半年来发生的事情;难道她会因为陈步森半年来所做的事而宽容他?不可能。杀害她最爱的人,这种仇恨不是那么容易抹杀的。可是,她为什么不报警呢?红星新村没人来过,锅炉房的人还打电话催他去上班,没有任何证据显示他已经落入警察的视野。那么只有一种可能:冷薇没有报警。

有那么几天,陈步森幼稚到一个地步:认为冷薇真的赦免了他。陈步森自从听了苏云起的话之后,思考问题变得简单,他想,我认了我的罪,她是不是也会原谅我?陈步森不能肯定,但愿意相信。他真的想象了冷薇如何赦免他的情景:他去找她,哭着跪在她面前,结果她就用手抚摸他的头发,说,你已经改过了,别人不知道,可我知道,过去的事就让它过去吧,我不记得了,对那件事我真的失去记忆了,永远也想不起来,从今天开始,一切都是新的了。陈步森想象完了,忧愁却重新飘落入他心中,因为他知道那是他的想象。

可是为什么冷薇不报警?陈步森不知道。又三天过去,他快要被逼疯了，不吃不喝整天在房间里睡，好像昏迷一样。睡到第二天上午，有人在推他，把他吓了一跳，陈步森正在做梦，梦到警察朝他围过来，一个警察对他说，你小子藏得真深啊，然后突然对他亮出手铐。他睁开眼睛，以为警察真的来了，浑身哆嗦，可是站在他面前的却是刘春红。

地上放着行李。陈步森说，回来了？

刘春红看了他一会儿，伸手就左右开弓扇了他十几个耳光。陈步森一声不吭地让她打。打完了，刘春红说，你怎么进来的？陈步森说，撬的。刘春红说，狗改不了吃屎。这句话让陈步森心中如针扎一样，他觉得自己是圣洁的人了，可是她说他改不了吃屎，她说的没错，他还是没改。

你想走就走，把我一个人抛在那里；你想来就来，撬我家的门？刘春红说，是不是要我感谢你撬我的门？要不要？因为你没撬别人的门，你撬了我的门，是看得起我？她又扇了他几个耳光。陈步森还是忍着。最后他说，对不起你。

刘春红坐在床上不说话。陈步森说，我是个罪人。刘春红说，本来就是嘛，有什么稀罕的。陈步森说，我没地方去了。刘春红说，你不是找你的女人才回来的吗？怎么，她没有收留你吗？至少她可以送你进监狱，解决你住的问题。陈步森说，我真的要进监狱了，因为我把该说的都对她说了。

刘春红就回过头来看着他，有好一阵子她没说话，在判断他有没有说假话。陈步森说，我配合医生向她回忆了那天晚上的过程，她恢复记忆了。刘春红问，那你还能活吗？陈步森说，我逃出来的。

刘春红站起来，狠狠地踢了他一脚。

你不能在我这里住了。她说，迟早会有人来找我问你的事，这里不安全。我的车还在下面,我们再跑,跑得远远的。

陈步森说,春红,我不想跑了。

刘春红说,那你想死,是不是?

陈步森说,我也不想死。我改了。

……刘春红骂道,你改个屁,改能让你不被枪毙吗?改能让你不被抓住吗?你这样的人,还改?命都保不住了。少啰唆,快跟我走。

陈步森说,我怀疑现在警察都知道了,每个路口都有我的照片,我们连高速路口都过不了。

刘春红沉默了……她突然抓狂,双手在陈步森身上猛打乱抓,喊,好你个陈步森,你混蛋,你害得我好苦,弄得我人不像人鬼不像鬼!

说完哭泣起来。

陈步森站起来,把衣服弄好,说,那我走了,你保重。

刘春红抓住了他,说,别,你到哪里都是找死,我有一个出国的朋友有空房子,在建国路,你就藏在那里。陈步森,你离不开我的,也只有我肯救你,你是我的,死了也只有我替你收尸。

陈步森说,我不能再连累你了。

刘春红骂道,你连累我还不够吗?到时候我跟你一起算总账!

当晚,陈步森和刘春红来到了建国路的房子。刘春红让他待在这里,什么地方也不要去,她住在她自己的新房里,会出去打探动静,然后到这里告诉他消息。她买了两个专门的手机卡,供两人专线使用。刘春红说,那个女人已经抛弃你了,从今天开始,你物归原主。

第十八章　我是否痊愈？

在接下来的一周内，陈步森在钟摆的两极摇荡：有时他沉浸在幸福的喜悦中，忘却了所有的烦恼；有时他又活在恐惧中，急切地想知道冷薇获知他是凶手之后的反应。虽然他明白结果不可能是好的，但仍然心存希望，陈步森一遍又一遍地回忆和冷薇一家和谐相处的时光，不过他也知道，这种感觉可能一去不复返了。

但并没有针对他本人的危险出现，一切似乎是平静的。刘春红到精神病院和冷薇的住处附近打听过，没有得到指向陈步森已被发现的任何证据和消息。这是否意味着冷薇真的没有报警？或者是她对突然发生的变化心存疑虑？这种转变是巨大的，对于冷薇来说，如果不是亲眼所见，凶手出现在自己面前并和她成为朋友的事实是万万不可能的，直到现在，她仍无法相信，她宁愿相信这只是一次特殊的治疗行为。但冷薇认出了他。她的确认出了那个人，那个摁住李寂使他沦于暴击致死的凶手。房间里的凶手和医院里的朋友，哪一个更真实？如果亲眼所见的都是真实，那么作为杀手和作为朋友的陈步森都是她亲眼所见。

相信这是一个奇怪的空窗期，一切消息都停滞了。陈步森心中想了解真相的愿望却越来越强烈。不是要了解案情的愿望，而是要了解冷薇对他的态度是否改变。陈步森终于耐不住了，偷偷地跑了出去，他想到医院去看看。

陈步森潜到凤凰岭，接近精神病院的大门时，发现了一个让他吃惊的画面：冷薇正在离开医院，她出院了，淘淘和外婆也来了，还有几个他不认识的人，他们正在上两部出租车。陈步森看到冷薇时，心跳得快要窒息了：她穿着蓝色套装，头发修饰得整整齐齐，仿佛出殡的遗孀。她虽然痊愈了，但是在陈步森看来，她的眼神仍是飘散的。在离开之前，她往医院的大楼看了好一会儿，看的时间太长了，以至于众人催促，她才上了车。

车子向城里疾驰而去。

陈步森跟上了。他慢慢地跟踪到冷薇家的楼下。他胆大包天了。从看见淘淘的那一天起，这个人就变了，变得无所畏惧，或者说变得鲁莽和愚蠢。陈步森躲在大树的后面，注视着冷薇一家上了楼，完全从他的视野消失。他的心中弥漫上来一股忧伤：他觉得他永远失去了上楼进到那个房子的优待。

陈步森产生了一个大胆的想法。第二天上午，他来到了他第一次遇到淘淘的地方：幼儿园。他觉得从孩子身上了解信息既方便又安全，即使遇到危险也能迅速脱离。陈步森来到幼儿园时，孩子们还在上课，他只好一直等待。陈步森在附近不停地溜达，看上去他真的是疯了，一门心思就在冷薇一家身上，忘记了危险，也忘记了自己犯的罪。

淘淘终于出来了。他刚到草地上就发现了陈步森，大声叫刘叔叔。

陈步森立刻明白淘淘到目前为止并不知情，心中竟有狂喜之感，跟他第一次在这里试验出淘淘没有认出他时一个样。陈步森对淘淘招手，淘淘跑过来，问，刘叔叔，你为什么不来看我，带我出去玩儿？陈步森不知道说什么好，他说，叔叔忙呢。淘淘说，你带我去玩。陈步森问，你妈妈在家吗？淘淘说我妈妈病好了，在家做饭给我吃。陈步森问，她说到刘叔叔了吗？淘淘歪了脑袋想，说，没有，因为你不到我们家来了。陈步森低下头，他在想为什么冷薇在家不说这件事？难道一切真的过去了吗？或是冷薇还没有完全醒来？她只是随着自己的愿望，什么东西应该醒来什么东西应该沉睡，分得很清楚？还是她知道了真相，只是不愿意承认？陈步森脑中瞎想，混乱一片。这时，淘淘闹着说，刘叔叔，你要带我去玩。

陈步森想赌一把了，他的第二个疯狂的举动，就是在中午的时候提前接走了淘淘，他跟老师说淘淘需要去治牙，老师认得他，就让他接了孩子。陈步森带淘淘结结实实地玩了一把，打发了一整个下午的时光。然后在放学时准点把淘淘送回幼儿园。然后他躲在远处等待。

在接孩子的人潮中，陈步森赫然看到了冷薇。她仍像孀妇一样，面无表情，接了淘淘就骑单车走了。可是她突然停了下来，脚踩在单车上，头四下转动，当她的脸朝着这里看过来时，陈步森觉得魂飞魄散。冷薇的表情是震惊的，眼神恐怖地四下搜寻，陈步森知道她要搜寻什么。他的呼吸越来越紧，身体有一种极度的疲倦感，慢慢地蹲下去，想，过来吧，把我抓走，这样就好。

但冷薇又慢慢地转过头，骑上车子走了，越骑越快。陈步森不知道她会骑到哪里？去报警吗？他悄悄地跟在后面，看见冷薇把孩子送回了家，又从楼上下来，她穿了一件风衣，一个人慢慢朝郊外的方向走。陈步森跟在后面，看她的样子似乎不是去报警。陈步森就悄悄地跟着她走。

冷薇家的后面是一片杨树林，树林后面是一条河，河边长着一排水柳。这里没有开发，所以显得荒僻。空中飘浮着杨絮，一切是安静的。陈步森跟着她，一直走到河边。他看见冷薇一个人孤零零地站在河边，看着河里的一截枯木发愣。

当她回过脸来的时候，就呆住了，她看见他了。冷薇的脸出现震惊和疑惑的风暴。陈步森也不离开，他慢慢地走了上去，他觉得自己要是不走上去，回去就会马上死掉。所以，他现在什么也不怕，他已经认了自己的罪，接下来怎么着就怎么着吧，反正我要见她一面，把一些事再说清楚，否则我憋也要憋死了。

他走到她面前时，两个人谁也没说话……后来陈步森说，你好吧？冷薇看着他，说，你把孩子带走的吗？陈步森说是。冷薇问，为什么要这样？陈步森说，他想出去玩。冷薇问，你是谁？陈步森说，陈步森。冷薇不说话了。陈步森就再也说不出一句话。他的喉咙好像有一个开关，掌握在冷薇手里。冷薇说，你到底是谁？为什么跑到我家里？陈步森不吱声。冷薇看着他，你是骗子，你骗我说你是陈步森，是不是？陈步森说我就是陈步森。冷薇说，你为了治我的病，是吗？你只是一个工人，为了治我的病，才配合的医生，是不是？陈步森说不是，我就是那天晚上到你家的人，我们杀了你丈夫。

冷薇的下巴开始哆嗦。冷薇说，你胡说的吧？你杀了人怎么还敢来见我？有这样的人吗？她的声调都变了。陈步森就当场流出眼泪来，说，所以我错了。冷薇奇怪地注视他，说，你真的跟我开玩笑是不是？别这样。陈步森就扑通一声跪在她面前，说，我向你认罪！

冷薇的全身突然狂抖起来，如同发疟疾的人一样在瞬间发作，她说，你别骗我了好不好？你是小刘，你怎么可能杀人？你不是陪我散步吗？你不是给我送吃的吗？你不是带淘淘去玩吗？你怎么可能是杀人犯？你干吗要折磨我？

陈步森泪流满面，说，我是带淘淘去玩，我是给你送吃的，所以我是杀人犯，我真的是，你不相信你看见的吗？我就是那天晚上站在你面前的那个人，我叫陈步森。

冷薇说，有你这样的人吗？我不相信，你真的是吗？你杀了人还来见我？你真无耻！滚——！为什么跟我说这些？……

陈步森站起来了。他心中掠过恐惧：她明白了，现在看来，这些日子她仍然不明白，或者不愿意明白，或者不愿意相信。可是现在，就是此刻，她真的明白了。陈步森好像完成了一个任务：把真相完全作了一个交托和了断。陈步森知道接下来会发生什么。他想，我要走了。因为她随时可能会真的确定那个事实，在她确定之前离开是安全的。

我听你的话，滚。陈步森说完，就快步离开了。

冷薇并没有跟上来，也没有看他。她蹲在了地上。

现在让我们开始另一种审视，我们从来没有仔细地注目这个女人。因为自从她丈夫死去，她的心就紧紧地关上了。也许这不是一种病，恰恰是一种保护自己的方式。如果说忘却是一种无法克服的困难，病就是一个好办法，因为它是另一种更大的困难，它令人软弱，让你的无法忘却成为一次小恙，根本不足称道。眼下这个女人就是这样，否则就不会陷在梦中不愿意醒来。冷薇不愿意承认李寂的死，也不愿意承认自己有病；她不愿意相信曾有一个叫小刘的人和她发生过那么多的事，也不相信他突然变成了陈步森，在那天晚上参与了杀人事件。说白了，她愿意重新回到忘却中，就是病中。

在那天的治疗中，冷薇认出陈步森后，巨大的疑惑降临。她无法断定这是怎么一回事儿，所以她没有把真相告诉母亲，淘淘更是一无所知。冷薇把医院的最后几天时光仍存留在了最后的幻梦中……除了她自己，谁也不知道那个秘密。它成了两个人的较量：陈步森和冷薇的心理较量。因为不愿意确定陈步森的身份，所以连带不愿意承认李寂的死。所以，冷薇回到家后的几天，没有为李寂流一滴泪。好像那个事情并没有发生，李寂只是出长差了。母亲觉得很奇怪，她几次提到女婿的死，女儿都没有反应，她只是不停地为儿子做饭，好像要补回病中对儿子的亏欠。

冷薇的再度忘却遇到阻碍。母亲老是不停地提起陈步森，她历数了这个叫小刘的人的种种好处，详细地回忆陈步森第一次跟她认识后做的每一件事情，当冷薇倾向于相信自己的眼睛，确定陈步森是那天晚上的凶手时，母亲历数的陈步森的功绩就会把她的假设打得粉碎：一个凶手是不可能做这些事的，除非这人疯了，要么像她一样患了失忆症，根本就忘了杀人的事，才有可能抵抗住那么大的心理压力，接近被害人一家。所以，母亲的唠叨更加证实了冷薇对陈步森是凶手的想象是一种无稽之谈，她更愿意相信那只是一次治疗。儿子淘淘天天闹着要见刘叔叔，更让这个男人不但脱离了所有危险的结论，反而成了一个英雄。至少儿子是崇拜他的，那是一个会让他高兴的会做地瓜车的英雄。有一天，冷薇问儿子，你那么想见小刘叔叔，难道你不想爸爸吗？淘淘说，爸爸从不跟我玩，小刘叔叔会带我玩，给我做地瓜车。

所有上述的阴差阳错让陈步森有了喘息之机。但陈步森显然没有好好利用这个机会。他再次把自己送到冷薇面前，当着她的面证实了自己是谁，彻底地击碎了她最后的梦。冷薇从河边回到家里，当她从抽屉里拿出丈夫的遗像（她一直把它放在抽屉里不想看它）时，第一次扑倒在上面，大声哭泣起来。自从那件事情发生后，冷薇从来没有这样哭过，今天，她终于哭了，哭得那么伤心，好像要把一辈子的泪水全流光。

母亲也伤心地哭了。她轻轻地抚着女儿的背。不过，她是欣慰的。女儿出院后奇怪的冷静让她怀疑冷薇是否真的痊愈？一个经历过那种大灾难的人会对亲爱丈夫的死无动于衷，让老太太心中疑惑。现在女儿终于哭出来了。她说，孩子，你终于哭了，你终于知道哭了，孩子，你真的好了。

妈。我是好了……冷薇对母亲说，可你知道我是怎么好的吗？因为他，我认出了一个人，他，他是杀李寂的凶手！

谁？母亲问道，他让你好了？

陈步森。冷薇说，就是我们家的"恩人"，小刘。

河边见面之后，陈步森完成了自己的全部任务，却没有得到喜乐和平安，反而崩溃了。当冷薇向他说出"无耻"和"滚"两个词之后，他就完蛋了。二十年来陈步森没少听到这两个词，但从来没有今天这么大的杀伤力。那个女人等于向他宣布了一个结论：你陈步森无论做什么，做了多少，你仍然改变不了无耻的命运，你的出路就是滚。半年来发生的所有喜悦之事都是不真实和虚空的。在苏云起面前的悔改也没有改变这个事实。那也是一种想象。

他对刘春红说，你说得对，我就是我，改好也改变不了我，做好事也改变不了我，我就是陈步森，这是谁也改变不了的。刘春红说，我可以改变你。陈步森注视她，说，你也改变不了我，你算老几。

现在的陈步森才知道：自己没有变，那个巨大无比的梦破灭了。

一切还和原来一样。他的身份不但是凶手，还是流氓。凶手还想得到被害人的称赞，不就是无耻吗？

从河边回来的当天晚上，陈步森完全忘记了还有希望这两个字，也忘记了冷薇。他竟然去做了一件事，这件事就是在他遇见冷薇之前也不会做的事：嫖妓。以前大马蹬和土炮他们找小姐到宿舍胡混，他都是望风的。可是今天晚上，陈步森却自己一个人来到了大马蹬经常去的地方。那是一个肮脏的地方。陈步森上了楼，对妈咪说，把你们最好的小姐找来。他一连找了四个小姐，一共操了四回。操一回就去桑拿池泡一回，然后再干。到第四个的时候，陈步森干得非常持久，竟然做了一个多小时。那个小姐大声喊痛，说，第二次的都很久，可你也太久了。陈步森说，我操死你！你算老几。

陈步森精疲力竭地躺在休息大厅的躺椅上，他好像是睡着了，又似乎是昏迷着。他做着梦，梦中有几千条蛇在坑里缠绕，而自己就在那坑里。到处是黏液。陈步森觉得快活和恐怖一起被搅入池里，他在不停地射精，蛇也在不停地吐黏液，两种东西混在一起。他想喊，却发不出任何声音。

陈步森醒来的时候，脑袋是空的。他离开了桑拿，来到了街上。此时是半夜，陈步森蹲在马路当中，抱着头。他想起了冷薇，也想起了苏云起。陈步森觉得非常难过：自己努力过，帮过冷薇，也悔改过，但现在怎么会一下子都没有了？一切又回到了原来的模样。

陈步森坐在江边，挨到了天亮。他打了一个电话给苏云起，苏云起很奇怪他会这时候突然打电话给他，这时才只有五点钟。陈步森问他，人会不会看到了希望，后来又看不到了。苏云起说，我第一次认识了你陈步森，即使我后来几十年没再见你，我能说没有你这个人吗？不能，如果我说世界上没有陈步森这人，我是说谎的。悔改不是感觉，而是相信一个事实。你在哪里？你能到我这里来吗？

陈步森来到辅导站时，苏云起领着一堆人在商量事儿。陈步森意外地看到了表姐周玲。她急切地问他最近的状况，问他到底发生了什么事，为什么老是关手机。陈步森不置可否。表姐说，你悔改了就不能还在外面游荡，要到辅导站来。陈步森说，我改不了。

苏云起问他为什么这么想。陈步森说，我配不上做好人。苏云起说，我们不是说过吗？悔改是生命关系的恢复，跟行为没有关系。陈步森说，可是我相信自己改了也没用，我又做坏事了。周玲说，你改了，就得有个新的朋友圈子啊，得来这里听课啊。苏云起让周玲别着急，他问陈步森到底发生了什么事？陈步森不说。周玲说，你得说出来，我们才能帮你。陈步森说，我本来不想做的事，后来又去做了，我没听苏老师说道理前，做坏事心里还没那么难受，现在明白了，倒更麻烦，我现在心里难受得要死。苏云起说，有一个比喻说，改好后又回到过去的人，好像猪洗干净又回到旧的猪圈里打滚。这句话让陈步森非常难为情。苏云起说，你为什么比以前更难受？因为你以前没有看到生命的意义，没有幸福感，现在你有了这种幸福感，可是你又做了不好的事，因为生命的性质是公义的、神圣的、洁净的，你沾染了恶和罪，生命的意义就必须暂时离开你，好维持它的属性，你失去了幸福感，你就比不知道它的时候更痛苦。陈步森说，是，我是更难受了，所以我不想挺住了。苏云起说，这由不得你，也由不得我，你已经有了那种圣洁的感觉，说明你的心灵已经苏醒并发挥功效，你的心灵敏感了，是谁也挡不住的。陈步森问，那我怎么办？苏云起说，悔改。继续悔改。周玲说，那种幸福感只是暂时离开你，是为了维持生命的公义，你如果向它悔改，它就赦免你的罪，这种特殊的幸福感就马上恢复。

陈步森这才知道了为什么现在自己会如丧考妣。嫖了一个晚上，真的有一种东西离开了他，喜乐和平安也像小鸟一样飞走了。陈步森在心里对自己说，我昨天晚上破罐破摔，可是现在发现，罐子并没有破。

　　谈话结束，陈步森心中轻松了许多，他开始相信苏云起说的话。但他仍然无法把冷薇忘记，她最后说的那两个词磨砺着他的心。为什么我认罪了还是有些不平安呢？可能我在良心面前的罪被赦免了，但在冷薇面前的罪没有被赦免。

第十九章 诱捕抑或诱惑

陈步森一直躲藏在蜗居里,他的心是摇荡的。当他觉得透不过气来时,会去辅导站走走,然后心情就会平复。可是没过多久,陈步森眼前又出现挥之不去的冷薇的影子。

刘春红经过仔细的打听,给陈步森带回一些消息:冷薇目前还在家中养病,没有上班的打算;她还探听到,李寂案的侦查处于停滞的情形,似乎上头没有积极破案的决心和耐心;更重要的是,没有任何迹象表明冷薇已经报案。这样看来,陈步森可以肯定地说,冷薇知道他是凶手,但没有报案。

也许真的是你的善举感动天地了。刘春红对陈步森说,可是,那个女人难道会因此不管自己丈夫的死活,放过一个凶手?陈步森问刘春红,如果是你,你会吗?刘春红摇头否认,我不会,你就是对我再好,也好不过死人,死者为大,我一定要把凶手抓到。陈步森说,可是,也许冷薇和你是不一样的人。刘春红讥笑道,如果不一样,那我才是有情有义的女人,她只不过是烂货。陈步森就扭过头不和她说了。刘春红说,你被她迷住了,你不要不承认,我告诉你,送你上刑场的一定是这个女人。

陈步森不愿意相信、也不相信结果会是这样的。不知道从什么时候开始,一向对所有人都缺乏信任感的陈步森悄悄改变了,他突然变得又傻又痴,变得会轻易相信一些别人不容易相信的东西,比如冷薇会原谅他之类。虽然从道理上讲陈步森一百个相信刘春红的话,但他总是在心中蕴藏盼望,不是为了逃罪,而是为了一种特殊的感觉,他觉得冷薇应该最终会原谅他。

所以他对刘春红说,我总觉得她最终会原谅我。刘春红说,凭什么?就凭你为她做那些破事儿吗?陈步森说不是。刘春红问,那凭什么?陈步森说我不知道,我只是觉得应该是这样。刘春红盯着他说,你脸皮可真厚啊,杀了人家丈夫还要人家原谅,世界上有这样的事吗?有这样便宜的事吗?如果这样,大家都可以随便杀人了,因为杀了人可以做些事给他就好了。陈步森摸着脸,说,我知道这是太便宜了。刘春红就问,你明明知道这不可能,怎么会有这种荒唐想法?啊?陈步森说,不知道,我真的不知道,我只知道,如果能互相原谅,多好啊。刘春红用手指指他,你就是不知道在哪里吃错了药回来,成天想着这种荒唐念头,才会大着胆子去见她,去跟她认什么真相,然后还送上门去让人抓,我告诉你,总有一天你就会因为这个被抓住枪毙,就一切完蛋了,你这些荒唐念头到底是从哪里来的?陈步森说,不知道……心里怎么想就怎么说呗。我知道让她不讨我的罪不可能,可是我总是想,她难道真的一定要逼我死吗?我们在一起的时候,多好,那都是假的吗?刘春红马上说,假的,什么是真的?让我告诉你,你是杀人犯,这是真的。别的全是假的。陈步森说,可是,自从看见她儿子以后，我就不会再杀人了。刘春红说，不对，只要你杀过一个，你就永远是杀人犯，你别自以为不是。陈步森说，我知道要她原谅我不公平，但我心里觉得，她应该会这样做，我弄不清楚这是怎么回事，但我相信这样才是好的。

刘春红问，这样是好的吗？你不是说这样不公平吗？那么我现在问你，陈步森，不公平是好的吗？

不好。陈步森答道。

那你为什么会觉得，一种不公平的事会是好的？

不知道。陈步森说。

刘春红最后问，我说了这么多，你现在还相信她会原谅你吗？

头脑不相信。陈步森说，心里相信。

陈步森，你完了。刘春红说，你他妈的完蛋了。

我真的完蛋了吗？陈步森看着对他失望透顶的刘春红，一句话也说不出来。他知道自己的前途也许真的很黑暗了，只是自己看不见。按道理他应该去自首，他之所以不去自首，是因为他现在尝到了生活的美好滋味儿，他不想死；他也看到了希望，一个被害者都能和加害者那样和谐地相处，谁还会想犯罪呢？至少他陈步森是一辈子永远不会、也不想犯罪了，这是他能肯定的；他不想死，是不想承担杀人的责任吗？不是。陈步森知道自己很可能死，但他死不死和冷薇原谅不原谅是两回事儿，陈步森一直相信她会原谅他，虽然他知道这不公平。如果他不相信她会原谅他，就他和她过的那些日子全是假的，就他陈步森半年来的美好心情也是假的，就人要改过自新是不可能的？陈步森不相信会是这样。虽然他无法解释公平的问题，但他仍觉得，如果只讲公平，那就简单了，她把他杀了，还了债，如此而已，可那多可怕也多乏味啊。陈步森越想越糊涂了。

刘春红说，陈步森，你不是中了邪，就是被什么人灌了迷魂汤，我告诉你，这个世界上绝对没有这么便宜的事，你杀了人，就应该偿命，这事到哪里说都一样，你要是不想死，就只有逃，逃过初一，再逃十五，逃过十五，再逃三十，一辈子永远逃下去，知道吗？我都把我的一辈子给你了，陪你逃了，你还不明白吗？

陈步森喃喃地说，如果这样，我干吗要逃呢？我又不怕死，我本来就差不多死人一个了，如果是这样，我不如再去杀人放火，那样不是更舒服吗？

刘春红斜了他一眼，那你就再去杀人放火吧。

可是，我现在不想这样干了。陈步森说。

刘春红说，那你就赶紧逃啊。

陈步森说，我既不想再杀人放火，也不想逃。

刘春红问，那你想死？

我也不想死。陈步森说。

刘春红被他噎住了，一句话也说不出来。最后，她扔下一句话，你不是疯了，就是想做神仙了。

说完，她头也不回地从门口出去了。

陈步森把头埋在被子里，想，我是不是真的疯了？我不想死，也不想犯罪，也不想被抓住，也不想逃，我现在脑袋里一团乱麻。陈步森想，如果我像冷薇一样，什么都忘记了，多好。可是，会不会有一个像我那样的人，帮我恢复记忆，就像我帮她恢复记忆一样。我现在连疯都不可能了，我真的是没路走了。

那么我死吧。我并不怕死，我要证明给他们看。这时陈步森想到了一个人，就是他的母亲。陈步森想到自己死的时候，很奇怪地就想到了她，以前他绝对不会这么想，人都要死了，还会想到那个他恨的老女人？可是现在，陈步森突然想起母亲了。有一种生离死别的感觉把他和母亲紧紧拉在一起。陈步森想在他做某个重大决定前见她一面。

陈步森真的出了门，偷偷往角尾方向去。

这是陈步森第一次自己一个人去见母亲。过去都是表姐拽着。陈步森来到了养老院，看到母亲生病了，正躺在床上。她见到儿子突然来临，眼泪就流出来了。陈步森坐在她床前，伸了伸手，母亲一把握住了它。陈步森想说的话却一句也说不出来。母亲一边流泪一边说，你来了？你来了？你怎么会来啊？陈步森说，嗯，我来了。母亲说，可是我要死了。陈步森没吱声。母亲说，你恨我吗？我知道你恨我。陈步森这时突然说，我不恨你。母亲就坐了起来，问，真的吗？你不恨我吗？你在骗我。陈步森说我没骗你。母亲又哭了，说，我要死了，看见你爸骂我，叫我滚回去。陈步森说，如果我死了，你会哭吗？母亲就放声大哭，儿子，你怎么说这样的话呢？我会死，你不会，你要好好活，要原谅你妈……陈步森说，我原谅你了，请你也原谅我。

陈步森见母亲面的时间很短，他把身上的钱都留下了。然后他就走了。

陈步森完成了十几年在梦中出现过无数次的场面，过去他觉得要实现它无比艰难，现在却轻易地做到了。

因此他认为，冷薇应该会原谅他。

可是陈步森恐怕等不到那个时间了。他在极度难耐的等待中产生了糊涂的想法。

陈步森这一次的自杀念头和过去不同，过去是激烈的，这次是平静的。他觉得这样的死亡方式最好：选择一个人迹罕至的地方，从海边的高崖上纵身跳下，就这样消失了，谁也找不到他。就像消失在永恒里。

　　他翻了地图。在樟坂往东一百里的老东山海边，有一处叫清水岬的地方，听说有十几人在那里自杀成功。陈步森坐车去看过，果然是个好地方。从岬头上往下到海面，至少有五十几米高。原先这是一些高崖跳水爱好者的训练台，后来因为有人自杀，就再没人敢来了。陈步森走上了岬头，往下看海水，想，如果我往下跳，我一定死。

　　陈步森想到了冷薇。他的所有痛苦在于一种暧昧不清的结局。如果冷薇对他说，我原谅你了，他就活过来了；如果她对他说，我要你偿命，你去死吧。那么他就会毫不犹豫地从这里跳下去。可是，现在的情形是，冷薇的口紧紧地闭上了，她什么也没说。一切都是死寂的。既没有报案，也没说原谅。

　　陈步森望着深深的海面，蓝得很深，在海面的上方，有极其美丽的云霞，它铺展在天空，像金色的羊绒细密地织在天上，太阳光从它的缝隙中刺出来，如同一声嘹亮的呼召。陈步森想，上帝应该就在那里住吧？那就是天堂吗？如果我往下跳，我的身体落下的同时，我的灵魂会往上飞，进到那个云层里去吗？陈步森没有把握，流下了眼泪。

　　我这是怕死了吗？过去陈步森和别人玩不怕死的游戏，在火车顶上比过隧洞时谁先低头，他陈步森总是最后一个低头。他不怕死。但最近他却总是在死亡面前犹豫。他想：我为什么要死呢？我不是已经认罪了吗？还怕什么呢？陈步森想给冷薇打电话。他给她打过几次，她只听他说，却一声不吭。陈步森想，今天我要告诉她，和她告别。

　　电话通了。陈步森说，我是陈步森。对方仍没有说话。陈步森说，我知道你在，我是向你告别的，现在，我想结束自己的生命。这时，他听到了她的呼吸声。陈步森说，没有什么怀疑的了，我杀了他。现在我要自杀了，我们这样应该算是公平的了吧？……这时她说，你不要这样。陈步森问，你说什么？冷薇说，你不要这样。陈步森问怎样？她就说，你不要死，我们的事还没完呢……陈步森就哭出来了，说，你什么话都不说，电话也不接。她说，我以后会接。说完就挂断了。

陈步森坐在崖上放声大哭。冷薇简单的一句话，就让他感动得失声痛哭。他好像看到了希望。他不想死了。陈步森决定回头，在天黑之前他坐车回到了樟坂。

……接下来的几天，陈步森不时地打冷薇的电话。她和他维持最简单的对话，语气不冷也不热。陈步森一听到她的声音，心跳就骤然加速。他在捕捉精神病院的那个冷薇，可是，这种感觉是捉摸不定的。有时，她像是医院中的她；有时她又显得非常陌生。

她开始不断地问他在哪里？引起陈步森警惕，难道她是想诱捕他吗？有一次他在家里打电话，冷薇问他在哪里？陈步森说，你为什么要问我在哪里？冷薇没吱声。陈步森说，我在哪里不重要，重要的是你原谅我吗？冷薇还是不吱声。

过了几天通电话时，冷薇说，我原谅你了。陈步森说，真的吗？冷薇又问他在哪里？说想见个面。陈步森心中起了疑惑，他说，我很想跟你见面，都快想疯了。她说，那你快来啊，你到我家里来。陈步森觉得她的话中有怪异的味道。但他不敢怀疑她，也不想怀疑她会把警察引到家里去。他说，我没脸见你。她就说，那你为什么到精神病院来？陈步森说，那时你还没醒过来。

冷薇开始主动给他来电话。陈步森虽然很不愿意去怀疑她的动机，但他的心像钟摆一样犹豫不决。有一次刘春红来看他，刚好冷薇的电话来。刘春红一下子把他手中的手机夺走扔在地上，说，你找死啊？你不知道手机也可以侦测出位置吗？陈步森低下头说，我不相信她会这样做。刘春红说，你完蛋了，现在谁也救不了你了，你正在往她设置的网里钻。你离死期不远了。

陈步森不想想象冷薇如何带着大批警察来缉捕他，虽然她这样做天经地义，但陈步森仍无法忍受。他仍然悄悄地给她打电话，她一听到他的声音，就问他在哪里？陈步森说你为什么总是问我在哪里？冷薇说，我原谅你了。我只是想见个面。陈步森不说话。她就问，你不相信我？陈步森说不是。她说，你就是不相信我。你为我做了那些事，我不认为你有多么坏，所以我原谅你。陈步森眼泪滴在电话上，我不值得你原谅，但我一直在等你这句话。我告诉你，如果你想抓我，没有必要在电话里对我说好话，我会让你抓。冷薇说，我在电话里说什么了？陈步森说，我总觉得你没原谅我，你是不是因为要把我抓住才这样说的？说让我放心的话？她说，你爱怎么想就怎么想吧。陈步森说，对不起，我不是不相信你，我知道我就是死一万次也不能对你弥补什么，但我真的希望你原谅我。冷薇说，我说过，我原谅你了，你怎么还不相信呢？我们可以见个面。陈步森说，谢谢你，只要你原谅我，我可以马上跟你去见警察，真的。冷薇问，什么时候？陈步森又不吱声了。因为他从冷薇过于急切的语气中听出她很想马上拿住他，然后他从中推测出，她也许并没有原谅自己。

他们又进行了几天的对话，好像一种捉摸不定让人疑惑的游戏。陈步森总是觉得里面有让他狐疑的地方。冷薇却总是问他在何处，然后要见面。陈步森对她说，我最想告诉你的是，我真的不怕被抓，不是你原谅我我才肯自首，我不想推卸责任，我只是想说，你要信任我，不要防着我。你防着我我会很难过。你用不着叫警察来，也用不着在电话里骗我，我一定会相信你的，我也一定会按你说的话做，但你千万别骗我。冷薇说我没有骗你。陈步森问，你真的没有通知警察吗？冷薇说没有。陈步森又说，你不用通知警察，我就会去找他们，你也不用对我说假话，因为我相信你说的每一句话。冷薇说，我没说假话。陈步森说，我这样做，是为了在我们见面时，能有时间和你说上几句话，我要当面说上几句话，要是警察马上来，就什么也说不成。冷薇说，我们不是一直在说话吗？陈步森说，我要当面对你说，我对不起你，请你原谅我……他泣不成声。

冷薇沉默了。陈步森说，真的，你用不着用话来诱骗我，好抓住我，如果我想跑，我就不会去医院，我不会逃避责任的，你要相信我，你如果相信我，我会觉得自己很幸福，就是枪毙，或者把牢底坐穿，我都不怕了。冷薇说，我都答应你。陈步森说，我楼下有一个派出所，我们见面后，我会自己过去。求你不要通知警察，让我们说上几句话，因为我这次进去就不晓得能不能见面了，给我一点信赖，好吗？冷薇说，好。八点钟在我楼下。自不自首，随你的便，我已经原谅你了，只想见见你。她补上一句：淘淘也想见你。

电话放下了，陈步森的重担撤去，他知道一切结束了。为着冷薇的大度，陈步森内心非常感激。那感觉跟与失恋恋人失而复得一样。

他犹豫要不要告诉刘春红，想了半天，还是把她找来了，说，我明天和她见面。我决定了。刘春红望着他，半天也没说话。然后她大喊大叫，和陈步森扭打起来。她说，你这是要寻死啊，你找她就是找死知道吗？陈步森说，其实她只是要和我见个面，自不自首随我自己。刘春红说，陈步森，你什么时候变成这样？过去的你多么聪明，可是你现在像个傻瓜一样，你是什么时候开始变成这样的？她的话能听吗？一个被你杀了丈夫的人的话能听吗？陈步森说，她没说假话，我相信她。刘春红最后说，你去死吧，我不陪你了。今天晚上你从这里滚出去！

陈步森的衣服被她扯碎了，他说，行，此事与你无关了，我感谢你为我做的一切，你要好好活着，我只有来生报答你了，因为我明天很可能去自首。刘春红哭得弯下了腰。陈步森说，不过我也敢保证，明天她肯定不会叫警察来，无论我过去做过什么，她知道后来的陈步森是谁，我相信她，她也相信我。

……次日清晨，陈步森很早就醒了，他在等待那个时间的到来。他收拾好自己的东西，低头对自己的心——就是自己的良心说，我要去见她，因为你原谅我了，她也原谅我了，我要去谢谢她，然后该怎么样就怎么样吧。

他离开的时候，发现刘春红不见了。

上午八点钟，陈步森准时来到了冷薇家的楼下。他慢慢地接近那里。陈步森想，她该不会骗我吧？他对自己说，你为什么不相信她呢？于是陈步森没有犹豫，大步来到楼下。可是没有见到冷薇。陈步森脑袋里狐疑地旋转了一下，不过他想，还差一分钟，也许她正在下楼。可是他刚抬起头，就看见从四个方向冲出几十个埋伏的警察，朝他扑过来。

陈步森什么都明白了。他叫了一声冷薇的名字。那一声颤抖的叫唤很痛苦。他从二楼过道的窗户上瞥见了她的脸，她正在往下观察，又迅速地消失了，接着他就像被几根粗大的圆木撞倒一样，在一片巨大的吆喝声中，陈步森被警察们死死地摁倒在地上，他们的膝盖快把他的骨头压断了。

第二十章 爆炸性的新闻

经过了漫长而坚硬的冬天，樟坂渐渐恢复了生机，那些蕴藏在褐色泥土下面的种子在阳光的催促下变化形象，长出了各种奇异的花朵，像一次秘密的公开。是因为阳光的照射还是自己生命的理由，它们在特定的时间得以盛开？这才是真正的奥秘。在樟坂，人们是不太关心草地何时返青花儿何时开放的，因为习以为常；大街上走动的人们更关心自己的生计和工作，他们匆忙的身影表明，人几乎总是活在自己的世界中，他们跟生命的关系也仅限于自己。他们拜拜街角的土地公也是为了自己的生活，所以说樟坂人和生命真理的关系模糊，人与人的关系也出了问题，你看，春天的到来并没有给人带来喜乐，路上看不到成群结队春游的人，除了无知的小孩子；至于人和自然的关系就不言自明了，赚钱远比欣赏风景重要得多。只有彻底了解生命和自然秘密的人，才会从自己的耳朵里听到隆隆的春之声的巨响。

但这一年的春天对于樟坂来说，是特殊的。比春天的到来更为猛烈的是那个原县级市副市长杀人案告破的消息。用"告破"一词可能会让警察难堪,因为罪犯是在被害人冷薇的楼下束手就擒的。就是不认定罪犯陈步森自首,也要把功劳算在被害人冷薇身上,是她诱捕了凶手陈步森。至于为什么如此狡猾的凶手会上这样的当,则是让人大跌眼镜的事情,尤其是凶手竟与被害人相识,以至于终于落入被害人手中,更是让樟坂人百思不得其解的。四月十五日,《新樟坂报》用几乎一个半版面刊登了报纸的特约记者、樟坂电视台《观察》编导朴飞采写的长篇报道,文章用了极为吸引人眼球的题目《凶手帮助被害人恢复记忆自投罗网》,副题是:《李寂惊天大案奇怪告破》。文章详细描述了整个案件的经过,尤其突出披露了陈步森和冷薇长达半年的交往过程。

此期报纸一出,发行量大增,增幅大约是平时的三成,李寂案立即成为街谈巷议。这个本来已经快被人遗忘的案子以如此奇怪的面貌重出江湖,实在是让樟坂人吓了一跳。虽然他们仅有的无成本的娱乐就是谈论官员的腐败和外逃、女明星是否怀孕等,据说发生过娱乐记者当场拿出早孕棒要女明星检测的事情。但这次的新闻确实把樟坂人吓着了:一个疑似吃错了药的杀人犯竟然往被害人身上凑,最后以把自己弄进看守所了事。这则爆炸性的新闻一度被人怀疑为一个恶作剧,因为在樟坂人的价值观里,这种事件除了在好人好事的庸俗电影中上演,现实中是不存在的。而谁都知道好人好事是个骗局。《新樟坂报》去年曾报道一个中国留学生杀害所在国的一个外国学生后,被害人的父母居然写信给凶手的父母,安慰他们同受创伤的心灵,并要求他们原谅儿子。许多樟坂人认为这是一则不实报道,是记者瞎编的。樟坂人从来不相信眼睛看不见的东西,在樟坂也没发生过这样的事情,他们无疑有理由不相信。岂料不到一年,以陈步森为主角的同样的事情在樟坂上演。

有多封读者来信认为这件事情的发生有三种可能：第一，这个叫陈步森的人患上了神经病（樟坂人习惯于把精神病说成神经病），有他到主动到精神病院工作的事为证；第二种可能，陈步森因为恐惧死刑，所以精心策划了一场对自己的围剿，编织了一幕痛切忏悔的颂歌，以逃脱死刑的惩罚。这样说来，这个陈步森有极高的智商和足够的心理承受力，能让他一步一步地完成计划，其中，被害人冷薇则沦为他的工具；第三种可能，干脆认为这篇报道是记者瞎编的，至少是夸大的失实报道，为哗众取宠之作。

记者朴飞因为第三种猜测对自己职业信誉的伤害感到愤愤难平。这个朝鲜族的年轻记者素来以敬业著称，若不是亲眼见到那个叫陈步森的罪犯，连他也不相信这事是真的。他是在陈步森被收监羁押后的第一时间，随同陈的律师沈全一起到看守所的。沈全也是朝鲜族，所以他们是熟人。陈步森的表姐周玲在得知陈步森被捕的消息后，迅速找到苏云起想办法，苏云起推荐了他大学历史系的同学沈全律师，大学学的是历史，硕士读政治，博士文凭却因为法律而得，主修宪法学。他开了一家"正名律师事务所"，因为常常开展无偿法律援助而闻名，著名的李小童案就是他的杰作。

沈全个子长得不高，身材却很匀称，生就一副忧郁的脸，喜欢穿风衣，把领子高高竖起，遮住自己的脸。这么说吧，沈全已经四十岁了，看上去只有不到三十岁的年纪，面貌酷似演员刘烨。他喜欢静静地听别人说话，他有足够的耐心倾听，但你不知道他一边听的时候到底在想什么。当周玲向他叙述陈步森案情的时候，他明显地感觉到了她的紧张和急躁，她一再强调她的表弟已经幡然悔悟，否则他就不会做出这样的事情，她要求沈全无论如何要接这个案子，一定要让陈步森免于死刑。连苏云起都觉得周玲过于急躁了,她的要求可以理解但显得过分,沈全却一直没打断她,他只是静静地倾听,周玲最后说,沈律师,我相信陈步森,我相信他不会死,我相信他悔改了,他有理由获得赦免。

我可以说话了吗?沈全问。周玲这才感觉自己的话太多了。沈全说,法律不是相信,是求证。我会尽快见到他的。

周玲把沈全带到角尾的疗养院,让陈步森的母亲委托沈全为陈步森的辩护律师,老太太听到儿子杀人的消息,当场躺在地上大哭大叫,场面弄得很难堪。连周玲也弄不明白老太太平时从不问儿子的事情,为什么现在突然耍泼。经过周玲解释,保证今后她会负责她的生活,老太太才在委托书上按了手印。从疗养院出来,周玲简略地向沈全描述了这个家庭的关系。她说,你要把这个作为证据,证明陈步森的犯罪行为是有原因的,是迫不得已的。

沈全首先接触了警方,警方说他们已完成预审,因为嫌疑人非常配合,所以审问很快就结束了,现在已经由检察院批捕,卷宗都转到市检了。不过,负责此案的马警官还是耐心地向沈全讲述了陈步森案的经过,他说,起先我们也无法相信,以为是被害人的幻想,她得过轻度的精神病,所以我们有理由怀疑,但事实果然如此,我们就很惊讶,我破案这么多年,没遇上过这样的罪犯。沈全问,你相信他悔改了吗?马警官笑了,说实话,我也不相信。

沈全立即把消息告诉了朴飞。以过批准,朴飞和他一起在看守所见到了事件的主人公陈步森。他第一眼看到陈步森的时候,就被这个人的眼睛吸引住了。他穿着蓝白条纹的号服,外面罩着一件黄背心。陈步森的表情很平静,尤其是那一双眼睛,在长达半分钟之久一动不动地注视着他们。他的眸子是透明的,像一双狗的眼睛。沈全向他询问这半年发生的事件时,他很耐心地一样一样问答。最后他问了一句:冷薇怎么样了?

这句话问得突兀,沈全一时不知道怎么回答。他只好说,还好吧,我还没有见到她。陈步森就不吱声了。这时,朴飞问了一句:你为什么愿意自己被抓住?陈步森想了想,说,我杀了人。朴飞又问,那为什么你不直接去自首,要和被害人周旋那么长时间?陈步森看了他一眼,说,我害怕,后来和她相处后,就不害怕了。朴飞问,你对你自己犯的罪有什么看法?陈步森就低头了,说,我是罪人吧,罪人中的罪魁。朴飞听不懂,沈全解释说,他说的意思是,他是所有罪犯中最可恶的那一个。

在报纸的文章出来的三天后,朴飞主持的电视台《观察》栏目第一次播出了在看守所采访陈步森的VCR,并对本案作了初步报道。报纸的文章加上电视上的录像对樟坂人产生了极大的冲击。报社和电视台收到了大量读者和观众的来信,观点从怀疑完全倒向支持陈步森的一边。可以说陈步森在电视上的简短露面产生了很大的效果,因为它很直观地让观众看到了一个痛悔的人和他善良的脸。这张脸很好地诠释了报纸上的那篇长文章,使一切变得可信。悔改竟然产生了那么大的力量,使一个人消弥了对死亡的恐惧,这对于樟坂人来说,真是一件新鲜事儿。

就在舆论向陈步森一边倒的时候,有一个人提出了令人诧异的相反的观点。观点本身并不奇怪,而是提出这个观点的人奇怪,作为本案当事人陈步森的表姐夫,陈三木没有站在妻子一边支持陈步森,反而跳出来提出了一个重要疑问:如果陈步森的忏悔是真实的,为什么被害人仍然要设计诱捕他?为什么长达半年的相处并没有建立凶手和被害人之间的信任?她完全可以领着他去自首,这样对双方都有好处,为什么没有发生如此感人的一幕？原因很简单：这是个骗局，他们并没有建立互信，一切都是假的。连报道都是偏颇的，为什么我们只见到有关陈步森的报道？而没有关于被害人冷薇的报道？所以说，这是一个偏颇的骗局。

朴飞深受刺激。他在自己主持的栏目上回应：他先后三次登门试图采访冷薇，无论是用文字还是影像，却连续三次遭到拒绝。她不愿对此事发表任何谈话。陈三木由此在报纸上发表感言说，因此对于本案的报道是偏颇的，至少有一半的事实不清，已知的一半也无法证明是真实的。

陈三木为什么会开始对自己的表弟无情打击，缘于他和周玲关系的微妙变化。在陈步森进到精神病院和冷薇相处的时候，他和周玲却分居了。恰好在陈步森被捕的那一天，陈三木和周玲正式结束了十五年的婚姻。陈三木对陈步森本来就印象不好，他和周玲的观点相左更是常事儿，所以，他倒向另一边是自然的，不如说他们婚姻的破裂，使陈三木得以名正言顺地表达自己对陈步森案的看法。

这十五年的婚姻是混乱的婚姻，他们结婚了十五年，也争吵了十五年。他们从来不为柴米油盐争吵，他们争吵的话题常常让人望而生畏：比如究竟有没有永恒的问题？或者说永恒在人间以什么方式存在？陈三木认为，永恒是存在的，但绝对不会像他的老婆认识的那样，他对他的老婆热心公益事务烦不胜烦，作为一个享有知名度的文化学者，三十七岁就荣升教授，不到五十岁就当上了博导的人，陈三木在老婆的面前却经常享受不到优越感，反而常常有挫败感：这些聚在一起的老婆的公益事业的同事们有许多是市场卖鱼的，路上蹬车的，还有一些是刚识字的老太太，可是他们却天天在讨论生命的话题，更重要的是亲自去实践它。所以周玲不像一般的女人那样对丈夫的学问高山仰止，反而常常认为陈三木只是口头革命派，只能在门外望梅止渴。

有一次陈三木正在家里给研究生上课，讨论的话题是"终极价值"。陈三木说终极价值就是人类对自身未来的一种体认，是通过对彼岸世界的观照来获得对此岸世界的体认。结果学生展开了激烈争论。他们时而论到海德格尔，时而谈到尼采，争论的焦点在于彼岸世界如果不能达到，那它是否是真实的存在？如果不是，那只能证明人是一种会想象的动物而不能说明任何别的问题。这时，在一边煮菜的周玲突然插进来说，你们别听他瞎掰，他净扯那没用的。陈三木受了刺激，说，那你说说，什么是没用的？什么是有用的？周玲说，没有什么终极价值，那是虚的，我跟他结婚那么多年，他都没给我解释清楚什么叫终极价值，要我说，活生生的生命就是终极价值，生命是第一位的，先有树的生命，才有关于树的书，你们要会爱人，就什么都懂了，就像一个小孩子二话不说，端起一杯果汁就喝，你瞧，果汁就和他有了生命的关系，他哪知道这果汁有什么营养素啊？就吃呗。如果像你们老师那样，一直对着这果汁说上半天不喝，果汁是果汁，他是他，说上一万年也还一样，一点关系没有，有什么用？学生们听了周玲的话很兴奋，有一个学生就说，师母啊，你为什么懂这么多啊？他们知道周玲只上过财经学校。周玲就把两个杯子往桌上一摆，说，这两个杯子是我造的，你叫这个杯子知道另一个杯子的事情，它能知道吗？不能，除非我告诉它。学生豁然开朗。

陈三木严重受挫。这样的交锋在后来的五年中愈演愈烈。后来演变成较量。陈三木和周玲的关系越来越微妙，无论周玲如何把家庭料理得井井有条，如何对陈三木关心得无微不至，陈三木都无法对妻子产生一种爱意，因为她时不时会说出一些高深莫测的话来，让他产生挫败感。尤其是在他的学生面前丢脸，让陈三木脸上最挂不住。学生会情不自禁地要她说话，喜欢跟周玲聊天。夜里，陈三木再也无法正常地和她做爱，有一次他刚爬上她的身体，就萎缩了，因为陈三木突然想起了她说的那些话，立即就泄了气。他不知道妻子怎么会赢得学生的信任，陈三木知道周玲的那一套全是在苏云起那里学来的。但他无论如何自圆其说，都不如作为行动者的妻子说得明白，他在学生面前绕了半天的话，周玲只要几句就点通了。这不由得让陈三木产生奇怪的妒忌。

接下来发生的事情逸出了周玲的视野：陈三木对周玲的爱是建立在他的自信上面的，现在他的自信丧失了，爱也就随之消退。有一天，周玲出差去外地，她回来拿遗忘的机票时，看见了令人不能相信的一幕：一个她从未见过的年轻姑娘坐在陈三木腿上。

陈三木显得很镇静。他对周玲摊牌，说他其实早就在考虑和她离婚的事情。他现在就向周玲正式提出离婚。

周玲向苏云起求助，当着他的面恸哭起来，为自己当初选择婚姻的不慎痛哭。因为当时苏云起曾经让周玲等待，要证实陈三木确已经是自己的同道才能结婚，现在，周玲忍受了十五年的时间，还是得了个破碎的结果。

但她还想作最后努力。陈三木也因为自己先和那女人来往，觉得对不起周玲，所以和她暂时中止了来往。有一天周玲对陈三木说，你跟我到辅导站去吧，让行动来疗治我们的伤痛。

这是陈三木和周玲结婚十五年第一次也是唯一的一次跟她上辅导站做义工。陈三木总是认为，他是理论研究者，而对道德的研究的重要性远超乎给穷人一碗粥。今天，由于很特殊的原因，或者说陈三木也有挽救自己婚姻的想法，就跟周玲一起到了这里。

但接下来发生的事让陈三木彻底了结了他的婚姻。陈三木没想到周玲把他和那个女人的事情，在众目睽睽之下全部说出来，让大家来帮助他们。当时苏云起也在场。陈三木目瞪口呆。苏云起说，陈博士，我们都犯了罪，只要我们承认我们的罪，问题就会解决。陈三木立即说，对不起，我今天不是来认罪的，因为——我不认为我有罪。

气氛就僵了。陈三木说，没有爱，有罪吗？既然说到这儿了，我就告诉你们，我和周玲之间，已经没有爱了，所以也没有背叛。心灵软弱者原会认为自己有罪，那是一个骗局。我想，我会用我的学术表达我对这一切的看法，因为经过这十五年，我太了解周玲，太了解你们了。对不起，我告辞了。

……周玲当场痛哭失声。苏云起把她叫到小屋子里。周玲对苏云起说，我受不了了，我不想努力了。沉默良久的苏云起说，当淫乱发生，合一就已经被破坏了；你要是非常痛苦，就不必勉强，让他去吧。

十天后，周玲和陈三木办理了离婚手续。陈三木在和周玲分手时，说，你保重，不过你是失败的，你教育了多少年的陈步森，还是成了不良少年，我教的学生，保证不会这样。

周玲不发一言。

就在这时，她接到了一个来电，是公安局打来的，他们告知她，陈步森已经因为杀人罪嫌疑被逮捕。现关押于坝头的市看守所。因为陈步森留给警察的是周玲的电话，所以鉴于无法投递的原因，要求她前来接收有关文件，并为陈步森聘请律师。

突然受到离婚和陈步森的双重打击，周玲几乎崩溃。苏云起安慰她说，你放心，因为现在的陈步森，不是过去的陈步森了。他说，我有一个大学同学叫沈全，是很好的律师，你可以请他为陈步森辩护。

当天，沈全就接下了陈步森的案子。

第二十一章 一分钟,妖魔变成了人?

　　陈步森案的突然公开,在樟坂引起了轩然大波,读者大量投书《新樟坂报》展开了热烈讨论,争论的焦点在于:应不应该给陈步森宽大处理?一度有一边倒的观点认为,陈步森是一个彻底悔改了的罪犯,应该给予宽大处理。因为长达半年的和被害人家属的交往,可以证明陈步森已经痛切悔悟。有人甚至荒唐到要求把陈步森无罪释放,说这样的人就是放出去也不会再危害社会。

　　曾经因此获得成就感的记者朴飞今天却遇到了一件让他心惊肉跳的事情。他刚上班进到电视台自己的办公室,收到一个快递邮包,当他打开邮包时吓得魂飞魄散:里面装着一条花蛇,一下子飞到地板上乱窜,整个办公室乱成一团,大家纷纷躲避,发出尖声怪叫。邮包里还有一张纸条,上面写着:罪犯的帮凶,你没有看到被害人的血吗?你没有听见她痛苦的哭泣吗?

　　朴飞不知道这种威胁从何而来,他的心开始哆嗦。主任把他叫进办公室，说，人家寄邮包来也有他的理由，谁叫我们偏听一面之词呢？朴飞说我没有不采访被害人啊？是她拒绝采访。主任问他，谁能证明？谁也不知道她拒绝采访，你就是要千方百计采访到冷薇，否则就说不清楚。朴飞说，好吧，我想办法。

　　实际上在朴飞决定再度采访冷薇的时候，冷薇自己的心情也已经发生悄然变化。当她看到报纸和电视上同情陈步森的声浪一波高过一波时，心里涌起了极大的仇恨。冷薇回到家里是一个标志，在这个家里她轻而易举地回忆起了她和李寂共同生活的种种片断，也许当初她早些回家就可能很快痊愈。她从一个太长的梦中突然醒来，内心引起的震荡无与伦比：丈夫被杀了，自己却和凶手好了半年多。只要一看到李寂的遗像，冷薇的自责就排山倒海，她伏在遗像上痛哭，泪水把相片浸湿变形。

　　母亲看到女儿如此伤恸欲绝，也难过得无法自持。她抚摸着女儿的背说，孩子啊，你可别这样一直不停地哭啊，你的身体都要哭坏了……这事不怪你，都怪我，是我把狼引来的，我对不起你。我怎么也想不到小刘会是杀人的凶手啊。

　　淘淘不懂事，竟然哭着要见小刘叔叔，惹得冷薇火起，所有的愤怒和愁烦集中到一起，她拎起淘淘就是一阵噼里啪啦乱打，孩子大声哭号。母亲一把从女儿手中把淘淘夺过来，说，你拿孩子出气干吗啊？他能懂什么啊？淘淘大喊，妈妈坏，妈妈坏，我要小刘叔叔，我要他给我做地瓜车，我要地瓜车！

　　孩子的喊声像针扎在冷薇心上。她跪在李寂的遗像前，眼泪止不住地往下流，说，李寂，对不起，你看我把这个家带到哪里去了？李寂，原谅我，我们被人骗了，我不是故意这样的，李寂，你不要这样看我，我病了，才被人骗的，我会给你讨回公道，亲爱的，你为什么不来把我一起带走？……冷薇哭得浑身颤抖，扑到了地上，像死了一样。

朴飞就在这时打通了冷薇的电话。他很意外地获得了冷薇同意采访的要求。

不到半小时，朴飞就带着人马到了冷薇的家。朴飞后来描述他第一眼看到冷薇的情形：她穿着一身全黑的套装，脸色苍白，眼睑边留有泪痕，那是一个典型的孀妇。她会在不经意间打一个寒颤，好像被冷风吹到一样。说话的时候，她的嘴唇微微发抖。她的身后，摆着李寂的遗像，正好卡在摄像机的画面里，使得她说的每一句话就像在为李寂伸冤似的。

朴飞开始提问。冷薇的表情迅速聚集了可怕的愤怒，她称这半年来发生的事完全是一个骗局，她是最深的受害者，因为她有病，所以没有意志能力和行为能力。她说，我爱我的丈夫，我非常爱他……说着她对着镜头失声痛哭。朴飞事后没有剪掉冷薇连续的哭泣镜头，这个镜头长达一分钟。这是樟坂电视台播出史上从未有过的镜头，当一个伤心欲绝的女人对着镜头哭泣长达一分钟，你的承受力可能面临考验。但朴飞没有打断她，他静静在等待。冷薇哭得浑身颤抖，朴飞只是一个劲儿递上手巾纸。

冷薇哭到无声，好像进入一片寂静。后来朴飞问她，有人说，因为陈步森已经悔改，所以应该原谅他，你认为应该原谅他吗？冷薇的目光涣散，说，把我烧成灰也不会原谅他，他就在我的眼前，把我丈夫的脑袋砸碎……说到这里她又泣不成声。采访好几次被这样的哭泣打断……他就是死一百次也不能解决我的痛苦。朴飞说，可是，他现在已经被抓住了。冷薇说，公义来得太迟，他这是永远当得的报应，我告诉你，也对所有要支持对他作宽大处理的人说，你们死过亲人吗？

你们在失去亲人之后，又遭遇过欺骗吗？我都经历过。朴飞说，也许陈步森没有骗你，也许他真的悔改了？冷薇问，谁知道？你知道吗？朴飞摇头，我，我不知道。冷薇说，没有一个人相信，只有他自己。谁能证明他是好意？谁又能证明我不是掉入了一个陷阱？朴飞回答，没有。冷薇说，可是，他却赢得了那么多的社会同情，这是一个什么样的社会？说着她又掩面痛哭。朴飞不知道说什么好，虽然冷薇没有一句话在指责他写了那篇文章，但冷薇的每句话都像刀子一样扎在他心上。这时，他的眼角看到在客厅的墙上，挂着一张人像，上面只写了两个字：凶手。画上扎了好多图钉。朴飞内心掠过一种可怕的感觉。

冷薇对着镜头长达一分钟的哭泣，对观众产生了极大的冲击力。该期节目播出后，在樟坂引起了很大的震动。电视台在街头随机采访了五十名观众谈对陈步森案的看法，有四十四人倾向于严厉处置凶手。与节目播出前的情形发生了逆转。大部分人认为，作为一个凶手，取得了比受害人更多的同情的确是不妥的。有人分析之所以对李寂关注不够，是因为群众对官员的同情会低于对一般民众，他们对官员的被害的关注是冷漠的。但自从冷薇对着镜头哭泣一分钟后，至少有一半的人转而同情冷薇，并开始怀疑陈步森长达半年的古怪行为的动机。

但朴飞和他的主任都没料到，后来出了一些麻烦。支持陈步森的观众竟然来到了冷薇的住处，要求和她见面。他们和冷薇进行了半个小时的谈话，劝她放过陈步森一马。冷薇把他们轰了出去。支持冷薇的观众得知消息，也赶了过来，双方发生了冲突。大约有五十人左右，在冷薇家的楼下先是口角冲突，后来大打出手。支持冷薇的一方说，你们没有权力要求被害人赦免。支持陈步森的人反唇相讥，如果我们没权力要求被害人赦免，你们也没有权力要求加害者忏悔。因为他已经为他的罪忏悔，付上代价。警察在二十分钟后到场，劝离了冲突的人群。

这条消息也登上了报纸，陈步森案的争论果然持续发酵。当它登录网络后引起了更大的影响力，首先转载《观察》现场节目文字和音频的《探索》网站的点击率大增，达到了十万人次。几千个帖子上传，支持陈步森和支持冷薇的人数旗鼓相当。问题的焦点集中在两个问题上：第一是关于陈步森案的处理，即陈步森的行为能否使他获得一定程度的从宽处理？第二是深入的理论探讨，妖魔真的变成人了吗？

陈步森在看守所看到了有关消息。自从进到看守所之后，陈步森的话变得更少了。他不想回答同监室的其他犯人的问题，所以没有多少人知道他是谁。但陈步森老老实实地履行一个后来者的义务，承担了号子里的最繁重的劳动：给水池打满水，给全号的人洗衣服，打开水，一天刷两次厕所。号子里的人看着他很奇怪，因为陈步森出奇地顺服。直到电视播出他的节目后，全号的人才恍然大悟：他就是李寂案的主犯。牢头吓得一直向陈步森献殷勤，要把牢头的位置让给他，陈步森说，你还是做你的班长，但我不想洗衣服了。杀过人的嫌犯有一种天然的威慑力。

就在节目播出后的第三天，陈步森被通知有人见面。他感到很诧异，以为是沈律师来。结果来的人是苏云起。苏云起是社会服务志愿人员，通过沈全获得了监狱管理局的许可，得以见陈步森。陈步森看到苏云起的时候，不知道为什么有点鼻酸，好像见到父亲的感觉。苏云起问他，在看守所生活怎么样？陈步森说我很好，请苏云起放心。苏云起说，你表姐不能进来，她托我问你好，本来她带了好吃的给你，可是这里不让带食品。这时陈步森问，我表姐是不是离婚了？苏云起说你怎么知道？陈步森低下头没吱声。

苏云起说，别为那些事烦恼，你要相信，你已经从罪中释放了。陈步森说，我不烦恼。苏云起说，你也从人与人的伤害中得释放了。陈步森不说话，脸上露出难过表情。苏云起说，你不想问冷薇的事吗？陈步森很快地摇摇头。苏云起说，她真的受到了伤害。她醒了，一切都想起来了，她需要时间。陈步森说，您能不能去看看她？苏云起说我会去的。我今天来还想说的一件事，就是你能不能利用这段时间，把这一段的事情写下来，把感想也写下来。陈步森迟疑地想了想，说，我写不好……苏云起说，不是写得好不好的问题，是把见证记录下来，你怎么做的，怎么想的，就怎么写，就是这样。陈步森说，我试试吧。苏云起说，那你保重。

就在苏云起起身要走的时候，陈步森突然问，苏老师，我真的悔改了吗？苏云起说，你怎么会突然想这个问题？陈步森说，我表姐夫说，不可能在一分钟妖魔变成人。苏云起问，你自己也不相信，是不是？陈步森就沉默了。

……苏云起说，就算是个强盗，只要他真心在心底悔改，之后他什么也没做，却在乐园里了。你明白我的意思吗？

陈步森不吱声。苏云起说，你做的比强盗更多，但不是因为你做了事你才得自由，而是因为你的悔改。不是行为，而是相信，相信自己已经悔改，已经洁净。

苏云起离开的时候对陈步森说，不要疑惑，还是要相信。正如你认识了我苏云起，即使你以后不再看到我，你也不能否认有苏云起这个人。这是我说过多次的。你看到的东西是不会忘记的。不要相信你做的，要相信你看到的。

第二十二章　苏云起和陈三木的比较

凌晨五点钟，苏云起就起床了。这是他多年的老习惯了。在他年轻的时候，必须在凌晨起床去海鲜市场标鱼，就是竞标鱼鲜。在海上捕了一夜的渔船回到码头，它们带回新鲜的鱼获，苏云起要很早到码头才能标到上等的黑鲔鱼。那时的苏云起是一个起早贪黑的鱼贩子。后来，他渐渐脱离了贩鱼的行当，但起早的习惯保留了下来。现在，他仍然在四点半就醒来，五点已经穿好衣服，读一段圣经后，苏云起开始上网看各地的消息，吃早餐。七点钟准时到达辅导站。

苏云起现在一边吃早餐，一边看昨天的报纸。报纸上有关陈步森的报道口径并不一致，争论的焦点在于陈步森到底是在作秀还是真正已经悔改。实际上这是一个无解的问题，苏云起很清楚。但新闻喜欢的不是解决问题，它只呈现。有一份报纸提到了陈步森的少年，它指出陈步森的犯罪可能跟他的少年父母离异和被遗弃有关。只有这一份报纸比较深入地谈到了犯罪的原因。

苏云起突然想起了自己的过去。虽然他和陈步森的少年不能简单比较，但有一点是相同的，他们都比一般孩子艰辛。苏云起是个孤儿，他的父母是山村的农民。在苏云起的记忆中，父母亲永远是沉默寡言的，也许他们已经被贫穷压垮了。苏云起记得他的少年记忆就是饥饿，无休止的饥饿，饿到一个程度，走路东倒西歪，浑身冒汗。

早上，全家人喝像水一样清的稀饭汤，就着地瓜渣，一种用红薯制作地瓜粉之后留下的残渣。苏云起的记忆中，他一整天就不停地放屁，然后不停地找东西吃。他翻箱倒柜，找不到任何可以入口的东西。有一回，他竟然把母亲炒菜时用来刷锅的肥肉吃掉了，这块肥肉是每次炒菜用来在烧热的锅面上抹一把，让菜带点儿油腥的。父亲把苏云起吊在门前的一棵枣树上，然后干活去了，他被吊了整整一天。苏云起因为常年少吃荤腥，一整块肥肉一下肚就像一包毒药进了他的身体，苏云起发生了大腹泻。他双手被吊起来，屁眼里却不断往外冒粪，他就这样拉了一裤子，全是水样稀便，他们当地的话叫"打水泻"。腹泻把苏云起折磨得奄奄一息。到了下工的时候，父母亲回到家，父亲看见他的裤子全臭了，粪水往下滴，儿子浑身颤抖，就把他放下来。母亲抱着儿子痛哭。可是苏云起一点儿也不怪父亲，他觉得自己不该吃那块肥肉。但他弄不明白的是：为什么他会如此饥饿？如果人的一生就是为了摆脱饥饿，那多么无聊。他在同村的一个伙伴那里看到了一本叫《路标》的书，说的是苏联人和中国人的故事。上面描述的人的生活是很快乐的，除了吃还有很多好玩的事可做，可是苏云起的记忆中，他们成天除了找吃的就没有别的事可做，因为他们就是找上一整天也吃不饱。

苏云起满山遍野找东西吃。他一边放着屁，一边在山上乱闯，寻找可以入口的东西，腹中的饥肠的轰鸣敲得他脑袋发昏。苏云起吃遍了山中的小果子,有酒味的"水淋子",吃了满口黑的"乌志子",还有涩得人不了口的山柿。可是这些东西吃了会加剧饥饿感,必须找些荤来。苏云起就用蜘蛛网丝粘在竹竿上去粘知了,然后烤着吃。有一天,苏云起在嘴里塞满了蚂蚱,结果昏死过去,睡了三天三夜。父亲请来巫师驱邪,因为吃蚂蚱是被鬼跟的标志。

苏云起醒来时,说了一句话:爹,我饿。

母亲大哭,和父亲吵了一架。她埋怨父亲无能。

第二天,自尊受到伤害的父亲因为无能无知,竟然疯狂了,提了斧子砍死了母亲,追着苏云起也要砍。这个男人已经完全绝望了。苏云起撒开蹄子跑,终于跑出了父亲的死亡威胁,但当他回到家时,发现父亲已经跳崖自尽了。

这就是苏云起的少年。他成了孤儿。在农村,死并不是什么艰难的事,有时因为一点小事就发生了。他认为,是饥饿杀死了父母,他一点儿也不埋怨父亲,因为没有体验过极度饥饿的人是无法知道的,在临界点上的人会出现精神错乱。这怪不得他们。即使他们活着也没有意义,也是死皮赖脸地在这世上无耻地熬着。比一条成天找食的狗都不如,因为狗不像人那样焦虑。

苏云起开始了他要解决饥饿的努力。他走出了山村,来到了城市。那时的城市正在迎来新的时代,赚钱的机会来临。苏云起和本村的一个叫山杏的姑娘一起来的,她知道苏云起为什么拼死要走出山村,她亲眼看到了他父亲的尸体被抬回来。

苏云起和山杏先是在城市拾破烂,不到半年,就成了这里的破烂王。苏云起用赚到的钱去补习班上了一年的课,考上了大学。这是他的美梦:他知道他和父母贫穷的原因就是因为没有文化。但苏云起在上完大学之后,很奇怪地没有选择上班工作,而是下海当了海鲜贩子,原因很简单，上班不能赚到足够的金钱，不能有效地改善生活，苏云起的所有目标就是有钱，他和山杏在海鲜市场起早贪黑，就是为了赚足金钱。他在大学学的是心理学和经济，有两个学士学位。所以他有足够的脑袋击垮对手，垄断了码头的海鲜批发。

苏云起有钱了。可是他却对吃喝失去了兴趣。他天天和海鲜打交道，看鱼翅也不过如此。他对山杏说，完了，我现在有钱了，却不会享受了。

他的朋友对他说，世界上任何东西都不如人好玩。苏云起知道他说的是什么。他说的是女人。可是，苏云起到现在为止，还没玩过女人。

可就是从这一天开始，苏云起堕入了深渊。他在KTV玩了很多女人，也认识了很多朋友。他开始习惯于背着妻子山杏在外面和女人过夜，后来玩到一个程度，朋友们把几个女人带到一间他们共同购买的公寓，一人一间，胡混一夜。苏云起完全丧失了生活目标，因为他的理想是要吃饱、改变饥饿的命运，现在他不饿了，目标就失去了。他只有跟着那些会玩的人玩女人。苏云起对这个社会有一种仇恨，觉得他的童年和少年苦不堪言的生活是命运对他不公，现在他要加倍索回。

可是苏云起毕竟不像他的朋友，他在玩女人的时候，心中始终有些害怕，眼前老是闪动山杏的影子。过去苏云起是恐惧没有饭吃，现在他心中平添了另一种恐惧：因为玩女人害怕妻子。

有一次他和朋友把女人带到公寓，一共是三个女人，三个男人。朋友当场玩一种当时很流行的游戏，就是把一叠钱摔在桌上，然后三个男人在一个房间里分别和三个女人性交，谁的时间长谁就得到那笔钱。那一天苏云起突然想起了妻子，他不知道为什么，突然之间产生了极大的恐惧,觉得自己像鬼一样,非常无聊和无耻。因为他看到了一幅可恶的画面:另外两个朋友为了坚持更长的时间,竟然先去厕所手淫,据说手淫完后再行性交就会挺很长时间。苏云起看到他们眼睛发直地拼命手淫的样子,突然间想呕吐。他在那一刹那仿佛意识到了什么叫"堕落",心中就一抽。等到苏云起面前的女人脱了衣服,那女人的腿间竟然流出血来,她对苏云起说,大哥,对不起,今天我来大姨妈,你能不能轻点儿。苏云起看着她可怜的哀求的脸,突然有一种心碎的感觉,觉得她好像自己的妹妹一样。苏云起不知道为什么自己会干出这样的事,就像在强奸自己的妻子。他冲出公寓,外面在下雨,他就冲进外面的瓢泼大雨中。

苏云起回到家对着妻子痛哭了一场,山杏不知道他为什么哭。但苏云起知道自己为什么哭。他终于知道自己是什么人了:贱。就这一个字。他知道了,人可以这么贱。从这一天开始,苏云起知道了自己可以这么坏。这一段可怕的经历他从来没有对妻子说,完全封存在记忆中。因为苏云起心中巨大的恐惧告诉他:没有一个女人会容忍这种可怕的堕落。苏云起也没有对任何一个人说起,所以,这是苏云起自己心中永远的秘密,它像一块石头一样压在他心里,时时提醒他:你别骄傲,你不过是一个贱人、坏人,你经历过了世界上最可怕的罪恶。你是有罪的。

所以,当周玲来找他,告诉他关于陈三木出轨的事时,苏云起并不觉得奇怪。周玲为了向苏云起解释自己和陈三木离婚的原因,终于说出了有关陈三木的秘密。她用了"无耻"和"极度恶心"的词汇来描述陈三木的行为,可是苏云起听来都不过如此,因为他知道,知识的多寡并不能改变人的道德,有文化的陈三木搞女人和没文化的陈步森悔改,都是可以理解的事。当年自己读了四年的大学,拿了双学位,并没有使他免于堕落，反而更加猖狂。也许他不上那个大学，还没有那个胆子如此放浪形骸。知识加剧了罪恶。

所以，他对周玲说，无论陈三木做出什么行为，都不奇怪，无论他是教授还是民工，只要他是人，人就是有罪的，会做出任何你能想象的可怕的事。

陈三木和周玲的关系逐渐破裂，源于他和千叶关系的不断深入。

陈三木觉得自己的性问题解决得十分妥帖，也很智慧。他基本上不和周玲做爱，但周玲居然没有意见，这让陈三木很放松。陈三木慢慢地相信自己"两个专一"的婚外恋合理论是正确的。只是他无法维持和两个女人正常的性生活。这可能是一个要继续解决的学术难题。

但不久之后，陈三木和千叶开始出问题。这种感觉先是从陈三木这里出现的。陈三木在千叶考上他的研究生不到半年，就发现她远远达不到一个研究生的基本能力的底线，甚至达不到一个大学生的水平。陈三木产生了恐惧。因为千叶完全是他在利令智昏下通过运作招收进来的，如果她甚至无法完成论文答辩顺利毕业，陈三木将名誉扫地。可是，当时陈三木完全没有注意千叶的这些问题，他彻底被她的美貌吸引，甚至不惜偷考卷泄密帮她考试。

现在陈三木开始承受代价，他必须一遍又一遍地跟她讲，她才能把课勉强听懂。这让陈三木大为失望，甚至对千叶产生厌恶的心态，有一次陈三木给研究生上大课，她竟然不知道尼采是谁，在场的人大笑，陈三木脸上青一块紫一块，好像丢脸的是他。陈三木克服这种难受心情的唯一法宝，就是每周两次的和千叶做爱，在这个时候，当陈三木抚摸她雪白的胴体，注视她傲人的身体曲线时，他会在瞬间感动，天底下竟然还有这么美丽的女人体，这也算是千叶的优点吧。陈三木在快感的巅峰，忘记了一切错误。

但麻烦接踵而至。千叶开始让陈三木为她大量购物。先开始是陈三木主动要给她买衣服，可是一到商场，陈三木就傻眼了，千叶每买一件衣服价格没有在千元以下的。陈三木哑巴吃黄连，有苦说不出。他爱面子，无法当场说出对千叶的不满，这是情人关系的最低底线。但陈三木看到千叶每次都一连买好几件衣服时，脸还是青了。对于他的收入，这种消费方式是灾难性的。最多的一次陈三木一共给千叶买了一件羽绒服、一个套装，一套休闲服和两双鞋子，一共划掉陈三木卡里六千六百块钱。

刷卡的时候，陈三木突然从内心十分厌恶眼前这个女人，他怀念起妻子来，他很少陪妻子上街，周玲买衣服从来不会超过七百元，她总是在换季时买打折衣服，不追求时髦，有一次是陈三木硬逼着她买了一套一千元的套装，为了上班穿的。周玲还一直说划不来。

千叶看陈三木不高兴，也臭下脸来。回来后陈三木说，你不高兴啊？千叶沉着脸说，起码的风度都没有，你就舍得让一个这么美丽的女人衣衫褴褛？陈三木心一酸，觉得她可怜了，就抱住她，说，不，你就是要把全世界买下来，我也愿意，我知道我辜负了你的美丽，对不起。

陈三木后来真的在想，也许她是对的，这样美的尤物，穿几件衣服有什么。可是这与他一贯的观点是相反的：他强调人的精神性，对女孩子沉湎于打扮十分反感。但现在不知道为什么，陈三木开始不知不觉修正了他的观点，也许只是为了说服自己吧。

可是接下来仍然麻烦不断。

衣服之后是首饰。陈三木在千叶的要求下，先后给她买了两条白金镶钻项链，五个玉手镯，两个钻石戒指，十几副耳环，其中三副也是镶钻的。后来她嫌那两条项链镶的是碎钻，又换了两条一克拉的全钻。陈三木对千叶的厌恶到了一个地步，有一次当着她的胴体阳痿了，不能勃起。陈三木觉得这个女人越来越讨厌了，跟一般的女人没什么区别，只不过拥有一副好身体罢了。

这时，陈三木和周玲的关系已经到了崩溃的边缘。他和周玲开始各自花各自的钱，陈三木把存款全花到千叶身上，这使得陈三木的手头立刻变得无比紧张，他开始感到惶恐。虽然房子的按揭由周玲负责，可是陈三木最近花钱如流水，到了存折上只剩下不到一万块钱的时候，他还要每月付千叶的房租，付不到几个月，他就要开天窗，陈三木才猛醒过来，感到大难临头。

可是就在这个时候，千叶居然对他说，我住在学校门口，你老来，太招摇，我想换个远点的地方住，要买辆车。陈三木突然就爆发了，说，你啊，真会花钱，怎么搞的！千叶看着他，不说话了。陈三木和她对视着，千叶只是冷冷地看他，说，我怎么啦？你一周来两回，夫妻生活也不过如此吧。陈三木想说你又不是妓女，话还是没出口。千叶说，你可以给你老婆买车买房，我呢？我无名无分，躲在这里当你情人，买车又怎么啦？过分吗？谁说情人不能买车？不，你应该比对老婆更好地对我，因为我忍气吞声，付出比她更多。你要娶两个女人，就要有能力养活两个女人！吃两份菜，却只付一份菜钱，好意思吗？

陈三木羞愧得低下了头。他发现这个女人不简单。他也无法反驳她。他整整一夜没睡，进入痛苦的煎熬。他想能不能和她分手？可是陈三木隐隐觉得，分手将导致她爆发。不分手自己的财务马上就要开天窗。到了凌晨，陈三木终于投降了，他一个人破天荒地对着被子，流下了眼泪。他决定天亮后找他的一个学生，叫王强，到他公司去兼职。

学生对老师要去做他过去从来不屑一顾的工作感到匪夷所思。他的公司是经营电讯和 PC 的，实在不适合陈三木，他对老师说，要不这样，我有一个朋友是开文化公司的，做广告业务和电视节目的，你去那里好了。

陈三木到了那家公司，为他们策划电视节目和写纪录片稿。可是第一次策划下来，老板就和陈三木商量，说陈三木的策划案不具有可实施性，像一篇论文。陈三木说，我研究过国外的电视文案，就是这样的。老板说，可是这是中国，我们要在央视播出。陈三木忍住怒火修改了一遍，还是被老板退了回来，说，对不起陈教授，你的案子中缺乏电视元素，你让主持人什么话都讲完了，别人讲什么？陈三木说，这是主线，还有副线啊。老板说这不是主线副线的问题，电视节目不是讲座，要让人看得下去。陈三木就火了，把案子一摔，说，你们这些破观念，庸俗不堪，我做这个已经是强忍怒火了，按你说的改了，其实我从头到尾就恶心。老板脸沉了，陈教授，你这样说什么意思？不是我要请你来的，要不是王强推荐，我找你干吗？活不精不说，还要我这么高的报酬，你爱干不干吧。

陈三木痛苦得全身发抖。他想，我堂堂一有名的教授学者，堕落如此了吗？他离开了公司，到手的鸭子又飞了。可是现实的问题紧逼着他：钱。

走投无路的陈三木终于忍着自尊崩溃的压力，第一次伸手向人借钱，他开口向王强借十万元，结果竟然遭到婉言拒绝。学生知道他连一个策划案都写不好，以后怎么可能还他的钱。他对陈三木说，老师向学生借钱，这传出去多不好，我怎么着也要给老师面子，师生不言借，这样好了，我先支两万元给老师，不用还了。陈三木说这不行，我一生从不白花别人的钱。学生说，这样，就当我聘老师到我的公司的订金,这样可以吧。陈三木说,这样还行。学生说,以后你每周来一次公司逛逛,给我公司挂个顾问,你喜欢就干点儿,不喜欢就跟我聊天好了,我给你每个月支五千,单个案子另计。

陈三木知道学生并不在乎他,这简直是在给乞丐发钱。陈三木的自尊心像被刀割开一样,他在心里咒骂千叶。学生凑过来问,老师,是不是最近遇到难处了?陈三木说没有没有。学生不吱声,悄悄地打开电脑,上面展开一个网页,有一条内容险些把陈三木打昏:女研究生原是妓女,为雪耻傍上大教授。当学生打开那个女研究生照片时,陈三木差点儿昏过去。

居然是千叶的照片。

学生小声对陈三木说,我理解老师,绝对理解,老师放心,现在没有出现你的照片。只有她的照片。

陈三木问,怎么会这样?

学生说,她自曝的。她没有告诉你吗?她是不是真的妓女身份,现在是个谜,但这绝对是她自己曝光的。你要小心,老师。

……好久,陈三木才对学生说,你是不是看不起老师了?

学生说,哪里哪里,现在这算什么,老师能弄到这种尤物,说明老师就是老师,学生永远是学生。

陈三木说,求你一件事,这事儿你可谁也不能说。

学生说,我那绝对不可能,问题不在这里,在她。她为什么要这样?她到底是什么人?这令人疑惑。老师,你可得要小心了。

陈三木身上被冰冷的汗水浸透了。他预感到可怕的危险慢慢向他倾压过来,陈三木充满了恐惧。

第二十三章　第一次法庭陈述

　　冷薇对着镜头哭泣的画面冲击了樟坂人的心灵。她沉浸在极度的痛苦中。果真有如此之大的仇恨，还是因为自己和陈步森交往导致的无法面对李寂的自责？冷薇终日以泪洗面。她在墙上挂了一个剪好的人偶，上面写着"凶手陈"三个字，冷薇亲手把一个又一个图钉扎进人偶，这种旧式的诅咒方式似乎更多是做给死人看的。冷薇的母亲在她从医院回来后曾说过这样的话：你对不起李寂，你要烧一炷香给他。冷薇知道母亲在说什么，于是活在惊恐中。她树了陈步森的人偶，相信李寂可以看到：她对杀害他的凶手是多么仇恨。只要一想起李寂，冷薇就常常在半夜哭醒，闻着床上他特有的味道。从结婚到他死去，他们的婚姻从来没有出过问题。在冷薇的记忆中，他们甚至没有大声说过话，他们说话总是以悄悄话的方式进行：他下班回到家，就会悄无声息地绕到她背后，从后面抱住她，她无须惊慌，因为知道后面的人是谁……现在，冷薇还会突然猛地回身，以为他还在后面，可是，她终于什么也没有看到。

无论陈步森在她患病期间对她做了什么事，甚至帮助她恢复记忆，但比起他的凶手身份，他做的所有事情都显得无力和无关紧要：因为他夺走了她最心爱的人的生命。冷薇无须努力忘记陈步森的好，只要一想起李寂，陈步森就自动成为一个罪大恶极的人，被封存在冷薇的记忆中。一想起李寂，她就落一回泪，就往人偶上钉一个图钉。现在，人偶上已经钉满了密密麻麻的图钉。有时，冷薇看到它会打一个寒颤，回过头不看它，因为陈步森的人偶脸上的图钉好像他流下的泪珠一样，他的表情在扎着的图钉衬托下呈现出悲哀……冷薇就回过头去，以免自己想起陈步森的好来，她对自己说，没什么好可怜的，可怜的是我的爱人，他已经死了。

如果说冷薇的内心还存有某些微妙的矛盾，那么，当刘春红找到她之后，这些矛盾就变成了一条明确无误的仇恨的锁链，所有恨的种子都串在这条锁链上了。从陈步森被逮捕之日开始，刘春红就悄悄藏在房间里哭了几天几夜没出门。一种深深的挫败感攫住了她。这种挫败感与其说是因为陈步森被捕，还不如说是陈步森终于心甘情愿地落入冷薇的手。刘春红不明白为什么她用尽了所有力量，还无法阻止陈步森走进冷薇的陷阱。难道真的是因为他爱上了冷薇？可是根据刘春红对陈步森的了解，她无法作出他爱上冷薇的判断。如此说来，这就是一件奇怪的事情，好像陈步森被人下了符咒，不由自主地去做一件他平时不会做的事：半年来的陈步森就是这样，他仿佛是被一个叫"死"的东西深深吸引，最后自投罗网走到了那里。难道他真的那么喜欢死吗？以至于不顾一切地去接近那个目标。

刘春红并非傻瓜，她意识到这有可能是陈步森良心苏醒的一个标志。也就是说，刘春红从来就没有把陈步森和大马蹬那些人混在一起，现在果然证明她的看法是对的，她没有看错人。正因为如此，刘春红告诉自己：一定不能让陈步森面临被枪毙的命运，只要他不死，死缓可以变无期，无期可以变十五年，她可以等上二十年，最后一切还是好的。

　　房子里关了好几天禁闭的刘春红终于出动了，她清楚这半年陈步森干了什么，她知道问题的关键在哪里。如果能让冷薇向法庭说明陈步森已经悔改认罪的事实，他就有可能免于死刑，可被认定有重大的悔改表现。

　　刘春红称自己姓马，得以顺利进到冷薇家。冷薇的母亲不认识她是谁，还热情地为她泡茶，但冷薇马上认出了她。你来做什么？冷薇问。刘春红把门关上，第一个动作就是突然跪倒在冷薇面前，冷薇很吃惊。刘春红说，这是我替步森向你说，对不起，对不起。冷薇把头转向另一边。刘春红说，我现在什么都知道了，我很难过。我也是女人，所以，我知道你的心有多痛。这时，刘春红看到了人偶，她看了好久，说，其实，听到陈步森做了这样的事，我和你一样恨他。她从地上起来，突然也捏起一枚图钉，钉进人偶。冷薇吃惊地看她，不知道她要干什么。刘春红说，他就是死上一万次，也不为过。

　　……可是，大姐，你知道他现在是什么人。刘春红说，他在这半年到底做了什么，你比我们任何一个人都清楚。他已经知道错了，也改正了错误，现在，他也在为他犯的罪付出代价，虽然这代价永远无法换回你的损失，但我们心里都清楚，你有权力去法庭对法官说，他杀了人，但他改了，因为你看见了。冷薇听了她的话，表情开始变得烦躁。刘春红说，你可以救他，只要你愿意，中国有一句话说，难得糊涂，现在，真的很需要你难得糊涂一下，大姐，死了一个了，为什么还要死第二个？冷薇打断她的话，问她，你要我干什么？刘春红就直截了当地说，我想请大姐在这事上……算了。

算了？冷薇嘴唇都发抖了：我死了丈夫，你却要叫我算了？刘春红示意她冷静，我说的算了，听起来很刺耳，但中国人从古到今，要是没有这"算了"，就活不到现在，再大的事，都是可以商量的，退一步海阔天空，古人这话不是随便说的，今天你心里有这一句话，算了，大事可以化小，小事可以化无。说着刘春红拿出一张存折，说，这里有三十万，是我所有的积蓄，我不是要收买你，因为你受了损失，理应得到补偿，也因为我爱陈步森，我想为他出点力，你就成全我们，留他一条命。冷薇说，你要用这些钱让我出卖我丈夫的命吗？刘春红说，不是，我知道就是一千万也买不回你丈夫的生命，但你可以算了，真的，你明白，如果你愿意算了，就是做了大功德。冷薇问，什么叫算了？是不是算了，就是没了，好像没有发生过，发生了那么多的事，算了这一句话，就好像没有过一样？刘春红不说话了。冷薇突然把存折狠狠地扔出去，喊，滚！你给我滚！我告诉你，我恨陈步森，我恨你，我永远不会算了，我要让他到阴间对着我丈夫磕头，我要他死，我要他知道，他是怎么样把我爱的人夺走，现在要付什么代价！

老太太从门缝往外瞧，吓得心惊肉跳。刘春红被冷薇推倒在地上，她慢慢地从地上爬起来，捡起存折，走到门口。临出门时，她回过头说，我还是给你时间，因为我相信，你如果不肯算了，还会有什么路可走？难道你能让死人复活吗？大家都明白这个道理，所以才说，算了，说算了，没什么可耻的。说完话刘春红出门走了。

老太太走出来，摸着女儿的背，说，薇啊，你别气，啊？她也是没办法。冷薇咬着牙喃喃说，她……竟然叫我算了，算了……

今天是陈步森案第一次开庭。陈步森换好衣服，监室里马上有人递上热水让他洗脸。陈步森心中像有一匹马在乱窜,因为沈律师告诉他今天冷薇会到场。自从被捕进到看守所,陈步森一度放下了千钧重担,连续好几天都睡得不错。这半年来的生活就如同一个梦那样消逝了。现在,他的心里干净得很。他把自己的生死交给了命运。但随着时间的推移,陈步森心中慢慢浮现冷薇的影子,他知道是她设计把自己送进了看守所,他是对她有些失望的,因为他已经决定自首。关于这一点,沈律师向他调查过,证实了陈步森曾经在电话中向她表示,他在她家楼下见过面后,就会去就近的一家派出所自首。但他还没来得及就被抓捕了。如果冷薇愿意承认他曾说过这话,就能证明陈步森有自首的意向,这是这半年来陈步森悔改行为一个很好的佐证。

这对沈律师的吸引力比陈步森来得更强烈。陈步森现在满脑子想的是他马上要见到她了,他不知道冷薇见到他后会说什么。陈步森很想问她,为什么那天她要叫警察来?虽然她叫警察来是天经地义的,但他想和她一起走进派出所的愿望破灭了。今天,她会带淘淘来吗?他好久没见到淘淘了,很想念他。这种想念说是一种友谊或亲情,不如说是一种奇怪的吸引力:一个罪犯居然能被被害人的孩子叫叔叔——这段时间陈步森在看守所只要一想起淘淘叫他叔叔的情景,眼眶就不由自主地湿了。他在自己写的自白式自传书里详细描写了和淘淘的交往,里面有这样一段话:一切都是由这个孩子开始的,因为我看见了他的眼睛,我明明是杀害他父亲的凶手,可是他的眼睛却分明告诉我,我是他的朋友、他的叔叔,那件事情没发生过。就在那一刻,我后悔了,我不想犯罪了,后来发生的所有故事都跟这一眼有关……现在,淘淘也许什么都知道了,他还会喊我叔叔吗?不会的。陈步森对自己说,你真无耻,现在还希望他喊叔叔,真的很无耻。不过,他还是用监房里吃的白地瓜做了一个地瓜车,虽然没有活动的车轮,不能行驶,但陈步森还是把它带上了。

看守所的潘警官今天负责押送他到法院,他看着陈步森手里的地瓜车,问他,你这个是什么东西?陈步森说,我做的玩具。潘警官说,不会有毒吧?你可别乱来啊。陈步森说,就是号里的白地瓜。潘警官拍了拍他的肩,说,其实我也很同情你,你愿意改正,就有希望从宽处理,要有信心,千万不能做傻事,啊?陈步森说,不会。

今天的公诉人是市检的董检察官,名叫董河山。这个人不善言辞,但据说是出名的严厉,无论是对老百姓还是官员,只要你有证据落到他手里,就很难逃脱严惩的命运。樟坂的律师很怕和他打交道,因为他工作认真,会出示很多你意想不到的证据。董河山还很有学问,经常化名"江山"在报纸上发表如何健全法制的文章,是省里许多法规的起草人之一。他到场的时候,引起了媒体的关注,坊间关于上头对李寂案不闻不问的说法不翼而飞,所以,董河山出任李寂案的检察官是耐人寻味的。

陈步森的囚车停在法院的后门,仍然逃不过媒体的眼睛,大批的媒体记者已经把通道堵得水泄不通,更让潘警官吃惊的是,支持重判陈步森的群众比记者还多,他们打着横幅:不要被骗子蒙蔽了眼睛……呼吁执法公正……杀人偿命。陈步森从囚车上走下来的时候,突然有人扔香蕉皮到他脸上,接着又有一颗鸡蛋砸到陈步森头上。潘警官大喊让开,这时,一个足有马铃薯大的石头砸到陈步森的额头上,血立刻流了出来。潘警官立刻摁低陈步森的头,跑进法院。

在法院医疗室上药的时候,潘警官看着陈步森,说,我以前带连环杀人犯时都没见人扔石头,你为什么做了好事,反倒招人恨呢?陈步森不吱声,酒精抹到他额头上时,他感到钻心似的疼。

今天的主审法官叫白水,是一个五十多岁的老法官。陈步森走进法庭时，看见里面的人已经密密麻麻，连过道上都有人站着，可见本案在樟坂的关注度。陈步森走到被告席站定时，看见了冷薇，他的头一下子大了起来。淘淘也在，被老太太抱在怀里。陈步森不由自主地微笑了一下，笑容又僵在脸上，无论是冷薇，还是老太太，都用冷漠的神情看着他，冷薇还低下了头，只有淘淘一直用眼睛盯着他，孩子的眼神中还是没有仇恨，没有让陈步森感到不舒服的表情。他还和过去一样……陈步森觉得，他的表情和那天在幼儿园看到的一样。

陈步森也看到了刘春红，刘春红含着眼泪，一直向他点头。他也对她点了点头。不知道为什么，刘春红的眼泪让陈步森很难受。在刘春红的旁边，表姐周玲坐在那里。他没有看见苏云起。

沈全今天显得很有信心。他和陈步森交换了一下眼神，目光中给他鼓励。今天主要进行的程序是法庭调查，即案情陈述。沈全认为法庭调查不会遗漏半年来陈步森和冷薇的交往过程，这些事实对陈步森有利，沈全在对冷薇进行调查时，冷薇并没有否定这些事实，因为有钱医生的证明。所以，沈全对今天的事实认定很有信心。

白法官宣布李寂被害案正式开庭。他先行询问了被告的姓名年龄家庭住址等例行问题之后，由董河山检察官宣读公诉材料。董河山的公诉材料很长，文中详细描述了李寂案的经过，他也提到了案情发生后的半年，陈步森和冷薇的交往过程，但只是轻轻一笔带过。

接下来是被告和原告对所述事实有无异议。陈步森回答：没有异议。白法官问，你对杀害李寂的事实没有异议吗？陈步森说，是的，是我杀了他。沈全提问，是否还有别的人？陈步森不说话了。沈全说，你只是其中一个嫌疑人，你的共犯是谁？陈步森还是不说话。沈全看着他，有些着急。沈全又问，你对案发后半年你和冷薇的交往事实有什么补充？……陈步森说，是的，我是在看到淘淘之后，开始和他们一家来往。沈全问，你出于什么动机这样做？陈步森说，我不知道，一开始我没有想这样，是因为害怕被认出来，所以我一次又一次去冒险，想证实真的没有认出我来。沈全说，你觉得这样的冒险游戏很有趣吗？陈步森回答，不，我也很害怕，但是，他们没认出我，还对我好。沈全问，他们怎么对你好？陈步森想了想，说，不把我当罪犯。

观众有些骚动。沈全问，不把你当罪犯，你觉得这就是对你好？是不是？陈步森回答，是。沈全说，可是他们是在不知道你的真实身份的情况下才这样的，你不觉得这是自欺欺人吗？陈步森说，我知道，但我不想知道。沈全问，然后你就一直这样认为，你是个好人，是不是？陈步森突然眼中有了泪光，说，不，我没有这样想，他们越对我好，我越难过，越想到自己的罪。沈全说，那你应该去自首啊，把事实说清楚，从这个梦中醒来。陈步森说，我不想打破这个梦，所以我为她做事，还为她住进了精神病院，当了锅炉工。我只想做两件事：把她的病治好；赚钱还给她。沈全问，你为什么会想到以向她回忆案情的方式帮助她恢复记忆？陈步森说，钱医生说这方法管用，我希望她病能好。沈全问，但这样有可能使你身份暴露引火烧身，你想过这些没有？陈步森想了想，说，我想过……但，我只想她病好。沈全最后问，你和冷薇约好在她家楼下见面后，有说要去自首吗？陈步森说是，我说我会到最近的派出所去自首。沈全对白法官说，我的话问完了。

轮到董河山问冷薇。陈步森看到她站起来了，她的眼睛并不看他。董河山问，刚才被告陈述的是不是事实？冷薇说，他在胡说八道。观众席开始议论纷纷。董河山问，被告是否和你商量过自首的问题？冷薇说，没有。陈步森震惊地看着她。董河山又问，那他为什么要和你见面？冷薇说，他想要我原谅他，减轻他的罪。董河山问，被告认为他接近你半年，为你做了很多事，是不是事实？冷薇说，我病了，没有判断和行为能力，他利用这个空子想逃罪，所以和我接近。董河山问，那他为什么又要帮助你恢复记忆？冷薇笑了，他根本没帮助我恢复记忆，是医生要他这样做的。他不这样做，对他没好处，他以为我醒了就会原谅他。董河山问，你原谅他了吗？冷薇不吱声……她说，我能证明他是个很有心计的人，他知道迟早要被抓住枪毙，所以演出了这出半年之久的戏，只要能证明他帮助我恢复记忆，他就能获得轻判，但事实不是这样。董河山问，你认为事实是什么？冷薇转头看着陈步森，两人的目光今天第一次相遇：这是一场阴谋！是他自导自演的戏，一切都是为了他能脱罪，我病了，还要被骗，他利用我生病丧失了记忆，所以无法指认他的罪行，好在我面前为我做完那些事，让既成事实将功抵罪，他不但是一个凶手，还是一个阴谋家！他不但杀害了我的亲人，还欺骗了我的感情，我恨他！

陈步森低下头去，把脸靠在栏杆上。潘警官看到他的腿在颤抖。刘春红从座位上跳起来，大叫，胡说！她在胡说！我亲眼看见的，陈步森帮她做了那么多事，她在胡说！这个女人才是骗子！……周玲连忙拉住她。警察拥上去，把她强行带出了法庭。

陈步森的脸色苍白。

白法官宣布休庭。

第二十四章 悔罪的辨认

冷薇在法庭上的做证震惊了许多人,包括她自己的母亲。回家后老太太对女儿说,薇啊,你在法庭上为什么那样说呢?老太太似乎也觉得女儿说过了,她看到的情形和女儿说的不一样。虽然她比女儿更恨这个杀人凶手带给他们的伤害,但她也觉得陈步森并非如女儿说的那样坏。

我不知道他为什么要那样做。老太太说,但他对淘淘我看是真的。冷薇对母亲说,妈,你别再这样跟我说话好吗?我刚跟李寂有个交代,你却来摧毁我的信心。这一段时间我天天抱着李寂的像哭,夜里我抱着他睡觉,看见他在谴责我,问我为什么认贼作夫!我的心都碎了,你知道吗?老太太叹了口气,不说话了。李寂多爱我,妈,你明明是知道的,我和李寂的未来全被他毁了。冷薇的眼泪夺眶而出:我要亲眼看到他死,死得很难看,死在我面前。

苏云起没有到法庭看法庭调查,但他已从周玲口中得知一切。这天早上，他从报箱取了当日的《新樟坂报》，第五版用不大的篇幅报道了法庭调查的情况，用的题目是《冷薇不原谅陈步森》。这样的题目是很直接而有冲击力的。报纸还发表了一篇署名文章《冷薇不原谅陈步森的三个理由》，但引起苏云起注意的是另一篇陈三木的文章，叫作《不杀不足以平民愤》。陈三木用这句话作题让人震惊。当苏云起把报纸拿给周玲，她的平静心情完全被破坏：他怎么能这样说？他怎么也做过他的表姐夫啊！周玲真想撕掉报纸，又觉得不妥，就狠狠地丢到地上。苏云起捡起报纸，对周玲说，陈三木有自己的理由解释这句话，你看，他解释了什么叫"民愤"：民愤就是人民的愤怒，什么叫人民的愤怒呢？就是大多数人的愤怒，大多数人的感情和选择，这是民主。民愤并不是羞于出口的词汇，只是过去我们用专制代替民主，用长官意志代替民愤。为什么有那么多人要求严惩陈步森？就是因为民愤不平。他犯了罪，就要负罪责，我不会因为他是我的前表弟就不这样说。不杀不足以平民愤，就是这个意思。我这样说没有丝毫干预司法之意，我只是表达对民愤一词的重新理解。

　　苏云起说，你看，挺有趣的，陈三木对冷薇也有劝导。他说，我秉着公正的原则，也要对冷薇女士说，你受的伤害一定会得着补偿，但你也不能一直这样痛苦下去，我告诉你一个办法，可以让你疗伤：就是时间。时间是个高手，时间可以冲淡一切，隐藏痛苦，我相信时间是你最好的医生，你会痊愈的，它会冲淡一切痛苦、仇恨和悲伤。

　　周玲说，他好像很公平嘛。

　　苏云起说，陈教授也只能到此为止，这是他努力做到的公平。对了，周玲，听说你给陈步森写了一封信？周玲说是啊，我只是鼓励他一定要做好这个见证，因为他已经为此努力了半年，现在全社会都知道了，有压力，但千万不能垮，一定要坚持住。苏云起说，但也许你给他太大的压力了，他像个初生的婴孩一样，怎么有那么大的能力？如果给他提太多的要求，他会受不了的。周玲说……多么不容易出一个恶人悔改的见证，我真的很怕他突然又失去见证，比如，他明明在改好，全社会却不理解他，他受的委屈太大，我怕他突然又重新回头破罐破摔，那我们的脸往哪儿搁啊？苏云起说，我们的脸？这岂是我们的见证？不，不是，人怎么有能力扶住他呢？我们跟他比又差多少呢？如果我们把过重的责任加在他身上，硬要他做一个榜样、英雄，我们就大错特错了，他是人，不是神，凡要人做榜样的，只会让人更绝望，陈步森是什么呢？他只是一个蹲在监狱里的软弱者，他需要的是关怀。

我的确是怕他倒下……周玲说。

这时苏云起的手机响了，他接了手机，里面有一个陌生的声音问，您是苏云起先生吗？苏云起说我是。对方说，我是看守所的潘警官，发生了一件事情，陈步森昨天夜里自杀。苏云起大吃一惊：啊，他自杀了？周玲当场哭出来。潘警官说，你们不要着急，他没有死，我们及时发现了，我们观察到这几天他的情绪很不稳定，所以请告知他的表姐，并请您进来配合我们一下，他可能会听你的话，我们要稳定住他的情绪。苏云起说，好的，我和他表姐马上进来。

周玲哭泣着，浑身颤抖。苏云起用手抚摸她的肩，说，要有信心，别难过。

他们在半小时后进到看守所。潘警官把陈步森带出来，他特地挑了一间办公室来作见面的地方，并悄悄对苏云起说，劝劝他，还是有希望的，别把事情想得太坏。当陈步森走进办公室的时候，神情落寞。周玲一把抱住他，陈步森低声说，表姐。苏云起让他坐下，陈步森对苏云起说，抱歉，给你们添麻烦了。苏云起说，没事，我只是想听听你说说，为什么这样做？陈步森迟疑了一下，掏出了一张纸，苏云起接过一看，是他的遗书。遗书是写给表姐周玲的：表姐，谢谢您和苏老师为我做的一切，还有沈律师，但我觉得一切似乎该结束了，你要我做好这个见证，但我太累了，我只能做到那样，就是把她的病弄好，把自己弄进来，可是没有人说我一句好，那我就不做了罢，反正都是一个死字，别人说我不好就算了，她（指冷薇）也那样说，当然她最有权力骂我，但我还是感到灰心，我怎么会笨到要她说我好呢？我是真的疯了，我病得比她重。我想死，就不想等下去，自己了结就好。步森。

周玲的眼泪滴在遗书上，她一直对陈步森说对不起，对不起……

在长达一小时的谈话中，苏云起慢慢了解了事情的全貌。自从上次开庭，陈步森当场听到冷薇的一番话后，情绪就发生逆转。潘警官发现他的嘴紧紧地闭上了，过去他每天都在勤奋地写他的自白录那本书，可是从那一天开始，他就停止了，什么也不做，一个人往铁丝网分隔的天空看，一看就半个小时。周玲的来信加重了他的情绪，周玲的信中写道：步森，你已经做了这个见证，你就要守住这个见证，无论冷薇怎么说你，你都要忍耐，因为她做的她不知道，你做的你知道，你已经为此做了半年，你要坚持，不要让这个见证最后失败，人家会说，这个见证是假的，他并没有悔改……这封信加重了陈步森的心理负担。潘警官检查这封信后，对陈步森说，你表姐要你坚持住。陈步森说，我坚持不住了。潘警官问，你为什么那半年都能过来，现在却支持不住？陈步森说，那半年我觉得我很快乐，可是这几天，我的快乐没了。

陈步森和潘警官对话的三天后，在半夜用磨利的饭勺子割了自己的手腕，血流了整个厕所。后来被看守的武警发现，他们冲进去把他送到医院。幸好发现得早，他有些失血，身体并无大碍。在抢救台上，陈步森一个劲儿喊，别救我，别救我！

听完陈步森自杀的过程，苏云起沉默不语。陈步森说，他们说我是为了怕死逃罪才功利式地悔改，才为她做好事，我就要让他们看，我是不是怕死，我不怕死，我死给他们看好了。苏云起问，你死给谁看呢？谁有权力看你死？步森，你犯的罪首先不是对着他们犯的，甚至不是首先对着李寂和冷薇犯的，你是首先对着真理犯的，你先得罪的不是人，而是良心，所以，你才会在没有人发现你有罪时，你却自己感到有罪，先悔改了，自己先跑去为冷薇一家做事，为什么？因为你发现你得罪良心了，是良心叫你这么做的。我告诉你步森，天底下所有的罪，首先都是对着真理犯的，首先都是得罪自己的良心，而后才得罪人，所以，不是人看见了我才改，而是天上有一双眼睛看见了，在你心里看见了，你就要悔改，向谁呢？首先也是向真理悔改，不是先向人，因为人都是有罪的，真理才是公义，所以，他们都弄错了；你为什么在意冷薇对你的评价？因为你还是在看人，人会出差错，冷薇是受害者，但不一定她说的话都是对的，不是受害者说的就是对的，你的平安不是来自她，是来自于良心的平安，就是当初让你悔改的那一位。你是因为相信它才得心中平安，觉得自己做对了，所以，悔改不是中国人常说的忏悔，而是心思转变。这个事件的重点不是因为你为冷薇做了多少事，而是你心思转变了，从一个没有真理在你心中的人，变成一个良心敏锐的人。

周玲说，悔改不是你改正多少行为，是你从背对着真理，变成面对真理。这是心思转变。

陈步森说，我自从进看守所，反而没有在精神病院时快乐，我被关在这里，什么也不能做，听不到冷薇的半点消息，每天都在猜，她会怎么看我，那天在法庭上听到她那样说，我就崩溃了。

苏云起说，悔改不是行为，是态度。悔改不单是行为，也不在乎行为，你是因为相信而知道自己悔改了的。陈步森说，可这段时间我还会怀疑，我的罪真能得到赦免吗？如果我只是偷鸡摸狗，也许我的罪还能赦免，我的罪太大，是杀人，谁也不会赦免我的。说着陈步森低下头去。苏云起说，步森，也许世界上有一种罪能大到人不可容忍，但没有大到上帝不能赦免。

陈步森听到这句话，就伏倒在桌上哭了。周玲一直抚摸他的背。苏云起说，你哭了吗？为什么你哭了？陈步森饮泣道，我想起了父亲……我没有父亲，也没有母亲，他们都不爱我。苏云起说，你的父母也是人，可是，人除了肉身的父母，还有一个真正的父亲，他才是真的负责任的父亲，是他把我们托管给我们肉身的父亲，他们只是受托而已。可是，我们大大得罪了他，但他还是爱我们，这是宇宙中最大的真实，正如现在发生在你身上的，你为什么哭？你哭的时候还想犯罪吗？陈步森说，我不想了。苏云起说，好，那么，罪就会停止在你的眼泪中。

陈步森说，我现在觉得自己很坏，真的很坏，是人渣，我其实不配跟冷薇讨价还价的。潘警官在一旁听到陈步森说自己是人渣，很吃惊地看着他。苏云起说，旧人死了，而且要死透，新人就复活了，步森，你是新生的人。

李寂案第二次开庭，进入法庭辩论阶段。到场的仍是上次那些人，但冷薇没有把母亲和淘淘带来。苏云起和周玲参加了旁听。刘春红在门口被警察拦住劝离。陈步森从囚车上下来的时候，还是冷不防遭人扔了一块石头，但这次没砸中他。当陈步森走进法庭时，他看到了冷薇。冷薇的脸上没有任何表情。陈步森看着她，他的心情不像上次那样激动了。

辩论开始。控辩双方都作了充分准备。在认定陈步森不存在自首情节后，争论的焦点集中在嫌疑人是否可被认定为有悔罪情节？如果有证据显示陈步森有悔罪情节，那么他是可以获得从宽处理的，这样就可能得到死缓或无期的判决，从而保住生命。

检察官董河山认为，没有证据显示嫌疑人有悔改表现，虽然嫌疑人在长达半年的时间和原告有接触，但不能证明接触就是悔改，他只是周旋在被害人的周围，试图捞取脱罪的资本。律师沈全表示反对，他认为一个罪犯要是没有悔改，就不会有这么大的勇气和被害人保持长达半年时间的接触，而且是近距离接触。董河山反问，说悔改能产生这么大的勇气，不如说想逃脱审判的欲望产生了这么大的勇气，我要告诉辩方，不是忏悔之心，是恐惧之心，一个人为了保命，是什么都做得出来的，陈步森这半年所做的不能证明任何他悔改的结论，反而让人想到他惊人的自制力和伪装能力。

沈全说，我想再度提起嫌疑人为了让被害人痊愈所做的重大决定，就是不惜冒着自己被被害人认出的危险，帮助被害人恢复记忆的情节，当被害人恢复一点记忆，嫌疑人就把自己暴露一点，在被害人的记忆全部恢复之后，嫌疑人就把自己完全暴露了，果然被害人认出了对方是凶手，我想问，他为什么要这样做？如果没有对被害人的爱心，他会这样做吗？这爱心的背后是什么？就是悔改。如果他没有悔改，就绝对不会有这样的爱心。董河山表示反对：最好的悔改不是别的，就是到派出所自首，可是陈步森这样做了吗？没有，既然没有，我们就有理由怀疑他所做的其他所有事情都怀有另一种目的，他不是医生，恢复记忆是治疗行为，是医生的事，陈步森是医生吗？不，他是凶手，不要忘了他的身份。一个凶手的职责，就是认罪自首，接受审判，可是我们这里却有一个表演艺术家，试图上演一幕悔改的戏剧。沈全表示反对控方用词污辱嫌疑人，白法官同意。沈全说，我想传证人，精神病院的医生钱大民先生。

钱医生走上证人席。沈全问，陈步森是否配合您完成了对冷薇的恢复记忆治疗？钱医生回答，是的。沈全问，陈步森是否主动提出过要做这样的治疗？钱医生说……他希望病人尽快康复。沈全又问，陈步森在治疗过程中，是否当着冷薇的面回忆了犯罪的细节？钱医生说，是的，我们的试验进行了很长时间，陈步森把那天晚上发生的事，讲得很清楚，他承认那天是他抓住死者，和共犯一起共同杀了死者。沈全问，他承认自己是凶手了吗？钱医生点头，说，他说自己是凶手，说自己杀了死者，还跪在地上，问病人有没有认出他来，他说自己不叫刘勇，叫陈步森。治疗结束后，我不知道他真的是凶手，以为他是在表演。我也是看了报纸才知道的。沈全说，好，我的话问完了，谢谢。

董河山开始质询钱医生：嫌疑人是否向您透露过他可能是罪犯？钱医生说，没有。董河山又问，是嫌疑人主动要求做恢复记忆的治疗吗？钱医生回答，不是，是我先向他提出来，后来他接受了。董河山说，我的话问完了。

钱医生退下后，陈步森回头看了看冷薇，冷薇低下头，显然不想和陈步森的目光对视。

董河山说，我们看得很清楚，这是一次治疗过程，不是一次认罪过程，辩方有意模糊两者的界限。为什么嫌疑人要配合治疗？为什么要在他做完好事后才进行这个治疗？因为当他利用被害人患病无行为能力时，做了大量的行为表演，即所谓为她做的事，等他做够了，就开始要恢复她的记忆，因为只要她一醒来，看到他为她做的事，就会原谅他。所以，这是一个精心策划的骗局，辩方没有任何直接证据能表明嫌疑人已经悔改。沈全反对，称控方在做无意义的推论。他说，虽然我拿不出最直接的证据说明陈步森已经认罪悔改，但今天我要说的是，悔改本来就是内心的事，谁进入过他的内心？只要你良知尚存，你就会明白一切。董河山反驳，我知道辩方接下来要说什么？请问，内心能作为呈堂证供吗？内心的秘密，就能使他脱罪吗？或者能证明他已经悔改？谁认定的？你可以说是良心认定的，可是我要问，良心在哪里？我不否认良心，但现在我要的是看得见的证据，因为这是法庭。请问现在良心放在哪一张桌子上，如何认定？陈步森做了好事，死后会上天堂吗？我相信他的支持者会这样认为，可是我要问在座的每一位，你愿意这样一位凶手将来在天堂做你的邻居吗？

这句话使法庭骚动起来。沈全看了一眼苏云起，苏云起脸上没有表情。沈全说，我虽然是律师，我虽然是执法者，但是我要说，法律是人制定的，人根据内心的崇高的启示制定法律，它比法律更高，它才是法律的源头。按人类的法律，做出来的罪才算罪，可是，按启示的法律，没有做出来但心中想了，就是罪了。请问，现在有一个人，从内心深处已经悔改，我们反倒要从外面去找他悔改的证据吗？今天，有一个人，在没有法律要惩罚他之前，他已经从内心深处自己先悔改，难道我们还要从外面找证据证明他悔改吗？是从外面惩罚能真正根除罪，还是从里面能根除罪？沈全突然用手指着站在被告席上的陈步森，我们就比这个人更干净吗？我们就比这个人更没有罪吗？他从小被父母抛弃，成了孤儿，如果我们处于他的境地，我们能保证我们不像他那样犯罪吗？谁能保证？谁能保证我们不会跟他一样？我们不恨人吗？我们看见我们恨的人倒霉，我们就鼓掌，因为我们恨他，我们想杀他,只是没有条件而已。

　　整个法庭鸦雀无声,以至于白法官都无法去打断他这段与案情无关的话。陈步森伏在栏杆上,低着头。沈全望着全场,说,给这个年轻人一个机会吧,我知道正义必要伸张,但今天我们如果一定要严厉处罚一个明明已经悔改的人,断绝他的一切路径,总有一天,我们一定会为我们的心后悔。面对一个知错的孩子,说,滚,你真坏,我永远不接纳你;还是说,孩子,你的行为让我担心。哪一句会让人知错悔改?

第二十五章　神秘女人的神秘实验

陈三木为什么对陈步森的行为表示疑惑，他对陈步森穷追猛打如果理解为出于对周玲的愤恨，是不了解陈三木。陈三木对表弟如此猛烈的攻击，真正的原因是为了抵抗自己内心暴风般的恐惧和烦躁。陈三木认罪，这罪字像扎在陈三木心中的一把刀，他会承认自己作为一个教授也在犯罪吗？他会承认搞上自己的女学生是一种罪吗？不，他认为这是爱情。现在，这种他认为的爱情开始折磨他了。

首先，为什么爱情会让人产生恐惧？陈三木是在周玲出差突然回到家里，看见千叶坐在他腿上，事情才败露的。也就是说，陈三木的爱情在此之前是不能让老婆知道的。陈三木可以在千叶面前大谈他们的圣洁爱情，但却隐瞒着周玲。千叶对陈三木说，你不是说我们的是爱情吗？你说男人必然有两份同时的专一的爱情，只不过一个是妻子，一个是情人，那好，我愿意只做这个情人，但有一个条件，你告诉你老婆，我就是你的情人。陈三木说，你开玩笑吗？千叶说，我一点也没有开玩笑,既然同样都是爱情,爱情会见不得人吗?陈三木被问住了,半晌没说话。千叶说,你怕了?陈三木说,不是怕……千叶就露出奇怪的笑意:爱情都被当歌唱,光明正大,为什么不能让人知道?陈三木想了想,说,毕竟她……心里会不痛快,不是我的理论不对,是人嘛,看到自己的配偶和别人在一起,总会觉得不舒服嘛。千叶说,这就奇怪了,你不是说人同时应有两份专一爱情吗?既然是两个专一,怎么会不舒服?如果你的理论是对的,你老婆就不应该感到不舒服,她应该和我一样,很高兴才对。

陈三木抱着头,他突然感到眼前这个女人绝非等闲之辈。千叶摸着他的头,说,就像过去的中国人,妻妾成群,看来你们文化人和过去的老爷真有得一比。陈三木说,千叶,今天你到底要说什么?千叶说,我只是想好好实践一下老师的理论,看看老师的理论是不是专门只用来对付我的。陈三木很尴尬,说,你怎么这么说话呢?千叶,你今天到底想干什么?千叶说,我没想干什么,但你为什么这样害怕?你怕什么呢?怕我去找她吗?如果你害怕、恐惧,那你的两份爱情肯定只有一个是真的,当假的爱情遇上真的爱情,假货遇上真货,做假的就会害怕。陈三木听得额上的汗珠都下来了。千叶为他拭去汗珠,说,老师,我是假的吗?还是周玲是假的?陈三木突然起身,说,不跟你说了,我有事,我现在要去参加一个学术界的朋友聚会,有一个朋友从美国回来。千叶拉住他,说,我也要去。陈三木吓了一跳,说,你去干什么?又没有邀请你。千叶说,为什么我不能去?只要他们当中有一个人带配偶参加,我就能去,我也是你的配偶,两个专一配偶中的一个,为什么不能去?陈三木开始感到痛苦了。千叶悄悄地说,放心,我不会让你难堪。陈三木说,是啊,有什么难堪的,你是我的学生嘛。千叶说,好,我是你的学生。

宴会是美式的，在这个朋友的别墅中进行，酒会形式，大家举着酒杯在朋友间穿来穿去。陈三木介绍千叶是自己的研究生，千叶也不否认，所以没有出什么乱子，但他整个晚上仍然浸透在一种惶惶的恐惧中。千叶的美艳震动了几乎在场所有的人。但陈三木却没有丝毫的得意，他已经被恐惧压垮了。

回家的时候，千叶看着陈三木的眼睛，说，今晚你好像不怎么惬意？陈三木说，没有，我很高兴。千叶就笑了一下，什么也没说。过了一会儿，她说，如果今晚我是你夫人，你觉得怎么样？陈三木说我从来不评论假设。千叶说，我既不是你的老婆，又不是你的情人，那我是什么？你为什么不介绍我是你的情人？陈三木看着她，好像在说，这怎么能介绍？但他没吱声，知道他理亏。千叶说，你既然认为情人也是两个专一中的一个，是男人的必然，那么你就应该在今晚大大方方地介绍我，说，这是我的情人千叶。可是你没有。你怕什么？教授。

陈三木突然慢慢地停下了脚，他渐渐感到一股冷意从他的背部往上浸透。千叶说，你在骗我吗？三木，或者你从来就没有爱过我？你只是喜欢我的美貌和身体？陈三木颤抖地说，不，不，你这样讲不合理，我为你花了那么多钱，周玲从来没有让我为她这样花钱，是她挣钱给我花，我一个大教授，为你去公司打工，低声下气地做那些我本来不屑一顾的事情，昨天我忙了一天，在电视台做那个破节目，不就是为了替你挣钱吗？我一个大教授，既然像一个小编导一样去请一个美女作家，那个我根本看了要吐的婊子来当我的嘉宾，本来她是我文章痛骂的对象，现在我为了挣一份电视台的钱要去和她相处，为她说话，我这是为什么？我不爱你吗？千叶，你这样说，让我伤透心了！

千叶看了他好一会儿，没吱声，后来她小声地说，你真的爱我吗？你不要说这些外面的，说说里面的，问你的心，你真的爱我吗？你给我买东西，为我挣钱，是心甘情愿的，还是被逼无奈？为了我的身体，为了我不说出这个秘密，你只好去为我做牛做马？如果是这样，你这是爱我吗？我告诉你，老师，我这个人很简单，我觉得你真的爱我，你就对大家说，我爱她，她叫千叶，她是我的情人，而不是你的学生。否则……你就是个说谎话的骗子！

陈三木痛苦地说，千叶，我没有说谎，你是我的学生嘛……

你们这些教授，有智慧的人，就是把智慧用在这里的吗？千叶说，你在上课的时候，不是对我们说过，策略性的谎言更无耻吗？你在那个场合，说我是你的学生，是不是策略性谎言？你说得不错，我是你的学生，但你吞下了另一句话——我是你的情人。你和我光着身子躺在床上时对我说，我们的爱情可昭日月，可是到今天为止，你不敢也没有对任何一个人说，我爱千叶，她是我专一的情人。

陈三木一句话都不说了，因为他没话说了。一种从未有过的恐惧向他淹过来。他突然问，千叶，你是谁？为什么今天说这些？

千叶说，我是一个情人。

陈三木问，你到底要干什么？

千叶奇怪地笑了一声，说，要干什么？我没要干什么，我只是要爱你，我爱你，我可以对全世界的人喊，我让你给我买东西，只是为了看看，你那爱是不是真的，我才不在乎你那些破劳什子，我什么没见过。陈三木问，千叶，我想问一下，你以前是干什么的？在考我研究生之前，你到底是干什么的？千叶笑了，看着陈三木，干什么的？做人的！

说完，一个人径直朝前走了。

陈三木陷入了从未有过的恐惧之中。千叶不来上课了。陈三木不停地给她拨手机,她都关机。陈三木感到大难临头。他到网上查找,看到了那篇有关一个妓女考上研究生的报道,里面的照片是侧面的,看上去就是千叶,但不能证明就是她。据网上说,她是一个妓女,后来自强不息考上了研究生,但文章中没有陈三木的名字。

陈三木被一种山雨欲来的恐惧摧毁。他慢慢意识到:他个人积累经年的名誉地位有可能毁于一旦。更可怕的是:他的自尊、他赖于生存的骄傲和自豪也将失去,这意味着他将没有任何动力继续他的研究,因为他的研究都是谎言,而谎言是不需要研究的,只要去做就可以了。

陈三木继续拨千叶的手机,还是关机。他几乎要疯了。接下来的一周,灾难终于来临,一个接一个的陈三木的朋友陆续给他打电话,说有一个他的学生叫千叶的,给他们打电话,说她是陈三木教授专一的情人,可是他不愿意承认,现在她很伤心。那些朋友对陈三木说,我告诉你,是为了让你有个准备。他们保证不会跟第二个人外传,因为那个女人说话听上去有神经病,她这种做法是少见的。那个从国外回来的朋友是千叶唯一亲自去找过的人,他问陈三木,你跟她没有关系吧?是她在单相思,才这么疯狂的是不是?陈三木支吾着,说,嗯……嗯。朋友说,不过她提到的你那"两个专一"的理论,倒是个很好的研究课题。

陈三木也疯狂了。他终于打通了千叶的电话,约她到湖边。他一个人先跑到大学里的湖边,在瓢泼大雨下大喊大叫。他想,如果他不在这里一个人喊一下,他可能就去自杀了。陈三木,他是多么要面子的人,可是现在,他的亲爱的学生,却跑去给他的朋友一个一个打电话。

这时,有一个人出现在他身后,在大雨中,他看见了,这就是他这几天在疯狂寻找的千叶。她撑着伞,默默地看着他。两人对视着,待了好久。千叶慢慢走到他身边，说，老师。

陈三木突然打掉她手中的伞，用力推她，喊，你为什么要这么做？千叶低下头，不说话。陈三木说，你太可怕了，太可怕了。

千叶望着他的老师，说，我让你去告诉你夫人，说，你有一个情人，叫千叶，你去说了，就不会有今天的事情，我只要你告诉她，你可以同时爱两个人，一个是妻子，一个是情人，这是你说的，可是你不干。老师，你以为一句话、一个观点是可以随便说出口，随便写成文章的吗？我今天什么对不起你的事情都没做，我只是让一个知名教授把他自己提出来的一个观点，只是一个小小的观点，自己做一下，实行一下，对你来说，怎么就这么难呢？怎么就要了你的命了呢？

陈三木脸上身上全是水，那一刹那，陈三木有了一种已经死去的感觉。千叶的头发也被雨水打得湿透了。可是很奇怪的，她的脸上却有一种怜悯。她对陈三木说，连一个拾破烂的老太太都知道，说话要算话。现在，我只不过以一个拾破烂的老太婆的标准来要求一个教授而已。我没有以我的话来要求你，话是你说的，你做到就是了。

陈三木竟然掩着脸哭了。一个大教授，居然对着一个年轻女孩哭了。你会……你会在网上公布我的名字吗？千叶……陈三木哭泣着问道。千叶说，我不知道。陈三木就扑通一声对她跪下来，千叶吃惊地看着她的老师，这个昔日如此骄傲的名教授，他是道德研究学界的翘楚，最年轻的教授，他出口成章，引经据典，他的观点有缜密的逻辑、辉煌的结论。可是现在，他跪在一个年轻女孩脚下，抱着她的腿，哭泣了。千叶……请你，请你不要这么做。我为你，什么都没有了，我是爱你的……

千叶也蹲下来，她也哽咽了。她也流泪了，但泪水和雨水交织在一起，看不清她是否真的在流泪。她抱着她的老师，说，老师，你恨我吗？可是我不恨你，我爱你，我真的爱你，所以我要你说，我要你说出真话，我要你对大家说出真话，只有这样，我们的爱情才是真的，才可能维持下去，只要你公开说你真的有两份爱情，我就信你的，我可以这样活下去，你也可以。我绝不会去打扰周玲，打扰你的生活，你说人同时有两份爱情，我信你了，我是你的学生，老师教我说，要专一，但是有两个专一，今天，学生只是要老师说出你自己的真话。因为……我已经爱上老师了。可是，学生却不能肯定，老师是不是真的爱上了学生？如果老师说假话，那多么可怕！如果老师连自己的学问也是假的，老师就毁了！学生真的爱上了老师，所以关心老师，学生今天要老师兑现诺言，不是为了学生，而是为了老师！

千叶这是在玩弄他吗？陈三木想，从一般的角度，好像是在惩罚他。可是，你只要仔细地分析她的每一句话，就一点错也没有。如果她没有错，只能证明，他研究的东西是谎言，只因为它成为学问太久了，觉不出它是谎言了。就像一尊泥菩萨，从来都供在房子里拜，结果就以为是神，有一天放到大雨中，立刻就坍塌了。

陈三木呆呆地注视千叶。他现在知道，他其实从来没有爱上她，他现在承认，他只是看上了她的身体。他现在承认，他说了假话。他现在承认，他对两个专一的理论是不严肃的，是为了得到这个女人而推论出来的，他现在承认，自己是一个信口开河、说话不负责任的人，是一个学术态度随便的人。但在此之前，陈三木从来没有为此负过责任，付过代价。直到这个年轻女孩出现之后，陈三木的灾难才真正来临。陈三木这才意识到，他随着肉体的需要行事为人，忽略良心的声音，恐惧就会如约而至。当时他就是不听良心的声音，良心对他说，这个女孩很美丽，但你可能没有爱上她，甚至讨厌她的浅薄，你还爱着周玲，你可能要背着周玲去搞女人，这样是不对的。可是陈三木不听良心说话,他听从他的性器官要求。可是这个教授要说服自己,让良心平安,于是他就有了那套理论。现在陈三木明白了,一个人要摆脱恐惧,只要听从良心的声音行事为人就可以了,想得太复杂是没有用的。但是他软弱了,没有做到,恐惧就无法避免。这个道理不是他的学问教给他的,是他的学生,一个女孩教给他的。

千叶扶起了老师,她已经泪流满面。

陈三木可怜地看着他的学生,问,你会公诸于众吗?千叶说,我留机会给你,但我一定会告诉一个人,就是周玲。因为,如果你的两个专一理论是谎言,你就伤害了我们,你最先伤害的不是我,是周玲。所以,今天,我已经把她叫来了。

陈三木转身看,周玲撑着伞从树后面走出来。狼狈不堪的陈三木震惊地看着周玲,他身上混合着泥和水,正在下滴。他的眼镜也破了一只眼,看上去像个瞎子。两人就这么对视着。陈三木叫了一声:周玲!

周玲却猛一回头,走了。

千叶对陈三木说,你要说的,我会跟她谈。与其整天活在恐惧中,不如活在光明磊落中。因为爱情里肯定没有恐惧,要不人们怎么说爱情美好呢。再见,老师,有朝一日,你一定会理解我今天为什么这么做。

……千叶和周玲来到一家咖啡馆。周玲问她,你为什么要这么做?千叶说,其实我从来没有相信他的理论,但我真的爱上他了。

周玲问,你到底是谁?网上说的是真的吗?千叶说,是,真的。周玲就定定地看她,她的疑惑表明她不相信千叶说的话,不,你不可能是妓女,你说话做事表明,你智商很高。千叶笑了,智商高就不会当妓女,什么道理!我告诉你,我为什么会当妓女。我的确很聪明,我中学学习成绩全班第一，可我是农村的，在我上高三那年，我父亲上山摔断了腿，瘫在床上，母亲接着患上了肾衰竭，要洗肾，我只有一个弟弟在念小学，我们家就垮了，我还能继续上学吗？我父亲让我去打工，我如果不听，在我们那里，就是大罪。我哭了三天，求他们让我读完，考上大学，最后，他们答应了，但我却不念了。因为在他们答应我可以继续念书后，母亲在后半夜服农药自杀，想减轻我们的负担。

我来到了樟坂。我进城后第一个奔娱乐场所，我已经想得很清楚了，我就是赚钱来的，就要去赚最多钱的地方。在夜总会，我又哭了三天，是在哭我的贞操。然后我凭我的美貌，很快成了樟坂最出色的小姐。

在这三年中，我赚了不少的钱，给我的母亲换肾，可是我的母亲还是死了，是在换肾的过程中意外死的。接着我的父亲居然也要洗肾，瘫痪太久肾衰竭，奇怪吗？他们约好似的。我很绝望。我付出这样的代价，居然还不能帮到家庭。可我却蚀了老本。我做梦都在想，自己要上大学，在我的手包里，放着的除了避孕套、口红，还有一本卢梭的忏悔录。真的，我赚的钱除了补助家庭，买衣服，就是买书，我要实现我的梦想，我的梦想就是上大学，读博士，成为一个作家。我绝对可以做到，我不是因为不会读书才沦落至此的，我是被逼的。

我见过了多少男人，他们有几个钱，就可以爬在我的身上。你知道我接过最老的客人多少岁吗？七十六！是一个煤矿的老板。他身上的皮就像沙皮狗的皮一样，在我肚子上摩擦着，嘴里的黑牙喷出臭味。我想，死就是这种感觉吧。我也遇上过年青的，有好些还爱上了我，要把我赎出来，笑话，我的钱足够把他们赎出来。这些人渣，都是说话不算话的人，说爱我，可是他们最后都是在说假话，他们永远不会忘记我是一个妓女。我知道了,只要我当过一天妓女,就永远是妓女。

我突然明白了,我的钱对我来说,是世界上最没用的东西,我付出了最昂贵的代价为了一个最无用的东西。我开始复习考试,直接考研究生。你相信吗?常常客人在我身体上蠕动时,我的脑子却在想着习题,我给自己定了一个标准,每一个习题要求自己在他们射精前把答案解开。我看报纸,知道陈三木很有名,是研究道德学的,我很想问问他,什么样的人最道德。

我报了陈三木的研究生。当我第一次见到他的时候,我就知道,我一定会录取。我从你丈夫的眼中看到了希望。我知道他会帮我,没有他,我考不上的,我知道自己离开书本太久了,突然丧失了志气,我想尽快读上研究生。结果果然如愿。而且就像我想好的一样,陈三木喜欢上了我。我敢说,我遇上的男人,几乎找不到不对我注意的。但只有陈三木对我说,他真的爱我,而且,他可以同时爱两个人,因为人类有缺陷,所以,人可以同时专一地爱两个人,但超出这个范围,就是不道德的。你知道吗?我居然相信了。他是教授,说得那么真诚,我真的相信他的话,但从我心里却不相信人能爱两个人,你能理解我的意思吗?我不相信人能爱两个人,但我愿意相信陈三木。

但我渐渐发现,这个教授也在说谎,他和千千万万我见过的无耻男人一个样,只是说谎说得圆一些,复杂一些。可是我不愿意他这样,一想到老师会和别的男人一样,我就害怕,我就恐惧。我恐惧来自于我对这个世界上到底还有没有永远的爱情的怀疑。我不缺钱,却让陈三木为我花钱,看他会怎么做。他很烦,我就知道他不爱我。他不愿意把我公诸于众,他在骗我。可是,我却真的要把他的那个理论写到文章里去。

你考研究生就为了征服男人?周玲无法置信。

不是征服。千叶说，只是试验，如果试验成功，我就能捞一把，找个好男人过一生，如果失败，我就死心了。

周玲问，现在，你成功了吗？

千叶摇头，没有，我失败了，连陈三木这样的人也不过如此，就没得玩了。千叶说完从包里抽出一支烟，点上。她恢复了一个妓女的表情，目光是散的。

可是，你把陈三木彻底毁了。周玲说，为了你的试验，必须这样残酷地毁掉一个人吗？

千叶笑了，说，这种人，研究出一套无用的理论，却信以为真，还招摇撞骗，害己又害人，照样男盗女娼，你说，这样的学问毁了又怎样？这样的教授不当又何妨？

周玲说，我说的是你毁了陈三木，你为什么要用这种特殊的激烈的方法？

千叶反问她，除了这一回，有过什么方法能揭穿这个伪君子？这些学者教授们和我身上那些臭男人有什么区别？可是谁都可以说那些商人为富不仁，却从来没有人说学者教授肮脏下作，还给他们戴上高帽子，知识精英，文化英雄，我只是把他说的话让他自己吞回去，他就知道有多难受了。

周玲不知为什么，突然哭了，说，你真狠，我不知道是该骂你还是该谢你，你说的很多是对的，你做完了你的试验，我和陈三木也走到头了，可是，我还是要问一句，你爱上了陈三木吗？你不觉得他接下来的下场会很可悲吗？

千叶沉默了一会儿，说，有一段时间，我真的好像爱上了他，但现在，我谁也不爱。但我看出，你是爱他的，你放心，他没倒霉到那个程度，现在，还只是一小部分人知道这个事，我不会再说什么了，你如果真爱他，可以去挽回，我虽然不能说对你完璧归赵，至少我还给你一个真实的陈三木。

周玲问，你的研究生不读下去了？

千叶笑了，吐一口烟，说，读个屁！

果然，从这一天起，千叶这个人消失了。

第二十六章　罪犯成了作家

陈步森的自白录以神奇之速得以出版，完全在于刘春红的功劳。这本十万字的自白书由苏云起润色后，一度找不到出版社愿意出版。这本完全可能畅销的书找不到出版单位，原因在于他们宁愿出版一个贪赃枉法的官员的回忆录，也不愿意为一个杀害前副市长的罪犯树碑立传，免得惹不必要的政治风险。但刘春红竟然找到了一个出版社，据说是她自己投资，为此搭进去了自己的积蓄，首印数达到五万册。

刘春红对苏云起说，虽然我也认为陈步森是傻瓜，但我相信他的书能大卖。她催促出版社只用了不到一个月的时间就把书印出来了。今天，刘春红把十几本样书送到了苏云起手里，是她找苏云起为该书写的序。这本书的名字很长，叫《我向您认罪，请求您赦免》。

苏云起拿着书仔细翻看，对刘春红说，这是陈步森用眼泪写的。谢谢您，刘春红，你为他做这些事，他会很感激的。刘春红说，他要是感激我，就不会做那些傻事了，我不是要他感激，我是要通过这本书向社会呼吁,让他得到从宽处理,今天下午在图书大楼的首发仪式,您一定要参加。苏云起说,好的,我一定会参加,但我要先去找一个人,就是冷薇。我想把这本书送给她,她是第一个应该得到这本书的人。刘春红脸上露出厌倦的表情,说,这个女人疯了,她是存心要陈步森死。苏云起说,不一定呢,陈步森的命并不掌握在她手里,她失去了丈夫,应该得到关心。刘春红摇摇头说,你不被赶出来才怪呢。苏云起说,我试试看吧,仪式那边需要我们帮忙吗?刘春红说,陈步森他表姐会去帮忙,我们请了好些媒体来。

苏云起按照地址找到了黄河大学冷薇的家,可是他意外地在楼下遇到了冷薇,她提了个篮子,好像要去买菜。苏云起向她介绍了自己,说想和她谈谈。冷薇打量着他,立即明白他是谁了:你就是苏云起?苏云起说,是我。冷薇说,你找我干什么?苏云起说,我只是想来看看您。冷薇并没有邀请他上楼的意思,在旁边的一张石凳上坐下来,说,听说你让那个家伙悔改了?苏云起说,不是我,我没那么大的能力,是他自己认了罪,就得了自由。冷薇眼睛并不看苏云起,说,自由?没那么容易,他做了什么就得负责什么。苏云起说,当然,这个自由是指灵魂说的,他对他做的事要负责,是这样的。不过呢,陈步森的人确实改变了,没有恨了,他对我说过,非常希望你也能和他一样。冷薇笑了,这笑声是从鼻孔里出来的:一样?要我和一个凶手一样?这是哪门子理论?我是受害者!我做错了什么?我死了丈夫,我疯了,我病了,我就有罪了?我就是凶手了?需要凶手的怜悯?笑话!我告诉你苏先生,今天听到你在我面前谈到那个人,我只听到他的名字,就感到耻辱。

说完冷薇站起来就走。苏云起也慢慢站起来,跟了上去,说,你要相信一点,人是会改的,他过去是对他所作的不晓得,现在他晓得了。冷薇说，他晓得个屁！你是不是要和他合伙来骗我？是，就是这么回事，你拯救了他，给他戴上了一个高帽，他就可以逃脱审判是不是？你们串通了要在我这里拿到对他有利的证据，对吗？我告诉你，你休想。苏云起说，他做了什么你最清楚……冷薇说，我最清楚，可是我也最糊涂，我被人骗了，我出院回家后，一看到我丈夫的遗像，就什么都明白了，我差点儿得罪我最亲爱的人，你们不管我这个被害人，却一味地关心那个凶手，你还有人性吗？苏云起的心像被针刺一样，他低着头说，我今天来看您，跟他没关系，我对您遭受到的苦痛无能为力，如果用我的嘴能安慰您，我愿意一刻不停地说，一直到您的心平静的那一刻为止，但我知道纵使说到我嘴唇无音也没有用，您受的创伤只有心灵能安慰。

这句话似乎把冷薇打动了，她站在那里不动，说，那就谢谢你，我要去买菜了，恕不奉陪。苏云起把那本书拿出来，说，这是陈步森写的自白录，刚出版的，因为他想说的话有一大半是对着您的，所以我今天给您送过来。冷薇很吃惊，瞥了一下书，说，杀了人还当作家了？真是一举两得。苏云起说，您可以看看。他把书轻轻放进她的篮子里，说，给您添麻烦了，如果您愿意，我还会来看您，请您节哀保重。说完苏云起就转身走了。冷薇转手就从篮子里把书拿出来，扔进路边的垃圾斗里。

苏云起看到了这一幕。可是他正想回去把书拿出来时，发现冷薇回头了。她看了看，没有发现苏云起。苏云起躲在墙后面，看见冷薇慢慢走到垃圾斗前，迅速地捡起那本书放进篮子里，快步走了。

……苏云起利用剩下的时间找了一趟律师沈全，他想了解一下陈步森案的进展情况。沈全是他的老同学，他的律师事务所在东街六号，和辅导站相距不远，两人经常来往。苏云起把那本书送给了他。沈全给他泡了一杯红茶,说,现在的情形对陈步森并不算太有利,因为他没有确凿的悔改依据,他做的是对着冷薇的,不是对着公安的,而且冷薇还拒绝承认。苏云起叹了口气,说,陈步森为什么这样做没人问,做给谁看还么重要啊。沈全说,不过,这本书的出版对陈步森应该是个利好,便于全社会看清楚这个案子真实的一面。苏云起说,我刚才去看过冷薇,她情形并不好,我看她是被自己折磨着。沈全问这话怎么讲?苏云起说,她一直觉得自己对不起丈夫,所以她现在恨陈步森并不完全是自己的想法,她应该知道陈步森已经悔改。沈全皱着眉说,问题没么简单,她太爱李寂了,我调查过,他们是一对几乎没有红过脸的夫妻,无论是谁,也无论他事后做了什么,只要夺走了她的丈夫,她就不会原谅他。苏云起说,我不这么看,她只是内心斗争得很厉害,刚才我给她这本书,她扔到垃圾箱里,后来我一走,看见她从垃圾箱里又捡回去了。沈全笑了,这只是好奇罢了。苏云起说,我觉得有希望。沈全说,那就好啊,我巴不得这样呢。苏云起说,我可是指着她灵魂说的啊。沈全说,我管的跟你不一样,我指的是这种情况对陈步森有利,可以让他免于死刑,我们各负其责。

这时电视台的记者朴飞来找沈全,他们同是朝鲜族人,所以经常来往。朴飞看见苏云起,就说,我看见你写的陈步森书的序了,下午我也要去参加首发式,你的序叫《爱能遮掩许多的罪》是不是?写得不错,但这个题目可能会让人误会,爱就能遮掩罪了?遮掩给人掩盖的感觉。苏云起说,以后大家会明白,没有一个人不犯罪,也没有一个人有能力不犯罪,所以罪只能遮掩和涂抹,好像这块污迹,重新刷一遍油漆,把它盖上,他的良心就无亏了。朴飞说,真便宜啊,一抹就无亏了?苏云起说,要看用什么涂抹,谁能为人类赎罪?有罪的人类能吗?不能,因为他有罪,所以没有定罪和赦罪的权柄,只有一个完全无罪的人，他的血才可以涂抹，因为他的牺牲废掉了一切的消极，涂抹了罪，人一信任他，就接受了这个能力，开始可以胜过罪了。朴飞说，这有些复杂啊，我得好好想想。

　　他们在旁边的朝鲜菜馆吃了饭，然后一起到了图书大楼，参加陈步森自白录的发行式。刘春红和周玲正在现场挂布幅，不少记者陆续到场。现场已经挤了一两百人，并开始排队。当图书大楼和出版社的代表讲过话后，苏云起讲话，他说，今天陈步森本人由于众所周知的原因，不能来到现场，他让我代表他说一句话，就是向全社会请罪。苏云起说完代表陈步森对大家深深地一鞠躬。他说，这是一本什么书呢？这是一本罪人的悔改录，这是一本用眼泪写成的书，是一个罪人心思转变的见证。在他写这本书的过程中，我多次和他见面交谈，他好几次写不下去，觉得自己犯了罪，怎么还能写书呢？我告诉他，不是一个成功者才能写书的，一个罪人写的书有时更动人心魄，因为每一个字都是用悔恨的眼泪写成的，人们看这样的书，不是要嘲笑他，也不是要看热闹，而是要看人类能这么坏，为什么能这么坏；人类这么坏，却还能悔改，变成雪一样白，为什么能变为雪一样白。这里面究竟隐藏着什么极大的奥秘。

　　这时，突然从队伍后面传来一阵喧哗。一行人抡着棍子窜进来，为首的一个黑脸的男人问苏云起，你就是苏云起？苏云起说是。那人就不由分说，抡起棍子朝苏云起打下去，苏云起头上的血喷出来，旁边的几个人用棍子开始砸书摊，前来买书的人惊叫着四处逃窜。图书城的人大叫着要找警察。沈全大喊，请你们马上中止犯罪行为，我是律师。朴飞迅速举起摄像机抢镜头。周玲拉着满头是血的苏云起叫出租车。刘春红则拨打了110。

　　那些人砸完了摊子，黑脸的人对苏云起说，我们不是冷薇的亲戚，跟陈步森也无冤无仇，我们只是看不过去，这个凶手也太嚣张了，他是英雄吗？苏云起说，不是，他是罪人。那人说，是罪人就好好在局子里待着，别到处充英雄，反了！陈步森有什么权力要求一个被害人赦免？苏云起说，他是没有权力，但良心有权要求她。那人说，没有良心，我就是良心。我看不过去，今天教训教训你们这帮人，看你们还敢为罪犯立传。说完他们钻进一辆面包车走了。

　　苏云起脸上的伤口还在流血，图书大楼的卫生室给他作了简单包扎。周玲和刘春红要送他上医院，他摇摇手说，等一会儿，你把他们召回来。躲得远远看热闹的读者见他要说话，又重新聚拢来，人比原先更多。苏云起重新站到书桌后面，对大家说，让大家受惊了，今天的事是突发的，但我并不吃惊。我相信刚才那些人不是为着他们自己才这样做，他们也许有这样做的理由，因为他们不喜欢看到一个罪犯写书给大家看。可是我要说，罪人也许没有资格做任何事了，但他至少可以做一件事，就是认罪。没有比罪人认罪更有价值的了，没有什么比一个罪人悔改时滴下的眼泪更动人的了。当然我们会想，那么被害人怎么办？我现在拿起这本书，大家看看书上写了什么？苏云起打开书的扉页，你们看看，在这本书的第一页写着一句话，这是全书的第一句话：愿被害人的眼泪被收纳。这就是陈步森要说的话，他为什么这样说呢，因为他没有权力收纳被害人的眼泪，但他相信被害人的眼泪一定有地方收纳，一定有地方安慰。刚才打我的人对我说，陈步森不是英雄，他是罪犯，不错，他的确不是英雄，可是我要问，谁是英雄？是不是有能力的就是英雄？今天大家都讲能力，大家崇拜有成就的人，可是在我看来，骄傲的人并不是英雄，谦卑的人才是，如果一个能真正认识自己、认识自己是罪人的人，他就是这个世界上最有勇气的人，我不是说陈步森是英雄，但我说，他现在至少开始承担自己的心灵责任。

大家静静听着，出奇地安静。朴飞用摄像机拍下了每一个画面。

他犯了罪，如果只是法律惩罚他，就一定能改变他的心灵吗？苏云起说，有人说，不杀他不足以平民愤，民愤是什么？千百年来中国人对公义的认识模糊到一个地步，用"民愤"轻率地处理所有事关公正的问题，但我们忽略了，人民就是人，人是有罪的，是有局限的存在，人如果没有一种来自于启示的公义源头来让他明白，他就不会知道公义是什么，他就会自觉或不自觉地让自己的利益原则顶替公义的原则，所以，民愤不是公义。还有人找被害人，要她放过陈步森，要她算了，大事化小小事化无，请问，什么叫"算了"？做过的事能算了吗？这还是公义吗？凭什么算了，所以让被害人算了，结果被人赶了出来。

听到这里，刘春红低下头，她想不到苏云起把她的事说出来。

苏云起说，赶得好，我赞成赶出来，因为这事犯下了，谁有权柄说算了？赦免不是算了，如果是，那这种赦免不值钱，一毛钱一斤我都不要，今天我们对这事不赦免，我们过不去，因为事情不会结束，就是把陈步森关起来了，枪毙了，恨还在，只有法律对肉体的处罚，一切并没有改变；但如果我们只是算了，事情就更糟，比只有法律更坏，这就一点公义也没有了。

律法只能让人知罪，没法让人除罪。我举个例子，一个小孩子玩大便，父亲没说这不能玩，他还玩得挺高兴，但细菌就入了他的身体，但有一天父亲说，你不能玩大便，这是不对的，小孩子吓死了，知罪了，知道这是不能做的，但他就真的不玩了吗？不能，他明天照样玩，只是多了恐惧。什么时候他不玩了呢？等他长大了，有了跟他父亲一样的生命，让他玩他也不玩了，因为他有了不玩大便的生命，有了爱圣洁的生命。是生命改变人,不是律法改变人。这生命经由相信,就进入到我们的心灵。今天,人如果只活在律法底下,是可怜的,是不自由的,我相信,陈步森现在是自由的,虽然他关在监狱里,但我们就一定比他自由吗?不。

陈步森就是那个孩子,让这个孩子说说真话,不行吗?

第二十七章　一个也不饶恕

冷薇拿到那本书后，开始经受折磨。她用了一天的时间来阅读这本书。冷薇不想让母亲知道她在读陈步森的书，所以把房门紧紧闭上。

陈步森在扉页上的第一句话：愿被害人的眼泪被收纳。这句话使冷薇的眼泪夺眶而出，她是怀着恨恶的心情看这本书的，但第一句话就让她控制不住，这泪的流出可能完全是不自觉的，也就是说她不想流，但眼泪就突然滑出来了。可见冷薇心里隐藏着多么巨大的悲痛。这种悲痛里究竟含有什么复杂的成分，或者说她究竟为什么哭，连她自己也不知道。

陈步森在书中主要回忆了精神病院的部分，当冷薇看到陈步森帮助她回忆往事恢复记忆的一幕，他写道：陈步森问她说，你认出我是谁了吗？认出来了吗？我是凶手，我是陈步森。冷薇眼泪忍不住再次涌出，她把书一扔，盖上被子睡觉。

可是她看到了李寂的遗像，他只是平静地注视她，却在冷薇心里引起极大的震撼,他好像在用一种商量的口吻对她说,亲爱的,你为什么看他的书呢?你相信他的话吗?我死了,不能说话了,他还能说话,如果他不死,以后他会说得更多,再也没有人知道我为什么死了。冷薇的泪水不停地流到被子上,把它濡湿。她因为陈步森流泪,总是不自觉的,一下子涌出来;为李寂流泪却经过记忆和酝酿,但比前者更多,如同滔滔江河。现在,她仿佛听见丈夫问她,你这么在意他吗?为什么你会在意一个凶手?这多么奇怪啊。难道你竟会爱上他吗?想到这里,冷薇的泪水就涌流如注。

她把李寂的遗像翻转过去。抱着被子的她哭到累了,睡过去了。可是她睡得不安稳。那本书的书名钩子一样钩她的心:我向您认罪,请求您赦免。这句话牢牢地攥住了她的心。等她醒来时,发现母亲进来了,坐在她床边。墙上的遗像已经翻转过来了。母亲拿起那本书,皱着眉头看。冷薇一把夺下来。母亲说,这书是谁给你的?冷薇说,你不要管,你把它给烧了吧。母亲用手摸了摸她的额,问,你是不是不舒服?冷薇说,没有。母亲说,明天就要恢复上班,你不要搞到身体垮了,成天这样也不行啊,什么也干不了,老流泪伤身子,唉,起来吃饭吧。说完母亲从地上捡起书走了出去。

母亲并没有把书烧掉。她一个人躲在房间里看,一边看一边叹气。老太太是一个心思单纯的人,有时她觉得陈步森老坏,杀一百遍也不为过,这肯定是她想起女婿的时候;可是一旦她想起了陈步森这半年来为她家所做的,就不断地叹气。陈步森刚抓到那会儿,老太太天天咒骂陈步森,连切菜时都剁着刀说,杀了他,杀了他!可是当她在电视上看到陈步森蹲在看守所地上的可怜样儿,又心软了,说,改了就好了,这人可能真能改,就留条命吧。引得冷薇大骂她糊涂,她问母亲,你忘了李寂怎么对待你的了?老太太知道说错话,转过头不敢吱声。

　　门外有人敲门。老太太连忙把书藏在床底下，出去开门。前来的是沈全律师，老太太不太记得他，就去把冷薇叫出来。冷薇见到来人是陈步森的辩护律师后十分吃惊，你找我干吗？她问。沈全说，不好意思打扰您了，我对您在这个事件中受到的伤害表示慰问。冷薇说，你是为陈步森来的吧？沈全笑笑，不是，我只是来向您了解一些情况。冷薇说，真新鲜，凶手的律师找死者家属要了解什么呢？我知道你们再也找不到对陈步森有利的证据了，除了我这里，你们就没办法了。沈全低头想了一下，寻找避免伤害冷薇的词汇：事实上这不是一场战争，大多数人以为，控辩双方肯定是死敌，我却认为这是合作，这是我沈全对法律的不同理解。

　　沈全说，冷女士，其实我们可以在共同合作中找到真相，也就是事实的真相和公义的尺度，对抗能找到真相吗？我很怀疑，也许只是利益的平衡，在我看来，法律不是人平衡的结果，是我们共同发现真理尺度的结果。我们不合作，这个尺度就很难找到。我这样说是为了让您相信我没有恶意。冷薇笑了，还不是一样？你颠来倒去不就是要我说，陈步森在精神病院对我如何有恩？沈全摇摇头，不是，您就按事实说好了。冷薇女士，其实我对您非常同情，站在个人的立场，我也会恨陈步森所做的，但我只会恨他所做的杀人的罪，我们为什么要恨他为您所做的事呢？我们只恨罪，不恨罪人。陈步森过去所做的他不明白，后来他明白了，他就不做了，您是有感情的人，您也是有道义的人，您一定知道把这两者分开的意义。我今天来，就想听您说真相，无论是您被害的真相，还是陈步森悔改的真相，我相信您是会秉着良知说话的，您迟疑了那么久才举报陈步森，说明您也不相信他会是凶手，事实上他是。可见，您心中也是有斗争的不是吗？现在，陈步森已经把真相属于他自己的一半公诸于众了，您也能这样做，因为这是对得起良心的。

冷薇好像被打动了，她说，也许他在精神病院的时候，一度良心发现……这句话刚出口，她就突然打了个寒颤，双手抱住自己的肩，紧紧地闭上了嘴。卧室里遗像上的李寂似乎破壁而出，目光向她射过来，把她牢牢钉在那里。冷薇浑身微微颤抖，产生一种差点掉到深渊里的感觉。她低下头，呼吸急促。沈全关切地问，您还好吧？

冷薇清醒过来，她差点儿说出对陈步森有利的话，那个过程是不知不觉被引诱的。冷薇在抗拒沈全的诱惑，她说：我刚才没说清楚，事实就是——他是凶手，他一直欺骗我，够了吗？沈全低头沉默了，说，如果您觉得这就是所有真相，现在您就说出来，我会听的。冷薇就不说了，头转向一边。过了几秒钟，突然她回过头来，表情大变，歇斯底里地大喊大叫起来：走开！走开！你们都是跟他一伙儿的，串通来骗我，来欺负我！沈全没想到她会突然发飙，竟有点不知所措。冷薇指着他叫，你走，现在就出去！你们全都是凶手，凶手，凶手！……她就这样一遍又一遍地喊着"凶手"两个字。沈全不知道怎么办才好，老太太走出来，对他挥挥手，说，唉，你走吧。沈全对她们躹了一个躬，退出去了。

这时，淘淘拿着那本书跑出来，指着书上陈步森的照片大声说，看，看，是小刘叔叔，小刘叔叔，我要跟小刘叔叔玩，我要他带我出去玩……冷薇的脸涨得通红，一把从儿子手上抓过那本书，扔在地上踩，然后把儿子拖过来，劈头盖脸一阵暴打，她看上去完全疯了，像对待仇敌一样盯着淘淘，眼珠子都要掉下来了，手不停地打在儿子的头上和身上。老太太看得呆了，扑上去和女儿扭打在一起，冷薇摁住淘淘，淘淘从来没经过母亲的打，完全被吓傻了，有一巴掌打在他的后背上,淘淘非常可怕地呕了一声。

老太太终于从女儿手中夺回了外孙,她哭了,对女儿嚷,你真的疯了?有这样打孩子的吗?孩子怎么啦?你跟陈步森一样!你比陈步森更坏,陈步森对淘淘多好,你却这样打他,他不是你儿子吗?他那么小,碍你什么事儿了?你真的不如陈步森,你去死吧,畜生!老太太用手中的扫帚猛打冷薇的头,冷薇抱着头一声不吭。淘淘死死地抱住外婆,不停地颤抖。

老太太对冷薇说,我现在带淘淘上医院,要是我孙子有什么三长两短,我告诉你,我跟你不客气。说完背着淘淘出了门。冷薇呆呆地坐在客厅的地上,死了一样。后来她爬起来,走进卧室,来到丈夫的遗像前,说,李寂,我没有得罪你,我没有犯错误,我连儿子都打了,你都看见了,你不要怪我了,我连儿子都打了,我把律师赶出去了,除了你的话,我谁的话也没听,你不要这样一直看着我,我对得起你。她抽泣起来:我连儿子都打了,我连儿子都打了,妈骂我是畜生,我是畜生了,李寂,我是畜生了……她扑在床上,痛哭失声,泪水鼻涕糊得她一脸,使她脸色苍白,蓬头垢面。

这时又有人敲门,可是冷薇却无力起来开门。有人径直走进来了。冷薇走出卧室,她的蓬头垢面把来人吓住了,来人就是砸陈步森书首发仪式的黑脸男子,他看着冷薇的脸,说,对不起,门没关,叫人也叫不应,我担心出事情,就走了进来,你没事吧?冷薇问,你是谁?那人说,你可能不认识我,我姓郑,叫郑运林,是支持你的后援会的会长,刚成立的,特地来告诉你,我们是你的后盾。我把陈步森的发书仪式给砸了,现在警察正找我呢。

冷薇脸色苍白地看着他……那人对她说,我今天终于亲眼看到了,陈步森把你害成了什么样,你放心,我会帮助你的,我们这帮人不会把你抛弃，不是因为你丈夫当过市长，是因为我们的正义感，我们不会让凶手逍遥法外，让法律被践踏。冷薇说，谢谢你们。男子说，即使我被抓了，还有好多人，我们都是正直的人，谁对我们就站在谁的一边。冷薇问，你们不相信陈步森悔改了吗？男子说，这完全是一场作秀，目的就是想逃罪，这谁都看出来了。你说你被骗了，说得对，我也差点被骗了，还好，我们这帮人最后还是看出来了，我们有的就是正义感，我们不但为你这事呼吁，我们也是樟坂市保钓协会的成员，我就登上过钓鱼岛，维护了我们国家的民族尊严，所以，我们也会维护你的尊严。

冷薇说，难得你们这么关心我，使我信心增加了。郑运林说，你做的是对的，连陈三木教授都支持你，你还怕什么呢？陈步森是他的前表弟，可是今天我见到他，他却要我向你转达他的问候，他问你看过陈步森的书没有，教授说你应该作个回应。冷薇问，怎么回应？郑运林说，你如果不回应，大家就又被陈步森误导了，你要多上电视，在电视上让大家看到你被他害得多惨，你还要针对这本书写篇东西，人家一本书都写出来了，你难道一篇文章都不写吗？不要怕，你随便写，陈步森要你原谅，你就要问他，你为什么叫我原谅，怎么原谅？他叫你原谅，你说，你绝不原谅！你放心，陈三木教授答应帮你修改文章，保证很有力量。

郑运林的到来，似乎给冷薇打了一针强心剂。她暂时忘记了痛苦，马上拿起纸和笔，写了一篇一千字的文章，题目叫《我不原谅的一千个理由》，文章把陈步森骂了一遍，说他是伪君子和凶手，是玩弄人感情的坏蛋，说陈步森策划了一场游戏，骗过了好多人。最可恶的是，他竟然对她的儿子下手，用地瓜车蒙骗孩子的心灵。写到儿子的时候，冷薇被自己的情绪控制了，写得热泪盈眶。

母亲带淘淘从医院回来了，她没有看女儿一眼就进了自己的房间。冷薇一下子抱住了儿子，淘淘身上和脸上都贴了药。冷薇把儿子弄到卧室，可淘淘就是不说话，身体微微颤抖。冷薇说，淘淘，妈不是故意要打你的……淘淘一句话也不说。冷薇亲着儿子，可是她一亲淘淘的脸，他就害怕得发抖。冷薇问，淘淘能原谅妈妈吗？淘淘摇摇头。冷薇看着桌上的文章，看到"我不原谅的一千个理由"一行字，不禁有扎心的感觉。她对儿子说，淘淘，你不应该再叫那个人叔叔，他不是叔叔，是杀害你爸爸的凶手，知道吗？淘淘又摇摇头。冷薇说，你叫他叔叔，妈妈才生气打你的。淘淘突然说，他为什么到医院看你啊。冷薇说，你太小，你还不懂，等你长大了就知道了。

　　冷薇的文章到了陈三木手里，他看了文章，对郑运林说，文章写得不错，就是题目太长，我看不如这样改。他用鲁迅的话做了新题目：《一个也不饶恕！》。结果这篇文章于第三天在《新樟坂报》发表，由于这是冷薇第一次用文章的方式公开自己的观点，加上题目的犀利，文章引起了公众的注意，立即有人表示支持冷薇的观点，也有人反对她的观点。支持的人认为，利用所谓悔改来使凶手脱罪是可耻的；反对的人认为，良知淡漠的是冷薇，因为她比凶手更没有同情心了。持中立立场的人认为，陈步森出本书欠妥，因为它适得其反，引发了冷薇更强烈的反弹。有人甚至搞笑地建议：让陈步森从冷薇的胯下钻一百次，然后法庭就算陈步森有悔改表现，弄个死缓最好。

　　周玲得知冷薇的文章是陈三木帮助修改的，简直把肺给气炸了。她马上找到陈三木在大学的办公室，她的突然到来把陈三木吓了一跳。她直截了当地问陈三木：是你给她改的文章吗？陈三木说，你来就是要跟我说这些？周玲说，你有些无耻了吧？陈三木说，当初我和那个女孩在一起时，你都没有骂我无耻，今天你却骂我无耻，你的怜悯心用光了，真的很快。周玲说，你的良知到哪里去了？陈三木说，我今天就回答你，我为什么要这样做，你不是最讲原则吗？相信你不会因为我对前表弟讲原则而责备我。好，我问你，陈步森和冷薇谁是真正的受害者？陈步森就是再忏悔，他也是凶手。可是你们这帮人却把他塑造成了英雄。周玲说，他不是英雄，他自己都说了，他只是个罪人。陈三木伸出手说，但很奇怪哎，现在我们个个都觉得他是个英雄，这到底是怎么回事？不是你们塑造的英雄人格，还能有什么原因？周玲沉默了……她慢慢抬起头来，对陈三木说，对，他可能真的是个英雄，因为他比你强，他至少承认自己是凶手，你却要等到我发现你有女人，还不想承认。陈三木的脸色僵硬了，说，我告诉你周玲，这事你没有权力指责我，只要没有爱情，就没有所谓第三者或道德问题，我爱她，我们准备结婚了。周玲痛苦地说，我的所有错误，就是找了一个我以为有道德的男人结婚，你当初为什么要骗我？陈三木站起来，说，我也是有信仰的人，我信良知，我信生命，我信大自然，我信一切最高的终极价值，我怎么没信仰？你以为只有你们这样的人才叫有信仰吗？我有我的一套人生准则，这是你不懂的。我跟你生活了那么久，我怎么不知道？你们这些人天天去做好事，但你们的行为改变了多少呢？你脾气还是那么冲，我们大学里随便找一个女老师都比你强，人家至少有修养，可是你一有气就冲到我办公室，像泼妇一样，你以为我还是你丈夫吗？你在外面做好事，在家里不是照样发脾气？这对你有什么用？你天天去做好事，然后回家照样犯罪，接着又去做好事，然后回家又犯罪，我要问，你们的良心真的那么不值钱吗？我从来没有对你高声说话过，我总是有理有节，可是你呢？三天两头对我发脾气，你用什么说服我？

　　周玲听得痛苦到低下头去。陈三木说，你的良心是你犯罪的遮羞布吗？果然很好用，遮了再犯，犯了再遮，这是不是一个骗局？做好事只是满足一种想象的道德自足？我是认真的，我是为陈步森好，我不相信他真的变了，我要找到证据，因为我十五年都没在你身上找到证据，怎么相信陈步森身上的证据？怎么保证他不会和你一样？

周玲一声不吭，陈三木说的话有的是对的，有的她并不同意，但她找不到一句话来反驳，好像有一只手掐住了她的脖子，对她说，你的见证不够，今天就是结果。周玲心中有无数委屈，但说不出口。她从对陈三木的不满突然转变成对自己的厌倦。陈三木说，我很公平的，陈步森出了一本书为自己辩护，冷薇要不要写一篇文章？这有什么过分？周玲，你只要能把你的品格证实给我，我一定会相信。我认为我是个有信仰的人，但我要真的信，不要道德想象，而它对你却很有用，这就是我们的区别，也是我们一起过了十五年，仍然走不到一块儿的原因。

周玲低声说，谢谢你，指出我没有见证，也许我过去真的是这样，我在别人面前从来不会这样，但在你面前会放松了，就是对你太在意，我太急了，得到今天这样的结果。我向你说，对不起。我走了。说着她站起来。

第二十八章　殴打

冷薇从精神病院回到家后,已经度过了恢复期。无论从医生的角度,或者从她工作的单位的角度,都认可她可以重新开始工作,给学校的学生上课。事实上,这种逆向失忆症是可以治愈的,不但可以治愈,而且恢复良好。冷薇的问题不在于失忆症带来的困扰,而在于陈步森案对她的刺激和留下的烙印。随着她的困扰在时间消逝之后并没有缓解的迹象,陈三木"时间能隐藏伤痛"的说法渐渐失去效力。冷薇从精神病院离开回到家已经整整三个月了,她的伤痛非但没有得到一丝丝的缓解,反而以另外一种方式进行性加重,来自于遗像上的李寂,以及自我暗示的双重压力,令冷薇的心中涌起一种说不清楚的焦虑和愤怒感,仿佛一个不能实践的合约渐渐到期一样:这是一个对谁许诺的合约呢?是对丈夫吗?还是对冷薇自己?这件事在公众中产生的影响,已经构成了对冷薇的压力,好比一个暧昧的老师给学生出了一道题,这道题其实是没有答案的。

就在这时候,学校通知她可以恢复上课了。冷薇觉得重新开始新生活的机会来临。她答应学校马上就回去上班,并称自己的病已经完全康复。这个信号暗示那件事可能是一个结束。

冷薇坐在梳妆台前,开始仔细地为自己化妆。她这段时间都避免去照镜子,现在一坐回到镜子前面,冷薇才发现,自己就在这近一年的时间突然苍老了,她的眼睑下鼓起了肉,额上和眼角的皱纹像是一夜之间出现的,法令线更突出了她的悲哀表情。冷薇生完淘淘后,无论面貌或身材都恢复良好,成为学校女同事间议论的传奇。如果说先前她的容貌还算是姑娘的话,仅一年不到的时间她就跨进了中年妇女的行列。冷薇坐在梳妆台前,有一种通过重新工作走出那件可怕的痛苦之事的强烈渴望。

今天,冷薇就要上班了。但直到此刻,母亲仍然不能原谅她,为了她打孩子的事情,母亲已经长达一个星期和她打冷战,无论她如何恢复对淘淘的爱:天天自己亲自接送孩子,给淘淘买任何他想要的东西,母亲始终不跟她说一句话。现在,冷薇终于忍不住了,她敲开了母亲的门,想和母亲恢复对话。当她打开母亲的房门时,惊奇地发现母亲正在床上看陈步森写的那本书。

母亲迅速地把书放在枕头下。冷薇走到母亲身边,坐在床边,说,你在看啊。母亲没有看她,后来她叹了一口气。冷薇说,淘淘都不生我的气了,你还生啊。老太太又叹了一口气。冷薇说,你知道,我都快疯了,你就当原谅一个病人,好不好?母亲说,病人也不会那样打孩子。冷薇说,你知道,我是爱淘淘的。老太太说,没有母亲不爱孩子,也没有母亲这样打孩子。冷薇抄起母亲的手,抚摸着,说,我说过我疯了,你还要我说什么。老太太说,你病好了,反倒讨人嫌了,变得像恶鬼一样。冷薇想,我变得像鬼一样了吗?这是她第一次从母亲口中听到这样的话，让她的心刺痛了一下。她问母亲，你刚才在看什么？母亲迟疑了一下，说，这人也可怜，那么懊悔自己做的事，又何必当初呢。冷薇说，你又要被他骗了，事情都是由你起的。母亲说，跟我有什么关系？是他找上我们家的，由我起？你干吗还跟他来往啊，我问你呢。冷薇见状就噤口了。老太太说，得，该活的活，该死的死，什么话也不说了。冷薇说，妈，我今天上班了。我好想上班了。母亲回头看着她……好一会儿才说，好啊，赶快上班，让家里清静些。

冷薇到了学校。她先被请到了校长室，马校长给她倒了茶，问了一下她的身体。他说，你的脸色还有些不太好，现在恢复上课能行吗？冷薇说我好了。马校长说，你的事弄得全城都知道，这是我们始料不及的，不过呢，我们全体教职员工是旗帜鲜明地站在你的一边。怎么说呢？杀人犯变英雄，这是让任何人都无法理解的事，现在的人都喜欢通过媒体炒作自己，我想不到连罪犯都来这一招了，影响很不好，你知道吗？校长凑近她小声说，你班上竟然有学生说，杀人也可以当英雄，他长大以后要把打他不及格的老师通通杀光，你看了得不了得？冷薇很吃惊，没吱声。马校长说，我听了都吓出一身冷汗来，这么鼻屎大的孩子就说这话了，这是怎么搞的嘛，所以，我们都是你的支持者。冷薇说，谢谢校长。校长说，好好干吧，要相信法律，会给这件事一个圆满结果的，放下包袱，好不好？

冷薇第一天上课应该算是正常。学生看上去并没有用异样的眼光看她，但冷薇自己却一直压抑着一种不易觉察的烦躁。今天上的课是作文，她出的题目是《你最恨的那个人》和《你最爱的那个人》，任选一题。这个刺眼的题目是冷薇突然想到的，她并不觉得有什么不合适。或者干脆说她有一种好奇，想看看这些鼻屎大的孩子是怎么样看待爱和恨的。

学生们开始当堂写作文。冷薇站在讲台上看着他们，产生了一种跟以前不一样的感觉：在她发病前，她也是这样站在讲台后面，以通常注视学生的目光注视他们，她大可以骂他们，但她心里清楚，这是她的学生，就像她的孩子一样；可是今天，冷薇注视着他们，心里老想着校长和她说过的那个学生讲的话，她不想当着学生的面问那个要把老师杀光的学生是谁，她只是用目光一个一个地扫描，不断地在猜测，当她把目光留驻在一个她认为有可能说这话的学生身上时，一种说不出的嫌恶就涌上来。冷薇第一次觉得孩子有时也是很可恶的。她想，我会知道是谁说的，然后我就打这个学生零分，看他怎么把我杀了。

整个上午冷薇都在胡思乱想，她把所有学生都仔细看过了一遍，个个都像说那句话的人。

电视台记者朴飞今天早早地来到台里上班。他是陈步森事件的主要记录者，他拍摄的对冷薇的采访有一部分画面已经作为《观察》栏目的新片头使用，所以樟坂人天天都可以看到冷薇对着镜头泣不成声的画面和声音，这种不断滚动的信息冲击形成强大的刺激效果——天天看到一个可怜的人对着你哭，相信谁也受不了；而伤害她的人却很有可能逍遥法外。

朴飞有点担心会出现他意想不到的结果——全社会都站到了冷薇一边。毫无疑问，她是弱者，这比较好懂。要理解加害人同时也可能是弱者就相当费力，或者干脆说难以理解。每天晚上都有冷薇对着镜头哭诉的画面，极大地加强了冷薇作为弱者的印象。

在朴飞的后续报道中，只要有话筒伸到被访观众的嘴边，大部分都是支持冷薇的，要求重判陈步森。尤其是朴飞在一次采访广场扭秧歌的社区老大妈时，形成了人人控诉陈步森的场面，被采访的七八个老大妈，都一致要保护那个"妹子"的权利，说到陈步森时她们用了一个大家耳熟能详的词汇：千刀万剐。朴飞知道这只是一个加重语气的动词，在中国古代的确有这样一种刑罚：用刀慢慢将罪犯身体上的肉一小块一小块地挖下来，直到他死亡。显然这些老大妈在说这句话时，并没有想到它所指向的刑罚的真正意义，只是表达恨的一种方式。朴飞对他的主任说，我现在明白陈三木教授的文章什么意思了，这恐怕就是所谓"民愤"吧，看来这东西是真实存在的。主任说，这不很清楚吗？当有人要挑战这种民愤时，大家都不会放过他，口水就要把他淹死了。朴飞叹了口气，说，不过说实在的，我很为陈步森可惜，他毕竟作过努力，做了那些事，可是没人理会。主任笑了，说，他做的事大家都看到了，又不是没长眼睛，但解释起来就太难懂，中国没有那么费脑子的人，你杀人就要偿命，这很好懂，你再啰唆就要起误会，以为你要逃罪。朴飞就问主任，陈步森是不是真的要逃罪？主任说我又不是陈步森肚子里的蛔虫，我怎么知道？也许他真的要逃罪呢。知人知面不知心啊。朴飞呆呆地想着，后来他说，主任啊，我作为跟踪这个案件的记者，有时同情冷薇，有时同情陈步森，我都糊涂了，不过呢，我还是要说，应该让人家有一个悔改的机会，真的把陈步森杀了，这心里还是有些怪怪的，不如判个死缓，以免人头落地，就什么也没法说了。

主任拍拍他的肩，拉长了声音说，你小子真是太嫩了嘛，要不为什么我当主任你当兵呢，你还没看出来吗？不是冷薇要他死，是全社会要他死，你见过一个人因为什么很难懂的忏悔而逃掉一死的吗？没有，那帮辅导站的人真是帮倒忙，把事情越描越黑，出什么书嘛，这是搅浑水嘛，净整那没用的。要我看，不如就好好地做冷薇的工作，从证据上找到陈步森认罪悔改的表现而从轻处罚，弄什么……悔改，谁知道悔改是什么东东？把这么难懂的东西搅在一起，自讨苦吃嘛。朴飞被主任的开导弄得稀里糊涂，因为他从没想过这些。他说，这样说来，陈步森真的没有悔改的机会了？主任说，中国人本来就活得他妈的够累的了，成天烦着呢，你报道了这些时间了，还没看出来？不是冷薇，是全社会要"报复"，这个社会需要一个"恨"的对象，陈步森犯了什么罪？大罪，不单因为他杀人，他还挑战人的智力，我实话告诉你，这句话可能你这年轻人听了不舒服——一个大罪是不可以悔改的，不允许，说白了就是这样。你犯那么大的罪却悔改了，让人不舒服，陈步森是在做无意义的挣扎，无论他是有意悔改还是抱有目的，结果都是一样。

朴飞被主任的一番话整得目瞪口呆。主任说，这是我们私下聊的话，为了给你上上课，别瞎传。朴飞说，我连听着都费力，怎么传啊。

朴飞和主任的聊天还没结束，有人接到电话报来的新闻线索，说发生了一件大事：冷薇第一天恢复上班，就把一个她班上的学生打成重伤，要求他们尽快到场采访。朴飞听了不敢相信：冷薇怎么会打人呢？你们有没有听错啊？主任说，你问个什么劲儿啊，还不快去啊。朴飞说，主任，报道这个合适吗？主任拍他的屁股说，有什么不合适的？我们的立场是客观的嘛，你是这个案件的跟踪记者，你不去谁去？你什么话都不要多说，把东西拍回来给我就行。

朴飞赶到学校时，被场面吓了一跳。大约有将近一百人围在学校门口，学校的大铁门已经关上了，但人群在一波一波地推挤铁门。几个警察正在维持秩序。朴飞认识的一个教育局的人告诉他，那个叫冷薇的女老师把一个她班上的男生打了，那个男生有先天性心脏病，她可能一时气起，出手重了些，那个学生当场昏厥过去，立即送往医院抢救，听说已经脱离危险，但预后不知道会怎么样。这个男生的父亲是砂石厂的老板，把工人都叫上了冲击学校，冷薇现在被校长藏在学校里。警察正在取证。

那个朋友从学校后门把朴飞引进去，在校长的宿舍里见到了冷薇。她脸色苍白，眼神是呆滞的，警察问三句她答一句。校长急得在屋子里走来走去，搓着双手。情形大概是这样的：冷薇今天刚一开始上课，就显得和以往不同，她不但很烦躁，而且布置了一篇题目很怪的作文。如果说冷薇出《你最恨的人》这个作文题，可以在她的个人情绪上找到依据的话，接下来她做的事就让人匪夷所思了：整个上午冷薇都在找那个说要把老师杀光的学生，她没明问，而是在猜测。后来她猜不出来，强烈的好奇终于使她开始向一些学生打听，到底谁说过这句话。她终于打听到了，是一个叫蔡和平的学生说的。

冷薇拿起他的作文看都没看，当场在上面打了零分，还展示给全班看。这个学生非常诧异，他问老师，你为什么给我零分？冷薇反问他，你是不是说过，要把给你打零分的老师通通杀光？这个学生说，你给我打零分，我就把你杀掉。冷薇说，果然是你说的，我现在就打你零分，你现在过来杀我。这个学生就站在那里不动……说，你看都没看，为什么打我零分？冷薇说，我不用看了，凭你说的这句话，就可以给你零分。那个学生就说，你是个坏老师，难怪老公要被人杀了，臭婆娘！

就在那一刹那，冷薇好像被一个人推了一下，离开讲台径直走到他面前，她几乎想都没想，就揪住那个学生的头往墙上猛撞，全班学生都看呆了：学生的血从脑袋溅到白色的墙上，痛得大喊大叫，但冷薇不撒手，她完全像变了一个人，眼神是直的，一边撞他的头一边喊叫：杀了我吗？快杀啊，快杀啊！

等到那个学生身体发软她才放手，学生立即倒在地上。当学校的老师和校长赶过来，看到倒在血泊中的学生，以及双手沾着血的冷薇时，简直不敢相信自己的眼睛。

现在冷薇清醒了，扑倒在桌子上哭泣。校长张着嘴说不出话来。朴飞试图采访冷薇，她什么话都不讲，只是哭。朴飞只好采访校长，校长把他拉到门口，说，我怎么会知道呢？你问我有什么用？她大概发了疯才会这样哪，这不是被鬼跟了吗？刚上班就给我整这个事儿，这是怎么回事嘛，差点出人命嘛。朴飞问他，冷薇老师过去脾气就不好吗？校长说，不会啊，她过去从来没有对学生动过手啊，很温柔啊，就算是让那件事给刺激的，病不是好了嘛。旁边的教导主任说，我看没好，就是病，没好，肯定是没好，否则绝不可能发生这样的事。朴飞问，她患的不就是失忆症吗？教导主任说，不对，她进了那个地方还能有好的吗？那里都是些什么人啊？没病都能给整出病来，今天早上我看她一进来，眼神就不对，怪怪的。校长对他说，你就别在这里瞎掺和了好不好？朴飞问对冷薇将会如何处理？校长说，人在医院里还不知道怎么样呢。教导主任说，听候教育局指示。校长对朴飞说，请你们媒体手下留情，这事情没有调查清楚，我们一定会调查清楚，就向你们报告，在这之前，请给我们一点时间，先不要曝光，好不好？拜托了。

警察作完笔录，并没有把她带到派出所，学校派了几个老师，让冷薇从后门出去，护送回了家。朴飞跟着她到了家，等到护送的老师离开。朴飞趁机进了冷薇的家，冷薇认识他，她没有拒绝。朴飞向她解释，我不是要报道，我只是来看看你。冷薇没说什么，她的表情还是有些呆滞。老太太唉声叹气地对朴飞说，她怎么会害学生呢？她从小到大，连一只鸡也不敢杀，怎么会打学生呢？朴飞说，是啊是啊，是不是情绪不好？老太太说，她不是打学生，她是打自己的孩子，你知道吗？前几天她打自己的儿子来着，她怎么会存心打别人的孩子呢？打别人孩子的人，会打自己的孩子吗？朴飞听了感到很疑惑，是这样啊。老太太说，为打孩子的事我跟她一个星期不说话，谁知道今天刚一上班，你怎么就打别人的孩子了呢？你还不如把淘淘再打一顿，也比打别人的孩子强啊。冷薇说，妈，你别说了，我做的事我负责。老太太问她，你怎么负责啊？人还躺在医院里呢。朴飞说，你们消消气，大家都知道冷老师最近心情不好，我们找找原因。

冷薇说，我也不知道今天怎么会做出这种事，我真的不知道。朴飞问她，你当时没多想就……冷薇说，我的脑子坏了，被陈步森这个王八蛋弄坏了，我一肚子的气，但我真的没想过要打学生，可是他那话一说，说我老公该杀，我突然头就晕了。朴飞说，那是一个小屁孩儿说的话，你干吗当真啊。冷薇说，我也不知道，谁也不要跟我提李寂，否则我就昏了，他这话一出，我就根本忘记了他是学生还是谁，我头很痛，只想上去撞他的头，让他住嘴。朴飞听了就说，你的压力真的太大了，你需要休息。冷薇摇头，休息没用，我都休息三个月了，一点用也没有。我以为自己可以上班了，我这几个月被这个案子弄得精疲力竭，我好想上课，用工作来忘记这些事儿，看来我错了，我不如待在家里。我想，也许陈步森伏法那一天，我才会好些。我会给李寂一个交代。

无论如何，你要好好保重。朴飞说，其实，大多数人是站在你一边的。我建议你还是不要急着上班，再休息一段时间。

你放心，我会去向学生和他的家人道歉。冷薇说，我会负责，我知道自己做了什么。

第二十九章　失去了一切

虽然包工头的儿子最后被诊断只是一过性休克、脑震荡和头部挫伤，但他坚持要起诉冷薇。最后由校长和教委出面协调，鉴于脑震荡日后将会对伤者产生什么影响无法预期，决定冷薇共赔偿对方十三万元人民币，并亲自到伤者家中道歉，对方就不再要求起诉冷薇。冷薇患的只是失忆症，开不到精神分裂的诊断书，只好负一切责任。

冷薇赔完这笔钱，几乎掏空了积蓄。老太太整天唉声叹气，不知道今后的日子怎么过。冷薇忍着怒火前往学生家中道歉，不料包工头要求冷薇对着他儿子跪下，冷薇觉得那一刻自己的头炸了，有一种马上可以去死的感觉，同行的马校长也觉得这样做有些过分，他一方面暗示冷薇忍耐，一方面和包工头商量，可是包工头说，我要你跪，不是为我的儿子，他是傻是呆已经这样了，我是为别的学生，也为别的老师，因为从来没有老师这样对学生下手的，太狠毒了。马校长解释说，冷薇老师最近遇上自己家的烦心事儿，她精神受了刺激，上过精神病院。包工头说，精神病还能给学生上课？我看她不像有病，倒像是心中有恨，见谁都不舒服是吗？马校长说，她丈夫死了。包工头说，谁都可能死丈夫，有像她的吗？马校长对冷薇说，你得过精神病，你向他解释，说你是病人。冷薇看着包工头，内心挣扎着，她突然对自己是精神病人的说法感到无比厌恶，因为她想起了陈步森。她说，不，我患的只是失忆，我病好了，我可以负责。包工头说，你看看，看看，好，那你就跪下吧。

　　冷薇当场跪下了。那一刻，她终于感觉到了什么是真正的耻辱。显然，她不服，但她找不到任何理由来解释自己的荒唐行为。现在，她钱没有了，尊严没有了，下跪的第三天，她连工作也没有了。学校鉴于教委压力，准备开除她。

　　冷薇殴打学生致脑震荡的消息终于见报了，虽然朴飞出于同情冷薇而手下留情，没有在电视台编播这条新闻，但《新樟坂报》还是登出了对这个事件的详细报道。这个消息一经传出，引发了众多学生家长的一片骂声，惊动了市教委。马校长为了保住冷薇，也联合学校老师在《新樟坂报》发表了《对冷薇老师的印象》一文，为她辩护，说冷薇老师这次的行为完全属反常举动，平时她对学生非常热情，很有爱心，有一次她替一个女学生交纳了全年学杂费，还有一次因为找一个出走的学生，差点身陷流氓的包围。冷薇老师在学校历来属于极有耐心的老师，如果不是因为受了刺激，决不会做出这种事。这篇文章的发表没有使情况缓解，反而招致人攻击，说这个学校的老师都是一伙儿的。十天后，教委作出决定，将开除改为自动离职，但冷薇还是被逐出了学校，而且得不到任何补偿。

　　冷薇离开学校回到家的当晚，有了自杀的念头。她觉得自己什么也没有了，丈夫没有了，工作没有了，最重要的是，尊严没有了。现在谁都把她当恶魔老师,甚至有人在她门口贴纸,叫她凶手。冷薇第一次和陈步森同列,被人叫凶手。当她把这张纸揭下来时,一头栽倒在地上。

等她醒来时,自己已经躺在床上。母亲和淘淘在旁边,房间里还有一个人,就是那个叫郑运林的保钓运动的人,他是冷薇的支持者。母亲见她醒来,就哭了,说,孩子啊,你可不能糊涂啊,要挺住啊,你可怜啊。她给冷薇喂压惊的中药汤,可她一点儿也不想喝。郑运林对她说,冷老师,你要好好养病,我们都是你的坚定支持者。冷薇说谢谢你们,可是我已经很累了。郑运林说,我们买了几箱陈步森的书,跑到郊外放一把火给烧了,目的就是要让群众知道,不要相信这个人的谎言。我们把现场拍了录像,现在我放给你看。

冷薇看到了熊熊的烈火,几百本书在火中扭曲,灰飞烟灭。陈步森的头像也在火中变形,看上去好像在咬牙切齿。郑运林说,我们给所有认识我们的人发了手机短信,让他们抵制购买这本书,也让他们转发这短信。现在很多人都收到短信了。冷薇感动地看着郑运林,说,我们素不相识,你为什么要这么做?郑运林说,我这人就是旗帜鲜明地反对一切应该反对的,支持一切应该支持的。李寂是当官的,可是我听说他是好官,你是好老师,我就支持你们。冷薇问,那陈步森呢?郑运林想了一下,说,无论他做过什么,他最应该做的就是去自首,别玩那么复杂的花招。冷薇说,谢谢你。你的话让我明白自己是对的。郑运林问,难道你还认为自己不对吗?冷薇说,我也不晓得,我的心最近太乱了。

郑运林前脚出门,刘春红后脚就到了冷薇的家。冷薇见到她就很警惕地问她来做什么?刘春红看上去有备而来,她对冷薇说,你别问我为什么来,我只想问你,你现在感觉怎么样?冷薇说,什么感觉怎么样？刘春红说，你现在大概尝到了陈步森的滋味儿了吧？瞧，无论你怎么解释，人家还是把你开除了，你被踢出门了，从今往后，你再也没有资格当老师了，也就是说，你的名誉没了，谁还敢把学生交到你手里？冷薇不吱声。刘春红说，其实，我知道你为什么这样做，你一定会说，这不是我冷薇做的，这是我一时冲动，可是有谁相信？除了我，我知道，因为我在精神病院见过你，我知道你很可怜，你有压力，你都快被这压力压垮了，你不是打人的人，可是有谁这样替你想？没有，谁都不会帮你，就像你不帮陈步森一样，你现在得了报应，你多狠毒啊，虽然陈步森犯了罪，但是他已经向你认罪，也有了行动，可是你却这样对他，这就是报应！你再也不能做老师了，我告诉你，你已经毁了。

　　冷薇呆在那里，连一句话都无法反驳。好久，她才轻声问，刘春红，你来就是要骂我吗？刘春红说，我才懒得骂你，我只是要告诉你，你是个坏蛋，比陈步森更坏，坏一百倍！冷薇听了，突然扑过去抓刘春红的头发，"比陈步森更坏"这句话利箭一样刺透了她。刘春红反扑过去。这时，门外进来另外一个人，是周玲。她提着一大筐水果，一见刘春红就把她往外拖，说，我叫你不要来你怎么还来？回去啊。刘春红大喊，我就要来，我就要来！冷薇的母亲抱着淘淘走过来，说，怎么啦？到人家家里杀人啦？周玲对刘春红说，你有没有一点同情心啊，看人热闹还是要添乱啊？刘春红挣扎说，我就是看她热闹，就看，怎么着？我就是为陈步森出气来的！周玲扭着刘春红一直往门外推，终于把她挤出门去，然后她关上门，对冷薇说，对不起，她失去理智了。

　　老太太说，你们这帮人怎么那么恶呢？杀了人还敢到人家家里来闹？周玲说，我替她向你们道歉，她脾气急，昏了头了，我是来看冷薇老师的。冷薇说，你不要再骗我们了。周玲说，我不骗你，我真是要来看你的，刘春红听说我要来看你，就先过来闹，她气我来看你。冷薇问她，你是我的什么人？你为什么要来看我？周玲说，我知道你发生了一些事，我想你可能心情不好，所以想过来和你谈谈。冷薇说，我不相信，你一定有目的的，你想说什么就快说。周玲低下头停了一会儿，说，就算陈步森杀了你丈夫，我们为什么就不能成为朋友呢？冷薇奇怪地注视着她，没有回话。她在思忖周玲为什么对她说出这么奇怪的话。

周玲说，你想不想知道陈步森的情况？冷薇看了她一眼，说，不想。周玲说，有一段时间，他天天为你哭。冷薇听了笑了一声，骗谁呢。周玲说，他这本书其实是写给你看的。可是你不看，你写那样的文章反对他，他的确很伤心。冷薇说，你丈夫给改的文章，你问你丈夫去。周玲说，我们已经不是夫妻了。其实我们都是女人，我知道李寂很爱你，我看得出你们夫妻关系很好，你才会这样为着他的权利，我真的非常理解。说实话我很羡慕你们，因为我的婚姻是失败的。冷薇沉默着，她想，这女人跟我说这些干什么？周玲说，我今天来也是为着了一件事，就是我要向你道歉，因为陈步森刚被捕那会儿，我确实挺着急，我知道他做的那些事后，就觉得你不够宽容，所以，我可能对你要求太过分了一些，没有多想想你的难处，你毕竟是受害者，我向你道歉。

冷薇看着这个让她奇怪的人，说，你这话怎么听着让人觉得那么假啊？周玲说，我有什么说什么，你觉得假，是因为你还不够信任我。冷薇问，我凭什么信任你？你是不是要感化我，然后达到你的目的？周玲叹了一口气，说，别把自己看得那么重要，你的话不一定能为陈步森做什么，其实，我早已把陈步森的生死交托出去了，说白了吧，我来一方面是因为我明白了，我不能因为陈步森而对你做不正确的事。另一方面，是受陈步森委托，他要我来看你。

他要你来看我？冷薇反问了一句。他想干什么？周玲说，我见不到他，是律师交代的。他让我把这个给你。周玲递上一本歌本，其中一页是折了角的，就是《奇异恩典》那首歌。周玲说，他送不出东西来，也不能写信，这是我的歌本，代他送给你，按他的意思在这首歌那页折了角。周玲把歌本放在桌上，说，你多多保重，我还会来看你。

周玲走了。老太太提着那筐水果走进来，对冷薇说，她到底是什么意思呢？是不是有什么鬼啊？又送水果又送书的。冷薇说，妈，我才不管她想干什么呢，我现在什么都不相信，什么也不想管。老太太叹气，事情怎么会弄成这样？……赶快把那陈步森判了吧，我们也消停些，这家都不像家了。冷薇只是抱紧了淘淘，说，淘淘，妈妈对不起你。老太太说，为了淘淘，你也要坚强起来，别让人家看笑话。好了，淘淘，跟外婆出去，让你妈好好休息。

母亲和儿子出去后，冷薇一个人注视李寂的遗像，她慢慢取下遗像，眼泪流在遗像上，说，李寂，我该为你做的都做了，你还要什么？……我快不行了，让我跟你去，好不好？……我不想再那样了，你自己回来吧，你自己去处理，你自己去报仇，我那样恨陈步森，你都看见了，我清白了，我对得起你，我问心无愧了，李寂，我好寂寞啊，我现在什么也没有了，只有你了，可是你也是空的……她抱着遗像，泣不成声。

陈步森在看守所度过了将近四个月了，他已经习惯了每天注视被铁丝网分割的天空。虽然他已经被号子里的人拥戴为新的牢头，但他仍然坚持自己洗衣服和打饭，这就让别人更加对他肃然起敬。号子里的人都先睹为快，看了他写的书稿，他们认为陈步森是天下难得的好人。陈步森把管理号子的任务交还给原来的牢头，自己成了号子里的精神领袖，成天就趴在小桌板上写那本书。号子里只有巴掌大的小塑料椅子，大家就把自己的椅子贡献出来拼在一起给他坐，然后他就趴在翻盖式的小木板上写。

陈步森从沈全律师口中得知了外面的一些消息。他在号子里的黑白电视上也看到了郑运林烧书的新闻。那一整天他都闷闷不乐。潘警官问他，是不是看到书被烧了不高兴啊？陈步森没吱声。过了几天苏云起来看他，陈步森问冷薇看到书没有？苏云起说我送给她了，我想她一定会看。陈步森问，她有说什么？苏云起说，你太在意她了，这样你心中可能会很不安宁，其实你要在意你自己做了什么，你对得起良心，就好了，其他都是次要的。陈步森没再问了，但心中想知道冷薇情况的欲望却有增无减。

后来发生的一件事打乱了陈步森的心绪。这天上午八九点的时候，监房门突然被打开了，潘警官带进来一个新的嫌犯，陈步森一看，就呆住了：是土炮。潘警官说，这是新来的胡土根，陈步森，你应该认得他吧，不要欺负他，我把他交给你了。说完就锁上门走了。

大家都看着这个不速之客。陈步森没想到他竟然也被捕了。土炮提着一个蛇皮袋，径自走到床前，把袋子往空位上一扔，大家一看就不干了。猪头说，你这人没规矩啊，来，给他端菜，吃一顿吧。大家一哄而上要揍他，陈步森手一挥，说，算了。大家才住手。陈步森走到他面前，说，怎么进来的？土炮说，问你呢。

大家在猜测土炮的身份。后来他们才知道他是陈步森的同案。既然陈步森说了话，大家就免了给他一顿见面礼，但对他那种谁也不鸟的样子很讨厌。土炮跟谁也不说话，一个人坐在陈步森特批给他的床位上（按规矩新的犯人必须在地上睡够十天以上才能上床），目光蛮横地看着窗外，长达一个钟头，眼神十分可怕。有时他的目光会朝陈步森这边横过来一下，又迅速地转开。陈步森找他说话，他也不理。号子里的人烦他，想修理他，但每一次都被陈步森用目光止住。

土炮每次提审都一言不发，所以很快就被解回来了。有一天他从提审室解回来，脸色是黑的。那天睡到半夜，大家被一阵骚乱惊醒，土炮把陈步森压在身下，用衣服卷成绳子要勒他的颈，陈步森快要被勒死了。大家扑过去把土炮拉开，摁倒在地一顿猛揍，土炮口里吐出血来。陈步森说，停下。猪头说，他要勒死你，为什么停下？陈步森一边咳嗽一边说，放了他！

这时武警从天台上走过来，让他们老实点儿。大家散开回到各自床位。土炮恶狠狠地看着陈步森。猪头问他，你是不是活得不耐烦找死啊？土炮对陈步森说，我一定要杀了你。猪头问，你为什么要杀了他？土炮说，他告发了我……大家一齐看陈步森，告发同案在这里是一件羞耻的事情。陈步森说，我没有告发你。土炮说，要不他们怎么知道我的地方？陈步森说，我在这里住了四个月了，我怎么晓得你在哪里。土炮说，你知道我那个地方。陈步森说，算了，我不跟你说。他对大家说，你们相信他，还是相信我，你们自己看着办。说完自己钻进被子。

第二天，沈全律师进到看守所，陈步森见到他问的第一句话就是：我看到冷薇的消息，她被开除了。沈全点点头，说，她的情绪很不稳定。陈步森说，我相信她不是这种人。沈全笑道，你相信什么？你相信她，可是她不相信你。陈步森就低头不吱声。沈全说，她要是肯说出在精神病院的那些事，对你还是有利的。因为有些事只发生在你们之间，没有旁证，如果被害人能说出对被告有利的话，一般容易被认定为真实有效的证词。陈步森叹了口气,说,我已经放弃希望了。沈全让他不要放弃,只是她需要时间。陈步森说,我恐怕来不及了。沈全知道他说什么,就说,对,现在很多人都在努力,你的时间和她的时间在赛跑。陈步森说,有一点我真的没想到。沈全问,什么?陈步森说,我没想到……一个人悔改比犯罪还难。沈全纠正道,不如这样说,一个人的悔改要别人相信,比犯罪还难。不过,你还有机会,过几天胡土根要和你一同出庭,法庭要再做一次法庭调查,所以你的判决会拖一阵子,我们还能争取一些时间,我希望你在几天后出庭时努力争取一下,就是自己把在精神病院的事说得更清楚一些。陈步森点了点头。沈全最后说,另外有一事,我愿意做胡土根的辩护律师,免费的,你可以问他愿不愿意。陈步森说,好的。

陈步森回到号子里。土炮被大家不轻不重地修理了一下,把他的头摁进了粪坑。陈步森说,搞什么嘛,给他洗干净。大家只好给他洗了。猪头说,老大,这小子看不起我们,我们还从来没有见过这样不懂规矩的,操他妈的,硬得跟一块石头一样。陈步森走到土炮面前,说,我今天见到我的律师了,他叫沈全,是很有名的,他愿意为你辩护,不要钱。土炮问,你的律师?我为什么要他辩护?他算老几?猪头指着他说,你看看,这欠操的不知好歹!陈步森说,他是出于好心。土炮冷笑道,我不像你,我不是软脚蟹,我一人做事一人当。陈步森问,那你要请谁辩护?

谁?土炮说,我自己。

第三十章　没有调查就没有真相

由于土炮（胡土根）的到案，樟坂人民法院刑事庭决定就李寂被杀案重新进行法庭调查，胡土根和陈步森一起出庭。

由于案情有了出乎意料的进展，几乎所有与本案有关的人悉数到场。冷薇也被母亲扶着到了法庭。刘春红也来了，被周玲控制在另一端的座位坐着。郑运林挥着旗子坐在冷薇的后面以示对她的支持，但他的旗子被法警收缴了。董河山进到法庭的时候，环顾了一下四周，他的目光含着自信，预示着他对新出现的情况了如指掌。沈全出庭时则显得忧心忡忡，他今天只是作为陈步森的辩护人到场，实际上他很想成为胡土根的辩护律师，但后者显然不在乎他的好意。胡土根到庭的时候，头转来转去，目光四下飘忽，一副桀骜不驯的样子。最后，他终于看到冷薇了，他的目光像棍子一样敲到她身上。冷薇发出颤抖，她看到了亲手用棒子敲碎丈夫脑袋的人，她双手抱肩，好像快要倒下去了。陈步森则眼神平静，他什么人也没看，只是低着头。

法庭调查开始。接下来出现的场面有些令人感到滑稽，只有陈步森一个人回答法官的问题，胡土根完全无视法官的提问，他用带着嘲讽的目光看着陈步森，好像注视一个小丑。即便如此，法庭调查仍然继续下去，重点在于向胡土根提问，让他重新描述整个犯罪过程。董河山对他说，陈步森已经讲述过犯罪过程，现在，你从你的角度重新讲一遍。胡土根说，我没有犯罪，不叫犯罪过程。法官说，你把事件过程描述一遍。胡土根说，我早就想当着这么多人的面说了，但没人想听我说，今天，终于有人听我说了，但我已经成了罪犯。全场的目光都集中到胡土根身上。我要说就要说很长，否则我不说，我一句话都不说。胡土根说。法官说，你要真实地说出来。胡土根说，我保证说的全是真的，但你们要听我说完。

接下来是胡土根对法庭的陈述，虽然多次因故被打断，为了全面展现当事人的描述，这里作了适当的调整，所以胡土根的陈述仍是完整的：

我叫胡土根，土炮是我后来自己取的名，我要一炮打死我的仇人。我的家在云墩乡，那里是一个花乡，一到花季，满地都是鲜花，每家每户都种花，因为花很好卖，虽说不能发大财，但可以过日子，我和我父母就靠这几亩花圃维持生活，我是他们的独生子。如果不是后来发生的事，我们就会一直在那里生活下去，种花卖花过日子。

就在我母亲准备给我提亲的时候，一件事情发生了：县里下来人到我们村宣布，云墩乡的大部分土地要被征用盖高楼，给城里人住，限我们在半年内搬迁。我们村的人当场听了就傻眼儿了，因为我们是靠种花讨生活的，没有土地我们今后怎么生活呢？我约了村里的几个年轻人到乡里了解，乡里的干部说一定会给我们补偿，发给我们土地和房屋拆迁的补偿费。我问他有多少？那个干部说够我们今后过得像皇帝一样。我旁边的人就问，皇帝是什么？那个干部就笑着说，你们可以到城里买房子住了，乡下人变成了城里人，不就是当上皇帝了吗？我们听了真的高兴了一阵子。

可是拆迁款标准下来时，我们村里的人都傻眼儿了。一亩地的补偿费经过七除八扣到我们手里只有两千块钱，房子一幢也只拿两万多块。我们拿着这点钱能干什么呢？到城里买房子，一套最便宜的也要十三四万，贵的要三十几万，我们等于在一夜之间无家可归。我们总不能搬到更远的村子吧，就是愿意搬去，人家也不要我们，他们不会把本来就少得可怜的地让给我们种。我跟父亲说，这钱不够我们活一年的，我们不能要这笔钱。父亲说，那怎么办呢？我们到城郊租房子住吧。城郊租一间民房一个月也要两百元的，租上几年我们就坐吃山空了。

想到这里，我两眼发黑。于是，我串通村民到乡政府提要求，乡干部对我们说，合法征用土地用于建设是国家政策，要我们顾全大局。我说，我们的房子没了，地也没了，以后我们住在哪里吃什么？那个乡干部，看着像副乡长的，一副蛮横劲儿，说，天无绝人之路，你们农民就是太懒了，以后怎么办？想办法呗！别人能到城里打工，你们为什么不能？我说，可是，我的房子和地没了，你们给的钱太少，不公平。那个副乡长摆摆手说，你别找我，找国家理论去吧。这个副乡长的态度把我惹火了。我这人就是急脾气，一下子冲上去把他摁倒，揍了他几拳，后来被人劝开。副乡长就让治安人员把我抓住，要送我坐牢。后来乡长来了解情况后，把我放了，说，以后不要打人。副乡长对我说，你就等着瞧。

越来越多的农民跟我一样,不愿意那么贱卖了土地和房子。大家都不要钱,坐在乡政府门口要求提高补偿款的数目,父亲求我别闹事儿,我被他关在家里。可是,我的朋友胡石头和陈三儿他们已经在市场那地儿聚集在一起,围了一百多人,要求提高补偿款。我偷了个空跑出去,看到市场的人很多,陈三儿对我说,他们要在这里盖高楼,一套房子卖五十万,却只给我们这些钱。这时,警察来了,好像是他们从县里搬来的,把我们赶散了。

过了五六天,事情闹大了。那个副乡长带着治保主任和几个保安来抓人。说我们"阻碍交通",胡石头和陈三儿都被抓走了。一共抓了七八个人,要告他们"冲击政府机构罪"。被抓的人的家属不服,在乡政府门口坐了一个月,人还是没有放回来。后来就审判了,当听到判决结果时,大家都不敢相信是真的:胡石头被判了十五年,陈三儿判了七年,还有几个判了五年、三年和一年。我父亲吓坏了,跪在地上求我不要乱来,我说,我不是要乱来,我不乱来,你告诉我以后的日子怎么过?我们没有了住的,也不能种花了,没有活计了,吃什么呢?到城里我们两眼一抹黑,谁会要我们这样的没文化的人?我对父亲说,我可以不闹事儿,但我就是不搬,看他们能把我们怎么着。

我就这么挺着。可是拆迁队果然来了。村里人都学我的样儿,不闹事儿,但就是不搬。副乡长在我面前晃着一张纸片儿,说,我可是有正规的拆迁办的文件,你要是不搬,我告你无正当理由拒绝拆迁,妨碍公务。我说,你就告去吧。副乡长看着我说,你想做钉子户是不是?告诉你,我就是专拔钉子户的。第二天,村里出现标语,上面写着"狠拔钉子户!"。

当天晚上，趁我不在家，我们家冲进几个我们不认识的人，挥着一种很粗的棒子，把我们家的东西砸了个底朝天，打完后对我爹说，先打你，不搬，过几天还来。后来我才知道，他们就是那群叫棒子队的人，专门教训钉子户的。父亲和母亲吓得哆嗦，我回家的时候，这回是母亲跟我跪下了，她说，根啊，别跟他们作对了行吗？咱们搬还不行吗？母亲的眼泪让我也险些掉泪，但我说，我不搬，这是我的地，我的房，难不成我是这国家的房客，说让走就得走吗？第二天，拆迁的推土机来推我们家，父亲就躺在车子底下，抱住车轮。车子只好返回头。可是第二天开始我们家就有人扔砖头。有时全村会突然断电。

更可怕的事还在后头。那天夜里，我们正睡着觉呢，突然听见有人敲锣，说东头失火了。大家就披了衣服出了屋，结果大家一出屋，家里却起了火了。先在东头起的火。我家住西头。我跟大家说，这里面有鬼！为什么我们跑出屋才起的火呢？一定是有人故意放的。我跑来跑去，要抓那些一边敲锣一边放火的人。可是火势越来越大，整片房屋都烧起来了，我知道完了，他们成功了。

等到我跑回到自己的房子面前，发觉我的家已经在烈火中烧散架了。父亲跪在地上呼天抢地地哭，说母亲还在屋里头。也就是说，我母亲没来得及出来，被掉下来的椽子砸了，活活烧死在里面。第二天，拆迁队的车就来了，他们很快地推平了已经被烧得东倒西歪的房子。

我的母亲死了。我到各级政府申诉，可是没有证据。乡里的人说是流氓放的火，他们会查清这件事情。但半年过去了，流氓还是没有抓到。我和父亲只好到比家更远的地方租房子住，租的是民房，比我的家更破，还得付房租。最要命的是不知道以后干什么？我觉得前途茫茫，心里像刀割一样。

　　我和我的父亲没活儿干，我在樟坂西坑煤矿做工的表哥叫我们到他们矿上去，说一个月可以挣上千来块钱，还可以住矿上的房子，省下房租钱。我和父亲一商量，因为待着也没活儿干，就打上包袱往西坑煤矿去。我们到了矿上，觉得这矿还不算小，心里很高兴。因为我们听说过小煤矿常砸死人。表哥对我们说，矿不算大也不算小，凑合吧，但是在上工之前，要跟老板签一份协议。我问是什么协议？表哥说，生死协议，就是说出了人命矿上赔你一万五千块钱，双方两清，再不追究对方的责任。我一听就毛了，说，这比我的房子还不值钱。表哥说，外包矿工都得签这东西，你不签就走人。我听了不知道怎么办。表哥说，我们都签的，谁说一定会死呢，看你运气，我们矿井装了瓦斯报警仪呢。父亲说，就签吧，咱需要钱呢。我们就在那天和矿上签了生死协议。

　　下井了十多天，我才听说，这个矿以前常常突然出水出泥，死的人平均下来三十天死一个。我吓坏了，可只得做下去。我想老天应该会保佑我们这些已经很可怜的人。我看到井下装了瓦斯检测仪，这种机器很灵，瓦斯一超标它就响，响了几声就自动断电，大家就停工。可是那段时间正好快到春节，矿主不想停工，因为停工就会减产，他要我们加班，自己却开着奔驰车转来转去。我看见工头把瓦斯检测仪用衣服包起来，心里就发毛。第二天下井的时候，我不下井。因为听说工作面着火了。工头很凶地对我说，不想下井，可以，交一百块钱到财务科，否则就开除。我们只好硬着头皮下井，一边灭火一边工作，火还是没有完全弄干净。

我们每天从井下升井上来,第一件事就是去啜一小口酒,说,我又多活了一天。

第二天我发烧,就在工棚里躺着。我正睡得迷迷糊糊的时候,听见有人喊叫。我吃力地爬起来,发现外边的人都在跑。我走到外面,才知道井下240公尺在下午二点时,3110外风道掘进工作面发生矿震,地面瓦斯通风检测无显示了。我们这口井是立井,高瓦斯矿井,大家都知道发生什么事了。我父亲正在井下。我发着高烧,眼一黑,就倒在地上死过去了。

父亲就这样死了。

这次事故一共死了三十个人。但外面都不知道,因为报纸不让报。我在矿主办公室门口骂了一天,我知道是他叫人把瓦斯检测仪用衣服包住,是他害死了我父亲。我威胁要上告,不让父亲的尸体火化。结果死的人都赔了一万五千块钱,就是我的没给。我去找矿主,老找不着。工头说会给我,可是半个月过去了,就是不给我,我知道他们要整我。第三天,他们通知我去领钱,我到办公室,矿主坐在沙发上,看着我,说,就是你想告我吗?我说,你用衣服把仪器包住,不管我们死活,每天一升井,你只问今天的产量多少。矿主说,我是老板,不问产量问什么?看见你们一个个上来活蹦乱跳,难道我还问你们死了不成?我告诉你胡土根,你别动不动就想告谁,实话跟你说,你别闹,闹大了对谁都没好处,我开矿开到这么大,不是瞎弄的,在市里头没人给我撑腰,我能开到现在吗?你知道谁是我的哥们儿?今天跟你说也没关系,就是李副市长,李寂,知道吗?分管工业和安全的副市长,你跟我对着干,是自找麻烦,你就是告到天边,也不会有结果,而且,我们是签过生死协议的。他对旁边的人说,给他清账。

工头就拿出一个信封,说,这是一万块钱,加上这一张荣兴饭店的消费卡,值五千块钱,一共是一万五千块。我问为什么给我消费卡?工头说,协议上没说不能给你卡,你可以去饭店吃饭,我相信你一辈子没吃过那么高级的饭。

我拿了钱和卡出来,才发现我父亲的尸体被人偷偷运去火化了。我被骗了。我和表哥去火葬场抱回父亲的骨灰,从坛子里我扒拉出父亲一块没烧透的头盖骨,痛哭了一场。不到半年时间,我的父亲和母亲都死了。我下定决心要报仇。我把父亲的头盖骨用线拴了挂在胸前,找矿主算账。我对表哥说,我不想活了,我要把他杀了。表哥吓坏了,劝我不要这样做。他说,你挂着这样吓人的东西,还没挨着矿主就让人抓走了。于是我就把父亲的头盖骨掖进怀里。我对表哥说,没你的事,以后都是我一人做事一人当。我到处找矿主,要把他杀了。可是我找了两个月也没找着人。后来我听说上面要查这次矿难的事,老板逃跑了。

我一下子失去了目标。成天在樟坂街上闲逛。有一天,我逛到了一家饭店前面,就是那家荣兴饭店。我摸出那张卡,走了进去。保安挡住我,我说我有卡,他很吃惊地看我,还是让我进去了。那一天,我吃到了我一辈子都吃不到的东西,桌上摆满了好菜,有几十种,我吃都吃不过来。周围都是穿着光鲜衣服的人,只有我一个穿着黑乎乎的矿工的工作服。我一个劲儿地往肚里塞东西,一直吃到吐出来。我那一顿吃掉七十块钱,相当于我半个月的伙食费。我吃哭了,在卫生间里难过得蹲在地上。后来我把表哥找来,和他一起吃。我不吃白不吃,因为卡不能换成钱。有一次表哥找了十几个哥们儿来吃,他们吃得很高兴,饭店从来没有进过这么多脸上黑黑的工人,大家都奇怪地看我们,就像看猴子一样。我看着他们大口吃肉的样子，心如刀绞，好像看到他们在吃父亲的肉，因为这是用父亲的命换来的。

就在那天，我在饭店里看见了一个人。就是矿主说的李副市长，我听见别人叫他李副市长，他和一帮人从包厢出来。我突然明白我要做什么了。我听工头说过，这个副市长是矿主的后台，还有地矿局长、煤炭局长和执法大队长都是矿主的红人，一起在煤矿入股分红的。这帮人合伙赚钱，剥削我们，现在人死了就这样对付我们。我有了一个大胆的念头：我不想杀矿主了，要杀就杀市长。我想，肯定是这个市长撑矿主的腰，他就是我的仇人。我要杀死他。

我开始准备。为了达到这个目的，我知道靠我一个人的力量是不够的。我参加了黑社会团伙，认识了大马蹬。但只有我自己知道，我这样做是为什么，我只是想利用大马蹬。我摸清了李寂这个人的情况，他就是发采矿许可证给矿主的人，工头亲手给他送过钱，他就是我的仇人。他拿了矿主的贿赂，跟他就是一伙儿的。我要把他杀了。但他是市长，我不好下手。所以，我需要大马蹬帮忙。可是大马蹬事后才知道我要做什么。我跟大马蹬不一样，我跟陈步森也不一样，我不是要抢劫，我不是要杀人，我是在杀一个我的仇人，虽然我不认识李寂，他也不认识我，但我知道我们是仇人。

今天你们明白了，我为什么要犯罪，我没有犯罪，人家这样欺负我，把我赶出家门，抢走我的地，烧死我的母亲，害死我的父亲，我叫天天不应，叫地地不灵，难道不能出口气吗？我今天杀了李寂，就是杀了那个副乡长，他们是一路货，我只要杀了一个，就出了气。我没有能力反抗，我算什么？连蚂蚱也不如，我知道我最多也只能干这一回,所以我一定要成功,这就是一场赌博,我成功了。现在,我死也无所谓了。我对得起娘,也对得起我爹了!

胡土根的话令法庭静寂一片。仿佛一颗巨大的炸弹掉落,但谁也没有听到爆炸声。胡土根把目光转向冷薇,此刻的冷薇已经脸色苍白。胡土根对她说,你这个贪官的臭婆娘,去死吧。你看见我杀了他,又怎么样?他死一万遍也不解我的恨。他又对陈步森说,我操你妈陈步森,你还是个人吗?你做贪官家的狗,你有什么罪?你认个什么罪呢!你瞎了狗眼了吗?他们该杀,该杀!胡土根突然伸手狠揍陈步森,往他脸上吐唾沫。

法警迅速上前制服了他。

第三十一章　案情的逆转

　　胡土根在法庭上的陈述犹如原爆一样，震动了整个樟坂。朴飞在现场录下了胡土根揭秘李寂案真相的过程，他觉得这无论如何是一个爆炸性新闻。可是当他把带子送到主任那里，主任看完却呆若木鸡，半天没吱声。朴飞说，这是千载难逢的好新闻啊。主任说，我是猪脑子啊，不知道是好新闻啊，这么大的新闻，我敢报吗？等我往上送审报批再说，你先按兵不动。

　　结果主任报批后，大约过了一个星期，上面来指示说，无论谁违法乱纪，都要受新闻监督。于是胡土根当庭揭秘李寂案真相的新闻用了半小时的专题方式公诸于众。在樟坂，关于李寂应该对西坑煤矿瓦斯事件负责的传闻已经流传好久了，现在终于得到了证实。冷薇和陈步森的事件与李寂受贿案联系起来看，线索渐渐明朗，但对李寂的评价却急转直下。李寂一直被当作一个年轻有为、正直不阿的新兴领导者被樟坂人寄托希望，虽然他曾因西坑事件受影响，但他及时处理事件的能力和态度受到肯定。去年一月,正在政坛上隆隆上升的李寂却突然宣布辞职,自愿回到原先的黄河大学当老师,李寂清廉而不恋官位的选择曾被当作一个好干部的榜样在樟坂人嘴上供着,他的被杀事件更引起樟坂人的同情,这就是樟坂人为什么会在陈步森事件中同情冷薇的原因。

但就在一夜之间,李寂在樟坂人眼中的印象发生逆转。胡土根在法庭上揭露真相之后,各大媒体随之作出的后续报道,更加证实了李寂受贿案的情况,随着煤矿矿主等当事人的陆续到案,李寂案中的证据越来越多地被披露。最新的证据显示,李寂至少曾收受西坑煤矿矿主沙某的贿金共计四十六万。这样看来,李寂是一个伪装得很好的大贪官,他很聪明,在收受大量贿赂(樟坂人推测他一定还收受了其他人的贿金)后,顺利地以辞职为名离开了官场,既保住了安全,又赚来了清官的名声。为什么上面到今天才允许报道李寂案的真相,并且找到了胡土根揭露的方式和时机,樟坂人不晓得,他们后来发现,煤矿的老板沙某早在去年底就归案了,可是直到今天才公开。李寂被杀案的进展也是出奇地缓慢,这些都是疑点。也许这是侦查不公开的原则吧。

李寂已经死了,以无神论的观点,无论身后发生什么,对他来说已经没有意义,因为他什么也感觉不到了,包括痛苦和欢乐;但他留下了一个人,这个人却在承受他撒下的一切。冷薇失去了丈夫,失去了工作,失去了尊严,现在恐怕连自由也将要失去。不断有声音传出,指向可能因李寂案的牵连要逮捕冷薇。冷薇终于病倒在了床上,她发着高烧,说着胡话。母亲哭肿了眼睛,给她用了许多的药,后来冷薇的高烧总算压了下去,但她的脑子好像被烧坏了,整个人变得呆滞。陈三木来看她,见到她的模样吓了一跳。

你怎么变成这样？陈三木说，报道我都看到了，我宁信其有不信其无，但我还是决定来看你。我觉得你不要给自己过多的负担。冷薇说，我完了，陈教授，你不必再为我呼吁了，陈步森就是把我全家都杀光，我也没话说了。陈三木摇头，说，道理不是这样讲的，我就算相信李寂做过那些事吧，也不会让我感到惊奇，他不这样我才惊奇，在一种结构性腐败当中，个人的能力是很微弱的。所以，就这事件性质的第一点上说，你也不要太自责。冷薇说，我做不到，我恐怕等不到他们来抓我，我就随他去了。陈三木说你不要做傻事儿，人会犯错，允许改正错误，否则每一个人都没法活，现在我要讲第二点，这第二点很重要，就是说，是不是只有李寂一个人犯错，如果只有他错，那你没话说，乖乖接受别人的审判，事实肯定不是这样，肯定还有人错，肯定还有人比李寂更坏，这怎么说呢？这就是说，你跟我一样，你有什么权力查我审判我？冷薇说，可是他已经公开了，别人却藏着。陈三木说，这是另一回事，我陈三木就是这样，不论你如何牛逼，你也做和我一样的事，你就没有权力审判我，就是你的官比我高，你把我抓起来，我心里还是不服你，所以我不沮丧，你明白我的意思了吗？我今天来劝你，就是用这个道理。

冷薇说，我理解你的话，但我还是觉得活不下去。陈三木摸着下巴，说，这也许是男人和女人的区别吧。我告诉你，其实我个人回顾自己的历史，我也做过很多错事，包括所谓背叛周玲，我确实找过女人，但我为什么好好地活到现在？因为我认为，周玲也有错，甚至她错在先，是她的错导致我出轨。这并不是一本糊涂账，既然谁都有错，我们又担心什么呢？人生就是由错误构成的，不是由后悔构成的，所以悔恨并没有那么大的意义，你即使悔恨了还照样干，直到你死一切才了了，周玲和苏云起夸大了它的意义。我今天来一方面安慰你，一方面也提醒你，你抗争陈步森的假悔改是对的，你千万不要有怀疑，你要站在我的一边，我现在正准备材料，要和苏云起在电视台进行辩论会，到时候我希望你来当我的嘉宾。

　　陈三木的探望对冷薇根本没有起到作用。因为陈三木沉浸在自己的观点和想象里，很显然，他一直是利用本案宣导自己的价值观。而冷薇面临的是现实痛苦。当晚她试图服用安眠药自杀，被她母亲发现，母亲在她面前哭得老泪纵横，淘淘也吓得一直不停地哭，母亲把李寂的像扯下来放到女儿面前，说，你那么狠啊，你想这样一走了之吗？他等着你为他报仇啊，你就这样走了？现在他被人骂到臭头，成了一个大贪官，你就一句话也不想替他说吗？你不是跟我说他不是贪官吗？那你就到大街上对人说啊，说我女婿是好人，说啊。冷薇抱住母亲痛哭。

　　只有一个人听到这个消息是喜出望外的，这个人就是刘春红。她的直觉告诉她，胡土根的出现对陈步森是一个希望。她很快地找到了律师沈全，和他商量案子未来进展的可能性。她对沈全说，沈律师，胡土根的交代对陈步森是一个好消息，我们千万不能错过了它。沈全说，当然，看上去胡土根的供词对陈步森是个利好，不过，他的供词还需要得到证实。刘春红说，报纸不是报道过了吗？现在每天都有李寂案的新闻，不是真的他们敢报道吗？沈全笑着说，法律不是新闻，法庭对任何证据都需要查证。刘春红叹了口气，问，这么说还很复杂？沈全表示并不容易。刘春红说，我只要他能保住这条命，以后都好办，我都能想办法，如果人头落地，就什么都完蛋了。沈全给她分析，现在要扭转局势，靠冷薇做证看来是很难了，她既不肯做证说陈步森对她有悔改行为，也不肯做证陈步森只是杀李寂的从犯。刘春红说，这个女人太可恶了。沈全问她，你要是她，你会吗？刘春红就不吱声了。

沈全说，她也很可怜，现在她一无所有了，丈夫，工作，金钱，连道义也失去了，原先支持她的人都倒向陈步森和胡土根一边了，她还要忍受因为仇恨而不原谅陈步森的内心痛苦。从里到外，她现在被剥夺得差不多了。刘春红说，我现在只关心陈步森怎么办？沈全说，胡土根的出现只对冷薇产生影响，对陈步森没有实质意义，需要证明陈步森只是从犯，没有动机，是随从者，在实施杀人过程中也只是从者。这需要胡土根的供词。

……土炮在法庭上惊人的供述传回到看守所，引发了号子里的哗动。连陈步森都惊异无比。虽然他听土炮讲过一些，但他不知道隐藏在土炮心中有那么多的苦和仇恨。号子里的人都在电视上看到了法庭上胡土根扑向陈步森的画面。从这一天开始，大家明显地开始转而讨好巴结胡土根。虽然大家不好意思一下子把陈步森抛弃，但陈步森看出来，胡土根完全赢得了号子里的人的信任，迅速建立了权威。不过他无所谓。

有一天，墨鱼突然对他说，给土哥打水来！这一句话等于正式宣布了陈步森的倒台，他的牢头位置在这一刻让位于胡土根。陈步森什么话也没说，到水池边打了水端到胡土根面前，墨鱼喝道：傻呀，掺热水啊。在号子里，只有牢头有洗热水的权利，但陈步森当牢头自己也只洗冷水，所以疏忽了。他往盆里掺了热水，重新端到胡土根面前。但接下来他还是为他的疏忽遭受了惩罚：他被五六个人摁到墙上痛打了一顿，他的鼻子在墙上磨破了，到处是血。胡土根没有制止。墨鱼贴着陈步森的耳朵说，为什么打你知道吗？陈步森不吱声。但他知道是打给胡土根看的。墨鱼说，对不起了，我们得站在土哥一边，因为他是条汉子，他杀贪官，就是我们号子里的英雄，你却凑贪官的屁股。陈步森还是不吱声。他感到他的脊梁骨快被压断了，有一种窒息的感觉扼住了他的喉咙。

陈步森在水池边洗脸上的血水的时候，胡土根走到他身边，说，你都看见了，不是我一个人要打你。陈步森继续洗脸。胡土根说，你现在明白了，我不是因为你做那些事怕自己被抓住，是你做了我恨的事，我要杀他，你却救他，你救不了他，他死了，你也救不了那女人，她毁了，她没有为你说好话，现在你瞎了吧？你也救不了你自己了，我不会在法庭上说都是我杀的人，我不会说你只是我的帮手，是大马蹬逼你的，我会说是你自己要杀的人，你注定逃不过一死。陈步森颤抖了，低声说，我做的……对得起我的心。胡土根说，我们都要下地狱，我们一起到阎罗王面前说去吧，看看谁做的是对的。陈步森脸上滴着水，说，我不会下地狱，我会上天堂。

号室门突然打开了，潘警官把胡土根叫出去了。陈步森以为是提审。过了半个小时，胡土根骂骂咧咧地回来了，他一进号子门就说，我操，我操！太他妈好笑了……跟我说这些，我操，说到我头上来了。墨鱼问，土哥，发生了什么事？胡土根说，来了个姓苏的，长得跟苦瓜似的，跟我说悔改，我操，悔改是什么？天上飞的还是地里长的？墨鱼问陈步森，就是你的老师吧？陈步森没吱声。墨鱼问胡土根，他要你悔改，跟陈步森一样吧？胡土根搓着脚上的污垢，说，我为什么要悔改？我是受害者，我需要悔改吗？狗屁，我就他妈的不上天堂，我就下地狱，怎么着？陈步森，我告诉你，你就是他妈的上了天堂，我也要一把把你揪下来。墨鱼说，土哥，你进来之前，陈步森老给我们说悔改。胡土根对墨鱼说，你要是也悔他妈的改，就跟陈步森一样，善恶不分，把贪官当老子拜。操你妈的。

第二天，陈步森和胡土根一同出庭。检察官董河山在胡土根供述后向社会表示，无论是官还是民，无论是加害者还是被害者，他都会一查到底，无论他过去当的官有多大，影响有多大，他都会秉公执法，一个也不会放过。这是检察官对李寂案处理第一次最公开的表示。

  法庭辩论开始。检察官陈述了胡土根的犯罪事实，如果把他过去犯的罪一并列举，主要有如下几条：妨碍交通，冲击政府机关，有预谋有组织地实施对前政府官员的谋杀，是李寂被害案的主要策划者、主犯，有极为明确的作案动机。胡土根对检察官指控的犯罪事实一概供认不讳。但当辩论开始后，由于他没有请辩护人，法官问他是否为自己辩护，他摇头拒绝，只说了一句话：我的话说完了，我的事也做完了。

  有趣的是，在接下来的辩护中，陈步森的辩护律师沈全在辩护过程中，除了替陈步森辩护外，有许多段话实际上隐含着为另一名犯罪嫌疑人胡土根辩护的意味，比如他说：为什么大家都"恨"一个人？恨一个叫陈步森的人，恨不得马上把他杀了，而无法恨那些贪官污吏？无法恨那些比陈步森胡土根们杀人更多的人？那些导致煤矿爆炸透水的矿主？因为他们会伪装，他们没有暴露，他们比陈步森杀人少吗？这几个月全社会的人好像都恨不得剥陈步森的皮，吃陈步森的肉，可是为什么没有人有这样的热情去揪出一个导致楼房倒塌的开发商？然后像恨陈步森那样去恨他？反而死死揪住一个已经悔改的人，对一个从心灵深处悔改的人这样穷追不舍？却忽略体制中更大的罪恶？这是哪门子的双重标准？煤矿炸了，矿主没罪吗？楼房倒了，开发商没罪吗？你可能说，还没有倒，也还没有炸，可是，它却隐藏着，只等到一场"地震"的到来，这难道不是隐藏着的凶手吗？赔钱就了事了吧？不，只是因为我们不认识那些开发商，所以我们不好把恨发出来，我们只认识陈步森，我们有目标了，就把所有的恨全部堆到他头上。

  沈全律师在法庭上这番有些超出辩护范围的话，被人引用到《新樟坂报》的文章里,有人指出作为律师,沈全的话是不适当的。支持的人却认为,这才是有良知的真正秉持公正的律师,因为他为人的心灵辩护。沈全律师回应说,我只是在作正常的辩护,法律是人制定的,人心里怎么思量,他的行为就怎样,所以,有时关注人的心灵比关注他的行为更重要。

冷薇没有出庭。她把自己关在家里,已经连续一周足不出户了。看上去她完全垮了。她拒绝一切来访者,对记者一言不发。但有一个人强行进了她的家门,这个人就是郑运林。他猛敲冷薇的家门,冷薇的母亲看到是他,因为他是冷薇的支持者,就让他进来了。冷薇看见是郑运林来了,也出来和他说话。可是郑运林对她说的话令她心灵破碎。

郑运林说,我不是来看你的,我是来向你说明一件事。冷薇说,你要说明什么?郑运林说,我决定不再支持你了。

冷薇听了没说话,只是看着郑运林,大概没听明白他的意思。她的确是带着铁定以为他是来安慰她的期待,从床上爬起来和他说话,可是郑运林的话却让她目瞪口呆。郑运林说,我这个人一贯旗帜鲜明,我也曾经是你的坚定支持者,但我现在有一种受骗的感觉。冷薇问,你被谁骗了?郑运林说,你说呢?我不相信媒体都搞错了,只有你是对的。我痛恨贪官污吏,可是你为什么要隐瞒这一切呢?所以我为我过去做的事情很后悔,我不会再支持你了。你们一家都应该受审判,因为你在隐藏罪恶。你比陈步森还不如,他有话就说,你却这样骗我们,我告诉你,骗人良心的人不会得逞,他们最后肯定会被钉在耻辱柱上。李寂,包括你,你们是一伙儿的,最后总结一句话就是,我们恨你!

郑运林说完转身就走。冷薇就坐在那里,什么话也没说,也没有流泪，表情很淡漠。她就这么一直坐到黄昏，直到一抹残阳涂在她脸上。

母亲跟她说话，冷薇一言不发；淘淘找她，她也不理。母亲以为她只是心情很糟，就把淘淘支开，让她休息。她把冷薇送进卧室，弄上床，说，已经这样了，薇啊，我们不想它了，什么也不想了，保住身体就好，听妈的，啊。冷薇就上床睡了。

……但接下来的几天，母亲发现情况怪怪的，女儿总是躲在房间里，不知道在干什么，她一言不发，哑了一样。母亲把饭送进去，她倒是吃了。吃完后就把碗一推，看起书来。她看的书全堆在床上，陈步森写的书她也看，一直反复地看陈步森书中的几张照片，那是精神病院的照片。淘淘进来，她也不理，母亲只好把淘淘抱出去。

有一天母亲听见了房间里传来歌声，是女儿在唱歌。她听不懂这是什么歌，打开门，发现墙上都贴了许多画，都是冷薇画的，精神病院的房子都画到了墙上，还画了许多羊，挤在房子里面。让老太太更吃惊的是，她还画了两张人像，一张上面写着：冷薇；另一张人头上写着：陈步森。

母亲问她，你干吗画他呢？

冷薇说，我画他关你什么事？母亲说，你怎么说话的呢？冷薇说，这是我住的地方。母亲说，那是医院啊，这里才是我们的家。冷薇说，你把我弄出来，就要把我送回去。母亲奇怪地对女儿说，薇啊，你怎么啦？冷薇指着陈步森说，你放我回去，我要跟他在一起。母亲大吃一惊，说，这是陈步森啊？你到底在说什么啊？冷薇说，我要和他结婚了，是你逼我到这里来的，你们把我弄到这里，让我和他分开，好折磨我，我和他在那里住得好好的，什么事也没有，为什么要把我弄出来？现在我要回去。

母亲都快哭出来了，说，薇啊，你这又怎么啦？你说什么胡话啊？冷薇眼睛流出泪来，说，我在里面多好，什么烦恼也没有，我们都快结婚了。母亲把她的脸扳过来，让她看自己，薇，你看看我是谁？你说我是谁？

　　谁知道你是谁。快把我送回去。冷薇说。

　　老太太似乎知道发生了什么事，抱住女儿，痛哭失声。

　　第二天，冷薇被重新送回精神病院治疗。

第三十二章　精神病院的思想斗争

周玲在第二次探访冷薇时，得知了她重回精神病院的消息，冷薇的母亲正在家里手忙脚乱地收拾东西，她对周玲说，你不要来了，她又进去了，你们这下满意了吧？周玲说，对不起，我很难过，我想去看她。老太太说，你不是陈步森的表姐吗？为什么三番五次地要关心冷薇，这对你们有什么好处？周玲说，我是陈步森的表姐没错，过去我太关注陈步森，这是自私的，也是不义的，现在我心里有感动，要来看冷薇，如果你要说有什么好处，心里快乐可能是最大的好处吧，看冷薇我心里会很快乐，请您相信我。老太太听了有点儿鼻酸。周玲说，您别难过，事情都会过去，没有什么大不了的。老太太抹着眼泪说，其实我看出你没有恶意，但冷薇一直因为李寂的事自责，恐怕不会愿意你去看他。周玲说，她不是病了吗？她过去怎么样愿意接受陈步森去看他，今天就会愿意接受我去看她。老太太说，那好吧，你今天跟我进去，只要你们有办法让她再醒过来，我什么都愿意。可是你不能说是我愿意让你进来的。周玲说，这个我晓得。

周玲跟着老太太到了西郊凤凰岭的精神病院。看到像囚笼一样的宿舍，周玲心中紧缩了一下。冷薇仍然住在原先的那个小单间。老太太让周玲先进去看她。周玲就敲门，没有回应。她轻轻地推开门，看见冷薇呆滞地坐在那里，靠在被子上。不过她看到进来的是周玲时，脸上还是闪过稍纵即逝的吃惊表情。周玲把买的几盒西洋参和一束鲜花放在桌上，问冷薇感觉怎么样？冷薇直直地看着周玲，问，你是谁？周玲说，我是周玲。冷薇就不说话了。接下来无论周玲怎么搭讪，冷薇只是沉默着。周玲只好说，那你好好休息，我还会来看你的。

她走出门来，老太太问她情况怎么样？周玲说，她只问我是谁，就什么话也不说了。老太太叹气道，嗨，不但对你，对我也一样，我跟她唠上半个钟头，她只回半句。老太太说，不好意思，我要进去了，我再劝劝她。说完老太太进屋了。

这时，有三个人从走廊那头走过来，周玲看见其中有一个是朴飞，很吃惊地问，你怎么来了？朴飞说，我看望病人来了。周玲说，你看谁啊？朴飞悄悄凑近她，说，看她啊。周玲明白了，你真有本事，你们是要拐弯抹角采访她吧？人家都这样了，你就别打搅她了吧，让她静一静。朴飞朝她眯眯眼，说，我们就关心一下下吧。周玲说，别费劲了，我刚才跟她唠了二十分钟，她只问了一句你是谁？朴飞笑道，你笨嘛，看我的。周玲问你们是怎么进来的？朴飞说你别问了。说完他们居然不敲门就推门进屋。

可是朴飞他们进去不到十分钟，就听见里面传出歇斯底里的号叫，朴飞和另外两个记者落荒而逃。朴飞出来时对周玲说，不得了不得了，好厉害好厉害！另一个记者说，真病了，真病了。第三个记者说，不是失忆症，是精神分裂症，我的相机差点让她扔楼下了，好险！这时，护士过来了，说，你们在这儿干吗呢？这是医院。周玲和三个记者走到楼下，朴飞说，我看她这回是真的病了，我刚才刚进去，她一看见我，就像看见鬼一样。没等我把话说完，她就在地上打滚，把我们吓了一大跳，然后抱住我的脚，要夺老林的相机，我的妈！周玲说，这么厉害啊。朴飞问，她对你没这么厉害啊？周玲说，还好，就是不说话。朴飞说，她就是怕采访。老林说，现在她当然最不愿意见我们了，李寂案真相一出，她就垮了。周玲说，你们回去吧，你们报道这事儿，不就是给她伤口撒盐吗？有的时候你们报纸真没干什么好事儿。朴飞说，周玲，你也真够大义灭亲的，关心她啊，还是有什么目的？我知道了，她对你还是有用的，你还是想要她做证是不是？周玲说，你们记者还真能瞎掰。

　　朴飞他们走后，周玲站在操场上，一时不知道往哪里去。她不愿意就这样离开，就去找了钱医生。钱医生看见她时说，你不是陈步森的表姐吗？他在法庭上见过周玲，似乎对她会进来看望冷薇感到奇怪。周玲说，我是跟冷薇的妈进来的。这时，老太太刚好也进来找钱医生。周玲问她冷薇怎么样？老太太说，记者走了，她好些了。周玲问钱医生，刚才记者进去，听说她抓狂了，他们说她得了精神分裂症？老太太说，我吓死了，以前她从来不这样的。钱医生沉默了片时，说，我可能要告诉你们一个……可能会让你们吃惊的消息：她这回没有得病，什么病也没有。

　　周玲张着嘴一句话也说不出来。老太太当场就高兴得抹泪哭了。钱医生说，这几天我们用了多种心理的和病理的检测方法对她进行了测试和会诊，可以确认，她的失忆症没有复发。周玲说，难怪我刚才见到她时，她一看见我就吃惊的样子，说明她知道我是谁。钱医生说，虽然她极力装出病的样子，但这是逃不过仪器的，也逃不过我们的经验，她对我们的测试有反应。周玲说，那她有精神分裂症？钱医生笑道，没有没有。周玲说，刚才她把记者打出来了。钱医生说，说明她不愿意见到记者，仅此而已。周玲点点头，她心里太苦了，不想跟任何人说话。老太太说，周玲，难得你这么关心她，你真是好人，你跟你弟弟不一样。钱医生说，这样看来，我们可以作出初步判断，冷薇是想躲避某种她不愿意面对的东西，所以选择了装病，她受到的压力是她无法承受的，或者说，她在寻找一条逃路。我的病人当中，有过这类案例。一般无法承受压力的人有三种可能的结果：一是真的罹患精神病，这样他就可以从现实世界走出来，进入臆想世界，压力就释放了，但心智破坏了；第二就是自杀，病人认为死后什么都没有了，是一种解脱；第三就是装病，这种情况病人可以暂时拒绝和外界交流，达到某种程度的外在安宁，但内心却并不因此得到平静，有时还会更加混乱。老太太问钱医生：她没病，是不是就可以出院回家了？钱医生说，我是建议你们不要急，给她一点时间，她是因为不愿意在家里承受压力才跑出来的，你现在马上把她送回去，说不定她无法减压真的出现精神症状，她是装病，所以不会因为住精神病院住出病来，按我们严格的诊断标准，她现在也算有病，就是精神高度紧张，所以我建议让她在这里住一段时间，让她减压，我们适当给服一些镇静剂，就当作疗养吧，你们也不要马上揭穿她，以免刺激她，我相信她安静一段，会战胜过去的。

这时，周玲说，我有一个想法，冷薇的母亲要照顾外孙，我这段刚好有年假，可以留在医院陪护冷薇。老太太说，不要不要，你怎么能留在这里陪她？多不好意思。周玲说，这没什么奇怪的，陈步森能陪她，我也能。大妈，请你相信我的诚意。

周玲的真诚终于打动了老太太,同意让她每天进来陪护冷薇。冷薇对周玲居然愿意进医院陪她,感到十分惊讶,但碍于她自己认为自己是病人,所以她无法跟周玲讨论这个事情,只是用行动表明自己不喜欢周玲来看她。周玲每天早上六点就进来了,帮冷薇打饭,从外面带冷薇爱吃的鳗鱼进来,到厨房加工给她吃。周玲知道冷薇不愿意开口和她说话,她就不说,只是不停地做事,不管冷薇愿意不愿意,周玲就像一个保姆一样,做完份内该做的事。可是,她的到来给冷薇平添了焦躁。她注视着周玲忙这忙那,又不好说话,就浑身不自在。

有一天,周玲端水给她洗脚,冷薇突然一脚把水蹾翻了。周玲问她是不是太烫了?冷薇不知道说什么好。周玲就重新打了一盆不那么烫的,并要帮她洗脚。因为过去经常做义工,所以周玲做起来并不会不自在。可是冷薇到底是不自在了,推开她的手自己洗了。

傍晚老太太进来看女儿,当房间里只有母女两人时,冷薇突然说一句:她是谁呀,谁让她进来的?老太太说,是我让她进来照顾你的,我没时间啊,我要照顾淘淘。冷薇就扭过头不说话了。过了一会儿,她说,让她走。老太太说,她不坏,她跟陈步森不一样。薇啊,你不是有病吗?有病就要有人照顾,没病我们现在就回家。

随着周玲为冷薇做的事越来越多,冷薇越来越不自在。因为她不能暴露自己是装病的,所以不能和周玲交流,也就无法释放自己的不自在。有一次周玲给她梳头时,冷薇突然又抓狂了,夺过头梳躺在地上大声地叫周玲滚,滚,滚!周玲扑上去抱住她,冷薇在地上挣扎,她的梳子已经把自己的脸划破了。周玲抱住她,说,你好些了吗?你好些了吗?她把冷薇扶上床,说,看你把脸划破了。她给冷薇的脸上药,冷薇一直发抖。周玲说,我知道你不喜欢我老待在你身边,但我不能看你一个人孤单地在这里,你有什么话想说吗?你真的可以告诉我。冷薇不吱声。周玲说，不要认为我是陈步森的表姐，就一定向着他，其实我一想起你，心就痛，我进来照顾你，是听我内心的声音的，你病已经好了，不能再受这个罪，如果是因为这段时间连续发生的事使你受刺激，我愿意承认，都是我表弟使你们家受害导致的，无论后来是谁让你难过，最初总是陈步森做下的，就算是为他，我也愿意来照顾你，补偿这个过错，陈步森让你恢复了记忆，可是看来你的病没全好，他的事并没做完，就让我代替他，把这事做完吧，好不好？你要好好活着，否则陈步森就是被枪毙了，就是死了，也会很遗憾的，因为他就是死了，就是烧成灰了，也换不回你的健康。

冷薇再也按捺不住，噗的一声就哭出来，但她用手快速掩住脸，冲进洗手间。周玲明白，她的心动了。

冷薇在洗手间洗了脸，出来后重新恢复了镇静。周玲不想继续多说，以免让冷薇难堪，也不想揭穿她装病的事。可是当周玲倒掉洗脚水回到床边时，冷薇突然问，你为什么要这样做？周玲想了想，只说了一个字，爱。

冷薇就哆嗦了一下，好像发冷一样。周玲重新帮她梳头。她也不拒绝了。两人就这样都不说话，气氛有些奇怪……冷薇又说了一句：你知道我在装，是不是？周玲说，你没有装，你真的还需要照顾。冷薇说，你这话什么意思？周玲说，李寂的事我都知道了。冷薇问，你相信吗？周玲说，我相信你。冷薇的脸上立刻淌下泪水，说，你相信我？周玲说，是，我相信你。冷薇说，没有人相信我，你为什么要相信我？周玲说，我相信你，就像我相信陈步森一样，没有人比你们两个更需要人爱了。

冷薇止不住泪了，她的双肩耸动着，好像要把积累经年的泪水一起流光。周玲不停地给她擦泪。在周玲的心中，突然涌起一种她从来没有经历过的,为别人的伤痛如此扎心的感受,想到这里,周玲不禁也流下眼泪,紧握住冷薇的双手,说,都会过去的,到时候旧的事都过去了,都变成新的了。冷薇说,我相信你了。

可是我完了。冷薇说。周玲说,不。冷薇问,你想知道李寂的事吗?周玲说,我想,你说的跟胡土根说的,一定有些不同。冷薇说,可是我不想说了。周玲说,好,我们不说。她看见桌上有一本歌本,就说,我们听歌吧。我知道有一首歌,叫《奇异恩典》。她把带子倒到这一首,冷薇突然说,这是陈步森拿来的。周玲说是吗?她看着冷薇,这是冷薇第一次主动提起陈步森。

歌声升起……这是周玲十分熟悉的歌。对于冷薇来说,它也有不可磨灭的意义,因为它让冷薇回忆起了上一次她在医院的情景,想起了陈步森匆忙的身影,也想起了他脸上的煤灰。

冷薇和周玲不知不觉在真实中相遇,至少她在周玲面前不再装病,她也相信眼前这个女人有和陈步森不同的地方,也有相同之处。但她仍然避免提及陈步森。有一次她对周玲说,你为什么不问李寂的事?周玲说,我不想让你窝心。冷薇说,我一直把它埋在心里,现在,我觉得我的胸憋得要炸开了。周玲说,不过,你如果愿意,什么都可以跟我说。冷薇把桌上的李寂的遗像拿到面前,端详着,说,我问过几百次,他愿不愿意我这样做,可是,他没有一次回答我。周玲望着遗像上的李寂,说,也许你说出来了,就把过去放下了。冷薇说,胡土根那天把什么都说了,从那时起,我觉得我完了,没有希望了。你刚进来的时候,我想,你一定是来看我笑话的,因为全樟坂的人都会说,李寂死有余辜,罪有应得。从那一刻开始,我要为李寂做的事就做完了,没有意义了。我能看见,也能猜想到,大家会用什么样的眼光看我，我跟陈步森没什么两样了，甚至更糟。是，我比他更糟。但没人会知道那个秘密，我不会说，我也不想说了，爱怎样就怎样吧，我对一切都失望了，倒怀念我失去记忆的那段日子，那时没有痛苦，没有眼泪，没有烦恼，也没有内心煎熬。周玲，我不是装病，我是想病，我盼望病你知道吗？可是，你却把我叫醒。你不叫醒我，可能我会一辈子就这样，就这样沉睡下去，再也没有人打搅我。

要相信醒来总是好的。周玲说，我们会帮你。你要有信心。冷薇问，你们为什么不去帮助陈步森？周玲说，在你之前，我们都在帮助他，现在，我们要帮助你。因为我们爱你！

"我们爱你"这种白杀杀的字也许只有像周玲这样的人才会这样直接说出口，在一般人说出来就像滑稽矫情的肉麻之语，可是对于周玲这样的连眼睛都像狗的眼睛一样单纯的人，这四个字犹如神迹一样打在冷薇心上，让她不得不相信。

苏云起和沈全于冷薇和周玲长谈的次日，进到精神病院看望冷薇。冷薇对他们的到来不再拒绝，但并没有像跟周玲说话那么多了。苏云起对她说，我们都很关心你，知道你的病没有想象的严重，我们都很宽慰。沈全说，胡土根到位后，案子变得复杂，但这只是一般人看到的，事实上很多案情需要重新厘清，你有什么证词都可以向法庭说明。冷薇说，我没什么要说了。周玲说，你有话要说，有话不要堵在心里。苏云起说，你要把烦恼交出去，没有人能真正刚强的，软弱并不是羞愧的事，看你对什么软弱。冷薇说，我就是说出来，也没有人相信。他们会怎么说我都知道，他们会说，我在辩解。沈全说，你只要按事实说就好。冷薇问他，你是陈步森的辩护律师，你愿意我说吗？沈全笑了，说，律师不是只为人脱罪的，如果这样，那就是不法，律师是通过辩护厘清真相。冷薇还是摇头，说，没有人相信，让我在这里安静吧。

　　苏云起说,冷薇,好吧,就算我们相信你,就算全樟坂人都相信你,全中国的人都相信你,你就相信自己了吗?苏云起的话让冷薇听着扎心。苏云起接着说,我们相信你,可是我们靠得住吗?冷薇,你相信这世界上有真理吗?如果你相信,那么真理绝不是我们这些人定的,这地上没有一个完全人,没有一个义人,一个也没有,所以,谁也不敢论断你说的是不是真的,那么你还怕什么?你对着真理说,我不相信地上的人,一个也不相信,但我相信你,所以,我向你说真话,你就知道我不说谎,我是凭着良心说话,这样,你说完了,就会很快乐,你把重担都卸下了,就谁也无法伤害你了。

　　冷薇再次注视桌上李寂的遗像,大家都把目光转向它。遗像上的李寂正在注视冷薇。苏云起说,你真的仔细想过李寂是怎么想的吗?也许你一直以为不说出秘密是他的本意,你对陈步森的态度也都是为了他,可是,你真的知道他怎样想吗?你真的知道他需要什么?也许李寂真正的希望是,说出一切,为他说出来。

　　做证总是让人以为一定要对哪一方有利。沈全说,不是的,做证就是见证,是一种责任。人只有尽到这个责任,心里才会有平安。因为没有调查就没有真相,没有真相就没有和解,没有和解就没有未来。

第三十三章　说出他的一切

冷薇重回精神病院后的第七日，发表了一份《致爱我和恨我的人的一封公开信》，副题叫：——说出他的一切。这里的他显然是指李寂。公开信是这样写的：

我叫冷薇，现在人家习惯叫我被害人，我的确是被害人，我已经被害得失去了丈夫，失去了工作，差点失去生命，因为我不想活了。这半个月来，由于众所周知的原因，我由一个被同情者急转直下，变成了一个人人都讨厌的人，再没有一个人为我说话，哪怕来问问我，胡土根说的究竟是不是事实，没有，倒是有人来到我家当面羞辱我。就没有人来问问我的心在想什么，在我的内心深处，我尝到了有生以来最孤单的滋味儿，好像站到了死亡的边缘。我觉得这个世界上再没有什么美好的东西，我真的可以死了，只是想到了儿子，我的儿子淘淘，我勉强自己活下来。我突然非常想念在精神病院的那段日子，我失去记忆，即使我有无法理解的忧愁，但我真的慢慢在快乐起来，我宁愿重回精神病院，也真的回去了。可是，今天我为什么又愿意站在这里说出真相呢？因为我知道，回避并不会使问题消失，那本账既然一直在那里，那我就应该回来，把那本账算一算。算完这本账，也许我该做的事真的做完了。

　　我十六岁那年认识李寂，那时我真年轻，以至于我十九岁就迫不及待地和他结了婚，因为我们已经相恋了三年，那时我因为达不到结婚年龄，只好虚报了一岁。因为我是那么爱他，当时他二十四岁，刚读完政治学院的研究生。他长得并不高，但很清秀，眼睛总是透出一种坚定的深邃的目光，和他的年龄并不相称。我们认识于一次同学加朋友的聚会，他的一个同学是我的同学的哥哥，那天晚上大家都喝醉了，只有他没有。大家瞎闹，谈论如何度过这一生，大家都故作惊人之语，我的同学的哥哥说，渡呗，就是过河的意思，用完这个时间就算了。说白了就是混的意思。可是轮到李寂时，他说出了让大家尴尬的话，他说，这样很无聊，我的人生不会是渡过的，如果我的人生是要想办法把时间花完，那我何必费这个劲儿，现在我自杀就好了。我的人生一定是有来由的，否则我很难理解自己怎么会出现在这个世界上，我是有使命的，我不瞎混，我要搞清楚我来这一遭到底是为了做什么。

　　那时的他只是学院的一名教师。

　　他的话把我吸引住了，因为他跟谁都不一样。后来我跟他好了之后，我问他，那你来这世上走一遭到底是为了什么？现在弄清楚了吗？李寂说，治国平天下。他说，我相信我之所以有了现在的思想，有了才能，是为了贡献社会的。我很诧异他会有这样的想法,听上去有些矫情,可是我看他的表情,知道对他来说没有比这个更真实的了,这不是他为了追女孩而出的高言大志,他就是这样的人。

后来李寂当上了市政府的科员,接着又当了市长的秘书,他对我说:市长是个清官,是个好人,他的想法跟我一样,市长对我说,有理想的官是政治家,没有理想的官只是政客,创立一个理想目标的往往是个政治家,可是最后掌握实权的却总是政客,你记住,我们两样都要,我们要当政治家,也要掌握实权。市长的话对我是个警醒。我为能当他的秘书感到很荣耀。李寂说的是现在已经调走的当时的市长林恩超。

李寂开始了没日没夜的工作,为着林恩超说的那个目标。李寂用他的这种品质吸引我,但我却付出了代价,我不但很少见到他,因为李寂忙得很,经常跟着市长下乡,他有一次还对我说,我知道你很寂寞,很想生个孩子,但我现在事情太多,我不想到时候负不起这个责任,既对不起孩子也对不起我的工作。我问他,你什么时候才有时间生孩子?是不是要到共产主义实现的那天?他笑了,刮我的鼻子,说,是啊,是啊,你就等着吧。

林市长离开樟坂前,李寂升任市政府秘书长,更忙得没有着家的时候,他的迎来送往的工作增加了许多,他对这些没有意义的工作深恶痛绝,那段日子是他感到很痛苦的时候。直到他当上了副市长之后,心情才逐渐好转。李寂以高票当选樟坂市副市长那天,他回到家和我喝了很多酒,他从来没有喝这么多酒,好像有些醉了,可是他说我没有醉,我是高兴,因为我可以做事了。我说,你是不是可以当个掌握实权的政治家了。他突然看着我,对我说,冷薇,你听着,我一定要做个清官,有人说无官不贪,我就让他们看看，有理想的人没有死绝，他们是什么样的人？是脱离了低级趣味的人。冷薇，可能你要为此忍受贫穷，这是我们结婚时说好了的，你可不能反悔，因为我们可能会比较穷。我没吱声。他说，你是不是反悔了？我做的不是我一个人的事，是我们共同的目标，你也在里面。我说，我们又没有孩子，光我们两个，不至于饿死吧。他说，嗨。接着说，我有力量改变中国。我被他的话吓到，这话太大了，不知他为何说这话。

可是李寂只当了一年的副市长，就精疲力竭了。他不能解决的问题越来越多。他很少回家，回家也没有好脸色，一会儿抱怨上头无法理解他的用意，一会儿抱怨下面执行不力。有一次他半夜突然回家，一回到家就大骂起来，我不知道发生了什么事，原来他在骂市长陈平。陈平和李寂过去是好朋友，所以他就放开了骂。陈平搞了一个叫"樟坂经验"的东西，这个经验最奇怪的地方，就是在当时全国的工业都出现了不同程度的亏损，全社会都在呼吁加大国有企业改革力度的大环境下，樟坂市属预算内国有工业企业居然"连续五年无亏损"。分管工业和安全的副市长的李寂数次阻止这样的新闻出笼无效，"樟坂经验"终于被当作先进经验到处传播。李寂对我说，说谎，说谎！我让他冷静些，可是他说他无法冷静，因为这是个弥天大谎。

李寂对我说，你知道真相是什么吗？你知道什么是樟坂经验？就是移花接木的经验！一钱不值的障眼法！樟坂没有亏损的企业吗？放屁！是优势企业把它们吃到自己的肚子里去了。你听得懂吗？这五年的所谓的无亏损实际上就是政府行为，只是财务报表上的无亏损，不是实实在在效益提高的发展，搞什么鬼嘛！把几个亏损企业合并到一个盈利企业里，只要财务盈亏相抵，就叫

"无亏损",搞鬼嘛,放屁嘛!我今天晚上就当面问陈平,是不是全国的企业都只有一张财务报表,或者把全国的亏损企业都合并到盈利企业里,就可以叫全国无亏损?他没话说,我是分管工业和安全的副市长,到时候神话破产了,屎盆子不是又要扣到我的头上?我让李寂消消气,跟陈平再沟通沟通,他说,没办法了,就这样了,架吵了,脸也撕破了,爱怎么着怎么着吧。我说,可是,你总不能这样撂挑子啊,你不是要掌握实权,造福人民,当个政治家吗?李寂沉默了一会儿,对我说,冷薇,我有些累了。

"樟坂经验"事件是一个导火索,预示着他不妙的未来。李寂觉得自己已经脱离了幼稚的阶段,他早就不再以一个书生的方式介入政治,这是林恩超教他的,要以别人习惯的能接受的方式达到高尚的目的,所以李寂虽然厌恶官场客套,但还是忍耐着,以保持和这个结构的一致性。他能忍受当秘书长时的迎来送往,但终于无法忍受所谓的"樟坂经验",因为这正是他要着力实现自己目标的地方,他大力推进企业改制到了节骨眼上时,市长陈平却抛出了"樟坂经验"要他兜着,这大大打击了他的自信,从这个事件之后,李寂好像信心被打掉一大半,成天黑着脸,对我抱怨不已,一回到家就抱怨,我都听烦了,我说,你这么难受就辞职得了。他低着头说,我打了电话给林恩超,他让我克制,配合工作。我知道他的意思。不过,总有一天,我会站出来,用事实说话,让他们知道,实践是检验真理的唯一标准。我知道他们为什么这么做,因为有利益在里面,有机会我要揪出几个贪官来。我对他说,你算了吧,这么难搞,真的不如回去当教师。他说,不,我不但不回去当老师,我还要做到市长,我说话无力就是因为权力受限,老林说得对,实权很重要,看谁掌握,看怎么用。

我可以憋屈自己，我在选举中分数一向很高，我有信心在下届选举中当选。我是老副市长了，好意思不给我吗？

李寂开始得罪越来越多的人。我们家的朋友也越来越少。有时候市里开会居然会"遗漏"通知他到会。但李寂都不在意。但真正的打击终于来临：在新一届的市长选举中，评分最高的李寂失败了，他没有如意升迁，而是继续做他的副市长。李寂真的被打晕了，那天他回到家对我说，结束了。我知道他说什么。我劝他说，你要有信心，你不是还当着副市长吗？他突然说了一句他从来没说过的粗话：副市长管个屁用！

从那天开始，我感觉到我丈夫发生了某种不易察觉的变化：他不再怨天尤人了，但也不再慷慨激昂了，他变得沉默。每天他照常上班。但我不再听到他指责任何一个官员。我以为他是变宽容了，但是我错了。不是他变宽容了，而是发生了另一些重要的事情。

有一天晚上他突然对我说，冷薇，我们要个孩子吧。我说，你不是很忙吗？他说，忙也不能不生孩子啊。我说，我们也没钱养孩子呢，别人养孩子要把孩子送出国留学的，要花很多钱。李寂没吱声。我不知道他为什么突然有了这个想法。

这事过了一个月，我在他的一份文件夹里发现了一张写着他名字的存折，里面存着二十万元。我吓了一跳，以为他在外面搞女人。我不动声色，晚上他下班回家，我就掏出那张存折问他怎么回事？李寂说，其实我早该告诉你，这是西坑煤矿给我的钱。我一听就沉默了，好久后我才说，你不是不拿这种钱的吗？李寂说，是啊，但是我拿了。我问他为什么？他说，其实我已经拒绝过好多次了，他们把钱放在一条烟里面，我在抽屉里放了一个星期还是还给了他们。我说，那这次你为什么收下了呢？李寂叹了口气，说，冷藏，我失败了，你还不知道吗？我失败了。我不知道他说的是事业失败还是人格失败了。我说，你会坐牢的。他说，这倒不一定，贪的人太多了，是结构性腐败。我说，你这样做，让我很吃惊。李寂说，我已经没办法了，我没有权力，所以做不了任何事，我还是分管工业和安全的副市长，可是连一个"樟坂经验"都阻止不了，我还有什么用？不如拿钱好了，我要让他们知道，我不是没有这个本事，我也有家庭，我也要孩子。

从这事以后，李寂陷入了一种奇怪的状况，他不再指责官场，因为他现在和他们一个样了，他根本没办法也没理由说七道八了。并且有时李寂也开始为那些贪官开脱，说他们在一种结构中被同质化的不可避免性。我问他，政治家是如何变成政客的？他说，政治家太少，全世界出现不了几个，政治家是在和政客的斗争中出现的，所以，政治家多半都在牢里。我说，我很担心你。李寂让我放心，说，我有度的，我很聪明，知道该怎么做，我也没有放弃理想，我只是暂时把理想和实践分开，暂时分开……

但我观察到，李寂由此开始变成一个极度矛盾的人，他常常应付完工作，就看那些他以前爱看的书，比如《甘地自传》《纳尔逊·曼德拉》《万历十五年》和《张居正》。他对我说，我大概只能去研究我的理想了。看上去他对工作出现了从来未见的消极态度，直到西坑瓦斯爆炸事件的发生。

我清楚地记得，那天是下午三点，我们得到消息，说西坑煤矿发生瓦斯爆炸。当时李寂正因为肝炎住院，他拔下输液的针头就往西坑煤矿去了，我担心他的病，就跟了去。那几天我亲眼看到了他如何带病工作，他拼了命似的在第一线指挥抢救工作，直到当场昏倒在井口。我带他回到医院抢救,医生说,你再迟来一步就完了,李寂出现了重度黄疸,已接近爆发性重症肝炎的边缘,差点儿死掉,后来才被救过来。他醒过来的第一句话就像电影上的英雄人物一样,问我,又死了几个人?我知道他问的是煤矿上的事,我说,你差点儿快死了。他说,我死了也换不回他们的命。

李寂出院后做的第一件事,就是把那二十万元用一个匿名寄给了此次矿难的善后处理委员会当了善款,这是我帮他寄的。用的是"刘良心"的名字;他做的第二件事就是向上面递辞呈。他准备为此事下台。可是他的辞呈被打了回来。市里对这次矿难的责任认定为:个别私营矿主为了追求利润,不惜破坏安全警报仪器,导致灾难发生,所以,矿主是主要责任人。李寂对市长说,我觉得我要为此负责任。市长陈平说,不正确地延揽责任并不利于真相的查明和促进安全生产,你不担负主要责任,瓦斯警报仪不是你装的吗?李寂对煤矿的安全的确有严格的管理,是他坚持关闭了一些小煤矿,并强制持有开采证的煤矿装上瓦斯警报仪。最后,李寂只受到了一次记过处分。

晚上回到家,李寂对我说,他们怕担责任,恰好我给了他们理由。就是这样。一点勇气也没有。太自私了!太……他突然发出了泣声,这是我第一次看他流泪,他说,冷薇,大家都把责任推到别人身上,或者推到一个莫名其妙的集体上面,却没有一个人肯站出来,说,是我的错,会不会太自私了?我连忙抱住他,说,你千万别冲动,你要是站出来,我和孩子就完了,为了淘淘,你也要安全。他流了泪,说,这和我当初的理想差得太远了,太远了,冷薇,我觉得我太自私了,太没有勇气了。我说,克林顿不是也照样撒谎吗?撒了谎不是照样不下台吗?他说,他如果不说谎，或者如果他愿意因为撒谎而辞职，他就会从一个有才能的总统，变成美国历史上伟大的总统，因为他是第一个公开认错并为此付出代价的总统。我说，看来你一点儿都没变，你太天真了，我绝对不许你这样做。他无奈地说，你不用担心，我也没有勇气做，只是说说罢了。

随后他又让我用"刘良心"的名字寄了一万块钱作善款。到了去年，我记得是夏天的一个傍晚，他说，我要和你商量一件事。我问他什么事？他说，我准备辞职。我很紧张，问他，你不是要承担责任吧？他说不是，煤矿的事已经过去了，我只是不想再当这个官了，我想离开官场，回黄河大学当老师。我说，随你吧，我没有意见。结果他第二天就向市委递上了辞职报告。

但出乎意料的是，报告没有被批准。他被叫去开会，到了半夜才回来，我担心地问他发生了什么事？他说，五六个人围着我，一直劝我留任。我说，他们还是看重你的嘛。他听了笑了一声，脸上露出非常痛楚的神情，说，冷薇，你太幼稚了，我告诉你，他们不想让我下船，你知道吗？我一旦上了这船，就没下船的事了，这是一条规则，不管你贪还是不贪，你都不可以出局，不可以离开这个游戏。我一听就说，哪有这样的？人家不玩了不行吗？他说，不行，他们知道我的个性，我知道得太多了，我的市长日记就有七大本，他们要我和他们玩到底。我问，那怎么办？他说，我已经下了决心，我要辞职回去当一个平民，当一个老师，冷薇，我突然想，也许我没有失败，这不算失败，我还能教书，我会把我思考的东西教给更年轻的人，他们会有希望的。

我听了就哭了，因为我想到了他年轻时第一次见到我的情景。那时他多么年轻，多么有朝气，多么有理想。李寂说，你哭什么啊,我失败不一定代表我的学生会失败,我失败不能完全怪官场,不能怪那套班子的几个人,我现在明白了,怪我自己,我如果真的足够坚强,理想足够清晰,我就不会失败,我就不会收那笔钱,即使我市长没选上,我也不会收那笔钱,可是我收了,我的良心就有了漏洞,我的所有理想、抱负和信心都从那个漏洞里漏得精光,所以我不怨天尤人了,我知道是我自己的问题把我压垮的。也许,我的学生不会像我这样。他们会坚持到底,不会软弱,他会警惕自己的罪恶,那埋藏在心底深处的罪恶,即使他快被打垮了,也不会破罐破摔,因为理想不是幻想,理想是真的,幻想是假的,幻想只是幻想,我把理想变成了幻想,没有坚持住。冷薇,你放心,我一定能成功地辞职,我有办法。

　　李寂很聪明,他通过《新樟坂报》先斩后奏把他将要辞职的消息公开,立即成为不恋官位的典型。报纸大幅报道他愿意辞职为平民回大学当老师的事迹,受到群众的普遍称赞。

　　李寂终于回到学院,但市长陈平非常恼火,开始追查他受贿二十万的事。这是想公开处理李寂的信号。这件事上面早就知道,只是不想追查而已,现在突然在李寂成功辞职后重新恢复调查,让李寂十分痛苦。他被纪委带去冶金宾馆调查了几天,回到家里,我看他瘦了一圈,我问他们打你了吗?他说,没有。他一直到晚上都不说话。后来我问他,到底会怎么样?他说,我不怕坐牢,要不是为了你和淘淘,我早就自首了。我说,钱不是退了吗?他说,我到今天才知道,当初煤矿的钱是市长让那矿主一定要送到我手上的。我听了非常震惊,说,这么阴险啊。

　　李寂慢慢把头低下去,双手掩住脸,我看出他心中积压着像山一样沉重的痛苦,他低声说,现在,有一个人突然进来,把我杀了，多好……我听了扎心，让他不要乱说。他却说，我有预感，有人会来杀我。我说你在胡说。他说，如果有人来杀我，我绝对不反抗。我真该死，拿了那个钱，当我看到几十具尸体躺在矿井边上，他们的脸皮被水浸烂，像石蜡一样，是蓝色的，眼珠泡过以后像塑料球一样，我就觉得太对不起他们了。我第一次看到这种被水泡过好几天的蓝色的尸体，我最近一直做梦，梦见这样的尸体和我傍着肩，到矿井上工。冷薇，真的，如果有人来杀我，我不反抗，我连结果自己的力气也没有了。

果然，他的话应验了。他说过这话只过了五六天，胡土根和陈步森就来了，把他杀了。所以，我丈夫没有反抗，他死得很惨，不会比矿上死的人更舒服。这就是全部的事实。

他们杀了李寂，杀了我丈夫。杀了那个有理想的人，杀了那个有错误的人。无论如何，他是我丈夫。我想通了，我要说出一个真实的李寂，你们相信也好，不相信也好，我已经不在乎了。在决定说这些之前，我对着李寂的遗像哭了一夜，问他我可不可以这样做？我听到了他的声音，他说，我爱你，你做什么都是对的。这半年多来，我听到的声音很杂，我听不懂他究竟要我做什么？我以为帮他雪耻和报仇就是他的意思，可是我昨天晚上听到了，他要我说出一切，说出他的理想，也说出他的痛苦，说出他的爱，也说出他的罪。现在，我说完了，我谢谢你们对我这半年来的关心，谢谢所有爱护我的人。

李寂忠实的妻子：冷薇

第三十四章　两个市长一台戏

冷薇的公开信《说出他的一切》在樟坂扔下了一颗炸弹。几乎所有关心陈步森案和李寂案的人都受到极大震撼。但其中最受震动的不是别人，就是樟坂市的市长陈平。

这个即将离任的市长在获知冷薇终于将李寂的秘密公诸于众后，几乎到了夜不能寐的地步。这个留学美国的海归市长，尝到了有生以来的巨大恐惧，冷薇选择在这个时候公开李寂的秘密本来只是李寂案自己的发展结果，但一直处于不安之中的陈平却怀疑：在他即将离职的前夜出现冷薇的公开信，可能意味着他的末日。因为在中国的官场有一个惯例，即将审查某人时会把他调离原地，以腾出自由的环境进行调查。陈平用了三天三夜整理思绪，回忆他和李寂的关系，试图从记忆的蛛丝马迹中找到慰藉的理由。

陈平是留学美国的生物学博士，他聪明过人，在导师所带的几个博士中成绩优秀。导师要留他在身边继续从事研究，陈平却选择回国。他的理由很简单：中国已经成了生机勃勃的大市场，他想在这个市场中做大事。陈平通过导师认识了导师的有钱的朋友，说服他成了陈平的合伙人，进攻中国大陆，在樟坂花乡准备投资开发一种花卉的精油。

陈平带着合伙人联络上了樟坂市政府后，让他疑惑的事发生了。他被迫不停地和市里的大大小小的领导和相关负责人吃喝玩乐，几乎每天都在酒楼和卡拉OK里混。不是陈平请客，就是市里请客，反正你来我往天天如此。陈平的合伙人受不了了，他是美国人，对这样无休止的请客吃饭无法忍受，一个星期下来，市里的有关领导没有和他们谈到有关开发精油项目的一个字。合伙人说，他们到底是什么意思？我到中国不是要来吃饭的。陈平劝他忍耐。那天晚上的宴会桌上端出了果子狸，厨房先让大家看到活的果子狸，然后再行宰杀端上桌。合伙人当场托故离席。

第二天他要回国，陈平求他再忍耐一下，合伙人认为发生的一切都不可思议，最后，合伙人答应留陈平继续和市政府沟通，自己先回国了。陈平继续和市府的人在酒桌上酣战了三日，最后连陈平都觉得对方没有诚意，只是在敷衍他，合伙人越洋电话劝他撤回美国。陈平就在到中国后的第十天坐上了飞回美国的航班。

可是就在他回到美国的第二天，陈平就获知，他要做的项目，已经被另一家公司夺得，因为他们和陈平几乎同时在那十天跟市政府打交道，他们比陈平有耐力，吃饭吃了十一天，只比陈平多出一天，在第十二天，事情就成了。陈平大为懊恼，恨自己不能多忍耐一天。当时市政府的人对陈平撤退的评价是：这个陈博士好像没有诚意。

这个事件粉碎了陈平要在家乡投资的梦想。更重的是，它使陈平的价值观突然来了个一百八十度的大转变。他对他的朋友说，我现在终于明白了,什么叫入乡随俗,我本来就是这个地方的人,却把这个地方的方言忘记了,所以无法沟通了,我真还以为自己是美国人了,真是愚蠢。陈平意识到,在中国,要做成事,要么当官,要么和当官的紧密联络在一起,反正是一回事,否则什么也干不成。在是否当官或做生意的选择中,陈平让自己整整考虑了三个月,终于选择了前者。

他宁愿放弃国外薪金优厚的大公司的职位,竟然回到樟坂市政府当了一名普通的科长。当时政府正在网罗归国人员,鼓励他们创业,但陈平选择的却是以一个海归的身份当官。当然,他在进入市政府之前,最重要的动作是呈递了一份入党申请书,光荣地成为了一名有海归身份的共产党员。这是个标志性的动作,它开始了陈平处心积虑的官场之旅。

就在这个时候,陈平认识了李寂。当时李寂只是一个科员。两个人因为谈话投机成了好朋友。他们常常因为加班在办公楼不下班,一起吃饭喝酒,无话不谈。李寂对政治理想的天真令陈平注意,他看着李寂口沫四溅地谈改革和开放的话题,就想起自己在美国留学的岁月,那时他就是一个充满理想的青年。陈平在李寂的引导下,会不由自主地讲他在美国的所见所闻。两人就着一盘花生米和一瓶酒,常常一聊就是一夜,直到天亮。陈平酒一喝多,话就多了,对李寂说,美国……人家那叫自由,什么叫自由,就是你什么都可以干。李寂问,什么都可以干?陈平说,对,就是这个意思,你会问了,怎么可能?这社会不就乱了吗?对,只有一样不能干,什么?法律禁止的不能干。这什么意思呢?就是说,法律禁止的你也能干,但你要付代价,看你愿意不愿意,所以说,什么都可以干,你明白我的意思吧?

李寂说,明白了,就是说,你也有违背法律的自由。

陈平哈哈大笑，说，对了，对了，就是这个意思。所以我说，在美国什么都可以干，是这个意思，就是说，你是有自由的，你可以骂总统，但你不能诽谤他的人格，不然他告你。但你有这个自由。这样，人才会知道，我是自由的，我有自由。

李寂点点头，说，陈平，你太有水平了，解释的角度都和别人不一样，到底是海归。

陈平苦笑，海归，管屁用。我说，人要有自由，然后法律禁止你做的，你还要做，法律就让你失去自由，因为法律代表大多数人的自由，你妨碍了大多数人的自由，你就会失去自由。这是很清楚的。可是在这里，什么都是含糊的。我等了十天，和他们吃饭吃了十天，好歹你告诉我，第十一天我们就签合同，我就是上刀山下火海也会把这一天熬完，操，不行，完全没个准儿！

李寂被陈平所说的震动。他知道眼前这个人比他看得透。他对陈平说，不过，我觉得我们有可能改变它，现在不是换领导了吗？林恩超不一样，是个改革派。

陈平喝了一大口酒，说，这不是某个人能改变的问题。

李寂就疑惑了，问，那你为什么要入党，到市府来工作呢？

陈平好像酒醒了，呆一会儿，说，是，我和你一样，我们努力吧，会有希望的。

陈平的话让李寂兴奋。他似乎找到了同道。两人成了无话不谈的好朋友。在李寂看来，陈平和自己不一样，自己只是在理论上明白了好的政治理想是什么，而陈平却是亲眼见到了；自己只是见过某个柜子的图纸，而陈平却亲手摸过用过那个柜子。所以，李寂很信任陈平，把他当成自己的兄长。他常常找陈平聊天，陈平平时话不多，但一喝酒就没准了，会说出许多他在国外的趣事见闻，说出他的不满，说出他想象的一整套政治改革方案。可以说，李寂对西方体制的直观了解大多来源于陈平的酒后狂言。但在他清醒时，陈平很少说到这些。

两人一路升迁，李寂做市委副秘书长的时候，陈平是正秘书长，成了李寂的顶头上司。两人开始显示出不同的个性和风格上的差异。有一次，一个工厂因为环境指标不过关，卡在环保局手里，后来工厂方面来找陈平，李寂也在场，厂长给他们一人送了两瓶茅台，陈平就给环保局打电话，事情就解决了。厂长走后，李寂觉得此事处理不妥，他不想收茅台。陈平对李寂说，难道我爱这几瓶茅台吗？李寂，中国的事情，如果用外国的思维，一想一个死。发展经济，没有不牺牲环境的，报到上面，不是一样放行？不如我做个人情。李寂说，你不是说过吗？美国人傻不愣登，就是因为讲原则，我们这不是不讲原则了吗？没有原则，还做什么事情。陈平笑了，拍拍他，看了他好久，说，你啊，说得跟真的似的，快把酒拿回去，几瓶酒要是算受贿，我替你坐牢。

李寂终于没把那酒拿回家。他开始产生对陈平的疑惑。

当天晚上，陈平来到李寂家里，把那两瓶茅台提来了，说，你不拿，我拿，就算我收的，现在我们把它喝了，好好聊一聊。冷薇去搞了几个菜，两人喝着。陈平说，李寂啊，我知道你肚子里想什么，我很担心。李寂问，你担心什么？陈平就笑，担心你受欺负啊。李寂就说，别胡扯，谁能欺负得了我？陈平啜着酒，说，你这样的人到国外就好了，一根筋的人在国外好活。所以，凡出国的人都变傻，我刚回国的时候人家请我喝酒，看着我说，陈平，你的表情怎么跟一傻瓜似的。笑死我。这是美国人给毁的，瞧我，现在又活过来了。没办法，哥们儿，我们的出路最后还是在中国，你想想，那是别人的地盘，你最多混个技术精英，可是没有自豪感，没有权力，你是华人，就是如此。我还是回这里混吧，我是中国人，我了解中国，我跟你说，我在中国一定混得比外面好。等我到位，一定拉你一把。你明白吧？

李寂说，谢谢啊。

陈平说，可是你老兄也要给我多长个心眼儿，凡事那么计较，活不下去。这酒到头来你不是也喝了吗？较个什么劲儿。

李寂想了想，说，你说的怎么跟林恩超一个样？但我觉得他说的比你说的听上去舒服。

陈平说，我告诉你吧，其实我不太感冒林恩超，你是哥们儿，我才跟你说，你是小天真，他是老天真，天真是不以年龄论的，凡天真的人就要吃亏。中国的事情没那么简单的。难道是中国人不想改革吗？不是，这是最大误解，我不想改革？废话，我是从美国回来的，我最清楚什么是自由经济，连光绪和康有为都改革，结果怎么样？李鸿章办洋务，张之洞搞工厂，不就是慈禧撑腰嘛，老弟，连慈禧都改革呢，可是结果怎么样？所以，中国的事情，得按中国的规矩和节奏来，否则就死路一条。这就是中国的原则。

李寂好久没吱声。他在很费力地琢磨陈平的话。他没想到这个出国留学的海归说的话比在中国待了好久的人还中国，在陈平的话里，他找不到原则和策略之间的准确关系。他问陈平：原则如果移动，策略就没有意义了。

陈平说，权宜之计，为的是实现原则。我说的这叫作：权宜之计救中国。什么叫权宜之计，就是在某种具体情形下，不得不采取的策略，虽然这策略可能暂时会和原则抵触，但它只是策略，不当真的。

李寂说，这算不算一种假，一种虚伪呢？

陈平说，就算它是一种假，也是小假，为了达到大的真，李寂，我们过去算个什么，科长，科员，算个屁，现在不同了，我们是秘书长，你看，就说话算话了，靠什么？靠我们今天努力达到的位置。你不忍行吗？你处处讲小的原则，就会因小失大，你坐不上这位置，你的理想就会成泡影。

李寂看着陈平，看得他都有些不自在了。李寂突然问他，那么，政治的基础是什么？是策略，还是良知？

陈平好像酒醒了。他一下子回答不出这句话，只是看着李寂。他似乎感到他一个晚上的劝导现在看来，没有一点效果。就在这一刹那，陈平感到和这个好朋友之间，突然有一种让他们彼此都很不舒服的东西出现。李寂也明显地感觉出来了，眼前这个他过去一直非常尊重甚至某种程度上达到崇拜的人，突然在他心目中下降了地位。陈平说，这是个理论问题，我们不谈它，来，喝酒，喝酒。他们把话题转到了其他方面。后来的谈话显得很混乱。

从这次谈话以后，李寂和陈平渐渐疏远了。这像一种同时的心理暗示，两个人自觉地识别对方，慢慢地渐行渐远。不久，陈平当上了市长，李寂成了副市长。至此，两个人已经完全失去了朋友的关系，成了简单的同事关系。直到因为"樟坂经验"的事情，两人的关系迅速恶化，矛盾终于公开化了。

但有一点李寂是不知道的：陈平一直没有把李寂真正当成自己的敌人。因为他非常了解李寂，他不认为李寂会处心积虑地对付他，他不是自己的政敌，只是一个天真的理想主义者，所以，他认为李寂不会以搞掉他为己任，李寂只是理想受挫。所以，陈平总是从挽回的角度看待李寂。他让李寂分管工矿企业，就是把一个烂摊子给他，让他出丑。陈平认为，只有让李寂摔几个筋斗，他才会务实一些。所以，陈平安排了一个严密计划，让秘书安排人给李寂送礼，一次又一次。当李寂终于收下矿主那份厚礼时，他根本不知道这其实是陈平送给他的礼。负责执行这个计划的煤炭局长向陈平汇报李寂已收礼时,陈平突然高兴不起来,心里一阵难过。他的秘书小胡问他,市长,一切都如你所猜测,他已经进入你的掌控了,你不高兴吗?陈平说,连李寂都这样了,他妈的,我还有什么指望。胡秘书不明白他的意思。陈平说,其实我一直把李寂当成我的另一半,我知道自己在做什么,我在妥协,但我不相信自己在妥协,我其实都在疑惑中,每一次听到李寂讲话,我都很兴奋,想起自己留学时的情形,他就是我的另一半,所以,我在做什么,一直觉得他在看我。但我不相信自己真的做错了,也不敢说李寂做错了,于是,我们就走着瞧。

胡秘书说,你希望他走绝路,是不是?

陈平说,错了。说真的,我希望他走通这路,证明我错了,也好结束我的分裂。我很矛盾的,胡啊,盼望你以后不要像我这样。我看过两个世界,所以分裂。我希望李寂是对的,如果他做得比我好,爬得比我高,他成功了,我马上走到他面前说我错了,我愿意当他部下,跟着他,可是这小子还是栽了,说实话,我让人试探他,一方面是要他以后不要跟我作对,但我真不希望他收下那礼,可他还是收了,连他都这样了,还有什么指望?

那天,陈平一个人一直在办公室待到晚上。胡秘书叫他去吃饭,他说他没胃口,他叹了一口气,道,一颗星星陨落了……我就沿这条路走下去吧。

实际上在李寂收钱的第二天,陈平制造了一个机会和李寂单独在一个高尔夫球场打球。那一天,陈平明显感觉出李寂闷闷不乐。他知道这是一个失败者的表现。

李寂本来就不怎么会打球,所以打得很糟。陈平却打进了六十杆。他很兴奋。两人在中途休息时,陈平说,李寂,我理解你为什么在樟坂经验的事上顶我，说实在话，我怎么不知道那是个屁话，但我要说，人不是总能够坚持原则的。

李寂听了他的话扎心。在收钱的第二天听这样的话，李寂可以说是哑口无言。

陈平说，你知道我的难处，我是进不得退不得，李寂啊，过去的事情就让它过去好了，我们是什么关系？一定比你跟林恩超好，更铁，我们有什么矛盾？没有，我们吵，是为了大事，为了国家、理想，我们从来没有因为个人利益吵过，这就是很不容易的。李寂，待会儿我们去吃一餐饭，过去的就过去了，好不好？

李寂说，陈平，跟你说句心里话，我想辞了。

陈平就瞪住他，你想辞职？

李寂说，不是因为我们的关系，是我累了。

陈平沉默了一会儿，说，如果你真对这工作没有兴趣了，辞了也真没什么。

李寂说，参加工作这多少年了，你都看见了，我有很多感触，我有写日记的习惯，我写了厚厚七大本，可以叫作市长日记吧，把我看到的，听到的，想到的，全记下来了。

陈平听了就呆坐在那里。他知道李寂有记日记的习惯，却从来没想到他有一本市长日记，陈平感到一股凉意从他的尾骨一直浸润到头顶。他不经意地笑问，李寂，你什么意思啊，把我记进去，要反攻倒算我啊。

李寂惊了一下，说，不不不，这纯粹是个人记忆而已，这东西怎么能发表，不可能的。

陈平不说话了。

接下来他心乱如麻，球打得越来越糟。最后草草收场。他请李寂到市里最好的酒店，好生招待了一番，菜中点了官燕，古法南非干鲍，蟹黄干捞鱼翅。席间，陈平大讲他们刚进市府时的友谊。最后陈平说，李寂，我们说好了两个人好好一起干一番事业的，我们的理想刚刚开始实现，你怎么能临阵脱逃呢？不行，无论你怎么说，我都不会同意你辞职了。

从宴会回来，陈平和胡秘书在办公室仔细研究李寂的话和他的动机。胡秘书说，想不到李寂藏得这么深，这时候突然亮出这样的杀手锏来威胁你，他是不是知道了我们设计送礼？陈平说，他还没有这样的智商。胡秘书说，他反攻了吗？他为什么在这时候说他写了市长日记？是不是假的，吓唬我们？陈平眯着眼想了半天，说，不，不是假的，也不是吓唬我们，胡啊，我感到这一切都是真的，我了解他。胡秘书说，那问题就大了，谁知道他日记里都记了什么？陈平苦笑，记了什么？全都记了，肯定，我操，这个家伙，我怎么会栽在这家伙手里。他坐不住了，站起来走到窗前，望着十几层深的地面，感到大难临头。

胡秘书走到他面前，说，劝他交出来。

陈平手一摆，胡扯，此地无银嘛……

那怎么办？胡秘书说。

陈平回到椅子上躺着，闭目养神……他突然起来，说，只有一个办法，不让他辞职。只要他在任上，他这本市长日记就是一叠废纸。

胡秘书笑了，说，还是市长深邃。

陈平叹气，上了这条船，下船就得费力些，不，根本就下不了船。李寂下不了，我也下不了。最好让这个傻瓜摔个大筋斗，他就彻底老实了。但这个小子就是不出错，没办法。

他不是收受贿赂了吗？胡秘书说。

这算个屁。陈平说,这能查吗?查他不就是查我吗?让他收点钱是为了堵他嘴,但如果要彻底消除他那本日记的危险,只有他摔大筋斗。

胡秘书说,市长,你交的什么朋友啊。

第三十五章　一审判决

冷薇的公开信使樟坂动荡起来。虽然公开信中提到的市长已经调离，但仍然不失为一个大新闻。有人认为这是真相的公开，有人却指出这完全可能是冷薇的一次成功的自我辩护和炒作。事实上公开信确实引起了各方的注意，据传市府已经派人和冷薇接触，有人预测这是一次真正报复的开始。但更多人却愿意把它看成一次和解行动，因为冷薇在公开信中把丈夫的受贿事实公诸于众，表明了这个女人早已把生死荣辱置之度外，而为了另一个更重要的目的：告慰所有死者的亡灵。

据报一名重要的当事人胡土根在得知冷薇公开信的全文内容后，陷入了沉默。当时潘警官带领检察官董河山拿着公开信和他核对事实时，胡土根久久没有说话。我们无法猜测胡土根是否被冷薇的自我剖白所打动，或者他已经相信冷薇对李寂的描述具有真实性，但他的确是沉默了。董河山问他，在西坑煤矿发生瓦斯事故时，李寂确实到过现场吗？胡土根说……是。董河山说，可是你从来没有提及，以至于让我们误认为你是在饭店第一次见到李寂的，你为什么要这么做？胡土根说，当时我只关心我爹的死，没注意别人。

冷薇的公开信看来并没有对李寂谋杀案中陈步森和胡土根的命运产生什么具体的影响力。十天后，陈步森和胡土根出庭听候法院对李寂谋杀案的一审判决。当法官宣布陈步森和胡土根犯故意杀人罪，一审判处死刑，剥夺政治权利终身时，沈全看到陈步森的脸上明显出现吃惊的表情，然后这种吃惊的表情稍纵即逝，转为落寞；胡土根的表现却让现场的人诧异，他在听到对他处以死刑的判决时，哈哈大笑起来，用手拍着围栏的栏杆，还伸出手去打了一下陈步森的头。有人说胡土根是故作镇静，但沈全却从他的眸子里看到了平常人难以置信的冷酷。当然，最失望的是刘春红和周玲，刘春红当场扑到周玲怀里哭出声来，周玲抱着刘春红，轻声安慰她。沈全的脸上不是失望，而是一种失败的情绪。他没有成功。或许说他的辩护为陈步森厘清了部分的真实，但终于未能挽回他的生命。他和座位上的苏云起对视了一下，苏云起的表情凝重，但很平静。

陈步森被押出法庭时，刘春红冲上去，被法警拦住了。刘春红对陈步森喊，上诉，上诉！我们还有机会。胡土根却对刘春红喊了一句：没机会了。

陈步森和胡土根回到看守所，被带上了脚镣。大家围上来问判决结果。胡土根笑着说，我要往生了，今天得有人请客。往生就是死的意思。大家听了就沉默了，没人说话。胡土根说，怎么？没有人愿意请我的客？这时大家都说，我请，我请。胡土根说，陈步森，你不想让大家请一顿吗？陈步森阴着脸，说，好啊。胡土根走到他面前，说，你就这么怕死？陈步森摇摇头。胡土根问，那你干吗端着一苦瓜脸？

我们走进那个人家时，不就是准备好了死吗？陈步森不说话。胡土根说，我们没杀错人，我知道那个女人说了什么，无论她说什么，我都不会原谅她，不会原谅李寂，你知道为什么吗？陈步森看着胡土根，说，你一点都不相信冷薇说的话吗？胡土根说，我相信，可这有什么用？陈步森说，李寂不像你想象的那么坏。胡土根一下子没说出话，后来他说，陈步森，你在替谁说话？他还要怎么坏？他管煤矿，我的父亲就在他管的煤矿死了，我还赔不到钱，他还要怎么坏？我操你妈的，陈步森，你是死到临头还糊涂啊，那个女人讲了一堆她自己的事，关我屁事啊，她讲了那么多，讲过我吗？讲过我死了爹吗？讲过她老公要负责任吗？讲过要偿命吗？她向我认过错吗？我操你妈的，陈步森，你到底他妈的是谁啊？我弄死你！

大家拥上去把陈步森抵到墙上，拳头像雨点一样落到他身上。他站不住就往下滑，坐在地上，只是用双手护住头。打完了，陈步森满脸是血，流的是鼻血。武警发现了，喝令他们散开。陈步森跑到水池处清洗，血水流得满地。

洗完后他端了一个小凳子坐到了墙角，那一刻陈步森有一种绝望的感觉升上来。死刑判决带给他的失败感还没过去，他已经被号子里的人抛弃了。陈步森看着被铁网分隔的天空，第一次真正地想到了死的问题。过去他想的只是死的概念：他可能会死。现在，死就像接下来要吃的午饭一样明确无误。陈步森倒是没有对死产生绝对的恐惧，说是恐惧不如说是挫败感。他以为他应该是不会判死刑的，但现在的情形是：他只能选择死亡。想到自己刚刚开始的新生活，从他悔改那一天开始的新生活，那种给人信心和喜乐的新生活马上面临中断，就像一个孩子刚刚得到一个新玩具，却转眼就被人夺走，陈步森无法掩饰心中的悲伤。

这时，潘警官打开门叫他的名字，说有人见他。陈步森被带到提审室，来看他的是沈全和苏云起。沈全对他说，对不起，我没有尽到力。陈步森说，我很感谢你。苏云起说，你还好吧？你怎么受伤了？陈步森说，碰的。苏云起说，你不要干傻事儿，我们是有盼望的人。他以为陈步森是撞墙受的伤。陈步森说，不会，真的是碰的。沈全鼓励他说，我们还有上诉的机会，这不是终审结果。陈步森想了想，说，我不想上诉了。苏云起和沈全对视了一眼，沉默了。陈步森说，胡土根不上诉，我也不上诉。沈全有些着急地说，他不上诉跟你有什么关系？他连律师都不请。陈步森说，他说我怕死，可是，我不怕，至少比他更不怕死。沈全说，怕死还能比赛的吗？陈步森对苏云起说，不是有天国吗？我怕什么。苏云起点点头，说，是，有天国，你不怕死是对的，对于我们这些愿意悔改的人来说，没有死这回事，只当过了一扇门。陈步森说，我该做的都做了。苏云起说，不过，没有人能剥夺另一个人的生命，这命是造物主给你的，你剥夺李寂的生命是不法的，一报还一报重新剥夺你的生命，是否能达到真正的目的？你今天为了保命去上诉，我不支持，但你为了公义上诉，我认为这是你的权利。沈全说，你还是上诉吧，上诉状我会写，但需要你的签名……陈步森呆了好久，说，好吧。

就在他要离开时，陈步森问，冷薇怎么又回医院了？苏云起说，她没病，只是压力很大，想躲避一下。苏云起看着陈步森的脸，说，她怀念在精神病院的那一段日子。陈步森听了，脸上慢慢浮现笑容：真的？……苏云起点点头，说，是。

苏云起和沈全走出看守所，他问陈步森上诉胜诉的机会有多大？沈全说，一切尚未可知，因为这个案件变得越来越复杂，冷薇的公开信确实对案子产生了影响，但不知道在将来会产生什么具体的影响。

苏云起说，我担心这段时间陈步森的情绪会产生波动。沈全说，速战速决对陈步森不利，上诉能拖时间，时间拖得越长对陈步森越有利，总之李寂的真相对陈步森是有利的，我指的是冷薇对陈步森的态度。

这时苏云起接到周玲的电话，说有急事要他到她家去一趟。苏云起到了周玲的家，发现这里已经聚集了十几个辅导站的朋友，他们的神情凝重。苏云起问，怎么啦？你们在商量什么事？周玲说，我们在为陈步森的事闹心。苏云起说，我刚才见到他了，他还好。周玲说，我们刚才正在讨论陈步森的事情，大家心情都不好。苏云起说，无论什么结果，都要接受顺服，当然，这还不是最后结果。周玲说，话是这么说，但我们听到判决结果时，都很难过，他们都哭了。这时，一个叫吴东的说，我们还是无法接受这种结果。苏云起问，你们是心里不服吧？这句话点到点子上，大家都不吱声了……周玲说，从法律的角度，陈步森确实有悔改表现，应该从轻；从另一个角度，我们很疑惑，怎么会让一个悔改见证那么大的人死掉？陈步森的事全社会都知道了，我们一直以为他是不会死的，无论是在灵魂上，还是从肉体上，既然他认罪悔改了，就不应该让他死，这才公平。一个叫小燕的说，我们一直以为，陈步森肯定不会判死刑，既然他的事路人皆知，不让他经历死刑，而是好好地活在这地上，为的是作更大更好的见证。可是现在的结果却相反，一个洗净了罪污的人却死了，没有用了。这样太没有见证了。

苏云起一直沉默不语。这时，他抬头看了看大家，说，我理解你们的心情，但我们是有限的，好多事我们现在不明白，过后必然明白。陈步森犯了罪，他悔改了，没错，但我们要注意的一点是，真理和正义是合一的，它们从来没有冲突，真理是正义的来源。陈步森灵魂自由是一次他和真理之间的事件，就是个人和真理之间有一个关系，但不要忘记了,社会和真理之间也有一个关系,真理不但要维系个人和他的关系,也要维系社会和他的关系,在后一种关系中,法律是最重要的线索,即使法律可能不完善,仍然是需要遵守的。我们不要困在狭隘的观念当中。悔改是使陈步森得自由,原谅的是他的心,不是宽容他曾经的恶言恶行,他必须对自己的所有恶言恶行负责任。

听了这样的话,大家不吱声了,渐渐散去。他们走后,周玲对苏云起说,我听懂了你刚才说的话,但我心里还是很难过。苏云起安慰她说,那自然是……我也难过,但我们要相信,陈步森会越过去的。周玲说,我觉得是冷薇的公开信对陈步森不利,让法院很快地判决了,我们对冷薇那么有爱心,我们就这样做了,可是结果怎么样呢?她发表了这样一个公开信,满篇都在为老公开脱,没有一句提到说陈步森曾经那样向她认罪。我对她失望透了,今天下午本来我要陪她上医院检查,她说她最近老胃疼,我就找了一个当医生的熟人想给她检查检查,现在我不想去了,我好心没好报,枉费我的爱心。

苏云起笑了,说,你不是说过,爱人不求回报吗?说话不算数啦?周玲说,你也说过不求回报,但求回应啊,她有回应吗?苏云起说,有啊,你没有注意到吗?冷薇在公开信中不是提到说,李寂最后在他的学生中寄托理想,看到了心灵深处的罪恶。冷薇能把这个说出来,就是一种回应。周玲说,可是她这不是对我或者陈步森的回应啊,这是她良心发现。苏云起说,良心发现才是最重要的,难道我们帮助一个人,是要他回应我们吗?不,最重要的首先是他对良心的回应。周玲想了想,说,你这样说,好像有道理。苏云起说,说好了陪人家上医院,你因为这个就不去了,你的爱心看来也是很脆弱的……周玲说,我也没说真的不去,我只是心里难过。

陈步森一审宣判死刑的消息很快就传到了冷薇的耳中。当时她正在家里，她母亲听到陈步森判死刑的消息时，竟然发出了一声轻微的叹息，冷薇听到了。她不知道母亲为什么会发出这样一声叹息。吃晚饭的时候，老太太说，好了，事情过去了。冷薇没有吱声。老太太说，薇啊，你对得起李寂了，陈步森死了，一命抵一命了。冷薇突然问，妈，你听到消息时，为什么还叹气啊？老太太问，我有叹气吗？冷薇说，我听见你叹气了。老太太想了想，说，那孩子死……也有些可惜啊，那么聪明的一个人，为什么要干那种事呢。冷薇说，他罪有应得。

可是接下来的一天，这个家里的气氛有些古怪了。冷薇和母亲都再也不想触及陈步森死刑的话题。她们小心翼翼地避开它，甚至连李寂她们也不谈论，好像要把这整个事件忘记似的。冷薇一个人待在卧室里，呆呆地看着李寂的遗像，后来，她突然把他的遗像放进了柜子，把有关李寂的东西全部锁进了抽屉。

陈步森被判决了死刑，这是冷薇这一年来等待的结果，是她所有努力的目标，是她盼望的唯一满足。可是，她没有料到，当这个结果真的来到她面前时，她却没有得到预期的喜乐，反而有一种奇怪的魂不守舍的感觉。她和母亲都是各自得到这一消息的，但双方都没有奔走相告，没有在第一时间告诉对方，仿佛这不是一个好消息。

冷薇的喜乐并没有另一种感觉来得强烈：一切都结束了。就像一个长年服侍癌症病人的人，当他得到病人死去的消息时，悲痛变得很迟钝了，反而有一种强烈的解脱之感。眼下的冷薇就是这样，她的重担一下子脱下来，代之以一种奇怪的空虚感，就是刚才说的类似于魂不守舍的感觉。不过，更可怕的感觉是稍纵即逝的：冷薇觉得自己是有能力为陈步森做证的，换句话说，她有可能使用自己的权力让陈步森免于一死，但她没有这么做，冷薇好像亲手推了一把，把陈步森推向了坟墓。但她很快解脱了负担：她提醒自己，陈步森是凶手，她才是受害者。他是死有余辜，罪有应得。这一切的发生是理所当然的。

但有一个人不同意这种说法。冷薇到楼下买东西，看见了一个人。这个人就是刘春红。看来她已经在下面等候多时了。她让冷薇过来，冷薇没有动，她就走过来了。两人就这样面对面站着。刘春红说，陈步森要死了。冷薇说，你来就想告诉我这个吗？刘春红说，你知道他本来可以留一条命的。冷薇说，那我丈夫的命呢？刘春红说，他已经死了，不可能复活了，可是陈步森还活着，求你救救他。冷薇说，可是已经判决了。刘春红的脸上露出悲伤：你是知道的，你是知道的，他已经改了，你是知道的……冷薇说，让法律说话吧。说完转身就走，刘春红拉住她，突然朝她跪下，说，我求你了，我们还在上诉，你可以补充证词，你可以救他一命的，你有办法，求求你。冷薇心中窜上一种难过，刀剑一样穿过她的心，她说，你不要这样说，我不会做的，在精神病院那一段，我已经对不起李寂了，现在事情了了，一切都结束了。

说完她想走，刘春红竟然抱住她的脚，说，你这个人讲不讲道理啊。冷薇一听，脸上酝酿风暴，说，讲道理？你要一个受害者跟你讲道理吗？无耻！滚！她挥起一脚，将刘春红踢开，这时，刘春红突然从地上爬起来，从包里拿出一瓶东西，冷薇看到了，她的脑袋里闪过不祥的预感，头一低就跑了，刘春红瓶中的硫酸泼到了墙上，腾起一股白烟。冷薇死命地朝前跑，刘春红就在后面追，就在她快要追上的时候，周玲刚好走过来，她大喊：刘春红，你在干什么？她一把拦住了刘春红，冷薇喊，小心，她有硫酸！瓶子在地上碎了，但有几滴硫酸溅到了周坽手臂上。这时，周围的群众一拥而上，把刘春红制服了。110警察到来时，刘春红还在对冷薇破口大骂：臭女人！你才是凶手！凶手！

周玲和冷薇在派出所做完笔录，两人一起走出来。周玲对冷薇说，对不起，她受不了那个结果，疯了。冷薇说，她真的那么爱陈步森吗？她懂得陈步森吗？周玲说，她是个糊涂人。冷薇突然站住，问周玲，你是不是也想像她那样，把我打一顿？周玲说，我不想说我心里不难过，但是……我不恨你，请你也不要恨他，我们恨的应该是罪。冷薇说，对我来说，一切结束了，其他的我什么也不想。周玲说，如果是这样当然好，无论是陈步森，还是你，我都希望，一切能真正结束。他即使去了，没有留下抱怨；你的事情过去，也不留下恨。冷薇听到这里，眼睛有些发红。她说，周玲，他怎么样？他是不是在恨我？因为我没有给他做证。周玲说，没有，他只是问，你为什么又进了精神病院，他怕你又生病了。冷薇的眼睛湿了，说，周玲，我即使给他做证，也不一定能救了他的命。

说完，冷薇突然被一阵疼痛袭击，蹲下身去。周玲问，你怎么啦？冷薇说没什么，可能是着急，胃又疼了。周玲说，我们上医院吧。我已经联系好了医生。

第三十六章　重新爱上一个人

　　刘春红因为向冷薇泼硫酸而被刑事拘留。她被警察带回到公安局进行预审时一言不发。警察用了一整个晚上对付她，三组警察轮番审问，刘春红的嘴好像永远地锈上了，她表情冷漠，目光缥缈。一个年轻警察气得把她的手向背后反铐到楼梯上，她也默无声息。最后，她干脆闭上了眼睛。在长达三个小时的时间内，她好像死去一样。

　　刘春红向冷薇泼出硫酸的一瞬间是多么地绝望。也许她准备好了承受它的结果。她已经为陈步森做了很多的事，但没有一种努力是有结果的。现在，刘春红铤而走险，她觉得自己唯一能为陈步森出气的行为就是让冷薇终生痛苦。可见这个自以为深爱陈步森的人，对陈步森了解何其少。

　　刘春红为什么会愿意为陈步森奉献一切？除了她对这个男人那种奇怪狂热的爱——当然你也可以理解为一种需要——之外，最重要的是，刘春红亲手杀掉了陈步森的孩子。

这个女人和陈步森的关系可以分为前后两段：前半段是刘春红在强烈的爱的占有欲之下，对陈步森的控制，当然这种控制最终失败了；后半段就是刘春红杀掉孩子后，内心没有一刻停止过煎熬，她后来所有对陈步森的帮助都是出于对杀掉陈步森孩子的愧疚和恐惧。只是陈步森对这一切完全蒙在鼓里。

自从那个孩子向河水下游漂去之后，刘春红立即陷入了恐惧的洪水包围之中。她开始每天夜里做噩梦，梦中出现那个婴儿凄厉的哭声。白天，当刘春红一个人在夜总会整理椅子的时候，会听到"当"的一声，突然看见孩子出现在架子鼓后面打鼓，刘春红吓得魂飞魄散。

刘春红回到家里抱着被子痛哭，她拿出孩子的照片，泪水滴在上面。她对孩子一遍又一遍地说，妈妈不想丢弃你，妈妈是为了气爸爸，失手使你落水。刘春红知道这不能说服自己。虽然她真的不是成心想杀自己的孩子，完全是一时冲动放到水里，但等到她恍过神来，孩子已经被冲走了。

但谁也无法让她的内心平息，让刘春红相信自己孩子的死和自己无关。

刘春红常常在突然间会不自觉地浑身颤抖哆嗦一下，像遇冷一般。她能在各种不同的场合听到猫叫一样可怕的婴儿的哭声，那是一种暧昧的让她浑身发冷的哭声，那么清冷而有穿透力。有一天夜里，她整夜为这种猫叫般的婴儿哭声所困，吓得瑟瑟发抖一直到天亮。

一到早上，刘春红就直奔一个算命先生的家。在观察了刘春红好久之后，这个算命先生为她起了一个符，在火光中算命先生说，这是婴灵在喊。

刘春红脸色苍白，问他，什么是婴灵？

算命先生说，就是婴儿的灵。

刘春红浑身狂抖不止。算命先生说，你留下罪孽了，现在，他要找你。

刘春红就跪在地上了。算命先生说，许多打胎的女人以为，把孩子打掉就像解手一样方便，可是，她们没有一个不被婴灵缠身的，有的能感觉到，有的感觉不到，但她们终生要付出代价。

刘春红问他，我应该怎么做？

算命先生说，你的罪孽更重，你是见到了孩子还要杀他，让孩子的悲伤变成河水那样多，你的一生的恐惧，也要像河水那样多。我也救不了你。

刘春红听了就快昏过去了。

她竟然对着算命先生叩头，说，请大师开示给我，我应该怎么做……

算命先生说，也许你可以向他的父亲说清楚，因为他们见面的时间近了。

……算命先生的话中，似乎预示了陈步森的最后结局。但刘春红听到的只有上半句。她理解为：要驱除内心的恐惧，必须把功德做回到孩子的父亲身上。

但刘春红一想到陈步森抛弃她的事情，她内心的怨恨就发出来。她知道陈步森是一个不相信爱情的人，但她是一个需要爱的人，这一对是多么不合适。就是因为陈步森的离开导致她生下他的孩子，并亲手将孩子付之东流。她大可以把一切都算在陈步森头上。但孩子的婴灵却时常用哭声对她说：我有什么过错？

用惶惶不可终日来形容孩子死后的刘春红是不过分的。她活在婴灵的梦魇中。其实她对陈步森的情感除了爱，还有恨。她后来才知道自己到底爱陈步森有多少？这是一个值得考虑的问题。是孩子的婴灵的诅咒吓住了刘春红，让她不遗余力地为出事后的陈步森奔跑。

但这一切陈步森都蒙在鼓里。因为刘春红终于没有勇气向陈步森坦白一切。结果恐惧就还是不放过刘春红。

刘春红和陈步森重逢后，她实际上已经多少知道陈步森在跟什么人混。但她还是喜欢他，她相信一个为别人的利益爬到电线杆子上闹自杀的人，绝对是一个好人，但他不是一个好丈夫。刘春红为了婴灵的喊声，开始帮助陈步森脱离危险，她可以为此一掷千金，只要陈步森能免于处罚，刘春红甚至决定献身，跟关键人物睡觉。也就是说，如果她找到了能救陈步森的人，她除了愿意把全部财产给他，还愿意和他睡觉。为了自己的男人，愿意和另一个男人睡觉，这是匪夷所思的。幸好，刘春红没有找到这样的人。

有一次，陈步森问刘春红，我们已经分手了，我对你也不好，你为什么要为我这样？

刘春红差点儿要把真相告诉他，但她忍住了。她知道她决不能说出孩子那件事。现在她要做的，就是留住陈步森的生命，刘春红只要留住了陈步森的生命，他就不会下到阴间，就不会见到那孩子。刘春红不怕死，只是怕孩子见到陈步森的那一天，他们会在一起说什么，会怎么说这个女人？所以，留住陈步森的生命，是刘春红最重要的目的。

至少，必须在陈步森还活着的时候，解决这个问题。就是说，陈步森在生前知道了一切，并原谅了她，那时候，就算他到了阴间，也会替刘春红向孩子解释清楚的。

这半年来，刘春红就是带着这样诡秘的动机重新修复和陈步森的关系。然而随着和陈步森的相处，刘春红渐渐发现，半年来这个昔日虽然英雄义气但也散发流氓气息的陈步森，身上渐渐失去了吊儿郎当的味道，变得像一个正常人，不，比正常人还要温和、可爱、真挚。

若不是亲眼见到，刘春红决不会相信，陈步森竟然会去关心一个自己杀害的人的家属。发生在刘春红眼前的一切，让她一度无法理解，是什么让陈步森改变如此巨大？除了说陈步森有病，或者疯了，否则很难解释他愿意冒生命的风险去照顾冷薇。

从这时开始，刘春红才真正从内心深处，对这个男人"动心"。如果她看到陈步森在电杆上确实打动了她，那现在她才算真正爱上他。刘春红发现，过去和这个男人在一起，自己其实没有仔细去观察，这到底是一个什么样的男人，她只是喜欢上了在电杆上的那个有义气的男人，然后接下来她就完全按自己的方式，疯狂地索取，要这个男人向她证实，他是爱她的。她对这个男人的观察是粗糙的。她只是要让自己明显地感觉到有人在爱她。所以，她追得陈步森到处跑，她如何地过分要求陈步森爱她，从肉体上到心灵上，刘春红把陈步森折磨得奄奄一息，是因为她把占有当成了爱。刘春红从小在家中所有失去的爱，今天都要从陈步森身上抢回来。现在，刘春红才知道，她其实没爱过陈步森，即使说她爱上过他，后来也没有继续。刘春红终于明白，爱一个人，不是索取和要求，不是占有，而是了解对方，尊重对方，并舍己奉献给对方。

想明白后的那一天夜里，刘春红一个人躲在床上，足足哭了一宿。她悲伤的是，自己不会爱，把这样一个好男人糟蹋了。自己和陈步森都不懂爱情，过去只是在一起胡混。现在看到陈步森这样爱护冷薇，刘春红心中涌起无限的妒忌，为什么被照顾的不是我？她甚至对陈步森说，如果我的父亲被你杀了，你会不会像照顾冷薇一样照顾我？陈步森奇怪地看着她，说，你胡说什么？刘春红抱住他，说，把我父亲杀了吧。他坏透了，你杀了他，就会爱我，是不是？一举两得。陈步森推了她一把，说，你疯了吧？他说完两手捧脸，说，春红，你知道不知道，犯罪有多难受！

刘春红真正爱上陈步森，就是从这时开始的。这是他们的第二次恋爱，第一次以刘春红误以为爱上陈步森为告终，但这第二次，刘春红真正明白了什么是爱了。就在她觉得自己和陈步森真正有希望开始爱情时，两个灾难摆在她面前：她和他的孩子死了；他杀人了，不久也将要死去。

它们形成的潮水般的恐惧，淹没了刘春红。要彻底摆脱恐惧——属于她的奇怪的刘春红式的恐惧——就首先必须保住陈步森的生命，只要陈步森不死，就有机会解释孩子的事情，就可以避免陈步森和孩子在阴间相见，赢得时间争取孩子的婴灵对她的原谅。

但事情的进展让人绝望。一审判决令刘春红心都碎了。现在，她已经真正爱上了这个男人，一个为承担自己的罪不计生命代价的男人，她不能想象失去心爱男人的结局。刘春红把所有怨恨倾泻到那个女人身上。在刘春红看来，虽然冷薇是受害者，陈步森是加害者，但这个女人对一个悔改至此的男人无动于衷，使刘春红非常愤怒。她对陈步森说，你别再为她做什么，你就是把命给了她，她也不会原谅你。我们走吧，走得远远的。但陈步森没有听她的话，把自己交给了警察。就在陈步森被捕的那一夜，刘春红痛哭失声，呼喊着陈步森的名字，步森，我和你是一对，她不是，我理解你了，我要和你一样，向你认罪，向你承认我杀了你的孩子，我一定认罪，你一定会原谅我，我懂你为什么要这么做了，可是她不懂。你快醒醒吧，你会毁在她手里！

结果，陈步森还是入狱了。

刘春红开始等待，一直等到今天，一审判决陈步森死刑。现在的结果是：陈步森马上要死了，冷薇却并没有原谅他。刘春红认为，这就是她认为的最可怕的结果。现在大势已去。没有任何希望能改变结果。刘春红在房间里待了一整天，选择了最绝望的方式：在冷薇毁了陈步森之前，自己先亲手毁了冷薇。

她悄悄准备好了一瓶硫酸。然后又准备好了一根绳子，准备在泼了这瓶硫酸后，自己上吊。然后她坐在桌前写了一封给陈步森的信，准备让周玲带给他。所以，也可以说这就是一封遗书。信这样写道：

步森，我亲爱的：

我今天这样叫你，是因为我今天才真正感到，自己爱上了你，自己会爱了。过去的事请你原谅，我的爱让你有负担，是因为我不会爱，我小时候受过污辱，你知道的，所以特别想有一个男人爱我，要狠狠地爱我，否则我就感受不到，我要求你太多，所以你才跑，我今天明白了。所以，现在我说爱你，是真的，比过去真，比过去懂。但让我伤心的是，当我们知道如何爱的时候，却不能见面了。

那个女人很坏，你不要再努力了。你这样向她认罪，她却不领情。你热脸贴冷屁股。她明明可以救你，可她不救，要你死。她不懂你，我懂，我经过这半年，真懂你了，你变了，变得好可爱。我要是有你当丈夫，满足了，可是，这一切都太晚了。我们到阴间做夫妻吧。

我为你生孩子是真的，那个孩子是真的，我对你说过，你不相信，我赌气就没有再找你，因为你太无情，为了气你，也是我太难过了，我失手把孩子放到河水里，可是当孩子落水的一刹那，我就后悔了，可是来不及了，河水却把孩子冲走了。步森，我们的孩子没了，他死了。我对不起你，我亲手杀了自己的孩子，我亲手杀了他！这几年来我天天梦到他，我日日以泪洗面。步森，我不敢把它告诉你，因为我怕，我恐惧，我也不知道我们为什么会弄成这样？步森，你杀了人，我也杀了人，你是凶手，我也是凶手，我比你更残忍，我杀的是自己的孩子啊！

步森，你一定恨我，我知道这个结果，我准备承受这个结果。我不会像那个女人那样，你也不会像她那样，是不是？我今天写信给你，不是要你原谅，是要向你认罪，都是我对不起你，过去说爱你，其实是折磨你，因为我以为自己那是爱，却不知那不是爱，只是索取别人的爱，后来我任性生下孩子，也没和你商量，这也是罪，接着我一错再错，竟亲手杀了我们的孩子。

步森，我从小就以为，我的家人那么可恶，我长大一定不会像他们那样，我一定会好好爱我的孩子，爱我的丈夫，可是结果呢，我却逼走了我的爱人，杀死了我的孩子，这是我万万没想到的。现在我明白了，不是因为我没有得到过爱，长大后就一定比别人更会爱，不是因为我是受害者，长大后就一定是明白人。我仍然不会爱。我曾经下决心，我长大后，一定要好好地弄出一个家来，气死我父亲，结果现在弄得一塌糊涂。我终于明白了：不是下决心去爱，就一定懂得爱。不是你过去是受害人，你就一定会变成好人。就像那个女人，她死了丈夫，并没有使她变成好人，反而变得更坏，更无情。她对你的认罪一点反应也没有，你一定不会这样，是吗？我现在向你说出了孩子的事，认了罪，我不敢希望你能原谅我，但我知道你一定能原谅我，是吗？因为你也希望得到那个女人的原谅，你能理解我的心情。

我相信我可以得到你的原谅，但你却得不到她的原谅，你放弃吧。我会帮你解决她的问题，你不值得为她如此。你和她之间的认罪和原谅的游戏玩不成，我们之间的认罪和原谅却成功了。

我先向你认罪，你一定会原谅我，我很有信心，所以我不害怕了，然后我会比你更快地见到我们的孩子，我会先跟他说，一切都是我的错，跟你爸爸无关。我终于明白你要做的事的意义了。我懂得你，我会向孩子认罪。步森，我的爱人，别为我的信难过，别为我的决定难过，我觉得没什么可怕的，活在罪的恐惧中才真正可怕，我的前半生生活在被害的恐惧中，后半生生活在愧疚的恐惧中，现在，终于结束了。我心里平安了。

我们会在那边相见。我相信，我们一家三口不能在地上生活，一定能在阴间团聚。与其在地上惶惶不可终日地活着，不如在阴间团聚，因为在阴间，一切都解决了，没有恐惧，没有怀疑，平平安安地过日子。再见，步森，我先走一步，等着你。

世界上最爱你的人：春红

刘春红带上硫酸和信，到周玲的单位找她。周玲刚好到外面查账了。刘春红就把信放在她桌上。然后自己直奔冷薇的家。

周玲回到办公室，看到春红的信放在桌上。她的直觉令她产生一种疑惑。周玲打了刘春红的手机，她已经关机了。周玲开始感到不安。她偷偷地打开了信，看完后大吃一惊。她的第一个反应就是到冷薇家，反正她也要去找冷薇。于是周玲请假直奔冷薇的家。

接着她就看到了刘春红把硫酸泼向冷薇的一幕。

……刘春红给陈步森的信，在刘春红被刑事拘留后的一周送到了陈步森手中。是苏云起交给他的。陈步森读完信后，几乎无法说话。

苏云起说，你不要难过，她没有生命危险，冷薇也没有受伤。

陈步森呆呆地望着看守所的草地。

苏云起说，人生有你无法掌控的变数，但我们可以从中学到很多东西。

　　陈步森的脸通的一声摔在桌上,终于失声痛哭。

　　苏云起轻轻摸着他的头。

　　别难过。苏云起说,你看,连她都知道认罪了,多好啊。

　　陈步森抬起爬满眼泪的脸。

第三十七章　演播厅的相见

樟坂电视台《观察》栏目第二次有关陈步森事件的辩论正式举行。这次朴飞把现场搬到了800米演播厅，使气势更加宏伟。第二个特色就是朴飞有本事请到除苏云起和陈三木之外的所有与本案有关联的人，周玲来了，这是她第一次在公开场合与前夫同台，沈全来了，郑运林也来了。最令人吃惊的是，冷薇也被请到了现场。大家不知道朴飞用了什么办法能把她请到现场。实际上她是被周玲拉来的。本来刘春红也要来，但她现在因为泼硫酸正在拘留当中，面临严厉的处罚。陈三木一方则请了他在樟坂的同道，一共六人参加。

节目开始。主持人朴飞回顾了陈步森事件的发生过程和争论焦点，他说，这个事件的特殊性在于，它已经超越了法律层面，深入到了文化的深层，这也是本事件会在社会上成为热点的原因。一个人的悔改过程完全是个人性的，也许它是一个秘密，但这个秘密是怎么发生的？在这半年到底发生了什么？它对我们产生了什么影响？这些都是耐人寻味的问题。陈步森终审会如何判决，那是法律的事情，我们不干预，我们更感兴趣的是，社会和公众对这个事件会如何评判？这几乎标志着我们今后会怎么样看待诸如良心、法律、公义和罪恶等重要问题，我们实际上已经无可避免地加入到这一事件中来，每个人都必须对它作出自己的判决。现在，我们就请讨论双方主宾发言。

首先发言的是苏云起。他说，陈步森事件已经发生一段时间了。我们听到看到了各种不同的意见，这是好事，是自由的结果，在这个时代，每个人都有权力发表自己的不同意见，但是我发现了一个耐人寻味的现象，我们这个社会的每一个人，无论是媒体还是百姓，都非常喜欢当审判者，这次陈步森事件的公开，激活了这种欲望，大家争先恐后地发表高见。前几天，当陈步森一审判决死刑的结果传出，我在一家理发店剃头，大家都在议论这事儿，有好几个人兴高采烈地说，我早就猜到了审判结果，不出我意料，必死无疑。另一个说，我早就知道正义必然伸张。第三个说，对这样的人，就要格杀勿论，什么也别说，见一个杀一个，杀光了，天下就太平了。还有一个说，谈什么悔改不悔改，能改吗？惯偷改都难，不要说杀人犯，你放他一命，他以为杀人可以不偿命，我来当法官最好，全杀了，不杀不足以平民愤嘛。理完发我走出来，就想，为什么我听到的都是这样的先知先觉的话，为什么中国人都乐于审判，不但乐于审判，而且审判极重。你就是手中有权力，这权力是谁赋予你的？你应该如何慎而又慎地使用这一可怕的权力？那些人如此粗糙地使用这种杀人的权力，和真正的杀人犯有什么不同？为什么一个个人要杀人这么困难？一个集体杀一个人却那么容易？

陈三木起身反驳：我想苏先生弄错了，陈步森杀人很容易，我们现在要杀他却非常困难。这是顶奇怪的一件事儿。这可能是人类的迷误,遮蔽了真相,带来了真正的不公正。本来也许事情很简单,陈步森杀了李寂,他就要负责任,最好的负责任的方式就是偿命,偿命是一种古老的但实际上很公正的负责任的方式。苏云起先生所持守的观念却让我们感到疑惑,我现在要问各位,你们来做一道算术题,看你们会作怎么样的选择:一个作恶一生的人,杀了一百个人,当他快过完一生,杀完第一百个人之后,他放下屠刀说,我要悔改,好,他就上了天堂;而另一个行善一生的人,临终时他认为他没什么好悔改的,好,这个人下地狱。你选择做哪一种人?

陈三木离开座位到观众席上问,结果十个人有七个人选择做前一种人,只有三个人选择做后一种人。陈三木问其中一个:你为什么不做好人?那个观众说,我做了好事还要下地狱,我才不干,当坏蛋便宜啊,吃喝嫖赌玩够了,还能上天堂,傻瓜也知道哪个好。陈三木回到座位,对苏云起说,苏云起先生,刚才的访问表明:你那个悔改是廉价的,它是一个大谎言,所以,发生在陈步森身上的事也许也是一个大谎言,这个谎言如果有为数不多的知情者,你一定是其中一个。

苏云起说,我就不直接回应你的问题,我也作一个采访。苏云起拿了话筒来到观众席,问观众:我现在问你们,就按照陈教授说的,作恶一生上天堂,行善一生下地狱,我声明,你如果选择了作恶,你就一定要作恶,这是真实的测验。他问一个观众:你愿意便宜上天堂,但一生作恶吗?那个观众想了想,说,不要。苏云起问,为什么不?那个观众说,我不想作恶。苏云起说,作恶没什么了不起啊,刚才陈教授说了,作恶一生,不但没人惩罚你,还可以上天堂,为什么不干?那个观众说,不好,我不想作恶。苏云起说,陈教授,我不需要再采访了,因为你的假设并不成立,人不会想犯罪而去犯罪,人是不得已不幸犯了罪,人是按照崇高和圣洁的形象和样式创造的,就是一个罪恶累累的人，他的内心深处仍然有这样宝贵的形象，这就是我们为什么要慎用我们剥夺他人生命权的权力。一个父亲无论孩子犯了多大的错，他仍然视他如自己眼中的瞳仁，惩罚是必须的，也是迫不得已的，爱却永远是第一位的。今天，对于一个犯罪的人，对于一个悔改的人，全社会除了定罪，作过什么？除了定罪，他还能作什么？除了定罪，提出过别的办法吗？除了定罪，改变过什么吗？

观众席上慢慢有骚动，大家开始议论双方的辩论。

陈三木说，苏云起先生给我们设置了一个无解的空洞，让我们跳下去，你说它是一个陷阱也可以。陈步森悔改事件是一个令人疑惑的无法证明也无法证伪的事件，你能说他悔改了吗？不能，你能说他没悔改，也不行，不能证明也不能证伪，就是存疑。我们不可能用一种存疑的方法来处理我们遇到的问题，所以我说，悔改是一种影响人情绪的有益处的东西，它只能让我们的心情受安慰，但并无实质意义，除非它被法律从依据上证明。它不是公理。在我们找到一个公理之前，我们有法律，法律即使有它的缺陷，仍然是我们目前最有效的方法。但在这一次的事件中，让我感到吃惊的是，陈步森是否悔改一事竟然会对案件产生那么大的影响，居然有可能影响到陈步森最终是否杀人不偿命的问题。

苏云起更正陈三木的说法：陈教授误解了陈步森悔改事件的真实含义，实际上我要说明的是，陈步森今天被称为是对的，义的，好的，并不是靠他的努力，如果人能通过自己的努力达到公义标准，人类今天一定想出了避免犯罪的好办法。陈步森今天是真的感到罪的可怕，他恨罪，他相信爱比恨更伟大，他尝到了爱的甜头，他信了，所以他被认为是好的了，但他的罪行不但今天在法庭上要受审判，在内心还要受良心的审判，后一种审判只会比人类的审判严厉得多。不但陈步森要受审判，我们也要一样受审判。此外，我还要说，罪不一定只指罪行，它指向更重要的问题：和良心中断的关系，所以，陈步森称义，是指他恢复了和良心的关系，称义的是良心，不是行为，作为罪人的陈步森的一生以后还要受审，但他在生命上恢复了。我们救的是他的灵魂，他做下的恶言恶行仍然要负责任，我们救的是罪人而不是罪，我们恨的是罪而不是罪人。

陈三木问，我感到奇怪，你不断地提到人有罪，既然人有那么大那么深重的罪，那你还为什么如此振振有词？我认为人自己是有办法达到人的目的性的，所以我才有信心坐在这里，奇怪的是，你自己对自己完全没有信心了，又怎么会有信心坐在这里？如果我是你，我会保持沉默，或者选择自杀的方式。一个罪人有什么权力和信心参加这样的辩论？

苏云起说，你问得很好，不错，我是罪人，我认为人类靠自己无可救药，但人是有尊严的，人的尊严和意义不是因为他在这个世界上的地位和权力，那是世界的法则，一个人的价值是以他的行为和成就来决定；而有信仰的人却说，人是按照崇高和圣洁的形象和样式造的，所以人的里面有这样的生命和性情，所以人是尊贵的有价值的，陈步森没有陈教授有成就，有地位，有钱，但他本是按照这样的形象和样式造的，所以他多么宝贵！无论他今天犯了多大的罪，他仍然是有这样的形象的，今天，陈步森终于知道了，他是按照这个形象创造的，他回转的秘密就是因为他知道了这个，不是因为恐惧，不是因为要立功减刑，不是因为他狡猾，是因为他恢复了这样的形象和性情。这才是陈步森悔改的真相。这个真相无法证明，无法用外面的方式证明，但显现在我们心底的证据却是明明可知，无可推诿的。

观众已经按捺不住要参与讨论。朴飞说，现在开放观众提问。

一个观众起身问苏云起：我还是认为陈教授的问题你没有回答，你用什么证明陈步森的悔改是一个真实的事实？苏云起说，信。观众问，什么叫信？苏云起说，相信。另一个观众就说，相信？我怎么敢相信陈步森？我因为相信把他放出来，结果第二天就把我杀了怎么办？大家哄笑起来。苏云起说，大家不要笑，如果觉得相信是一个可笑的东西，我们是可悲的，为什么？因为相信是人类最美好的行为，信心比理性更加有力，陈步森犯罪十几年从不想悔改，不是不知道分辨善恶，不是不知道犯罪是不好的，而是没有离弃罪的能力，那么分辨善恶有什么用？人能分辨善恶了，却因此反而失去了行善的能力，这难道不是耐人寻味吗？所以，实际上人类主要是依靠信心而不是理性生存的，没有信心的理性是跛脚的，是没有生存勇气的。相信才是得着真正能力的途径。我们今天之所以会叫我们的父亲为爸爸，不是因为我们检验了他的DNA，而是相信——他就是。在相信中，我们得到爱，在相信中，我们有了行为能力，我吃了一个苹果，就相信这世界上有苹果，我不必把世界上所有的苹果都吃光。我们相信历史，我们相信未来，我们相信友谊，我们相信启示。朋友们，其实，我们是靠相信活着的。今天如果我们丢弃相信，或者贬低它的作用，只靠理性生活，我们的生活会失去生命中最重要的东西：幸福感。幸福是信心的馈赠，也是所有生命的意义。只靠理性生活是痛苦、艰难和沮丧的。今天，我相信陈步森已经悔改，你相信吗？但我相信。我只能这样对你们说，我相信。法律如果失去人的相信，它也只是无用的规条。我相信陈步森悔改了，陈步森也相信他自己已经悔改了。从相信到相信，就是这样。这就是陈教授要问的，那一秒钟到底发生了什么事？我回答，发生了相信的事。

朴飞说，至于陈步森是否像苏云起先生说的那样，我们无从了解，他现在在看守所里。他现在生活得怎么样？他到底在想什么？我相信大家都很想知道。我们栏目组本着认真深入的原则，和看守所方面进行了切实有效的沟通，准备了从现场联线到看守所的专门环节，大家可以当面向陈步森提问题。但我们只谈问题，不要涉及案情。

现场立即议论纷纷，谁也想不到朴飞会突然宣布这个出人意料的环节。连陈三木和苏云起都没想到。朴飞说，我们马上就可以见到陈步森的画面了。他观察到，坐在不显眼位置的冷薇听到这个消息后，明显地不自在起来。她的表情有一种说不出的惊异和慌乱。这正是朴飞要的效果，他暗示导播切镜头给冷薇，单机锁定她的反应镜头。

大屏终于出现了陈步森的画面。冷薇看到，陈步森变胖了，但神情有些疲惫。朴飞说，陈步森，你好。陈步森回答，你好。朴飞说，我们看得到你，你看不到我们，是吗？陈步森说，是。朴飞说，你长胖了，是不是在里面保持了比较好的心情。陈步森说，还好，我很好。朴飞说，刚才你已经听了一阵了，有什么想说的？……陈步森想了想，说，我……没什么好说的，无论大家如何说我，我只想说，我没读多少书，有些也听不太懂，我在这里只想说，因为我的罪，给社会大众造成了恶劣的影响，给冷薇的家庭造成了伤害，我感到很难过。我在这里给冷薇，也给全社会道歉。陈步森说着从椅子上站起，跪在地上，深深地鞠了一躬。

朴飞说，我们看到你鞠躬了。陈步森，我们想知道，一审判决结果下来时，你的心情怎么样？陈步森说，我刚听到消息时，真的有些沮丧，我没什么理由逃避它，但我真的很丧气，好几天没有好好吃饭，吃不下去。现在好多了。朴飞问，你觉得这样的判决公平吗？陈步森说，我想说，我死一千次都不为过，如果这样能让冷薇心情好一些。他说着有些哽咽。大家把目光转向冷薇，冷薇把头低得很低，谁也看不到她的脸。朴飞问陈三木：陈教授有问题吗？陈三木咳了一声，能听出他声音中的紧张，大约他也没有见过这样真刀真枪的场面。陈三木问：陈步森先生，您好，我想问的话是，你上诉了吗？陈步森说，我上诉了。陈三木问，你如果认为判决是公正的，为什么上诉？

观众有议论声响起。这个问题对于一个将死的人似乎过于严厉。陈步森想了想，说，如果我还能活，我想活下去。陈三木问，为什么？陈步森说，我从来没有像今天这样清醒，这样知道人活着为了什么？我这三十年白过了，如果再给我时间，我会竭尽全力爱一切人。观众中有几个女性开始抹泪。这时，郑运林突然站起来，问陈步森：你在看守所还恨过人吗？陈步森说，恨过，我的情况反反复复，但是我知道自己完全变了一个人，我听到外面的一些消息，说我狡猾，说我炒作，我听了真的很委屈，很绝望，我做过一件可笑的事，想给社会大众写一封信，表明我是真心悔改，我想辩白，我写这封信不是要减轻我的刑罚，而是要证明我是清白的。但后来我放弃了。郑运林问，为什么放弃？陈步森说，后来我想，我已经遗臭万年了，我是个罪人，而且是罪人中的罪魁，我从来没有像现在这样认清我犯的罪，有时半夜我会做梦，梦见自己身上爬满了五颜六色的虫子，我就惊醒过来，才知道自己在做梦，过去的事已经过去了，我现在身上没虫子了。但我知道自己还是最臭的那一个，别人怎么说我，别人再臭，都没有我的臭。想到这里，我就什么话也没有了。

这时，一个女观众问陈步森，你以前为什么犯罪？现在又为什么不想再犯了？陈步森说，我父母在我小时候离婚，谁也不要我，等于把我抛弃了，至今我也不明白他们为什么会抛弃我。我恨了他们十几年，我是因为恨而破罐破摔犯罪的。我要恨死他们，我要恨到他们难过，我要干尽一切坏事，让他们失望，然后我才开心。可是我恨了十几年，他们并没有改变，也不难过，我也没有得到快乐。这是没有结果的恨，我现在知道，恨是永远没有结果的，也是没用的。我白恨了一场，所以，我不想恨了，虽然我至今还是不知道我父母为什么扔下我，但我不恨他们了，真的。我也不想知道她为什么丢弃我。其实我已经知道了，人既然是罪人，就什么都干得出来，我母亲只是丢下我，我却杀了人，我干的比她严重得多，我跟我父母没什么两样，我还有什么权力恨呢？今天，我在看守所，给我母亲写了十几年来的第一封信。

朴飞问陈步森：冷薇女士现在正在现场，你有什么话要对她说吗？陈步森一听冷薇在场，就吓住了，表情很震惊。

是吧？他说……我，我不知道……我不……她知道。

朴飞说，她知道什么？陈步森声音中出现了泣声：对不起，对不起……朴飞问冷薇，冷薇女士，你想对陈步森说什么？冷薇一直低下头，浑身发抖，脸色苍白……好像出现病理反应。这时，主任通过耳机对朴飞说，效果达到，不要勉强了，扶她下去。朴飞就对现场人员说，我们知道冷薇女士很难回答，为了她的健康，我们请她到后台休息。

冷薇被扶了下去。陈三木继续问陈步森：陈步森先生，我想问如果上诉驳回，你面临真实的死亡，你还能喜乐吗？陈步森犹豫了一会儿，说……我不知道。陈三木问，你相信真的有灵魂吗？陈步森说，相信。陈三木问，它什么样儿？陈步森说，它……就像现在的我一样吧，我今天讲的，都是它在替我说。陈三木说，我的话问完了。

朴飞问苏云起有什么要问的。苏云起问陈步森：在你可能并不会太长的最后时间里，你有什么打算？陈步森说，如果上诉驳回，我有一个想法。苏云起问，什么想法？陈步森说，我想把我的遗体捐献出来。我想了好久，觉得自己的身体很好，可以捐献出来作用途。苏云起问，你为什么产生这样的想法？陈步森说，我活了这三十年，没有赚到任何东西，我现在两手空空，只有两个遗产，一个是我悔改的信心；另一个就是我的身体。我只有这两个东西了。我把它都送给你们，以弥补我给这个社会带来的伤害和损失。

我希望社会满足我这一个小小的要求。陈步森说。

陈步森的决定引起现场哗然。

第三十八章　恐怖的日记本

　　早晨，冷薇睡过了头，这几天都有一种昏昏欲睡的感觉。如果不是有人敲门，她会睡得更晚一些。敲门声不大，所以冷薇很迟才听见。她下了床穿好衣服去开门，门口站着的人让她吓了一跳，来人是胡秘书。
　　冷大姐，是我，胡学兵。胡秘书点点头。
　　冷薇疑惑地望着他，由于不能很好地判断他的来意，冷薇竟呆呆地看着他，以至于忘记了把客人让进屋。胡秘书笑着说，怎么，不欢迎我啊？我能进屋吗？
　　冷薇哦了一声，把胡秘书让进了屋，她给他倒了一杯水。胡秘书接过水，说，本来早就要来看你们，但市长一直很忙，就让我先过来。
　　冷薇想，李寂死的时候为什么不来？现在人已经烧成灰了，这时候来干什么？她说，谢谢你们了。她的话音透着淡漠。
　　胡秘书说，我这人不太习惯绕着圈子说话，说实在的，李寂和市长是好朋友，这是谁都知道的，所以说话就不用那么客套。他们的关系走到今天这个地步，不能说都是李寂的责任，市长他也很难过。但是呢，在中国这个大环境里，李寂的选择会付出代价，有时是没有意义的代价。市长无时无刻地在想念他的老朋友，李寂刚出事的那阵子，市长常对我回忆他和李寂的友谊，唉，这些你都不了解。你知道，李寂的案子，我是指他过去的那些事情，性质还是比较严重的，市长为了朋友情分往死里保他，他却不领情，把事情搞得非常被动，市长有一次都流泪了，骂李寂天真。但直到如今，市长他还是捂住了这个盖子，谁要动李寂，他就说死者为大，硬顶住不让搞。你看，人都死了，友谊还在。

冷薇静静地听着。她不能很好地判断，胡秘书今天来想说什么。但一定不是为了叙旧。

胡秘书说，你的公开信现在闹得沸沸扬扬。你知道吗？市长获悉你把所有东西都兜出来后，十分难过，我从来没有见他这样难过。他对我说，别人这样做他不奇怪，但李寂的老婆这样做，让他伤心。

冷薇说，我只是说事实。

胡秘书说，冷薇，你想想，你这样做的后果是什么？不但市长的形象受损害，李寂也完了，我们怎么也想不通，你会这样把李寂和市长一起捅出去，这等于在对李寂鞭尸，你知道吗？你怎么会做这种亲者痛仇者快的事情呢？

冷薇说，胡秘书，可能你不清楚，我在这半年里经历了什么事情，现在的我，和半年前的我不同了，我重新认识了李寂，我想，他会乐意我把一切公诸于众。

可是你得到了什么？胡秘书问。

平安。冷薇说，内心的平安。那天一说出秘密，我身上所有担子都脱下来了。

　　……双方沉默了。胡秘书待了一会儿,说,你这样做,很不好,我们知道你的意思,把李寂描绘成一个英雄,却把责任都推到市长身上,这样做,不好,你要明白。

　　冷薇听出了胡秘书话中隐约存在的威胁意味。胡秘书说,市长保你们,你却要毁市长,这是恩将仇报。冷薇笑了一声,他保过我们吗?李寂死案刚出,你们没有动静,是在保你们自己,陈步森到案后,你们突然说可以彻查,也是为你们自己,当我现在说出秘密,你们又缩回去了。

　　胡秘书叹了口气,说,冷薇啊,你对市长误解太深了,我非常难过。我很能理解你的丧夫之痛,但现在,你怎么能把李寂的秘密说出来呢?所有人都千方百计地逃罪,你却自曝家丑。我就长话短说吧,市长的意思是不计前嫌,他也理解你现在的心情,是一时冲动才发那封公开信的。市长充分理解,也表示以后会好好照顾你的生活,过去发生的事就当没发生,一笔勾销,你给市长留点面子,把公开信撤回,好不好?

　　冷薇看着胡秘书,说,已经公开了,怎么撤回。

　　胡秘书说,当然,公开的东西是撤不回的,恶劣影响已经发生,但你可以在后续的采访和调查中,说明你对市长有一些误会,把李寂的事和市长分开,这样对你有好处,你想,市长要是也出事,还有谁会帮你?我们是一条船上的人,当时要不是李寂硬要下船,会有今天的结果吗?为了你,为你和李寂的孩子,你好好想想。如果省里面有人下来调查,请你配合一下,市长说了,只要他能有一点权力,你今后的一切都会放在他心上,就当作为死去的好朋友照顾你们。

　　冷薇没有吱声。胡秘书拿出一包东西,看样子是现金,他说,市长知道你生活困难，从他自己的存折上取了一些钱，算是朋友的一点心意吧。

冷薇望着那钱，想了想，说，胡秘书，你们害了李寂，还要害我吗？

胡秘书说，你那么不给市长面子？

冷薇说，这钱我一定不会收的。至于说到调查，我不知道自己将来会怎么说，但我知道，说真话比说假话舒服，因为说假话让人恐惧，说真话心里平安。

胡秘书把钱慢慢收回去，他脸上透着极度失望。他说，那也好，不过，千万求你一件事，那本日记不能公开，如果公开，李寂就会遗臭万年，你相信我说的话好了，李寂不会因为这本日记成为英雄，这就是一本贪官日记，作者就是贪官。李寂永远都是其中的一员。你仔细想想，好自为之。

胡秘书说完这话，转身走了。

胡秘书带回的消息让陈平绝望。

他用了一天的时间，一个人坐在郊外别墅的阳台上，望着远山的落日发愣。黄昏的风带来的凉意贬入他的肌骨。在恍惚间，陈平会看到有一个人站在远处的草地上，望着他。那人是李寂。他的眼睛里挂着悲伤。陈平浑身哆嗦，再仔细看去，那只是一个割草的工人。

陈平不是第一回有这样的感觉了。自从他知道李寂有一本市长日记之后，他就开始惶惶不可终日。陈平很清楚李寂会在这本日记中记下什么。在经过周密思索之后，陈平开始劝说李寂放弃这本日记，他把李寂请到庐山，两人在山上住了五天，陈平的用意就是要拐弯抹角地劝说李寂放弃这本日记。两人在林荫道上散步时，陈平说，我从一个朋友的角度劝你,是为你好,不愿意看到你栽在这本东西上。没有人像你那么傻,会把这种事情记在日记里面,我知道你为什么要记这些东西,你是一个正直的人,少有的理想主义者,但你可以记在心里,也不要记在纸上。

李寂说,陈平,你怕什么?

我不怕。陈平说,我怕什么?你以后就会明白,怕的是你自己。

李寂说,我这么说吧,陈平,你就会明白我为什么要记这本东西,我,我不是一个官员,我从来就不是,我是一个学者。我知道自己这个官当不下去,不会太久,我就会重新成为一个学者,这本日记,只是一个学者的资料。陈平,一个学者连资料都没有了,他就什么也没有了。

陈平从李寂的话中听到了暗示的成分:他不会把这本日记交出去的。但陈平无法从李寂的话中听到他所需要的安全感。回到樟坂,他仍然惶惶不可终日,就像怀揣一个定时炸弹,不知道何时会被炸得血肉横飞。他是不会任由自己如此可怕地被惊吓着,他的个性无法忍受煎熬,必须尽快解决问题。

胡秘书提了一个建议:索性抓住李寂受贿的事实,把他的材料上报省纪委,把他彻底搞倒,一掌打死。陈平考虑了一天,对胡秘书说,节奏掌握不了。这个意思就是说,如果以受贿罪把李寂搞倒,虽然可以借此强行搜查他的家,尽快找到那本日记,也容易起反效果,激怒李寂,如果他有日记的复印件,他就会一同向省纪委交出日记,这样,就把陈平连带牵出来了。现在,尚有希望李寂不交出日记,打草惊蛇又没打死,反被伤着了,还不如现在平平静静,李寂也没要交出日记的迹象。陈平左思右想,觉得成本太高,不宜惊动李寂。

接着,胡秘书居然想出了一个很下流的方法:派一个惯偷去李寂家偷那本日记。这个登不上台面的办法反而得到了陈平的首肯，因为他知道这个办法的好处在于：如果败露可以嫁祸于人；其次，即使李寂有复印件，也可以先一睹为快，看看日记里到底记了什么。知己知彼，也好应对。于是，胡秘书找来市长的亲信，公安局的副局长唐荣兴，把用意说明后，唐荣兴就派刑警队陈队长执行这个特殊任务。陈队长安排了一个惯偷潜入李寂家，找了一天，居然一无所获。就是说，李寂家没有这本日记。

　　胡秘书把这个好消息告诉陈平：我看李寂这小子是在造假，虚张声势，他也许根本没有那本日记，市长，我看，他是在吓你。

　　陈平摸着下巴思索。

　　胡秘书说，那可是樟坂有名的惯偷，不会失手的，可是他把李寂家翻遍了，根本没有这本日记。你想想看，日记是每天要记的东西，会找不到吗？不可能。李寂真的是在放烟幕弹，他在威胁你。市长，我看警报可以解除了，你可以安安心心地放几天假，玩一玩，自由一下，调适一下心情，我看，去一趟马尔代夫怎么样？

　　陈平露出了笑意，说，好吧，我去轻松一下。他没料到用这么下作的方法能奏效。

　　陈平在马尔代夫只待了两天，却突然提前飞回来了。胡秘书觉得很奇怪，问，你那么快回来干什么？陈平说，我在海边想了两天，越想越不对。胡秘书问，有什么不对的？陈平把胡秘书拉近，小声说，你看啊，在李寂家找遍了也找不到那本日记，他包里也没有，办公室也没有。就真的没有了吗？是真的没有，还是没找到？

　　胡秘书说，你也太紧张了吧？胡秘书是陈平大学同学，所以说话很随便。

　　不是我紧张。陈平说，你不了解李寂，我了解他，现在的问题是——

他伸出两只手：好比这一只手表示找不到日记的可能，这一只手表示李寂记日记是真实的，到底哪一个更真实？如果市长日记是真的，那只是你找不到而已；如果真的没有，说明李寂在撒谎。两者必居其一。

胡秘书笑着说，市长，我发觉你越来越像惊弓之鸟了，一件普通的事情让你这么一分析，变得很可怕。

陈平说，本来就很可怕，只是我们没察觉它的可怕而已。那么，李寂在撒谎吗？他那么有城府吗？他已经开始欺骗我，布置迷魂阵对付我了吗？你相信吗？我不信。我了解李寂，他不是那种人，他没有这个能力，也缺乏动机。所以，李寂没有这本日记是不可能的，他不但有这本日记，而且真的开始藏匿这本日记，这性质就变得非常严重了，为什么他要藏匿？因为他知道这本日记的重要性，他开始警惕我了，他开始对付我了，他不是把日记随随便便放在桌上了，他开始收集我的材料。这比过去我们想象的严重得多！

胡秘书听了就怔在那里，好久没反应。他看见陈平的手的尾指轻微地抖动。

陈平望着窗外，说，胡啊，你无法想象他会在日记中记什么，但我能想象。我们面临的结局非常可怕。

……胡秘书低头沉吟了一下，说，没想到这么严重……难道我们就没有办法了吗？

怪我以前把他当好朋友，无话不谈，现在我付出代价了。陈平说，除非他犯个大罪，这个罪足以让他向我求饶，这个罪可以让他吃上好久的牢饭。可是，这对任何一个人都容易，但对李寂就不容易，他的屁股比什么人都干净。

胡秘书说，怎么办呢？

陈平出了一口长气：自求多福吧……

……就在这之后不到一个月，一个重大事件发生。西坑煤矿发生重大灾难。胡秘书对陈平说，想不到天老爷帮你，是它要李寂死。陈平说，他是分管工矿企业的，他要负全责。

第二天晚上营救工作告一段落时，陈平就急着召开常委会扩大会议，分清责任。他在会上狠狠批评了分管领导疏于管理的重大错误，为会议定了调。煤炭局长当场在会上做了检查。与会者对陈平的讲话心领神会，纷纷对包括李寂在内的主要负责人提出批评。最后，让李寂发表自己的意见。

大家都以为他起码要做一些自我辩护，可出乎意料的是，李寂突然在地上跪了下来，然后流下了眼泪。他说，我今天看到死人了，看到了那么多尸体抬出来，我就知道，死的应该是我。大家对我的批评我完全接受，我们没有任何理由逃避责任，不，是我，我负主要责任，我负全部责任。我请求市委解除我的职务，但让我做完最后一次工作，等矿难结束，我就下台。

大家错愕地看着他。只有陈平心知肚明。他抽着烟，一声不吭。

最后，陈平说，大家回去处理矿难的事情，在我们统一意见之前，谁也不能单独向媒体透露细节，不要接受媒体采访。先封锁消息。

散会后，回到办公室，胡秘书对陈平说，他完了。

陈平问，怎么说？

胡秘书说，我想我们应该尽快采取行动，就按重大责任事故对李寂实施停职审查，把他控制住，然后实施搜查，突击预审，就算挖地三尺也要找到那本日记。在我们手上都好办，等到省里来人，我们就失去宝贵的时间了。

陈平沉默地想着。好久，他才说，好吧。

……可是就在陈平要对李寂实施抓捕时，下面传来消息：李寂独立接受了省报的采访,他毫无保留地把矿难的详细过程和盘托出,李寂表示他愿意承担主要责任。

陈平骂了一句:我操你妈,李寂!这是他罕有的粗口。他立即叫停对李寂的抓捕。

胡秘书奇怪地问:为什么?应该马上把他带回来,秘密关到疗养院去。

陈平摆摆手,说,不不不,来不及了,他已经把自己和西坑事件一起公开了。

胡秘书说,他已经自己一个人顶上去了,愿意独立承担责任了。

陈平说,胡啊,你怎么那么天真呢?他顶?他能顶吗?现在人越死越多,他顶不就等于我顶吗?先让他顶,是因为要压他,可是现在性质变了,谁也不能顶,我没主要责任,李寂也没主要责任,常委会谁也不要去顶,是矿山老板负主要责任,负直接责任,明白吗?矿难发生在西坑,是我们的侥幸,因为这个煤矿在安全管理上是过关的,李寂早就强制他们安装了瓦斯警报仪,你明白了吗?管理是过关的,是矿山自己执行不力,不使用仪器才出的事。

胡秘书说,我明白了……

陈平手一挥:马上通知开会,按我刚才说的重新统一思想,尤其是李寂。

胡秘书刚要走,陈平又把他叫住了,说,想办法让矿山的那个混蛋离开樟坂,越快越好,走得越远越好。

胡秘书问:到哪里为好?新疆,怎么样?

陈平说:给他弄个旅游签证,到越南。

胡秘书说,好的。

第二天的会上,大家统一思想,认定责任主要由矿主负责,但据查他已经潜逃。会上，大家都同意陈平对事件的认定。只有李寂说，不，我还是要负主要责任。

陈平没说什么，只说，散会。

会后，陈平把李寂找到办公室，两人大约谈了不到半小时，开始大声争吵。胡秘书听到两人的声音越来越大。他透过门缝看见陈平和李寂的脸都涨得通红。

陈平拿出了一张纸，上面写着会议纪要，逼着李寂签字。李寂不签，他拂袖而去，可是当他打开门时，居然有两名武警挡住了他。

李寂问陈平：你劫持我？

陈平眼睛红着。李寂十分奇怪他居然红了眼睛。陈平上前把李寂拉到沙发上，说，到今天这个地步，我竟然用警察来对付我最好的朋友，李寂，你难道还不明白吗？再过一百年，你如果还活在世上，你就会明白，今天我这样做是爱你，还是在害你。我不是没有原则的，西坑的事情如果我们没装安全仪，我们现在牵着手坐牢去，但事实不是这样。你尽到责了，我们只是监督不力。李寂，今天我一定要你签字，是为了你，为了冷薇，和你们的家。

……李寂抱着头，呆了好久。

最后，他说，我饿了，我困了，你让我回去吧。

陈平把会议纪要放到他面前。李寂用哆嗦的手签上了自己的名字。

陈平拍了拍他的肩膀，说，我们是朋友，再大的风雨，一起扛。

第三十九章　陈步森的四个女人

刘春红因为向冷薇泼硫酸,被警方以伤害罪逮捕,收押在陈步森所在的看守所。陈步森从潘警官处听到消息时,心中非常难过。这一整天他都闷闷不乐,一个人独自坐在窗前,望着阴郁的天空发愣:他不知道为什么一个心地如此善良的女孩,可以为爱情付出自己生命,最后却会把一瓶硫酸泼到别人脸上。陈步森产生一种对刘春红的很特别的想念,那是一种奇怪的想念,除了对往日情感的追忆,甚至产生了一种好像父亲对女儿的怜悯——刘春红像一只小鸡一样躲在角落里瑟瑟发抖。在陈步森眼中,他看到所有的人都是可怜的,无论有钱的没钱的,强悍的还是软弱的,凶恶的还是善良的,都一样地可怜。刘春红很强悍,很有主见,但她现在一定非常绝望。

土炮在号子里拖着脚镣走来走去,不停地招呼别人打牌,他这几天可以一天打到晚,仍然精神奕奕,他用力地甩牌,嘴里发出粗鲁的响亮的骂声。但只有陈步森听得出,这个人心中隐藏着多么巨大的恐惧。有时，陈步森会看到土炮注视着墙角发呆，虽然时间很短，足以看出他心中的风暴。他开始有意回避陈步森，不再骚扰陈步森，不跟他讲话，有时连眼睛也不看他，很像一个妒忌心极重的人不想再涉及让他妒忌的对象。土炮越来越在意显示他在号子中的领导地位，有意孤立陈步森，好像没有这个人的存在一样。但陈步森完全不在意这一切，他更多的时候是一个人读书，在纸上写写画画，或者就是独自望着天空发愣。他的沉着冷静让土炮产生一种奇怪的妒忌，所以他就以吆喝大家围拢在他身边打牌，来提高自己的重要性，压抑心中恐惧。

陈步森用了很长的时间来想一个人：冷薇。现在，他面前有四个女人，一个是母亲，一个是周玲，一个是刘春红，另一个就是冷薇。对于母亲，陈步森的仇恨已经褪去，这个变化是在不知不觉中完成的，陈步森自己不知道到底是在什么时候、为什么他就失去了对母亲的怨恨，这种怨恨好像是被人悄悄偷走的。现在，陈步森想起了母亲，心中很干净，也很平静，他想见她了，如果他现在能见到她，他会和她聊天，说不上爱，也说不上恨，她是他的母亲，就是这样。但他真的有一点想她了。

第二个女人周玲，是他的姐姐，他从小就把她当姐姐看，甚至在他少年时有一段时间，周玲是他爱情的幻想对象，陈步森缺少的爱是通过周玲来弥补的，所以他爱这个年轻女人。后来陈步森对周玲爱的想象渐渐转化成了依靠和亲情，如果在漫长的十几年中一定要认定一个陈步森的亲人，就是周玲，这个女人和别的所有女人不一样的地方，就是她的爱不仅限于自己或者陈步森，陈步森看到她常常会去爱一些跟她毫不相关的人。有一次表姐把十几个陈步森的少年流浪儿朋友请到家里，做菜给他们吃，放水给他们洗澡，还给每人买了一套衣服，很给陈步森做足了面子，但引起了陈三木的反感，陈三木在孩子们住进家的前三天还没什么反应，可是住到一个星期后，他终于忍不住了，竟然离家出走。陈步森就带着朋友们走了，周玲还为此哭了，她会爱一些和自己没有关系的人，就像现在她会关心冷薇一样。陈步森在这一年中的转变和对冷薇的照顾，完全得益于周玲对他的影响。

第三个女人是刘春红，陈步森想起刘春红就有些不好意思，因为说出来让人难为情，刘春红是陈步森第一个性幻想对象，或者干脆说性对象：刘春红长得比较丰满，虽然脸不算很美，但很艳丽，皮肤也很白，她的胸脯永远压着衣服绽放出来，她从来不戴胸罩，所以陈步森看见了她的乳头从衣服上显现。陈步森和刘春红的第一次不是爱，而是性。刘春红当时已经爱上了他，但陈步森没有。陈步森和刘春红交往后，他才发现，刘春红并不像她的身体给人的暗示，以为她是随便的浪荡的女人，她比陈步森见过的任何一个女人对爱情都更专一，她可以为陈步森奉献一切。在和陈步森交往后的第四天，她就把自己的存折给他。可是陈步森拒绝了。因为刘春红对爱的索取让陈步森惊异，她要陈步森二十四小时陪她，陈步森做不到，而且开始感到害怕。有一次，她和陈步森到一个度假地玩了十天，刘春红天天晚上要他做爱。到了后面四天，刘春红来了月经，陈步森以为可以休息了，可是刘春红翻来覆去骚扰他，让疲惫不堪的陈步森无法安眠，她要他做爱，陈步森说你来例假了，不能做了。可是刘春红说可以，她洗净自己的身体，要他做爱。陈步森只好从命。他被刘春红掏干了，最后射出了血精。

刘春红紧紧抱住了他，在他耳边对他说，我爱你，我爱你，我爱你……陈步森说，你这样会把我吓到。刘春红说，我只有你了，你不要抛下我。那个晚上，陈步森才知道，刘春红的父亲从她七岁开始一直在晚上睡觉时，用一只脚的大拇指触戳她的阴部，最初她不知道这是为什么，后来渐渐长大后，刘春红才知道，父亲是性无能者，但他开始在母亲不在家时脱光女儿的衣服。父亲玩弄她的身体长达十几年，虽然父亲从来没有进入过她的身体，但刘春红却恐惧到了极点。十七岁时，她第一次跟母亲说起这些事，母亲甩了她一个耳光，这就是刘春红和家庭断绝关系的开始。

  从此以后，刘春红一直寻找人来代替父爱，陈步森不幸中选，但他浑然不知，直到那次旅行的时候，他才听刘春红讲她的故事。陈步森对她说，我比你还糟，你是被父亲害了，我是被父母一起抛弃，但我比你强，我一点儿也不害怕。我依靠自己，从不依靠别人。刘春红说，对我来说，你是别人吗？陈步森说，我也不知道，反正你不能靠我。刘春红说，我从小到大，都在找一个我可以为他奉献一切的人。陈步森说，这人不存在。现在，这个一辈子要为别人奉献所有的女人落得个悲惨下场，她为陈步森丢弃工作，花尽积蓄，最后什么也没得到，却蹲在监房里等待刑罚，而她的父亲现在却活得逍遥自在，这是为什么？陈步森想到这里，眼睛就湿了。

  第四个女人就是冷薇。这是一个特殊的女人，她会以如此奇怪的方式出现在陈步森的生命中，完全是人无法想象的。如果是陈步森把她杀了，这没什么；或者陈步森把她抢了，这也没什么。但陈步森杀了她丈夫，却和她发生了感情，这是最奇怪的。说这是一种感情，不是不负责任的说法。现在陈步森对冷薇，甚至冷薇对陈步森，都产生了一种说不出来的神秘情感，它既不是亲情，也不是爱情，更不是友情，它到底是什么？但它如此真实地存在着。

  自从陈步森杀了李寂之后，注定这个爱的旅程就已经开始：陈步森尝到了第一口甘甜的活水，就再也无法离开这种感觉。他不止一次做梦，娶到了冷薇作自己的妻子，不管这个梦有多荒唐，陈步森却尝到了生活中最甜蜜的感觉。也许就是这种感觉让他误认为自己是无罪的，自己竟然能够跟一个自己伤害过的人在一起说话和生活，这是多么奇怪而荣耀的一件事啊。就是这种感觉！让陈步森欲罢不能。

他不再有恐惧，也不再有悲伤。陈步森在精神病院的半年时间里，越来越忘记了自己的凶手身份，着迷于自己的另一个角色：照顾冷薇的人。冷薇越是认可他，他就越感到幸福。某种被宽容的轻松感抓住了他，陈步森用了更大的爱来回应她的赦免（即使那时还只是陈步森的想象），这种强烈的对冷薇的爱，几乎和爱情无法分辨，它混合着感恩、敬爱和情爱。陈步森这辈子除了和刘春红的性爱之外，没有尝过爱情是什么。陈步森尝到的第一次爱情感觉，竟然是对冷薇的。因为他第一次产生了要为一个女人奉献一生的愿望，就是冷薇。就像刘春红要为陈步森奉献一生一样。

陈步森坐在窗边，想着四个女人。他不知道自己还有没有未来，但他现在心中涌起的，是对这四个女人的同情，以及一种特别的爱怜。那是一种对女人特有的感情，指向温柔、和平。陈步森流了眼泪：他突然发现，女性是这个世界上最可爱的最美丽的造物，就是上帝造人时从亚当身上取下来的，所以她们是男人的骨中之骨，肉中之肉！

想到这里，他给冷薇写了一封信，信中写了他以上的所有感触。陈步森写完信，不知道这封信能不能送到冷薇手中。但他想，到我死后，它应该能到达她的手中。信到她手中，我也在天上了。

这时，潘警官来通知他，有人要见他。陈步森把信交给他，希望能把信送到冷薇手中。我信上没写什么，你们可以审查。他对潘警官说。潘警官说，我们看看。

来见他的是沈全和苏云起。沈全说上诉的事正在进行，让他要心存希望。陈步森说，我到底是要心存希望为了活着呢？还是相信有天堂，死并没有什么？我相信天堂，就无所谓死，但我一想到上诉，希望能改判，又不愿意看到死，信心又软弱。我到底应该相信什么？苏云起说，不要相信自己，我们生不在自己，死也不在自己，我们的生命是量好的，我们在地上过一天，就做好一天的见证，陈步森说，你这样说，我比较明白了。沈全说，还是要有希望。陈步森说，只是想到过去的三十年白活了，现在刚刚明白该如何生活，却要离开这个世界，心里还是……我多想有时间好好爱我见到的每一个人。沈全说，我已经担任刘春红的辩护律师，今天来是要你提供一些证据。陈步森问，她怎么样？沈全叹了一口气，说，她的情绪还不太好，我会帮助她的，你放心。陈步森说，我有一封信给冷薇，在潘警官那里，我知道这不合规定，但我没写什么，只写我的感受，请你们一定送到她手中。苏云起说，我们会尽力。

沈全说，现在你谈谈和刘春红的交往。

陈步森说，现在我知道了，我跟她是一样的人。

今天早上，冷薇再次发生胃部疼痛，她用手抵住十二指肠的部位，疼得满身冒汗。淘淘看了害怕，大哭起来。母亲买菜回来，看到冷薇疼得坐在地上，吓了一跳，赶紧把女儿扶上了床。

薇啊，你这是怎么啦？老太太说。冷薇说没什么，我是最近急的，急火攻心，医生检查了胃镜，没什么问题。老太太给她倒了热水让她暖暖胃，说，没问题是没问题，可这么老疼也不是办法啊。冷薇说，我有吃医院拿回来的药。老太太说，我刚才在市场遇到了周玲，她正在买兔子，她说兔子炖药根可以治胃病，瞧，这药根和兔子让我先捎回来了，周玲说下午会过来看你。冷薇说，你收下她的东西了？老太太说，唉，难得她一个陈步森的表姐，对我们却这么好，我一直想不通，后来我想，这世界上还是好人多，只能这么想了。冷薇没吱声。老太太说，她没有恶意。冷薇说，我知道……冷薇低着头想了一会儿，说，妈，你说陈步森会枪毙吗？老太太顿了一下，说，我不知道，你问它干吗，有什么好问的。我杀兔子去了。老人起身走出了房间，好像不愿意提这事似的。

冷薇抱起淘淘，问他，淘淘，你……想不想……淘淘问，妈妈，想不想什么啊？冷薇说，你想不想见刘叔叔？淘淘低声说，你会骂我……冷薇说，我不骂你，你说，你想见他吗？淘淘说，他杀了爸爸。冷薇就不吱声了。淘淘看着冷薇，说，他是杀人凶手。冷薇说，你还没有回答我的问题呢。淘淘说，他是坏蛋。冷薇叹了一口气，说，你下去玩吧。

母亲炖好了药汤，端到冷薇房间来，说，趁热把兔子汤喝了吧。她要喂冷薇，冷薇说我自己来。她刚喝到一半，突然说，我不想喝了。她下床还没有跑到卫生间，就蹲在地上吐了，把刚吃进去的东西全吐出来了，还带出来一股黏液。母亲大惊，说，周玲难道在药里下了毒不成？冷薇说，不是，这几天我老恶心，不想吃东西。

下午周玲过来了，她听说冷薇把兔子汤吐出来了，说，我们还得上医院看看，你的脸色很差，发黄。冷薇说，我不会有事的，不是检查过了吗？周玲说，对啊，但是病得治啊，不是只有绝症才要治的，有病就得治是不是？冷薇说，我只是肚子胀，不想吃东西，吃点儿山楂开开胃就好了。周玲伸手摸了摸她的额，说，你好像发烧呢。冷薇说，没有没有。周玲就不知怎么劝她了。冷薇叹了口气：周玲，我还是想问，你为什么要对我那么好？周玲笑了笑，说，因为要爱人如己啊，我可没有做到。很难的。冷薇说，这样你不会觉得对陈步森不好？周玲说，怎么会呢？要是他会觉得不好，就不会去照顾你了。冷薇沉默着。周玲说，你不要想太多，李寂的事我们已经觉得很抱歉了，出于赎罪，这样做也不为过。冷薇说，如果我不想在开庭时为陈步森补充做证，你会很失望吧？周玲想了想，说，冷薇，我们这些人，已经不在乎世上的人怎么看了，我们是因信而被称为义的、好的，如果要别人看，我们就不会这么做，也没有力量做，要是别人看不到，我们就不做了，那还不如不做。所以，你不要有心理负担，我不是要你为陈步森做证才来照顾你的，真的。其实我对陈步森上诉的希望感到渺茫。哎，你怎么流血了？

周玲指着冷薇的鼻子，冷薇到镜前一看，一股血从她的鼻子流下来。她的心中一哆嗦，她不知道自己为什么会突然流血。周玲扶她进卫生间洗，这时，冷薇发现自己的牙龈上也渗出了血。周玲说，冷薇，明天我们上医院好好查查。冷薇不置可否。

周玲走后，冷薇一直犹豫明天要不要上医院。她不相信自己会得什么可怕的疾病。可是到了半夜，她开始腹泻，右下腹剧痛，她忍住没有吵醒母亲。这些乱七八糟的症状显得混乱，互相矛盾，好像是专门来吓她的。到了清晨，她已经痛得无法自持，只好打通了周玲的电话，说，我可能患了阑尾炎，现在很痛，你带我去找你那个医生吧。

周玲立即打了车过来，老太太吓得一直哭。周玲对老太太说，没有大事，你带淘淘上学，冷薇交给我了，放心。她把冷薇直接送到了她认识的那个医生所在的协和医院，医生为冷薇进行了触诊，然后说，先检查一下血项吧。在冷薇抽血的时候，医生把周玲叫到一边，说，我看不太像阑尾炎。我在她右腹摸到肿块。周玲一听就呆住了，说，不会吧，她检查过胃镜的，没有问题的。医生说，我没说有什么问题，我只是说可能需要进一步检查。

冷薇抽完血回来，医生问她有什么症状？冷薇说她会吐，腹痛，右肩疼，不想吃饭，鼻子和牙龈流血。医生说，不一定是阑尾炎，也可能是胆囊炎。周玲问，那跟胃病一点关系也没有了？真奇怪哎。医生说，我建议做一下腹部CT，可能要花些钱。冷薇说算了，我知道没事。周玲说，做吧做吧。

她硬是把冷薇推进了CT房。在外面等待的时候，周玲心中慢慢涌起对那个正在检查的女人的怜悯。她觉得现在的冷薇很可怜，但究竟因为什么可怜，周玲又说不清楚。

检查完毕。医生把周玲叫过去，说，好像情况……不太好。周玲问怎么啦？医生说，我们在她的肝部发现一个四厘米的肿块。以我的经验，不太像良性的。周玲就坐在那里不说话了，脸色僵着。医生说，当然我们会进一步会诊，但要做好思想准备。周玲说，明明胃痛嘛，怎么一会儿阑尾一会儿胆囊，现在又改肝了。医生说，癌肿包膜下癌结节破裂会引起剧痛，常被误诊为胆囊炎。周玲说，四厘米，那么大。医生说，五厘米以下我们还是叫它小肿瘤，但她的情况好像发现得晚了。周玲皱着眉说，怎么办？怎么对她说？医生说，确诊后，我们现在提倡对患者说实话。

这时，冷薇走过来，她看到周玲阴着脸跟医生说话，她走近了周玲就转了话题，冷薇心中闪过一丝不祥的预感，问，怎么啦？我得了什么病？周玲立即说，没有啦，还没有确诊啦。

离开医院的时候，冷薇突然不走了，对周玲说，周玲，你是不是瞒着我。周玲说没有啊，还没有确诊啊。冷薇说，CT报告呢？我要看CT报告。周玲支吾道，在医院里，还要做确诊呢。冷薇低头想了一下，回头就往回走，周玲追上去。但冷薇一直往医院的检验科走，周玲拦不住她。她进了检验科，拿到了检验报告。上面写着：右肝Ca待查。

冷薇看得懂这是什么意思。她拿了报告就往外面冲,一直跑到花圃旁。周玲追上去,说,冷薇,还没有确诊。冷薇在椅子上坐下来,说,你不要安慰我,没有什么。周玲也坐下来,说,兴许是良性的,只是说看到一个块,还要查呢。冷薇说,我已经死过几回了,没什么。周玲握着她的手,说,没有你想象的那么坏。

可是,当周玲的手握到冷薇的手时,冷薇突然身体一软,瘫倒在周玲怀里,周玲立即抱住她。她感觉到冷薇的身体在颤抖,手变得冰冷,就像死人的一样。周玲从来没见过一个人会在刹那间手变得这么冷,脸变得那么苍白,眼睛也闭上了。她抱着冷薇,喊着她的名字,一会儿冷薇才睁开眼睛,好像刚才睡了一觉。

冷薇,你怎么啦?周玲说。

冷薇突然抱紧了周玲,脸埋在她怀里,发出了压抑的哭声。她的哭声非常痛苦,以至于她的身体完全垮了,软沓沓地搭在周玲手里。

第四十章　神魂颠倒的陈平

冷薇得癌症的消息迅速传到陈平耳朵里。现在，即将离任的陈平已经无法掌控李寂案的发展方向，他如惊弓之鸟一样，只专注于梳理自己的羽毛，作最后的保全工作。这是陈平令自己免于恐惧的最后努力。

胡秘书说，冷薇得癌症是个好消息，她因病软弱，也许会愿意交出那本日记。

陈平的额上透着汗，说，不，她会破罐破摔。

胡秘书想了想，说，作最后一搏，我们把一大笔钱给她，她治病需要钱，条件是交出日记。

陈平把头靠在沙发上，闭上眼，脸上出现一种绝望的表情：如果这个办法能行，当初在李寂身上就成功了。现在李寂死了，冷薇万念俱灰，反而勇敢无惧了。

陈平想起了西坑煤矿事件之后发生在他和李寂之间的事情。事件暂时告一段落后，樟坂的领导班子得以保全，陈平出了一口长气。但他明白，李寂的存在，就像一颗高当量的原子弹一样，随时都有爆炸的危险。陈平找胡秘书想办法，彻底要了结李寂的事情。

胡秘书的意见倾向于强硬。他的理由是，你越对李寂采取怀柔政策，他就越有恃无恐。陈平却还是选择后者，他对胡秘书说，李寂是一个天不怕地不怕的人，他是真正的理想主义者，我不是，我是现实主义者。理想主义者的特点是什么呢？就是不计一切代价实现理想。你要是跟他来硬的，你就是鸡蛋碰石头。

胡秘书有些沮丧地看着陈平：可是，老这样让着他，你的恐惧就难得有消失的一天，我几乎每天都看你忧心忡忡，不得安宁，这样不痛苦吗？与其这样活在恐惧中，如履薄冰，不如铤而走险，一揽子解决问题。不然，就是身居高位，也没有快乐啊。

陈平抓住胡秘书的手，说，你不是我秘书，你是我老友、老同学，我跟你说真话，只要我在这位置上一天，我就一天快乐不起来，这是宿命，为什么？因为大家都只为自己，就像猪群抢食，哪一只猪会快乐？除非不抢，退出猪圈，像李寂一样。李寂虽然也烦恼，但他的烦恼跟我不同，他有真正的平安，我却没有。

胡秘书没吱声了。

陈平望着远处的树，说，人不为己，天诛地灭，是一句屁话，我今天总算明白了，可是，我却不可能回头了。

胡秘书说，我想，李寂的痛苦可能是你不能想象的，他是理想受挫的问题，实际上他已经失败了，否则就不会收那笔钱。况且，西坑事件过后，他大伤元气，听说从不喝酒的他，有时也会酗酒了。

这正是我现在考虑的。陈平说，我想采取一个重大决策，索性用最大当量的炮弹打击他，让他见识到物质的巨大威力，用强大的利益——他从没见过的可怕的享受——淹没他，对于一个信念逐渐丧失的人，也许一根稻草就可以把他打倒，但这个人是李寂，我们要极端重视，万无一失，现在对付他是个好机会，是他最软弱的时候，我准备把他带出国一趟，先见见什么叫美丽人生，然后回国再给他兑现这美丽人生，只要他垮了，他的所有行为都会被我记录下来。你准备准备，跟我们跑这一趟，悄悄用摄像机拍摄下来，我们也搞他一本市长日记，还是影像的。我们第一站到拉斯维加斯。

胡秘书担忧地说，你这不是给李寂的市长日记添一笔你的罪状吗？

陈平摇摇头，说，这本来就是孤注一掷，这是一场物质和精神的较量，不过我相信李寂会倒，区区几万元他就倒了，在如此真实的物质面前，他还能抵抗到什么时候？况且，他自己也去了，他就是记日记，也要记下自己的一笔。

……陈平以考察名义带着李寂和胡秘书来到了拉斯维加斯。他们的目标很明确，就是奔赌场。李寂说，你是来赌博的。陈平说，是。

当他们走进赌场大厅时，李寂被它的豪华震惊。陈平对他说，李寂，我们有什么分歧，今天不要争论，我们是来玩的。我们玩完了，你再发表评论。你都看到了，人为什么要搞这么大这么豪华的娱乐场所，这是偶然的吗？不，说明人有一个属性——享受。受苦是理想，享乐就不是吗？那受苦为了什么呢？这说不通嘛，总有一个最终的好的目的。

李寂不吱声。陈平带他来到一个包厢，这是VIP的位置。侍应生端上来高级酒皇家礼炮。陈平对李寂说，赌场为什么叫卡西诺？就是樟坂话"开始了"的意思，因为外国的赌场是樟坂的华工带出去的，中国人明白，什么是生活。

陈平指着大厅里的几个人，说，你看他们是谁？李寂一看，是中国的著名小品演员。陈平说，别看他们在国内装得跟党代表似的，却是这里的常客。中国人没有理想的。李寂，这就是生活。没人永远手握信念。人总得生活。

胡秘书鄙夷地望着那些小品演员，说，他们玩的是小的。

陈平问李寂：怎么样？我们也玩一把？

李寂没有吱声，尴尬地笑一下。

陈平说，你笑是什么意思嘛，玩不玩？

李寂头上的汗都下来了，说，算了。

陈平露出一丝隐藏的微笑：什么叫算了？听不懂。

李寂就说，不玩了。

陈平没有坚持，只说，好，你说不玩就不玩。

李寂突然问，你玩吗？

陈平没有正面回答，你说呢？

李寂……他一下子无法判断陈平到底有没有真的参与赌博，按习惯的判断，应该是有玩过的，但只要一进入包厢，那是几万美元以上的规格，他无法想象陈平能真的在这里玩这么大的游戏，一个县级市就是把全县的财政收入都让他玩，他也玩不起这么大。所以，他更愿意认为这只是一次试验，或者陈平也只是过过眼瘾。更重要的是，李寂不愿意相信他曾经最好的朋友真的堕落成这样了。

陈平带着某种古怪的笑容，说，我们玩不玩不重要，可是，李寂，你看到了，这些人真有钱，能这样玩，真好。

胡秘书说，要不我们玩点小的吧，出去玩老虎机得了。

他硬是把几十块美金塞进了李寂手里，说，转转老虎机，这算个啥呀，不就是游戏嘛。

陈平把李寂拉到老虎机边,玩了一把。胡秘书找到适当角度,拍摄下了李寂赌博的照片。

回到饭店,陈平把从老虎机上赢的五十块美元递给李寂,说,这是你赢的。李寂用手一推,说,不,不是我的。陈平说,是你赢的,我可没逼你。李寂说,我只是玩玩。陈平问,你害怕什么?李寂说,我不害怕。陈平笑着看他,说,你汗都出来了。李寂说,那是紧张。陈平说,李寂啊,我为什么请你出来,让你看到别人怎么生活的,当然,你也看到了我怎么生活,一点都不避讳,你知道为什么吗?不为什么,只因为,你是我的朋友。

李寂低下头叹了口气。

陈平说,你知道我请你出来,是有来意的。对,我是有目的,不过,这个目的,是我要留住我们友谊的最后一搏。老实说,我不是要来赌博的,我是要来这里和你交心的。

李寂说,我看清楚了你怎么过日子。

对。陈平双手一摊,说,我向你完全袒露我的生活,这才是朋友。无话不谈。我知道你要说,我这种生活是一个罪恶。

不。李寂说,我没说是罪恶,但是,我想问一句,陈平,你这样过日子,不害怕吗?你这样用大把的公款下注,没有恐惧吗?

问得好。陈平端起一杯酒,他的手是颤抖的,他已经喝多了,说话变得无遮拦。你问我有没有恐惧,我告诉你,我恐惧得要死,我没有一分钟是平安的,我没有一分钟是舒服的,我害怕,我恐惧,所以,我才要赌,你明白吗?当我站在赌桌前的那几个小时,我什么都忘记了,我的恐惧完全消失,兴奋冲刷掉了恐惧。在你被另一种紧张淹没时,恐惧就不是恐惧了。

李寂说,可是一回国,恐惧照样还在。

陈平说，老兄，让我告诉你，什么叫恐惧？我们为什么会恐惧？你知道武则天吗？她是谁？她只是一个十六岁的宫女，她被人强行选入宫中，做唐太宗的妃子，后来又做唐高宗的妃子，被骂作妖，我问你，是她愿意的吗？她在唐太宗死后，要陪葬去死，是她愿意的吗？她不恐惧吗？后来李治保她一命，被送到寺庙，接着她做了高宗的皇后，甚至杀了自己的女儿，是她愿意的吗？接着她自己称帝，难道不也是为了保住自己的地位？使自己免于被李家人推翻的结局，这是不是不得已？一个女人，手无缚鸡之力，只想过上属于自己的生活，但自从她十六岁进宫开始，一直到八十三岁，也没有片刻安宁，每一分每一秒都在战斗，为了什么？为了荣华富贵吗？不，不不不，我告诉你，她为了什么。

陈平悄悄地把嘴凑到李寂耳朵：为了安全。

李寂低下头，他好像在极力想明白这些话。

陈平喝了一大口酒，说，李寂，我的好友，我告诉你，我跟武则天一样，一样，自从我踏上这条船，我就尝到了恐惧的滋味儿。想当年，我刚进市府的时候，有一次因为拜错了门儿，去看了一位老干部，被我的顶头上司骂了个狗血喷头，因为他们是对头，以为我要搞他。我终生记得他对我说的话，他说，陈平，你这样给我找麻烦？你到底想干什么？我搞死你。他就这样赤裸裸说我，给我看了我几张照片，我万万没想到他竟然会有我的照片，那是我在某宴会厅边上的包厢和一个房地产老板的小秘跳舞时开玩笑的照片，我和她没什么，可是我却被吓坏了，他居然会有我这种照片。整整一周我吓得魂飞魄散。

李寂说，你为什么那么害怕？

陈平说，因为他给我上了一课。我终于知道了，什么叫恐惧。李寂，我告诉你，自从踏上这条船，恐惧就像影子跟着我们，你别想甩掉他，只能尽其可能把它降到最少。我分析给你听，我们为什么要当官？你想过这个问题没有？你当然会说，我有政治理想，为人民谋幸福，不错，我也有这个理想，可是你不久会发现，你的理想需要和别人合作，可是没几个人愿意跟你合作，为什么呢？为什么没几个人会跟你合作？我到现在也没想明白。但事实就是如此。上次樟坂经验的事，是我不想和你合作吗？不是，我也知道那经验有些假大空，但我没办法，我不这样做，投资就拉不来。大家都各有想法，不合作，就只能想自己的事。

李寂说，我承认你说的部分是事实。

陈平说，好，我们再来看当官为了什么，不为理想，那只能为自己，怎么为自己？市长的工资才两千块钱，能干什么？没有高薪，怎么养廉？经委主任刘天生，好人一个，廉洁，有人要查他，存款才十几万，你算算看，他身为主任，吃喝有公家，全是工资存的，存了快十年还没有十万？查不出屁一个，连房子现在都买不起，好干部，但查他的事大家知道后，他不但没成英雄，却成了一个笑柄，这就是我们的社会，笑贫不笑娼。我不痛心吗？痛心，但更重要的是，我丧失了信心。

李寂说，你这样说也是在笑他吗？

陈平说，我不是笑他，我是可怜他，也可怜我们每一个干部。我们既然上了这船，天天被要求奉献，可天天又让我们看到什么叫荣华富贵，让我们怎么抵御这种诱惑，用意志吗？钢铁般的意志，要从钢铁般的修养来，像我父亲一样，可是现在是什么时代？是我父亲的时代吗？不，是我们的时代。所以，我们不会有力量的，我们根本没办法圣洁，我们要吃饭，这是一种结构性的腐败，结构性的，只要你进入了这个结构，你就自动成为结构的一部分，遵循结构的规则。你不守则，结构就把你吐出去，不，是嚼碎后再吐出去。

李寂皱着眉好久没有说话。

陈平说，你上了船，马上下船，太亏，你继续走下去，恐惧却越来越大，但你没办法，像武则天一样，熬着，干掉一个又一个障碍，只要你不破坏规则，你就靠运气了，如果你破坏规则，你一定遭殃，只要你小心翼翼，如履薄冰，你就有可能捞一把，再捞一把，法不责众，在这个结构中，你不要过分出头，也不能退缩，运气好，你安全离休，恐惧的日子就会到头。你别生事，不然你会有一个接一个的麻烦。在这个结构中，不讲对不对，只讲值不值。

李寂说，经委刘天生值吗？

陈平说，不值。我告诉你怎么计算最精准，不是什么人都值得去冒险的。如果我今年五十岁，又当上了书记，我绝对不冒险，我会好好当个清廉的干部，直到退休。为什么？我算过的，这需要精算师式的计算：我再干十年，连同工资、奖金和各种补贴，再加上各项合法的额外收入，退休时我可以拿到七十万元，然后我退休后合法去兼职，再干十年，我最后可以收到一百万，我的晚年非常安全，非常舒服；如果我铤而走险，受贿，最多收个几十万，出了事，退赔，坐牢。我的后半生就要毁了。

李寂说，老老实实，这样没有恐惧。

陈平说，对，可是我们做不到，为什么？因为我们年轻，我们现在就妥协，我们就要亏老本，所以，我们的必由之路就是带着恐惧，靠胆略智慧和运气，小心翼翼地前进。你想想，我们不当官，做人没有意义，当官又被恐惧折磨，如果我辞职，就亏老本，那么累的工作什么回报都没有就走人？后半生怎么办？照样恐惧。如果我被人整靠边下台，那是最可怜的，恐惧沮丧伴一生。李寂，中国的官场是一场无规则的游戏的战场，无规则就是随时有危险，不知道它从哪里来。如果它一定有一条规则，就是永远的恐惧。

李寂问他，你喝醉了吧？你说得太多了。

陈平还要倒酒：不，我要和你交心。现在，结论出来了，既然恐惧无可避免，为什么不接受它，把恐惧当成一种动力？你看过尾巴上点着了火的老鼠吗？它憋足了劲儿乱窜，就是为了活命。所以，你别说谁谁腐败，他们不过是为了活命。

李寂说，这就是你的结论吗？

陈平笑着说，屁，我有什么结论，我是一瞎子，摸出来的路，哪有什么结论。我只是和好朋友交心，让你理解我。

谈话结束，李寂离开后胡秘书来到陈平的房间，说，从来没见你这么说话，你喝醉了吗？你真是豁出去了。陈平说，我没醉，醒着呢，对付李寂这样的人，不这样说，根本不足以震撼他。他是什么人？天才，奇人。

胡秘书说，想不到你对他评价这么高。可是，你今天对他这么坦白，要是他不理会，你就很危险了。我还是不明白你这样冒险的价值。

陈平看着胡秘书，说，想听我真话吗？对，我不是仅仅为了说服他，其实，我是借此和他交心，你知道吗？和李寂交心，我会有一种幸福感，每次和他谈话的时候，我的恐惧就会暂时消失，他很天真，有理想，是干部中的异类，没人比我更了解他。我天天和那些混蛋打交道，人人都奉承我，人人却在打我的鬼主意，我能不恐惧吗？但你知道吗？写我市长日记的仿佛最危险的人，李寂，却是我的所有对手中，最安全的一个。因为他不会因为私利，对我发动攻击。只有当他觉得要对所有不公正发动攻击时，我才是他所有敌人中的一个。

胡秘书说，可他掌握了最多证据。

陈平说,我们也掌握了他在赌城的证据。

在西山陈平的别墅里,他邀请李寂度周末。在傍晚的喝茶中,他们聊到了最后的最重要的结论。

陈平把手放到李寂的手上,这是他从未有过的动作。李寂颤抖了一下。

你是我朋友。我告诉你也没关系。陈平说,这幢别墅记着的是别人的名字,但我有权处置它。

李寂听懂他的意思了。这就是他的别墅。

你也可以这样生活。陈平对他的朋友说,我会帮你。李寂,我们太辛苦了,我们是中国最辛苦的公务员,这一点你最清楚,你也会认同。我们整天工作到深夜,没节没假,哪里出灾我们就得冲到第一线,还要担心问责下台,歌厅一个小流氓放火成灾,也要问我们的责,这谁防得住啊?可是撤职的是我们。工人还有个劳保,我们有什么保障?没有,我们不但没有保障,也没有高薪,却有全中国最大的风险。不弄点钱,谁会做这个官?你找出一条理由来说服我,不,说服你自己。

李寂低头沉默了好久,说,陈平,政治家靠理想嘛。

陈平摆手,好像对他的回答很失望:你这样等于白说。我不跟你这糊涂蛋瞎掰了,李寂,我不但在生产自救,也要为你打算。有件事我其实很早就该对你说了,这几年来,你很辛苦也没有什么所得,这大家看得很明白,你也为我顶了不少事儿,我想,这幢别墅呢……我的意思是,你也应该找间像样的房子了,累了就过来休息休息,调节一下,有个三长两短,这也算个不动产,你找个你信得过的人的名字,把它过个户,也算我尽个朋友的心意。

李寂看着他……有一会儿不知道说什么好。陈平说,你千万别误会。李寂说,我没有误会。但这事太突然,我……陈平说,唉,你总有一天会明白，还是我关心你。你要是当我是朋友，就应该真的得把那本日记拿出来，我为朋友着想，那东西对你，对我都不好，拿出来，好不好？当着我们两个人的面，我们让它永远消失，然后开始我们俩的新生活。

……李寂没有回答。只说，我不需要这么大的房子，我家人丁寥寥，再说我哪有空来啊。

陈平有些烦躁地打断他的话：这是两码事！

李寂说，陈平，你别生气。

陈平说，就算听一个大哥的话，你也应该烧了那劳什子！

李寂沉默着……

我不应该这么大声说话。陈平望着他，说，但你看到，我仁至义尽了。

李寂说，你就那么害怕……那本日记？

陈平说，其实……不是，我想，我想……他突然把头抱住，我应该不是害怕那日记，我是有一种说不清的忧愁。我抓住那日记不放，好像你毁了它，我心里就会得安宁似的。

李寂说，陈平，你是不是有心理的疾病？要不要去看一看？这半个月来，你拉着我东跑西颠，上赌场，说话颠三倒四，都不像过去的你做的。你有些魂不守舍。

在那一刻，李寂突然心一抽，涌上一股可怜眼前这个朋友的难过心情。他觉得他是可怜的，也是无助的，并不像过去他想象的那么恶劣，那么强大。这是一个病人。他想，他是软弱的，至少现在是，或者在我的面前，他就是一个病人。

陈平茫然地看着窗外，说，是吗……我真的不是害怕那日记，真害怕就不会向你讨了。我有别的办法。

你害怕的是看不见的无形的恐惧。李寂说。

陈平回答：是。

李寂问，你实际上是……是要我一个许诺，是不是？

陈平说，算是吧，好像你如果同意毁掉那日记，我就会清楚地感觉到，你站在我的一边，这是一个标志性的动作，你不再记日记了，你认同了我，认同了我的生活方式和价值选择。

李寂说，你就那么在意我的意见？这几年你什么时候在乎过我的感受？你不是照样过你的生活作你的决定吗？

陈平突然激动地说，不，李寂，你不知道，我这几年，经常想起你，因为只有你是跟我们不同的那一个，我在无休无止的恐惧中，常常想到你，我曾经最好的朋友，想象你如何生活，如何思考。越到最近，想得越多。我太累了，我的心疲倦了。我知道你收了煤矿的钱，他们报上来，是我捂住了。听到你也受贿时，说实话我有些失望。但我知道，这是一种必然。既然如此，就请你……请你不要再保存那本日记，好吗？我知道我这一生很难认同你的价值观，我想认同，但我做不到了；那就请你，和我站在一边，认同我，让我也有信心一些。

李寂低头沉默了好久，最后抬起头来，对陈平说，如果是这样，我要让你失望了。

陈平问，原则真的那么可爱吗？

李寂说，不是原则可爱，是我也害怕恐惧。

第四十一章　没有和解就没有未来

罹患肝癌的诊断让冷薇完全失去了方向。回到家后，冷薇就不再哭泣，只是呆呆地想着这件事儿。反而是母亲不停地拭泪，她说，薇啊，你真是苦命的，丈夫死了，你又要得病，这老天是怎么样整我们家的啊，还有天理吗？冷薇看着李寂的遗像，一下子似乎和他接近了许多，但她还不能真正理解"死"究竟是一种什么东西？患上癌症的人马上想到的就是死，这是很自然的。冷薇无法更深入地想象死的含义，她只是想到离别，跟母亲的离别，跟儿子的离别。

想到要和自己的儿子分开，冷薇的眼泪就喷涌而出，她把淘淘紧紧抱在怀里，不断地亲他。这时候，冷薇产生一种强烈的求生的欲望，她不想离开儿子，不想离开母亲，甚至不想离开像周玲这样的朋友，她眼中浮现的所有的人，无论是她的亲人，还是她的仇人，她都不愿和他们分别，她不愿意跟这个世界分别。现在，她把希望寄托在周玲身上，因为周玲不相信检验结果是真的，她现在正在把CT结果送到大医院重新复核，冷薇便只有等待周玲带回的结果。

周玲把片子带到了省城的各大医院，她跑了省立医院、市立第一医院和肿瘤医院的检验科，几乎所有的医生都倾向于这是晚期肝癌的诊断，尤其是肿瘤医院的医生，他对周玲说，我可以对你说，百分之百是右肝癌肿，四公分左右，我看过上千张这样的片子，不会有差错，加上患者主诉的症状，应该属于晚期了。周玲说，可为什么到现在才发现？医生说，这个患者一定是大意了，应该是有一些症状的，一般先有乙肝病史。周玲说，她这一年来死了丈夫，心情很压抑。医生说，我这么跟你说吧，其实每个人都可能患癌症，你我都是，人人体内都有癌症基因，可有的人体内的癌基因一对一对永远只在谈恋爱，老不结婚，就不患癌症，有的人的基因在某种特殊的时刻，比如由于过度压抑等原因，它们结婚了，就长癌了，明白了吗？周玲喃喃自语，你说得对，看来她是逃不过的。

周玲带着这样的结果回到了樟坂，她不知道应不应该把消息告诉冷薇，心里很犯愁。她找到了苏云起，苏云起得知冷薇患癌的消息，沉默了半天没说话，后来他说，万事互相效力，叫人得益处啊。周玲说，能不能告诉她呢？苏云起说，要有信心，我们安慰不了她，但她一定会得安慰的，你还是告诉她的好，再说也瞒不住啊。对了，这里有一封陈步森写给她的信，你先带给她。我找一个时间去看她。你可能要尽快安排她住院，看看是否还有手术的可能。

周玲带着陈步森的信和那几张片子回到了冷薇的家。老太太开的门，她刚进门的时候，看见有几个人在和冷薇谈话，气氛很严肃，不过他们好像快谈完了。他们走出来时，周玲看见了一共有四个人，夹着公文包，其中一个是女的，神情很严肃，走出来的时候没有跟周玲打招呼。老太太告诉周玲，是市纪委来的人。

周玲走进冷薇的房间，看见冷薇木然地躺在床上。周玲坐到她身边，问她：他们来干什么啊？冷薇突然抱住周玲痛哭……周玲摸着冷薇的头发，问，到底发生了什么，你说啊？冷薇就是不说，直等到她哭完了，周玲递给她毛巾，冷薇擦了眼泪。周玲催促，你倒是说话啊。冷薇说，没什么说的了，没什么说的了。周玲说，他们是市里的吧？冷薇说，我和李寂等了好久，我们知道迟早会有这样的结果，可是，他等不到了，他已经死了。周玲说，是不是为李寂讨了说法？冷薇笑了一声，说，你看吧。她把一纸公文递给周玲，周玲一看，是一份《对李寂渎职和受贿事实的认定和结论》。文字很短，大意是李寂在樟坂市副市长任内严重渎职，管理不善，直接导致西坑煤矿瓦斯爆炸事件的发生；他还收受贿赂四十万元，事发后为了逃脱责任，试图以辞职脱罪……现决定开除李寂的党籍，鉴于李寂已死亡，免于刑事追究。

周玲看了不说一句话，和冷薇一起沉默。冷薇说，他终于等到了，却是这样的结果。周玲说，只有你了解李寂，冷薇。冷薇眼神都呆滞了，说，没关系，我现在很平静，当一切都失去的时候，也就没什么好抱怨的了，我万念俱灰了。周姐，谢谢你在这个时候，在我的身边。周玲握住她的手，不知道说什么好。冷薇问，我的结果出来了吗？周玲难以启齿……冷薇说，你说吧，我不怕的，现在我什么也没有了，可以一身轻地上路的……周玲突然抑制不住，也掉下泪来。冷薇说，是癌吧？……周玲点点头。冷薇想了想，笑起来了，说，来吧，该来的都来，我欢迎你们。

周玲说，我们还有希望的，要进行进一步的检查，说不定可以动手术。我们马上联系好的医院。冷薇说，算了吧。周玲说，对了，陈步森有一封信要给你。她把那封信拿出来。陈步森？冷薇抖了一下，她想不到这个时候突然会有陈步森的信来，她不知道他是怎么传出信来的。冷薇接过陈步森的信，展开，信这样写的：

冷薇，您好：

　　我也不知道自己怎么会想到要写信给你，实际上到我进看守所，我们的故事应该就结束了。或者说我的故事结束了。现在，我在等待最后的判决，不过，这也是不重要的，因为我上诉成功的可能性极小，所以，就把这封信当作一封遗书吧。至于我的遗书为什么是写给你的，不是写给我另外的亲人，连我也不知道，我只觉得，在我即将离开这个世界的时候，我最想对她说话的就是你。

　　进看守所的几个月，我仍然被深深的愧疚感包围，我对你的伤害是永远的事实，我知道事情做下了，就不会改变。虽然我认了我的罪，但罪的结果还在，这是苏云起说的，它还会产生影响，它伤害了你、你的家庭，伤害了淘淘，他永远失去了父亲，所以，我知道，就是把我枪毙一万次我也不会埋怨，我是罪有应得。不要说对你和我的家庭，就是对我自己，也产生了我意料不到的伤害，我虽然已经悔改，但我知道自己是犯过罪的人，我现在每一想到我犯过的罪，心就像被扎一样。现在我才知道，我其实是在娘胎里就有了罪的人，否则怎么会那么残忍！我真的像被压伤的芦苇那样，伤口的疼痛永远都在那里。我常常想，如果我是从我娘肚子里开始就知道悔改如此宝贵的人，我这一辈子要少犯多少罪啊！冷薇，我要对你说，不犯罪多好啊！我现在才明白，我是按圣洁的形象和样式造的，不是按照魔鬼的形象造的，我高贵不是因为我有钱，穿好衣服戴贵重首饰，我高贵是因为我是按圣洁的形象造的，走在街上人家会说，那个人多干净啊，因为他是按这样的形象和样式造的。

可是,我却在另一个黑暗的地方活了三十年,就像在猪圈里滚了三十年,在这些年月中,我以为终有一天我会找到幸福,会自由,会快乐,可是,我最后却双手空空,直到看见你的那一天。从看见你,到追随你到精神病院,那段时光是我一生中最快乐的时光,我才知道,什么叫快乐,什么叫幸福,原来幸福是这样子的,跟我以前想象的完全不同,我以前认为有钱花不完是幸福,可是现在我却发现,在精神病院为你做事是幸福,我以前认为没有人管我,我爱干什么就干什么是幸福,现在我才发现,被爱的人管着才是幸福。冷薇,你不愿意为我做证是对的,我并没为你做什么,我是伤害你的人,你却为我提供了一个我生命转折的机会,让我可以在那个小小的医院来明白生命的意义,我要谢谢你。

很快,我们要分开了,冷薇,我真希望还能为你做什么,但我知道不可能了。我只有衷心地祝福你,虽然因为我的罪使你永远失去了最亲爱的人,但我心里知道,即使像我这样的人渣,最终也会获得幸福,你今后的幸福一定会比我更多,因为我即使是人渣中的人渣,仍得到了大家这样多的爱,我算什么,配得这样的爱吗?但我得到了。所以,我相信你会得到的,会得到比我更多的爱。

听说你最近心情不好,遇到一些事,求你听我这个罪人的话,要好好活下去。我即使无法为你做任何事,也会心中安慰,因为我相信,你会重新得到幸福。冷薇,最后我要对你说,对淘淘说,对奶奶说,对不起了,我伤害了你们全家,我现在知罪了,我现在虽然身在牢狱,却比任何时候都自由,我体会到生命真的有更高的一面,可以克服悲伤、忧愁和仇恨,可以炼净灵魂,这样的生命才是有尊严的。不然，人出现在这个世上就是一件奇怪的事情，也不值得活了。冷薇，我的心无时无刻在想念你，我想，即使我死了，被烧成一团烟，也会变成一个向你认罪的爱你的灵魂，请你最后接受一个真诚的伤害过你的人的悔改吧，因为他过去所做的，他不知道，现在他什么都明白了。

陈步森

冷薇看完信，把信贴在脸上，久久无法说话。

陈步森案在中级法院为补充证据开庭。主任急忙派出朴飞在法庭跟踪采访：你要给我拍仔细点儿，今天可能会有好戏看。朴飞问，什么叫好戏？主任说，因为今天冷薇要到场说话，最好看的戏还是她和陈步森当场闹起来，这是他们的最后一搏。朴飞说，可能会相反，冷薇如果愿意给陈步森做证呢？主任说，这也是大新闻啊，但我看不容易，我这辈子还没有见过一个被害者做对加害者有利的证明。

朴飞到了法庭现场，发现有关的人都悉数到场。冷薇坐在第一排，脸色灰暗，没有表情。当陈步森被押进来的时候，他看了冷薇一眼，但冷薇没有看他。法庭进行完一些规定的程序之后，进行证据补充。法官宣布证人冷薇需要补充证据。冷薇站到了证人席，她站上去的时候突然身体软了一下，差点儿摔倒。然后她低头沉默了一下，说，我是冷薇。李寂的妻子。今天来法庭做证。她从衣袋里拿出一份东西，好像是她写好的。以下是冷薇的证词：

我是被害人家属，今天却站在了证人席上，是很奇怪的。但我今天之所以要求站在证人席上，是因为这半年来发生的事情告诉我，这个案件已经从单纯的杀人案变成了更复杂的事件，我是当事人，又是旁观者。这半年我看到了很多，也经历了很多。我现在觉得，如何判决已经不重要了，如果死对每一个人都是会来到的话，那么法庭的判决绝不会比灵魂的审判更重要，现在我终于明白这个道理了。

现在站在被告席上的这个人，我恨过他，也爱过他，在我失去记忆的日子，我真的爱过这个人，当我醒来时，我开始恨他。无论是爱还是恨，也许都不是真实的，因为我并不了解自己。当我不了解一个活了三十年的自己的时候，所有感觉都可能是假的，否则我就不会在最近一个月内完全改变我的看法。说明白点，就是我突然怀疑我过去所活过的日子是不是真实的？为什么会这样？

我的丈夫死了，我痛苦得想要寻死，我后来发现，我怎么会跟杀害丈夫的人在一起？我背上了更沉重的枷锁，整天对着丈夫的像忏悔，可是他不开口对我说一句话。陈三木老师说，时间可以带走回忆和伤痛，可是我过了这么久，伤痛却越来越深，这到底是怎么回事？刘春红劝我说，算了吧，不要再恨陈步森，是的，我愿意，我再也不想恨一个人，你们知道恨一个人是多么痛苦和可怕的事情？就像成天被放在火上烤一样，谁想这样？恨人并不快乐，可是我能"算了吗"？谁有本事帮助我，让我真的"算了"？如果就这样糊里糊涂地算了，我去到阴间，李寂会把我撕了。但如果不"算了"，又能怎样？我牢记着陈步森的罪，我不想放弃它，我要他死，死后还要剥层皮，可是我这样想，并没有给我带来一丝一毫的快乐，这一年来我过得比任何时候都痛苦，我想不明白为什么在精神病院当病人的时候还比这要快乐？我甚至要装病，重回精神病院，想回到那个梦中，但我发觉回不去了。陈三木老师说，时间可以让我"隐藏伤痛"，可是这样做的结果不但伤痛无法忘记，而且更加痛苦。感谢命运，没有把我的伤痛隐藏起来，反而拿到阳光下，反而把我带到问题中来，让我把我所有的伤痕亮出来，这就是我后来经历的，本来我想不通为什么我会祸不单行，遭遇到一件又一件的事，现在我明白了，是命运不让我过去，因为我还不明白很多东西，它让我直接面对问题。

我心里知道陈步森做了什么，我知道他已经悔改，其实这个事实是人人皆知的，可是我不想承认。在我最痛苦的那段时间，我在电视上看到对陈步森的采访，看到他的脸，那是一张笑脸，他的表情很平静，平静得让我妒忌，我想，他为什么那么平静？而我却这样痛苦？他不是被抓起来了吗？他不是马上要被枪毙了吗？他凭什么高兴呢？他有什么资格比我更快乐？这是一件奇怪的事情。可是我知道这是事实，我非常妒忌，后来一看到他的电视我就关机。我不明白一个要死了的人有什么好乐的。

接着发生的一件事让我身心俱焚：胡土根在法庭上讲出的事实，让我再也无法保持沉默。他只讲了一半，但他讲的事是真的，所以我很痛苦，这是我和李寂的秘密。我想，我要说出另一半，我要为李寂辩护，让所有人知道李寂不是那样的坏人，他是有理想的，他只是个失败者，他有错，但他是真诚的。当我说出真实的李寂后，我好像完成了我的使命。可是后来我发现，我身上的重担并没有脱去，我仍然不快乐。这到底是为什么？因为我恨，我的恨就像火一样从来就没有灭过，我甚至打了儿子，打了学生，过去我从来没打过学生，现在为什么会打学生？哪一个才是真实的冷藏？我被恨困住了，我开始恨所有人，讨厌所有人，觉得生活没有意义。

在这种时候，其实我心中没有一天是放下陈步森这个人的。我很少能得到他的消息，但我知道，他做完了他应该做的，现在在等着我。他是一个要死的人，却比我还平静，比我还幸福，我恨了他那么久，得到了什么？什么也没有得到。现在，我在这个人身上拿不到任何东西了，我的丈夫已经死了，再也不会回来，陈步森也要因罪而死，再也不会存在，法律对人的最高量刑就是剥夺生命，那还能向他索要什么？什么也没有了。我除了无休止地表达我的恨、愤怒，无休止地骂，什么也没有了，我不会得到任何东西，我失败了，没有希望了。

我开始感到自己可怜。尤其是李寂的事情暴露后，大家唾弃我了。我从一个被害者变成加害者，虽然事情是李寂做的，但他死了，所有的咒骂都落到我身上。我真的绝望了。在我最可怜的那一天夜里，我想到了自杀，也想到了罪。我第一次知道，我也许该承受这样的指责，我死了丈夫就这样痛苦，胡土根的双亲都失去了，他有一千个理由来骂李寂，来骂我。我无话可说。当时我记得，自己望着苍天说，老天，你能不能把我们的罪抹去？我和李寂如果没有这样的罪，我们就有理由向陈步森讨还公道，现在，我们却无话可说。过去，我总以为牢记罪是公正的，现在，我才知道，抹去罪可能更公正，只是没人能有这样的办法。

苏云起先生对我说过这样一句话：你没有义务要赦免陈步森，但因为苦难是加在你头上的，所以你有权力赦免陈步森。这句话让我震动，现在我要说，我不但有权力，也有责任来赦免他。我只有赦免的选择，因为他已经认罪了。当然，我可以不这样做，没人能逼我做，但我知道，即使没有人逼我，我的心会控告我，我已经挺了半年多，结果并不好，我知道我终有一天会出来做这个证，不管它对陈步森的判决有没有效果，我不出来，我心里就没有快乐，就会黑暗。我今天要公开在这里说：陈步森是一个已经悔改的人，他在精神病院照顾我，帮助我恢复了记忆，他不惜让我认出他，只为了我能恢复健康。他犯了罪，应该受审判，但他已经认罪悔改，应该减轻处罚。

　　昨天晚上，我在决定要来这里做证之前，抱着李寂的遗像哭了好久，我对他说，我要去做证了，你不要责怪我。我好像听到他说，没关系。我很爱李寂，我们后来有时会有一些争吵，是因为他的工作。我现在终于明白了，我们真的是有罪的，我们比陈步森好不了多少，我们只在法律的意义上比他好一儿，他只杀了一个人，可是西坑煤矿却死了几十个人，无论如何，李寂是有责任的。他在死前不断梦见被水泡过的蓝色的尸体，一直为这个接受良心煎熬。今天，我要借这个机会，代表李寂也代表我自己，对那些死去的人表示我们最难过的悔意，因为李寂的疏失，造成了那么多人的死亡，我要向胡土根认罪，当然有人会说，你干吗认罪，还有别的人要负责任，可是我现在觉得，不能把所有责任都推给一个集体，推给一个谁也找不到的集团，那就永远没有人出来认这个罪，负这个责任，个人是有责任的，因为罪是个人犯的，否则李寂就不会那么痛苦。在此，我向胡土根和所有被伤害的人认罪。

　　冷薇深深鞠躬。全场突然响起了掌声，这是过去从未听过的——法庭上的掌声。冷薇听到掌声，泪从掩住脸的指缝中掉下来，她说，"我看过一个电视，说到爱斯基摩人是怎么猎熊的，他们把锋利的刀冻在大冰块里，放上诱饵，熊就来吃，熊一直舔大冰块，舌头被割伤了，它却没有知觉，血流出来，它嗅到了血的味道，却以为是猎物的味道，其实是它自己舌头流的血，就一直舔，一直失血，最后慢慢死掉。恨，就像这血的气味一样，如果我今天不出来说这些话，我就会像这只熊一样，被自己的恨弄死掉。所以，我真正要原谅的，不是陈步森，而是我自己，我的心是我的仇敌，害我最深的是我的心。谢谢大家。"

第四十二章　恐惧的宿命

冷薇出庭做证,标志着她对樟坂市委放弃了幻想,至少陈平是这么认为的。他在绝望中孤注一掷,让纪委对冷薇传达了最后强硬的处理决定,是否让冷薇万念俱灰?但陈平这样做是不得已的,省里已经部署来人调查他的传闻令陈平惊惶不已。上个月他试图出国考察,居然被省里以防洪会议名义留住,陈平产生不祥预感。他万万没想到一个小流氓陈步森的案子会闹出这么大的动静,而李寂案的案中案竟然会把他引出来。这也是陈平对陈步森案态度反复无常的原因。虽然冷薇在多次做证中并没有正面攻击陈平的意思,但她居然敢于在大庭广众之间说出陈平和李寂的秘密,在陈平的地盘上这样做,除非她不想活了,就是有人在后面撑腰。陈平判断:自己可能激怒了冷薇。

现在他要作最后一搏。他悄悄地出了门,叫了一辆普通车号的车,往冷薇家去。实际上在李寂死前,就是李寂决定辞职后,陈平也对李寂进行过最后的攻势。他在三级干部扩大会议结束后,特地把李寂留下来一天，他试图在这最后一天中和李寂进行心灵对话。他们吃完晚饭后，来到湖边的中心亭喝茶。黄昏，周围就是平静的湖水，远山镀金，树木青翠，清风徐来，是个谈话的好时机。陈平和李寂聊了一会儿钓鱼的事儿，李寂说，陈平，你有话对我说吗？

没有。陈平说，我跟你要说的，都说完了。现在，我只想和你一起，享受这美景。李寂啊，我知道你对我的话半信半疑，我不怪你，时间会作出说明，你也别怪我，我在其位谋其政，有很多苦衷。不过，我还是劝你慎重考虑辞职的事。

李寂没吱声。他显然不想在这时候谈这件事情。此刻，身处此景，李寂想起和陈平的友谊，又想到现在两人形同陌路，不禁心有悲凉。

不过他还是说了一句：陈平，我知道你对日记的事耿耿于怀，其实，你放心，里面没有记你什么事儿，可是你放不下，你这么多年官越做越大，却越来越多疑，越来越紧张，可是，你为什么对我也这样呢？你不了解我吗？

陈平说，不不不，不是对你怎么样。李寂啊，你说到哪里去了，我们是无话不谈的，你说出来了，我也向你解释一下，我不是防你，我也不是怕你，我是太累了，我的神经非常紧张，这是当官的宿命。在中国当官的宿命。如果只是工作的累，能顶住，可是心累。我知道这无可避免。我说过了，在中国，不当官办不成事，当了官害怕不升迁，不弄点儿钱害怕今后没保障，弄了钱又害怕被人搞，即使没坐牢也靠边站，最后还是郁郁寡欢而死。你命好，捞一把出了国，一旦查你，你还没处逃，引渡，你在天涯海角也要把你弄回来，即使没弄回来，心惊肉跳的日子能过几天？李寂啊，这就是我总结的为官之道，两个字：恐惧。这是宿命。没几个人能逃出这逻辑，除非他不做官。

李寂笑着说：所以我不做了啊。

陈平看了他一眼,说,晚了,我说的是从来不做官的人,你可是不但做了官,还管了事,不但管了事,还出了事,不但出了事,还拿了钱,你还真天真,你是什么都赶上了。

这番话听上去有一种非常隐藏的威胁意味。李寂知道今天的谈话注定是一场较量。他有些强硬地说,可是,为什么我不害怕?我现在心里越来越平静。

陈平说,你傻呗。

两人哈哈大笑起来。陈平劝李寂喝酒。

……陈平在去年底已经把老婆和两个孩子移民到了加拿大蒙特利尔。但他没有对他的情人做这种计划。他对付她们的方法就是用足够的钱负责她们下半生的生活,包括他和她们生下的两个孩子。现在,陈平开始对自己的未来产生越来越确定的恐惧。

陈平对李寂说,说我怕你是胡说八道,我要是怕你防你,会跟你说这些吗?会让你知道这些吗?李寂啊,你是我最好的朋友,不管有多少误会,我都这样认为,所以,一旦我遇到困难,心情不好,我第一个想找的人就是你,你不相信吗?你可以问胡秘书。我会让你知道我怎么生活的,对你会不相信吗?不,我最信任的人是你,比胡秘书还信任。这很奇怪吗,不知道为什么,每到这种时候,我想找的不是那些混蛋,他们不学无术,逢迎拍马,你倒了他就踩上一脚。可是你不同,我知道你,你说话我爱听,虽然你老是在工作上顶我。李寂啊,别把我老朋友看成糊涂人,我看得仔细呢,只是我个人无法改变这结构性的腐败,那么只有把自己也烂到里边去,这算不算是一种智慧呢?

李寂说,你喝多了吧?你最近老是在我面前喝醉,然后就胡说,你是真醉还是假醉?

陈平躺在躺椅上，眯着眼……我想起了我父亲，你知道的，一个身上有三十七块弹片的老共产党员，有一块弹片正好卡在他脑袋里面，所以有时说话不清楚。他从十六岁入党，一直打仗，到快四十岁才结婚，生了我。从小我就知道父亲有多忠诚，有多单纯，他相信党永远是正确的，他相信一切，所以他很快乐。我妈说，有一年发动群众抓四害捕麻雀，这老头竟然当作一项战斗任务来完成，硬是爬到树上去，结果摔下来，腿摔成了残疾。可是他不但不抱怨，还以此为荣耀。我从来没有听过老头抱怨，就算在六零年大饥荒的时候，吃贴在墙上晒干的高粱渣，我妈就不吃，拉不出屎，我父亲吃得来劲儿，骂我妈，你这个软弱的人，国家有难，你不跟国家共患难吗？你还算是中国人吗？……他老了的时候，看到了生活渐渐富裕起来，他不像一些老人到处指责我们生活糜烂，他反而说，对，这就是我们要奋斗得来的生活，今天终于来了。你说怪不怪？他看我们乱花钱，自己却从来只吃青菜白粥，更重要的是，他从来没有灰心沮丧过，有时候我甚至疑心他是不是傻了，脑袋被弹片卡坏了。后来我才知道，不是的。他是真的开心快乐。你知道为什么吗？因为他有理想。一直有。

李寂心想：就算是有，也是愚昧的。不过，总比陈平强。

陈平长叹一声，说，我和父亲最根本的区别就是，他有理想，我却失去了理想。李寂，你知道失去理想会怎么样吗？

李寂说，你真的喝醉了，你找我聊天，就是为了谈这些吗？

以后可能没机会跟你谈了……他说。

陈平看着渐渐黑暗的远山，好像看一次末日来临：失去理想之后，人能干什么？混呗。

这一声"混呗"，让李寂心中产生一阵刺痛。

我真羡慕我父亲。到死的那一刻，他还在唱歌，把口水都喷出来了。陈平说，我也羡慕你。

……陈平不说话了，他闭着眼睛，好像睡着了。周围非常寂静，仿若一个美丽的坟场。在那一刹那，李寂意识到眼前这个男人复杂的内心，他坏事做尽，反复无常，像一只失去方向的苍蝇。李寂相信了，相信陈平在内心深处对他既恐惧又信赖的复杂体验。他也仿佛看到了这个男人不快乐的迢迢的未来。就在这一刻，李寂决定：他决不会把那本日记公诸于众了。但他不会把这个决定告诉陈平。

陈平睁开了眼睛，问，你还辞职吗？

李寂说，是。

陈平说，别，算我求你了，好吗？

李寂不吱声了。

毁掉那日记。陈平说，也算我求你。

李寂说，那是我的心灵记录，你让我留下吧。

陈平就不说什么了。他的脸色和天色一同坠入黑暗。

……一周后，李寂在《新樟坂报》上先发制人，公开了他将辞职为民的消息。接着，他找到陈平再次请求辞职，陈平这一次没有拖，拿起笔很快批复了他的辞职请求。

签完字李寂以为陈平要跟他说什么，结果陈平什么也没说，挥挥手说，不陪你了，我有一个会。

但五天后，陈平就病倒了。他不停地呕吐，拉肚子。整晚整晚地睡不着。在半个月之内瘦了近十公斤。

今天，陈平要找的是冷薇，李寂已经死了。李寂死时，陈平没来。但过了两个月，他来吊唁过一次。现在，他二度踏进这个门，是来作最后的努力。如果说湖边的谈话让陈平相信：那本日记本没有什么秘密，李寂也不会轻易交出的话，在李寂死后，他的地位越来越岌岌可危时，陈平对那本日记的恐惧陡然加剧。他甚至作了这样的想象：一切可能是冷薇操作的结果。因为省里要来查他的消息越来越确切。

他敲开了冷薇的家门。冷薇看见门口站着的是陈平，脸上出现震惊。陈平说，听说……你病了，我，我来看看你。冷薇不知道如何应对，把他让进了屋。她注意到陈平是独自前来，胡秘书没有跟着。

陈平进了屋，把手上一堆礼品放在桌上，冷薇说了声谢谢，给他沏茶的时候，陈平一直注视着李寂的遗像。他的眉头紧锁，一言不发。

冷薇把茶递给了陈平，陈平说谢谢。

……陈平低头想了想，说，冷薇啊，听到你病的消息，我非常难过。李寂出事后，我也是一个月不能睡觉。虽然我和他，常常吵，可那是兄弟间的斗嘴。你要相信，我和他，是永远的最好的朋友。我多么怀念在你家和他聊天的时候，你给我们做的下酒菜，辣炒鸡脆骨，那可是名菜啊。

冷薇没说话，只是低头。

陈平放下茶杯，说，我知道，你和李寂对我有误会，但我相信，在李寂死前，我已经和他沟通过了，他是带着对朋友的信任走的，也是我作为他好朋友的唯一安慰。可是冷薇啊，你就不一样，你还是没有原谅我，你在法庭做证，我不反对，但你确实对我误会太深。我不像你想象的那样。

冷薇生硬地说，今天你来就是要说这些吗？

陈平，我想问一句，是不是你受到别人的操弄？你不应该做出亲痛仇快的事。

冷薇说，不是，这是我自己的决定。

陈平说，你说实话，是不是有人调查我？

冷薇说，这我不知道。你还是想着那本日记的事，对不对？

陈平说，你说是，就算是。

冷薇说，那本日记没什么。

陈平说，可是我怎么相信你呢？其实我们都清楚，就是那本日记，阻隔了李寂和我的友谊，它不是什么好东西。但它是个标志，烧了它，就烧掉了我们之间的阻碍。

冷薇摇头：那是李寂的心灵记录，我不能烧。

陈平说，就算我求你了，好不好？冷薇，你就答应我，好吗？我以你们曾经最好的朋友的名义，发誓，我一定会尽我能力照顾你未来的生活。我这样说不是要收买你，是为了回报你的信任，我准备把西山的别墅过到你名下，另外，我也准备了一笔款子，足够你治病和淘淘的成长费用，这是我在李寂生前答应过他的。

冷薇用手捧住脸，肩膀一耸一耸的，不知道她是欢喜还是难过。

陈平说，好不好？把那东西毁掉。

冷薇手松了，露出爬满眼泪的脸：不，我不。

……陈平呆住了，他的绝望没有写在脸上，却是写在心里。突然，他竟然腿一软，跪倒在冷薇面前。头无力地耷拉下来。

冷薇吓坏了，后退一步，说，你这是干吗！

陈平不吱声，用手捂住脸。

冷薇惊慌地说，你起来，你这是干什么？

陈平的眼泪从手指缝间流下来：冷薇，我求你，我求你……

冷薇哆嗦着。她从来没有见陈平这样可怜过。在她的印象中，陈平是个意气风发的人，他从来给人有主见的感觉，行事果断，思维敏捷。可是现在，这个人可怜地跪在她面前，泪水悄无声息地流下来。冷薇最看不得男人流眼泪，她的心如同花瓶，一下子碎裂了。

冷薇说，你为什么这样？你起来嘛，有话好好说……

陈平说，冷薇，我危险了，我要去见李寂了，我没日子了，帮帮我，帮帮我……

冷薇说，可那本日记没什么……

陈平说，我不相信。

冷薇……她突然说，我拿给你看。

她进屋把日记拿出来。这是一本牛皮封面的日记，记满了整整一大本。陈平立刻夺过来，快速翻阅。他发现日记中大量记载李寂的心迹。只有少部分篇幅记录他和陈平的争论，就算这一部分，也主要是从他和陈平的道路分歧上说的。

是这本吗？陈平问。

冷薇说，是。

陈平没有办法一下子看完整本日记，所以，他还是不得平安。他仍跪在地上，对冷薇说：现在，烧了它！冷薇说，不。陈平说，求你了，冷薇，李寂已经去了，你也病了，你还那么看重它吗？为什么不帮帮我？求你了，烧了它。

冷薇泪水盈眶：我不能烧他的日记。

陈平说，就当是一次祭奠吧。你不同意，我就跪着不起来。

冷薇泪眼注视陈平，有些鄙夷地看着他，最后说：你就那么害怕它？如果你真的那么害怕，你就烧吧……

陈平立即用打火机点着了日记本。日记本竟然烧了十几分钟，主要是牛皮的部分，空气中发出烧人肉似的味道。

……烧完了。陈平垂着头，他有一种新生的感觉，身上的担子一下子放松下来。冷薇注视着火堆，她想起了李寂火化时的画面。她闻到了相同的气味。

两人好久没有说话。

陈平起身，说，我一周内给你办房子过户。

冷薇笑了一下，说，你别费心了，我不要。

陈平说，你知道我说话算话。

冷薇说，就当我收了，刚才已经烧了，烧给李寂了。

陈平没说话，转身出了屋。

……可是那本日记烧了不到一周，陈平再度被恐惧吞噬，他竟然怀疑起冷薇烧的那本是不是真的日记，会不会是替代品？他越想越不对，不相信那本日记就只记那一点东西。他打电话给冷薇，问她到底是不是那本日记？冷薇在电话那头沉默了一会儿，问，你以为呢？陈平想了想，说，我不敢肯定，我在问你。冷薇说，那我就回答你，是。说完挂断了电话。陈平开始惶惶，他一整天都在想着这事儿，一天给冷薇挂了五次电话。冷薇说，你挂了五次电话，我说了五个是，你还不相信吗？陈平说，不是我不相信，是太不可信了。冷薇就有些轻蔑地说，你以为你那点事儿就那么值得记吗？你以为李寂就离不开你的事吗？他整天在想什么，你整天在想什么，你知道吗？你自以为是李寂的朋友，你真的了解他吗？不，你太不了解他了，亏你还是他的朋友。

陈平对胡秘书说，不对，他一定还有另一本日记，烧掉的主要记思想，还有一本，是记事实的。

胡秘书说，不会吧？李寂视思想为命根子，这本都烧了，还会有什么别的流水账？不可能。

陈平说，我越想越不对，或者是这样，冷薇骗我，她太狡猾了，她当我面烧掉原件，让我丧失警惕，可是她却早就留下了复印件。

胡秘书笑了，你是不是太神经质了？她既然连李寂心灵日记的原件都烧了，只保留复印件？你想想，哪一个更有保存价值？你会把一个有保存价值的原件毁掉而保存复印件吗？你怎么现在越来越惊弓之鸟了？

陈平奇怪地注视胡秘书：你怎么站在她那边想问题呢？

胡秘书说，我没有站在她那边，我是按事实说话。

陈平看着胡秘书，想，这个人会不会哪一天也和李寂一样，写另一本市长日记？我可是对他无话不说，就像当初对李寂一样。当年我就是对李寂完全不设防，才造成今天的困境。可是我还没有处理上一个窟窿，这一个人又值得怀疑了。陈平想到这里，有一种透心凉的感觉。他想：从今天开始，我的嘴要对这个姓胡的闭上了。

陈平在樟坂的最后一个月是活在恐惧中的。他用了很大一部分时间去西山一座道观求高人指路。听说这个叫太隐阁的道观很灵验，不但对官员前途的预测很灵，还能指出逢凶化吉的路。陈平是这里的常客。但从来没有像这回那样，他一个月去了八次，几乎隔一天去一次，每去一次他就奉献一回香火钱，每去一次心灵就安稳些。一个月他一共给那个道观奉献了天文数字的钱款，计二十四万元人民币。

道士教给他一个办法：把市政府的门改一个方向，而且要在七日之内完成。陈平在常委会上提出要改门，结果遭到一致反对。陈平很烦躁，越想越害怕，在所有常委反对的情况下，陈平终于强行决定改门，调来大量工人硬是在七天之内，把大门改掉了。

新大门剪彩的那一天，陈平获得一种心理上的极大安全感。他手起刀落，剪去彩布，好像也剪去了多年来伴随他身心的恐惧。

可是，就在新大门落成的第二天，省委副书记兼省纪委书记林恩超率调查组突然现身樟坂，以开计划生育会议的名义通知陈平到场，当场宣布对他实施双规。

当时，陈平正在给冷薇打电话，他对冷薇说，我突然相信你烧掉的日记本是真的了。我不相信你，实际上是我不相信我自己。这几年我总是这样，是对自己的怀疑。现在，我要转运了。冷薇说，你解脱了我很高兴，李寂死前也是这样的，他很轻松，因为就在那一天，他停止了记日记的习惯。

第四十三章 终审

　　冷薇法庭上的证词，在陈步森心中引起的震撼不是一般人能体会的，虽然他能意料到这一天的到来，但当冷薇真说出这一切的话时，陈步森还是被喜悦充满。他当场在法庭上落下泪来，泪滴在栏杆上，但他擦去了，他不想让人看到他落泪。陈步森对冷薇的做证能否改变自己的命运并不乐观，不过，在陈步森的心中，一种被赦免的幸福感从上面浇灌下来，半年来动荡的内心立即平静了下来。

　　被带回看守所后，陈步森看见胡土根一个人坐在靠近窗口的铺位，呆呆地看着外面的天空，有几只鸟停在铁丝网上。他这样坐着已经一整天了。陈步森的沉默和胡土根的沉默构成了一种死寂的氛围，没有人敢打扰他们。嫌犯们都缩到里面的角落打牌。只有陈步森和胡土根两个人，戴着脚镣，一个坐在床边，一个坐在天井。陈步森切了半个西瓜，递了一块给胡土根。胡土根犹豫了一下，接过，大口大口地吃起来。吃完了，他把西瓜皮一扔，突然问陈步森，你很得意吧？陈步森咦了一声，胡土根说，她给你做证了，你的目的达到了。陈步森低头，说，土炮，她也向你认错了。胡土根就低下头，不说话了。不是她的错，可是她却向你认错了，你还要怎么样？陈步森说。胡土根不吱声。陈步森说，她说在我身上拿不到任何东西了，所以她要原谅我，那你现在在她身上还能拿到什么？她丈夫已经死了，她也向你认罪了，你还要什么？胡土根低着头，手在地上划着。陈步森说，我现在明白了，人在这地上，还有更值得活的东西，心里的苦也好，恨也好，谁没有呢？但有什么好结果？其实这些难过也好，忧愁也好，是可以扔掉的。

胡土根说，别以为只有你懂，我早就明白，可是，我受的苦就这样算了？陈步森说，她已经向你认罪了。胡土根说，可是我父母不能活过来了。陈步森还是说，可是，她已经向你认罪了……胡土根又沉默了。两人都不再说话，过了好久，胡土根说，其实，她那回说李寂的事时候，我就知道，不完全是李寂一个人的错。我没有全认为是李寂的责任。陈步森说，那你杀他干吗？胡土根脸色僵着。陈步森说，你为什么不去找？找到那个矿主，他才是真正的凶手。胡土根说，李寂也是。陈步森说，你把我们都搅进去了。胡土根说……陈步森叹了一口气，说，你，我，我们也不是什么好东西……反正，她已经向你认罪了，你又不是没看见。胡土根说，我看见了，可是又怎么样？陈步森说，怎么样？说句公道话不会吗？

胡土根想了好久，说，老鸹儿，其实，这几天我心里挺后悔的。陈步森问他后悔什么？胡土根说，如果我早知道李寂的那些事儿，我就不杀他了。陈步森说，这是人话。胡土根说，我现在很后悔，也不记恨那个女人了，也不恨李寂了，真的。陈步森问，为什么？胡土根说，你说得对，就是因为她向我认个错，我就原谅她了，她认错，我就当李寂在认错。死者为大，我昨天晚上做梦，梦到李寂。他满脸是血，我很害怕。我对他说，你别来找我，我对你是过分了，但我本来是不想杀人的。陈步森说，如果冷薇一直不认错，你会原谅他们吗？胡土根铁着脸说，不会。事有先有后，他先犯的错，他就要先认，然后我就原谅他。

不过，就算我原谅她，她原谅我，现在也太晚了，我要死了，跟李寂一样，只不过我在阴间见到他，我们两个都不难过，因为我们扯平了。土炮脸上现出落寞。陈步森突然握住胡土根的手，说，土炮，人看人只看到外表，但良心却可以看到人心里，别泄气，因为我们在这个世界上，不是要受苦受刑，而是要自由。我们这些人，要是看人脸色，早就活不到今天了，他们要么看不起我们，要么摆出一股架势要教育我们，教了几十年，我看他们比我们更坏。我们只是小偷，他们是大偷。可是，这不是主要的，还有爱，要相信有爱。我就是受不了这爱，才要悔改的。我想不出来，有谁能拒绝这个爱……胡土根思忖着。

陈步森望着窗外，说，土炮，这是真的……这爱是真的，悔改也是真的，良心也是真的，虽然眼看不见，但我们眼看不见就相信的东西多了，空气也看不见，你对你爹娘的爱也看不见，不都是真的吗？我觉得我真是改变了很多，现在，我好像把所有担子都放下了，今天早上，我忽然想起了我母亲，现在，我想起她时，心里一点都不怪她了，因为她所做的，她也不知道，她把我抛弃了，有她的难处，她那么年轻，我父亲对她又不好，我真的不怪她了，我想，如果当时是我在她的位置上，不见得会比她强。我们都是一样的坏，没有谁比谁更好，我算是想通了。所以，我现在说起母亲，真有一点想她了，我希望我死前能见上她一面。

胡土根说,你还能见上,我却再也见不到了。你说的我能听懂,现在我心里舒服多了。你放心,我跟李寂的事已经了结了。

在周玲的催促下,冷薇回到协和医院复诊,根据最新血清AFP指标显示,冷薇被正式确诊为肝癌三期。协和医院消化外科的孙主任说,你的病现在有几种治疗方案,第一种,手术切除一部分肝叶,然后配合化疗;第二种方案,是保守疗法,化放疗结合;第三种方案,就是肝移植。因为前两种方法治疗效果不会很理想,因为是晚期,应该是肝移植的适应症。冷薇低头不说话。周玲问,肝移植是不是就有希望?孙主任说,如果是在肝移植术后安全地渡过一年,就说明已经40%消灭了癌肿,如果不作移植,把握就比这个更小。周玲听了,对医生说,我们当然要更有把握的。孙主任说,如果你们愿意来做,当然比较好。这时,脸色蜡黄的冷薇问,做这个手术很贵吧?孙主任点点头,说,是比较贵,但这是目前比较有效的方法。

冷薇和周玲走出医院的时候,两人都沉默不语,周玲不知道用什么话来安慰她,一时竟然无言以对。两人走到草地上的椅子坐下。冷薇说,周姐,我不做了。周玲说,不要放弃希望。她在说这句话时,脑中闪电般地掠过陈步森的影子,她突然想到他要捐献遗体的事,但周玲狠狠地把这个念头压下去了,她对自己说,他都还没最后终审判死刑呢,我怎么会想到这个?即使他被判死刑,她也不愿意让陈步森做这样的事,作为他的表姐,要取他的肝,这是不可想象的。周玲骂着自己。冷薇说,我们回去吧。周玲就扶着她起身,说,无论采用什么办法,我们得积极治疗。

就在冷薇回到家后,也就是在她被确诊肝癌的当天,陈步森的终审判决下来了,仍然维持原判,即死刑的决定。周玲是回到家后知道这一消息的，苏云起、沈全和几个朋友已经在家等她，当周玲得知后，一下子竟受不了，当场走进房间哭泣起来。她刚刚陪冷薇回来，就听到这样的消息，心中五味杂陈，觉得对不起陈步森。她这一段都在陪冷薇，却把陈步森丢在一边了。现在，他就要死了。

　　法庭认定陈步森系故意杀人罪，且过去还参与了另几起谋杀案，所以决定维持原判。陈步森的朋友们认为这个结果不能接受，一个明明已经悔改的人，为什么最终还是要把他收走，不留在地上作爱的见证？沈全也很沮丧，只要陈步森被判死刑，实际上就等于他这半年来白忙了，他说，我认为至少判个死缓也是合理的，你枪毙他有什么用？升上来的不过是一团怨气。苏云起说，不是怨气，对于陈步森来说，他已经顺服了，我相信他会胜过的。周玲说，我接受不了。苏云起说，我也不想跟他分离，但也许我们真的信心不够。我想，他的罪被赦免了，但是仍然要他承担罪的后果。周玲看着苏云起，你怎么能这么说？她有些激动了，难道你赞成死刑吗？你不是跟我们说，只有创造生命的才能收取生命吗？苏云起沉吟了一下，说，我跟你的感受一样，但这就是现在发生的事实，需要陈步森来面对。我当然认为，即使是罪人，仍然有创造者留在他里面的残存的形象，所以我们要关心他们，爱他们，并非一味地惩罚，看重他们残存的尊严和价值，应该过于看重他们的罪。但我们的确不能将罪合法化，他犯了罪，触犯了刑法，刑法判他死刑，你就得顺服。沈全说，你也别老讲法律，法律是什么我比你懂，我在家看电视新闻，波黑的，讲南斯拉夫分裂后，都乱了，回教的妇女被塞族人强奸，那些强奸的人居然就是她们的邻居，在和平时期他们都是道貌岸然的、备受尊敬的体面人，可是动乱一来，他们也参与强奸了，还不认为这是罪，因为天下大乱了，好像在乱世里是什么都可以干的，都不算罪了。所以，我搞了那么久法律，对人如何执行法律快没信心了，陈步森是犯了罪，但也许有很多人比他的罪更大，他们没表现出来，只是时机没到而已。

大家听了就不再说话。

陈步森在接到终审判决通知书的时候，一个人对着墙低头坐着，一动也不动。大家不敢吭声。胡土根也是被判决死刑的，但他放弃了上诉，所以只是等待执行。这天晚上，号子里的人从账上凑了钱，给陈步森和胡土根弄了一顿丰盛的晚餐，这是看守所的惯例，虽然还不能算最后的告别餐，也算是安慰宴吧。只是不能有酒，就用果汁代替。大家把菜摆了一桌子，分别给陈步森和胡土根敬果汁。胡土根大口大口地吃菜，吃得很多，把大家都吓到了。陈步森则低着头，只划拉了几筷子。他们问陈步森有什么要交代的，他们出狱后会帮他完成。陈步森说，我没什么事……我还是想把遗体捐了。

大家听了就不说话了，捐遗体的事听上去让人不舒服。胡土根说，老蔫儿，你真是英雄，死了还愿意让人糟蹋，我就不捐。陈步森说，我不是英雄，罪魁就是罪魁嘛，还英雄？判我死，就死呗，服气，没啥好说的。胡土根说，我也不怕，真的不怕，杀人，就偿命嘛，这样就扯平了，老蔫儿，你也是一样，偿命。陈步森摇摇头，说，偿命，可偿不了罪，就是死了，罪还在，土炮，我们是老枪了，你也不是没见过，我是看得多了，多少人被关，被枪毙，可是临死时还叫着要回来索命，所以，偿命不能偿罪，现在我算明白了。我们就是死了，李寂也不可能活过来，李寂死了，你父母也不可能活过来，有什么用？抵命是没有用的。

樟坂电视台记者朴飞是在和主任讨论节目时，听到陈步森被终审判死刑的消息的。虽然他们早有意料，但这个消息还是震惊了他们。

当时主任还在为上一次冷薇法庭做证的报道感到失望,因为当初他们以为又会是一场仇人的肉搏,所以准备好好拍一番的,但现场的表现让他们失望,结果几乎相当于和解。冷薇为陈步森做证,其实是一个重大的新闻,但他们意识到,这只是最后的新闻,这个惊心动魄的陈步森案要画上句号了,这在主任和朴飞心中不免产生一种失落感。因为再也没有好戏看了。现在又传来了陈步森终审判决的结果,等于宣告这个事件的彻底终结。

结束了。主任说,没得玩了。

收视率飙高的辉煌将不再重现。朴飞说。

突然,主任好像看到了什么,一把握住朴飞的手,说,不,没完。没完……朴飞说,你怎么啦?主任的眼睛盯着沙发,说,让我想想……让我想想。朴飞说,我们别玩了,我觉得我们玩得有点过分了。现在一个要枪毙了,一个得肝癌了,都是死路一条。这次完全是天赐良机,报纸先捅出去,上面捂不住了,只好公开。以后再也不会有这种机会了。主任说,朴飞,我们不仅是在玩,我们也是在做好事,不是吗?没有我们的报道,这事有这么大的影响吗?不过,现在我要做更大的事。朴飞问他,什么更大的事?主任说,你看,一个要献遗体,一个得了肝癌,我们为什么不把这两个人联系起来,在节目里发一个倡议,让陈步森把他的肝捐给冷薇,如果成功,这就是爆炸性的新闻。

朴飞听了就傻了,他万万没想到主任会出这个馊主意。可是,陈步森会愿意吗?他表示疑虑。主任说,这就要靠我们努力营造这种气氛啊,我们把这个想法先公开到社会上,这气球一放,你想想,会产生什么样的影响和震荡?收视率会飙高到什么程度,你想象过吗?朴飞牙疼似的说,这样不好吧?主任打了他一下,有什么不好?我们这是在做功德,你想想,既满足了陈步森的心愿,又可以救冷薇的命,这不是积功德是什么？可以光明正大地做这个事！你能想象吗？陈步森的肝竟然出现在冷薇的身体里——这是百年不遇的奇迹！让人无法想象的事实！

但朴飞提出了一个让主任非常泄气的质疑：器官移植要讲配对，如果陈步森和冷薇不能配对怎么办？主任一听就呆在那里不说话了，手指叩着桌子，说，是啊……这事我怎么没想到……完了。朴飞说，所以不能高兴得太早。主任说，先不管他能不能配对，你抢先在节目里把这个倡议捅出去再说，就算不能配对，我们的消息也出去了。朴飞笑着说，我说了你是为自己嘛？什么时候这么大公无私过。主任说，你小子知道个屁，记者在不害人的前提下，就是要尽其可能得到新闻，得不到就要制造，我这不算制造，我是发现，再说了，配对不是要经过一些时间嘛，在这段时间里，我们的收视率绝对可以全线长红。你现在别在这儿跟我瞎啰唆，赶快去准备，首先在节目里把这个倡议捅出去，然后去设法取得双方同意。

在当天晚上的《观察》节目中，朴飞把倡议公诸于众，立即引得大量媒体跟进，大市和省里的报纸都来了，要采访这个事情。周玲看到消息时，心中涌起一种十分复杂的感情，她曾经压抑下去的那股想法，想不到现在由别人提了出来。

社会上对这个倡议的反应则十分地不一样，有人说，这是最美的事，杀人者的肝移入了被害人的身体，将谱写一首史上至美和大爱的赞歌；有人却说这是瞎搞，是电视台的噱头；有人投书电视台说，陈步森捐献遗体的决定让他感到厌恶，这人够狡猾的了，再也不想看到他的表演。看来陈步森的临终悔悟还是不被接受；有人则说，最主要的是要看双方当事人的意愿，不能强人所难。

陈步森的确愿意捐献遗体，但他真的没有想过对象会是冷薇。所以当这样的倡议传到他耳朵时，他还是感到震惊。朴飞委托沈全找到陈步森，征询他是否愿意将他的肝脏移植给冷薇。沈全是陈步森的律师，有关陈步森的遗体捐献事宜的确是委托他来办理的。但沈全也没有料到朴飞会提出这个想法，觉得对陈步森难以启齿。朴飞对他说，这有什么难以启齿的？难道不是好事吗？陈步森既然愿意把身体捐献出来，接受者为什么不能是冷薇呢？他不是有愧于冷薇吗？沈全说，但他判死刑了，已经为他的行为付出了代价，没有权力再对他要求什么。朴飞说，这不是要求，这是他自己的愿望，我们只是帮助他实现这个愿望，他一定会答应的。

朴飞错了。当沈全向陈步森征询时，陈步森陷入了沉默，一言不发，并没有回应。沈全说，那就当我没说。我知道这对你来说太难。这只是电视台的一个倡议，你不要太当真。沈全带来了一张从市红十字会领来的遗体捐献申请表，让他填写。这是一张普通意义上的遗体捐献申请表，没有指定捐献给谁。需要本人或亲属代为填写。遗体捐献有三个用途，一是作教学用，一是作病理解剖用，还有一个用途就是器官移植。陈步森填完表格，沈全把它收好，说，这就完事儿了。我们都很关心你，希望你要想得开，朋友们都问你好。陈步森说，谢谢他们。

沈全在临走的时候，陈步森突然转过身说，其实……我不是不愿意，把肝脏捐给她，我是……沈全问，你是……你说。陈步森低着头，半天才说出来：我是怕她不想要。沈全看着陈步森，突然心中窜上一股悲伤，陈步森这句话让他很难受。他的手摸摸陈步森的肩，有些语无伦次地说，你，你讲些什么啊……陈步森说，她会不习惯的。她真的拒绝，我会很不好意思。如果我的肝能救她的命，我死了也值，但是……千万别逼她，不要让她不开心。

沈全说，我看出，你还是没有信心，你的肝会玷污她吗？陈步森说，她是原谅我了，可，可是，现在要把我身体的一部分放进到她的里面，我真的想不来。沈全说，想不来，你就不要想，好吗？你不必为她想太多，你只要为自己想，问自己，你愿不愿意。陈步森还是说，她不会要的……沈全直视他的眼睛，说，不是她，是你，你相信自己真的已经洁净了吗？你真的相信你的罪完全得清洗了吗？这时陈步森突然身体发软，双手捧着脸，泪水悄悄地从指缝中流下来。沈全摸他的肩，说，你告诉我，你相信自己真的已经洁净吗？陈步森饮泣着点头，我相信……沈全说，那你也应该相信自己身体上的每一部分都是干净的，过去的事已经过去了，从今以后，都是新的了。

第四十四章　还有最后一个罪没认

苏云起和沈全从看守所出来,他们刚刚和陈步森有过长时间的谈话,为的是要劝说陈步森针对二审判决死刑的结果,写一个特别的申诉书,上送省人大。可是,陈步森以不符法律为由拒绝了。沈全气得不停地说陈步森,他们两个人竟然在看守所的见面室吵起来。一个律师和他的当事人吵架,看上去真是新鲜。

沈全说,从来没有一个人像你这样,人家保命还来不及,你却视自己性命如草芥。苏云起在一旁看着没吱声。陈步森对沈全说,沈律师,我不想再努力了,真的。沈全问,为什么?为什么?他连问了两次,情绪有些激动。陈步森说,因为……因为,我觉得我罪该死。沈全听了长叹一口气:这是两回事。陈步森说,不,这是一回事。我想了好久,这是一回事。沈全看着苏云起,好像要他帮着说话,但苏云起始终没吭气儿。沈全对陈步森说,你是没信心吗?你要相信我,我有办法辩出个好的结果。陈步森苦笑了一下,说,对不起,我不想要硬拗的好结果。

就是这句话把沈全激怒了。他说声好吧，就走出了会见室。他对苏云起说，有这样的人吗？我为他辩护，他却说我硬拗。什么叫硬拗？难道他真的认为自己该死？

苏云起叹了口气，对沈全说，对，他真的认为自己该死。

沈全看着苏云起，一句话也说不出来，这样……这样，我就没办法了，不要说我没能力，他都认为自己该死，我还费这个劲儿干吗。苏云起盯着沈全的眼睛看：沈全，我看你这样激动，不是为了他，而是为了你自己。沈全吃惊地问，这话怎么说？苏云起说，你太激动了，也许是你的辩护没有成功地使他免于死刑，所以你有很深的挫败感，是不是？你没有面子了，作为一个大律师，你的自尊受到伤害。可是我要告诉你，陈步森早就没有面子了，他因为要面子才犯罪，可是我今天却看到他完全从罪的捆绑中释放出来，他早就视人的这种自尊为草芥，他不要面子了，他要的是重生的生命，你不觉得吗？只有一个真实地认识到罪的人，才会觉得自己该死，并且对死不再那么害怕。

沈全不说话了。他陷入沉思。

苏云起说，我们都还有面子，所以很难和他感同身受。我们天天在帮助他，实际上他想得已经比我们多，也比我们深了，你相不相信？

沈全喃喃自语：我真的在拗吗？

苏云起道：他没有说你拗，但你可能忘记了，那件事情，就是我第一次请你为我辩护的事情，沈全，时间过去久了，我们都忘记了。

沈全一听他提起他们过去的那件事情，就立刻低下头去。这件事情的记忆镌刻在他们心里，不容易忘记。现在提起让人心里抽痛。

那是苏云起搞水产批发发迹，投资房地产后发生的一件事。苏云起投资的一块地就是胡土根家的花乡的其中一块地,他在那里要盖五幢小高层公寓。到现在,苏云起都没让辅导站的人知道,他过去也和花乡的开发腐败案有关。这事只有他自己和沈全知道。当时,苏云起为了压低成本,使用一种劣质水泥,所以,房屋在抹灰的时候,就出现了细小的裂缝。工头兼副工程师来办公室报告苏云起,他叫张三青,他和苏云起发生争吵,强烈反对使用这种牌子的水泥。苏云起看了现场,他不认为这么小的裂缝会产生什么大问题。更重要的是:他无法想象把大楼推倒重建。于是,在给验收单位送了十几万块的大礼后,大楼被颁发了建筑工程质量合格证书。

公寓业主在进行对房层的装修时,突然一侧垮塌,装修工人被压在里面。经过抢救,被压的七名工人没有生命危险。苏云起松了一口气。但他也预感到危险即将来临,他找了老同学沈全商议对策,沈全建议找工程师作补强处理。苏云起说,我真倒霉,我没有使用不合格的水泥,我只是在合格的水泥中挑了比较廉价的,结果就出了问题。沈全说,你别跟我打马虎眼,我还不知道你?那合格水泥其实就是不合格的,其实你早就知道,你这样说,是为了蒙自己的良心吧?苏云起说,不但如此,在法庭上他能说我什么?我买的是符合国家标准的水泥,要找就找水泥厂,我还要找他们算账呢。沈全笑着问他:不过,你是知道它不合格的,是不是?苏云起不说话了。沈全就说,自欺欺人嘛。法律上的责任是逃掉了,良心上可不那么容易过关哟。不过,他还是成了苏云起这次案子的辩护律师。

更严重的事情还在后头。半个月后,业主请张三青去看他越来越裂开的墙体。张三青走进房子后,突然发生第二次垮塌,一块预制板砸在张三青的头上,当即他就被送往医院抢救。

苏云起仿佛预见到了自己可怕的未来。他找沈全想办法。在几乎没有办法打赢官司的恐惧中，这对老同学竟然想出了可怕的解决方案。沈全问，关于用何种水泥，需要通过你这个老板吗？苏云起说，不要，但实际上是我定的。沈全说，只有一个办法，就是证明决定使用这个牌子的水泥，并不是你的决定，是张三青自己调换的，是他违背标准，擅自使用了另一种不合格的水泥。

……苏云起问，他为什么要这么做呢？

沈全说，利益。这在业内不罕见。

他们都陷入了沉默。这种公然栽赃的方式让他们心里如针刺一般。沈全看着苏云起，说，我是为了我最要好的老同学，才这样想的，我是律师呢。苏云起说，是，我知道太难为你了。沈全说，我不想看到你坐牢，不这么做，你肯定过不了关。苏云起说，可是，张三青怎么会同意呢？沈全说，你就得想办法了，无外乎钱，或者是晓以利害。

他为苏云起起草了一份张三青的证词，大意是承认自己为了高额回扣，擅自更换水泥，然后苏云起带着它来到了张三青的病房。张三青尚未脱离危险。苏云起以有重要事情调查为名，单独和张三青进行了二十分钟的谈话。他向张三青表示，他可以保证对方的所有医疗费用和家庭的生活，但希望他出来承担责任。张三青听了表情痛苦。苏云起问他同不同意？张三青说了一句让苏云起一生都无法忘记的话：原来你那么无耻啊。

虽然苏云起当时听了这话很痛苦，但他还极力劝说张三青答应条件。张三青奄奄一息，气若游丝地对苏云起说，我好像快不行了，所以……我看得更清楚，钱对我没有用，我要见我的上帝了，我要良心无亏。你出去吧。苏云起知道他信上帝，不过在那一刹那，苏云起还是被张三青的话震动。张三青说完这句话后，竟然昏迷过去。苏云起迅速掏出准备好的印泥，在张三青不清醒的情况下，捏着张三青的手指在供词上摁下了指印。

三天后,张三青死于大面积脑出血。苏云起靠着张三青的一纸供词,在沈全的有力辩护下,又花去了大笔钱款疏通关节,最后得以脱离主要责任,只以罚款处理。他赢了。苏云起第一次在法庭亲见了老同学辩护时出色的口才和风度。沈全连珠炮似的发问使控方无言以对。以至于苏云起听完法庭辩论,竟然产生一种幻觉:自己好像真的无罪。

苏云起请沈全到省城最豪华的酒楼太安居吃了一餐,享受了桑拿全套。他们第二天早上驱车回樟坂,假惺惺地参加张三青的葬礼。在那次令苏云起印象深刻的葬礼上,苏云起亲见了有一群人围在死者的身边,他们没有一个人掉眼泪,只是神情肃穆。圣歌不停地响起,回响在整个大厅。特别是有一首叫《我们的家乡在那边》的歌,让苏云起听了泪流下来。他突然扑通一声跪在死者身边,这突然的举动使沈全都吃了一惊。不知为什么,苏云起突然为自己捏着张三青的手指按手印的行为,感到极度难过。他对着张三青的遗体哭泣起来。他越哭越不能自持。大家很诧异。有人说,张三青的老板对他多好啊。只有沈全知道,苏云起为什么哭。

张三青的亲友扶苏云起起来,因为他们是不兴对人跪拜的。可是苏云起已经哭得身体发软:他突然在这一刻,觉得自己很卑贱。自己虽然有万贯家财,可是不如张三青高贵,他在病床前求张三青的时候,自己像一条狗,而将死的张三青却非常平静;自己虽然生龙活虎,却不如眼前这个躺在棺材里的人栩栩如生,自己现在的心情好像死了一样,可棺材里的人却被大家唱歌围绕,如同活着一样。这到底是怎么一回事?

这次的葬礼给苏云起带来的震动非同凡响。他觉得自己这样活着不但没有意义,且是羞耻的。张三青死前的平静镌刻在他脑海里。苏云起想：他凭什么那么平静？他的亲友们凭什么对着死去的人不哭？难道死是令人高兴的事？这让苏云起百思不得其解。而他自己却夜夜做梦，梦见张三青回来找他索命，因为他强迫他按了手印。因为是他害死了张三青。

他打电话给沈全说，我天天睡不好，梦见他回来要我的命。

沈全说，我也做梦，可是我做的梦和你不同，我梦见他笑着回来，请我们吃饭。

大约有半年的时间，苏云起完全失去了工作的热情，他被那个事件留下的阴影笼罩。一度他必须依靠心理医生开的药才能维持生活。他天天头痛，觉得是张三青在找他。他终于受不了了，去找了一次张三青的老婆。

苏云起看到她家很朴素。墙上没有张三青的照片。他问：为什么不挂他的照片？要祭的时候怎么办？张妻说，他是人，又不是神，不祭。苏云起又问：在葬礼上你们也不哭，为什么？张妻说，因为我们有永生，没有死。苏云起费力在想着这句话。张妻说，哭，是怕死，可是我们没有死，死从罪来的，我们没有罪了，就平安了。苏云起问，你们没有罪？张妻说，有罪，但认了，就赦免了，心里就平安了。所以，我们不怕死，也不要过于难过。死，只是暂时的分开而已。苏云起说，这就是那首歌《我们的家乡在那边》的意思吧？张妻说，是啊，我们在这地上的家只是帐篷，我们是寄居的客旅，你盖了那么多楼，也只是帐篷，我们最终是要离开的，地上的帐篷，不会给我们快乐。

……苏云起心中的难过窜起，他知道对方是在暗示他。在这一刻，连苏云起自己都知道，张三青调包水泥是个弥天大谎，可是他老婆为什么不戳穿呢？一种愧疚刺过苏云起心房，他忍不住落下泪来，说，你知道是不是？你知道他没做那件事，是吗？张妻看着他，笑了，说，当然。苏云起问，你为什么敢肯定他是清白的？张妻说，我灵里看见的，不需要证明，人的证明可以作假，良心却不会放它过去。苏云起已经止不住眼泪，说，你能原谅我吗？张妻说，我们早就原谅你了，因为你做的，你不知道。可是从今往后，你是知道的了，不要再做了。

苏云起泪水终于决堤。

……这件事改变了苏云起的人生。接下来的半年，苏云起作出了他此生最重大的选择：完全脱离原先的工作，将所有资产变卖，成立了樟坂最大规模的公益慈善机构——社会公益辅导站，专门从事心灵拯救工作。在辅导站的下面还有老人院和孤儿院。

在苏云起成立辅导站的第二天，沈全找到了他。他知道苏云起为什么要这么做。在辅导站的阳台上，沈全对苏云起说，我熬不下去了，就等着你，现在你动了，我来投靠你。苏云起说，我还是请你来当我的律师，辅导站的律师。沈全说，以前，我当律师，只要辩赢，就了事，我从来没想得太多，因为我知道法律是平衡的结果，所以很多人说，法律不完善，没有绝对公平，我无所谓，因为这是事实。我既然无法改变事实，不如认可。所以我安心工作。可是张三青的事情之后，我心里很难受。第一次有犯罪的感觉。

苏云起说，法律上有罪了。

沈全说，以前，法律上没罪，罪就不当罪，所以不感觉，你知道吗？我为这个伪证惶惶不可终日，竟然怀疑到你会不会把我供出来。后来我想，我是为你，你不会咬我吧？可是又不肯定，又不敢问你，真是去了半条命。昨天晚上，我也是这样坐在我家阳台上，望着星空，我突然明白了，人如果没有内心的道德律令，有再多的法律知识也是白搭，不会给人带来公正的。

苏云起说，是。

沈全说，我是一个律师，可是我在辩护时可以玩弄法律，真的，这是业内的公开秘密。所以，要是内心没有一个标准，法律这东西，只有两种结果：要么玩弄它；要么被它吓得半死。你看，我先让你作伪证，这是玩弄；然后却天天活在恐惧中，怕你把我咬出来。

这一晚的阳台谈话是沈全新生的开始。从此，他变成了一个专为弱势群体提供法律援助的著名律师。但他和苏云起做的有关张三青的事却永远地封存在记忆里了。苏云起散尽家财，救助穷人，奔走于心灵救助工作，沈全也积极配合他的工作。他们成了最好的一对搭档。

可是今天，在沈全和陈步森发生了第一次争吵后，两人都沉默了。苏云起从沈全过于激烈的态度，隐隐意识到有一个新的问题在他们之间存在。或者说苏云起从沈全的表现中像镜子一样看到了自己内心的问题。沈全急于救陈步森活下来，却有可能忽略了这个事件更深邃的含义。沈全忘记了当年张三青在临死前的平静，当时他和苏云起就是因为震惊于这种平静，才改变整个世界观，可是现在陈步森也是如此平静时，沈全却沉不住气了：他以为是他没有能力救陈步森，所以没有面子。苏云起突然从沈全的沮丧中反而看出了他还有一个重要的东西没有舍弃，他可以成天为弱势群体奔走，但在他心中最隐秘之处还藏着有东西在，那就是：面子。不是一般的外在的面子，沈全接的十个案子里有七个都是义务免费的，所以他的面子不是外在的，而是内在的。它的本质就是：自以为义。

苏云起和沈全来到一家咖啡厅。他想让沈全平静一下心情。两人喝着咖啡。苏云起把旧事重提一遍后，沈全不再那么激动了，因为他想起来了，当年那个案子就是"硬拗"辩护成功的，却成了他们人生中最大的失败。

沈全说，也许陈步森是对的。

苏云起说，他不是想死，也不是不想死，他现在看得分明。老兄，你，我，我们都不如他。他的死就在眼前，看得透，我们还不行。

沈全说，我放弃了，不拗了。

苏云起说，不是拗不拗的问题，把法律看得那么无用也是不对的，这不是为自己辩护不辩护的问题，我想应该这样理解，辩护没错，但要在良心的范围内。陈步森一定是看到了比生死更重要的东西，才会这样放下生死，一定有更吸引他的东西。他放下了最后的负担：自以为义。可是，我发现，我却没有放下自以为义，我把家财散尽，办孤儿院、辅导站，可是我这样拼命为别人做事，有时心里并没有非常大的快乐，为什么呢？

沈全想了想，说，因为孤独呗。

苏云起摇头，说，不是，今天我终于明白了，是自以为义。

沈全不明白：自以为义？怎么说？

苏云起说，我从来没对别人吐露那个秘密，除了你，连我老婆山杏也不知道，用劣质水泥是我定的。而且，连你也不知道，我是捏着张三青的手指按手印的。

沈全大吃一惊：你捏着他手指按的？

苏云起叹了口气，说，是，在他昏迷的时候。

沈全不说话了。

这事儿挺羞耻也挺可怕。所以我没敢说。苏云起道，别的我都敢说，就这个不说。我还是放不下啊。

这事传出去，比买水泥的事更卑鄙，真的会看不起你。沈全说，幸亏没人知道。

对了，还有张三青的老婆知道。有一次，她对我说，张三青不会签这个字的,你在搞鬼。她没看见我搞鬼,但很肯定我搞鬼。这是很奇怪的透视力。苏云起说,虽然这事儿过去了好多年,我也放弃家产,从事慈善了,但我从来没认过这个罪。案子是你辩的,辩得很出色,是著名案例。可是我却没有一天内心停止过折磨,张三青妻子从来没有对别人透露过半个字,我也知道她不会说的,因为她原谅我了,可是我却没有因为我的奉献在这事上内心平安过。随着我的慈善事业越做越大,我就越来越不愿意提起这事,越来越觉得不可能再把这事情公诸于众,这样,大家会很吃惊,大名鼎鼎的慈善家竟然也做过这么可怕恶毒的事情。所以,我就拼命做善事,来让良心平静些。我没有勇气把它公开,时间越长越没勇气,时间越长越忘记自己原来做过这么恶的事情,最后好像真的忘了,就像没有做过一样。到末了,我竟然产生一种恐惧:生怕什么时候被人揭出来,然后大家会说,这是个什么慈善家,残忍的恶棍罢了。

沈全问他:这事只有你知道,你担心谁会把它说出来呢?

苏云起说,你。我忘记了你是否知道这个细节,所以,我怕你说出来。这就像你怕我把你作伪证的事咬出来一样。我这几年心中如果说有什么恐惧,就是这个。

沈全说,可是我真的不知道,这事已经过去了那么久,过追诉期了,你也认了错了,赔尽了家产,把张三青一家照顾得好好的,现在有必要旧事重提吗?

苏云起说,对我来说,还有一个最后的罪没认,就是自以为义。今天,我看陈步森说那些话,我站在他面前,竟然感到羞愧,因为他认罪很彻底,他真的觉得自己很不堪,其实他才杀了一个人,我可能比他⋯⋯可是我,一个帮助他的人,却不如他。沈全,我们,我们,嗨,过去老说我们比陈步森好不了多少,今天我觉得,不是好不了多少，可能更坏。他是坦荡的，我们却矜持着，只是矜持吗？只是面子吗？不，是罪。是自以为义的本性，总要留最后一块，维持我们的形象，以为靠做善事，就可以隐藏它，今天被陈步森一比，揭出来了。他敢说自己是人渣，我们就不敢。我们真的是自以为义的。他说了自己是人渣，却没有真的成为人渣，还更可爱。唉，人在外面的罪好认，在里面的罪不容易发现，我为了保住慈善家的好名声，因为有这自以为义的根，不愿意说出手印的事，时过境迁，以为自己是好人了，变英雄了，早着呢。

沈全问，你别说了，我听着难受。

苏云起问，不想听啊？

沈全说，句句都觉得你在骂我。

苏云起说，老沈，这最后一个罪得认。否则再遇到陈步森这样的人，我没有信心帮助他人了，原因很简单，你还不如他，怎么帮助他？

沈全思索了一下，说，老苏，过去说日本人只认到耻辱，没认到羞耻，所以他们不认二战的罪。看来，耻辱看到的只是自己受的伤害，羞耻却看到了罪，自己的罪如何害人。耻辱是要去雪耻，罪却要去认和忏悔的。如此说来，我俩跟日本人还一个德性。

苏云起沉默了，双手握拳眼睛看着窗外。在他的脸上，有一种隐约的悲伤的神情。

沈全问：你要怎么做？你真的会公开那件事吗？

苏云起说，我现在去辅导站，我会把这件事向所有的人说明。这很有必要。然后，这件事会写入我的书里面，不这样做，我目前从事的工作无法进行下去，因为我良心上有漏洞，你想，一个人如果有了恐惧，他怎么继续生活？怎么帮助别人？张三青当年说我无耻，他还说对了,我到今天还没有完全做到有最敏锐的羞耻心。

沈全说,我理解,就像一个律师没有了神圣感,就只能卖弄智力、胡说八道一样。

苏云起叹了一口气:这自以为义是藏得最深的一个罪,是专门对付好人的,是好人犯的罪。不认不行了,老兄。

我和你一起过去。沈全说。

沈全用一种特殊的目光看苏云起,笑了一下,说,我是同案犯嘛。

苏云起也笑了,说,你也不要这面子了?好,走吧。

第四十五章　骨中之骨，肉中之肉

陈步森的死刑终审判决传到冷薇的耳朵里，她竟感到一丝失望。她以为她的证词有可能改变陈步森的命运。现在，冷薇并不希望陈步森真的丧命，她的心理预期已经从非要致他死地，变为死缓，如果陈步森判的是死缓或无期，她心里会平安得多。陈步森真的被枪毙，她会认为，至少有一颗子弹是从她这里射出的。这让她惴惴不安。

她无法如此严厉地处置一个真实悔改的人。所以她终于说出了事实，但并没有改变他的命运，这不由得让冷薇有些失落。母亲听到陈步森终审判死刑的时候，对女儿说，也许应验了古话，杀人总要偿命吧，唉。冷薇说，过去半年，我老是盼着他快快被枪毙，现在听到他马上要被枪毙，心里却不是滋味儿。老太太说，那就说明你过去半年里恨他也不一定是真的。冷薇注视着母亲，问，我不恨他吗？母亲说，可能你不是真恨他，是李寂让你这么恨的。冷薇立即纠正，不是李寂，不是他，是我弄错了，我昨天晚上一直在想这些事儿，我听到他对我说，你原谅陈步森是对的，他说我做对了，他说他也不恨陈步森。老太太摸着女儿的肩，说，是啊是啊，可是你别想太多。冷薇皱着眉说，不是李寂，是魔鬼，如果这世界上真的有魔鬼的话，是魔鬼让我恨他的，我快被它折磨死了。

母亲把女儿拥进怀里，说，薇啊，你到现在怎么还想着别人呢，你自己的病……冷薇摸着母亲的白发，说，妈，你别担心，刚听到这病时我真的很吃惊，可是几天过来，我慢慢也想明白了，其实死也没什么大不了的，陈步森不是要死了吗？可是他不怕的，他真的不怕，否则他就不会愿意把肝献出来……我这几天不知道躲在被子里哭了多少回，后来我想通了，如果我这一辈子没做亏心事，就是做了，后来我改了，我也对得起自己的心，我就觉得死没那么可怕了。老太太抹了眼泪，对冷薇说，可是妈今天要跟你说句话，你一定要听，陈步森愿意把肝给你，你为什么到今天还不回话呢？没错，他是杀了李寂的人，可是，你不是原谅他了吗？现在，他要把肝给你，是救你的命啊，为什么不愿意？

……冷薇听了，半天没说话，只是低着头。老太太说，薇啊，你不能离开我，你要给我好好活着。冷薇说，我……我无所谓了，我爱过了，也恨过了，死没啥了不起的。老太太听了嘴角颤抖，突然伸出手打了女儿一巴掌，冷薇惊异地望着母亲。老太太说，你说的什么屁话！啊？你只想着你自己吗？你想过李寂吗？你现在去死，他会不会难过？你想过淘淘吗？他才几岁？你就这么想离开他？啊？你想过我吗？老人用手捶着胸膛，我只有你这么一个女儿，你父亲又早死，我一把屎一把尿把你拉扯大，你要抛下我一个人在这世上吗？混账，你非要找死就去死吧，你死了我也不会去送你！

冷薇被母亲吓哭了，哭得低下了头，双肩颤抖。她抱住了母亲，泪水流到老人的胸前。老人和女儿抱在一起，哭成一团。冷薇说，妈，我不愿意死，我不愿意死，我不要离开你……老太太摸着女儿的头发说，你不会死的，不会的……冷薇抽泣着说，虽然我原谅了他，但，但是一想到他的肝要进到我的身体里面，我就……老太太问，觉得怎么样？觉得不舒服是不是？他怎么啦？他虽然杀了你丈夫，但人家改了，人家这是要救你的命，你还嫌弃人家吗？冷薇一直摇头，说，不是，不是。老太太说，那是什么？你说呀。冷薇不知道怎么说。老太太说，我们这是要救命啊，女儿，懂了吗？我们到哪里找这肝啊，现在有人送上门来，你却不要，你到底是怎么想的啊？薇啊，今天不管你愿意不愿意，都得要，你难道要看我这白发人送你这黑发人吗？老人痛哭起来，冷薇心如刀割。

　　老太太想了一个办法，打了一个电话给周玲，让她来劝女儿。周玲心中软弱，不想来，就叫了苏云起去。苏云起知道周玲为什么不想去，他对周玲说，我知道陈步森即将离开你，他是你的表弟，你心里一定非常难过。周玲说我不是因为这个，我知道会有这么一天。苏云起说，我知道，你是因为自己老在帮助冷薇，却少了关心陈步森，现在陈步森被判决死刑，你心里过不去，是不是？周玲听了就当场落下泪来，说，他从小没人爱，我关心他，他很要强，不要我管，还是选择流浪，他今天到这个份上，不能完全由他自己负责任。苏云起说，是啊，但你也没有做错啊，你爱冷薇，难道是错的吗？你不是常说，要爱我们的仇敌，冷薇是仇敌吗？不是，她是受害者啊，你没能关心到陈步森，是因为你进不去看守所，周玲，你不要太难过了。周玲好像听进去了一些，但她还是说，我今天没有心情去看冷薇，你代替我去吧。苏云起说，好吧。

　　苏云起来到了冷薇的家。他看见了冷薇的脸上挂着泪痕。苏云起能预感到她心中巨大的矛盾。他对冷薇说，其实我们非常能理解你，即使你原谅了陈步森，突然要你接受他的身体到你的身体里面，相信你不能一下子习惯的。冷薇说，我不想兴师动众了，让他安安静静地走吧。苏云起说，可是冷薇，你知道吗？自从陈步森认罪悔改，自从你原谅他那一刻起，你的生命就不完全是你一个人的了，是我们大家的，你不可以随便丢弃它，明白吗？你要是这么丢弃它，你知道我们心里会多难过？你知道陈步森心里会多难过吗？他为什么要把肝献出来给你，即使全世界的人都说他有目的，说他狡猾，可是只有你是最清楚的，你心里清楚，是吗？在某种角度上说，你比我们任何一个人都了解陈步森。你如果拒绝了他，你知道他会怎样地难过？他就是怕你不接受才犹豫的。我昨天去看他的时候，他对我说什么你知道吗？他对我说，你一定要活着，如果你拒绝任何的希望，而最终死了，他就觉得他在杀了李寂之后，又再杀了一个人。冷薇听了泪水夺眶而出。苏云起说，你是不是觉得他还不够洁净？你觉得自己真正原谅他了吗？到底原谅了没有？冷薇听后终于双手捧着脸，痛哭失声。

你愿意原谅他吗？苏云起说，真正原谅他，彻底地原谅。

冷薇哭泣着点头。

那你就应该毫无保留地接纳他。对你来说，你今天愿意接受他的捐献，我们就会相信你是真正地接纳他了。苏云起说，一个人的生与死都有它的时间，也许上帝要接他回去，却要你继续活着，在上帝的眼中，你和他是一个人，他去了，你却继续活着。生命就是这样永不止息的。

由樟坂电视台《观察》栏目倡议的关于陈步森捐献器官给冷薇的"解救生命大行动"，震动了全省。杀人凶手向受害者捐肝的爆炸性新闻点确实达到了预期效果，因此它被舆论称为"世纪大和解"。各大电视台和平面媒体大篇幅报道了这个事件，然后由网络向全国传播，令其有一种不可逆转的趋势。尤其是当陈步森表示愿意捐献，而冷薇又表示愿意接受之后，这个事件被炒热到顶点，接下来的只是技术性问题：两人是否能配对？

　　负责为这项工作奔走的是沈全律师。他在辩护工作无果之后，投入了促成这项世纪解救生命大行动的工作中。其实当陈步森提出愿意捐献遗体，以及电视台倡议将陈步森的肝捐给冷薇后，这项工作遇上了许多技术问题：首先是在看守所没有这样的先例。当陈步森提出要求后，潘警官向上面汇报，看守所对陈步森的行动提出了口头表扬，但声称因为没有先例，所以要仔细研究后才能决定，但这事就一直拖着，直到沈全找到了法律依据，代表陈步森提出正式申请。沈全的理由是，目前没有法律条文禁止嫌犯向社会捐献遗体，即使被判决后陈步森失去的只是公民的政治权利，没有失去所有的公民权。而且向社会捐献遗体在用途的适用性方面包含器官移植，捐献者有权向特定的个人捐献，只要被捐献者愿意接受，这个行为就可以成立。看守所方面经过仔细研究和审核，并经过上级有关部门批准，同意了这个方案。

　　沈全得到了批复意见之后很高兴，但他遭遇的第二个难题是双方是否能配对的问题。他找到了即将为冷薇进行肝脏移植的协和医院消化外科，孙主任向他解释：肝移植是同体异种移植，毫无例外会发生掩护反应，但从免疫学角度来看，肝具有特惠器官性质，供受体选配不像其他同种器官选配那样严格，临床上一般还是要做细胞抗原（HLA）配型，但都不具有实际的临床意义。沈全听了心放下一大半，他问，那么现在可以进行配型了吗？孙主任说，只要看守所方面批准，我们马上可以开始。

陈步森得知冷薇同意接受他的肝的消息时,对沈全说了一句话:她真的原谅我了!他的话让沈全听着扎心。他问陈步森还有什么需要他帮忙的事情,陈步森想了想说,我一直不让人告诉我妈我出了事情,先是觉得她知道不知道无所谓,后来我是不想让她难过,我不想见她,是因为我不知道见了她,我会说什么?我想象过我们见面的情景,如果她看到我被关着等死,她会不会说,你瞧你干的,你恨妈恨了一辈子,现在却落得这个下场,我不愿意让她看到我这样。可是,今天我突然想通了,我想见她了,我想在我走之前,见她一面。沈全说,你有这个权利。陈步森说,但我想早一点见她,不想等到那个时候。沈全理解他的意思,说,我明天就设法带她进来。

陈步森的母亲在第二天上午被沈全和周玲带进了看守所,周玲坚持自己必须陪同老人前往,争取了见陈步森的机会。虽然周玲用了整夜的时间陪她,不断安慰她,让她见到儿子时不要难过,但老太太在见到儿子的时候,仍然哭昏过去。陈步森第一次喊了声:妈。她就抱着儿子痛哭,使得陈步森再也无法抑制住感情,也抱着母亲泪流不止。自从他被抛弃离开家后,他从来没有对着母亲流泪,现在,他仿佛把十几年所有隐藏着的泪水全部流出来了。

母亲一直不停地摸着儿子的脸,颠来倒去地解释当初为什么会丢下他,她说自己被他父亲打得青一块紫一块,不管儿子是为了气他。她不停地摸儿子的身体。周玲在旁边看着很难过。陈步森擦干眼泪后,冷静下来。他对母亲说,你要好好保重身体。母亲听了又哭。陈步森对周玲说,谢谢你照顾我妈,以后也还要麻烦你。周玲含泪点头。陈步森问周玲,冷薇的病怎么样?周玲说,医生说一定有希望。陈步森说,她看得起我,愿意接受,你代我谢谢她。陈步森从口袋里拿出一只用牙膏皮做成的塑料小花圈,交给母亲,说,妈,你代我到爸的坟前，给他献个花圈。母亲接过花圈。

这时，见面时间到了。陈步森最后说，妈，你原谅我，快二十年了，我没有好好孝敬你。老人听不得他这话，他每说一句话，她就哭个不停。陈步森示意把她扶出去。当他看见母亲在他的视线中永远地消失时，陈步森被悲伤击倒了，浑身颤抖，伏在桌子上泣不成声。

医院为陈步森和冷薇抽血检验，证实了两人同属 AB 型的血，HLA 配型属于适应范围，这应该算令人较乐观的消息。经过看守所上报器官移植计划到监狱管理局和司法厅，手续显得很麻烦，一直没有结果传来。而陈步森的执行时间在逼近，不会超过一个月；更紧急的是冷薇的病情不等人。沈全只好自己跑到省司法厅，找到了一个大学的同学，姓吴的司法厅办公室主任。他问他的同学为什么会拖这么久，吴主任告诉他，因为我们没有这样的先例，所以要慎重研究。沈全说，人都快死了，你们还慎重研究？这有什么法律上的问题吗？没有，治病救人实行革命的人道主义嘛。吴主任说，老同学，你别着急嘛，中国的事情没有那么容易的，我会催一催。沈全说，你快帮个忙，我真的等不起了。

一周后，在老同学的帮忙下，计划果然批复下来了，但沈全兴冲冲地把批准的计划送到医院，孙主任看了以后，提出了一个让沈全痛苦的问题：文件上指明，陈步森执行死刑的方式是注射致死。孙主任说，注射致死是用致人死亡的毒药达到他生命中止的目的，也就是说，陈步森是中毒而死的，他的器官会受到毒剂的影响，尤其是作为最大的解毒脏器的肝脏。

沈全觉得自己的头一下子大了，他问，你的意思是说，他的肝不能用了？孙主任点点头：是这样。除非是在死刑执行的最初，当麻醉剂先行注射犯人达到深度昏迷时，先切除他的肝脏，然后再注射毒剂，这样能保证他的肝脏是健康的。沈全挥着手不想听下去：这不是生剥活剧吗？不可能的不可能的，太可怕了。孙主任说，对，相当于活体取肝，这是不允许的。沈全叹道，完了，泡汤了，谁也不会做不人道的事情。

　　沈全把这样的消息告诉陈步森时，陈步森沉默了好久。最后，沈全说，你已经做了你所应该做的，我们都看见了。陈步森说，可是，她怎么办？沈全说，唉，你为什么到现在一直想着别人呢？……陈步森说，浪费了……沈全说，你千万别这样想，你所做的足够了。陈步森说，我身上什么也没有了，我以为可以帮她的。

　　沈全把这样的结果告诉周玲，周玲和他一起找到了冷薇，把结果告诉了她。冷薇好久没说一句话。周玲说，你不要难过，我们或许还有办法，听说车祸的人身体上的器官都能用。去问问也许能撞上呢。冷薇说，我不是因为这个难过，这几天我晚上都睡不着，一想到他的肝会移植到我的身体里，我一想到这些眼泪就止不住地流下来，我突然觉得，这是多么幸福的一件事情，他的身体会在我的身体里面。我多幸福啊，有人这么爱我。我把被子都哭湿了。在精神病院的时候，我失去记忆，有一阵子我产生了对陈步森的爱情，发觉自己爱上了他，后来我醒来了，发现自己很荒唐，我怎么可能爱上这个人呢？可是这几天，我在深夜一想到他的身体在我的身体里面，一想到他看我的眼神，我就哭得不行，我发现我即使真的爱上这个人，也不是不可能的。我那么恨他，他却这样关心我，我算什么？我不配得到他的爱。这一辈子当中，除了我妈和李寂，就是他这样爱过我……冷薇说到这里，失声痛哭：我不晓得他为什么会这样爱我，但我今天才发现，我其实也不配……

周玲说，我不敢说你爱过陈步森，也不敢说陈步森爱过你，但我觉得你们的感情真的比爱情更高更大。冷薇，你知道吗？女人是用男人身上取下的肋骨造的，所以是他的骨中之骨，肉中之肉，他们怎么能分开呢？谁分开都会疼痛。今天，他的身体进到你的身体，就真的是骨中之骨肉中之肉了。不管事情成不成，我们已经看到了。

沈全和周玲离开后，冷薇一个人直直地望着窗外，母亲去接淘淘了，只有她一个人独自坐在床上。周围安静极了。冷薇突然想到了死。她想，死，到底是什么？如果死真的很可怕，为什么现在，就是此刻，她却不再害怕。冷薇感到自己的身体慢慢轻盈起来，移出窗外，这可能是一种幻觉。她仿佛看见陈步森的身体也浮在空中，好像在那里等待着她，然后他们一起乘着一朵云，慢慢地向远方飞去。冷薇想，陈步森也一定是不怕死了，因为他坐着和她一样的云。

这时有人敲门。冷薇下床去开门，门口站着的人让她吃了一惊，竟是李寂的老上级林恩超。现在他当副省长。他的身边站着一个司机，手里提着一大堆礼品。林恩超说，我看您来了。

冷薇把他们让进屋里。林恩超说，我回樟坂处理一些事情，顺便来看看你，也看看李寂。林恩超对着屋里的李寂的照片看了好久，对冷薇说，李寂出事后，我心里很难过，我相信他是一个真诚的人，我了解他，只是你应该早点把这些都说出来。他连我都不说，都闷在心里。冷薇说，他说他给你打过电话。林恩超叹了口气，说，我们的干部只要有李寂的诚实，就能避免很多错误。他转而注视冷薇，说，我知道你身体不好，但不要失去信心，现在医学很发达的。冷薇说，我没什么。林恩超说，我要告诉你一件事情，樟坂原来的领导班子确实存在很严重的问题，半年前省里就发现了，开始调查，现在结论基本明确了，樟坂市的问题主要是好大喜功，掩盖矿难真相，野蛮拆迁，忽视群众利益，现在，樟坂的现任和前任领导已经被双规，追查相关责任。对于李寂的责任也进一步厘清，过去对李寂作的结论是匆促的，也是偏颇的，予以取消。冷薇听了，没说话。林恩超说，当然，这对于李寂，已经没什么意义了。冷薇说，是，对于我来说，也没有什么意义了。林恩超说，即使如此，是错误就得更正。冷薇，你要好好保重，我只能抽这一点点时间来看你，但我相信，李寂的事件是有意义的，他不会白白失去生命，他付的代价会有结果的，不能失去信心。

您比他有信心。冷薇对林恩超说。

第四十六章　软弱者更有力

冷薇早上刚刚起来，就接到林恩超的电话。林恩超给她来电话，冷薇感到很诧异。林恩超在电话里说，你能不能马上来冶金宾馆301房，我有事情麻烦您。冷薇想不出林恩超有什么事需要麻烦她，就问，你能告诉我是什么事吗？林恩超说，陈平双规十天了，现在闹自杀，情绪失控，不肯交代任何问题。不过他提出想见你，我们想，可能你来有助于稳定他的情绪。冷薇听了犹豫着……她突然说，我能带一个人去吗？林恩超问，什么人？冷薇说，辅导站的老师苏云起，他对付自杀的人有办法，懂心理学。林恩超说他知道这个人，他迟疑了一下，说，好吧，你先把他带来再说。消息不要再外传了。

冷薇和苏云起赶到了冶金宾馆。林恩超先和冷薇谈，他说，陈平很绝望，连续自杀了六次，幸亏我们及时发现。他很想见一个人，就是你。可能你有办法稳定他的情绪。我想，你可以和他谈谈。另外，听他说李寂有一本关于他的犯罪记录的日记本？冷薇说，我已经当着他的面烧掉了。林恩超说,可是他这几天一直在说它,连做梦都说到它。冷薇说,真的烧了,他心里害怕,老以为还在。你能不能让苏云起先生也跟他谈谈,他对自杀的人有经验。林恩超说,可以,只要不涉及案情,我们也没办法了,他一直闹,寻死,可能真的要先从心理上解决,先稳定再说。

苏云起被叫进来。林恩超和他谈了陈平的心理状态。据林恩超描述:陈平自从被双规后,心理就出现不正常的表现,他一夜连一夜地睡不着觉,情绪极度亢奋。在宾馆的房间里走来走去,高喊自己无罪,不断地自言自语,情绪忽而高度亢奋,忽而极其低沉。他先后数度绝食,饿得奄奄一息;问他有关案子的事情,他一概拒绝回答,说所有的秘密全在李寂的日记本里。他把自己裹在被子里瑟瑟发抖,连脸都裹住了。

关押后的第七天早晨,陈平在起床刷牙的时候,突然从窗口一跃而出要跳楼自杀,看守人员眼明手快一把抓住他的衣服,才把他从窗台上拉下来。接着陈平先后上演了从阳台和走廊跳楼、用磨利的汤匙割腕以及用被单上吊的自杀秀。最可怕的一次是他突然以头撞墙,弄得鲜血直流。在给他包扎的时候,他说他要见李寂,说他和李寂约好了在楼下见面,弄得大家莫名其妙。林恩超请了精神病院的专家来会诊,确定陈平有轻度的躁郁症。林恩超对陈平说,李寂已经去世了。陈平听了,半晌才说,我要见冷薇。

林恩超对苏云起说,你多和他扯些别的,只要能稳定他的情绪就好,当然能让他配合调查更好,这是我们的目的。但你一定要注意他原来的身份,他不是你们辅导站里需要救助的普通人。他是市长。

……苏云起和冷薇在一间窗户加上了铁栏杆的房间里见到了陈平。他形容枯槁,明显瘦了一圈。他盯着苏云起看,苏云起说,你好,我是苏云起。陈平淡漠地笑了：我认识你。苏云起说，是，我以前有事找过您。陈平奇怪地注视他，说，你来干什么？苏云起说，我只是来看看你。别劝我，我没罪。陈平说。

冷薇对陈平说，你的身体还好吧？

陈平回答：这是你要的结果吗？那你满足了。你还是骗了我，没有烧掉那本日记本。

冷薇想辩解，可是她忽然改变了主意，说，你如果认为那本日记本还在，那它就在吧。

陈平听了她这话有些疑惑。他说，我要你来，只是想请你帮我，你知道的，我没干什么，我犯的只是些错误，那本日记本就是明证，李寂是诚实的，他记的不会错，他的日记本里都是真话，我干了什么，李寂最清楚，你最清楚，我求你了，你把日记本给他们，他们就明白了，好吗？

冷薇说，已经烧了。

陈平这时脸上露出极度失望的表情。冷薇说，你过去总要毁掉它，今天又那么想要它，你到底想要什么？

陈平歪着脑袋，半天不吭气儿。

你可以帮我跟他们说说，林恩超听你的，他相信你。陈平用近乎哀求的口气对冷薇说，你看过日记的，就是那些，没有别的了，真的没有了。

冷薇看他：你就那么恐惧？

陈平……我不恐惧。他说，我只是没有方向了，没有方向了……他喃喃道。

这时，苏云起说，我想，你应该为今天的结果高兴。他见陈平脸上露出吃惊的表情，就解释说，我的意思是，有时候摆脱一种东西，是获得自由。你犯了什么罪，犯了多少罪，是法律的事情，总会查清，但实际上所有人犯的罪只有一种，就是自以为义，这是罪根。

陈平有兴趣和他探讨了：这和自以为义有什么关系？

苏云起说，我过去很穷，就发誓要发大财，实际上我花不了那么多钱，但我需要这么多钱，因为我虚荣，在男人就叫骄傲。我用这钱养家，我用这钱支配别人，让人家承认我行、我强、我对。

陈平点起了根香烟，吐出长长的烟来，情绪似乎好了一些。他说，按你这么说，我现在自以为义没了？我就好了？

苏云起说，你只是财宝没了，但自以为义已经刻在你心上了。你肯定认为你没罪，因为有很多人也在受贿，所以你一定不服，你是因为别人做同样的事，所以觉得自己没罪，你不是从这件事本身看有没有罪，所以，你总是觉得自己是对的，这就是自以为义。好比一个人杀了人，本身肯定是不对的，但因为好多人都在杀人，而且还逍遥法外，你却被抓住了，所以，就觉得自己杀人反倒不是罪了，是冤。这种判断不是看罪本身，是看有多少人干。这种人从骨子里从来不认为自己是个罪人，这不是自以为义是什么？

这句话刺痛了陈平。有一阵他想咒骂苏云起，但他内心承认他说得不但有道理，还说得很深。他想起了李寂。他觉得李寂虽然走了，但走得清白，可是自己却是满盘皆输，还被人说成自以为义。现在，他人财两空，什么也没有了。陈平心里涌起一种忧伤，那是一种可怜自己的感觉。

我钱赚最多的时候，有个几千万吧。苏云起说，可是我钱越多，心里就越不安，越害怕。我觉得全世界的人都在盯着我，打量着我的钱。我这钱还是自己挣来的，都这么害怕。我看见很多民工，睁着大眼睛看我，好像要看到我心底去。他们随时有可能突然上前，把我打倒,然后把我的钱抢走。有一次,我在洗车,可是我洗到一半,发现洗车工在仔细地看我的车牌,我吓死了,车没洗完就开走了。当然,后来并没有发生什么事,但我自从有钱以后,就天天担惊受怕。我觉得很奇怪,为什么在中国人富裕了会害怕?这不是原本很光荣的事吗?怎么钱越多,就越害怕?后来我明白了,因为我们的钱太多,而有些人的钱太少,钱太多的人和钱太少的人,是天然的敌人。本来不应该是这样的,钱多的人说明他本事大,钱少的人说明你笨。可是事情真的就是这样简单吗?不是,在中国更不是。一定是什么地方出了岔子?才使得那些穷人恨我们富人,我当过最穷的人,我知道穷人的恨从哪里来,他们即使笨些,可还是人,但是他们有时连人应该有的生活底线都达不到。无论从哪一方面讲,你也得匀些给他们,这是不需要理由的,地上只要有人在,他就应该有饭吃,这没什么道理好讲。富人再有本事,也不能捞个没完,让穷人饿肚子?

陈平瞪大眼睛问,你要革命?

苏云起摇头:不是,完全不是。富人可以过好日子,问题在于,穷人也可以过好日子,也许穷人的好日子和富人的好日子不一样,但都是好日子,人过不上好日子,就会不安,就会恐惧,就要愤怒,超出尊严底线,就要反抗,闹事出乱子。我先后遭到四次绑架,我一次,我老婆两次,我员工一次,我都把钱付了。有一次绑我老婆的就是现在被抓起来的胡土根。我和他谈判,我说,你为什么要绑人?他说,因为活不下去。我问他怎么活不下去?他就把他受的苦说了一遍。我听了就说,我不认为你受苦就可以绑架抢人,但我愿意把钱给你。我给了他钱。为什么?因为我突然发现,我是一个比他更可怕的绑架犯,我抢钱的方式跟绑架差不多。

你跟我扯这些干什么?陈平问。

因为我觉得，钱太多不是一件好事，如果钱多到一个程度，不成为社会共有财产，人就不会幸福。反而成为一个重担。苏云起说，所以我说，你现在重担解除了，你应该高兴。

陈平思索着，没有吱声。冷薇说，陈平，你怎么说和李寂朋友一场，今天你这样了，我才来看你，希望你有个好结果。

苏云起说，我现在身无恒产，全都奉献社会了。我的要求是——不要让我太贫穷，以免我失去尊严，也不要让我太富裕，以免我忘记真理。市长，你现在其实已经开始了新生活，包袱没有了，应该高兴。我现在很幸福。你也可以有这样的幸福。所以，你应该把一切都说出来，你就轻松了。

这时，陈平对着苏云起笑了，那种笑容有嘲讽的成分，好像看一个天真的傻瓜。他对苏云起说，你颠三倒四在说些什么呢？你有什么资格教训我？你不是因为要地找过我吗？你不是也给我秘书送过钱吗？你现在摇身一变，成为什么辅导站的心灵导师？扯淡吧。

苏云起心中像针刺一样。他顿了顿，说，是，你说得对，我犯了罪，跟你一样，我们都一样。

你也自以为义吗？陈平问。

……是。苏云起说，这是我很隐藏的很深的罪。

那你有什么资格坐在这里教育我？陈平拍着桌子说，你坐在这里教育我，不就是自以为义吗？

苏云起低头，说，你就当作听一个罪人的劝告吧。

罪人？罪人有什么资格劝我？我不要罪人劝我，我要义人劝我，有谁比我更干净，不，谁敢说他一生不会犯罪，对，让他也来当当市长，把他摆在我的位置上，如果他能不犯任何罪，他就可以来劝我，否则都给我滚，滚！出去，快出去！

陈平，你如果要找这样的义人，你一辈子也找不着。苏云起说，因为这地上没有一个你说的那样的人。

那就没人敢说我不义！陈平哆嗦着，嘴唇在发抖。

苏云起慢慢起身，出了门。

……冷薇一直沉默。陈平问她：你愿意给我做证吗？冷薇说，我会按日记中的说，但是我还想说，陈平，苏云起说得很对，你果然是自以为义的人。

陈平一怔。

冷薇说，我已经得了癌症了，活不久了，我看得很透了，陈平，别看你被双规了，你还和过去一样，又臭又硬，你一点也没变！你要倒霉的。

这时，陈平禁不住难过，手捧住额头。

冷薇说，你真的不如一个杀人犯，你看看人家是怎么说的，怎么想的。冷薇从包里拿了那本陈步森的书，递给他，说，就是这个人杀的李寂，但你看看，现在他变成了什么样儿。我走了，你好自为之吧。

……冷薇和苏云起离开了冶金宾馆。

冷薇对苏云起说，他急了，说的话你别在意。苏云起说，不，要在意。他说的不错，地上没有一个所谓的好人，一个也没有，我和他是一样的。

苏云起带着一种十分复杂的心情回到了辅导站。周玲在这里等他，好像找他有急事儿。苏云起把她让进办公室，问，你是不是有心事？

周玲叹了口气，说，我辞职了。

苏云起说，好啊，这不是你一直想下的决心，想要的结果吗？

周玲的确一直在下辞职的决心。这个决心之所以难下，是因为她顶着按揭贷款买房的巨大压力，如果她失去工作，她就立即付不起房贷，房子马上就会被收回。但如果她继续工作，就要精神崩溃了，不但每天要超长时间工作，而且做假账让她内心激烈斗争。她日复一日地做着她一点也不喜欢的事情，像被人赶着的狗那样跑个不停，为的只是一幢死的由泥土砌起来的房子，而没有半点幸福和快乐。现在，和她共同住在这房子里的人也和她离婚了，周玲更觉得为这房子终生打工卖命毫无意义。她当初就是因为要和陈三木筑爱情小窝才拼命工作的，否则她愿意住几平米的小间。昨天，她在路上看到一个马夫在抽打一匹上坡的老马，她突然受震动，好像看到了自己的未来。回到办公室，她立即向老板递了辞呈。

老板十分遗憾。他挽留了周玲很久，但周玲去意已决，她说她不愿意再为房子当奴隶。老板就请她吃了一个告别宴。

周玲对苏云起说，老苏，你知道我现在有多幸福吗？我有一种从未有过的轻松自由，我到现在才明白，人是有两种生活方式的，一种是当奴隶，一种是当儿子。当奴隶的赚再多的钱也是奴隶的心情，当儿子的不是在打工，是在自己家里工作，以后家产就是他的，所以他心情很轻松。

苏云起说，我放下我原先的事业时，和你现在心情一模一样。那你现在准备干什么？

周玲说，我可以全心全意照料孤儿院了。

苏云起问，可是，我刚才看你还是有心事？

周玲说，是，我正要找你商量……今天上午，我跟陈三木商量转按揭房子的事，你知道发生了什么事吗？他突然对我跪下来，我吓了一跳。他当着我的面流下泪来，说他过去糊涂，问我能不能原谅他。他从来没有下跪过，那不是他的性格，我不知道说什么好，半天才弄明白他这回不是在做戏，他真的是要跟我和好。可是，可是我们已经离婚了。我对他说,我们离婚了。他说他知道我们离婚了,但他很后悔,现在他心里痛苦得很,想把它说出来,只想找我聊。老苏,我怎么办?我正在了结跟他的有关的事,心情刚刚调适过来,准备一个人好好地自由地为自己的理想工作时,他又回来了。

苏云起想着突然发生的这件事。

他说,我想弄清楚,陈三木真的是后悔了吗?周玲说,像是。苏云起又问:他是不是真的向你认错,请你原谅他?周玲说,是。苏云起就说,那你就没有选择,无论你们能不能复合,你必须原谅他。

……周玲有些痛苦的表情:他要我回去那个房子住,可是我不想回去。苏云起摸着下巴说,我有一个直觉,你们会复婚。周玲说,我不想回去。苏云起说,那是你的房子,你可以回去,分居在同一个房子里,也好了解陈三木到底真的后悔了没有。

周玲听从了苏云起的话,回到那幢房子住。那天,陈三木非常高兴,特地下厨准备了一桌丰盛的菜迎接她。周玲说,我们已经离婚了,你不要那么客气。陈三木说,离婚了才客气嘛。他给周玲倒酒,说,我栽了大筋斗,对不起你。周玲不吱声。陈三木说,不管我们复不复婚,我都要说出这句话,请你原谅我。周玲说,你是看见棺材了,是不是?现在才掉泪。陈三木说,我知道你怨我,我承认我是见棺材了,也见到死人了,我最近停下一切研究,专心在想这事,我相信我会碰上千叶这样的人,是一种命,是命运在对付我。

晚上睡觉的时候,陈三木一定要把大床让给周玲,周玲拒绝了,她要睡小房间。陈三木极力劝她睡大床,说他可以睡小床,把周玲惹火了,大声说,我不想睡那床,脏!陈三木明白了,不吭气了,因为他曾和千叶睡过那床。

周玲在接下来的十几天,看见陈三木完全停止了工作,包揽了所有家务，从拖地板到洗衣服，从做饭到浇花。周六，他还特别买了周玲爱吃的海鲜回来，做成新鲜的海鲜火锅。

周玲回来的时候，火锅已经摆上桌。陈三木利用等她下班的时候洗衣服。周玲看到他正在搓洗她的三角裤，突然想起那个女人的三角裤，千叶有一次把三角裤特地留在她家让她看到了。现在周玲想起这事，一阵火起，一把从陈三木的手中夺过短裤，大声说，谁叫你洗的？陈三木无言以对。两人坐到饭桌上。周玲冷冷地说，以后你别碰我的东西，脏，越洗越脏。陈三木说，我是不是犯过一次错，就永远是罪犯了？我洗你短裤有什么错？周玲突然就歇斯底里：就有错！就有错！恶心！她竟然用力掀翻饭桌，滚烫的火锅汤就浇在陈三木的手上和腿上。他吓呆了，看着周玲。手上立即起了泡。他低头，脸色铁青。过了一会儿，他蹲下来，开始收拾地上的东西，长长的头发耷拉下来。

周玲突然一阵难过，她冲进自己的房间，伏在被子上哭了。她不知道是为自己哭还是为陈三木哭。陈三木耷拉下来的一绺头发，像鞭子一样抽打她的心。这个男人，就在几个月前，还是那个意气风发自信满满的教授，他固执骄傲，有时候盛气凌人。但自从被千叶狠狠地教训了之后，完全变了一个人。周玲简直不敢相信眼前这个挂着围裙给她做饭的男人是她丈夫。周玲知道陈三木这样努力是为了什么，她也知道她应该原谅他，可是她就是做不到。她会不停地想象在那张床上发生的事情，产生一种生理性的厌恶。周玲不知道如何处理未来的事情，她打电话找苏云起，说有事找他。

苏云起正在接冷薇的电话。冷薇告诉他：陈平只用了一个晚上就读完了陈步森的书。第二天他一个人沉默了一天，然后对林恩超说，拿纸来。

林恩超问他要纸干什么?

陈平说,我要一吐为快。

林恩超就问他:为什么仅仅隔了一天,你的态度就转变了。

陈平说,我突然想通了,陈步森这个小流氓说得对,他说,罪是一个重担。这句话对,我想通了。这个小流氓是说不出这种话的,他后面有高人。

苏云起听了半天没说话,放下了电话。他在想一个问题:谁是他后面的高人?为什么自己不能说服陈平,反而陈步森能说服他?

周玲进来了。苏云起把陈平的情况说给她,问她,为什么陈步森能说服他,我却不能?周玲说,他是被陈步森的罪行吓的吧?苏云起摇头,不是。周玲问,那是什么?苏云起说,陈步森比我破碎得彻底,而我还太坚硬。周玲说,破碎?苏云起说,陈步森已经走到尽头,人的尽头,就是一个新的起头。而我还在这里帮助人,当人家的导师,有很好的名声。陈步森却什么也没有了,所以他看得透,因为他已经很软弱了,反而另一种力量出来了。而我还不够软弱,我好像还很有能力。结果反而失去了能力。

周玲说,老苏,你的话让我越来越听不明白了。

苏云起说,最近我老在想一个问题,我们究竟比陈步森强在哪里?后来我发现,没有强的地方,是谁比谁更软弱。软弱比刚强更好,更清醒。不要以为总是别人错,自己却永远掌握真理。周玲啊,我意识到人很可恶的,很难从自己的身体边界以外思索问题,哪怕一寸都很难,人非常自私,也非常骄傲,总以为对方犯了错,自己就比对方强,我们只是还没犯,如果我们也犯,说不定会比对方更严重。谁完全清洁没有一丝的罪,谁才有资格去要求别人,可是这地上有这样的人吗?没有。所以,谁都没有权力随便去定罪另一个人,好像自己完美无瑕。

周玲低头皱着眉想着。想着陈三木。

苏云起说,对了,你找我有什么事?

周玲说,不,现在没有了。

第四十七章　复活的异象

时间渐渐逼近初冬，深秋使樟坂的霜色欲浓，到了冬天，树叶开始凋落，但这一切的变化并未给樟坂带来孤独和肃杀感，反而使大地隐藏了生命的秘密，进入一种厚实的沉静。坚挺的树的枝桠显示出引而不发的力量，并像蛹蜕变成蛾一样，暗示在未来可能出现的令人无法想象形状的新生命。死，可能是一个前提，就如同麦种只有死在了土里，才能破壳结出许多籽粒来，这些都是以死为代价的。

一大早沈全被电话吵醒，是看守所打来的，通知他立即进来有事相商。沈全有一种不祥的预感，马上驱车到了看守所。潘警官把一份材料给他看，这是陈步森写的一个申请报告，报告的内容很简单，是这样写的：

尊敬的看守所领导和监狱管理局领导：

您们好。我是一个即将被处决的犯人，我叫陈步森。我曾经提交了一份遗体捐献申请表，得到领导批准，我非常感谢。但是，正当我准备把我的肝脏捐献给我的受害者冷薇女士时，由于我将以注射方式处决，所以无法向她捐献肝脏，我为此非常难过。如果我的生命结束能挽救另一个人的生命，是我最大的盼望，可是，现在这个愿望就要落空。为了挽救冷薇的生命，我郑重申请，提出一个小小的要求，希望上级有关部门能否改变我的处决方式，由注射改为枪决。我不是一时冲动，而是不忍心看到她失去希望，我的生命反正都要结束，怎么结束并不重要。我知道实行注射方式是对我们的人道，但更大的人道主义却是救一个能救回来的人。我现在才明白，肉体是没什么用的，如果没有灵魂的话。我知道不久我的肉体就会消失，但我的灵魂还在。请上级部门批准我这最后的要求，谢谢你们。

陈步森——一个知罪感恩的灵魂

沈全抱着头看着这份申请书。潘警官说，你想见他一面吗？你问问他为什么要这么做？沈全说，好吧。

一会儿工夫，陈步森出来了。沈全看见他脸色很憔悴，看来没睡好觉。沈全问他，为什么要这样？陈步森说，救人。沈全说，你想过没有？你这样她会接受吗？陈步森说，所以请你们想办法说服她。沈全不知道说什么好……陈步森说，别担心我，我没有冲动，我已经想了好几天了，晚上睡不着，我想，由于我必须注射死刑，她却因此失去机会，到时候她来阴间找我，我无法面对她，因为这是见死不救。沈全问，你想过注射和枪决的不同吗？陈步森说，枪决……可能很痛吧？不过，再难受也就是几秒钟的事，而她却可以得救。沈全的双手交互捏得咔咔响。陈步森说，我想，再痛，也痛不过上十字架吧……

我已经决定了，不改主意了，请大家帮忙。

沈全悄悄用手拂去脸上的泪迹，说，好的，我明白了，我不说了，现在就去跑这个事。

……沈全本以为这事有多难，出乎他的意料，上级很快批复了陈步森的申请。批准的理由是：出于人道主义。可是申请决定到了冷薇的手里，遭到了她的强烈抵抗，她看到那份申请表时，浑身颤抖不已，她说她绝对不会接受这个结果。

沈全、苏云起和周玲围绕在她身边，大家不知道说什么好。这是一个可怕的决定：如果劝冷薇接受，意味着陈步森将真的面临枪决的结果，周玲几乎看到了陈步森被子弹洞穿的画面。如果同意冷薇的拒绝，她就没有希望了，因为不可能在那么短的时间内找到供体，她面临和陈步森一样的结局：死亡。

谁也不敢说话。最后，还是苏云起说话。他握起冷薇的手，说了以下的一段话：冷薇，我相信陈步森不是冲动的选择，我们也看到了，他是真的有了爱，现在这爱是何等真实啊。如果你拒绝他的爱，你想过他会怎么样？他会带着遗憾死去，他还会感到疑惑，不明白为什么他为此殚心竭虑，你却不要他的礼物？你不要为他担心，那将发生的所有痛楚对现在的陈步森来说，已经不算什么。他既然可以这么说出来，他就一定能做到。冷薇，你要活下去，代替他活下去，这才是他真正想说的话。我说过的，你和他，其实是一个人。

……冷薇用颤抖的手在申请书上签下了自己的名字，她的泪水飘落到纸上。

陈步森即将在十二月十日执行死刑，决定采用枪决方式。

协和医院有关冷薇肝移植手术的准备工作正在紧锣密鼓地进行。

冷薇已经住进了协和医院消化外科手术病房等待肝脏移植。电视台和各大平面媒体趋之若鹜。朴飞到沈全的律师事务所刺探死刑执行的具体行进路线，沈全说你问这个干吗？朴飞说，这是千载难逢的大案啊，我们准备在节目中绘一幅执行死刑行进路线图，然后把当天的枪决和器官移植节目配合进来，多直观，肯定提高几个点的收视率。沈全气得推了一下朴飞，说，你他妈的还有人性没有？朴飞辩解说，观众爱看哪，他们说正义得到了伸张，他们没有关心这个大案的权利吗？沈全说，你们这些旁观者看到一个人被处决就兴高采烈，大快人心，可是有谁知道死者的心中隐藏着什么样的伤痛？成天只想到简单的惩恶扬善，你们知道什么是恶什么是善吗？现在他要死了，你们觉得有大热闹可看了？是不是？朴飞望着沈全说，你从来不骂人的，今天怎么啦？吃了枪药了？

陈步森在执行死刑前的三天，被特别允许和他想见的人或者提出要见他的人见面。见面地点安排在看守所的一间旧办公室，这也是通常死刑犯被执行死刑当夜逗留的地方。

第一个要求见陈步森的居然是陈三木。他打电话给周玲，要求见陈步森一面。周玲带陈三木来到看守所，见到了陈步森。陈步森没想到他会来，他还是称他为表姐夫。陈三木说，我听到了你改变行刑方式的申请，我很惊讶，很想进来看看你。毕竟我还当过你的表姐夫。陈步森说，谢谢你。陈三木说，希望我过去对你这个事情所说过的话，你不要记在心上。陈步森说，你说过什么？我都忘了。陈三木说，你知道我是做学问的，我说的话都是一种学术问题，不是结论，都在探讨当中。所以，今天你得到这个结果，我还是很难过。陈三木说，我想问一句，你真的不怕死吗？我听到你选择枪决，我觉得你真的是不怕死了，为什么？陈步森想了想，说，我现在感到我身上的罪都被洗干净了，所以，心情比较轻松。陈三木就没再说什么，只说，你要保重，你要保重。他和陈步森握了握手，走出了会客室。

周玲和陈三木走出了看守所。她看陈三木神情落寞，心中有些酸楚。她想，自己如果一直不原谅陈三木，他可能会情绪崩溃。所以，周玲决定向陈三木表达她的意思，尽管她现在还不打算和他复婚，但她想让陈三木知道，她正在原谅他。

周玲问陈三木，你今天为什么要来看他？陈三木说，我是他亲戚嘛。他看着远处天边的一团云，说，我现在承认，内心悔改可能是一个比较复杂的现象，我过去把它看简单了，不过，不是因为你使我有了这认识，是因为陈步森。我也奇怪，同样的一个信念为什么在每个人的身上表现会如此不同。

周玲从陈三木的语气中听出，他又硬起来了。她想原谅他的话就咽了回去，说，因为有人认自己的罪，有人不认。陈三木说，我已经放下姿态认了我的错，你倒翘尾巴了，竟然把火锅掀翻。他冷笑了一声，说，我看清楚了，你连冷薇也不如。

周玲没吱声。

陈步森天性是善良的，现在恢复了。我天性也是善良的，我并没有失去，所以无所谓恢复，我有错，但没有罪。周玲说，三木，你真可怜，一个教授居然不知道人有罪，中国人常常只说人有错，以为罪人就是犯人、罪犯、囚犯，但陈步森却知道他是罪人，他比你强多了。陈三木笑了，说，也比你强多了，你就等着瞧吧，我也许会改变，信个什么，但一定是通过自己的修炼，只要努力，人可以体验到超越的境界。

周玲知道：她失去了一个挽回陈三木的最好机会。

……周玲回到城里去看了冷薇。冷薇说她想马上见陈步森，她说已经向医院请了假。周玲知道这是冷薇见陈步森的最后一面了。她打通了沈全的电话,联系好了看守所方面。看守所潘警官传陈步森的话,希望同时见到淘淘和冷薇的母亲。于是,当天下午,冷薇和母亲带着淘淘,在周玲的陪护下,来到了看守所。

先安排的是老太太带着淘淘进去看陈步森。淘淘看到陈步森时,不像过去那样高声叫他刘叔叔,而是怯生生地躲在外婆后面。陈步森说,淘淘,你不认识我了吗?淘淘仍然不说话。老太太说,小刘啊。她还是叫他小刘。这孩子来的时候说,他很想你,可是现在不知道为什么不说话了。陈步森拿出一个东西来,居然是一辆地瓜车。这是陈步森特地托潘警官在外面市场买了地瓜做的。淘淘看到地瓜车,脸色缓和了一些,玩起地瓜车来。陈步森说,好玩吗?淘淘笑了,好玩。他抱了一下淘淘,淘淘牵着车子出去了。老太太这时对陈步森说,孩子心里难过,你知道吗?他不说。陈步森眼睛红了。老太太握着陈步森的手,不知道说什么好。这时,潘警官把老太太领出去了,冷薇进来了。

陈步森见到冷薇时,两人只是看着对方,什么话也没有。陈步森发现冷薇瘦了,瘦得他认不出来了。他说,你怎么瘦成那样?冷薇说,你也瘦了……陈步森说,我很好,只是有时睡不着。冷薇说,睡前洗个热水脚,把脚放高了睡,就会睡着。陈步森说,冷薇,你……你千万,千万不要改变主意,我们说好了的,如果你改变主意,我就白白申请了。冷薇知道他说的是什么,他到这时候还在担心这个,她就受不了了,一下子哭出声来。陈步森用手拍她的后背,她还是痛哭失声:你为什么要这么做?……陈步森不停地说,你要活下去,你要活下去,如果你能活下来,我就知足了,我害了李寂,却可以救你,我的命是好的。冷薇哭着说,死有什么了不起,你不是说死不可怕吗?我死了就算了，你这样做，让我更难受……陈步森坚持说，答应我，不要反悔，说好了的，就要做。

冷薇一把抓起陈步森的手，抱在怀里，这一刹那，冷薇清楚地体验到了爱情！对，就是爱情。一个凶手的爱情！她泪水不停地滴到这只手上，她把他的手贴到自己的脸上。陈步森说，我也想活着，但我没有希望了，法律不让我活着，我只有走，但我知道我去的是什么地方，所以我不害怕。苏先生说过，最后我们都会在天堂见面，但现在不让你去，所以你要好好活下去，到时候了，我们就会见面，我们约好了的，一定会见面。冷薇哭得泪眼滂沱。陈步森说，我活了三十年，现在除了我这个身体，双手空空，我能送给你的就是这副身体了。你一定要答应我，接受手术，好好养病。不要让我的愿望落空。你一定会好起来的。等手术一结束，你醒来的时候，你要相信，我已经在天上，已经在最快乐的地方，一定在那里。

他从口袋里拿出一个用红塑料绳编成的小小的"爱"字，说，这个是我在里面打发时间编的，送给你作礼物。冷薇接过它。陈步森说，现在很多女孩戴贵重的首饰，这个是用绳子编的，不值钱。

冷薇立即戴上了它。她还是不停地流泪，就是无法开口说完整一句话。会见时间马上要结束了，这时，陈步森说，我要进去了。冷薇突然上前，紧紧地抱住他不放，陈步森痛苦地强忍住泪，对她说，你放心，我……不会有痛苦的。说着，就用力推开她的手，走进去了。

陈步森死刑执行的前一晚，苏云起要求陪同陈步森度过最后的时刻，为了稳定被行刑人的情绪，准许了他的要求。

陈步森和胡土根被带到了那间旧办公室。潘警官问他们要吃什么？在这最后一顿晚餐，厨房会基本满足他们的要求。陈步森说，我不饿。

胡土根说，他想吃梅菜扣肉和炸大虾，再要一瓶酒。潘警官还是让厨房准备了两份这样的菜。但没有酒。菜上来后，胡土根不停地吃，把自己的那份吃光后，又把陈步森那份的肉吃了一半。陈步森一点胃口也没有。

苏云起进来了，他问他们还有什么需要他帮忙的事？陈步森和胡土根都说没有。后来陈步森说，他想在离开时再听一遍那首歌《奇异恩典》，苏云起就打电话叫周玲赶快把磁带送进来。

胡土根对苏云起说，那件事对不起你。他说的是绑架的事。

苏云起回答：首先是我们这些人对不起你。

两个人都能听明白对方的意思。

这时，胡土根说他要睡觉，可是他睡了一会儿睡不着，又嚷着要喝酒，他大喊大叫起来，好像失去了理智。潘警官只好让人把他带到另一个房间。苏云起说，他的情绪还是不好。陈步森说，比刚来的时候好。苏云起问他，你怎么样？陈步森说，还好。可是苏云起发现，陈步森突然已经泪流满面。

苏云起用手巾纸替他擦去眼泪，说，不要害怕。陈步森说，我不害怕，我只是有些难过……苏云起说，你说给我，为什么难过。陈步森说，我其实还想活下去，我为大家做的事太少，我不知道在天堂上帝会不会接受我，我这十几年干尽坏事，现在说上天堂就上天堂，真的太便宜我了。苏云起说，你一定要相信，你的灵魂自由不是靠行为，你记得吗？我说过多少次的，靠相信。现在，就是此刻，你就在天堂里。你不觉得吗？你在乐园里。你没什么惭愧的了，因为你认了你的罪，也悔改了你的罪。

陈步森说，你放心，这我知道，我现在心里很平安。其实在这几个月我想了很多，我想，如果这法律只是为了定我的罪，就算法律是对的，判我也是对的，我也被枪毙了，这法律也实行了，可是对我有什么意义？我已经死掉了，法律是对的，我死也是对的，我没法说法律不好，这很公平，可我却带着痛苦和恨死了。法律是好的，可是对我没有用。

苏云起说，可是今天，有一种爱在律法以外向你显明了，你感觉到了吗？这就是你为什么灵魂有自由的感觉，你虽然在负法律责任，但你自由了，不要疑惑。陈步森说我不疑惑，我心里知道。苏云起说，步森，我们出现在这地上不是为了要接受惩罚的，而是要接受爱的，这世上的一切原本都是好的，好的，我们是其中最好的，好像眼中的瞳仁，知道吗？陈步森听到"我们是这地上最好的"这句话，鼻子一酸，哭出声来。

磁带被送进来了，潘警官拿来录音机，播放了《奇异恩典》的歌。陈步森听着，两行泪水淌下来。在这个等待死亡的奇妙时刻，歌声回荡在这个小小的空间。陈步森很快地在脑海中划过了这一年来经历的所有画面，甚至他想到了他小的时候，父亲带着他去钓鱼，母亲背着他上医院的情景。陈步森现在回忆的都是好的，那些令人不快的回忆都消失了。

窗外曙色微茫。行刑的时间到了。苏云起和陈步森要分别了。陈步森猛地紧紧抱住苏云起，他的身体开始颤抖，苏云起感觉到了。陈步森小声地在他耳边说，谢谢您，苏老师，我从小被人骂到大，骂我阿飞，没有一句能让我服，可是很奇怪，那天我遇到你，你没说我好，却说我有罪，好像在骂我，却把我打动了。

苏云起一下子用力地把陈步森紧紧抱在怀里。

苏云起说，记住，等一下不管遇到什么，一定要朝光明的地方去。陈步森知道他是说枪响之后的事，眼泪一下子涌出来。

陈步森被带走了。

苏云起走出看守所大门，看见远远的天空上，红色的云在熊熊燃烧。一种悲喜交集的感觉胀满了他的心。

……与此同时，冷薇被推进了手术室，陪同的人有她的母亲和周玲。医生们做好了手术前的一切准备。手术分全肝切除术和供肝植入两步。孙主任要求做到肝切过程中，热缺血时间不超过五分钟。执行死刑的时间和移植手术的时间已经配合完毕。陈步森被枪决并证实死亡后，立即摘除肝脏，进行减体移入冷薇的体内。

在做好一切预备工作后，孙主任问冷薇，你准备好了吗？冷薇看了看身边的周玲。周玲低下头，说，放心，一切会平安的。冷薇从早上开始到现在一直不停地流泪，周玲对她说，别再流泪了，对手术不好，我也不哭了，这是美好的事，不要哭。冷薇点了点头。她想起了陈步森的约定，等她手术完成，他会在天上。她知道一会儿她要比他先睡着，然后他才被执行。

手术开始了。在麻醉针扎进她身体的那一刻，冷薇觉得视野渐渐模糊……她对自己说，在她睡着以前，陈步森仍然活着，是她先睡着的。等她睡着以后，他也会睡着。死，就和睡是一样的吗？在不再有罪的人中，死就是睡了。冷薇的意识渐渐模糊，她仿佛看到了他，他的笑脸在慢慢地飘浮。

……冷薇在一天一夜之后醒来，手术持续了八个小时，麻醉药的效力也在十二小时后消失。手术完成了。

冷薇慢慢睁开了双眼，她躺在加护病房里，当她睁开眼时，刚好房间里没有一个人，出奇地宁静。冷薇看到了窗户，微红的光从外面射进来，窗帘随着风轻轻飘动。冷薇一下子没有反应过来，这是什么地方。她没有感到身体任何的疼痛，反而觉得自己好像在漂移……床头挂着陈步森编织的小小的爱字，被风吹得摇晃。

　　冷薇想起来了。她想起了一切。透过白色窗帘，远处隐约有黛色的群山，若隐若现。冷薇想：现在，一切结束了。他的一部分，进入了她的体内。虽然她不能想象这个事实到底是怎么发生的，但她相信，这是事实。她也相信，一切走到尽头的时候，一切也开始了。

　　冷薇望着窗外，好像看到了远山之上的天空。她想，此刻，他已经坐在天上了。这是毋庸置疑的。因为这是他说的。他会坐在上面看着她。她相信他对她说的每一句话。

　　在这样的宁静中，从地上捡起一根草都是美的。

　　　　（全文完）

2005年5月3日北京初稿
2005年7月15日北京改定